떠오르는 지평선(地平線)

떠오르는 지평선(地平線)

정대재 대하장편소설

[제3권]

정은출판

지기地氣가 들끓는 땅

어느 향토 사학자가 임진왜란 때에 동래성을 지키기 위하여 상하 민관이 하나로 뭉쳐 중과부적의 수적 열세 속에서도 최후의 일인까지 목숨을 던져 파도처럼 밀려오는 수만 명의 왜병과 맞섰던 결사항전의 애국 투혼을 찬양하면서 이르기를, '역사란 우리 선조들이 목숨과 피눈물로 세워놓은 굳건한 다리가 없다면 후손들이 결코 건널 수 없는 숙명의 강'이라고 단언하였다.

그런 점에서 본다면, 지기(地氣)가 태양처럼 뜨겁게 넘쳐나서 예로부터 선비의 고장, 애국 충절의 고장으로 널리 일컬어져 온 밀양 땅이야말로 뜨겁고도 숙명적인 진정한 역사의 고장이라고 하지 않을 수 없을 것이다. 신분제도가 엄존하였던 고려·조선 시대엔 양반 사대부들의 충효 정신이 뜨겁게 발현하였고, 동학 혁명과 갑오개혁을 겪으면서 신분제도가 철폐된 이후부터는 신분의 고하를 막론하고 무수한 애국지사들이 항일 독립 운동의 선봉에 서서 애국 투혼을 불살라 조국 광복의 초석이 되었으니 말이다.

이 작품은 태양처럼 들끓는 지기와 함께 그와 같은 타고난 뜨거운 애국투혼을 불사르며 우리 민족으로 하여금 일제 암흑기라는 험난하고 암울한 역사의 강을 무사히 건널 수 있도록 튼튼한 역사의 다리를 놓으며 살신성인하였던 밀양 향민들의 치열하고도 눈물겨운 독립운동의 발자취를 그려낸 픽션이다.

필자는 이 작품을 통하여 지난 왕조 시대의 황실 척족으로서 위정척사적(爲政斥邪的) 이념을 고수하며 왕정복고 운동에 주력하는 상남면 동산리의 토호(土豪) 집안인 여흥 민씨가의 문중 종손인 중산(重山) 민정식(閔廷植)을 위시한 그들 집안의 사람들과, 일찍이 만주로 망명한 이 지역 출신의 원로 우국지사들의 뒤를 이어 독립운동에 새로 뛰어든 젊은 〈의열단〉 단원들이며, 그들을 돕는 선배 독립 운동가들이 공화주의적 이념을 견지하며 경쟁적으로 독립운동을 펼치면서 겪게 되는 반목과 배신, 응징과 화해 과정을 통하여 일제 암흑기의 민족적 자화상을 그려 보고자 노력하였다.

그리고 그들이 왕조복고를 지향하는 위정척사적 복벽주의(復辟主義)와, 민족자결주의가 대세를 잡아 가는 시대적 흐름에 따라 공화주의를 제각각 표방하며 독립운동을 펼치는 가운데 필연적으로 겪게 되는 계파간의 갈등 관계를 비롯하여, 어두운 역사의 뒤안길에 악령처럼 드리워져 있는 후유증을 어떻게 치유·극복하여 새로운 지평을 열어 가는가를 보여 줌으로써, 오늘날 이념과 계층 간의 갈등으로 남다른 시대고를 겪고 있는 우리 모두에게 무엇을 시사해 주는지에 대하여 다 같이 겸허하게 숙고하고 반성하는 계기로 삼고자 하였다.

떠오르는 지평선 · 제3권 _ 정대재 대하장편소설

제1장

꿈꾸는 동토(凍土)

◇ 목탄기차가 실어 나르는 꿈
◇ 야욕(野慾)과 신망(信望)
◇ 위민 축제(爲民祝祭)

◇ 목탄기차가 실어 나르는 꿈

 김 영감을 비롯한 김 서방 일행이 탄 부산발 신의주행 목탄기차는 늦은 아침때가 되어서야 삼랑진역에 도착하였다. 짧은 겨울 해는 어느새 멀리 천태산 위로 한 뼘이나 떠올라 있었고, 따뜻한 아침 햇살이 번지면서 양철로 된 양지쪽의 역사 지붕 위에서는 하얗게 얼어붙은 서리가 녹으면서 허연 김이 무럭무럭 피어나고 있었다.

 기차에서 내린 김 서방은 자기가 거느리고 온 일꾼들의 머리수를 일일이 헤아려 보고는 김 영감, 천 서방과 함께 일본 사람으로 보이는 양복쟁이 몇 사람과 생선 비린내가 나는 화물들을 이고 진 조선인 남녀 승객들과 뒤섞여서 플랫폼 앞의 건널목을 향해 바쁜 걸음을 쳤다. 일꾼들을 다잡아 하루 일과를 시작하던 책임감과 체질화 된 부지런한 생활 습관이 이런 귀가 길에서도 어김없이 그의 마음을 바쁘게 만들고 있는 것이었다.

 "이보소, 집사 양반! 동산이로 가는 길에 하부 마을 쪽으로 둘러서 갔으면 하는데, 그래도 되겠능교?"

 김 서방의 서두르는 모습을 보고 김 영감과 함께 바쁜 걸음을 치던 천 서방이 뒤에서 큰 소리로 물었다. 그제서야 김 서방이 걸음을 늦추며 천 서방을 돌아다본다.

 "지나치는 길에 본가에 들렀다가 가시게요?"

 방아지기로 새로 들어온 천 서방의 집이 예전에 후조창 거리로 번성하였던 삼랑 포구의 하부 마을 선창가에 있다는 사실을 김 서방도 알고 있었다.

 "그렇소. 중산 서방님의 분부도 있고 하여 나락을 도적맞던 날 밤에 동산리 쪽으로 내왕한 나룻배가 있었는지 한번 알아볼까 해서요."

"아, 그래요? 그렇다면 마침 잘 되었소. 사실은 나도 그럴 생각으로 있었는데, 같이 가기로 합시다!"

그러면서 김 서방은 원지 나들이로 마음이 풀어진 일꾼들을 다잡아 집으로 몰아가는 일을 김 영감에게 맡기면서 미리 당부를 한다.

"영감님, 천 서방과 저는 뒤에 남아서 후조창 지역의 선창가 쪽을 한번 훑어보고 갈 테니 영감님께서는 일꾼들을 데리고 먼저 동산이로 가 주셔야 되겠심더!"

"알았으니 우리 걱정은 하지 말게. 그 대신 이왕에 나선 김에 나락 도둑놈들을 잡을 수 있도록 샅샅이 알아보고 돌아오도록 하게. 삼랑 포구는 뱃길이 세 갈래로 열려 있으니 세 쪽 모두 현지는 물론 다른 지역의 나룻배가 내왕했을 수도 있을 것이네. 그러니 그런 것도 놓치지 말고 잘 알아보아야 할 걸세!"

김 영감도 전무후무한 희대의 벼 도난 사건이 터지고 보니 산전수전을 다 겪은 종가의 원로 충복으로서 도의적인 책임감에서 오는 부담이 적지 않았던지 간곡하게 당부를 한다.

"알겠습더! 만약에 이쪽에서 아무런 단서가 없으면 따로 날을 잡든가 사람을 풀어서 밀양 읍성 쪽이나 구포와 수산 쪽으로도 한번 수소문해 보는 기이 좋지 않을까 싶습더."

"잘 생각했네! 근처에 사는 자의 소행이든, 타지 사람의 소행이든 우리의 눈을 피하자면 나락을 멀리 싣고 가서 처분하려고 하지 않았겠나?"

"예, 저도 같은 생각입더!"

그들이 이런 말을 주고받으며 출찰구 쪽으로 걸어가고 있는 동안에도 갑환이를 비롯한 젊은 하인들은 앞서 간 어른들을 따라갈 생각도 않고 아직도 플랫폼에 남아서 자기네가 타고 온 기차 구경에 온통 정신이 팔려 있었다. 모처럼 갖게 된 부산포 나들이의 해방감을 다 누리지 못한 미진함에다, 동동걸음을 치며 동산리로 돌아가 보았댔자 빡빡한 오늘 일과가 기다리고 있을 뿐, 자기들에게 득 될 게 없다는 생각들이 그들에게 늑장을 부리도록 만들고 있는지도 모를 일이었다.

멀리 북방 국경 지대의 신의주까지 간다는 목탄기차는 승객들이 다 내리고 난 뒤에도 증기기관 보일러실의 물을 보충하기 위하여 잠시 더 지체하고 있었다. 군부대의 보초병 망루처럼 생긴 높다란 급수대에서는 커다란 원통형 저수조의 물이 긴 포대 자루 같은 호스를 타고 그 밑에 정거한 기차의 기관실 물탱크 속으로 폭포수처럼 콸콸 쏟아지고 있었고, 기름 투성이가 된 제복 차림의 철도원들이 저마다 망치를 들고 끝없이 연결된 객차의 바퀴들을 일일이 두드려 보며 바쁘게 돌아다니고 있었다.

"햐, 날이면 날마다 멀리 웅천강 너머로 바라볼 때마다 담배연기 겉은 수증기를 퐁퐁 내뿜으며 장난감처럼 앙증맞게 달려가곤 하던 그 목탄기차가 바로 이놈이었단 말이지? 그런데 평생토록 몬 타볼 줄 알았던 그 기차를 이렇게 직접 타 보게 되다니 이기이 꿈인지 생시인지 도무지 분간이 되지 않구마!"

가마꾼으로 늙어 온 오 서방의 아들 을환이가 열기가 후끈거리는 기관실 쪽을 기웃거리며 철부지 아이처럼 마냥 들뜬 얼굴로 감탄을 한다. 예전부터 미곡 출하 작업에 나설 때마다 느리고 불편한 황포돛배만 타고 다녔던 하인들의 입장에서 보면 이런 호사를 누려 보는 것은 꿈속에서도 상상할 수 없었던 황감한 이변이 아닐 수 없는 것이다.

"뉘 아니래나! 심뽀가 고와야 복을 받는다꼬 하지 않던가베? 나처럼 종가의 일을 돕겠다고 마른일 궂은 일 가리지 않고 남 먼저 나서다 보면 이런 횡재수를 만나게 되는 날도 있는 기이라! 평생 가야 털털거리며 지나가는 화물 자동차 한번 타 보기도 어려울 줄 알았던 우리한테 이런 일이 생길 줄을 누가 알았겠노? 남의 집 머슴을 살아도 과붓집 머슴을 살고, 종살이를 해도 대천지 바다처럼 배포가 넓은 큰 인물 밑에

서 해야 팔자를 고치는 수가 있다고 하더니만, 그 말이 생판 헛소리가
아니었던 모양이라!"

부산 바람을 쐴 욕심으로 이번 미곡 출하 작업에 남 먼저 자원하였
던 운당 어른 댁의 봉도 역시 전에 없던 과분한 대접을 받고 보니 생각
만 해도 신명이 나는지 그저 싱글벙글이다.

"새 술은 새 부대에 담는다꼬 안 하더나? 젊고 생각이 깊으신 우리
중산 서방님께서 왕자님처럼 앞으로 썩 나서 가지고 만사를 차고 나가
시니까 이런 꿈같은 일도 생기게 되는 거 앙이가!"

종가의 을환이도 자기네 젊은 상전에 대한 열띤 칭찬이 지손가 하인
의 입에서 줄줄 쏟아져 나오자 은근히 자부심이 생겼는지 어깨를 으쓱
대며 생색을 낸다.

하기야 하루에도 몇 번씩 멀리 웅천강 너머로 하염없이 바라볼 때
나, 운 좋게 미곡 출하 작업에 동원되어 느리디 느린 황포돛배를 타고
낙동강 뱃길을 오르내리면서 바라볼 때마다 미지의 세계에 대한 까닭
모를 그리움만 남겨놓고 강가의 철길을 따라 가물가물 멀어져 가던 그
목탄기차는 남의 집 종으로 태어나 다람쥐 쳇바퀴 돌 듯 하는 단조로운
일상에 묶여 지내야 했던 그들에게는 달나라와 별나라로 가는 꿈에 부
풀게 만들었던 어린 시절의 무지개처럼 찬란하면서도 까마득하기만 한
현실 저쪽의 존재에 지나지 않았던 것이다.

하지만 달나라와 별나라로 가는 어린 날의 꿈은 철이 점점 들면서
그들의 가슴 속에서 신기루처럼 사라져 버렸고, 그 자리에 대신 남은
것은 철이 들면서 깨닫게 된 숙명과도 같은, 신분의 한계에서 오는 냉
엄한 현실에 대한 서글픈 자각뿐이었다. 그런데 이번에 예상치 못한 이
런 행운을 잡고 보니 숙명이란 것도 늘 한 자리에 묶여 있는 것이 아니
라, 하늘에서 떨어지는 유성처럼 어느 날 갑자기 행운이 되어 찾아올
수도 있다는 생각과 함께 미구에 닥쳐 올게 될지도 모를 새로운 청년의
꿈이 봄날의 아지랑이처럼 그들의 가슴 속에서 아련하게 피어나기 시

작하는 것이었다.

"야, 을환아! 저기 저 기관차 위에서 일하는 화부들 좀 봐라! 화염이 이글거리는 초열지옥(焦熱地獄)이 따로 없구마! 이렇게 추운 날씨에 저렇게 웃통을 홀랑 벗고서도 땀을 뻘뻘 흘리며 일을 해야 하니, 하루 이틀도 앙이고 얼마나 힘이 들겠노? 이제 보니 남의 집 종살이를 하는 우리들만 힘겹게 사는 줄 알았는데 그기이 앙이었던가베!"

아름드리 통나무를 뉘어놓고 톱질을 하거나, 보일러실 아궁이 속으로 자기네 몸뚱이만큼 덩치가 큰 통나무들을 무쇠 갈고리로 밀어 넣기에 여념이 없는 화부들을 쳐다보면서 종가의 병환이가 남의 일 같지 않다는 듯이 고개를 흔들면서 진저리를 친다.

그러나 평생토록 가마꾼 노릇을 해 온 아버지 오 서방을 닮아서 힘이 장사인 을환이는 오히려 그들이 마냥 부러운지 시선을 떼지 못한다.

"힘이 들지는 몰라도 우리처럼 남의 집에 매인 몸도 앙이겠다, 이런 오동지 섣달에 추운 줄도 모르고 일할 수 있는 기이 어데 아무나 누릴 수 있는 분복인가? 나는 마 우리 아부지처럼 평생토록 힘든 일이나 하다가 죽으라는 팔자를 타고 났는지는 몰라도, 저 사람들처럼 지옥 같은 불구덩이 앞에서 일하다가 내일 당장 불귀신이 되어 죽는 한이 있더라도 기차에서 일할 수만 있다면 원도 한도 없겠다!"

"겨울만 되면 얼음장 속에 갇힌 개구리처럼 맥을 몬 추더니, 저런 지옥 겉은 불구덩이 앞에서 일하는 기이 그리도 부럽단 말이가?"

도구늪들 억새밭에서 잡은 산토끼 가죽으로 손수 꿰매어 만든 투박한 배자를 걸치고 산토끼 꼬리로 만든 귀가리개까지 하고서도 잔뜩 움츠리고 서 있는 을환이의 우스꽝스러운 모습을 쳐다보며 병환이가 딱하다는 듯이 묻는다.

"추운 줄 모르고 일할 수 있는 것도 그렇지만, 저 사람들처럼 천날만날 기차를 타고 돌아 댕기면서 바깥세상 귀경을 실컷 할 수 있을 기인데, 그보다 더 좋은 일이 이 세상 어디에 또 있겠노?"

그들이 이렇게 떠들어대는 동안에도 같은 또래의 맏형 격으로 사실상 젊은 하인들의 선도자 역할을 하고 있는 종가의 갑환이는 한쪽 옆에서 풀어진 핫바지의 대님과 행전을 고쳐 매는 데에 정신이 팔려 있었고, 대소가의 다른 동료들도 먼 길을 달려온 괴물처럼 허연 증기를 입김처럼 내뿜으며 가쁜 숨을 몰아쉬고 서 있는 목탄 증기 기차의 이곳저곳을 둘러보느라 아무 정신이 없었다.

화차의 화부들을 부러운 듯이 바라보던 을환이가 이번에는 기관실의 물탱크 속으로 폭포수처럼 콸콸 쏟아지고 있는 물줄기 쪽으로 시선을 옮겨 가더니 또다시 철부지 아이처럼 큰 소리로 감탄을 한다.

"햐! 병환아, 저것 좀 보래! 폭포수가 따로 없구마! 세가 빠지게 달리다 보니 괴물 겉이 힘이 센 이런 기차도 사람처럼 목이 다 타는 모양이네!"

그러자 하인 치고는 고집이 세고 말이 많은 운당 어른 댁의 봉도가 어젯밤에 삼수한테서 들었던 얘기를 밑천 삼아 아는 체를 하면서 자랑처럼 자기의 생각을 읊어대는 것이다.

"제 아무리 힘이 센 기차라 해도 그렇지. 저렇게 긴 객차를 뒤에 달고 죽어라고 달려 왔으니 우찌 숨이 안 차겠노! 삼수의 말로는, 저런 목탄기차는 끝도 없이 굵은 통장작 불을 연달아 때야만 주전자의 물이 펄펄 끓을 때 뚜껑이 들썩거리는 것처럼 화통에서 뿜어져 나오는 증기의 힘으로 물레방아 겉은 바퀴가 굴러가게 되어 있다고 안 하더나? 그러니 이곳 삼랑진처럼 물이 흔한 강가의 기차역에 설 때마다 저렇게 물을 실컷 보충해 줘야 하는 기이라!"

그러자 을환이도 어제 밤에 삼수네 삼촌 방에서 그들과 함께 자면서 들었던 꿈같은 얘기들을 떠올리면서 들뜬 마음으로 귀를 쫑긋 세우고 묻는다.

"그라모 저 기차가 제 아무리 세 빠지게 달려도 서울을 거쳐서 종착역인 신의주까지 가는데 꼬박 하루 밤낮이 걸린다꼬 하더니만, 그것도 다 그런 까닭이 있었던 기이로구마?"

"하모. 신의주가 부산에서 이천리 길이 넘는다고 하는데, 수많은 기차역마다 일일이 서면서 가다가 저렇게 급수대가 있는 역에서는 물까지 넣어야 하니 우찌 그토록 시간이 오래 안 걸리겠노?"

그들이 이런 얘기를 주고받는 것을 보고 덩치가 큰 초당 어른 댁의 득수가 저쪽에서 어슬렁거리며 다가오더니 말참례를 한다.

"그래서 수많은 역마다 일일이 섰다가 가는 느린 목탄기차는 힘없는 우리 같은 따라지 조선 사람들이나 타고 댕기고, 돈 많은 친일 부호들이나 왜놈들은 부산에서 신의주까지 몇 번 쉬지 않고 달려가는 융희호(隆熙號)라꼬 하는 급행열차를 타고 댕긴다꼬 안 하더나!"

"그라고 한일합병 이듬해에 압록강 철교가 개통되면서 경의선이 서울에서 신의주를 거쳐 만주의 안동(安東)까지 연장되고, 서울 남대문역과 만주의 장춘(長春) 간을 이레에 세 번씩 직통 급행열차가 댕기게 되었고 말이지?"

봉도와 득수는 동산리 여흥 민씨네 대소가의 많은 하인들 중에서도 틈만 나면 곧잘 어울리는 앞뒷집 이웃 간의 단짝들이라 오가는 말투부터 죽이 척척 맞아떨어졌고, 동작이 굼뜨고 마음이 여린 종가의 을환이마저도 모처럼 그들과 한통속이 되어 가지고 귀가 솔깃한 얼굴로 다시 묻는다.

"나라가 망하고 나서 아라사 쪽의 연해주라꼬 하는 데와 만주로 간 우국지사들이 많고, 토지조사 때 왜놈들한테 전답을 빼앗기고 유리걸식하던 사람들도 너나없이 살길을 찾아서 가족들을 거느리고 만주로 갔다고 하던데, 그 사람들도 모두 멀리 만주까지 갈 때는 이런 기차를 타고 갔겠제?"

"을환아, 어젯밤에 잠도 몬 자고 우리랑 같이 똑같은 이바구를 다 들어놓고 나서 시방 무신 소리를 하고 있노? 빈털터리로 유리걸식하던 유민들은 가진 돈도 없는데 무슨 수로 이런 기차를 탄다는 말이고? 그 사람들은 종노릇을 하면서도 굶지 않고 사는 우리보담도 더 팔자 기박한 사람들이라 보나마나 천릿길을 걸어댕기던 예전의 보부상들처럼 미투리가 몇 죽이나 닳아빠지도록 세월아 네월아 가거라 하고 몇 달을 두고 타박타박 걸어가야 했을 거 앙이가? 또 차비가 있는 우국지사들도 검문을 하는 왜놈 순사들 때문에 소금 장수나 인삼 장수처럼 변장을 하고서 국경 지대를 넘어갔다꼬 안 하더나? 그라고 그것도 탄로가 날까봐 국경이 가까워지기 전에 중간에 내려 가지고 야밤을 틈타 압록강이나 두만강을 헤엄쳐 건너가거나 아예 겨울이 오기를 가다렸다가 얼음 위를 걸어가는 일도 비일비재하였고 말이다!"

아까부터 기차에서 일하는 화부들을 보고 부러워하던 을환이는 득수의 핀잔에도 불구하고 언짢아하는 기색도 없이 여전히 꿈에 취한 사람처럼 고개를 끄떡이다가 고추 먹은 소리를 한다.

"삼수의 말로는, 만주하고 연해주라고 하는 데는 주인 없이 놀고 있는 땅이 천지 사방에 끝이 안 보이도록 쫙 널려 있다고 하던데, 우리 겉은 사람들이 운 좋게 돈을 모아 가지고 막상 기차를 탄다고 해도 그쪽으로 가도록 왜놈들이 가만히 놔둘란가 모르겠네!"

"야, 니는 걱정도 팔자로구나! 돈이 없어서 탈이지, 왜놈 순사들이 아무 죄도 없는 우리 겉은 양민들을 가만히 놔두지 않고 무얼 우찌할 기이라꼬 그래쌓노?"

"득수 니 말이 맞다! 감옥소로 끌고 가 봤자 지놈들의 밥만 축이 날기이 뻔한데 뭐 할라꼬 잡아 가겠노?"

봉도까지 아무 일 없다는 듯이 기고만장하게 떠드는 바람에 오히려 생각이 깊어진 을환이는 자라같이 목을 잔뜩 움츠리며 자탄가처럼 쓸쓸하게 뇌이는 것이다.

"하기사! 가진 돈이 있거나, 종살이에서 풀려나야 하늘의 별을 따든지 말든지 하지! 우리 겉이 남의 집에 매인 종놈의 신세에 언제 이런 기차를 타고 끝도 없이 넓다는 만주 땅으로 한번 달려가 보겠노?"

을환이가 신세타령을 하며 탄식을 하는 것을 보고 득수가 독불장군 처럼 의기양양하게 큰 소리를 친다.

"야! 김빠지게 그런 소리 하지 마라! 사람의 팔자는 아무도 모르는 기이다. 노비 문서가 지금까지 남아 있는 것도 앙이겠다, 요즘 겉은 세상에 맨손으로 집을 뛰쳐나갔다가 팔자를 고친 당곡의 풍수를 보고도 그래쌓나? 풍수 개는 가출한 뒤로 약장수 풍각쟁이가 되더니 지난해에는 왜놈들의 국경일이라는 천장절(天長節) 때 자기네 패거리들과 함께 화물차를 타고 개성의 인삼 시장을 본 뒤에 평양의 오일장을 보면서 그곳 귀경을 다 하고 왔다고 안 하더나? 그러니 우리라꼬 해서 그렇게 되지 말라는 법도 없는 기이라!"

그들의 대화가 거기까지 이르렀을 때, 양쪽 발목의 대님과 행전을 차례로 다 고쳐 묶고 난 종가의 갑환이가 천천히 허리를 펴면서 그들의 얼굴을 차례대로 쭉 훑어보더니 금세 표정이 달라지고 만다. 삼수한테서 들었던 얘기를 화제 삼아 한통속이 되어 떠들고 있는 그들의 면면이를 보니 초량 미곡창의 사무장 윤영감의 아들인 병환이를 제외하고는 모두가 상전의 신임이 그리 두텁지 않은 지손가의 별 볼 일 없는 종복들의 자식이 대부분인 것이다. 게다가, 그 중에서도 봉도와 득수는 전에 마산리 출신의 예수교도인 종팔이와 또출이가 머슴살이를 하였던 운당 어른 댁과 초당 어른 댁의 하인들로서 평소에도 주제넘게 제 목소리를 가끔 내던 축들인 데다가, 종가에서 평생토록 가마꾼 노릇이나 하고 있는 오 서방의 아들인 을환이 또한 그들과 별반 다를 바 없는 찬밥 신세로 평소에 집안사람들의 곱잖은 시선에도 불구하고 상전들의 눈 밖에 나 있는 삼수하고나 가까이 지내던 사이였던 것이다.

종가의 젊은 하인들 중에서도 그 중 나이가 많은 갑환이는 여기서도 맏형 노릇을 어김없이 하려는 듯이 그들 패거리들의 예사롭지 않은 이야기에 남다른 관심을 가지고 묻는다.

"야! 득수야, 봉도야! 니네들은 우리도 모르는 종가의 그런 이바구를 도대체 어디서 누구한테서 모두 주워들었단 말이고?"

"누구한테서 듣기는…. 어젯밤에 회식이 끝난 뒤에 삼수한테서 들었지 머!"

종마장의 책임자인 염 서방의 위상 때문에 종가의 젊은 일꾼들 중에서도 목에 힘을 주고 지내는 갑환이 앞에서도 봉도는 어찌 된 영문인지, 이날따라 상전들이 알면 좋아할 리가 없는 민감한 얘기를 삼수한테서 들었다는 사실을 굳이 숨기려 하지 않고 사실대로, 그것도 당당하게 털어 놓고 있었다.

"그래애? 삼수 놈의 장단에 놀아나던 니네들끼리 같이 자겠다며 그 자식의 삼촌 방으로 떼로 몰려가더니 거기서 모두들 한통속이 되어 가지고 웃전들 몰래 역적 패들처럼 그런 이바구들을 주고받으면서 잠을 잤단 말이지?"

어제 저녁 중산의 형제들이 초량 미곡창의 객실에서 만찬을 겸한 회합을 가지는 동안에 그곳 미곡창의 일꾼들 숙소에서는 중산의 특별한 배려로 미곡 출하 작업에 동원되어 고생을 많이 한 그들을 위하여 평생 구경도 하지 못했던 맛좋은 청요리에다 동래산성의 막걸리까지 동원된 사상 초유의 회식 자리가 마련되었던 것이다. 중산이 난생 처음으로 미곡 출하 선단을 이끌고 부산 출장길에 직접 나서면서 전에 없었던 그런 풍성한 위로의 자리를 마련해 주고, 그것도 모자라서 일반 서민들도 타 보기 어려운 기차를 타고 귀가할 수 있도록 해 준 것은 민심이 곧 천심이라는 평소의 뿌리 깊은 소신에다, 천부인권은 신분에 관계없이 만인에게 평등하다고 하던 운사의 말에 따라 취하게 된 특별한 배려였다. 그리고 다른 한편으로는 문중의 개화를 추진하고 있는 신세대의 차기 당주로서 시간과 노동력의 불필요한 낭비를 줄이려는 합리적인 발상의 전환이 가져다 준 결과이기도 하였다.

웃전들의 눈치도 볼 것 없이 모처럼 그들만이 마음껏 떠들면서 즐기게 된 간밤의 그 뜻 깊은 회식 자리에는 동산리의 대소가에서 선발되어 온 몸이 실한 젊은 하인들에다, 서반아 괴질이 창궐했을 때 중산이 피접 삼아 초량 미곡창으로 급히 내려 보냈던 삼수를 비롯하여, 초량 미곡창에서 상주하고 있는 종가의 몇몇 하인들까지 동참하였던 것이다.

그런데 종가는 물론 지손가에서도 아예 인간 취급을 하지 않았던 삼수란 놈이 어제 저녁 회식 자리에서는 마치 이역만리의 신천지에 나갔다가 큰 공을 세우고 금의환향한 대단한 풍운아라도 되는 것처럼 화제의 중심에 서서 세상 돌아가는 온갖 얘기를 입심 좋게 떠벌리면서 좌중의 분위기를 자기 멋대로 이끌어 갔던 것이다. 그게 삼수 녀석이 혼자서 북 치고 장구 치고 하는 독무대로 끝나 버렸더라면 어차피 깨어진 질그릇과도 같은 인간 말자가 부리는 만용과 객기일시 분명하니 지놈이 그렇게 떠들어봤댔자 질그릇 깨어지는 소리밖에 더 되겠느냐고, 처음에는 갑환이도 취중에 나타난 한 때의 주정쯤으로 여기며 가볍게 지나쳐 버리려고 했었다. 하지만 봉도나 득수 같은 지손가의 하인들은 말할 것도 없고, 상전들의 눈을 의식하여 평소에는 삼수와 상종하기조차 꺼려하였던 종가의 여러 하인들까지도 그가 주도하는 분위기에 줏대 없이 휩쓸린 나머지 감탄사를 연발하면서 크게 호응을 하는 바람에 갑환이의 속이 그만 뒤집어지고 만 것이었다.

갑환이가 평소에는 결코 볼 수 없었던 그와 같은 현상에 대하여 전에 없이 민감하게 반응하며 심사가 뒤틀리는 데에는 그럴 만한 까닭이 있었다. 운당 어른 댁과 초당 어른 댁에서 몇 년 동안 머슴살이를 하였던 종팔이와 또출이가 양반촌의 젊은 하인들 중의 맏형 격인 자기를 숫제 별 볼일 없는 종놈 취급을 하며 비위를 건드린 일이 한두 번이 아니었던 데다가, 그들과 한 솥밥을 먹었던 봉도와 득수마저 예수쟁이 물이 들어 버렸는지 자기 또래의 여느 하인들과는 달리 자기의 말을 고분고분 들어 주지 않고 사사건건 군소리를 하며 어깃장을 놓는 등, 눈에 든 가시나 다름없는 존재가 되어 있었던 것이다.

그리고 삼수 녀석이 김 서방과 자기의 단속에도 아랑곳하지 않고 마산리를 남몰래 들락거리며 종팔이와 또출이의 똘마니 노릇을 하다가 끝내는 그들처럼 상전들이 금기시하는 '예수쟁이'가 되고 말았음에도 불구하고 봉도와 득수가 그런 삼수 녀석을 멀리하기는커녕 오히려 전에 종팔이와 또출이가 그랬던 것처럼 한사코 감싸고도는 점도 갑환이로서는 결코 좌시할 수 없는 일이라 아니할 수 없었다.

'햐, 이 자슥들 봐라! 니놈들이 하나는 알고 둘은 모른다 그 말이지?'

갑환이는 외지 나들이의 들뜬 마음에 분별없이 지껄여대는 그들의 얘기가 결국 그들에게 독이 되고 말리라는 생각에 내심으로 그렇게 쾌재 아닌 쾌재를 부르고 있었다. 그리고 한말의 유림들이 지향하던 위정 척사(爲政斥邪)의 정신이 아직도 여전한 대소가의 상전들 모두가 그들이 신봉하는 예수교를 서양에서 들어온 사교(邪敎)로 간주하여 지금도 백안시하고 있다는 점도 그의 배포를 두둑하게 만들어 주고 있었다.

사실 따지고 보면, 갑환이는 그들처럼 타고난 종놈의 자식이 아니었다. 그래서 제 딴에는 신분상의 우월 의식을 가지고 종가의 젊은 일꾼들 중의 맏형으로서 선도자 역할을 한다고 내심 자부하고 있었는데, 어제 저녁 때에 그런 일이 벌어짐으로써 그만 자존심에 적잖은 상처를 입고 만 것이었다.

원래 그의 아버지 염 서방은 마산역의 역리(驛吏)였으나 각고의 노력으로 글을 깨친 후에 역장까지 지낸 사람이었다. 그 후, 역원제의 폐지로 인하여 그때까지 내 땅처럼 부쳐 먹던 역둔토와 가옥을 내놓고 하루아침에 일가족이 길거리로 나앉게 되었을 때, 그들의 딱한 처지를 알게 된 영동 어른이 역마를 관리한 그의 이력을 높이 평가하여 마굿들의 말 관리인으로 맞아들인 후에 그 은혜를 갚느라고 충심으로 일한 덕분으로 그곳 총책임자 자리에까지 오르게 된 인물인 것이다.

그런 입지전적인 염 서방의 아들로서 은근히 남 다른 자부심을 느껴온 갑환이로서는 천지 분간을 하지 못하는 하인배들의 그런 눈꼴사나운 태도에 은근히 심사가 뒤틀릴 수밖에 없었을 것이다. 하지만 그래도 그때는 그곳이 삼수와 그의 삼촌이 고지기로 머물러 있는 생활의 근거지라 그러려니 했었다.

한데, 이제 보니 그게 아닌 것이다. 갑환이가 기가 막힌 나머지 역적패라는 말까지 들먹이며 너네들끼리 삼수네 방에서 한통속이 되어 그런 말들을 하며 밤을 지새웠느냐고 추궁하듯 되물었음에도 불구하고 봉도는 재차 그렇노라고 당당하게 대답하였고, 초당 어른 댁의 득수마저 갑환이의 복장을 긁어 놓기로 작심한 듯이 옆에서 이렇게 이죽거리는 것이었다.

"어이, 갑환아! 말썽 많은 삼수가 이전부터 니 말을 고분고분 듣지 않는다꼬 아주 인간 취급을 하지 않더니, 간밤에 개하고 한 방에 같이 자면서 세상 돌아가는 이바구를 들었던 우리들까지 나라를 뒤엎는 역적패 정도로밖에 안 보인다 그 말이지?"

"그라모 종팔이하고 또출이 때문에 예수쟁이가 된 삼수 그 자식이 우리 종가를 위해서 큰 공을 세우고 돌아오기라도 했다는 말이냐? 그리고 그것도 모자라서 간밤에 그놈의 장단에 광신도처럼 놀아난 니네들이 지금도 안하무인격으로 세상 무서운 줄 모르고 이렇게 설쳐대는 것이냐?"

갑환이가 얼굴이 벌개져서 언성을 높였으나 그와 동갑내기로 평소에도 말이 많던 득수는 전혀 개의치 않고 오히려 열을 띠어 가며 삼수에 대한 찬사를 늘어놓는 것이었다.

"어이, 갑환아! 니도 귀가 있으니 옛날부터 화수분 이바구를 들어서 알고 있을 거 앙이가? 재물이 자꾸 생겨서 아무리 써도 줄지 않는 보물단지 이바구 말이다. 그런데 알고 보니 삼수의 이바구 보따리가 바로 화수분이더라니까! 그 바람에 어젯밤에 삼수한테서 세상 돌아가는 이바구를 들으며 인생 수업을 쌓느라고 잠을 제대로 몬 자서 우리 모두가 이렇게 시뻘건 토끼 눈이 되어 삐린 거 앙이가!"

"야야, 웃기지 마라! 삼수 그 자식한테서 무신 기막힌 이바구를 들었는지는 몰라도, 동생뻘밖에 안 되는 사고뭉치한테서 인생 수업을 쌓았다니, 그기이 말이 되는 소리가? 우리 집 똥강아지가 들어도 개 같은 소리라고 멍멍 짖어대며 어금니가 다 날아가도록 웃겠다, 임마!"

갑환이가 이렇게 기를 세우며 우기자, 운당 어른 댁의 봉도 역시 단짝인 득수의 편을 들며 덩달아 언성을 높이고 나서는 것이었다.

"어이, 갑환아! 사람이 달라지면 응당 쳐다보는 눈도 달라져야 마땅한 거 앙이가? 그런데 니 눈에는 삼수 개가 아직도 예전의 말썽 많은 사고뭉치로밖에 안 보인다 그 말이지? 삼수 그놈아가 그 동안에 밤마다 매구 구신처럼 밖으로 싸돌아 댕긴다꼬 모두들 야단이길래 나도 예수쟁이가 되면 누구나 다 그렇게 미쳐 삐리는구나 했었지. 그런데 알고 봤더니 그기이 앙이고 좁은 우물 안에서 구정물을 일으키며 미쳐 삐렸던 삼수라는 미꾸라지 한 마리가 용이 될라꼬 몸부림을 친 기이더라 그 말이다!"

"뭐, 미꾸라지가 용이 되었다꼬? 야, 웃기지 마라! 미꾸라지는 비늘도 없는 미물인데 우찌 용이 된단 말이고? 깨어진 요강 단지에 철사 테를 둘렀다고 해서 그기이 어데 꿀단지나 약단지로 쓰는 귀한 백자 항아리가 되는 줄 아나? 어림없는 소리다!"

그러면서 갑환이는 응당 자기편에 서서 역성을 들어 주어야 할 병환이가 아까부터 강 건너 불구경하듯이 수수방관만 하고 있는 것을 보고 은근히 부아가 치미는지, 마치 삼수가 그렇게 된 것이 모두 초량 미곡창의 책임자이자 병환이의 아버지인 윤 영감의 탓이라도 되는 것처럼 그쪽으로 은근 슬쩍 말을 걸치는 것이다.

"니네들이 다 알다시피 삼수 그 자식이 동산리에 있을 때에는 사람 같쟎은 짓만 하고 싸돌아 댕겨도 그렇게 기가 펄펄 살아 있지는 않았는데, 초량 미곡창으로 내려가고부터 갑자기 자수성가한 큰 인물이라도 되는 것처럼 그렇게 분수 모르고 설치게 된 거 앙이가? 제 아무리 똥은 건드릴수록 꾸룽내가 더 나고, 개새끼는 발길로 걷어찰수록 성질이 더

사나워진다고 해도 그렇지! 어차피 인간이 안 될 놈은 일찌감치 다리몽 댕이를 뚝딱 부질러 놔야 하는 기이라. 그런데 윗사람들이 귀찮다고 너 나없이 오냐오냐 하고 내버려 두는 바람에 틈만 나면 밖으로 나가서 약 장수 풍각쟁이가 되어 조선 천지를 다 돌아 댕긴다는 풍수 놈하고 붙어 지내다가 결국 바깥 바람에 간뎅이가 커질 대로 커져 가지고 그렇게 된 거 앙이가?"

갑환이는 초량으로 내려가고부터 갑자기 사람이 달라진 삼수보다도 동생뻘밖에 안 되는 그의 말에 놀아나는 동료들의 태도에 더욱 심사가 뒤틀려 버린 모양이었다.

그러자 병환이가 그대로 두고 보기가 딱했던지 한 마디 하였다.

"야, 갑환아! 그거는 니가 모르고 하는 소리다! 내가 우리 아부지한 테 물어 보니 삼수란 놈도 부산으로 내려가고부터는 제 분수를 알았는 지, 자기 할 일도 열심히 하고 말도 고분고분 잘 들었다고 하더라. 구포 장날하고 동래 장날마다 밤에 풍수한테로 달려가서 둘이 짝짜꿍이 되 어 가지고 어울렸던 것도 다 허락을 받고서 한 짓이라고 안 하나!"

갑환이와는 달리 종놈의 신분이면서도 충복의 아들인 병환이 역시 비슷한 처지로 갑환이의 마음을 모르지 않았다. 하지만 자기의 판단으 로도 봉도와 득수의 말이 전적으로 틀리지 않았고, 돌아가고 있는 상황 또한 무턱대고 그의 역성만 들 형편이 아님을 이미 눈치 채고 있는 것 이었다.

"그것 봐라! 니 말대로 틈만 나면 바깥으로 뛰쳐나가 풍수란 놈과 싸 돌아 댕기는 거를 가만히 놔두니까, 그놈이 더욱 기고만장하여 가지고 섬불맞은 멧돼지처럼 지 멋대로 미쳐서 설쳐대는 거 앙이가?"

"다 큰 머슴아가 낮 동안에 제 할 일을 서둘러서 다 해놓고 나서 밤 에 짬을 내어 친구를 만나러 간다꼬 나가는데 우리 아부지하고 김 서기 인들 거기에 대놓고 무신 말을 하겠노?"

병환이의 말이 틀린 것이 아니어서 갑환이는 갑자기 말문이 막혀 버렸고, 자신감을 얻은 득수가 다시 그를 설득하려고 들었다.

"어이, 갑환아! 어릴 때부터 사고뭉치 소리를 듣고 자랐다고 해서 평생토록 그런 사람으로 살라는 법은 없는 기이다! 양반님네들이 우리를 훈육하여 나무랄 때에 곧잘 입질에 올리는 개과천선(改過遷善)이라는 유식한 말이 있고, 개천에서 용이 난다는 속담도 있지 않다나?"

"야, 임마! 니네들이 제 아무리 우겨 봐야 참외에 검은 줄을 죽죽 긋는다꼬 그기이 맛좋은 수박이 될 수는 없는 기이라! 삼수 그 새끼는 태어날 때부터 천한 종놈의 자식으로 태어났고, 크면서도 해서는 안 될 짓만 골라서 하고 댕겼는데, 우찌 그렇게 될 기이고? 될성부른 나무는 떡잎 때부터 알아본다꼬, 삼수 그 자식은 근본적으로 인간이 되기는 어차피 물 건너간 놈이니 그렇게 될 까닭이 없는 기아라! 그런데 니네들이 와 자꾸 그래쌓노? 자꾸 이래쌓는 거를 보이 네네들도 그놈한테 둘러빠져서 벌써부터 광신도 예수쟁이가 되어 삐린 거 앙이가?"

이치로는 당해낼 재간이 없게 된 갑환이는 참다못해 그들이 듣기 싫어하는 '종놈의 지식'이라는 험한 말까지 끌어다 대면서 막말을 한다. 그 바람에 태생적으로 종놈의 신분인 득수가 은근히 심사가 뒤틀려서 한 술 더 뜨며 맞서는 것이다.

"야, 갑환아! 이런 말을 안 할라꼬 했는데, 니가 그렇게 막말을 하고 나오니 나도 안 할 수가 없구마! 노비 문서가 없어진 거는 이미 옛날의 일이고, 요즘 같은 세상에 종놈의 신분이 어디 따로 있다고 하다나? 가진 것이 없어서 남의 집에 얹혀사는 것은 니나 우리나 매한가지 앙이가? 그러니 앞으로 우리한테 종놈의 자식이니 어쩌니, 하는 말은 듣기에 심히 거북하니 함부로 말하지 말란 말이다. 개 눈에는 똥밖에 안 보인다꼬, 니가 세상 달라진 줄을 모르고 잘난 체 하다 보니 새 사람이 된 삼수의 진짜 모습을 몬 보고 이렇게 니 혼자서 잘난 체 하고 있는 거 앙이가? 분수를 아는 우리 눈에는 삼수 개가 진짜로 미꾸라지가 용이 된 것처럼 새롭게 보이고, 여기 있는 병환이 눈에도 그렇게 보이는 모양인데 우찌 니는 그것도 모르고 그래쌓노? 니가 삼수와 우리를 우습게 보는 거는 우리 때문이 앙이라, 니 스스로가 아직도 옛날처럼 우리네하고 근본적으로 다른 대단한 신분인 줄로 착각하고 있기 때문이 앙이냐 그 말이다!"

오가는 말들이 점점 험악해지는 것을 보고 병환이가 중간에서 말렸으나, 득수는 작심한 듯이,

"병환이 니도 인제부텀 아무 잘못도 없이 무턱대고 갑환이한테 기가 죽어서 살 거 없다!"

하고 그의 손을 뿌리치고 나서 막혔던 물꼬가 터져 버린 것처럼 속에 있던 말을 거침없이 쏟아내는 것이었다.

"어이, 갑환아! 방금도 말했지만, 누가 뭐라고 해도 삼수가 개과천선한 거는 엄연한 사실이란 말이다! 그러니 그것을 인정하든지 말든지 그거는 갑환이 니 사정니 니가 알아서 해라. 하지만 모진 놈 곁에 있다가 벼락을 맞는다꼬, 니 때문에 나나 웃전들을 포함한 우리 모두가 낭패를 당하도록 해서는 결코 안 될 기이란 말이다, 내 말은!"

그러면서 득수가 열띤 목소리로 뱉어내는 말에 의하면, 어릴 때부터 말썽을 많이 부려서 뭇 사람들로부터 미친 개 취급을 받으면서 자라났던 삼수가 예수쟁이가 되고부터는 개과천선하여 용이 되어 하늘로 올라가는 큰 꿈을 꾸게 되었는데, 그 동안에 밤마다 도둑놈처럼 월담을 하면서 온갖 패담과 악담을 들어가며 마산리 교회를 끈질기게 드나들었던 것이나, 약장사 풍각쟁이가 되어 조선 팔도를 다 밟고 다니면서 만물박사가 다 되었다는 풍수와 한통속이 되어 죽고 못 사는 것들이 모두 용이 되어 하늘로 올라가려고 했던 삼수한테는 폭풍우가 되고 먹장구름이 되어 준 것이라 하였다. 그런데도 갑환이 너한테 아무것도 안 보인다면 그것은 분명히 사적인 악감정으로 인하여 앙갚음 비슷한 명태 껍데기가 두 눈에 둘러 씌워져 있기 때문이라는 것이었다.

득수가 격앙된 목소리로 이처럼 남들이 보는 앞에서 갑환이한테 당

당하게 맞서는 것은 전에 없던 일이라, 기관차 주변에 흩어져 있던 대소가의 다른 동료들까지 하나 둘씩 주위에 모여 들었다. 평소에도 다루기가 뻑뻑하던 득수가 그렇게 워낙 강하게 나오는 바람에 갑환이도 동료들이 보는 앞에서 힘으로 맞서기에는 버거운 상대라 내심 당황한 것일까. 어쩔 수 없이 스스로 성질을 가라앉힌 갑환이는 언성을 높이는 대신에 태도를 바꾸어 자기의 생각을 감성적인 어조로 이렇게 토로하는 것이었다.

"글쎄다! 니가 그렇게 말하니 나도 별로 할 말이 없구마! 그렇지만 지 아부지는 천지 분간을 못 하는 개망나니 자식을 둔 죄로 허구헌날 윗분들의 눈치만 살피며 속을 새카맣게 태우고 사는데, 자식인 삼수란 놈은 지 주제도 모르고 미친개처럼 일만 저지르고 댕긴 것은 니네들도 다같이 인정하는 엄연한 사실 앙이가? 그런데 그렇게 밖으로만 싸돌아댕긴 별 볼일 없는 놈을 두고 우찌 용이 되었다꼬 할 것이며, 그 동안에 개차반 겉이 한 짓들이 우찌 용이 되어 하늘로 올라가게 만드는 폭풍우가 되고 먹장구름이 된다는 말이고?"

갑환이는 목이 잠기자 가래를 돋구어 거칠게 뱉어 내고는 다시 말을 이었다.

"김 서방 형님하고 내가 그 동안에 그리도 타일렀건만, 그토록 바깥으로만 싸돌아 댕기던 삼수 지놈이 무슨 별난 것들을 배우고 돌아왔는지는 몰라도, 내가 보기에는 초량으로 내려가고부터 광기만 잔뜩 들어 가지고 굿할 때 미친 듯이 신 내림 춤을 추던 박수무당인 지 애비 염녹술이와 진 배 없이 미쳐 날뛰던 풍수처럼 잔뜩 광기가 들어 가지고 지 멋대로 설쳐대던데, 그런데도 니네들 눈에는 그 자식이 먹구름을 타고 하늘로 승천하는 폭풍우 속의 청룡처럼 보이더라 그 말이가?"

갑환이가 그렇게 끝까지 자기의 뜻을 굽히려 들지 않는 것을 보고 이대로 두었다가는 안 되겠다 싶었는지, 봉도가 치솟는 오기를 눌러 참으며 점잖게 묻는 것이었다.

"야, 갑환아! 니는 삼수가 어째서 그렇게 사람이 달라졌는지 아직도 진짜로 모르고 있단 말이가?"

"아니, 말끝마다 사람이 달라졌다니, 그 자식이 도대체 무엇이 어떻게 달라졌단 말이가? 그 근거가 무엇인지 내 앞에 확실하게 한번 내놔 봐라! 그래야 내가 믿든지 말든지 할 거 앙이가?"

뒤늦게 심상치 않게 돌아가는 분위기를 느낀 갑환이는 그제서야 자기만 모르는 삼수에 관한 비밀이 따로 있는 게 아닌가 하고, 다소 상기된 얼굴로 봉도와 득수의 얼굴을 번갈아 쳐다보며 묻는 것이었다.

"허허, 참! 종가의 젊은 일꾼들 중의 맏형이라꼬 늘 어깨에 힘을 주고 설쳐대길래 갑환이 니가 제법 똑똑하고 눈치도 빠른 줄 알았는데, 유독 삼수에 대해서만은 아직까지도 아무것도 모르는 먹통이라니, 참 별일이네!"

"와? 삼수란 놈이 예배당에 댕기다가 무신 감투라도 둘러썼단 말이가?"

혼돈 상태에 빠진 갑환이는 어리둥절한 얼굴로 자기네를 에워싸고 있는 뭇 얼굴들을 이리 저리 둘러본다.

"그런 기이 앙이다, 이 친구야! 전에는 예수교를 믿었지만, 지금은 대종교를 믿고 있는 모양이란 말이다, 대종교를!"

득수가 최후의 쐐기를 박듯이 힘주어 내뱉는 말이었다.

"대종교라니, 그기이 뭔데?"

"뭐긴 뭐야! 겉으로는 우리나라를 처음 세운 단군 임금님을 섬기는 종교라꼬 하지만, 사실은 친일 앞잡이들과 왜놈 고관대작들이 말만 들어도 벌벌 떤다는 무서운 독립운동 비밀결사 단체라꼬 하더구마!"

봉도가 더 이상 참지 못하고 노골적으로 그런 무서운 말들을 뱉어내자, 거기에 있는 일행들 모두가 서로의 얼굴을 쳐다보며 적잖이들 놀랐고, 기가 오른 득수도 봉도가 못다 한 은밀한 얘기를 뒤늦게 털어놓는 것이었다.

"이거는 지난밤에 삼수네 삼촌한테서 들은 이바구인데, 이번에 우리하고 나락 거래를 하게 된 백산상회라는 회사를 설립한 백산 안희제라는 사람도 대종교를 믿고 있고, 거기에 자금을 대는 만석지기 경주 최부잣집의 주인 양반도 같은 대종교 신도라 그 말이다!"

그러자 크게 술렁대는 일행들 속에서 병환이도 자기만 알고 있던 또 다른 사실을 뒤늦게 털어놓는 것이었다.

"이제사 하는 말이지만, 사실은 나도 그런 이바구는 곁귀로 주워듣고 있었다 앙이가!"

"아니, 병환이 니도…?"

병환이마저도 같은 말을 털어놓는 바람에 갑환이는 침 먹은 지네처럼 완전히 맥 빠진 얼굴로 그를 쳐다본다.

"그렇다니까! 어제 초저녁 때, 청암 도련님이 삼수를 다른 방으로 따로 불러서 지난 밀양 장날 밤에 어디에 가 있었느냐고 캐묻는 것을 그 옆의 우리 아부지 방에 있다가 우연히 엿듣게 되었다 앙이가. 청암 도련님이 말하기를, 중산 형님께서 니가 그날 밤에 어디에 가 있었는지 궁금하게 여기고 니한테 알아보라고 했으니 나한테만 사실대로 말해 주면 야단맞지 않고 무사하게 넘어갈 수 있도록 해 주마, 하고 마치 서로 뜻이 통하는 바가 있는 듯이 친근하게 말을 하더라니까!"

"그랬더니 삼수가 뭐라고 했는데?"

맥이 빠져 있던 갑환이의 미간이 갑자기 심각하게 좁혀든다.

"아, 그랬더니 삼수 녀석이 자기의 후견인한테 고하듯이 아무런 주저함도 없이, 도련님께서도 전에 말씀하신 적이 있는 대종교 동래 지사의 시교당으로 가서 밤을 꼬박 새우고 왔다 앙입니꺼, 하고 숨기지 않고 줄줄 털어놓더라니까! 그래서 청암 도련님이 멀리 초량에 있는 네놈이 대종교 동래 지사의 시교당에는 왜 갔느냐고 하니까, 삼수가 말하기를, 풍수가 대종교를 믿고 있기 때문에 자기도 도련님의 말을 듣고 그 종교로 개종을 하였는데, 구포 장날, 동래 장날 밤마다 구포에 있는 동래 시교당으로 찾아가야 개를 만날 수 있어서 그랬다나 어쨌다나!"

"그래에? 그 자식이 정말로 그런 말들을 했단 말이지?"

갑환이는 갑자기 망년 자실하여 먼데 하늘을 바라보며 허탈해한다. 그러면서 자기만 헛다리를 짚고 있었던데 대하여 실소를 금치 못하며 넋두리 삼아 중얼거리는 것이다.

"하기사 광대 집안에서 역마살을 타고 태어난 풍수란 놈이 일찍이 가출하여 화물차를 타고 댕기면서 왜놈들 약장수 밑에서 풍각쟁이 노릇을 하게 된 것은 타고난 지 팔자소관에다 지네 아부지가 박수무당이라 어릴 때부터 배운 기이 그런 짓거리들뿐이었으니 그렇다 치더라도, 죽자 사자 그놈을 쫓아 댕기던 삼수란 놈이 예수쟁이를 거쳐서 그쪽 길로 들어서게 될 줄을 난들 우찌 알았겠노? 그건 그렇고, 그나저나 청암 도련님까지 그 자식을 그렇게 감싸고돈다니, 도무지 믿어지지가 않구마는!"

갑환이의 태도가 수그러지는 것을 보고 병환이는 의외로 신중하게 그 말을 받는다.

"예전부터 통하는 바가 있어 가지고 풍수와 잘 어울렸던 삼수가 그 친구를 따라 대종교라는 무서운 종교로 개종한 것이나, 기회가 생길 때마다 구포와 동래에 있는 대종교 시교당으로 달려가서 개랑 은밀하게 만나는 것을 보면 우리도 모르는 그럴 만한 까닭이 따로 있는 기이 앙이겠나?"

갑환이와 병환이의 얘기가 거기에 이르렀을 때, 멀리서 황소울음 같은 김 서방의 목소리가 쩌렁쩌렁하게 들려 왔다.

"야, 이노무 자슥들아! 해가 중천에 떴는데, 얼른 집으로 갈 생각은 않고 시방 거기서 무신 짓들을 하고 있노?"

화가 크게 난 김 서방의 목소리에 놀란 일꾼들은 누가 먼저랄 것도 없이 플랫폼 앞의 철도를 가로질러 출찰구 쪽을 향하여 미친 들개들처럼 앞 다투어 뛰어간다. 출찰구 밖의 대합실에서 기다리고 있던 김 서방은, 그러나 그들에게 야단을 치지 않고 망아지 몰이를 하듯이 휘몰아 김 영감과 천 서방이 서 있는 바깥 한길 쪽으로 나서면서 뒤에 남은 갑환이를 붙잡고 걸으면서 그에게 막 야단을 친다.

"야, 갑환아! 잡도리를 하고 서둘러야 할 니가 뒤에서 그렇게 자꾸 늑장을 부리고 있으니까 저놈아들도 덩달아 마음이 풀어져 가지고 마냥 꾸물거리는 거 앙이가?"

"풀어진 가부땡이(대님)하고 행전을 고쳐 묶느라꼬 한눈을 파는 사이에…. 오늘은 그럴 만한 일도 좀 있고 하여 나도 모르게 이리 되었지만 앞으로는 조심할께요."

갑환이는 남들이 보는 길거리에서 좀 전에 있었던 일을 마저 털어놓지 못하고 얼굴을 붉힌다.

"알았으면 됐다! 그런데 이대로 곧장 동산이로 달려가도 반나절 일은 이미 공치게 생겼다 앙이가! 그러니 김 영감님을 모시고 먼저 집으로 가면서 니가 앞장서서 발걸음을 서둘러야 할 기이다!"

"김 서방 형님은요?"

아까 기차를 타고 온 생선 장수들이 가게를 열 준비들을 하고 있는 저자거리 저편 너머로 내송 벌판에 펼쳐지는 왜인촌과 그 옆의 헌병 파견대 쪽을 바라보던 갑환이는 뭔가 짐작한 것이 있는 듯이 묻는다.

"천 서방하고 나는 삼랑포구 선창가 쪽을 한번 둘러보고 갈라꼬 그런다."

대답을 하면서도 김 서방은 한길 건너편에 늘어선 가게 쪽을 바라보고 있었다.

"나락 도둑놈을 수소문해 보려고요?"

갑환이 역시 한꺼번에 열 섬이나 되는 벼를 훔쳐 가는 대담한 도둑놈들의 행적에 대해 김 서방처럼 남 다른 관심을 가지고 있는 모양이었다.

"하모. 그날 밤에 삼랑 포구를 오고 간 나룻배가 있었는지 한번 알아나 봐야제!"

"형님, 나는 그날 아침에 대문 밖에서 소란을 피우고 떠나 간 그 걸뱅이들의 짓일지도 모른다는 생각이 자꾸 드는데, 형님 생각은 어떻능교?"

"갑환이 니도 그렇게 생각하나?"

"그 걸뱅이들은 묘제와 선산 벌초 때 행촌과 안태 쪽을 오가다가 이곳 삼랑진 역전에서 여러 번 보았던 걸뱅이들이었다까요. 그런데 그날 아침에 개네들이 우리 집 앞에서 소란을 피우다가 쫓겨 간 당일 밤에 그런 일이 생겼으니 그놈들을 의심해 보는 거는 당연하지 않겠능교?"

"나는 그런 생각은 몬하고 전에 어디선가 본 듯이 안면이 있는 그 걸뱅이 왕초 생각만 쭉 하고 있었는데, 그기이 앙이었구마! 그렇다면 그놈들의 소굴이 이곳 어디에 있는지 그것도 한번 알아보고 가야겠네!"

김 서방 역시도 후포산 기슭에 있는 오우정을 오가는 길에 상부 마을과 하부 마을 사이의 진주선 낙동강 철교 밑에서 자주 보았던 문둥이들과 거지들의 모습을 떠올리고 있었다.

"옛날 후조창 시절에 각종 가게와 상점들로 번성하였던 상부 마을 저점(邸店) 거리의 폐가들은 모두 다 폭삭 주저앉고 말았지만, 후조창에서 일하던 사람들의 숙소하고 각종 관청이 즐비하였던 하부 마을 쪽에는 아직도 다 허물어지지 않은 폐가들이 더러 있던데, 형님께서도 그 폐가들을 한번 쭉 살펴보시면 되지 않겠능교?"

그러고 보니 갑환이도 같은 생각을 하고 있었던 모양이었다. 철도가 생기기 전의 후조창 시절에 저점 거리로 번성하였던 상부 마을에서는 이제 예전의 흔적을 찾아보기 어려웠으나, 밀양을 비롯하여 양산, 현풍, 창녕, 영산, 울산, 동래 등 인근 7개 군현의 조세를 징수해 보관하고 운반선으로 실어 나르던 일을 관장하던 선청을 비롯하여 차소, 통창, 고마창이며 거기서 일하던 조군과 색리(色吏), 고자(庫子)들의 숙소가 즐비하였던 하부 마을 선창가에는 지금도 흉물스럽게 허물어져 가는 모습으로, 그러나 당시의 시설물들이 옛 시절의 영화를 말해 주며 곳곳에 버티고 있었으며, 그때 소님들로 북적거렸던 주막과 선술집은 지금도 심심치 않게 삼랑 포구를 오가는 길손들과 뱃사람들을 상대로 장사를 하고 있었다.

"나도 그럴 생각이야. 그런데 그날 왔던 걸뱅이 왕초 놈이 중절모를 푹 눌러쓰고 있었지만 분명히 전에 어디선가 본 듯한 얼굴이었는데, 어디서 보았던 놈인지 당최 생각이 나야 말이제!"

"내 눈에는 똘마니들은 몰라도 그 두목 놈은 그때 처음 보는 낯선 얼굴이던데요?"

"그래에? 똘마니들은 눈에 익었으나 왕초 놈이 처음 보는 얼굴이었다면 그거야말로 더욱 이상하구마!"

고추 먹은 소리를 하는 중에도 김 서방의 눈은 여전히 저쪽 한길 가의 잡화점과 어물전 사이에 있는 미곡상 쪽을 바라보고 있었다. 미곡상의 출입문 기둥에는 〈매일신보 삼랑진 보급소〉라는 작은 간판이 입춘서처럼 붙어 있었고, 미곡상 안의 무쇠 난로 가에서는 주인과 손님인 듯한 사내 둘이 걸상을 갖다놓고 나란히 앉아서 뭔가 얘기를 나누고 있는 중이었다.

그런데 허름한 양복 차림에 〈도리구찌〉 모자를 쓴 사내의 모습을 바라보는 순간, 김 서방의 커다란 두 눈이 화등잔 만하게 휘둥그레지고 만다. 그 사내야말로 지난 밀양 장날 아침에 호통을 치며 쫓아 버리고 난 뒤에 전에 어디선가 본 듯하였으나 여태까지 기억이 나지 않아 애를 태우게 만들었던 바로 그 문제의 거지 왕초였던 것이다.

"갑환아, 저기 미곡상 안의 난로 가에 서 있는 저 〈도리구찌〉 모자를 쓴 젊은 사내를 한번 봐라! 저 사람하고 우리 집 대문 밖에서 소란을 피웠던 그 걸뱅이 두목하고 똑같은 얼굴 앙이가?"

미곡상 쪽을 바라보던 갑환이도 주저하지 않고 고개를 끄떡인다.

"예. 맞심더! 내 눈에도 그렇게 보이는데요?"

"그런데 저 사람을 전에 어디서 보았는지 아무리 기억을 더듬어 보아도 당최 생각이 나야 말이지, 까마귀 괴기를 묵은 것도 앙인데, 이것 참!"

"형님, 내가 듣기로는 저 쌀가게의 주인이 밀양 읍성 향청껄에서도 여기처럼 쌀가게를 하면서 매일신보 밀양지국을 운영하고 있다고 하던데요?"

"아니, 그기이 참말이가? 저 가게의 주인이 향청껄에서도 쌀가게와 매일신보 지국을 운영하고 있단 말이지?"

그 순간, 되묻는 김 서방의 두 눈에서 강렬한 불길이 확 뿜어져 나오는 듯하였고, 갑환이도 덩달아 큰 소리를 친다.

"글쎄, 그렇다니까요, 형님!"

"그러면 그렇지! 이제야 생각이 나는구나! 그러고 보이 내가 전에 저 사람을 본 것도 신문 구독 신청을 할라꼬 그 향청껄에 있는 쌀가게 안의 매일신보 밀양지국을 찾아 갔다가 만났던 바로 그 신문구독 접수 담당 직원이었던가보네!"

눈앞으로 다가온 쌀가게 안에서는 밖에서 이런 일이 벌어지고 있는 줄도 모르고 사내들의 얘기가 계속 이어지고 있었다.

그 동안 속을 썩혔던 큰 숙제를 해결한 듯이 마음이 들뜬 김 서방은 그들의 모습을 뚫어져라 쳐다보다 말고 그 단초를 제공한 갑환이에게 묻는다.

"갑환아, 저 쌀가게 주인 말이다. 저 사람이 향청껄에서도 쌀가게를 겸하여 매일신보 지국을 운영하고 있다는 말은 도대체 누구한테서 들었나?"

"누군 누구이겠능교? 지난 가을 묘제 때 제수 물품들을 지고 행촌 선산에 따라 갔다가 돌아오는 길에 그곳 강 영감 집에 들렀다가 들었지요머!"

"행촌의 묘지기 마름 강 영감이 그런 말을 하더란 말이지?"

"예, 형님! 그 박종흠이라꼬 하는 사람이 향청껄하고 삼랑진 역전 두

곳에서 쌀가게를 운영하면서 매일신보 밀양 지국하고 삼랑진 보급소를 양쪽에서 함께 운영하고 있다는 사실은 진작부터 알고 있었지만, 무슨 연줄로 그런 이권을 거머쥐게 되었는지 몰랐는데, 그게 왜놈들 앞잡이 노릇을 한 댓가라는 사실을 얼마 전에 억만이라는 손주 놈한테서 듣고 서야 알게 되었다며 참말로 더럽고 무서운 놈이라꼬 혀를 내두르더라 니까요!"

"그래애? 그런데 강 영감이사 우리 종가의 행촌 쪽 종산과 삼랑진 일대의 소작지들을 관리하는 산지기, 묘지기에다 마름 노릇을 하느라 고 그곳에서 일어나는 일에 대해 모르는 것이 없을 터이니 그렇다 치더 라도, 그 양반의 어린 손자가 그런 사실을 알고 있었다니 도무지 믿기 지가 않는구마!"

동산리 여흥 민씨 종가에서 면천되었던 노비 출신으로 행촌에 나가 일가를 이루어 살고 있는 강 영감은 삼랑진 일대에 광범위하게 산재해 있는 옛 상전의 소작지를 관리하는 마름이자 행촌에 있는 종산들을 관 리하는 산지기겸 묘지기이기도 하였다. 그의 선친이 천출로 타고난 종 가의 충복으로 늙어 죽었고, 그 역시도 남 다른 충심으로 일한 덕분으 로 갑오개혁 때 면천과 함께 종가에서 적잖은 제답(祭畓)을 할양받아 독립되어 나가 자립하면서 행촌에 있는 여흥 민씨네의 선산 묘지기에 다 그곳 일대의 마름 역할도 겸하고 있는 인물이었다.

그 바람에 강 영감 일가는 수많은 소작인들을 관리하면서 웬만한 중 농 못지않게 풍족한 삶을 누리며 떵떵거리고 살게 되었고, 그런 사실은 동산리 여흥 민씨네 대소가의 노비들한테는 신화와도 같은 하나의 전 설이 되고 귀감이 되어 있기도 하였다. 그와 함께 강 영감 일가는 종살 이를 하려면 동산이 여흥 민씨네 종가에서 하라는 새로운 유행어를 낳 으며 지역 주민들과 소작인들의 부러움과 시샘을 동시에 받으면서 세 간의 입질에 자주 오르내릴 정도로 유명 인사가 되어 있는 것이었다.

"강 영감의 손자가 밀양 읍내에 나가 그곳 공립보통학교에 댕기고 있는데, 성내에 사는 학교 친구들한테서 그 이바구를 들었던 모양입디더. 미곡상을 하는 박종흠이라는 사람이 성내에 있는 밀양 헌병 파견대하고 삼랑진에 있는 그들의 헌병 분견대에 빌붙어 지역 의병 운동가들을 밀고하는 등, 친일 앞잡이 노릇을 한 댓가로 그런 이권을 따내게 되었다고요."

"그렇다면 전에 풍기 광복단 사건 때 거기에 연루된 우국지사들하고 유림 선비들이 읍내 헌병대 감옥소로 줄줄이 붙잡혀 가서 갇혔던 것도 그 작자의 밀고로 벌어진 일인지도 모르겠구마! 그거는 그렇고, 그 친일 앞잡이 놈 밑에서 일하는 저런 사대육신이 멀쩡한 부하 직원 놈이 걸뱅이 꼴로 변장을 하고서 우리 집에 나타났으니 내가 우찌 제대로 알아볼 수 있었겠노? 이전에 중산 서방님한테서 향청껄의 박종흠이라는 사람이 친일 앞잡이라니 앞으로 조심을 하는 기이 좋겠다는 말을 들은 적은 있었지만, 우리의 연고가 많은 이곳에서도 그놈이 쌀가게를 겸하여 왜놈들 앞잡이 노릇을 한 댓가로 매일신보 보급소를 운영하고 있었다니, 참으로 기가 막히고 놀랍구마!"

김 서방은 기가 막힌 나머지 하늘을 쳐다보며 천지신명께 고변이나 하듯이 혼잣말로 내뱉다가 갑자기 걸음을 멈춘다.

"어, 그렇다면 향청껄에서 온 저 〈도리구찌〉 사내가 걸뱅이 왕초로 변장을 하고서 이곳의 걸뱅이들을 이끌고 우리 집에 왔던 것도 그럴만한 곡절이 있었다는 말이 앙인가? 염탐질을 하듯이 며칠 동안씩이나 떠나지 않고 애를 먹이며 주변을 맴돌았던 것도 그렇고, 열 섬이나 되는 나락 도적질을 대담하게 한 것도 저놈이 왜놈들의 빽을 믿고 저질렀거나, 아니면 뭔가 일을 꾸밀 요량인 친일 앞잡이 주인놈의 사주(使嗾)를 받아서 한 짓인지도 모르겠구마! 그기이 사실이라면 이거 정말로 보통 일이 아니로구나!"

크게 걱정을 하는 김 서방을 보고 갑환이도 몸을 으스스 떨면서 놀란다.

"형님! 저 젊은 점원 놈이 지 뱃속을 채울라꼬 그랬다면 몰라도, 친일 앞잡이라는 주인 놈이 뭔가 큰일을 꾸밀 요량으로 걸뱅이 왕초로 꾸민 저놈을 우리 집으로 보내어 그런 짓을 저지르게 했다면 이거 참말로 큰일이 앙이겠능교?"

"그러게나 말이다! 까마구 날자 빼 떨어진다꼬 하더니만, 위험을 무릅쓰고 백산 상회와 미곡 거래를 다시 하게 된 이 마당에 그런 일이 터지다니! 그나저나 이런 심상치 않은 무서운 일이 벌어지고 있다는 사실을 우리 중산 서방님께서는 알고 계시는지 모르겠네!"

그들이 이런 얘기를 주고받는 사이에 앞장선 젊은 일꾼들은 저만큼 앞에서 약속이나 한 듯이 역사 서북 방향의 송지리 내송 벌판에 자리 잡고 있는 왜인촌과 헌병 분견대 쪽을 유심히 바라보며 걸어가고 있었다.

조선 총독부의 자국민 이주 정책에 따라 조성된 그곳 왜인촌의 적산가옥(敵産家屋)들은 멀리서도 확연히 구별될 정도로 외형부터가 조선의 가옥들과는 전혀 다른 게 마을 전체가 이국적인 풍광을 자아내고 있었다. 지붕의 경사가 완만하고 흙벽을 한 우리네 가옥들과는 달리 왜색 기와를 인 모든 가옥의 지붕들은 경사가 비교적 높았으며, 사방의 벽들은 주로 목재로 마감하여 새까만 콜타르 칠을 하였으나 정면 쪽은 창문이 많고 저마다 하얀 페인트 칠을 한 것이 이채로웠다.

일정한 간격을 두고 질서 정연하게 늘어선 적산 가옥들 주변에는 한결같이 같은 규모의 야채밭이 자리 잡고 있었으며, 집집마다 앞마당에 그림 같은 화단을 조성해 놓아서 왜인촌 전체가 북구주 출신 일본 이주민들의 주거 지역인 상남면 대성동의 복강촌(福岡村)이 그러하듯이, 조선의 일반 서민들이 모여 사는 궁색한 시골 동네와는 비교가 되지 않을 정도로 산뜻한 것이 한 폭의 그림처럼 아름다워 보였다.

"야, 날강도 같은 섬나라 쪽발이 놈들아! 우리네 강토를 화적 떼처럼 강탈하더니 니놈들끼리 잘도 처묵고 살고 있구마! 속옷도 안 입고 〈

훈도시〉라는 양랑궂은 천조각 하나를 달랑 걸치고 사는 니놈들이 정랑(변소)에 새끼줄을 쳐놓고 똥누고 나올 때마다 그거를 허벅지 사이에 끼고 서서 왔다 갔다 하면서 궁둥에 묻은 똥을 대충 닦고 나오던 미개한 족속들인 줄을 우리가 어디 모르는 줄 아나? 그렇던 니놈들이 우리 조선 땅을 통째로 집어 삼키고 그렇게 떵떵거리고 사니까가 좋겠다! 그러다가 멋대로들 처묵고 배때기가 뻥뻥 터져서 모조리 뒈져 삐리라!"

앞서 가는 젊은 일꾼들 속에서 아까 삼수의 칭찬이 늘어졌던 득수가 왜인촌을 바라보며 목청껏 욕설을 퍼붓는 소리가 이쪽까지 들려 왔다.

"형님, 행촌 사는 강 영감의 말로는 저기 저 왜인촌의 집단 농장 안에는 유리 온실이라는 기이 있어서 요즘 같은 겨울철에도 토마도와 딸기며, 쑥갓, 미나리 같은 온갖 푸성귀들을 재배해 묵는다 하던데, 저기 보이는 저 유리 지붕을 덮은 집이 바로 그 온실인 모양입니더!"

"니 말을 듣고 보이 과연 그런 모양이네!"

갑환이의 설명을 듣고 김 서방은 크게 뜬 검은 눈을 껌벅이며 고개를 끄떡인다. 그러는 사이에 앞에 가는 일행들 중에서 득수와 죽이 맞는 봉도 역시 가만히 있질 못하고 왜인촌을 향하여 저주를 퍼붓는다.

"쥑일 놈들! 〈찌까다베〉 모양으로 생겼다는 니놈들 나라도 언젠가는 지진으로 통째로 쩍쩍 갈라지고 뒤집어져서 지글지글 용암이 들끓는 태평양 바다 밑으로 흔적도 없이 몽땅 가라앉아 삐리는 날이 있을 기이다, 이놈들아!"

그렇게 큰 소리로 떠들어대다가는 멀리 있는 왜인촌과 헌병 분견대에서도 다 들릴 지경이었다. 그러자 그들을 염려하는 김 서방의 책임감이 여기서도 어김없이 발동한다.

"야, 임마! 너그들 그러다가 왜놈 헌병들이 달려 나오면 그 뒷감당을 우찌 할라꼬 겁도 없이 그렇게 큰소리로 떠들어쌓노!"

앞쪽의 젊은 일꾼들을 향하여 손나발을 하고 목청껏 고함을 친 김 서방은,

"저놈들은 일본에 살 때는 모두가 거지처럼 살던 부랑 하층민들이라 꼬 하던데, 남의 나라에 와서 저렇게 호사를 부고 살다니 참으로 기 막 히는 일이로구마!"

하고 의분을 눌러 참으며 침을 뱉었고, 갑환이는 왜인촌 옆의 헌병 파 견대 쪽을 바라보다가 그의 귀에 대고 속삭인다.

"형님, 저기 있는 헌병 분견대 취사장 옆의 철조망 쪽을 한번 보소!"

갑환이가 손으로 가리키는 분견대 취사장 옆의 잔밥 처리장 철조망 밖에서는 그만그만한 거지 몇이서 커다란 깡통들을 양쪽에 하나씩 들 고 대기하고 서 있었다.

"아니, 저거는 방금 우리가 말했던 그 걸뱅이들 앙이가?"

"맞습니더. 전에 우리 집에 와서 며칠 동안 소란을 피웠던 그 걸뱅이 떼의 똘마니들 같은데요?"

"그렇구마! 그러고 보니 저놈들이 요새는 저기서 왜놈 병사들이 먹 다 버리는 일식 잔밥으로 끼니를 해결하고 있었던 모양이네!"

그들이 잠시 발길을 멈춘 채 눈에 불을 켜고 바라보고 있자니까 좀 만에 잔밥통을 든 취사병 둘이 잔밥 처리장 앞의 철조망 가까이 걸어 오더니 무겁게 들고 온 잔밥 나무통을 거기에 내려놓았다. 발을 동동거 리며 서 있던 거지들은 철조망 안으로 손을 뻗어 거기에 담겨 있는 국 자로 잔밥들을 차례대로 깡통에 퍼 담더니 마치 전리품을 챙긴 귀환병 들이나 되는 것처럼 이쪽 철도 건널목 쪽을 향하여 각설이 타령을 흥얼 거리며 의기양양하게 걸어오는 것이었다.

잠깐 동안에 벌어진 일이었으나 잔밥을 내다 버리는 왜놈 취사병들 도, 그 잔밥을 퍼 담아 오는 거지들도 그 행동들이 정해진 수순처럼 척 척 진행되는 것이 한두 번 겪어 본 일이 아닌 성싶었다.

이쪽 한길로 걸어온 거지들이 삼랑진역에서 뻗어 나온 경부선 철도 건널목을 건너갈 때까지 김 영감과 천 서방을 비롯한 앞쪽의 일행들도, 이쪽의 김 서방과 갑환이도 약속이나 한 듯이 그들의 동향을 좀더 두고 보려는 듯이 걸음을 멈추고 서 있었다. 철도 건널목을 건넌 거지들이 저만큼 멀어져 가자 앞쪽의 일행들이 다시 움직이기 시작하는 것을 보고 김 서방이 뒤에서 그들을 급히 불러 세운다.

"보이소, 김 영감님! 거기 있는 일꾼들하고 잠시 더 기다려 보시소!"

"아니, 와 그러는가?"

김 영감이 걸음을 멈추고 이쪽을 바라며 물었다. 일행들 곁으로 성큼성큼 걸어간 김 서방은 앞쪽의 거지들을 턱으로 가리킨다.

"요새 저놈들이 어디에서 지내고 있는지, 저들이 눈치 못 챈 채로 한번 알아보는 기이 좋을 듯해서요."

그러자 이곳 사정을 잘 아는 천 서방이 그에게 물었다.

"저 걸뱅이 놈들은 이곳 삼랑진 일대의 터주대감들이라, 해마다 이런 겨울철에는 멀리 가지 않고 주로 우리 하부 마을의 후조창 폐가를 전전하며 월동을 하는 모양이던데, 와 그라능교?"

"혹시 저놈들이 우리 나락에 손을 댄 기이 아닌가 해서 그라요!"

"에이! 아무려면 그럴 리가 있겠소? 저놈들도 이 일대에서 척족 왕국을 이루며 대대로 세도를 부리며 살고 있는 우리 동산리·파서리의 여흥 민씨들의 위세를 잘 알고 있을 기인데, 설마하니 그런 무모한 짓을 했을라꼬요! 제 아무리 사흘을 굶으면 남의 집 담장을 넘지 않을 사람이 없다꼬 하지만, 저놈들이사 삼시 세 끼 굴뚝에 연기 나는 집만 찾아가기만 하면 죽이든 밥이든 지들 입맛대로 얻어 묵을 수가 있는데 머 할라꼬 그런 무모한 짓을 하겠능교? 보다시피 풍족하게 사는 왜인촌이 가까이 있고, 저렇게 잔밥이 나오는 헌병 부대도 옆에 있는데…."

"글쎄요. 하룻강아지가 범 무서운 줄을 모른다는 말이 있기에 해 보는 소리지요, 머!"

김 서방은 일행들 앞에서 저 거지들이 이곳의 왜놈들과 뭔가 끈이 닿아 있는 것 같다는 말을 차마 하지 못하고 갑환이에게도 거기에 대한 말을 하지 말라는 뜻으로 고개를 가로 저어 보이고는 걸음을 옮기기 시작한다.

이쪽을 힐끔거리며 철도 건널목을 먼저 건너간 거지들은 밀양 읍성으로 가는 무흘고개 쪽으로 통하는 신작로를 버리고 낙동강 쪽으로 갈라져 나간 진주선의 굴다리 밑으로 해서 곧장 삼랑 포구로 이어지는 들길로 방향을 잡으며 저들끼리 뭐라고 떠들썩하게 지껄여대며 걸어가고 있었다.

'박종흠이라는 친일 앞잡이가 밀양 역전 가곡동에서 정미소와 미곡상을 겸하고 있는 한춘옥 사장의 생질과 친하게 지내는 사이라 그 집 쌀을 도매금으로 받아다가 소매로 판다고 하더니만, 우리와 미곡 거래를 하지 못해 안달이 났다는 그의 환심을 사서 어떤 이권을 취할라꼬 이번 일을 꾸민 것은 아니었을까? 자신의 이권을 위해서라면 동족도 팔아묵는 인간 말자라면 몬할 짓이 없을 기인데, 정말로 그렇게 한 것은 아니었을까?'

김 서방이 이런 생각에 젖어 있을 때, 아까 플랫폼에서 증기 기관의 보일러 용수를 공급 받으며 서 있던 부산진발 신의주행 목탄기차가 온 산천이 쩌렁쩌렁 울리는 기적 소리와 함께 구름 같은 증기를 내뿜으며 저쪽 플랫폼에서 치익칙 포옥폭, 하는 요란한 소리와 함께 막 출발하여 서서히 속력을 내며 굴러오고 있었다.

◇ 야욕野慾과 신망信望

그날 오후, 기차를 타고 삼랑진역에서 내린 중산이 나룻배를 타고 웅천강을 건너왔을 때, 돌티미나루에는 뜻밖에도 말구종도 아닌 갑환이가 그의 애마 〈백호〉를 몰고 마중을 나와 기다리고 있었다. 몇 안 되는 승객들을 따라 배에서 내린 중산이 의아한 얼굴로 웬 일로 여기까지 나와 있느냐고 물었더니 사뭇 상기된 얼굴로 귀에 대고 아뢰는 갑환이의 대답이 실로 예사롭지가 않았다. 서반아 독감이 상남면 일대에까지 번지고 있을 무렵에 자신의 백마에 매료되어 마굿들 종마장의 마필들까지 둘러보고 갔다던 예의 그 삼랑진 헌병 분견대의 소대장이라는 일본군 소위가 조선 독립군들의 소행으로 보이는 벼 도난 사건이 발생했다는 첩보를 입수하고 현장 조사를 하러 나왔다며 조선옷 차림의 통역관과 총을 둘러멘 호위병까지 대동하고 아무 예고도 없이 군마를 타고 불쑥 들이닥쳤다는 것이었다.

"아니, 뚱딴지 같이 그게 무슨 소리냐? 조선 독립군들의 소행으로 보이는 벼 도난 사건이라니? 그놈들이 정말로 그런 말을 하면서 들이닥쳤단 말인가?"

중산은 믿기지 않은 듯이 놀라워하면서도 자기의 백마에 흑심을 품은 헌병 파견대의 그 젊은 소위가 드디어 이렇게 본색을 드러내는구나 하는 생각이 절로 들면서 때가 때인 만큼 가슴이 덜컥 내려앉는 기분이었다.

"그렇다니까요, 서방님! 수청방에 있던 서 서방 아제의 목소리에 놀란 김 서방 형님이 대문간으로 달려 나가 그들의 앞을 황급히 막아서며 집안 일을 책임지고 계시는 서방님은 부산으로 볼일을 보러 가서 아직 안 돌아오셨고, 우리는 나락을 도적맞은 사실도 없는데, 그기이 무신 소리냐고 시치미를 떼고 물었더니 콧방귀도 뀌지 않고 뭐라고 했는지 아십니껴? 다 알고 왔는데, 허튼 수작 부리지 마라! 지난 밀양 장날 밤에 열 섬이나 되는 나락을 훔쳐 가는 보기 드문 대단한 나락 절도 사건이 벌어졌다는 첩보를 입수하고 현장 조사차 나왔는데, 그런 사실이 없다니 말이 되느냐? 그렇게 많은 나락을 대담하게 훔쳐 가는 거를 보면 군자금 확보에 혈안이 된 조선 독립군들의 소행이 분명하단 말이다! 그런 엄청난 사실을 신고하지 않고 덮어 둔 것만도 예삿일이 아닌데, 그런 사실이 없다고 딱 잡아떼는 것은 더욱 수상한 일이 아니냐? 당신네들이 이러는 데에는 불순한 저의가 있는 기이 분명하다! 이렇게 처음부터 도둑놈 잡을 생각은 안 하고 우리를 아주 죄인 취급을 하며 몰아붙였다니까요!"

"밖으로 말이 새어 나갈세라 입단속까지 한 사실을 그리도 소상히 알고 들이닥쳤다니, 그것이야말로 참으로 수상하기 짝이 없구나! 그런데 혹여 조선 독립군들의 소행으로 보는 다른 근거는 말하지 않았느냐?"

중산은 각 독립군 파벌들 사이에 군자금 확보 경쟁이 치열하게 벌어지는 상황 속에서 자기네에 대한 모함성 여론이 조성되고 있고, 그로 말미암아 〈중광단〉의 자금줄이라는 백산상회와의 미곡 거래를 서둘러 재개한 시점이라 내심 머리끝이 쭈뼛해지면서 그것부터 먼저 물었다.

"와예, 우리 내부에 마치 독립군들과 내통하는 자가 있는 것처럼 몰아붙이는 것도 그렇고, 미심쩍은 기이 한 두 가지가 아니니 아무리 생각해 봐도 수상하기 짝이 없습니다!"

"미심쩍은 것이 한두 가지가 아니라니, 그건 또 무슨 소리냐?"

잔뜩 긴장한 얼굴로 서둘러 애마에 올라타던 중산은 갑환이를 내려다보며 귀를 세우고 묻는다.

"우리가 무신 근거로 그런 소리를 하느냐고 묻지도 않았는데, 도적 맞은 나락이 열 섬이라는 사실을 정확하게 알고 있는 것도 그렇고, 도둑놈들이 그 볏섬들을 긴다리강 다리 밑에서 나룻배로 실어 갔다고 직접 본 듯이 훤히 알고 있었으니 말입니더!"

"그래? 그렇다면 이거야말로 참으로 예삿일이 아니질 않느냐?"

중산은 대소가의 많은 하인들까지 동원하여 볏가리의 볏섬들을 운반하여 선적 작업을 벌였던 터라, 혹시 그들 중에서 볏가리에 도둑이 든 사실을 눈치 채고 밀고한 자가 있는 게 아닌가 하는 생각까지 하며 당혹감을 감추지 못한다.

"그야 그놈들이 손바닥 들여다보듯이 전부 다 알고 왔다면 보나마나 뻔한 일이 앙이겠습니껴?"

갑환이의 목소리는 확신에 차 있었다.

"너도 우리 내부에 밀고자가 있다고 생각하는 것이냐?"

중산은 등자로 백마의 옆구리를 걷어차려던 동작을 멈추며 뛰는 걸음으로 따라 오는 갑환이의 얼굴을 의아하게 내려다본다.

"그, 그런 기이 앙이라, 지금부터 소인 놈이 드리는 말씀을 마저 들어 보시면 서방님도 우찌된 일인지 금방 아실 수가 있을 기입니더!"

숨이 차서 마른 침을 꿀꺽 삼킨 갑환이는 가까스로 중산 옆에 따라 붙으며 다시 말을 이었다.

"수청방에 있던 서 서방 아제의 전갈을 받고 대문간으로 달려 나온 김 서방 형님이 그놈들의 앞을 막아서며 우리는 모르는 일인데 그기이 무슨 말이냐며 펄쩍 뛰었을 때부터 왜놈들은 우리의 말을 아예 들은 척도 하지 않았고, 모르는 일이라며 잡아떼자 대뜸 그것을 문제 삼아 죄인 다루듯이 몰아붙이는 것만 봐도 짐작할 수 있는 일이 앙이겠습니껴? 그러니 조사를 한답시고 나올 때부터 다른 목적을 미리 정해 놓고 그것을 챙길라꼬 부리는 허튼 수작임이 분명하다 그 말입니더!"

"그렇다면 그놈들은 역시 우리의 사정을 잘 아는 누군가의 제보를 받고 나왔다는 말이 아니냐?"

"서방님! 그런 기이 앙이고⋯."

숨이 찬 갑환이가 미처 말을 잇지 못하자 중산이 그의 의도를 짐작하고 먼저 되묻는다.

"그렇다면 왜놈들이 스스로 벌이는 자작극이라도 된다는 말이냐?"

"예! 그, 그렇습니더! 그놈들이 자기네의 말대로 정상적으로 조사를 하러 나왔다면 처음부터 도적맞았을 때에 우리 사정이 어떠했고, 의심이 가는 사람은 없는지, 그런 것부터 자세하게 먼저 물어 보는 기이 이치에 맞지 않겠습니껴? 그런데, 처음부터 그렇게 할 생각은 전혀 안 하고 도적맞은 사실이 없다꼬 하는 우리의 태도를 문제 삼아 겁을 주면서 다짜고짜로 다그치는 것만 봐도 우리를 자기네 손아귀에 쥐고 흔들라 꼬 꾸민 자작극이 앙이고 무엇이겠습니꺼? 그래서 김 서방 형님도 그런 낌새를 눈치 채고 왜놈들 몰래 서방님께 그런 사실을 미리 말씀 디리라꼬 소인 놈을 이렇게 부랴부랴 마중을 내보내서 기다리라고 한 기이 앙이겠습니꺼?"

"야, 이 녀석아! 아무리 그렇기로서니 제 놈들도 명색이 국록을 먹고 사는 한 나라의 군인들인데, 그런 범죄 행위를 자작극으로 무모하게 꾸몄다는 것이 말이 되느냐?"

무언가 믿는 구석이 있는 듯이 득의만만한 갑환이의 태도에 내심 기대를 걸었던 중산은 자작극으로 단정하는 근거가 겨우 그것이냐는 듯이 실소를 금치 못하고 허탈해한다.

"서방님! 그런 기이 앙이라니까요!"

크게 실망하는 중산의 태도에 갑환이는 답답하다 못해 가슴을 치면서 고개를 내젓는다.

"그렇다면 이번 일이 그놈들의 자작극이라는 확실한 다른 증거라도 있다는 것이냐?"

"예, 서방님! 그런 증거야 얼마든지 있다 앙입니꺼!"

그러면서 갑환이는 친일 앞잡이인 박종흠이 밀양 읍성의 향청껄과 삼랑진 역전의 본정목 양쪽 지역에 매일신보 지국과 보급소를 겸한 쌀가게를 동시에 각각 운영하고 있다는 사실과, 오늘 아침에 삼랑진 역두에 있는 그의 가게 앞을 지나다가 나락 도난 사건이 벌어지던 날 아침에 김 서방한테 야단을 맞고 쫓겨 갔던 문제의 그 거지 두목이 허름한 양복 차림에 〈도리구찌〉 모자를 쓴 멀쩡한 모습으로 거기에 와 있는 것을 보았으며, 그런 그의 모습을 본 김 서방이 전에 신문 구독 신청차 박종흠이 운영하는 향청껄의 매일신보 지국을 찾아갔을 때, 거기서 만났던 직원임을 기억해 냈다는 사실까지 터진 봇물처럼 줄줄 쏟아 놓았다.

그리고 그것만으로는 성이 안 찼던지 삼랑진 역두의 헌병 파견대 취사장에서 동냥질을 하고 오는 거지 몇 놈을 만난 사실이며, 그들 역시도 거지 두목으로 변장을 하고 왔던 문제의 그 〈도리구찌〉 모자를 쓴, 매일신보 밀양지국의 직원이 데리고 왔던 바로 그 거지 똘마니들이었다는 사실까지 덧붙여 알려 주었다.

그의 얘기를 다 듣고 나서야 중산도 그러면 그렇지! 하고 크게 고개를 끄떡이면서도 다시 뒤를 다지고 묻는 것이다.

"갑환이 네가 지금 말한 그 모든 일들이 어김없는 사실이렷다?"

"예, 서방님! 하늘에 대고 맹세할 수 있을 만큼 확실하다니까요! 그라고 그때 와서 우리 집 주변을 며칠 동안 맴돌면서 행패를 부리고 갔던 그 걸뱅이놈 패거리들이 진주선 낙동강 철교 근처에 있는 옛날 후조창의 외진 폐가에서 겨울을 나고 있는 것도 오늘 아침 집으로 오는 길에 확인이 되었고요! 김 서방 형님하고 천 서방도 별도로 삼랑 포구의 선창가 일대를 둘러보고 왔는데, 선창가 갯벌 위에 올려다 묶어 두었던 천 서방네 집의 고기잡이배가 우리 나락이 없어지던 날 밤에 감쪽같이 없어져서 지금까지 그 종적이 묘연하다는 사실도 확인하고 왔다 앙입니껴! 그러니 우찌 그 근처의 소굴에서 겨울을 나고 있는 그놈들의 소행이 앙이라고 할 수가 있겠습니껴?"

"그래? 그렇다면 그 걸인놈들이 천 서방이 우리집 방아지기로 들어왔다는 사실까지 알고 있었다는 말이 아니냐? 우리 턱밑에 그런 놈들이 진을 치고 있었다니, 참으로 놀랍구나! 나락 도둑이 들고 나서 아무래도 전에 어디선가 본 듯이 낯이 익은 그 걸인 두목의 소행일 거라고 하던 김 서방의 말이 정말로 허언이 아니었던 게로구먼!"

말을 타기 위해 질끈 묶은 죽영 갓끈이 두 뺨을 때리며 출렁거릴 정도로 크게 고개를 끄떡인 중산은, 그러나 이번에도 역시 미덥잖은 듯이 반문을 하는 것이다.

"하지만 그런 사실만 가지고 왜놈 헌병 소위가 꾸민 자작극으로 본다는 것은 어불성설이 아니겠느냐?"

"아니, 우째서 그렇습니껴?"

어리둥절한 눈으로 말 위의 중산을 올려다보던 갑환이는 그만 길바닥에 솟아 있는 돌부리를 그대로 걷어차고 고통에 못 이겨 쩔쩔매면서도 그의 대답을 놓칠세라 한사코 절뚝이며 바쁜 걸음을 치며 따라온다.

그런 사실도 모른 채 앞만 보고 걸어가면서 중산이 말했다.

"그때 김 서방이 한 말에 의하면, 자기가 쫓아 보낸 그 걸인 두목이 〈당꼬〉 바지에다 헌병들이 신던 낡은 군화와 각반까지 착용하고 있었다고 했으니 말이다! 왜놈 헌병 소위가 제 아무리 물욕에 눈이 멀었거나, 다른 야욕으로 혼이 빠졌기로서니, 정신병자가 아니고서야 어찌 그렇게 무모하고 어리석은 자작극을 벌였을 할 리가 있겠느냐?"

"그렇다면 서방님께서는 왜놈들의 앞잡이 노릇을 한 대가로 향청결하고 삼랑진 역전 두 곳에 매일신보 지국과 보급소의 운영권을 거머쥐게 되었다는 그놈의 주인인 박종흠인지, 바가지 쪼가리인지 하는 왜놈 앞잡이가 시킨 일이라꼬 생각하신다는 말씀입니껴?"

거지 두목으로 변장을 하고 왔던 문제의 인물이 친일 앞잡이인 박종흠의 부하 직원인 점을 중히 여기고 있는 갑환이로서는 당연히 그렇게 짐작할 수밖에 없었을 것이다.

"아직은 그렇게 속단할 단계는 아니지만, 그 박종흠이란 자와 같은 친일 앞잡이 모사꾼이라면 그런 짓을 얼마든지 저지르고도 남을 위인이기에 해 보는 말이니라. 자기네들이 먼저 나락 도둑질을 저질러 놓고 헌병 파견대장을 찾아가서 이번 기회에 우리를 한번 몰아붙여 보면 뭔가 소득이 있을 거라고 부추겼을 가능성도 없지 않고, 헌병 소위 역시 뭔가 야욕을 채울 만한 수단을 찾고 있던 중이었다면 마음이 동할 수도 있었을 것이 아니겠느냐? 또한 이번 일이 벌어진 시기가 그런 짓을 저지를 만한 때이기도 하고 말이다."

중산은 한춘옥 사장의 생질인 구영필이 중국의 안동과 봉천에서 〈삼광상회〉와 〈원보상회〉를 각각 열어 밀양에서 들여 간 미곡과 부산에서 가져 간 각종 어물들을 판매하는 한 편으로, 내부적으로는 독립운동의 군자금 조달과 교통 역락망 역할을 하고 있다는 사실과, 그와 막역한 사이이면서도 친일 앞잡이 노릇을 서슴지 않고 있는 박종흠이 밀양 역전 가곡동에서 미곡상과 정미소를 운영하고 있는 그의 외삼촌인 한 사장과도 사업상으로나 인간적으로 남다른 관계를 맺고 있는 이중적인 인물이라는 사실에 주목하지 않을 수 없었다.

그리고 박종흠의 친일 행위가 속속 불거지면서 조선 왕조 복원 사업에 가문의 운명을 걸다시피 하고 있는 자기네가 그로 인한 위험 부담 때문에 그 동안 유지해 왔던 한춘옥 사장과의 미곡 거래를 전격 중단했던 사실을 박종흠과 같은 교활한 자가 모르고 있을 리가 없다는 점도 왠지 마음에 걸리는 것이었다.

게다가, 지난 단오절 무렵에 밀양에 왔던 대종교 신의주 지사의 최응삼 사교가 을강 전홍표 선생 댁에서 하룻밤을 유하고 간 사실을 알고 중산 자신이 대종교 동래 지사의 박철 사교의 문제로 도움을 청하러 갔다가 을강 선생과 이마를 맞대고 밀담을 나누었던 사실, 중국 안동과 봉천에서 상회를 열어 각각 운영하면서 자기 나름대로 독립운동가로서의 입지를 다져 가고 있는 생질 구영필을 위하여 군자금 모금 운동을 벌여 온 한춘옥 사장이 그 일로 인하여 을강 선생이 대종교 계열인 〈중광단〉의 군자금 모금책 역할을 시도하고 있는 것으로 오인하여 같은 지역 유지인 양자 간에 영역 다툼으로 갈등을 빚게 된 사연이며, 또 거기서 한 발자국 더 나아가 중산 자기네가 그 여파로 〈중광단〉 계열인 백산상회와의 미곡 거래를 재개하기로 한 사실을 만에 하나 박종흠이 눈치채기라도 했다면 그것 역시 좋게 생각하였을 리 만무하였다.

친일 행위로 이권 챙기기에 혈안이 되어 있는 박종흠의 입장에서 보면, 애국 교육자이자 항일 운동가로서 밀양청년 독립단의 지도자이기도 한 을강 선생이 심히 부담스러운 존재였을 것임은 자명한 일이고,

중산 자신이 그런 을강 선생과 한춘옥 사장 사이에 끼어듦으로써 구영필의 군자금 자금줄 역할을 하고 있는 한 사장이 어려움을 겪는다는 사실을 알았다면, 자기의 친일 행위를 문제 삼아 한춘옥 사장과의 미곡거래를 전격적으로 중단함으로써 한 사장의 군자금 모금에도 지장을 준 자기네에게도 어떤 방법으로든 보복하고 싶은 생각을 하였을 수도 있다는 것이 중산의 판단이었다.

그리고 중산 자기네가 조선 왕실의 오랜 외척 세력으로서 왕조 복원을 위하여 어떤 형태로든 독립운동에 간여하고도 남을 입장이라는 점도 박종흠이 모를 리 없을 것이며, 그런 까닭으로 적잖은 양의 미곡을 도난당하는 일이 생기더라도 사직 당국에 섣부르게 신고할 만한 입장이 되지 못한다는 사실도 사전에 충분히 고려하였을 박종흠이었다.

만약에 그게 사실이라면, 을강 선생과 자기네는 물론, 〈밀양청년독립단〉까지 한꺼번에 옭아매어 큰 타격을 입힐 수 있는 이번의 벼 절도 사건를 기반으로 하는 조작극이야말로 왜놈들에게 비빌 언덕이 있는 박종흠에게는 다시 없이 좋은 보복의 수단으로 여겨지고도 남았을 것이라는 게 중산의 생각이었다.

"서방님! 그 박종흠이라는 사람의 소행이 맞다면 도적질해 간 우리 나락을 찧어 가지고 자기네 쌀가게에서 쥐도 새도 모르게 팔아 묵을라꼬 그런 짓을 저질렀을 기이라는 말씀입니껴?"

갑환이이의 말처럼 그렇게 할 수도 있겠지만, 뒤탈이 날 경우를 염려한 박종흠으로서는 어쩌면 그것을 철도편으로 안동과 봉천에 있는 구영필의 〈삼광상회〉나 〈원보상회〉로 남모르게 탁송하여 흔적도 없이 매도 처리하였을 수도 있었을 것이다.

하지만 중산은 이것저것 생각이 많아지면서 이번 일이 예상보다 큰 문제로 확대될 수 있었기 때문에 가타부타 말이 없었다. 그가 우려하는 바와 같이, 이번 일이 이리저리 얽히고설키다 보면 자기네와 을강 선생은 물론이요, 한 발 더 나아가 〈중광단〉의 자금줄 역할을 하는 백산상회까지 화를 입게 될 것이 분명한데, 어찌 지각없는 하인들 앞에서 그 일들까지 함부로 시시콜콜하게 입에 담을 수 있단 말인가?

그러나 말문이 막혀 버린 중산은 대답이 궁해진 나머지 그리 부담스럽지 않은 한 가지 사실만을 입가심처럼 은근슬쩍 입에 담는 것이었다.

"그런 게 아니라, 김 서방이 범인으로 지목한 그 걸인 두목으로 변장하고 왔던 박종흠의 부하 직원 말이다. 그자 역시도 왜놈들과 통하는 바가 있을 수 있는 일이고, 자기도 주인장처럼 친일 행위로 재미를 보려는 공명심이 발동하지 말라는 법도 없지를 않겠느냐? 만약에 그게 사실이라면, 헌병 분견대 취사장에서 동냥을 하려고 노상 들락거리는 걸인들을 이용하여 그런 짓을 저질렀을 가능성도 없지 않을 것이야. 김 서방이 말한 것처럼, 그자가 걸인 두목 행세를 할 때에 일부러 왜놈들이 잘 입고 다니는 헌 〈당꼬〉 바지에다 왜놈 헌병들의 낡은 군화와 각반까지 착용하고 왔던 것만 봐도 자기가 그놈들과 통하는 바가 있음을 의도적으로 드러낸 것일 수도 있지 않겠느냐?"

"서방님, 그라모 헌병 분견대장이란 놈이 우리한테 와서 마치 만주에 있는 독립군들하고 내통하고 있는 것처럼 둘러씌우며 겁을 주는 것도 사실은 박종흠이나 그의 부하 가운데 어느 한 놈이 헌병 분견 대장의 뒷심을 믿고 그놈한테 도둑질한 사실을 슬쩍 귀띔해 주고 나서 이참에 사건을 맡아서 조사를 하는 척하면서 겁을 주고 찔러 보면 뭔가 떡 고물이 나올 기이라꼬 부추겼다는 말씀입니꺼?"

갑환이는 신중을 기하는 중산의 의견에도 불구하고 여전히 헌병 소위가 개입된 자작극이라는 생각을 떨쳐 버리지 못하고 있었다.

"글쎄다, 그럴 수도 있겠기에 해 보는 말이니라. 만에 하나 일이 잘못 되어 동티가 나더라도 진범인 그놈들에게 모든 책임을 떠넘겨 버리면 헌병 소위놈 자기로서는 책임질 일도 없을 터이니 그야말로 맨땅에서 헤엄치는 격이 아니겠느냐? 허나, 무슨 속셈으로 하필이면 이런 때에 기다렸다는 듯이 그놈들이 불시에 들이닥쳤는지 그것은 나도 잘 모르겠구나!"

"서방님의 생각이 정 그러시다면 이왕에 일이 이렇게 되었을 바에는 차라리 왜놈들이 더 이상 허튼 수작을 부리지 몬하게 아까 말씀 드린 그 사실들을 증거로 대면서 걸뱅이 두목으로 변장을 하고 왔던 그 수상한 매일신보 지국의 직원이라는 놈부터 먼저 잡아다가 조사를 해 보라 꼬 하는 기이 좋지 않겠습니껴?"

단순하고 순진한 갑환이의 의견에 중산은 실소를 금치 못하며 고개를 가로 저었다.

"그것으로 해결될 문제라면 오죽 좋겠느냐? 하지만 아무래도 이번 일은 그렇게 단순하게 생각할 문제가 아닌 것 같구나! 누가 우리 나락을 도적질해 갔는지 그것보다도 우리가 가장 먼저 신경 써야 할 일은 그 헌병 소위란 놈의 머릿속에 무슨 간계가 숨어 있는지 그게 아니겠느냐?"

"무신 간계라 하모 어떤 거를 두고 말씀하시는 말씀입니껴?"

"나락 도난 사건이 일어난 것을 보고 자신의 출세에 눈이 어두운 나머지 조사를 핑계 삼아 조선 독립군과 우리 사이를 한데 엮어서 판을 크게 벌여 보려고 나섰다면 생각보다 문제가 심각해질 수도 있겠기에 하는 얘기이니라!"

중산은 민생 범죄에 해당하는 자기네의 벼 도난 사건을 두고 '조선 독립군 단체의 소행'으로 특정하고 나선 것부터가 심상치 않게 여겨졌고, 그것이 을강 선생과 그가 이끄는 〈밀양청년독립단〉과 연계될 수도 있는데다가, 자기네가 〈중광단〉의 자금줄인 백산상회와 미곡 거래를 재개하는 시점에 벌어진 일이라 더욱 마음에 걸리는 것이었다.

상식적으로 생각해 보아도 벼 도난 사건에 대한 신고가 들어와서 통상적으로 그것을 조사하러 나온 것이라면 동산리를 관할하는 상남면 기산리의 경찰 주재소에서 수사관이 나와야 마땅한데, 엉뚱하게도 항일 사상범과 시국 사건을 주로 다루는 헌병 분견대에서 뜬금없이 조사를 하겠다며 직접 나선 것부터가 미심쩍기 짝이 없었다.

'우리의 명마에 눈독을 들였던 그 새파란 일본군 젊은 헌병 소위가 벌인 자작극이라면 그나마 차라리 다행스러운 일이라 치부할 수도 있으련만…. 그게 아니라면 누군가가 이번 일을 저지르는 것을 보고 이참에 그것을 이용하여 정녕코 자신의 관록을 쌓거나 입지를 넓히려고 또 다른 일을 벌이려는 속셈이라면 대체 이 일을 어찌 감당할 수 있단 말인가?'

이런 저런 생각으로 머리가 복잡해진 중산은 지난날 아침 산책길에 나섰다가 문제의 그 새파란 일본군 헌병 소위가 응천강 건너편에서 자기의 애마를 발견하고 넋이 빠진 듯이 오래도록 지켜보던 모습을 지금 이 순간에도 똑똑히 기억하고 있었다. 그리고 그 뒤에 종마장의 염 서방으로부터 서반아 독감이 마산리까지 번져 왔다는 급보를 전달받고 비상 종회가 열리던 날 회의석상에서 그와 같은 사실이 있었음을 밝히면서 먼 발치에서도 결코 심상치 않았던 그의 행동이 아무래도 마음에 걸린다고 했을 때, 당황하는 기색이라고는 전혀 없이 자기를 안심시켜 주던 용화 할머니의 옥음 같은 말씀 또한 생생하게 기억하고 있었다.

"역시 사전에 그런 일이 있었던 게로구나! 허나, 읍내 군청이나 헌병 본부대에서 왜놈 관헌이 나와서 그리하였다면 군마용 징발 징후로 볼 수도 있을 것이나, 삼랑진 역전의 본정목에 주둔하고 있는 헌병 파견대에서 나온 젊은 소위 놈이 그리하였다고 하니 그리 크게 걱정할 일은 아닌 것 같구나!"

"아니 왜요, 할머니?"

"군마용 징발 때문이 아니라면야 크게 걱정할 일이 무에 있겠느냐? 네가 타고 다니는 백마를 보고 마음이 동한 나머지 염 서방이 자식 돌보듯이 공들여 키우고 훈련시켜 놓은 명마 중의 명마인 우리 종마장의 마필들을 둘러보고 나서 흑심을 품은 게 분명한 모양인데, 왜인촌의 자국민 파수꾼 노릇이나 하는 헌병 분견대의 새파란 초급 장교 주제에 그리한들 무슨 대수이겠느냐?"

"형수님, 얘기를 들어보니 그 왜놈 헌병 분견대장이란 자가 우리 중산 종손이 타고 다니는 백마에 눈독을 들인 나머지 그와 같은 명마가 또 있는지를 알아보려고 종마장을 직접 둘러보고 간 게 틀림없을 겁니다."

그때, 운당 종조부도 분명히 그렇게 말씀하시지 않았던가?

"나도 방금 중산의 얘기를 듣고 그 생각을 하였답네다. 허나, 제 아무리 헌병 파견대의 우두머리라고 해도 그렇지! 제 놈이 받는 녹봉이 얼마나 되는지 모르지만, 언감생심 우리 명마를 탐할 만한 주제가 되겠습네까?"

"할머니, 그래서 저는 그게 오히려 더 마음에 걸리는데요! 제 분수도 모르고 우리 명마에 잔뜩 눈독을 들이고 있다가 그 탐욕을 주체하지 못하고 어떤 일을 벌였다가 그 뜻을 이루지 못하게 되었을 때 크게 심사가 뒤틀린 나머지 어떤 미친 짓을 하게 될지 누가 압니까?"

"나도 그런 생각을 해 보지 않은 바는 아니니라! 하지만 대뜸 해코지부터 먼저 할 리가 있겠느냐? 그보다는 먼저 검은 속내를 감춘 채 우리의 반응이 어떠한지 그것부터 먼저 살펴보려고 아무데나 쿡쿡 찔러는 보겠지. 그러니 그때 가서 우리가 적당히 대응을 하면 될 터이니까, 지레 겁부터 낼 필요는 없느니라!"

'그렇다면 그때 하신 용화 할머니의 말씀처럼, 그자가 우리 〈백호〉에게 첫눈에 반해 있다가 때마침 일어난 벼 도난 사건의 첩보를 접수하고 그것을 이용하여 자신의 사적 야욕을 채우려고 정녕코 이렇게 조선 독립군들 소행 운운하며 겁을 주며 불쑥 들이닥쳤단 말인가?'

하지만 중산은 용화 할머니와 운당 종조부의 그러한 의견에도 불구하고 헌병 소위가 팔을 걷어붙이고 나선 때가 백산상회와 미곡 거래를 재개한 시점인 만큼, 그 목적이 자기네 집에서 백산상회와 미곡 거래를 재개한다는 첩보를 미리 입수하였거나, 윗분들이 왕조 복원에 절치부심하며 총력을 기울이고 있는 것을 눈치 채고 저간의 활동 내역에 대한 단서를 잡으려고 나온 것일 수도 있다는 생각을 결코 뿌리칠 수가 없었다.

불길한 예감을 안고 집으로 달려왔을 때, 하마석 옆의 말뚝에는 헌병 분견대장이 타고 온 비쩍 마른 군마 한 마리가 마치 저승사자의 것인 양 눈꼴 사납게 묶여 있었고, 집을 지키는 삽살개마저도 그러한 고약한 변고에 신경이 날카로워졌는지 저쪽 축사 쪽에서 컹컹거리며 울부짖고 있었다.

중산이 하마석에 내려서기도 전에 대문간에 나와 발을 동동 구르고 있던 서 서방이 가까이 달려와 그에게 고하였다.

"서 방님, 어서 오시소! 그렇잖아도 김 서방이 서방님께서 곧 오실 줄 알고 조금만 기다려 달라며 사생결단으로 앞을 가로막고 버티었으나 총을 든 부하 놈과 조선인 통역관을 앞세운 헌병 파견대장이란 놈이 화적 떼처럼 막무가내로 밀어 젖히고는 좀 전에 안사랑 쪽으로 밀고 들어갔습니다요!"

"아니, 제 놈들 멋대로 안사랑으로 쳐들어갔단 말인가?"

"예! 그, 그렇습니다요!"

중산은 가슴이 덜컥 내려앉으면서 숨이 멎는 듯하였다. 그놈들이 안사랑으로 밀고 들어갔다면 주인도 없는 방에 달려 들어가서 자기들 멋대로 천기(天機)에 해당하는 그곳의 여러 가지 기밀문서들을 이것저것 닥치는 대로 마구 뒤지고 있을지도 모르는 일이 아닌가!

"야, 이 사람아! 아버님께서 출타하고 안 계시는데, 왜 집 안에 있는 모든 군속들을 다 동원해서라도 감히 그런 짓을 못하게 막지를 않았는가?"

그는 벌컥 역정을 내며 언성을 높인다.

"그런 기이 앙이라, 영동 나으리 마님께서는 어제 저녁 때 이미 돌아와 계신다 앙입니꺼!"

"아니. 아버님께서 벌써 돌아와 계신단 말인가?"

"예, 서방님!"

부친이 돌아와 있다고 해도 급박하게 돌아가는 사정이 달라질 것은 없었다. 아니, 어쩌면 사태가 진정되기는커녕 오히려 일이 더 커질 수도 있는 상황이었다. 중산은 더 물어 볼 것도 없이 곧장 안사랑을 향하여 바쁜 걸음을 친다. 벼 도난 사건에 대해서도, 백산상회와 미곡 거래를 재개한 사실에 대해서도 전혀 아는 바 없는 부친에게 새파랗게 젊은 헌병 소위 놈이 무엄하게 이것저것 따지고 들면서 그 사실들에 대해서 추궁하고 있다면 부친께는 불효막심한 죄를 짓는 꼴이 되거니와, 자칫 잘못했다가는 자기로서는 그야말로 감당 못할 내우외환에 직면하게 되기 십상인 상황이 아닌가!

중산이 안사랑으로 통하는 중문 앞으로 달려갔을 때, 활짝 열린 중문 안쪽의 축대 밑에서는 얼굴이 벌게진 김 서방과 헌병 소위의 지시를 받은 두루마기 차림의 조선인 통역관 사이에 격한 실랑이가 벌어지고 있었다. 새파랗게 젊은 헌병 소위는 일본도와 권총을 양쪽 옆구리에 찬 거만한 자세로 뒤에서 마치 자기네의 민속 씨름인 〈스모〉 구경이나 하는 듯이 그들의 모습을 관심 있게 지켜보고 있었고, 소총을 손에 든 호위 병사 한 명이 사주 경계를 하며 만일의 사태에 대비하고 있었다. 바깥의 심상치 않은 그런 소란에도 불구하고 간밤에 먼 여정을 마치고 돌아왔다는 영동 어른의 모습은 보이지 않았고, 방에서도 아무런 기척이 없었다. 신돌 위에 가지런히 놓여 있는 당혜만이 그가 안에 있음을 말해 주고 있을 뿐이었다.

중산은 부친이 바깥의 소란에도 불구하고 일체를 도외시한 채 아무런 인기척도 없이 밖으로 거동을 하지 않고 있는 것이 그나마 다행이라 싶었다. 그는 헌병 분견대장의 저의가 무엇인지 알아볼 요량으로 중문 옆으로 비켜 선 채 안쪽의 동향을 좀 더 지켜보기로 하였다.

"이보소! 통역관 양반! 아무리 인륜도덕이 뒤집어진 세상이기로서니 이 무신 무엄하고도 해괴망측한 짓이란 말이오? 우리가 하는 말을 저 분견대장한테 제대로 전하기나 하고 있는 기이요? 이 댁이 뉘 댁이며, 어떤 집안인 줄을 알고 감히 이렇게 무엄한 짓거리를 함부로 벌일 수 있단 말이요? 그라고 몇 번이나 말을 해야 알아듣겠소? 우리는 나락을 잃어버린 사실도 없고, 우리 나으리 마님께서도 오래 전에 멀리 볼일을 보러 가셨다가 어제 밤에사 돌아오셨기 때문에 조사할 필요조차 없다고 하는데, 와 자꾸 억지를 부리며 이러는 기이요?"

김 서방의 거센 항의에 헌병 소위보다 나이가 열 살쯤이나 많아 보이는 조선인 통역관이 기세등등하게 삿대질을 하며 으름장을 놓았다.

"허허, 이 사람 정말로 무식해서 말이 안 통하구만! 우리가 입수한 첩보에 의하면 당신네가 도난당한 나락이 자그마치 열 섬이나 되고, 여러 사람들이 그것들을 긴다리강 다리 밑으로 옮겨다가 나룻배로 실어 간 흔적이 분명히 남아 있었다고 하는데, 손바닥으로 하늘을 가린다고 해서 무사하게 넘어갈 것 같소? 어림없는 소리야, 이 사람아!"

이렇게 반말로 지껄이면서 언성을 높이는 통역관을 보고 말채찍을 손에 들고 있던 소위가 그 끝을 까딱이며 통역관을 가까이 오라고 거만하게 부르더니 무언가 작전을 시달하는 눈치였다. 그의 지시를 받은 통역관이 화가 잔뜩 난 얼굴로 김 서방을 다시 몰아세우기 시작하였다.

"이봐요! 이러는 당신을 보고 우리 분견대장님이 방금 뭐라고 했는지 아시오? 하인이 이렇게 무조건 잡아떼는 것만 봐도 이런 일이 벌어질 줄을 미리 알고 사전에 단단히 입단속을 하며 교육을 시킨 게 분명다고 하십니다. 그러니 더 말할 것 없이 지금 당장 안으로 들어가서 당신 주인장부터 냉큼 데리고 나오란 말이오!"

"아, 글쎄 몇 번이나 말해야 알아듣겠소? 천번 만번 물어도 내가 할 수 있는 대답은 우리는 나락을 도적맞은 사실이 없으며, 연로하신 우리 집 안사랑 나으리 마님께서는 그 동안 외지 출타 중이셨고, 당주 대리로 집안의 모든 일을 책임지고 계시는 사방님께서도 부산으로 볼일을 보러 가셨다가 이제 곧 오실 때가 되었다고 하지 않았소? 그러니 이렇게 무조건 깝치지 말고 그때까지 조금만 더 기다려 보란 말이오!"

"아니, 이 사람이 정말로 귀에 말뚝을 박았나? 자꾸 이렇게 같은 말만 반복하며 시간을 끌고 있을 거요?"

통역관이 참다못해 눈알을 부라리며 당장이라도 멱살을 잡을 듯이 기세를 올렸으나, 우람한 체구의 김 서방은 그의 앞을 태산처럼 막아선 채 꿈쩍도 하지 않고 맞서는 것이다.

"만에 하나 당신네들의 말대로 정말로 도둑이 들었다고 칩시다! 그렇다면, 한 둘도 앙이라는 그 도둑놈들부터 잡으면 될 거 앙이요? 그런데 그놈들을 잡을 생각은 조금도 안 하고, 와 아무 죄도 없는 애매한 우리를 보고 죄인 취급을 하면서 이 야단이냔 말이요, 이 야단이!"

저쪽에서 도둑들이 다녀간 구체적 사실을 들먹이며 요지부동으로 다그치는 바람에 김 서방도 모르는 일이라는 발뺌만으로는 안 되겠다 싶었던지, 며칠 동안 집 주변을 맴돌면서 거지 두목의 행색을 하며 소란을 피우고 간 그 박종흠의 쌀가게 겸 매일신보 지국의 직원 얘기를 하려는 듯이 말머리를 은근슬쩍 돌리고 있었다.

"이 보시요! 주인 양반이 집에 있었건 출타 중이었건 그것은 그리 중요한 문제가 아니란 말이오! 문제가 되는 것은 무엇보다도 이번 사건에 대한 당신네들의 태도에 있다는 것을 어찌 모르시오? 열 섬이나 되는 나락을 한꺼번에 대담하게 훔쳐 간 것을 보면 요즘 군자금 확보에 혈안이 되어 있다는 조선 독립군 단체의 소행이 분명한데도 당신들은 도난 사실을 일절 신고하지 않았고, 지금도 전혀 모르는 일이라며 이렇게 계속 발뺌만 하고 있으니 더욱 수상한 일이 아니오? 계속 이렇게 나오는 것은 이 댁 내부에 조선 독립군과 내통하는 자가 있다는 사실을 알고 그 사람 때문에 일이 커질까봐 아예 없었던 일로 덮어 두려는 수작이 아니고 무어냐 말이오!"

중문 옆으로 비켜나서 그들의 실랑이를 갑환이와 함께 잠자코 지켜보고 있던 중산은 그제서야 헌병 소위의 의도가 무엇인지 알아차리고는 헛기침을 크게 하면서 중문 안으로 성큼 들어섰다. 갑작스런 중산의 출현에 뒤에 있던 헌병 소위가 눈이 휘둥그레져서 앞으로 걸어 나왔다. 전날 웅천강을 사이에 두고 백마를 타고 있는 중산의 모습을 기억하고 있었던 모양이었다.

중산이 그의 존재는 아예 무시한 채 앞에 있는 통역관에게 점잖게 항의를 하면서 문제 해결의 당사자임을 자처하고 당당하게 나선다.

"이보시오! 우리 집안 일을 가장 잘 아는 우리 집 집사가 우리는 모르는 일이라 하고, 또 조사할 일이 있으면 주인이 오면 그때에 하라고 기다리라면 기다릴 일이지, 화적 떼도 아니고 백주에 총과 칼을 들고 남의 집에 밀고 들어와서 이 무슨 무례한 짓들이오? 내가 바로 이 집 주인이니 자, 물어 볼 말이 있으면 나한테 직접 물어 보시오!"

찔끔하고 놀란 통역관이 중산을 향해 돌아서면서 물었다.

"아니, 당신이 어째서 이 집 주인이란 말이오?"

자기보다도 훨씬 연소해 보이는 중산이 이 대갓집의 주인이라니 믿기지가 않은 모양이었다.

"이보시오! 방금 우리 집사가 말하지 않았소? 우리 아버님께서 연로하신 관계로 내가 집안일을 관장하는 새로운 주인이라고 하는데, 그렇다면 그런 줄로 알 일이지 웬 말이 그리 많소?"

한눈에 보기에도 기품이 범상치 않은 중산이 엄중히 항의를 하며 언성을 높이자, 기고만장해 있던 통역관도 그 위세에 당황했는지 찔끔하는 기색이 역력하였다. 그러자 옆에 있던 김 서방이 다시 큰 소리로 설명을 하였다.

"방에 계신 나으리 마님께서는 연로하셔서 명산 순례로 소일하시다가 지난해 말부터 여기 계신 우리 중산 서방님께 가업 일체를 일임하셨으니 연륜이 이렇게 젊으셔도 이분이 바로 내가 말하던 우리 집 주인님이란 말이오, 주인님!"

중산과 김 서방의 기세에 별 도리 없이 밀린 통역관이 헌병 소위에게 일본말로 무엇이라고 지껄이는 양을 지켜보고 있던 중산이 상기된 그들의 얼굴을 번갈아 쳐다보며 따져 묻는다.

"밖에서 듣자 하니 당신네들이 우리 집에 나락 절도 사건이 있었다는 첩보를 입수하고 현장 조사차 나왔다고 하던데, 피해 사실조차도 몰랐던 우리한테 무슨 문제점이라도 있는 것이오?"

그러자 방금 헌병 소위로부터 어떤 지시를 받았던 듯, 갑자기 기세를 누그러뜨린 통역관이 예를 갖추고 정중하게 설명을 하였다.

"사실은 이 댁에서 나락 도난 사건이 있었다는 첩보가 있기에 범인을 잡아 도난당한 벼를 되찾아 주려고 현장 조사차 나왔는데, 여기 있는 이 양반이 처음부터 그런 사실이 없다면서 한사코 거짓말을 하는 바람에 잠깐 입씨름이 벌어진 것뿐입니다!"

"아, 그래요? 하지만 명색이 이 집의 주인인 나도 그런 사실을 보고받은 사실은 일절 없었는데, 손해를 본 당사자가 모르는 일을 헌병 분견대에서 먼저 말고 오다니 무엇이 잘못 되어도 한창 잘못 된 것 같소이다. 누구로부터 어떤 첩보를 입수하고 나왔는지 모르지만, 우리가 모르는 일이라면 제보 자체가 잘못 된 것일 수도 있지 않지 않겠소? 그리고 또 설령 그 제보가 사실이라 해도 우리도 모르는 사이에 벼를 훔쳐간 것이니 범인만 잡으면 될 것이지, 왜 피해를 입은 우리를 보고 문제시 하며 이렇게 소란을 피우는 것이오? 만약에 당신들이 확보했다는 첩보가 사실이 아닐 경우에는 어찌할 것이오?"

"확실한 제보를 받고 나왔으니 그럴 리가 없습니다."

엄중한 중산의 항의에 통역관의 의지가 눈에 띄게 흔들리는 것 같았으나 여전히 순순히 물러날 기색이 아니었다.

"당신네들이 벼 절도 사건이 벌어졌다고 주장하는 날 아침에 나도 아침 산책길에 나서면서 이쪽 행길에서 들마당의 벼 야적장을 바라본 바가 있었지만 도둑이 들었다는 사실은 미처 감지하지 못하였소! 그런데 그게 무슨 큰 잘못이라도 된다는 게요?"

"아, 되고말고요! 자그마치 열 섬이나 되는 나락을 도적맞고도 그걸 몰랐다니 말이 됩니까? 멀리서 본 주인장은 몰랐어도 그것을 관리하는 당사자는 알고 있었을 게 아닙니까?"

"당신 그 말 잘 하였소! 우리가 야적장에 임시로 쌓아 둔 벼가 얼마나 되었는지 알고 있기나 하는 것이오? 자그마치 일천오백 석이었단 말이오, 일천오백 석! 설령, 당신의 말대로 도둑이 들어 거기서 열 섬 정도의 나락을 훔쳐갔다고 한들 그야말로 망망한 강물 위로 비오리 한 마리가 지나간 형국밖에 더 되겠소? 더구나 벼를 훔쳐 가는 도둑놈들이 거기에 자기네의 흔적을 일부러 남겨놓았을 리는 만무했을 터이니 말이외다. 만약에 당신네들이 주장하는 바와 같이, 그 흔적들이 현장에 버젓이 남아 있었다면 그것이야말로 우리에게 무언가를 덮어씌우려는 그놈들의 허튼 수작임이 분명한 일이 아니겠소?"

"허허 참! 그게 아닌데…."

통역관은 급기야 얼굴을 붉히며 뒤에 있는 헌병 소위의 눈치를 살폈고, 중산은 그들이 말을 짜맞출 틈도 주지 않고 몰아붙이는 것이다.

"이보시오! 제보자가 있다면 그 사람이 누구인지 지금 당장 데리고 오시오! 그 사람과 우리를 대질시켜 보면 쉽게 해결될 문제가 아니오? 그런데 왜 자꾸 이러시는 게요? 이렇게 하는 당신네들이야말로 그 도둑놈들의 말만 듣고 그들을 비호하려는 게 아닌지 의심이 된단 말이오. 그러니 이렇게 쓸데없이 시간을 허비할 게 아니라, 그 제보자들이 누구인지 그것부터 먼저 밝히고 우리와 대면시켜 달란 말이오!"

"우리는 원칙적으로 제보자를 보호해야 할 의무가 있으니 그럴 수가 없단 말이오."

중산의 의도를 눈치 챈 헌병 소위가 고개를 흔드는 것을 보고 통역관이 옹색한 변명을 늘어놓으며 그 고비를 슬쩍 넘기려고 하였다.

"이보시오, 통역관! 그렇다면 조작된 일일 수도 있는 제보자의 말은 사실이고, 우리가 하는 말은 전부 거짓이란 게요?"

통역관이 다시 머리를 긁적이며 헌병 소위의 귀에다 대고 무어라 속삭였고, 그의 지시를 받은 통역관이 짐짓 시치미를 떼고서, 그러나 아까보다는 한결 정중해진 목소리로 말하였다.

"그쪽의 상황을 들어보니 이해가 되지 않은 바는 아니나 우리한테 전해진 첩보가 워낙 분명하고 신빙성이 있었던 터라, 우리 분견대 대장님께서는 일이 이렇게 되었으니 귀측의 말이 사실인지를 확인해 보기 위해 벼 출하 작업에 투입되었던 그쪽 일꾼들의 진술부터 전부 들어 볼 수 있도록 협조해 달라고 하십니다."

"우리 일꾼들 속에 당신네들이 말하는 소위 불순분자라도 있다고 이러는 게요?"

"꼭 그렇다는 것은 아니나, 그쪽에서 자꾸 모르는 일이라고만 하니 혹시 그들 중에 조선 독립군들과 내통하는 문제의 인물이 있어서 벼를 훔쳐간 흔적을 아무도 모르게 없애 버렸을 수도 있기에 드리는 말씀이 아니겠습니까? 그리고 그렇게 많은 나락을 한꺼번에 대담하게 훔쳐 간 것을 보면 사사로운 좀도둑은 분명 아닌 듯 하니 말입니다!"

자기네의 허튼 수작을 이쪽에서 이미 감지하고 있음을 암시해 주어도 끝내 태도를 바꿀 의사가 없어 보이자, 중산이 더 이상 참지 못하고 기어이 발끈하여 언성을 높인다.

"이보시오! 말도 안 되는 그런 허튼소리는 아예 하지도 마시오! 그런 어설픈 술수에 우리가 당신네들 뜻대로 호락호락 휘말려 들 것 같소?"

격노한 중산은 자신의 강건한 의지를 드러내며 그들 앞으로 성큼 다가선다. 그리고는 마침내 그때까지 일체를 감추고 있던 비장의 무기를 신중하게 꺼내 드는 것이었다.

"그렇다면 좋소이다! 당신네들이 끝까지 그렇게 나온다면 우리 쪽에서도 의심이 가는 인물을 밝히지 않을 수 없소이다! 방금 집으로 오면서 이번 벼 출하 작업에 참여한 우리 집 일꾼한테서 들으니 당신네들이 벼 도둑이 들었다고 주장하는 날 며칠 전부터 우리 집 주변을 맴도는 수상한 걸인 패거리들이 있었다고 하더이다. 그때, 소란을 피웠던 걸인 두목이 우리 김 서방의 눈에 전에 어디서 본 듯하였으나 어디서 만났던 인물인지 생각이 나지 않았었는데, 오늘 알고 봤더니 그 사람이 바로 밀양 읍성 향청껄과 삼랑진 역전 본정목에서 매일신보 지국과 보급소를 각각 운영하면서 쌀가게를 같이 열고 있는 박종흠이라는 자의 부하 직원이었다는 사실이 밝혀졌다고 하는데, 그 사람들부터 먼저 잡아다가 조사해 보는 것이 어떻겠소?"

"아니, 난데없이 수상쩍은 걸인 패는 웬 말이며, 그 사람이 박종흠씨가 운영하는 매일신보 지국의 점원으로 밝혀졌다니 대체 그것은 또 무슨 소리요?"

확실한 근거를 가지고 벼 절도 용의자를 전격적으로 들이대는 중산의 말에, 혹처럼 툭 불거진 통역관의 양쪽 광대뼈에 지렁이 같은 힘줄이 꿈틀거리면서 단추 구멍처럼 작은 눈길이 갈 바를 못 잡고 그저 이리 뛰고 저리 뛴다. 그가 그럴수록 중산은 더욱 마음의 여유와 배짱이 생겨났다. 하지만 그런 경황에도 그는 점잖은 조선 선비의 모습을 견지하며 그들을 불필요하게 궁지로 몰아붙일 수 있는 자극적인 말을 삼간 채 부인 못할 증거만을 거듭 들이대면서 여유롭게 반문을 하였다.

"그야 보기 드물게도 일본 헌병들이 신는 낡아빠진 군화에다 각반까지 차고 온 색다른 모습이었다기에 하는 얘기가 아니겠소?"

분수를 알고 조용히 물러났더라면 중산도 이런 말까지는 하지 않으려고 하였으나 본의 아니게도 결국 그런 사실까지 입에 담고 말았다.

"나는 또 뭐라고…. 거지들이야 오다가다 쓸 만한 것들이 보이는 대로 이것저것 주워서 아무렇게나 몸에 걸치고 다니는 족속들인데, 그게 뭐 어떻다는 겝니까?"

"아니지요! 그때 열 명도 넘는 부하들을 거느리고 와서 며칠 동안 염탐질을 하듯이 우리 집 주변을 맴돌면서 떠나가지 않고 애를 먹이다가,

그날 아침에 여기 있는 우리 김 서방한테 쫓겨 갔던 그 걸인 두목 말이 외다! 여기 있는 김 서방이 오늘 아침 부산을 다녀오는 길에 매일신보 삼랑진 보급소 앞을 지나다가 일본군 헌병 구두와 각반을 차고 왔던 그 수상쩍던 문제의 걸인 두목이 〈도리구찌〉 모자에다 양복 차림을 한 멀쩡한 모습으로 거기에 와 있는 걸 목격하고, 그자가 바로 신문 구독 신청을 하려고 향청껄의 매일신보 지국에 찾아갔을 때 거기서 보았던 직원임이 분명하다는 사실을 알아차리게 되었다기에 하는 얘기가 아니겠소?"

"글쎄요! 나는 도통 무슨 얘기인지 알아들을 수가 없는데요…."

사는 게 무엇인지, 통역관 자신도 같은 조선인임에도 불구하고 자신의 조국을 통째로 집어 삼키고 더 나아가 만주와 중국 대륙까지 넘보는 일본 제국의 정예군이자 삼랑진 헌병 분견대장의 통역관으로서 그의 알량한 자존심에 상처를 입히는 일만은 어떻게든 막아야만 했던 것일까. 조선인 통역관은 중산의 명백한 증거 제시에도 끝까지 비굴하게 발뺌을 하려고 들었다.

"그렇다면 그때의 그 걸인들이 우리 나락을 훔쳐 갔을 것으로 단정할 수 있는 다른 정황 증거들까지 우리가 가지고 있다면 어찌하겠소?"

그제서야 중산의 당당한 태도에 한사코 버티던 통역관도 마침내 기가 꺾이고 만 것이리라. 불안한 눈으로 뒤에서 자기를 지켜보고 있는 헌병 소위를 힐끗 돌아본 통역관은 갈 바를 잡지 못하고 쩔쩔매고 있다.

"갑환아, 이제부터는 이 사람들이 잘 알아듣도록 네가 직접 나서서 나머지 사실들을 자세하게 설명해 주도록 하여라!"

중산은 마침내 갑환이를 앞으로 불러내었고, 중산보다도 그들의 소행임을 더욱 굳게 믿고 있던 갑환이는 오늘 아침에 박종흠이 운영하는 삼랑진 역전의 쌀가게를 겸한 매일신보 보급소에 와 있는 박종흠의 향청껄 쌀가게의 점원을 보았던 사실과, 그가 거지 왕초 행세를 하며 며칠 동안 집 주변을 맴돌면서 애들 먹이다가 김 서방한테 쫓겨 갔던 그 수상한 사내와 동일 인물임을 확인하게 되었던 일이며, 그가 데리고 왔던 똘마니 거지들도 오늘 아침에 삼랑진 내송 벌판에 있는 헌병 파견대 취사장에서 동냥질을 하고 오는 것을 보았다는 목격담까지 보았던 그대로 장시간에 걸쳐서 사실 그대로 차근차근 실감나게 털어놓았다.

그의 진술을 다 듣고 난 통역관이 그 내용을 그대로 일본말로 설명해 주자, 헌병 소위의 얼굴이 귀밑까지 시뻘겋게 달아올랐다. 그것으로 보아 그들은 역시 이번의 벼 절도 사건이 누구의 짓인 줄을 알고 있었으며, 그것에 대한 조사를 빌미로 무언가를 취하고 싶은 불순한 의도를 가지고 있었음도 스스로 반증해 주고 있었다.

중산은 이때다! 하고 그들이 딴 말을 하지 못하게 쐬기를 박듯이 되물었다.

"당신네들이 우리가 하는 말을 그대로 못 믿겠다면 우리로서도 잠자코 당하고만 있지는 않을 것이오!"

"아니, 잠자코 당하고만 있지 않겠다니요? 그렇다면 우리를 협박하자는 갭니까?"

"협박을 하자는 게 아니라, 지금이라도 당장 읍내로 달려가서 밀양 경찰서나 헌병 본대에 신고하여 당신네가 옳은지 우리가 옳은지 그것에 대한 공정한 심판을 받겠다는 것이오. 그러니 그렇게 해도 괜찮을지 그것이나 마지막으로 파견 대장한테 한번 물어 주시오!"

온당치 못한 자기네의 행각이 보기 좋게 들통 난 데에 대한 당혹감과 수치심 때문일 수도 있었을 것이다. 그리고 중산의 으름장에 내심 뒤가 켕겼기 때문일 수도 있었을 것이다. 안하무인격으로 오만방자한 자세를 견지하던 햇병아리 헌병 소위는 통역관으로부터 사직 당국에 정식으로 사건 수사를 의뢰하겠다는 중산의 말을 전달 받는 순간, 피가 나도록 입술을 깨물고 하늘을 우러러 보며 한동안 움직일 줄을 몰랐고, 중산은 그것을 놓치지 않고 지켜보고 있었다.

같은 또래의 조선 청년인 중산에게 볼상 사납게 자존심을 구기고 만 것이 생각하면 할수록 분통이 터지고 뜨거운 피가 거꾸로 치솟는 것을 끝내 참을 수 없었던 것일까? 헌병 소위가 몸에 남아 있던 기운이 송두리째 빠져 나간 사람처럼 어깨를 축 늘어뜨리고 서 있는 조선인 통역관에게 일본말로 뭐라고 떠들어대며 거세게 몰아붙였고, 그의 지시를 따랐을 뿐인 통역관은 헌병 소위가 오늘 당한 수모가 마치 자신의 부주의 때문에 빚어진 죽을 죄나 되는 것처럼 허리를 몇 번이나 굽실거리며 빌고 또 비는 것이었다.

그리고 시치미를 떼고 바라보는 중산에게도 예를 갖추어 깍듯이 허리를 굽히면서 사과의 말을 전하는 것이었다.

"방금 우리 분견대장님께서 그쪽의 설명을 들으시고 미곡 절도 사건의 처리는 우리가 끝까지 책임지고 처리하겠으니 그쪽에서는 그 일에 대해서 굳이 나설 필요가 없다고 하십니다. 그리고 제보자의 말만 믿고 본의 아니게 결례를 범하게 된데 대하여 사과의 말씀을 전하시는 동시에, 자세한 진술로 범인 체포에 많은 참고 사항을 지적해 주신데 대해서도 사례의 말씀을 전해 달라고 하십니다!"

김 서방과 갑환이가 결정적인 역할을 하는 바람에 탐욕과 젊은 패기만 믿고 분별없이 설치던 일본 헌병 소위의 치졸한 만용 사태는 중산의 결정적인 반격으로 그렇게 싱겁게 끝나고 말았다. 하지만 같은 또래의 조선 청년에게 보기 좋게 망신을 당하고 하늘을 우러러 보며 피가 나도록 입술을 깨물던 헌병 소위의 모습이 중산에게는 자신의 가슴을 밟고 지나가려던 그의 군화 발자국처럼 뚜렷한 잔영으로 머리 속에 남게 되었다.

기고만장하던 일본군 헌병 소위가 그렇게 깨끗이 승복하고, 필요 이상으로 예를 갖추어 사의를 표명하는 것은, 어쩌면 그것만이 언필칭 대일본 제국의 헌병 장교로서 마지막 남은 자신의 알량한 자존심을 지키는 일이라고 생각한 때문인지는 몰라도, 그의 가슴에 남아 있을 뼈아픈 앙금이 중산 자신에게는 두고두고 마음의 부담으로 작용하게 될 것임을 의식하지 않을 수 없었다.

김 서방과 갑환이의 공로로 의외로 손쉽게 궁지에서 벗어난 중산은 겉으로는 아무런 내색도 하지 않았지만, 지옥의 문턱에서 구사일생으로 생환한 것처럼 안도의 한숨을 일단 내쉴 수가 있었다.

마음의 안정을 되찾은 그는 군소리 한 마디 못하고 물러나는 앳된 헌병 소위의 뒷모습을 지켜보면서 다음 일을 걱정하지 않으면 안 되었다. 그래서 그들의 상처 난 마음을 다독거려 주기 위하여 갑환이와 김 서방더러 멀리 집 밖으로 따라 나가 정중하게 배웅해 주도록 배려하는 것도 잊지 않았다. 용화 할머니가 말했던 것처럼 앞으로 그와 또 어떤 일로 마주치게 될지 모른다는 생각에서 나온 대비책이기도 했지만, 다른 한편으로는 자기와 비슷한 연배로서 그가 감내하고 있는 상처 난 자존심을 달래 주기 위한 인간적인 연민에서 나온 배려이기도 했을 것이다.

중산은 그들이 중문 밖으로 사라진 뒤에야 부친의 처소로 들어갔다. 영동 어른은 말끔하게 치워진 서안 앞에 정좌한 자세로 밖에서 구해 가지고 온 신문을 읽고 있었다. 그는 중산이 들어오는 것을 보고 그것을 반으로 접어서 한옆으로 밀쳐놓고는 예를 갖추고 올리는 중산의 문안 인사를 받았다.

"이번에도 서울로 가셨다가 의성 진외가 쪽에 들러서 그곳 유림계의 지인들을 두루 만나보고 오신 걸로 알고 있습니다. 그 동안 원지 여행에 옥체 강녕하셨으며, 하시는 일들도 순조롭게 잘 되고 있었는지요?"

큰절을 올린 중산이 서안 앞에 옷깃을 여미고 마주 앉으며 부친이 접어서 밀쳐놓은 신문지를 흘낏 바라보았더니 조선총독부의 기관지인 '매일신보'라는 제호만 확인 되었을 뿐, 읽고 있던 기사가 무엇이었는지는 알 길이 없었다. 대표적인 민족지로 창간 당시부터 구독하였던 대한매일신보가 한일합방과 더불어 일제의 손으로 넘어가 제호에서 '대

한'이라는 글자가 떨어져 나가고 〈매일신보〉라는 이름으로 조선총독부
의 기관지로 전락하는 것을 보고 전격적으로 구독을 중단하였던 그 신
문에 무슨 기사가 실렸기에 부친으로 하여금 손수 구해 가지고 오게 했
는지 궁금하기 짝이 없었다. 매일신보의 구독을 중단한 이후로 유일하
게 구독하던 민족지이자 자신이 직접 투자하여 주주로 있던 경남일보
마저 그 4년 후에 일제 당국의 민족지 탄압 정책으로 경영난을 견디지
못하고 폐간된 이후로 지난 십여 년 동안 여타의 친일 신문들은 아예
거들떠보지도 않았던 부친이 아니었던가?

"아버님, 신문에 무슨 중대한 기사라도 난 것입니까?"

오늘자 매일신보를 아직 읽어 보지도 못한 중산이 궁금증을 참지 못
하고 물었더니 좀처럼 속내를 드러내지 않던 영동 어른이 자신이 뒤늦
게 접한 신문 기사 얘기를 심각한 어조로 꺼내는 것이었다.

"지난달 11월 3일에 덕국(德國: 독일)이 항복하고 11일에 휴전협정
이 조인되면서 끝이 난 세계1차 대전의 법적인 마무리를 위해 불란서
파리의 베르사이유 궁전이라는 곳에서 강화회의를 개최하기로 했다는
사실은 신문을 죽 구독하였으니 너도 물론 잘 알고 있겠지? 그런데 거
기에 참석하기 위해 지난 12월 4일에 조지 워싱톤호라는 군함을 타고
뉴욕 항을 출발한 윌슨이라는 미국의 대통령이 마침내 유럽에 도착하
여 파리와 런던, 로마를 차례로 방문하면서 대대적으로 환영을 받고 있
다는구나!"

"일천사백만 명이나 되는 엄청난 사상자를 낸 전란의 참화 속에서
마침내 벗어나게 되었으니 유럽인들의 기쁨이야 오죽하겠습니까?"

전쟁에서 승리한 27개 연합국 대표들이 내년 1월 18일부터 파리의
베르사유 궁전에서 만국강화회의를 열기로 했다는 사실은 중산도 그
동안에 읽었던 신문기사를 통하여 잘 알고 있었다. 올 연초인 지난 1월
8일에 미국의 28대 대통령 우드로 윌슨이 선포한 14개 조항으로 된 평
화 대책은 전 세계인의 주목을 받은 바가 있었으며, 대통령 전용선을

탄 그가 11척이나 되는 전함의 호위 속에 뉴욕 항을 출발한 지 9일 만에 프랑스 브레스트에 도착했을 때, 그를 맞이한 2백만 명의 파리 시민들은 '유럽의 구원자'라는 환호성과 함께 '윌슨 만세!'를 연호하며 열광하였다는 기사를 이미 읽고 그러한 기류가 한반도에도 밀려오기를 은근히 기대감에 젖어 보기도 한 그였다.

"허나, 파리강화회의 목적 자체가 서구 제국주의 국가들 간의 영토 재분할에 있다는 풍문도 나돌고 있으니, 만주를 넘어 중국 대륙까지 넘보고 있는 왜놈들이 거기에 순순히 동조할 까닭이 있겠느냐? 오히려 중국 대륙을 집어 삼키려고 군비 강화에 혈안이 되어 있는 그놈들의 야욕에 기름을 붓는 격이 되지 않으면 그것만도 다행스런 일로 여길 수 있으련만…"

자세히 모르긴 해도, 잔뜩 기대를 걸고 상경하였던 중대사도 그 진척이 신통치 않아서일까? 영동 어른의 얼굴에는 짙은 수심의 그림자가 짙게 드리워져 있었다.

윌슨이 선포한 평화대책 조항에는 국제연맹의 창설이 제창되었으며, 모든 식민지 문제의 공평한 조치를 규정한 이른바 〈민족자결주의〉가 포함되어 있었는데, 그 요지는 식민지 문제를 취급함에 있어서 통치하는 정부의 주장과 통치를 당하는 국민들의 이익이 동등하게 취급되어야 한다는 것이었다. 윌슨의 이상에 매료된 사람들 중에는 한국의 독립 운동가들도 많이 있었으며, 여운형과 김규식 같은 사람들은 세계 대전의 종식을 앞두고 한국의 독립을 준비하고 파리에서 개최될 만국 강화회의에 대표자를 파견하기 위해 서병호, 장덕수, 선우혁, 이광수 등 50명의 당원을 규합하여 지난 8월에 중국 상해에서 신규식(申圭植)이 만든 〈동제사(同濟社)〉를 모체로 하여 〈신한청년당(新韓靑年黨)〉을 조직한 바가 있었다.

그리고 지난달 11월 30일에 윌슨 대통령과 파리강화회의에 각각 보낼 '조선 독립에 관한 진정서'라는 독립 청원서를 크레인에게 전달하였으며, 영어에 능통한 우사 김규식을 파리강화회의에 파견할 대표로 선정하였다는 기사를 최근에 발간한 신한청년당의 기관지 〈신한 청년〉을 통하여 국내외의 동포들에게 공공연하게 배포되고 있어서 동포들의 독립 정신을 고취하는 데에도 크게 기여하고 있었다.

그러나 영동 어른의 말처럼 파리강화회의 목적 자체가 서구 제국주의 국가 간의 영토 재분할에 있음을 주장하는 이도 있었고, 일제 역시 이 파리강화회의를 자국의 이익 확보에 이용하려고 활발하게 움직이고 있었으며, 그 사실을 감지한 고종은 그들의 기도를 막고자 유폐된 덕수궁의 함녕전에서도 자기 나름대로 애를 쓰고 있다는 사실이 그를 알현하고 나온 황실 사람들의 입을 통하여 은밀하게 전해지고 있기도 하였다.

"저는 그래도 윌슨 대통령이 제창한 민족자결주의 정신이 세계에 전파되면 우리한테도 서광이 될 것으로 알고 있었습니다."

"글쎄다, 오나가나 왜놈들 서슬에 조용한 곳이 없는데, 그렇게 될 리가 있겠느냐? 그건 그렇고, 나 대신으로 집안일을 맡아서 처리하느라고 너의 노고가 적지 않았을 터인데, 부산에 갔던 미곡 출하 작업은 원만하게 잘 마무리 되었느냐?"

부친의 입에서 집안의 일에 관한 얘기가 흘러나오자 중산은 사뭇 긴장을 하면서 마음을 가다듬는다.

"예, 아버님! 처음으로 행하는 선단의 행수 노릇이라 저의 두 어깨가 여간 무겁지 않았습니다. 하오나 다행스럽게도 김 영감이 원만히 선도해 주고, 윤 영감과 김 서기도 그 일에 달관하여 스스로들 알아서 잘 처리해 주는 바람에 소자는 별로 한 일도 없이 소중한 경험을 쌓고 가쁜 마음으로 돌아올 수 있었습니다."

"마음의 짐만도 여간 무겁지 않았을 터인데, 그럴 리가 있겠느냐? 아무튼 네 노고가 컸느니라!"

"하지만 미곡 출하를 앞두고 예상치 못한 나락 절도 사건이 일어나는 바람에 여행에서 갓 돌아오셔서 마음 편하게 쉬고 계셔야 할 아버님께 심려를 끼쳐 드려서 송구스럽기 짝이 없습니다."

"그렇게 부담스러워 할 것 없다. 나도 바깥에서 들려오는 소리를 줄곧 듣고 있었느니라. 오나가나 독립군 군자금 문제로 각 파벌들 간에 볼썽사납게 다툼이 벌어지는가 하면, 경쟁자들을 모함하는 듣기 민망한 헛소문마저 공공연하게 유포되고 있다니 참으로 큰일이로구나. 그래서 하는 얘긴데, 독립운동의 자금줄 역할을 하는 미곡상들과 이런 저런 까닭으로 위험 부담을 안고 거래를 해야 할 경우가 있을지라도 그 대금의 일부 또는 전부를 헌납금으로 대체하는 관행에 대해서는 이제 왜놈들도 그 수법을 알고 있는 모양이니 심사숙고하도록 해야 하느니라. 내가 단골 거래처인 백산상회와 한춘옥 사장하고 더 이상 거래를 지속할 수 없었던 것도 거기서 야기된 위험 부담을 더 이상 감내하다가는 정작 내가 도모하는 거사마저도 큰 낭패를 보게 될 형편이 되었기 때문이 아니었겠느냐!"

박종흠의 친일 행위 때문에 벌어진 한춘옥 사장과의 미곡 거래 중단 사태를 두고 하는 얘기인지, 아니면 백산상회와의 미곡 거래를 중단한 이후에 생겨난 후유증을 두고 하는 얘기인지, 그것도 아니라면 중산 자신이 백산상회와의 미곡 거래를 재개하기로 한 사실을 알고 하는 얘기인지 그것은 분간할 길이 없었다. 그러나 그 배경이 어디에 있건 간에 당주 일을 관장하게 되면서 당연히 겪게 될 미곡 거래상의 어려움과 거기서 파생될 수 있는 여러 가지 불상사를 미연에 방지할 수 있도록 주의를 상기시키려 주려고 하는 충고의 말씀인 것만은 분명해 보였다.

하지만 그렇잖아도 임오군란의 원한을 품은 〈중광단〉의 영남 총책인 대종교 박철 사교의 음모에 당당하게 맞서기 위해 백산상회와의 미곡 거래를 서둘러 재개한 시점이고, 앞으로 부친이 전격적으로 중단한 한춘옥 사장과도 미곡 거래를 재개할 생각인 중산으로서는 여간 부담스러운 언급이 아니었다.

그나마 직접적으로 자신의 실책을 적시하며 대놓고 야단을 치지 않는 것만도 다행으로 여기며 중산이 아무 대꾸도 하지 못한 채 낯을 붉히자, 그의 마음을 어루만져 주려는 듯이 영동 어른이 말하였다.

　"군자금을 확보하려고 독립군 단체들마다 전국 각지의 지주들에게 배당금 증서를 공공연하게 배포하고 있고, 악덕 지주들에게는 협조하지 않을 시에 죄시하지 않겠다는 협박조의 격문까지 투입하는 실정이고 보니 조선 독립군들의 자금줄 차단에 혈안이 되어 있는 왜놈들이 우리 집 볏가리에 큰 도둑이 들었다는 사실을 알았으니 그들로서도 신경이 여간 곤두서는 일이 아니었을 게다. 그런데 예전에는 한 번도 없었던 그 일을 빌미로 삼아 우리의 발목을 잡으려는 수작이 분명한 그런 어처구니없는 왜놈들의 짓거리를 별 어려움 없이 능란하게 처리하는 너의 배포와 기상을 보고 내 어깨가 한결 가벼워짐을 느꼈느니라. 원래부터 종손이 가는 길이 남들이 보기에는 백주에 탄탄대로를 걸어가는 것처럼 좋은 것만 보이겠지만, 사실은 이번에 네가 겪은 것처럼 남들이 겪어 보지 못하는 질곡 속을 헤쳐 나가야 하는 험로임을 한 시라도 잊어서는 아니 될 것이야. 그리고 원래부터 기회란 것은 위기 속에서 얻게 되는 법이고, 신망이란 것도 오늘처럼 위난의 우여곡절을 겪는 속에서 쌓게 되는 수련의 결과로 얻게 되는 소중한 열매가 아니겠느냐!"

　그뿐, 두 눈을 지그시 감은 채 깊은 상념 속으로 빠져들고 마는 영동 어른의 입에서는 중산이 추진 중인 굵직굵직한 문중의 개화 개방 사안에 대해서는 더 이상 일체의 언급도 나오지 않았다. 그의 성격상 거기에 대하여 아무런 언급이 없다는 것은 중산이 행하고 있는 모든 일들에 대하여 별다른 이견도 없이 그대로 용인함을 의미하는 것이기도 하였다.

　그런 일이 있은 후, 벼 절도 사건이 벌어지던 바로 그날 밤에 없어졌다던 하부 마을 천 서방네 집의 고기잡이배는 건초 베기 경진대회를 겸한 노동축제 때 쓸 물품 구입차 읍내 장에 갔던 장꾼들에 의해 밀양 읍성 남문 밖의 배다리껄 나루터에서 발견되었다. 그러나 중산이 의심하였던 박종흠이나 그의 향청껄 쌀가게의 점원이 삼랑진 헌병 파견대로 붙잡혀 가서 벼 절도 사건의 혐의점으로 조사를 받았다거나 감옥소로 가게 되었다는 풍문은 끝내 들려오지 않았다.

그리고 거지들을 동원하여 그들이 훔쳐 간 벼 열 섬이 누구의 수중으로 들어가 어떻게 처리되었는지 그것 역시 전혀 알 길이 없었다. 그러나 들 마당 야적장의 벼 절도 사건으로 한바탕 홍역을 치렀던 중산은 그 일을 뒷탈없이 깔끔하게 처리하는 바람에 부친 영동 어른으로부터 후계자로서의 신임을 더욱 공고히 다지는 계기가 되었으므로 위기를 기회로 만든 전화위복이 된 셈이었다.

◇ 위민 축제爲民祝祭

각 지역의 소작인들과 마을 사람들이 함께 참여하는 건초 베기 경진대회 행사와 그 뒤에 갖게 될 문중 수렵대회 날짜가 점점 다가오면서 눈코 뜰 새 없이 바빠진 것은 이들 행사를 계획하고 주관하는 중산만이 아니었다. 일찍부터 그의 문중 개화·개방 운동에 힘을 보태기로 한 어머니 이씨 부인 양동댁 역시 이들 행사의 목적이 그 운동의 원만한 발현을 위한 분위기 조성에 있다는 사실을 그 누구보다 잘 알고 있기에 남다른 공을 들이며 바쁘게 움직이고 있었다.

민심의 향방에 적잖은 영향을 끼치게 될 건초 베기 대회 행사도 행사지만, 뒤 이어 있을 수렵대회 역시 문중 행사라고는 하나 예전부터 수많은 마을 사람들이 몰이꾼으로 참여하여 화합하는 대동축제의 성격이 짙었던 행사인데다, 경술국치로 승당 어른이 의거 순절 한 지 거의 십 년 만에 재개하면서 개화·개방을 통하여 침체된 문중의 분위기 쇄신에 모처럼 새 바람을 불러일으키기 위한 특별한 목적이 있기에 그들 두 모자의 각오와 감회는 남다를 수밖에 없었다. 특히, 그날은 중산의 분신과도 같은 충복 김 서방과 삼월이의 혼례식까지 동시에 치르기로 했기 때문에 더욱 그러하였다.

만석지기 토호 집안의 안방 살림꾼으로서 크고 작은 잔치에 이미 이력이 나 있는 양동 댁도 이런 때에는 집에 있는 여러 비복들과 머슴들 만으로는 일을 다 쳐낼 수가 없어서 여느 행사 때와 마찬가지로 마을 드난꾼들의 일손까지 빌리지 않으면 안 되었다. 집에 큰며느리 박씨 부인이 있다고는 하나 원래부터 손끝에 물도 안 묻히고 곱게 자란 유학자 집안의 여식이라 도움을 기대할 바가 못 되는데다가, 임신을 하여 입덧을 심하게 하는 바람에 부엌에 얼씬하는 것조차 막아야 하는 형편이 되고 만 것이었다.

그 바람에 모든 부엌일을 혼자서 감당하게 된 양동댁은 용화당에서 직접 작성하여 내려 보낸 물목 표에다, 연 이어 치르게 될 두 행사에 쓰일 각종 보충적인 준비물의 품목들을 하나하나 일일이 꼽아 가며 빽빽하게 적은 별도의 물목 표를 날 새는 줄 모르고 손수 작성하지 않으면 안 되었다. 그리고 이웃에 사는 작은 며느리를 불러들여 농감 곽 서방과 그의 딸 유모 옥이네를 비롯하여 곧 사위를 보게 될 서 서방네와 힘이 센 장정들로 꾸린 장꾼들을 인솔케 하여 밀양장과 구포장에 잇따라 보내어 각종 장을 바리바리 봐 오게 하는 등, 행사 준비를 서둘러야만 했다. 그리고 집에서는 또 집에서 대로 마을의 백정들과 드난꾼들의 손을 빌어 돼지를 잡는다, 엄청난 양의 쌀로 고두밥을 쪄서 농주를 빚는다, 떡방아를 찧는다 하여 집 안팎의 그 모든 일들을 관장하며 바쁜 나날을 보내지 않으면 안 되었다.

그렇다고 큰며느리 박씨 부인도 입덧을 핑계로 마냥 두 손 재배하고 구경만 하고 있느냐 하면 그럴 처지가 아니었고, 또한 눈치를 보며 몸을 사릴 그녀도 아니었다. 서방님의 심복인 김 서방의 혼례에 남다르게 신경을 써야 할 위치에 있는 그녀로서는 당연히 혼례 준비에 공을 들이며 스스로 앞장서 직접 챙길 수밖에 없었다. 혼례식 때 입을 신랑 신부의 단령포와 활옷이며 사모관대, 족두리는 문중 공용으로서 예전부터 고방 안에 따로 비치되어 있었지만, 그 밑에 받쳐 입을 그들의 예복은 물론 앞으로 신혼생활을 할 때 입어야 할 그들의 여벌 옷이며 침구류 일습까지 전부 자신이 책임지고 마련해 줄 요량이었다. 그래서 침모 염서방네와 당곡의 바느질바치 우판돌의 마누라 분순네까지 동원하여 그들이 안심하고 혼수감 바느질에만 전념할 수 있도록 행사 준비로 북새통을 이루는 행랑과 안채가 아닌 자신의 조용한 별당에다 따로 자리를 마련해 주었다. 그리고 그녀 자신도 교전비 도화와 용화당의 시녀 곱단이를 데리고 그 옆에 앉아서 다가오는 설에 입힐 병준이의 때때옷과 앞으로 태어날 아기의 배내옷이며 포대기 짓는 일에 공을 들이면서 자기 나름대로 며느리로서의 할 바를 다 하고 있었다.

드디어 건초 베기 경진대회를 하루 앞으로 다가오자 지짐 굽는 냄새가 매캐한 연기와 함께 집성촌 전체를 온통 뒤덮었으며, 종가의 소, 말, 돼지며, 심지어 닭장의 닭들까지 농주를 걸러내고 남은 엄청난 양의 술지게미로 포식을 즐기는 가운데 행랑 부엌 앞마당의 토담 밑에서는 거친 숨소리와 함께 떡메 치는 소리가 요란하게 울려 퍼지기 시작하였다.

삼한사온(三寒四溫)으로 따뜻해졌던 날씨가 다시 추워지기 시작하면서 밤 새 얼어붙었던 마당 바닥이 중천에 떠오른 햇볕에 녹아 질척이고 있을 때였다. 벼 절도 사건으로 홍역을 치른 이후로 내방객 출입 관리가 한층 엄격해진 민씨 종가의 솟을대문 앞에 웬 낯선 청년 둘이 나타났다. 둘 다 말쑥한 검정색 양복 차림에 도회지의 인텔리 젊은이들이 즐겨 쓰는 중산모자(中山帽子, bowler hat: 둥근 테가 달린 펠트 모자)를 똑같이 쓰고 있었다. 한 쪽은 체격이 아주 좋은 편이었고, 다른 한 쪽은 훌쩍 큰 키에 상대적으로 야윈 몸매였다.

그들 중 체격이 좋은 청년이 먼저 대문을 두드리며 안에다 대고 소리친다.

"여보세요! 안에 누구 안 계십니까?"

그러나 몇 번이나 소리를 쳐도 멀리서 떡메 치는 소리와 함께 왁자지껄하게 떠들어대는 소리만 들려올 뿐, 안에서는 아무런 반응이 없었다.

"여보세요! 안에 누가 안 계십니까? 계시면 문 좀 열어 주세요!"

청년의 목소리가 한층 높아졌다. 그러나 역시 아무런 반응이 없었다.

"이봐요. 안에 누가 계시면 문 좀 열어 주세요!"

"여보세요! 여보세요!"

문틈으로 집 안을 들여다본 두 청년이 번갈아 가며 몇 번이나 목청껏 더 크게 소리를 지르고 나서야 비로소 안에서 대문간으로 다가오는 발자국 소리가 들려 왔다. 하지만 바깥을 내다보는 사람의 그림자만 문틈으로 어른거렸을 뿐, 역시 대문은 열리지 않았다.

"거 참 이상하네! 분명히 누가 나온 것 같은데 아무런 반응이 없다니, 도대체 왜 이러는 거지?"

체격이 좋은 청년이 고개를 갸웃거리자 키가 큰 청년이 그 까닭을 뒤늦게 깨달은 듯, 여느 시인묵객 내방객들이 남의 대갓집을 방문할 때 해오던 것처럼 안에다 대고 청지기를 부르듯이 점잖게 이르는 것이었다.

"이리 오너라!"

"게 아무도 없느냐? 이리 오너라!"

체격이 좋은 청년까지 한 목소리로 문에다 대고 그렇게 연이어 불러대자, 그제야 빗장 벗기는 소리와 함께 그때까지 꿈쩍도 하지 않던 육중한 대문이 거짓말처럼 삐거덕하고 열리는 것이었다. 두 손으로 양쪽 문짝을 조심스럽게 열어 잡고 밖으로 얼굴을 내민 사람은 역시 청지기서 서방이었다.

"그런데 당신들은 어디서 온 누구시오?"

얼굴을 겨우 내밀만큼 좁게 열린 문틈으로 청년들의 위아래를 훑어

보는 서 서방의 얼굴에는 경계의 빛이 선연하였다. 아마도 검은 양복을 입고 온 그들의 행색을 보고 사복 차림을 한 왜놈 형사쯤이나 되는 것으로 오인한 모양이었다.

"우리는 읍내에 있는 민중의원 손태준 선생의 추천을 받고 찾아 온 사람들입니다. 이 댁 민정식 선생님을 뵈러 왔는데, 지금 댁에 계십니까?"

"우리 서방님을 뵈러 왔다고요? 무신 일로요?"

우리말을 잘 하는 것을 보고 조선 사람임을 알아차린 때문인지, 서 서방의 긴장이 다소 누그러지는 것 같았으나 경계하는 빛은 여전하였다.

"저희들은 이곳 문중 강학당에서 신교육 교과목을 가르치게 될 초빙 교사들인데, 그 문제 때문에 민 선생님을 뵈러 왔습니다."

"아, 그래요? 그라모 진작에 그렇게 말을 해야 문을 열어 주든지 말든지 하지…. 하마터면 간 떨어질 뻔했네! 어서들 들어오소!"

안도의 한숨과 함께 혼잣말처럼 궁시렁거리면서 젊은 손님들을 안으로 맞아들인 서 서방은 마당에서 뛰어 놀고 있는 춘돌이를 큰 소리로 부른다.

"야, 춘돌아! 어서 와서 이 손님들을 바깥사랑 서방님한테로 모셔다 디려라!"

"야, 알겠십니더!"

춘돌이가 굴리고 놀던 대나무 굴렁쇠를 동무들에게 넘겨주고 냉큼 달려왔고, 행랑 부엌 앞쪽의 토담 밑에서 번갈아 가며 떡메 질을 하던 갑환이와 일수가 하던 일을 멈추고 이쪽을 바라본다. 떡돌 앞에 마주 앉아 떡메가 내리칠 때마다 옆으로 밀려 나오는 떡돌 위의 뜨거운 찰떡을 찬물에 손을 담가 가며 밀어 넣던 서 서방네와 천 서방댁도 웬 사람들인가 하고 이쪽을 바라보고 있었다.

마침 그들에게 심부름을 마치고 돌아가던 별당의 도화와 용화당의 곱단이도 큰 구경거리가 생긴 듯이 발길을 멈춘 채 그 청년들을 넋을 놓고 바라보고 있었는데, 대문을 닫아걸고 돌아서던 서 서방이 낯선 외간 남자들한테 시선이 꽂혀 있는 말 같은 그녀들의 모습을 발견하고는 득달같이 화를 내면서 막 야단을 친다.

"야, 이 녀석들아! 니네들은 무신 귀경이 났다꼬 거기서 그라고 있노! 시방 혼숫감하고 아기 설빔을 짓느라고 바쁘신 별당 아씨 마님께서 눈이 빠지게 기다리고 계실 기인데, 어서 가서 하던 일들이나 빨랑빨랑 해치워야 될 거 앙이가?"

깜짝 놀란 두 처녀들은 몹쓸 짓이라도 하다가 들킨 사람처럼 한 손으로 입들을 틀어막고 웃으면서 부리나케 내외벽 안으로 줄행랑을 친다. 그 모양을 보고 고소하다는 듯이 킥킥거리고 웃는 토담 밑의 갑환이와 일수에게도 서 서방이 큰 소리로 호통을 치는 것이다.

"야 이 노무 자슥들아! 늬들은 또 뭘 잘했다꼬 거기서 희희덕거리고 있노? 할 일이 태산 겉은데 날이 저물도록 그렇게 꾸물거리며 떡만 치고 있을 기이가?"

큰 행사를 앞둔 때문인지 문단속을 단단히 하고 있는 것도 그렇고, 오늘 따라 서 서방의 신경은 날카로워질 대로 날카로워져 있었다. 그의 호통으로 행랑 마당에서는 다시 떡메 치는 소리가 바쁘게 울려 퍼지기 시작하였다.

행사 준비로 안채와 사랑채 할 것 없이 온 집안이 이렇게 시끌벅적한 속에서 사랑채 쪽은 오가는 사람들도 별로 없이 조용하기만 하였다. 자기의 처소에서 귀한 손님들을 맞이한 중산은 그들을 안내한 춘돌이더러 주안상을 들이게 하라고 이르고는 두 청년에게 정식으로 악수를 청하였다.

"추운 날씨에 먼 길을 오시느라고 수고 많으셨습니다. 정식으로 인사를 드리지요. 나는 이집의 종손으로서 집안의 바깥일을 관장하고 있는 중산 민정식이라는 사람입니다."

"민 선생님에 관한 말씀은 민중의원의 운사 선생님으로부터 많이 들었습니다!"

방 안을 유심히 둘러보며 중산이 권하는 대로 자리에 앉은 두 청년
은 각기 자기소개부터 먼저 하였다.

"저는 조선어와 윤리 도덕을 가르치게 될 배창호라고 합니다."

"저는 산술(算術)과 사회 · 지리 과목을 가르치게 될 강준호입니다."

그리고는 각자가 미리 작성해 가지고 온 이력서와 운사가 적어서 보
낸 추천서부터 호주머니 속에서 깨내어 서안 위에 올려놓았다. 중산이
차례대로 읽어 보니 두 사람 모두 밀양읍교회의 장로 아들들로서 서울
한성사범학교를 나온 재원들이었다.

그들의 출신과 학벌을 확인한 중산은 모든 것이 나무랄 데 없이 흡
족한 나머지 문중 개혁의 막강한 지원군을 얻은 듯이 새삼스럽게 악수
를 다시 청하며 활짝 웃는 얼굴로 반긴다.

"이렇게 훌륭하신 두 선생님들을 한꺼번에 맞이하게 되어 큰 영광입
니다."

마음 같아서는 지금 당장 용화 할머니와 부친에게 그들을 소개해 드
리고 싶었으나 내년부터 신교육을 실시할 계획이어서 아직까지 두 분 어
른들께는 아무런 말씀도 드리지 못한 상태라 선뜻 용기가 나지 않았다.

'그런데 이 일을 어떻게 한다….'

중산은 미리 상의하지 못한 일에 대해 용서를 구하고 그들을 소개
해 드려야 할지, 신교육 시행에 관한 허락부터 먼저 받은 연후에 기회
를 봐 가며 그렇게 해야 할지를 놓고 잠시 행복한 고민을 하지 않으면
안 되었다. 그러나 어차피 한 번은 겪어 넘겨야 할 과제였고, 다음 기회
로 미루자니 하루라도 빨리 신교육을 도입하고 싶은 마음이 간절한데
다, 꽉 짜인 연말연시의 촉박한 여러 가지 일정상으로 볼 때 신년초로
예정하고 있던 신교육 도입 자체에 자칫 차질이 생길 수도 있는 일이어
서 그도 못할 노릇이었다.

그나마 다행인 것은 마침 문중의 묵인 하에 부산과 대구를 비롯하여

진주나 마산 같은 도회지로 진출한 자녀들의 제도권 학교 교육이 공공연하게 이루어져 왔던 파서리의 원손가 쪽에서 신년도부터는 제도권의 학교 교육을 아예 공식적으로 자유화하기로 방침을 정했다는 소식이 들려오면서 그 여파로 동산리 쪽에서도 지금 신교육 문제가 문중 사람들 사이에 초미의 관심사로 부각되고 있는 시점이라는 사실이었다.

오래지 않아 도화가 주안상을 들고 오자, 두 초빙 교사들에게 우선 술 한 잔씩을 먼저 권한 중산은 그들에게 둘이서 대작을 하며 잠깐 기다려 달라고 양해를 구하고는 곧장 밖으로 나와 용화당으로 올라갔다.

바쁜 시간에 웬일이냐고 묻는 용화 부인에게 초빙교사 얘기는 일단 접어둔 채 신교육 실시에 관한 자신의 생각부터 조심스럽게 말씀 드렸더니, 천만 뜻밖에도 용화 할머니의 반응이 아주 호의적이어서 그 자신도 어리둥절할 지경이었다.

"그렇잖아도 네가 그 문제를 들고 나올 줄을 알고 이제나 저제나 하고 기다리고 있었느니라!"

용화 부인은 중산이 그 동안 두 아우들을 동래고보에 편입학 시킨 사실들을 이미 알면서도 묵인하고 있었던 듯, 회심의 미소를 얼굴 가득 담고 몇 번이나 고개를 끄떡이며 그를 바라보는 것이었다.

예상과는 전혀 다른 할머니의 호의적인 반응에 중산은 감지덕지하여 그 사실을 미리 말씀 드리지 못한 것이 오히려 더욱 송구스럽고 후회 막심할 지경이었다.

용화 부인은 자애로운 미소가 가득 실린 얼굴로 몸 둘 바를 모르는 그에게 교육에 관한 자신의 소신을 이렇게 밝히면서 덕담까지 마다하지 않는 것이었다.

"자고로 교육은 나라의 백년대계라 하였으니, 윗대부터 학문과 교육을 숭상해 온 우리 문중인데 어찌 그와 같은 막중지사에 대해 소홀히 할 수가 있었겠느냐? 그 동안 네 아비와 나 역시도 대대손손 걸출한 인재를 길러내야 할 천금 같은 우리 후손들의 교육 문제를 놓고 심대하게 고민에 고민을 거듭하지 않을 수가 없었느니라. 허나, 미망인이 된 부녀자의 몸으로 못다 이룬 네 할아버지의 유지를 받들어야 하는 이 할미의 처지에서 삼천리강토를 집어삼키고 하늘같은 가장마저 비명에 가시게 만든 침략자 주구 놈들에게 막중한 우리 후손들의 교육을 어찌 함부로 맡길 수가 있었겠느냐? 그래서 이리해 볼까, 저리해 볼까, 하고 심사숙고에 숙고를 거듭할 수밖에 없었더니라. 그런데 만사에 바쁜 네가 세상 돌아가는 사정이며, 할미의 마음을 익히 알아차리고 이렇게 우리보다 먼저 그 문제에 대하여 대신 팔을 걷어붙이고 나서 주었으니 이 얼마나 장하고 고마운 일인지 모르겠구나!"

"할머님의 그러한 마음도 미처 헤아리지 못하고 어리석고 조급한 마음에 먼저 말씀드리지 못하고 제 독단으로 불효를 저지르고 말았으니 저의 경거망동을 크게 꾸짖어 주십시오!"

어른들과 아무런 상의도 없이 두 아우들을 동래고보로 편입학 시킨 일이며, 운사에게 초빙교사 천거를 부탁한 사실을 두고 중산이 이렇게 부복하여 용서를 빌었으나, 용화 부인은 그런 내막을 아는지 모르는지 여전히 만면에 미소를 띤 채 하던 말을 계속 이어 나갈 뿐이었다.

"그렇게 자책할 일이 아니래도 그러는구나! 아무리 왜놈식 학교 교육이 싫다고 한들 유수같이 흘러가는 세월을 누가 막을 것이며, 파도처럼 밀려오는 서구의 눈부신 신문물들을 우리라고 해서 어찌 마냥 도외시 할 수가 있겠느냐? 그러한 연고로 하여 이 할미 역시도 조만간에 그 문제에 대한 새로운 비책을 마련해야겠다고 생각하고 네 아비와 이미 의논한 바가 있었느니라. 헌데, 아비를 대신하여 당주 노릇을 하고 있는 중산 네가 마침 그 문제를 이렇게 먼저 들고 나와 주니 나로서는 만시지탄 속에 얼마나 반갑고 대견한지 모르겠구나. 너의 뜻이 곧 나와 네 아비의 뜻이기도 하니 우리 문중 강학당에서도 기미년 새해부터는 신교육을 가르침은 물론, 이참에 우리도 아예 젊은 인재들이 너나없이 대처로 쏟아져 나가 신학문을 마음껏 갈고 닦아서 새 시대에 맞는 걸출한 큰 인재들이 줄줄이 나올 수 있도록 학교 교육의 전면적인 개방 방침을 서둘러 발표하기로 작정하고 있었느니라!"

용화 할머니로부터 불호령 대신에 문중 개화·개방의 전면적인 허락이나 다를 바 없는 커다란 선물 보따리를 한 아름 받아 안게 된 중산은 더 이상 아무것도 바랄 것이 없었다. 울렁거리는 가슴을 안고 할머니의 그 뜻을 전하려고 뛰는 걸음으로 안사랑으로 달려갔더니, 부친 역시도 신교육 문제에 대하여 당신과 더불어 대비책을 강구하였다고 하던 용화 할머니의 말씀과 같이 이런 일이 있기를 기다렸다는 듯이 자신의 뜻을 기탄없이 피력하는 것이었다.

"용화당에 들렀다 왔다면 어머님과 나도 그 문제를 놓고 숙고하여 왔음을 너도 이미 알고 있겠구나! 제도권 학교 교육의 문호 개방 문제는 연말에 있을 문중 종회 때 공식적으로 발표하기로 했으니 그리 알고, 문중 강학당의 신교육 문제만은 더 미룰 것도 없이 내일부터라도 당장 네 뜻대로 하려무나!"

용화 할머니의 고무적인 말씀에 이어 부친마저도 마치 두 초빙 교사가 당도해 있다는 사실을 눈치 채기라도 한 것처럼 그렇게 말해 주니 초빙교사들을 소개하는 일을 더 이상 미룰 것도, 주저할 것도 없었다.

"아버님, 사실은 전에 읍내로 나가 운사 친구를 만났을 때, 우리 문중에서도 조만간에 신교육을 실시하게 될지 모르겠다는 말을 하면서 성급한 마음에 조선어와 산술을 비롯하여 윤리와 사회 과목을 가르칠 훌륭한 초빙 교사 둘을 소개해 달라고 부탁한 일이 있었습니다. 그런데 할머님과 아버님께 먼저 말씀을 드리고 허락을 받을 사이도 없이 운사 친구가 예상외로 빨리 두 젊은 선생님을 천거하여 보내는 바람에 일이 이상하게 되고 말았습니다."

그 동안 남모르게 신교육 문제를 두고 고민해 왔다는 사실과, 그 일에 대한 허락이 떨어질 경우에 대비하여 운사에게 미리 부탁하였던 두 초빙교사가 예상보다 일찍 찾아오는 바람에 몸 둘 바를 모르겠다는 중산의 고백에 영동 어른이 반색을 하고 묻는 것이다.

"그렇다면 네가 부탁한 그 초빙교사들이 지금 네 처소에 와 있다는 것이냐?"

영동 어른은 그때까지 읽고 있던 서책을 덮으며 중산을 이윽히 바라본다.

"예, 아버님! 그래서 미처 허락도 받지 않고 저지른 일이라 송구스럽기도 하고 당황스럽기도 하여 두서없이 이렇게 서둘러 아버님께 달려와서 아뢰고 있는 것입니다."

"신학문을 먼저 접한 능파 선생 댁의 네 친구가 천거한 사람들이라면 아무런 하자가 없는 인물들일 터, 지금 당장 가서 그들을 데리고 용화당으로 올라오너라!"

이미 신교육 방침을 정해 놓은 터라 다음 기회로 미룰 것 없이 두 초빙 교사에 대한 사람 됨됨이부터 지금 당장 살펴보고 싶은 모양이었다.

중산이 자신의 처소에서 기다리고 있던 두 초빙 교사를 데리고 용화당으로 올라갔을 때, 영동 어른은 그 새 의관을 완전히 갖춘 모습으로 거기에 와 있었고, 용화 부인도 거소 옆의 침방으로 가서 대단한 귀인을 맞이하려는 듯이 바쁘게 성장을 갖추고 있는 중이었다. 중산이 밖으로 나가서 대청마루 축대 계단 밑에서 대기하고 있던 두 초빙 교사들을 데리고 안으로 들어가자, 서안 앞에 좌정한 용화 부인과 그 옆에 배석한 영동 어른의 빛나는 눈들이 개화된 부위기를 물씬 풍기는 그들의 위아래를 부신 듯이 바라보는 것이었다.

중산은 두 초빙 교사들로 하여금 두 분 어른들께 먼저 인사를 올리게 한 뒤, 그들이 가지고 왔던 이력서와 운사의 추천서부터 먼저 용화 부인 앞의 서안 위에 가지런히 올려놓았다.

문갑 서랍 속에서 돋보기를 찾아낸 용화 부인은 두 사람의 이력서를 꼼꼼히 읽어 보더니 적이 놀란 얼굴로 중산을 쳐다보며 묻는다.

"한성사범학교라고 하면 서울에 있는 유명한 교사양성 전문학교가 아니더냐?"

"예! 할머니, 그렇습니다. 왼쪽이 우리 조선어와 윤리·도덕 과목을 가르치게 될 배창호 선생님이고, 오른 쪽이 산술(算術)과 사회, 지리 과목을 가르치게 될 강준호 선생님입니다."

"오호! 호재(好哉), 쾌재(快哉)로다! 너의 운사 친구가 우리 가문을 위하여 아주 큰일을 하였구나!"

크게 기꺼워하면서 만족감을 나타낸 용화 부인은 손자뻘밖에 안 되는 두 초빙교사에게 깍듯이 예를 갖추어 인사를 하고 묻는 것이었다.

"이토록 훤칠한 두 젊은 선생님들을 한꺼번에 초빙할 수 있게 되어 큰 영광입네다! 그런데 두 분 선생님들의 본관을 물어봐도 되겠습네까?"

외관상으로 크게 만족감을 나타낸 용화 부인은 아무래도 출신 성분이 궁금했던지 그렇게 묻고는 여황처럼 성장을 한 자신의 위엄 있는 모습을 숨을 죽인 채 쳐다보고 있는 두 신임 교사들의 입에서 과연 어떤 대답이 흘러나올까 하고 자못 기대감을 가지고 이윽히 바라보는 것이었다.

"예, 할머님! 저의 본관은 경북 달성(達城)이옵고, 고려 창업의 주역으로 개국공신에 책록된 바 있는 현자(玄字) 경자(慶字) 할아버님의 6세손이신 운자(雲字) 용자(龍字) 할아버님을 일세조(一世祖)로 받들고 있습니다. 저희들『배씨 대동보(裵氏大同譜)』에 의하면, 그분은 고려조에서 삼중대광(三重大匡)으로 가락군(駕洛君)에 봉해진 사자(斯字) 혁자(革字) 할아버님의 셋째 아들로 태어나시어 고려 중엽에 여러 벼슬을 지내며 공을 세워 달성군(達城君)에 봉해지신 연유로 하여 우리 후손들이 그분을 일세조(一世祖)로 받들고, 달성(達城)을 관향(貫鄕)으로 삼아 세계(世系)를 이어 오게 된 것으로 알고 있습니다."

조심스럽게 대답하는 배창호 선생의 목소리는 알성시(謁聖試)에 나아가 임금님의 질문에 응답하는 유생의 그것처럼 경직된 긴장감으로 자못 떨리고 있었다.

신중하게 이어 가는 그의 대답을 듣고서 본관도 본관이려니와 후손 된 도리로 조상의 내력을 정확하게 알고 있다는 점에서 만족감을 나타 낸 용화 부인은 자신이 알고 있는 배창호 선생 집안의 이름난 조상에 대한 인물평까지 거침없이 쏟아놓는 것이었다.

"그렇지! 달성 배씨 가문의 대표적인 인물로는 고려조에서 평장사 를 역임한 배숙(裵淑)과 배문진(裵問晋) 선생이 유명했고, 배손적(裵 孫迪) 선생은 충렬왕 때 무장으로 공을 세워 대호군(大護軍)에 추증된 것으로 알고 있습네다. 조선조에 와서는 세조 임금 때 병조판서를 지낸 배맹달(裵孟達) 선생이 정충출기적개공신(精忠出氣敵愾功臣)으로 곤 산군(昆山君)에 봉해진 바가 있었고, 문과에 급제한 배사원(裵師元) 선 생도 이시애의 난을 평정하는데 공을 세우고 벼슬이 대사간에까지 올 랐던 큰 인물이었다지요?"

이렇게 당사자가 오히려 민망할 정도로 달성 배씨 집안의 인물평을 구체적으로 언급하며 만족감을 나타낸 용화 부인은 이번에는 더욱 반 짝이는 노안을 강준호 선생에게 옮아가며 기대에 찬 얼굴로 묻는 것이 었다.

"그런데 우리 강준호 선생님의 본관은 어디입네까?"

"저의 본관은 여기서 아주 가까운 진주(晉州)입니다. 우리 시조는 고 구려 때 도원수(都元帥)를 지내신 이자(以字) 식자(式字) 할아버님으 로 알고 있습니다만, 통일 신라와 고려 중엽까지 문헌이 실전(失傳)되 어 그 계보에 대해서는 잘 모르고 있습니다. 그래서 시조이신 이식(以 式) 할아버님의 원손을 각각 중시조로 하여 박사공파(博士公派), 소감 공파(少監公派), 시중공파(侍中公派), 은열공파(殷烈公派), 인헌공파 (仁憲公派) 등으로 나누고 있지요!"

"그렇지요! 진주 강씨라고 하면 우리 경남 지역에서도 뼈대 있는 집 안이 아닙네까? 고려 시대에 예문관 대제학, 삼중대광 상의문하찬성사

등의 벼슬을 지낸 강군보(姜君寶) 선생과 같은 큰 인물들을 연이어 배출하면서 그때부터 명문 집안으로 초석을 다져 온 것으로 알고 있습네다. 왕조가 바뀐 후에도 진주 강씨는 조선 초에 이조 판서, 예문관 대제학, 정당문학 겸 대사헌을 지낸 강회백(姜淮伯) 선생에다 대사성, 이조 참판, 개성부 유수, 대광보국숭록대부, 세자사를 지낸 강석덕(姜碩德) 선생을 위시하여 조선 전기의 대학자로서『경국대전(經國大典)』에다 『성종실록(成宗實錄)』,『명종실록(明宗實錄)』을 비롯하여『동문선(東文選)』,『동국여지승람(東國輿地勝覽)』등의 편찬에 참여하는 등, 많은 활동과 공적을 남긴 강희맹(姜希孟) 선생과 같은 걸출한 인물들을 대대로 배출한 명문 집안이지요!"

역사에 남아 있는 두 집안의 큰 인물들을 줄줄이 꿰고 있는 용화 부인은 그러한 조상들의 화려한 내력만으로도 그들의 인물됨이를 의심 없이 믿을 수 있었는지 아주 만족한 얼굴로 이렇게 덧붙이는 것이었다.

"두 분 선생님들의 조상님들이 그러하듯이, 이 세상에서 그런 인재들을 키워내는 사람 농사만큼 지중한 일이 없다고 여기는 것이 우리 여흥 민문 집안의 내력이기도 하답네다. 그러니 이러한 우리의 뜻을 이해하여 주시고 우리 문중 강학당 학동들의 신교육에 열과 성을 다하여 애써 주시면 더 이상 바랄 것이 없겠습네다!"

배석한 영동 어른의 생각도 모친이 밝힌 뜻과 별반 다를 바 없었으므로, 자기의 뜻을 간단명료하게 한 마디로 요약하여 이렇게 전하는 것이었다.

"두 분 선생님들께서 우리 문중 강학당에서 실시하는 신교육이 시금석이 되어 앞으로 우리 집안의 모든 아이들이 보통학교에 편입학 하는데 아무런 어려움이 없도록 잘 가르쳐 주시기 바라겠소이다."

"예, 어르신! 아직 여러 가지로 부족한 점이 많지만 귀한 후손들 교육에 견마지로를 아끼지 않고 성심껏 노력하도록 하겠습니다!"

후세 교육을 문중 최고의 덕목으로 중히 여기는 만큼, 두 어르신들이 젊은 초빙 교사를 대하는 언행에 있어서도 최고의 예우를 갖추고 각별히 조심을 하는 바람에 그런 대접을 받는 당사자들도 과분한 나머지 크게 머리를 조아리며 확고한 자신들의 의지를 표명하는 것이었다.

아무런 준비도 없이 인사를 드리러 왔다가 졸지에 면접시험까지 치르는 꼴이 되고 말았으나 그나마 무사히 통과하고 한숨을 돌리게 된 두 초빙 교사를 데리고 밖으로 나온 중산은 수업을 받고 있는 학동들의 해맑은 소리가 들려오는 영양재의 강학당으로 향하였다.

그들이 영양재 중문 안으로 들어섰을 때, 강학당의 문이 열리면서 수업을 마친 아이들이 새 새끼 떼처럼 재잘거리며 하나 둘씩 쏟아져 나오기 시작하였다. 그들은 양복 차림의 청년들이 앞으로 자기들을 가르치게 될 신 교과목의 초빙 교사인 줄도 모른 채 호기심이 잔뜩 실린 얼굴로 연신 할끔거리면서 하나 둘씩 영양재 밖으로 사라져 갔다.

중산은 문간방을 지나치는 길에 그곳 김 영감에게 먼저 그들을 인사시켰다. 그리고 수업을 마친 최 훈장이 밖으로 나오기를 기다렸다가 나이 지긋한 유복 차림의 그에게도 초빙 교사들을 소개하였다.

"훈장 어른. 이분들이 전에 말씀 드린 바 있는 그 조선어와 산술을 가르치게 될 두 초빙 선생님들입니다. 앞으로 한문 교육과 함께 낯선 신 교과목 교육도 잘 이루어질 수 있도록 어르신께서 잘 이끌어 주십시오."

"아, 그렇습니까? 이거 참 반갑소이다!"

고리타분한 옛날 냄새를 물씬 풍기는 최 훈장은 말쑥하게 양복을 차려입은 두 젊은 신식 교사들의 손을 마주 잡으며 아무런 격의 없이 반겨준다.

"저희들은 사범학교를 갓 졸업한 교육의 초보자들이라 훈장 선생님께서 보시기에 부족한 점이 많을 것입니다. 앞으로 많은 지도 편달이 있으시기를 부탁드립니다."

두 신임 교사가 이구동성으로 예를 갖추어 인사를 올리자 최 훈장은 자기는 구닥다리라 그들에게 배울 것이 오히려 더 많을 것이라고 하면서도 예의범절이 음전한 두 젊은 신임교사에 대한 경계심이나 이질감보다는 기대와 호기심이 적지 않은 듯이 아주 만족한 얼굴이었다.

그들의 수인사가 끝나자 중산은 최 훈장이 기거하는 영양재 객실 옆방으로 배창호 선생과 강준호 선생을 안내하였다.

"이 방이 앞으로 두 분 선생님들께서 거처하실 방입니다. 혹시 독방을 원하신다면 그리하도록 해 드리겠습니다만."

"아닙니다. 이 방을 함께 쓰는 게 좋겠습니다."

중산이 방문을 열어 주자 안을 자세히 들여다본 두 초빙 교사는 이구동성으로 만족감을 표하였다.

"개강 날짜는 어찌하면 좋겠습니까?"

중산이 방문을 닫으며 조급한 마음으로 물었더니 그들의 뜻도 역시 마찬가지인 모양이었다.

"민 선생님께서 원하신다면 저희들이야 언제 개강을 하여도 아무 상관이 없습니다!"

"그렇다면 내일 중으로 짐들을 대충 챙겨 가지고 오시는 것으로 하고, 개강은 그 다음날 바로 하는 것으로 해도 되겠습니까?"

"그야 당연히 좋고말고요!"

아무 어려움 없이 신교육 문제를 해결하게 된 중산은 두 사람을 초빙 교사로 천거해 준 운사에게 두 사람에 대한 금전상의 예우 정도를 정해서 알려 줄 것과 마음에 드는 교사를 천거해 준데 대한 감사의 뜻을 전하는 서찰을 작성하여 읍내로 돌아가는 그들 편으로 들려 보내는 것도 잊지 않았다.

이번의 일로 자신이 추진하는 일에 한결 자신감을 얻게 된 그는 이참에 곧 있을 건초 베기 경진대회를 겸한 노동축제 때 공표할, 민심을 끌어안을 수 있는 한 가지 묘안을 생각해 내게 되었다. 지금까지 어느 지역 할 것 없이 소출의 칠 할을 소작료로 부과하게 되어 있는 관행을 자기네는 내년부터 벼 작황이 평년작 이하로 떨어질 경우에는 따로 구휼해야 하는 일이 생기지 않도록 소작료를 좀 더 탕감해 주는 방안에 대하여 윗분들의 허락을 구하기로 작정하였다.

그러한 민생 구휼 방안을 가지고 용화 할머니와 부친께 말씀 드린 결과, 그 문제 역시도 손실이 큰 지력의 감소 부분을 소작인 측에서 퇴비를 많이 뿌려 보강해 주는 조건으로 벼농사의 이모작을 허락해 주거나, 소작료 탕감으로 인한 소득의 감소 부분을 아직도 도구늪들 도처에 산재해 있는 늪지대를 매립 개간하여 보전하는 방법에서 한번 찾아보면 별 어려움이 없이 시행할 수 있을 것이라며 쉽게 허락을 해 주는 것이었다.

건초 베기 시합이 곧 펼쳐지게 될 상남벌 웅천강 가의 도구늪들에 산재해 있는 늪지대에는 여흥 민씨 문중의 종산인 동산 일대와 더불어 각종 야생 동물들이 적잖이 서식하고 있었다. 광활한 평야 지대라고는 하나, 잡목과 송림이 우거진 동산이 각종 먹이들이 풍부한 주변의 샛강이며 늪지대와 우람한 덕대산과 서로 연결되어 있어서 짐승들이 서식하기에 그만큼 좋은 조건들을 두루 갖추고 있기 때문이었다. 늪지대에서 사는 수달과 잡초밭의 산토끼와 노루는 아주 흔한 편이었고, 털의 질이 좋아 모필(毛筆)의 원료로 쓰이는 황모(黃毛) 털을 가진 담비를 비롯하여 야산 기슭에 굴을 파고 사는 족제비와 오소리, 너구리에다 심지어 여우와 늑대, 살쾡이 같은 맹수들까지 살고 있었다.

그래서 집성촌의 여흥 민씨네 어르신들 중에서 파서리 원손 종가의 윗대 조상님 봉제사(奉祭祀)에 참례하고 한밤중에 집으로 돌아오는 길에 늑대와 여우같은 맹수들과 조우하여 십년감수를 하였다는 등, 산짐승 들짐승과 얽힌 옛 얘기들이 전설처럼 전해져 오고 있었고, 샛강과 늪지대에 갈대와 억새풀이 우거지는 여름철에는 대낮에도 이런 야생 짐승들이 들판 곳곳에서 심심치 않게 목격되기도 하였다.

바다처럼 넓은 웅천강이 건너편의 험산들과 이쪽 상남벌의 도구늪들 사이를 가로질러 흐르고 있었지만, 크고 작은 짐승들이 그 강물을 가로질러 양안(兩岸)을 별 어려움 없이 오갈 수 있을 정도로 유속이 느린 데다, 멀리 초동면과 이곳 상남면·하남면과 경계를 이루며 우람하게 뻗어 있는 덕대산의 짐승들까지 무시로 넘나들 수 있기 때문이었다.

게다가, 들판 곳곳에 거미줄처럼 나 있는 샛강을 중심으로 늪지대가 광범위하게 분포돼 있기 때문에 거기서 자라는 갈대며 억새 숲들이 오소리나 너구리 같은 짐승들의 소굴이자 은신처가 되고 있는 까닭이기도 하였다.

또한, 곡식이 자라는 곳이면 어디든지 흔하게 서식하기 마련인 들쥐에다, 샛강 늪지대 일대의 갈대숲에 둥지를 틀고 사는 텃새며 철새들과, 갈대밭 진창 바닥에서 파닥거리는 미꾸라지, 붕어며 참게 같은 먹이까지 지천으로 널려 있기 때문에 이곳 상남벌 도구늪들과 그 인근의 야산들이야말로 야생 조류와 짐승들에게는 온갖 조건을 두루 갖춘 천혜의 지상낙원이 되고 있는 셈이었다.

야중촌(野中村)이나 외산(外山), 어은동(魚隱洞), 당곡(堂谷) 부락 등 크고 작은 마을들이 멀지 않은 인근의 벌판에서 야생 동물들이 그렇게 흔하게 서식하게 된 데에는 예전부터 한 해가 끝나는 세밑이 되면 여흥 민씨네의 남정네들이 호연지기를 배양하기 위하여 연례행사처럼 벌이던 문중 수렵대회의 사냥감으로 보호·관리해 오면서 아무도 손을 못 대던 관행이 지금도 불문율처럼 지켜져 오고 있기 때문이었다.

따라서 이곳 주민들에게 있어서 도구늪들과 인근의 야산은 그런 점에서 그만큼 가깝고도 먼 이역의 땅이나 다름없는 금단의 낙원이라 할 수 있었다. 그러니 주민들 스스로 그 땅에서 야생 조류나 들짐승, 산짐승들에게 감히 손을 대는 일이 아예 없었으며, 철없는 아이들이 풀숲에서 뛰어 나와 달아나는 산토끼나 고라니를 향해 재미 삼아 돌팔매질이라도 할라치면 그것을 본 어른들은 마치 신성한 당산나무에 도끼나 낫질을 하는 사스러운 금기 행위나 되는 것처럼 질겁을 하면서 말리기 일쑤였다.

"예끼 이놈들아! 그러다가 그 뒷감당을 우찌할라꼬 그러느냐? 아서라, 아서!"

상남면, 삼랑진 일대에서 여흥 민씨들의 소작을 붙이거나 그들 소유의 땅을 밟지 않고서는 단 하루도 살 수 없는 현실이, 더욱이 그들의 행불행이 자신들의 그것과 직결되기 마련인 게 현실이다 보니 예전부터 마을 사람들의 가슴 속에 그런 외경심 같은 금기 의식이 자리 잡게 된 것이 어쩌면 당연한 결과인지도 모를 일이었다. 그리고 그것은 그들의 옛 조상 때부터 어길 수 없는 생존 법칙의 오랜 전통이 되어 저마다의 가슴 속 깊이 뿌리를 내린 채 자자손손 대물림되고 있는 것이었다.

그러나 일 년 중 단 한 차례 그들에게도 도구늪들에서의 사냥 기회가 주어지는 때가 있었으니, 그게 바로 오늘과 같은 여흥 민씨네 소유의 도구늪들의 억새며 갈대숲을 베어내는 두레 풀베기 작업을 하는 날이었다.

한 해의 농사를 끝내고 행하는 이 대대적인 풀베기 작업은 원래 여흥 민씨네 문중의 땅을 유일한 호구지책으로 경작하며 살아 온 소작인 측에서 안정적인 소작권의 유지를 위하여 스스로 창안하고 발의하여 이루어진 자구책에서 비롯된 뼈아픈 내력을 가지고 있었다. 벼농사를 지으면서 소출의 칠 할이나 되는 적잖은 소작료를 감당하면서도 소작지 경작에 그렇게도 연연하는 까닭은 벼농사 철을 제외한 월동 기간에는 밀, 보리, 귀리와 같은 잡곡들은 소작료 걱정 없이 덤으로 경작할 수 있기 때문이었다. 따라서 식구들에게 껄끄러운 꽁보리밥이나 희멀건 보리죽이나마 굶기지 않고 먹이기 위해서는 소작권의 유지가 최대의 급선무인 그들로서는 울며 겨자 먹기 식으로 그렇게 할 수밖에 없었는데, 이것이 전국의 모든 소작농들에게 통상적으로 적용되는 원칙이요, 숙명이기도 하였다.

그런데 이 지역의 소작농 모두가 자신들이 손쉽게 감당할 수 있고,

지주 측에도 충분히 감사의 뜻을 전한 수 있는 합당한 보은의 방법을 찾다 보니 늪지대가 많은 지형적인 특성상 그들에게 큰 골칫거리가 되고 있는 이 도구늪들의 억새며 갈대들의 제초 작업이 그 취지에 가장 적격이라는 데에 의견을 모으고 그 일을 자청하여 시행하게 된 것이 바로 이 행사의 시초였던 것이다.

하지만 명색이 스스로 행하는 보은의 노동행위라고는 하여도 그것이 생사의 여탈 권을 쥐고 있는 대지주인 그들에게 울며 겨자 먹기 식으로 행할 수밖에 없었던 뼈아픈 내력이 있는 행사이기에 자기네들 끼리 모이는 자리에서는 이런 저런 원성으로 쑥덕공론이 자자하던 시절이 없지 않았던 것도 사실이었다.

하지만 벼농사를 제외하고 보리, 밀, 귀리 같은 월동 곡류 작물의 재배는 소작료가 면제되는 혜택이 주어져 있는 데다, 거기에 더하여 벼농사에 대한 소작료마저 평수에 따라 매겨져 있던 고정제에서 탈피하여 작황에 따라 책정되는, 소작인들이 갈망하던 이른바 연동제로 바뀌게 되면서 제초 작업에 대한 원성이 자취를 감추게 된 지도 이미 오래였다.

더욱이 올해의 제초 행사는 중산의 획기적인 발상으로 각자의 기여도에 따라서는 늪지대 매립 공사에 품을 팔 수 있는 기회가 주어지거나, 새로 개간된 소작지의 소작권을 갖게 되는 뜻밖의 혜택이 주어지는 통상적인 관행에 더하여 상품을 걸어놓고 이웃 주민들과 소작인들이 함께 벌이는 풀베기 노동축제의 성격을 띤 화합의 잔치로 승화됨으로써 거기에 쏠리는 원근 각처의 소작인들과 인근 주민들의 관심과 기대는 상상을 초월할 정도로 대단해지지 않을 수 없었다.

한해의 끄트머리, 말만 들어도 가슴이 설레는 노동 축제일이 되고 보니 세모의 황량한 겨울 들판에는 바람이 불고 희끗희끗 눈발까지 흩날리고 있었으나, 이날을 손꼽아 기다려 온 수많은 민초들에게는 그것마저 화창한 춘삼월에 흩날리는 꽃바람쯤으로 여겨질 지경이었으며,

남정네들은 먼동이 미처 터 오기도 전에 아침밥도 거른 채 지게와 낫을 챙겨 들고 앞을 다투며 들판으로 쏟아져 나왔다. 그리고 활활 타오르는 모닥불 가에 둘러앉은 그들은 식전 새참으로 종가의 남녀 종들과 머슴들이 달구지와 등짐으로 날라온 돼지 국밥과 따끈하게 데운 농주로 여한 없는 포식과 함께 얼큰한 취기로 몸부터 후끈하게 데우는 것으로 오늘 하루 일과를 시작하였다. 그리고 가까운 외산 부락이나 당곡의 부녀자들은 또 그들대로 민씨 종가의 부엌일을 돕는 단골 드난꾼으로서 이때만은 창자에서 기름기가 죄다 빠진 조무래기 아이들까지 줄줄이 달고서도 당당하게 대궐 같은 솟을대문 안으로 들어가서 이 일 저 일을 가리지 않고 허드렛일을 도우며 포식의 즐거움을 마음껏 누리곤 하였다.

한편, 머리가 좀 더 굵어진 사내아이들은 또 그들대로 들판으로 쏟아져 나와 저마다 제 아비나 형들 틈에 끼어서 아침 새참용으로 나온 뜨거운 돼지 국밥으로 주린 배를 걸신들린 듯이 바쁘게 채운 뒤, 시루떡과 인절미며 각종 전 붙이들을 호주머니가 터지도록 집어넣거나 입에 물고서 거대한 건초 베기 작업장이 된 도구늪들을 자기네들의 세상이 된 것처럼 마음껏 뛰어 다니면서 연 날리는 재미에 빠져들기 마련이었다.

오늘 행사의 주인공은 오로지 소작인들과 이웃 주민들이니만큼 고된 작업을 하는 그들에게 아무 여한도 없는 포식과 취흥의 즐거움을 안겨 주기 위해서는 상대적으로 여흥 민씨네 대소가의 남녀 하인들과 머슴들은 고군분투하는 희생을 감내하지 않으면 안 되었다. 꼭두새벽부터 퍼붓는 잠을 애써 떨쳐내고 일어난 그들은 이른 아침부터 먼 길을 걸어 온 소작인들을 위하여 식전 새참용으로 마련한 따끈한 돼고기국을 담은 커다란 나무통과 술독들이며 그것을 나누어 담을 크고 작은 그릇들을 소달구지에 싣거나 줄줄이 이고 지고 들판으로 쏟아져 나와야 했으며, 모닥불이 있는 곳마다 술동이와 따뜻한 음식들을 식기 전에 서둘러 분배하지 않으면 안 되었다.

그리고 들판 곳곳에 정월 대보름의 달집 같이 커다란 모닥불을 피우고 얼어붙은 손발을 녹이고 있던 노동 축제 참가자들은 저마다 커다란 양푼이에다 구수한 기름이 둥둥 뜨는 돼짓국과 명절이 아니고는 구경도 하지 못하던 허연 쌀밥을 양껏 퍼 담아 들고 삼삼오오 짝을 지어 뜨거운 불길이 이글거리는 모닥불 주위에 둘러 앉아 북덕불 속에 따로 심어놓은 술독의 농주를 반주삼아 권커니 자시거니 하면서 일찌감치 주린 배들을 양껏 채우며 노동축제 서막의 즐거움을 지레 만끽해 보는 것이었다.

"오늘 건초 베기 경진대회에서는 개인별로 일등부터 이십 등까지 쌀 한 말씩을 상으로 주거나 본인이 원한다면 값으로도 쳐 줄 기이요! 그러니 각자가 열심히 노력하여 상품을 받도록 해 보소!"

도구늪들 곳곳에 늘려 있는 무수한 모닥불마다 당나귀를 타고 돌아다니면서 손나발을 하고 입을 크게 벌리고 소리치는 김 서방의 황소울음 같은 목소리에도 모처럼 힘이 철철 넘치고 있었다. 며칠 후에 있을 삼월이와의 혼례일이 막상 코앞으로 다가오니 목석 같은 그의 가슴 속에서도 신혼의 단꿈이 겨울 들판의 모닥불처럼 훨훨 솟구치는 모양이었다.

"아따, 인제사 살만 하구마! 추위가 달아났으니 인제부텀 슬슬 시작해 볼까나?"

근기 있는 돼지 국밥으로 배를 든든하게 채우고 반주까지 원도 한도 없이 들이 마신 민초들은 저마다 얼큰해진 얼굴로 한겨울 추위도 잊은 채 낫자루에 침을 퉤퉤 뱉어 가며 마른 억새풀과 갈대를 베러 나서는 것이었다.

"등수 안에 들기만 하면 쌀 한 말씩을 상으로 준다꼬 했겠다! 그런데 요새 쌀 한 말 값이 얼마더라?"

"한 되에 38전이라고 하니 한 말이면 3원 80전이 앙이가?"

"와따메! 보리쌀 값의 두 배도 훨씬 넘는구마!"

"각자가 벤 건초의 무게가 상위 이십위권 안에 들어야 상품을 받든지 말든지 할 긴데, 저렇게 많은 사람들 중에서 우리한테 상 받을 차례가 돌아오기나 할는지 모르겠네!"

"오늘 나온 사람만도 거의 이백 명은 좋이 될 거 같은데, 아마도 어려울 꺼로. 그러니 쉬엄쉬엄 쉬어 가면서 술이나 마셔 가며 겨울 들놀이 삼아서 흥타령이나 흥얼거리며 우리끼리 줄겨나 보더라꼬!"

민씨 종가의 사정을 잘 아는 이웃마을 사람들은 그런 말을 하면서도 어딘지 여유가 있어 보인다. 각 참가자들에게 곡식 자루를 지참하고 오라는 통보를 받았기 때문에 그 동안 종가에서 보인 여러 관례를 보면 통념상 20위권 안에 들지 않더라도 설마하니 빈 자루를 그냥 들려 보내겠느냐 하는 것이 그들의 생각인 것이다. 그리고 짐작컨대 쌀 한 말 씩이 걸려 있는 상품은 보나마나 먼데서 상 받기를 작심하고 온 소작농들에게 돌아갈 공산이 큰 듯이 보였고, 소작을 부치건 안 부치건 간에 가까운 곳에 사는 그들로서는 상품과는 별도로 참가자 전원에게 주어지는 양곡이거나, 그도 아니라면 기념품으로 나눠 주는 제수용 양초며 성냥 같은 생필품이나 챙기고, 모든 것이 넉넉하게 넘쳐나는 먹을거리로 포식을 하면서 오늘 하루를 문자 그대로 노동 축제일로 즐기자는 쪽으로 마음이 쏠리고 있었다.

삼시 세끼를 기름진 음식으로 포식을 하고, 낫질을 하다가 손이 시리면 인근의 모닥불로 다가가 손발을 쬐어 가면서 북덕불 속에 묻어 둔 항아리의 농주를 흥청망청 마시고 즐길 수 있는 마당에 상품을 받든 못 받든 거기에 무슨 불만과 아쉬움의 여한이 있을 수 있으리!

아침 댓바람부터 새참으로 주린 배를 채우고 북덕불 속의 술독에서 따끈한 농주를 마음껏 퍼마신 그들에게 눈발이 희끗희끗 흩날리는 오늘의 추위 정도는 이제 아무 것도 아니었다. 그들은 스스로 신명에 겨워 사방으로 흩어져서 아무 불평도 없이 서둘러 낫질을 하고, 큼직하게 단을 묶고, 태산처럼 지게에 지고 사방팔방으로 나 있는 농로를 따라 건초 묶음의 무게를 측정하는 야적장이 있는 종가댁 근처까지 운반하면서도 힘겨워하는 사람도, 추위에 벌벌 떠는 사람도 전혀 찾아 볼 길이 없었다. 노동의 고역은커녕 오히려 젊은이는 젊은이들대로, 늙은이는 늙은이들대로 저들끼리 서로 어울려서 일을 하면서도 여름날의 들놀이 천렵 때처럼 절로 나는 흥타령을 흥얼거리면서 노동의 고단함도 잊은 채 오늘 저녁에 있게 될 푸짐한 뒤풀이 잔치판을 생각하며 지레 흥겨움에 젖어들고 있었다.

말도 많고 탈도 많았던 무오년의 한 해를 보내면서 모처럼 한 마음 한 뜻으로 꽁꽁 얼어붙은 겨울 들판으로 흔쾌히, 그리고 신바람이 나서 거침없이 낫을 들고 나선 사람들―.

서반아 독감이 광풍을 만난 들불처럼 온 마을을 휩쓸고 지나갈 때 약 한 번 못 써 보고 식구를 잃은 사람도, 이웃 간에 마음이 상하여 한동안 등을 돌리고 살았던 이들도 이날만은 가슴 속에 남겨 놓았던 이런저런 앙금들을 모두 다 툭툭 털어 내고 손에 손을 맞잡고 한데 어울려 노동 축제의 즐거움을 함께 나누는 것이었다.

"지성이면 감천이라꼬 했으니, 엄동설한에 우리가 이렇게 추위를 무릅쓰고 몸부조를 하고 있은께 하늘도 무심치는 않겠제?"

언제나 말이 많은 당곡의 김양산은 얼음이 하얗게 깔린 늪가에 베어 놓은 갈대들을 한데 모아 한 아름씩 단을 묶으면서 잠시도 가만히 있지를 못하고 콧노래를 흥얼거리는가 하면, 그것만으로는 성이 차지 않는지 연신 꿈같은 소리를 쏟아내고 있었다.

"니, 이런 일 처음 해 보나? 우리가 부쳐 묵는 소란강 매립지의 새터 논도 이렇게 해서 소작권을 얻게 된 기이 앙이가!"

하얗게 얼어붙은 늪 속의 갈대숲을 신나게 베어내는 우판돌 역시 연신 손을 호호 불어 가며 낫질을 하면서도 솟구쳐 오르는 신바람을 주체치 못한다.

"저런, 저런! 떡 줄 사람한테 물어 보지도 않고 벌써부터 김치 국물만 지레 마시고 자빠졌네. 저어기 저 삼덕이 한번 봐라, 삼덕이! 삼덕이 입이 아귀처럼 벌어져서 일하는 기이 누가 시켜서 저리 되는 줄 아나? 입이 비뚤어져도 말은 바로 하랬다꼬, 그래도 추위에 몸을 아끼지 않고 입을 딱딱 벌려 가며 저 정도는 해야 젊은 당주님의 눈도장을 받아서 새로 또 소작을 얻어 부치든지 말든지 할 거 앙이가?"

옆에 있던 불출이가 낫질을 하다 말고 얼음장이 꺼져 버린 늪가에서 숫제 물속에 발을 담근 채로 갈대를 베고 있는 삼덕이를 놀란 눈으로 바라보면서 핀잔을 주자, 김양산은 옷에 묻은 검부러기를 하나하나 떼어 내고 먼지를 툭툭 털면서 코웃음을 친다.

"쳇, 백정 놈의 주제에 지가 그래봤자지! 지놈이 혼자서 충성을 다하는 척해 봤댔자 긴 다리 샛강 매립지의 물구덩이 논배미라도 하나 떼어 줄 줄 알고?"

그러나 혼자서 발목까지 차 오른, 그것도 살얼음이 둥둥 떠다니는 물속을 오가며 쉼 없이 갈대를 베어서 물 밖으로 던지는 삼덕이는 네놈들이야 떠들어대든지 말든지 황소처럼 제 할 일만 묵묵히 하고 있을 따름이었다.

사람마다 취향이 다르고 심보가 다르듯이, 제초 작업을 하는 속에서도 사람들은 은연중에 저마다 자기의 본색을 드러내기 마련이었다. 약기로야 저자 거리의 주막집 생쥐 못지않게 약은 김양산이를 따를 자가 어디 있을까마는, 또 삼덕이처럼 쑥떡 같은 진국인 참일꾼도 있는 것이다.

한편, 저쪽 샛강 하구 쪽에 모여서 일을 하고 있는 사오십 대 중장년들의 관심사는 아무래도 전에 없이 흥성거리게 될 이번 세밑 살림살이에 가 있는 모양이었다.

"야, 이 사람들아! 빨랑빨랑 안 움직이고 머 하고 있노? 제 아무리 제사보다는 젯밥에 마음이 가 있기로서니 상도 상이지만, 도구늪들에 있는 저 많은 새피기(억새)하고 갈대들을 말끔하게 베어 내어야 종갓집

어르신네들 눈치 안 보고 저녁 때 홍청망청 뒤풀이를 할 수 있을 거 앙이가? 더구나 올 세밑에는 종갓집에서 다락 겉은 고방 문을 활짝 열어 놓고 떡쌀도 풀 기미가 있다고 안 하더나? 일을 해도 우리처럼 제대로 해야지, 처삼촌 무덤에 벌초하듯이 그렇게 건둥건둥해 가지고사 어데 보리쌀 한 움큼이나마 제대로 얻어 묵을 수 있겠나?"

당곡 부락 풍물패의 상쇠 잡이인 염녹술(廉綠述)이가 물기가 없는 마른 땅만 찾아다니며 건성으로 억새를 베고 있는 이웃집 칠성이에게 냅다 소리를 질러댄다. 그러나 칠성이는 남이야 홍두깨로 이빨을 쑤시든지 말든지 무슨 상관이요, 하는 듯이 콧방귀를 뀌고는 요즘 한창 유행하는 신파조의 창가 한 곡조를 휘파람으로 신나게 불어제친다.

울 너머 담 너머 하모니카 소리에
잠자던 처녀가 오줌을 쌌네.

오줌을 쌌으모 적게나 쌌나
열두 폭 치마가 다 젖었네.

"하기사 우리가 열심히 일을 해 주어야 베푸는 쪽에서도 신명이 날 기이라! 생각이 대천지 바다 같고 쏨쏨이가 크다는 민 대감 댁의 젊은 당주 양반이 온 마을에 퍼졌던 서반아 감기인지 서방님 감자인지 하는 돌림병 때문에 죽은 사람이 한 둘이 아니라는 말을 전해 듣고서는 사람이 죽어 나간 집은 말할 것도 없고 아직도 환자가 있는 집에는 적잖은 구휼미를 풀었다 안 하더나? 게다가, 우리 겉은 소작인들한테도 이제 곧 세밑 떡쌀까지 풀 기이라는 소문도 있으니 이기이 도대체 꿈인지 생시인지 알 수가 있어야제! 기미년 설날이 코앞에 와 있는데 내년 설 명절은 너나없이 상다리가 부러지게 차례 상을 차리고 온 마을이 풍성풍성해지게 생겼다 앙이가!"

사방으로 돌아다니며 자신이 베어 놓은 갈대와 억새들을 일일이 단으로 묶고 있던 실경이의 목소리에도 신바람이 넘치고 있었다.

어디서 만들어진 풍문인지 출처를 알 수없는 소문들이 나돌면서 제초 작업장에 나온 당곡 부락 사람들은 입만 열면 이렇게 똑같은 얘기를 수없이 반복하면서 부푼 가슴들을 안고 기쁨들을 서로 나누기에 바빴다.

"예전에는 됫박으로 나왔는데 이번에는 말로 나올 기이라 하더라니까!"

풍수네 이웃에 사는 칠성이의 물음에 남다른 바느질 솜씨 때문에 무시로 민씨 종가를 드나드는 분순네의 남편 우판돌이 한 술 더 떠서 그의 들뜬 마음을 부추긴다.

"젊은 당주 양반이 전에 없이 통 크게 나오는 거를 보면 어데 떡쌀뿐이겠나! 이러다가 이번 설에는 제사상에 올릴 괴기 값도 함께 나올지 우찌 알겠노?"

"그런데, 그건 그렇고 얼마 안 있으면 그 동안에 중단되었던 문중 사냥대회도 곧 열릴 기이라는 소문이 있는 모냥이던데?"

칠성이의 말에 우판돌도 고개를 크게 끄떡인다.

"하모! 그날은 젊은 당주의 영이라면 목숨도 내놓을 기이라는 김 서방하고 청지기 딸 삼월이하고의 혼례식도 동네 사람들이 보는 앞에서 함께 올릴 모냥이라!"

"그라모, 그때 우리도 푸짐한 혼인잔치 음식으로 또다시 포식도 할수 있고, 옛날 우리 어른들이 그랬던 것처럼 사냥대회에서 몰이꾼 노릇도 할 수가 있겠구마?"

"그렇지! 그렇고말고!"

이렇게 여흥 민씨네의 도구늪들 제초 작업을 하는 날만은 그들도 어느새 양반촌 사람들의 권속들이 되어 가지고 평소에 간직했던 모든 두려운 마음들을 훨훨 떨쳐 버리고 언감생심 꿈도 못 꾸던 도구늪들의 산토끼며 너구리같은 짐승들이 튀어나오기를 이제나 저제나 하고 기다리게 되는 것이다. 이날 하루만은 짐승들이 튀어 나오기만 하면 아무 거리낌도 없이 몰이사냥을 하는 자유를 누릴 수가 있었고, 민 대감 댁과 그들 대소가의 남녀종들과 머슴들이 날라 오는 풍성한 음식들로 주린 배를 채우면서 그들과도 함께 어울려 정을 나누고 평소에 부족하던 모든 것의 풍요를 누릴 수가 있는 날이 바로 오늘인 것이다.

그리고 일하는 틈틈이 끊임없이 나오는 새참은 가난하게 살아 온 그들에게는 사실 뿌리칠 수 없는 대단한 유혹이 아닐 수 없었다. 보리쌀도 아닌 찹쌀로 빚은 농주와 기름기가 자르르 도는 술안주는 허기진 그들의 뱃속으로 흘러 들어가기가 무섭게 용솟음치는 노동력의 원천이 되고 의욕이 되곤 한다 하여도 과언이 아닐 터였다.

그리하여 허기진 창자마다 기름기가 도는 음식들로 가득 채워지고, 허연 쌀밥으로 포식한 얼굴마다 불그스름하게 취기가 오르면, 그것은 새로운 삶의 희망과 의욕을 불러일으키면서 들판 가득 넘실거리는 가을철의 황운(黃雲)처럼 풍요로운 여흥의 신명으로 발전하기 마련이었다.

"얼씨구 좋구나, 자화자 좋다! 더도 말고 덜도 말고 맨날 이런 날만 계속 있었으므 얼매나 좋겠노?"

"하모, 하모! 일을 해도 이렇게 해야 진짜로 살맛이 나는 기이라!"

이쯤 되면 천하의 광대 꾼으로 소문난 당곡의 상쇠 잡이 염녹술이도 가만히 있질 못하고 그 타고난 구성진 목소리로 굽이굽이 노랫가락을 뽑아내며 신명을 내기 일쑤였다. 그래도 힘이 불끈불끈 솟는 청년들이야 그의 흥타령보다는 자기네들끼리 낄낄거리면서 짓궂은 장난질에 이골이 나기도 하지만, 그들보다 나이가 많은 중늙은이들은 걸립패의 고깔에 달린 솜털 같은 억새꽃을 양 손에 꺾어 들고 자지러지게 흘러나오는 염녹술의 노랫가락에 맞춰 너울너울 춤추기를 마다하지 않는 것이다.

흥이 많기로는 기생오라비 같은 염녹술의 아들 풍수(風洙)만한 사람이 또 있을까. 굶주림을 이기지 못해 야반도주를 하였던 풍수는 박수무당이 되기 전에 한 때 남사당패의 일원으로 조선 팔도를 누비고 다녔던 소리꾼인 그 아비의 기예(技藝) 솜씨 못지않게 달관된 북·장구 질에다 접시돌리기며, 열두 발 상모돌리기와 외줄 타기 재주까지 갖추었는가 하면, 요즘 한창 도회지에서 유행하는 신파조의 창가까지 멋들어지게 불러 젖힐 줄 아는, 그 아비를 능가할 정도로 재주도 많고 신명도 많은 바람잡이 만능 젊은 기예가였다.

혹한기 휴가철을 맞아 엊그제 집에 다니러 온 그 역시도 무슨 마음에서인지 오늘은 시키지도 않은 건초 베기 작업에 나서 가지고 형님뻘 되는 젊은이들 틈에 섞여서 지금 건둔건둥 낫질을 하고 있는 것이다.

멀리 마산리에서 온 또출이, 종팔이를 비롯하여 당곡 부락의 친구들과 어울려서 희희덕거리며 길가의 억새풀을 베고 있던 풍수가 요즘 한창 유행하는 창가의 곡조에다 반일 감정을 불러일으키는 자작 가사를 갖다 붙여서 드디어 신식 노래랍시고 신나게 한 곡조를 불러 제낀다.

낙동강 칠백 리에 다리 공굴 놓고요!
밀양부 중 성곽들만 고라 결딴이 나누나.
아이고! 아이고!

삼랑진역 봇짐장수 기차를 타는데
후조창의 조선 배는 고라 낮잠만 자누나!
아이고! 아이고!

자기의 지게 목발 장단에 맞춰서 큰 소리로 불러대건만 간드러지게 넘어가는 풍수의 노래에 취해 있는 이쪽의 마을 청년들과 중장년 패들은 그 노랫말이 얼마나 위험한 것인지를 알지 못한다. 그들은 반복되는 풍수의 또 다른 노래에 따라 고개를 끄떡이게 되고, 점점 따라 부르게 되고, 흥이 나서 춤을 추게 되고, 그러다가 스스로 신명이 뻗쳐서 몸이 달아오르게 되면 역시 풍수가 최고라며 찬바람이 핥고 지나가는 엄동설한의 들판 끝까지 맞닿아 있는 허공에다 대고 냅다 환성을 질러대며 미쳐 날뛰기를 마다하지 않는 것이다.

드디어 기다리고 기다리던 점심때가 되어서 술과 밥이 날라져 오고, 햅쌀로 쪄낸 시루떡, 백설기며 호박떡도 날라져 왔다.

"어, 저기 청지기의 딸년도 왔네! 얼마 안 있으면 아까 상품 내역을 알리고 돌아다니던 홀애비 집사 김 서방하고 혼례를 치를 기이라고 하더니만, 얼굴에 분살이 올라 보숭보숭한 기이 벌써부터 각시 티가 다 나는구마!"

칠성이의 말에 우판돌이 낫질을 멈추며 그쪽을 바라본다.

"그렇기는 하다마는…. 부산에 가 있는 삼수란 놈이 쟤한테 상사병이 나 있다가 젊은 당주 양반한테 쫓겨 갔다고 하던데, 사고 뭉치인 걔가 두 사람의 혼례 사실을 알고 있다면 가만히 안 있을 긴인데 무신 사단이 벌어지지 않을는지 모르겠네!"

우판돌이 남의 일 같잖다는 듯이 걱정으로 하자, 칠성이는 저쪽에서 마산리 친구들과 함께 어울려서 아까 한 염록술의 말마따나 처삼촌 무덤에 벌초하듯이 건성으로 낫질을 하고 있는 풍수 쪽을 잠시 바라보다 말고,

"가만히 안 있는 기이 다 뭐꼬? 칼부림 나게 생겼구마! 그래서 하는 말인데, 삼수랑 죽고 몬 사는 단짝 친구인 풍수가 여기에 와 있는 거를 보면 둘이서 무신 꿍꿍이속이 있는지 우찌 알겠노? 안 그렇나?"
하고 자신의 짐작만 가지고 제 멋대로 지껄인다. 하기야 그러고 보니 풍수는 지금 풀베기 작업에 임하고는 있어도 상품 따위에는 아예 관심도 없는 듯, 또출이, 종팔이와 같은 삼수와 함께 가까이 지냈던 마산리의 예수꾼들과 어울려서 저들끼리 노닥거리다가 삼월이가 점심밥을 이고 와 있는 것을 보고는 시종 그쪽을 흘끔흘끔 쳐다보고 있는 것이다.

"쉿! 저기 돌아 댕기는 김 서방의 귀에 들어가면 좋을 거 없으니 그런 이바구는 더 이상 하지 마라!"

우판돌이 저쪽에서 점심 준비 상황을 둘러보고 다니는 김 서방을 발견하고 칠성이를 집적거리며 그의 귀에 대고 속삭인다. 그쪽을 바라보던 칠성이는 제 풀에 주눅이 들어 가지고 낫을 슬며시 내려놓고는 음식들이 와 있는 모닥불 곁으로 시치미를 딱 떼고 걸어간다. 삼월이를 비롯한 종가의 하녀들이 모닥불 가에 모여 앉아서 배식 준비를 하고 있었던 것이다. 다른 일꾼들까지 하던 일을 멈추고 하나 둘씩 그쪽으로 모여 드는 것을 보고 우판돌도 낫을 내려놓고 모닥불이 있는 그곳으로 성큼성큼 걸어간다.

사람들의 마음에는 이제 배고픔도 가난도 없었다. 있다면 이제 곧 흥청망청 누리게 될 저녁 뒤풀이 잔치의 풍요와 흥겨운 여흥만이 남아 있을 뿐!

마을 사람들은 종가의 남녀 하인들이 듣거나 말거나 따끈하게 데워진 농주부터 한 순배 돌리면서 잠시도 가만히 있지를 못하고 들뜬 목소리로 떠들어대었다.

"이 잔치가 누구네 잔치인고? 만석꾼 부잣집 잔치 앙이가!"

"니 말이 맞다! 그런데 난세에는 큰 인물이 난다 카더마는, 배포가 크면 손도 부처님 손바닥처럼 넓고 큰 법이라 안 카더나?"

"와 앙이라! 문중 내에서 개화 바람을 불러일으키고 있다는 종가의 새서방님 말이다. 이번 건초 베기를 온통 잔치판으로 만든 것도 그 양반의 머리에서 나온 기이라 카드구마!"

"하모, 하모! 그래서 이번에는 우리도 조상님 전에 상다리가 부러지도록 차례 상도 차리고, 지신밟기며 당산제까지 올리게 될지도 모른다는 말이 나오고 있는 기이 앙이겠나! 그라고 수산 쪽에다 새로 짓고 있는 정미소는 이미 일본에서 기계까지 들여와서 설치하고 있는 중이고, 기미년 새해를 맞이하여 정월 대보름날 달집 제까지 올리고 나면 해동이 되는 대로 샛강 매립 사업도 오랜만에 다시 시작하게 된다고 하더구만!"

"일이 그렇게 된다면 우리한테는 품팔이 일자리가 생길 기이고, 아까 김양산이의 말처럼 새로 소작지를 얻어 부치는 횡재는 누가 또 차지하게 될는지 모르겠네!"

"우짜면 소작지의 나락 이모작도 할 수 있게 될 기이라는 말도 있고 말이지! 그런데 양반촌 집집마다 어른들이 있고, 종갓집 사랑에 가도 층층시하로 어르신들도 많을 기인데, 이런 세월에 자기 하고 싶은 대로 소신껏 일을 밀어 붙이는 거를 보믄, 거 젊은 양반이 대단하기는 참말로 대단한 모양이라!"

"형님들! 중산 서방님이 정말로 얼마나 대단한 사람인지 알기나 하고 그래쌓능교?"

칠성이와 우판돌의 얘기에 나이가 좀 처지는 풍수가 언제 왔는지 거기에 끼어들며 한 마디 거들고 나섰고, 그보다 훨씬 연배인 김양산이 귀를 곤두세우고 파고 묻는 것이다.

"대단하다니, 누구 말인가?"

"아, 누군 누구겠소? 민 대감 댁의 중산 새서방님 말이지! 그분이 나서 가지고 올 세모에는 나라가 망한 뒤부터 안 하고 있던 문중 사냥대회까지 열기로 했다꼬 안 하던교?"

풍수는 뜨내기 풍각쟁이 생활을 하다가 돌아온 사람 같잖게 여흥 민씨네 종가의 사정을 훤히 꿰뚫고 있는 듯이 거침없이 그런 말들을 뱉어내고 있었다.

"문중수렵대회를 연다꼬? 언제?"

허연 버짐을 머리에 노상 달고 사는 꿀꿀이 아비 김양산의 눈이 번쩍하고 빛난다.

"언제는 언제겠소? 이번 세밑이지!"

"작은설인 이번 섣달그믐에? 햐, 거 참! 우리는 금시초문인데, 풍수

니는 천지 사방으로 떠돌아 댕기다가 최근에 왔는데, 그런 거는 우찌 알았노?"

"사람이 서로 신의를 지키면서 살다 보믄 나한테 귀띔을 해 주는 심복 겉은 사람도 생기는 법이 앙이겠소?"

그러면서 풍수는 종가의 다른 머슴, 하인들과 함께 술통을 지고 따라온 을환이 쪽을 슬쩍 돌아다본다.

"그렇다모 그 댁의 하인들 중에 니 끄나풀이라도 있단 말이가?"

그것이 신의라고는 쥐뿔도 없는 자기를 두고 은근히 비꼬며 하는 말인지도 모른 채 김양산은 여전히 자신의 궁금증에만 관심이 쏠려 있었다.

"아니, 왜놈 밀정맨치로 와 이리 자꾸 꼬치꼬치 캐물어쌓소, 신경쓰이게!"

풍수가 참다못해 역정을 버럭 내자 김양산은 찔끔하여 입을 다물면서도 이상한 눈으로 그의 안색을 놓치지 않고 살펴본다.

그러자 이상하게 흐르는 분위기를 바꿔 버리려는 듯이 우판돌이 목청을 높이며 너스레를 떤다.

"하기사! 젊은 양반이 그 배포가 대천지 바다처럼 넓고 두둑하다고 하이까, 마음만 묵었다 하모 무신 일인들 몬 하겠노?"

당곡 사람들은 김이 무럭무럭 피어 오르는 돼지 국밥 양푼이가 돌려지자 모두들 제각기 친구나 이웃끼리 짝을 이루며 모닥불 가에 빙 둘러 앉았다.

"판돌이 니 말이 맞다 맞아! 이번에 그 양반이 하는 일들이 전부 다 불쌍한 우리네 민초들을 위하는 일이니까, 앞으로도 좋을 일들이 우리한테 얼마든지 안 있겠나? 그러니 우리는 제가끔 자기가 할 일들이나 제대로 하고 나중에 뒤풀이 잔치 때는 뱃속에 있던 거쉬(회충)가 홍수를 만나서 몽땅 떠내려가도록 술이나 실컷 마셔 보더라꼬!"

"그래, 그래! 니 말이 맞다! 공술 묵고 창자 속까지 시원하게 씻어 내리게 되면 아직도 뱃속에 남아 있을지도 모를 그리도 무섭던 돌림병의 씨앗도 몽땅 씻겨 내려가서 내년 한 해에도 병들 일이 없을 기인데 그 이상 더 바랄 것이 머가 있겠노!"

그들이 이렇게 들떠 있는 데에는 비단 모처럼 포식을 하며 즐길 수 있는 날이기 때문만은 아니었다. 오늘 자기네가 베어낸 억새와 갈대를 집으로 가져 갈 수 있는 사람들은 가져가서 자기네 지붕의 이엉 감으로 쓸 수 있고, 땔감으로 쓸 수도 있는 것이다. 게다가, 소직지에 퇴비를 쏟아 부어 땅을 기름지게 만들면 벼농사의 이모작도 가능하게 될지 모르는 일이고, 또 열심히 일하다 보면 그것 외에 곧 재개될 샛강 늪지대의 매립 사업 결과에 따라서는 새로운 소작지를 얻게 될지도 모르는 것이다.

물론, 그렇게 되기 위해서는 민 대감 댁의 나으리, 그 중에서도 문중의 온갖 변화를 모색하고 있다는 젊은 당주 나으리의 신임을 받아야 하겠지만 양반촌 사람들, 심지어는 그 집의 종놈이나 머슴들의 눈에도 좋은 인상을 심어 주는 것이 무엇보다 중요한 것이다.

어디 그 뿐이랴. 오늘도 지난해처럼 갈대숲 속에서 튀어 나오는 너구리와 오소리를 몇 마리라도 때려잡게 되는 날이면 언제나 그림의 떡으로만 바라보던 짐승들을 손수 때려잡는 사냥의 즐거움도 누리면서 그것으로 설날 차례 상에 올릴 산적 감으로 돌아오게 되지 말라는 법도 없는 것이다. 그리고 그 기름진 고기를 민 대감 댁의 바깥마당에서 벌어지게 되는 저녁때의 뒤풀이 잔치에서도 함께 나누어 먹을 수도 있는 것이다.

"돌아오는 설 명절에는 걸립(乞粒) 놀이를 시작으로 대동제(大洞祭)도 올리고, 정월 대보름날에는 민 대감 댁의 후원으로 달집놀이까지 하게 된다고 하니 그야말로 살맛나게 생겼구마!"

"와, 앙이라! 그것도 배포가 맷방석보다 넓다는 민 대감 댁의 젊은 당주 양반이 나서 가지고 하기로 했다고 하니까 이번 행사는 보나마나 대단할 기이구마는!"

발 없는 말이 천 리를 간다고, 이렇게 도구늪들의 억새 숲과 갈대숲을 베어내는 두레 제초 작업에 참여하면서 듣게 된 온갖 소문들은 곁가지에 새끼를 치면서 바람보다 빠르게 사방팔방으로 퍼져 나가기 마련이었다. 그 바람에 외산, 야중촌 들마, 당곡, 백족, 소백족과 같은 근동 부락은 말할 것도 없고, 멀리 고개 너머의 상세천, 중세천, 매화촌에 이르기까지 동산리 일대에는 일찌감치 설 명절의 들뜬 분위기가 서서히 달아 오르기 시작하였다.

그리고 명절에 대한 기대가 한창 고비에 차올라서 마을 사람들의 엉덩이가 절로 들썩거리고 있을 때였다. 드디어 민 대감 댁의 육중한 고방 문이 열리고, 명절용 전곡(錢穀)이 풀려 나가기 시작하였다. 그것도 서반아 독감으로 크게 홍역을 치렀던 가까운 민초들을 위하여 지독한 흉년에나 구경할 수 있었던 적잖은 명절 세미(歲米)에다 떡값까지 집집이 골고루 풀려 나온 것이다. 예전에도 전혀 없던 일은 아니나 흉년도 아닌 평년에 이런 혜택을 입게 되는 것은 극히 이례적인 일이었다.

"한 해가 저무는 무오년 세밑에 난데없이 불어 닥치는 이 바람이 도대체 무신 바람인공?"

소문을 듣고 오래 전부터 이 날이 오기를 손꼽아 기다리지 않았던 것은 아니나, 과분한 횡재수에 마을 사람들은 오히려 어리벙벙해질 지경이었다.

"무신 바람은 무신 바람이야, 양반촌 종갓댁의 젊은 당주 양반이 불러일으키는 세밑 신바람이지 머!"

민 대감 댁에서 불러일으킨 세밑 신바람은 모든 마을 사람들의 마음을 들뜨게 하고, 살맛나게 하면서 바람처럼 빠르게 사방 팔방으로 번져 나가고 있었다.

제2장

문중수렵대회(門中狩獵大會)

◇ 전설(傳說)의 땅
◇ 설중수렵도(雪中狩獵圖)

◇ 전설傳說의 땅

　중세천(中洗川) 동북쪽에 있는 백족(白足) 부락은 동국여지승람(東國輿地勝覽) 등의 옛 문헌에 운막향(雲幕鄕) 또는 운포향(雲布鄕)으로 소개되고 있는 고촌(古村) 부락으로서 예로부터 여러 가지 전설이 전해져 오고 있었다. 발음상 '배족'으로 와전되어 부르기도 하는 이 마을은 옛날 마산(馬山) 앞에 있는 돌무더기에서 백마가 나타나 소란강의 강물을 마시고 사라져 버린 뒤에 그 발자국을 인근의 느리미산[만산(晩山)]에 남겼다는 전설 때문에 생긴 이름인 것이다.

　이곳은 조선 전기에 군수(郡守) 박곤(朴坤)과 만호(萬戶) 박옥형(朴玉衡)이 살았다고 전해지는 곳이기도 하였다. 어변당(魚變堂) 박곤은 용력(勇力)이 크게 뛰어나 조선 태종 임금 때 21세의 나이로 무과에 장원으로 급제하여 입신하였는데, 세종 7년(1425년)에 명나라 황제 영종(英宗)의 즉위식 때 하례사(賀禮使) 사절단의 종사관(從事官)으로 중국에 갔다가 하례식에서 선보인 걸출한 무예에 탄복한 영종 황제가 그의 씨앗을 얻고자 삼 년간 볼모 아닌 볼모로 붙잡아 두는 바람에 화녀(華女)의 몸에서 태어난 그의 아들 삼형제 일걸(一傑), 이걸(二傑), 삼걸(三傑)의 자손들이 훗날 임진왜란 때에 명나라 장수를 따라 종군하여 이곳으로 왔다가 그들의 친족을 찾았다는 전설같은 얘기가 지금까지 전해지고 있었다. 그리고 임금님의 유모로 외명부(外命婦)의 품계가 종일품인 봉보부인(奉保夫人)이 이 마을에서 출생했다는 옛 얘기도 전설처럼 전해져 오고 있었다.

　어변당 박곤 장군은 문치를 숭상했던 조선 시대에 무인으로서는 보기 드물게도 우의정, 좌의정으로 재상 반열에까지 올랐던 큰 인물인 최

윤덕(崔閏德) 장군과 함께 대마도 정벌에 나섰을 때 동에 번쩍 서에 번쩍 신출귀몰하며 세운 큰 전공으로 인하여 '비룡장군(飛龍將軍)'이라는 별칭을 얻었으며, 왜구들이 그의 이름만 들어도 벌벌 떨고 도망갔을 정도로 용맹을 떨쳤던 전설적인 인물이었다. 그러한 사실을 미루어 볼 때. 여흥 민씨 문중에서 후손들에게 호연지기를 심어 주기 위하여 박곤 장군이 살았던 옛 땅에 종마장을 만들고 벽사정(碧射亭) 사대(射臺)까지 세워서 해마다 궁술대회(弓術大會)와 수렵대회를 거행해 온 이면에는 후손들로 하여금 불세출의 기개를 떨쳤던 그의 용맹과 충절을 귀감으로 각인시켜 주려는 의도가 있었을 것이며, 마을의 전설에 나오는 것과 똑같은 백마를 타고 다니는 중산이 박곤 장군을 특히 흠모하는 까닭도 거기에 있음을 미루어 짐작할 수 있었다.

음력으로 기미년 새해를 앞두고 여흥 민씨 종가에서 베푸는 전대미문의 각종 구휼 혜택으로 마을 사람들이 온통 들떠 있는 가운데, 삼랑진의 왜놈 헌병 파견대 대장이 관심 있게 둘러보고 갔던 이곳 마굿들 종마장에서는 벌써부터 색다른 일이 벌어지고 있었다. 옛날 무사들처럼 머리띠를 두르고 수렵복을 차려 입은 양반촌의 젊은 선비들과 각지에서 온 외손 젊은이들이 한꺼번에 승마와 활쏘기 연습에 나선 것이었다.

여흥 민씨 문중의 젊은이들이 학문을 닦는 틈틈이 마굿들의 벽사정 사대로 나와 말을 타거나 몇 사람씩 짝을 지어 기립 자세로 활을 쏘는 입사(立射)와 천천히 걸으면서 쏘는 보사(步射) 연습을 하는 것은 평상시에도 흔히 볼 수 있는 일이기는 하였다. 그러나 이번처럼 수십 명이나 되는 젊은 선비들과 개화된 외손 청년들이 떼 지어 몰려 와서 예전의 사냥대회 때처럼 말을 타고 달리면서 목표물을 향해 시위를 당기는 기사(騎射) 연습까지 하는 것은 근래에 볼 수 없었던 극히 이례적인 일이었다.

중산이 당주 일을 맡아 하기 시작하면서 속속 등장하고 있는 이런 새로운 현상에 대해서 마굿들 근처의 백족 사람들 중에서도 소문이 늦은 축들은 그 까닭을 몰라 어리둥절하였으나, 부친을 대신하여 당주 일을 하고 있는 중산이 침체된 문중 분위기에 새로운 바람을 불어넣기 위해 경술국치 이후 거의 십 년만에 문중 수렵 대회를 전격적으로 다시 열기로 했다는 말을 듣고서는 행사의 내력을 잘 알고 있는 그들 역시도 그러면 그렇지 하고 고개를 끄떡이는 축들이 많았다.

민씨네 문중에서 일 년에 한 번씩 열렸던 이 수렵 대회는 예로부터 매년 늦가을이나 겨울철에 행해 오던 연례행사의 하나로서 같은 혈족끼리 좌군·우군으로 패를 나누어 사냥 솜씨를 겨룸으로써 혈족간의 결속을 도모함과 동시에 호연지기를 심어 주고 심신을 단련시켜 왔던 일종의 문중 체력단련 행사 중의 하나였다. 그들이 이런 연무(鍊武) 행사를 연례적으로 갖게 된 것은 문무를 겸비한 인재들을 끊임없이 배출해야만 집안이 반듯하게 선다는 사대부 집안의 보편된 문벌 보존 철학과 함께 인재 양성이 곧 백년대계의 근본이라는 민씨 문중의 교육 철학에서 비롯된 결과라 할 수 있었다.

그렇다고 문중의 연례행사가 남자들을 대상으로 열리는 것만은 아니었다. 문중 남정네들의 심신수련을 위하여 궁술대회와 사냥대회가 열렸던 것처럼, 여성들에게도 집안의 내력을 가르쳐 주고 가치관을 심어 주기 위하여 내훈 교육에 공을 들이고 있었는데, 꽃 피는 춘삼월에 웅천강에 배를 띄워서 거행하는 선유(船遊) 놀이와 강변의 야유(野遊), 즉 답청(踏靑) 놀이 끝에 문중 부녀자들의 글짓기 실력을 겨루기 위해 여는 백일장(白日場) 행사가 바로 그것이었다.

풍광이 빼어난 삼강서원과 오우정 정자가 있는 삼랑 포구 후포산 벼랑 아래의 오우진(五友津) 나루에서 자기네의 문전옥답이 널려 있는 도구늪들 언저리의 종병탄까지 웅천강을 따라 여러 척의 배를 띄워 오르내리면서 내훈 교육을 벌이는 선유 놀이는 가문의 긍지를 갖게 하는 거족적인 행사라 그 어떤 규방 행사보다도 호응도가 높아서 그만큼 공을 들이기 마련이었다. 유유히 흐르는 웅천강 양쪽의 강변으로 진경산

수도처럼 펼쳐지는 유서 깊은 삼강서원과 오우정 정자며, 광활한 농토와 아름다운 풍광을 자랑하는 산들이 곧 임진왜란의 격전지이자 자기네 조상들의 파란만장한 삶의 발자취가 고스란히 남아 있는 역사의 현장이기도 하였기 때문에, 문중의 내력과 조상님들로부터 본받아야 할 교훈을 일깨워 주는 내훈 교육장으로서는 안성맞춤이었으며, 선유놀이에 이어 답청 놀이 때 행하는 백일장의 호응도와 교육적인 효과가 지대한 까닭도 거기에 있었다.

그런데 응천 강변에 온갖 꽃들이 만발하는 춘삼월에 열리는 정서 문화적인 부녀자들의 선유 놀이·답청 놀이와는 달리, 가을걷이가 끝나는 늦가을이나 온 대지가 꽁꽁 얼어붙는 동절기의 세모 때에 주로 열렸던 수렵 대회는 문중 남정네들의 호연지기와 우의를 기르고 다지면서 지방 호족으로서의 탄탄한 가세를 과시함은 물론, 몰이꾼으로 동원되는 인근의 소작인들이며 마을 사람들과의 유대를 강화하려는 부수적인 목적도 없지 않았다.

이 수렵 대회가 처음 생겨난 것이 조선 22대 효종 임금 때부터였다고 하니, 그 당시 병자호란을 겪고 나서 일기 시작한 부국강병의 시론과도 무관하지 않았던 듯하다. 특히, 효종 임금 때에 송시열(宋時烈)을 필두로 한 노론(老論) 쪽 인사들의 발의로 제기된 이른바 북벌론(北伐論)은 병자호란 때 패전의 치욕을 겪었던 척화(斥和) 강경파 사대부들에게는 부국강병의 필요성을 더욱 공고히 하는 자극제가 되었을 것이며, 일찍이 임진왜란 때 멸문지화의 변을 당했던 이곳 상남면 동산리, 파서리의 여흥 민씨들과 같은 원한 맺힌 문벌들에게는 자기네 조상들이 겪었던 치욕을 씻어내고자 하는 피맺힌 욕구가 충만해 있었을 것임은 불 보듯 뻔한 일이었다.

그리고 병자호란이나 임진왜란 때와 같은 유사시를 대비하기 위해서는 문중의 남자들을 강골로 키워야겠다는 교육적 필요성과 함께 혈족끼리의 대동단결 방안도 함께 모색되었을 것이며, 말을 타고 달리면서 앞 다투어 활을 쏘아 짐승들을 잡는 이 실전과도 같이 치열하게 전개되는 수렵대회야말로 임전무퇴의 강인한 정신력과 체력을 동시에 배양하기 위한 수단으로서는 다시 없이 좋은 방편이 되었을 것임은 자명한 일이었다.

"자고로 삼대에 걸쳐서 벼슬을 하지 못하면 집안이 망한다는 말이 있느니! 반가의 자식으로 태어나 출사(出仕)를 하지 못한다면 불출 중에서도 그런 불출이 다시는 없을 터, 명가의 초석을 다져 놓으신 여러 조상님들의 명성에 누를 끼치지 않으려면 학문과 심신 수련을 통한 인재 양성에 끊임없이 매진해야 할 것이야. 그래야만이 집안이 반듯하게 서느니…!"

한 집안의 존망이 조정에 출사하는 인재의 배출 여부에 달렸다고 생각하던 것이 당시 사대부가의 문벌 보존 법칙이고 보면 자녀 교육을 중히 여기는 여흥 민씨들이 수렵대회에 거는 기대감이 어느 정도인지는 가히 짐작을 하고도 남을 일이었다. 그리고 그런 유별난 교육 철학은 이 지역 동방이학의 산실이자 점필재 김종직 선생의 학풍을 탄탄하게 이어가고 있는 예림서원에 내로라는 학자들이 상시로 득시글거리는 경학원이 있음에도 불구하고, 조선 건국과 함께 유생의 교육에 힘쓰라는 태조 이성계의 교서(教書)를 받들어 설립되어 지방민의 교육과 교화에 큰 업적을 쌓아 온 유서 깊은 동래 향교 인근에 객사를 따로 마련하여 후손들이 각자의 취향에 따라 어디서든지 마음껏 공부할 수 있도록 여건을 만들어 주고 있는 사실로도 능히 짐작할 수 있는 일이었다.

예전부터 문중 부녀자들을 대상으로 한 춘절의 선유(船遊)놀이·답청(踏靑)놀이와 쌍벽을 이루면서 문중 남정네들을 대상으로 행해져 온 이 수렵대회는, 그러나 이번에는 호연지기를 기르고 심신을 단련한다는 애초의 취지에 더하여 침체된 문중에 새 바람을 불러일으킴과 동시에 개화의 필요성을 부각시키려는 중산의 생각에 따라 개화된 인물들이 많은 외손들까지 끌어들이기로 했기 때문에 문중 사람들은 물론이요, 몰이꾼으로 나서게 될 마을 사람들의 관심 또한 그만큼 지대해질 수밖에 없었다.

행사의 명칭이 수렵대회이니만큼 승자들에게 주어지는 황금 상패와 패자들에게 주는 은제 기념패가 걸려 있는 것은 옛날이나 지금이나 다를 바 없었다. 그런데 이번에는 친손과 외손 간의 사냥 기량을 겨루게 된 데에다, 문중의 상징인 청학(靑鶴) 문양을 아로새긴 황금 상패와 은제 기념패의 무게를 각각 예전의 갑절인 한 냥씩으로 늘렸으므로 친·외손들 상호간에 고조되는 경쟁심리와 함께 강한 승부욕이 발동할 공산이 컸고, 사냥 현장에서의 실력 다툼 또한 그만큼 치열하게 벌어지게 되리란 점도 쉽게 점쳐 볼 수 있었다.

그리고 좌군과 우군에 배속되어 징과 꽹과리를 파상적으로 두드려대거나 죽창과 몽둥이들을 휘두르며 천둥같은 함성과 함께 산 속의 사냥감들을 산 밑으로 몰아오게 될 인근 마을의 몰이꾼들 또한 그와 유사한 횡재수가 자기네에게도 터지지나 않을까 하고 올해는 기어코 거기에 참가하겠노라고 단단히 벼르는 축들이 많았다.

국권이 침탈된 지 정확히 팔 년만에 재개되는 여흥 민씨네의 이번 문중 수렵대회는 무오년 섣달 스무 이튿날, 서양 책력으로는 1919년 1월 23일로 날짜가 잡혀 있었다. 하지만 수렵대회 참가자들의 활쏘기 연습이 본격적으로 시작된 것은 민초들의 건초 베기 행사에 지장을 줄까 하여 연습을 자제시키는 바람에 이번 행사에 모처럼 참가하게 된 외손들도 그 행사가 끝나고 나서야 승마 연습과 활쏘기 연습에 촉급한 마음으로 나설 수밖에 없었다.

사냥 대회를 앞두고 활쏘기 연습이 시작되는 날 아침 일찍부터 수렵복 차림으로 무장을 한 젊은 선비며 개화한 젊은이들이 원근 각지에서 말을 타고 속속 종마장으로 몰려오는가 하면, 한동안 볼 수 없었던 유별난 진풍경에 큰 구경거리를 만난 동네 아이들까지 종마장이 있는 마구들로 앞 다투어 모여들고 있었다.

좌군에 속하는 친족 쪽의 엽사(獵師)들과 외손 쪽 우군의 엽사들은 모두가 하나같이 소매통이 좁은 저고리에다 발목마다 행전이나 각반을 단단히 동여매었고, 문중의 상징인 송학 문양의 금박이 박힌 청색과 홍색의 비단 띠를 이마에 각각 질끈 동여매었는데, 언뜻 보기에도 그 모습이 마치 전쟁터에 나가는 출정 기마병사들을 방불케 할 정도로 늠름한 기상들이 넘치고 있었다.

오늘로부터 사흘 동안 선 자세로 활을 쏘는 입사(立射)나, 걸으면서 쏘는 보사(步射) 연습에 이어 말을 타고 달리면서 화살을 쏘아 표적물을 맞히는 기사(騎射)연습까지 끝나게 되면 드디어 대망의 문중 수렵대회의 날을 맞이하게 되는 것이다.

종가 후원의 사당에서는 아침 일찍부터 문중 어른들이 총출동하여 천지신명과 기라성 같은 열조(烈祖) 전에 문중 행사를 아뢰는 고축 제향(告祝祭享)을 올리게 될 것이며, 곧 이어 행랑 마당에서 행하게 될 김 서방과 삼월이의 혼례식에 이어 이곳 종마장에서도 유복으로 성장을 한 그들 문중 어른들의 주관 하에 초청 인사들과 수많은 구경꾼들이 지켜보는 앞에서 성대한 출정식과 함께 수렵대회 현장인 동산의 산신과 도구늪들의 지신께 올리는 고사도 함께 지내게 될 것이다.

한편, 그 무렵이 되면 동산의 최고봉인 붕어등과 심산등 정상부에서 징과 꽹과리를 파상적으로 두드려대며 산 속의 사냥감들을 서부 능선의 대곡 골짜기와 서북 방향인 인산못 골짜기로 각각 몰아오게 될 몰이꾼들은 각자가 준비해 가지고 온 죽창과 몽둥이를 움켜쥐고 포위망을 구축한 채 맹렬하게 돌진해 오는 사냥감들을 엽사들이 포진하고 있는 산 밑의 호구(虎口)로 몰아 갈 결의를 다지면서 숨을 고르게 될 것이다. 그리고 이쪽 마굿들 사대 앞 출발선에서 개회식과 산신제가 모두 끝났다는 신호의 붉은 깃발이 깃대 끝끝이 올라가면, 동산의 붕어등 꼭대기에서도 그것을 신호로 하여 풋풋한 생솔가지를 쌓아 올려서 만든 정월 대보름날의 달집 같은 봉화대에 서둘러 불을 지피게 될 것이다.

그리하여 이곳 마구들의 출발선에서 기마 자세로 대기하고 있던 좌군과 우군의 젊은 엽사들은 벽사정 난간에서 울려 퍼지는 나팔소리와 함께 자기네 진영의 사냥터로 배정된 붕어등 아래의 대곡 골짜기와 심산등 서부 능선 아래의 인산 못 골짜기를 향해 일제히 말을 타고 질풍처럼 달려가게 될 것이다.

　파발처럼 목적지에 도착한 그들이 각기 자기네의 전법에 따라 진을 치는 것과 때를 같이하여 산위의 몰이꾼들도 징과 꽹과리를 정신없이 두드려대면서 자기네 진영의 엽사들이 포진하고 있는 산 밑의 호구를 향해 사냥감들을 몰아 내리기 시작할 것이다. 그리고 그들이 내지르는 함성과 온 산속을 울리는 풍물 소리에 놀란 크고 작은 사냥감들이 혼비백산하여 쫓겨 내려오면 산 밑의 길목에 포진한 좌군·우군의 엽사들은 그것들이 사정권 안에 들어오기를 기다렸다가 수장의 명령에 따라 일제히 화살을 퍼붓게 될 것이다. 그리고 저지선을 뚫은 사냥감들이 무인지경의 도구늪들을 향해 사생결단으로 달아나게 되면 양 진열의 모든 엽사들은 저마다 말을 타고 뒤쫓으며 그동안 갈고 닦았던 승마 솜씨, 기사(騎射) 솜씨들을 마음껏 빌휘하며 치열한 추격전을 벌이게 될 것이다.

　망국의 슬픔을 안고 향리로 돌아와 칩거하는 지난 세월 속에서 겪었던 문중 어른들의 비분강개와 망국지통이 길고 깊었던 만큼, 그리고 지고는 못 견디는 자기네의 자존심과 젊은 패기가 충만한 만큼, 이날만은 그들도 망국민의 피해의식을 결연히 떨쳐 버리고 온 산천이 들썩이도록 내지르는 몰이꾼들의 함성과 천둥 같은 각종 풍물 소리가 요란하게 울려 퍼지는 속에서 혼비백산하여 달아나는 산짐승들의 뒤를 쫓아 망망한 은백의 겨울 들판을 마음껏 질주하면서 사냥의 기쁨과 함께 가슴속에 맺혀 있던 망국의 한을 용암처럼 뿜어내며 대한 남아의 호연지기와 기예를 마음껏 발산하게 될 것이다.

　그러나 심상치 않게 돌아가는 시대적 상황도 상황이려니와 실전을 방불케 하는 이러한 무력행사라 그리하였던지, 경술국치 이후 근 십 년 만에 열리게 된 이번 수렵대회를 앞두고 문중 내에서도 걱정하는 사람들이 없지 않았던 것도 사실이었다.

"나라가 패망한 뒤로 십 년 가까이 접어 두었던 행사인데, 갑자기 다시 한다고 나서면 왜놈들이 어떻게 생각할지 모르겠구나!"

중산이 처음 이 행사를 재개하겠다는 계획을 말씀 드렸을 때, 용력이 사내대장부 못지않게 담대한 용화 부인조차도 우려감부터 먼저 표명하였던 것이다. 점필재 선생의 생가 마을에서 수백 년 동안 행해져온 〈감내 게줄 당기기〉 놀이조차 군중집회 금지 조치에 따라 단속하고 있는 마당에 지역사회에서의 영향력이 아직도 만만치 않은 자기네와 같은 명문 호족이 말을 탄 수십 명의 젊은 선비들과, 그보다 몇 갑절이될지도 모를 수많은 민초들이 몰이꾼으로 동참하여 치르는 무예 행사를 개최하겠다고 한다면 일제 당국이 집회 허가를 해 줄 리가 만무했던 것이다.

게다가, 군마로 이용할 가치가 높은 마필들을 대거 동원하여 치르는 행사이기에 문중의 안위를 걱정해야 하는 용화 부인으로서는 자기네의 막강한 존재감을 드러내게 될 행사에 당연히 적잖은 부담감을 가질 수밖에 없었을 것이다.

"각지에서 장꾼들이 모여드는 장날만 되어도 신경을 곤두세운다는 그놈들이라 우리가 갖고자 하는 수렵대회를 곱게 보아 줄 리는 물론 없겠지요! 하지만 우리도 저들의 강압에 못 이겨서 굴욕적인 지주총대(地主總代)까지 맡아서 감내하고 있는 형편임을 감안할 때, 이것은 그 대가로서 당연히 우리가 요구할 수 있는 반대급부일 수도 있지 않겠습니까? 그러니 제 놈들도 입이 열 개라도 별로 할 말이 없을 겁니다!"

"그래도 말이 그렇지, 그게 어디 쉬운 일이겠느냐?"

"생각에 생각을 거듭하던 끝에 내린 용단이오니 할머님께서 허락만 해 주신다면, 저로서는 무슨 수를 쓰든지 집회 허가서를 반드시 받아

내고야 말겠습니다! 그러하오니 저를 한번 믿고 맡겨 주십시오!"

"하기사, 구들기 무서워서 장 못 담글까! 남아의 기백은 임전무퇴에 있느니, 안 될 땐 안 되더라도 사내대장부가 일단 칼을 빼 들었으면 힘차게 한번 휘둘러 보고서나 칼집에 넣어야 되지 않겠느냐? 너의 뜻이 정히 그렇다면 내가 무엇을 더 주저하겠느냐? 마침 연말에 문중 종회도 있을 참이니, 그 때 그 행사도 함께 열 수 있도록 한시 바삐 집회 허가부터 받아내도록 하려무나!"

"예, 할머니! 반드시 그렇게 하도록 노력하겠습니다!"

중산은 무슨 수를 쓰든지 이번 사냥대회를 위한 집회 허가서를 책임지고 받아내겠다고 하던 죽명 숙부의 호언장담을 믿고 큰소리를 치기는 하였으나 이상불 걱정이 되지 않는 바는 아니었다. 그런데 자기에게 채워져 있는 〈수화불통〉의 족쇄에서 풀려날 수 있는 다시없는 좋은 기회라 믿고 와타나베 경찰서장을 어떻게 요리했는지, 어렵지 않게 그것을 발급 받아 손에 쥐어 주는 것이었다.

득의에 찬 모습으로 집회 허가서를 받아 들고 용화당으로 달려가서 그것을 서안 위에 당당하게 펼쳐 놓았을 때, 감개무량한 나머지 눈물까지 글썽이던 용화 할머니의 모습을 중산은 두고두고 잊지 못할 것 같았다.

"너의 용단과 노력으로 남들은 감히 엄두도 못 낼 문중 행사를 다시 치르게 되었으니 이보다 기꺼운 일이 어디에 또 있겠느냐? 이렇게 장한 너의 모습을 보시면 황천에 계시는 네 할아버지께서도 크게 기뻐할 것이니라!"

왕조 복원을 위하여 복벽주의 독립운동에 절치부심하면서도 음울하게 가라앉은 문중의 분위기에 마냥 가슴이 아팠던 용화 부인은 이제 겨우 이립(而立)의 문턱을 바라보는 젊은 종손이 전도 창창한 앞날을 개척해 나가려고 당찬 야심을 품고 팔을 걷어 붙이고 나선 모습에 크게 고무된 나머지, 그의 듬직한 두 손을 마주 잡고서 젊은 그에 대한 무한

한 신뢰감을 이렇게 표명하는 것이었다.

"장하도다 우리 종손! 너의 이런 모습을 보니 내 이제 모든 짐을 내려놓고 뒷방 늙은이로 물러나 앉아도 아무 걱정, 아무 여한이 없겠구나!"

무오년 섣달 스무 이튿날(양력으로 1919년 1월 23일), 드디어 대망의 그날이 밝아 왔다. 동산리 여흥 민씨네 문중의 수렵대회가 팔년 만에 재개된 이날 아침에는 새벽같이 함박눈이 소복소복 내리고 있었다. 목화송이처럼 굵은 눈발이 하늘을 온통 뒤덮으며 이처럼 풍성하게 쏟아지는 모습은 이곳 남쪽 지방에서는 예년에 결코 볼 수 없었던 이례적인 장관이었다. 일제에 의해 나라가 망하면서 맥이 끊겼다가 오랜만에 다시 열리게 된 뜻 깊은 사냥대회 당일날 아침에, 그것도 예년에는 결코 볼 수 없었던 함박눈이 때를 맞춘 듯이 이렇게 아낌없이 펑펑 쏟아지고 있었으니 의미 있는 큰 행사를 앞둔 여흥 민씨네 문중 사람들로서는 이 함박눈이야말로 크나큰 하늘의 축복으로 여기고도 남을 만큼 반가운 서설(瑞雪)이 아닐 수 없었다.

"우리 문중의 큰 행사가 있는 날 아침에 이렇게도 탐스러운 함박눈이 아낌없이 소복소복 쏟아져 내리다니, 이건 아무래도 천지신명께서 우리를 도우심이야!"

뜻 깊은 문중 행사를 앞두고 밤새도록 잠을 이루지 못하다가 까무룩 빠져 들었다가 새벽잠에서 깨어난 용화 부인은 설레는 마음으로 처소 앞의 누마루로 무심코 나섰다가 온 세상이 설국(雪國)으로 변한 그 장엄한 광경을 발견하고서는 가슴 벅찬 감회를 주체치 못한 채, 왕조복원을 위해 절치부심하였던 지난 세월을 돌이켜보며 천지신명께 고축하듯이 그렇게 수없이 되뇌었던 것이다.

예년에 볼 수 없었던 이런 진경(珍景)은 꼭두새벽부터 행사 준비로 분주하게 움직여야 했던 이팔청춘의 하녀들 눈에도 탄성을 자아내기에 아무 부족함이 없는 장관이었다.

"옴마나! 저것 좀 보래! 온 세상이 별천지로 변해 버렸네!"

조반상을 들고 별당 앞을 지나 용화당으로 가던 곱단이가 눈꽃이 만개한 후원의 겨울나무들을 바라보며 감탄을 한다.

"잔칫날 아침에 눈이 내리면 서설이라고 하는데, 이토록 탐스러운 함박눈이 아침부텀 펑펑 쏟아지니 삼월이는 복을 듬뿍 받고 살겠다, 그치?"

일수와 함께 초빙 교사들의 아침 밥상을 마주 들고 영양재로 향하던 도화가 활짝 웃으며 의미를 부여하자 일수는,

"저 많은 눈들을 다 치우지면 세(혀)가 빠지고 온 삭신이 다 녹아내리게 생겼는데, 팔짜 좋은 소리 하고 있네!"

하고 심통을 부렸고, 그 말을 무시한 채 곱단이가 도화에게 묻는다.

"서설이 뭔데?"

"상서로울 '서(瑞)' 자에 눈 '설(雪)' 자라, '상서로운 눈'이라는 뜻이란다!"

박씨 부인한테서 한글과 천자문을 배운 도화의 설명에 시샘 많은 연실이가 어쩐 일인지 덕담을 한다.

"지 눈에 콩깍지가 끼어도 단단히 끼었던지, 엄마 없이 자라는 어린 기이 불쌍타꼬 을순이를 지 자식처럼 보살펴 왔는데, 우찌 복을 안 받겠노!"

도화의 말마따나 지금 내리는 눈은 오늘 혼례식을 올리는 삼월이뿐만 아니라 도구늪들에 밀과 보리를 심어 놓은 소작인들에게도 풍작을 기약하는 서설이 될 게 분명하였다. 지난 가을에 씨앗을 뿌린 도구늪들의 보리들도 이 풍성한 함박눈을 이불 삼아 오늘 사냥대회 때 좌·우군의 엽사들이 사생결단으로 도망치는 사냥감들을 뒤쫓는 추격전을 펼치더라도 무수한 말발굽들을 거든히 견뎌내고 냉해 걱정 없이 포근하게 동면에 들어 아무런 어려움 없이 겨울을 날 수 있을 것이고, 소작료 없이 수확량 모두를 챙길 수 있는 보리농사에 있는 공을 다 들여 온 마을

사람들 역시도 내년 봄에는 틀림없이 보리 풍년이 들 것이라며 부푼 꿈에 젖어들게 되었으니 이 풍성한 함박눈이 어찌 아니 반가우리!

그래서 이날 아침부터 동산리 일대는 지주, 소작인들 할 것 없이 상하 모두가 완전히 잔칫날처럼 들뜬 분위기에 휩싸여 가고 있었다. 그렇지 않아도 일상적으로 묵어가던 유림 식객들을 비롯한 이런 저런 내방객들과 소작인, 마름들로 늘상 붐비던 종갓집은 문중 종회와 수렵대회에 참가하려는 친인척들까지 한꺼번에 몰려들어 그야말로 북새통을 이루고 있었다. 문중 종회나 묘제와 같은 연중행사가 허다하지만 친손·외손을 망라한 집안의 젊은이들까지 이렇게 한꺼번에 많이 모여들기는 종갓집에서도 흔히 있는 일은 아닌 것이다.

아마도 그 동안 오래도록 열리지 못했던 수렵대회라, 그만큼 큰 반향을 불러일으킨 때문일시 분명하였다. 아니, 어쩌면 차세대 당주로서의 역량을 거침없이 발휘하며 문중에 새 바람을 불러일으키고 있는 중산의 역량과 그가 꿈꾸고 있는 미래상을 가늠해 보려고 일부러 찾아온 친인척들이 그만큼 많은 탓인지도 모를 일이었다.

모처럼 재개하는 문중의 큰 행사를 앞두고 천지신명과 여러 조상님들께 고하는 고축 제향 준비 상황을 모두 점검한 중산이 설레는 마음으로 할머니를 모시러 용화당으로 갔을 때, 용화 부인은 전에 없이 정경부인의 공식적인 복색인 남색 치마에 남색 끝동을 단 녹색 저고리 위에다 비단 원삼을 입고 가체와 용잠은 물론 떨잠에다 뒤꽂이까지 한, 문중의 여황다운 위엄 넘치는 모습을 갖추고 있었다. 그 역시 유건과 유복으로 정장을 한 문중 원로인 다섯 명의 시동생 분들과 당주인 영동 어른이 함께 한 자리였다. 그녀가 있는 공을 다 들여서 그런 모습을 갖추고 있는 것도, 아침 일찍부터 당주인 장자와 다섯이나 되는 시동생들을 모두 한 자리에 불러 모아 무언가를 숙의하고 있는 것도 중단된 지 거의 십년 만에 다시 열리는 문중의 큰 행사가 있는 날이라는 사실을 감안하더라도 극히 이례적인 일이었다.

남종 문인화의 대가인 궁중 도화서(圖畵署) 화공이 그렸다는 열두 폭의 금강산 실경산수도 병풍을 배경으로 여황다운 의연한 자세로 접견실 보료에 정좌한 용화 부인은 밖에서 중산이 왔다고 고하는 곱단이의 말을 듣고서는 하던 얘기를 중단한 채 들어오라고 이르고는 조심스럽게 문을 열고 들어서는 중산을 전에 없이 활짝 편 얼굴로 맞이하는 것이었다.

두 손을 모으고 가만히 방으로 들어선 중산은 적잖이 상기된 얼굴로 용화 부인을 비롯한 어르신들께 차례대로 아침 문후를 여쭙고는 무릎을 꿇고 그들 앞에 조용히 앉았다.

"그래, 행사 준비는 잘 되어 가고 있느냐?"

다소 들뜬 목소리로 용화 부인이 묻는다. 그녀의 관심사는 역시 문중 수렵대회에 가 있는 모양이었다.

"예, 할머니! 제 딴에는 열심히 하느라고 노력하였지만, 할머님 보시기에는 어떠하실지 마음이 놓이질 않습니다!"

"네가 그러한 마음가짐으로 성심을 다하였으면 그것으로 되었느니라! 그리고 사당의 고축 제향 준비도 여축없이 되어 가고 있으렸다?"

"예, 할머님! 모든 준비를 마치고 모두들 할머님께서 나오시기를 기다리고 계십니다!"

"그렇다면 우리 모두 서둘러 나가봐야 하겠구나!"

문중의 원로인 생존해 있는 다섯 시동생 분들과 당주인 영동 어른을 상기된 얼굴로 둘러본 용화 부인은,

"노파심에서 하는 말이다만, 시국이 시국이니만큼 왜놈들로부터 오해 받을 일이나 마찰은 가급적 하지 않도록 해야 하느니라."

하고 안 하던 사냥 대회를 재개하는데 대한 부담감에서 거듭 당부를 하는 것이었다.

"예, 할머님, 그대로 명심하여 거행하겠습니다!"

"너는 우리 문중을 지탱해야 하는 대들보이니라! 세인들의 눈에는

너의 언행이 곧 우리 문중 전체의 것으로 비쳐지기 십상일 터이니, 민감하거나 위험이 따르는 일에는 일체 앞으로 나서지 말고 매사에 신중에 신중을 기해야 할 것이야!"

그래도 젊은 아들이 하는 일이라 부담이 되었던지, 영동 어른이 다시 엄중하게 다짐을 하였다.

'무슨 문제를 숙의하고 계셨기에 이러시는 것일까?'

심상치 않은 분위기에 중산은 아무래도 전날 있었던 삼랑진 헌병 파견대 대장이 벌였던 웃지 못 할 한바탕의 소동을 전해 듣고 그러는 게 아닌가 싶었다.

"그건 그렇고, 김 서방과 삼월이의 혼례식은 수렵대회가 끝난 다음에 동네잔치를 하면서 동시에 여는 것이 좋겠다고 하는데, 네 생각은 어떠하냐?"

"그렇잖아도 몰이꾼으로 참여하기로 한 당곡 부락의 농악패들이 봉화대를 만들려고 이미 새벽같이 붕어등으로 올라가 버렸다고 하기에 어찌할까 고민 중이었는데 마침 잘 되었네요! 우리를 위해서 힘든 일을 마다하지 않는 그 사람들의 충심을 배려해서라도 그렇게 해야 하지 않겠습니까?"

"그러면 그렇게 하자꾸나! 사당 제향을 올린 후에 곧장 종마장으로 가서 출정식과 고사를 지내고 나서 사냥대회를 할 동안에 영양재에서 문중 종회를 여는 걸로 하자꾸나. 그런데 행사 순서가 중도에 이렇게 바뀌게 되었으니 진행에 차질이 생기지 않도록 특별히 신경을 써야 할 것이니라."

"예, 할머님! 그렇게 하도록 명심하겠습니다!"

잠시 좌중을 둘러보던 용화 부인이 갑자기 어조를 바꾸어 다시 엄숙하게 말하였다.

"내 미리 말해 두노니, 네 아비는 오늘 종회를 마지막으로 당주의 직함을 네게 넘겨주고 원로의 자리로 물러나기로 하였느니라! 그러니 신년도부터는 네가 명실상부한 새로운 당주로서 무거운 짐을 지고 종회에 임해야 할 것이야. 또한, 네 스스로 발의하여 주관하는 오늘의 수렵대회도 앞으로 당주가 될 너의 역량을 우리 대소가는 물론이요, 아랫것들이며 주민들 모두에게 보여 줄 좋은 기회인 동시에 능력을 인정받는 시금석이 될 수도 있는 만큼, 모든 일이 차질 없이 진행될 수 있도록 일꾼들을 적재적소에 빈틈없이 배치하여 행사를 성공리에 잘 마칠 수 있도록 만전을 기해야 할 것이니라!"

엄숙하고 조금은 가라앉은 듯한 분위기 속에서 용화 부인의 말이 끝나자 무거운 당주의 짐을 벗게 된 영동 어른이 다소 상기된 얼굴로 말하였다.

"사냥대회 말미에 치르게 될 김 서방과 삼월이의 혼례식 준비도 물론 잘 되고 있겠지?"

"예, 아버님. 일꾼들이 이미 행랑 마당에 차일을 쳐 놓았고, 초례청을 차리고 있는 중입니다!"

"눈이 저렇게도 많이 내리고 순서도 바뀌었으니, 그 일은 뒤로 미루고 다른 행사 준비부터 먼저 시키도록 하여라. 김 서방이 삼월이와 혼인을 하게 되면, 용달이하고 옥이네처럼 우리 집에서 계속 일을 하게 되더라도 신혼 살림집을 따로 마련해 주어야 할 것이니, 그 문제에 대해서도 당사자들이 섭섭하게 여기지 않도록 각별히 신경을 써서 이행하도록 해야 할 것이야!"

"예, 아버님! 김 서방의 충심이 남들과 다른지라, 오래 전부터 저 나름대로 그런 생각을 가지고 있었사오니 너무 심려치 마십시오!"

중산이 어른들을 모시고 밖으로 나왔을 때도 눈은 여전히 그치질 않고 있었다. 그들이 일각대문을 거쳐서 눈을 무겁게 이고 있는 후원 죽림 속의 사당으로 들어서자 축대 위에서 서성이고 있던 여러 제관(祭官)들이 저마다 자신이 맡은 역할을 수행하기 위하여 일사분란하게 자리를 잡기 시작하였다. 그리고 사당 앞뜰에 쳐놓은 차일 속에는 들지 못하고 저쪽 처마 아래로 가서 눈을 피하고 있던 촌수가 멀고 항렬이 낮은 일반 참례 객들도 눈이 하얗게 덮인 마당으로 우르르 몰려나와 펑펑 쏟아지는 함박눈을 통째로 맞으며 겹겹이 도열하기에 바빴다.

승당 어른이 순절한 이후부터 사당 제향 때마다 부군을 대신하여 사당 한 옆에 마련된 별도의 자리에서 그 과정을 지켜봐 왔던 용화 부인은 이날도 바깥어른의 형제분들을 위시한 수많은 문중 원로들과 모든 대소가의 남정네들이 운집한 속에서 참으로 오래간만에 갖게 되는 문중 수렵대회를 앞두고 봉행하는 고축 제향 절차 하나하나를 만감이 어리는 눈으로 지켜보고 있었다.

원래부터 사당 제향을 주관하는 집례(執禮)는 문중의 원로 인사들이 협의하여 선정하는 것이 관례였으나 이번 고축 제향에서는 그런 절차 없이 작고한 승당 어른의 여섯형제 중에서 중씨인 운당(雲堂) 어른이 직접 맡아서 하기로 되어 있었다.

제향의 소임을 맡은 제관에는 의식을 집행하는 집례(集禮)와 신위를 모시는 현관(顯官), 신위께 첫 번째 잔을 올리는 초헌관(初獻官), 술잔을 두 번째로 올리는 아헌관(亞獻官)과 세 번의 잔 가운데 마지막 잔을 올리는 종헌관(終獻官)을 비롯하여, 여러 신위 앞에 술을 잔에 부어 놓는 헌관(獻官)에다 축문을 읽는 대축(大祝) 등 많은 사람들이 있었는데, 이들은 하나같이 백색 도포(道袍)에 백색 갓을 쓰고 있었다. 그리고 법식에 따라 상위에 음식을 늘어놓는 역할을 하는 진설(陳設), 신위에게 알현을 청하는 알자(謁者), 손 씻는 세숫대야를 받드는 관세(洗), 헌관이 분향할 때 오른편 옆에서 향합과 향로를 받드는 봉향(奉享)과 봉로(奉爐), 술두루미를 담당하는 사준(司尊), 술을 받드는 봉작(封爵), 술을 부어 전하는 준작(尊爵) 등은 모두 흑색 도포를 입고 머리에는 치포건(緇布巾)을 쓰고 있었다.

고축 제향은 여느 사당 제향 때와 마찬가지로 홀기(笏記)에 따라 일사분란하면서도 엄숙한 분위기 속에서 착착 진행되어 갔다. 분향강신

(焚香降神)에 임하는 모든 제관들이 사당 안으로 들어와 기립한 가운데 집례인 운당 어른이 떨리는 목소리로 경건하게 개제(開祭) 선언을 하였다. 현관(顯官)이 천지신명과 열조들의 신위를 모신 위패함의 문들을 열고 향촉에 불을 붙이고, 술을 조금씩 따라 향을 쏘인 후 모사(茅沙) 그릇에 붓고 나서 방 안의 제관들은 물론 사당 뜰에 쳐놓은 차일 밑에 도열한 수많은 참례자들도 일제히 배례를 한다.

참신(參神)이라고 하는 이 절차는 문자 그대로 조상님께서 참석하셨다는 뜻이고, 배례를 올리는 것은 천지신명께 '조상님들께서도 참석하셨으니 저의 조상님의 제를 올리고자 하오니 굽어 살피소서' 하고 고하는 순서에 해당되는 것이다.

오늘의 수렵대회 행사를 고하고 그 원만한 진행을 축원하는, 절차인 목청 좋은 축관(祝官)의 독축(讀祝)에 이어서 헌관에 의해 술을 받들어 올리는 헌작(獻爵)과 첨작(添酌)의 순서가 차례대로 이어졌다.

눈발은 갈수록 굵어지기만 하는데 사당 앞뜰에 쳐놓은 차일들마다 눈의 무게를 이기지 못하고 축축 처지는 바람에 제향을 받드는 와중에도 곳곳에 바지랑대를 갖다 받치는 웃지 못 할 일들까지 벌어지고 있었다. 하지만 고축 제향이 진행되는 동안에 고색창연한 사당의 엄숙한 분위기는 추호의 흐트러짐도, 기침소리 하나 나는 일도 없이 그대로 유지되고 있었다.

첨작과 밥을 올리는 계반삽시(啓飯揷匙)에 이어 신위가 식사를 하는 동안 문을 닫고 밖에서 기다리는 합문(闔門), 문을 열고 들어가 차를 올리는 계문헌다(啓門獻茶), 접대를 끝내고 신을 배웅해 드리는 사신(辭神), 수저를 거두고 밥뚜껑을 덮는 철시복반(撤匙覆飯) 등, 각 절차에 따라 참례자들의 배례가 차례로 이어진 끝에 운당 어른에 의해 철상음복(撤床飮福)의 폐제(閉祭) 선언이 이루어짐으로써 복잡하고 긴 고축 제향 절차는 모두 끝이 났다.

명절의 차례 때나 역대 조상들을 추모하고 음덕을 기리며 올리는 봉제사였다면 대대로 그들을 받들어 모신 남녀종들에게도 배례를 올리는 절차가 있었을 것이다. 하지만 오늘은 천지신명과 조상들에게 문중의 중요한 행사를 고하는 날이라 그런 절차는 없었다.

"사냥대회가 어제 열렸다면 우리 손으로 때려잡은 멧돼지 괴기를 감생례(監牲禮) 제물로 바칠 수도 있었을 기인데…!"

종가 안팎의 제설 작업을 대충 끝내고 활짝 열어젖힌 사당 문 밖에서 철상 준비를 하며 기다리고 있던 하인들 중의 누군가가 공을 세울 수 있는 좋은 기회를 놓쳐서 아쉽다는 듯이 동료들 속에서 중얼거렸다. 감생례란 사당에서 올리는 제향에 앞서 그 전날 도축(屠畜)으로 희생(犧牲)을 잡는 절차를 말하는데, 희생은 소, 돼지, 양을 잡아 쓰기도 했기 때문에 자기네가 사냥한 멧돼지로 대신할 수도 있었을 것이란 뜻에서 하는 말인 모양이었다.

좀처럼 그치지 않을 것 같던 눈발은 사당의 제향 의식이 끝나고 뒷정리가 거의 마무리 되면서부터 점점 잦아들기 시작하였다. 고축 제향을 마치고 나온 문중 어른들과 제관들은 때 늦은 아침 밥상을 받기 위하여 나중에 문중 종회가 열리게 될 영양재를 향하여 제설 작업이 방금 끝난 비탈길을 따라 항렬 순으로 줄줄이 내려간다. 그들은 오늘 낮에 있을 종회에서 신년도의 각종 행사 일정 등 다방면의 문중 일에 대한 의견들을 나누게 될 것이다.

하지만 명색이 문중 종회라고는 하나, 매번 종회 때마다 한일합방 때 의거 순절한 승당 어른을 대신하여 문중의 태황후나 다름없이 종회를 주관하다시피 하는 용화 부인이 내놓는 안건들이 그대로 통과되는 게 대체적인 관례였다. 하지만 오늘 종회에서는 신년도부터 시행될 문중의 신교육 문제가 용화 할머니의 복안대로 통과될 것이 분명하고, 자신에게 당주의 자리까지 승계될 참이라, 문중의 개화·개방에 있어 중산은 이제 더 이상 거칠 것도, 거리낄 것도 없었다. 다만, 이참에 더 욕심을 부리자면 죽명 숙부에게 천형(天刑)처럼 내려져 있는 난제 중의 난

제인 〈수화불통〉의 조처를 풀어 드리는 일만 남아 있을 뿐인 것이다.

좌군의 수장을 맡게 된 이웃의 초암 아우와 동래에서 올라온 청암, 송암 아우들과 겸상으로 자신의 처소에서 때 늦은 아침 식사를 마친 중산은 곽 서방과 옥이네에게 행랑 마당에서 있을 김 서방과 삼월이의 혼례식 준비에 소홀함이 없도록 특별히 당부를 하고는 모처럼 사 형제가 나란히 말을 타고 마굿들로 향하였다.

"이 보게, 청암! 삼월이의 혼례식을 앞두고 집 근처에 얼씬도 하지 못하게 막아야 할 삼수 녀석을 왜 데리고 왔는가?"

가뜩이나 신경이 쓰이던 삼수의 출현이 아무래도 마음에 걸렸던지 중산이 나무라듯 물었다. 서반아 괴질이 요원의 불길처럼 번지고 있을 때, 마산리교회의 출입으로 감염원이 될 것임을 우려한 중산에 의해 전격적으로 초량 미곡창으로 격리 조처를 당했던 삼수가 동래 객관에 쭉 머물러 있던 청암과 함께 의기 양양하게 집에 나타난 것은 바로 어제 저녁 때의 일이었다.

"걔가 생각보다는 머리가 잘 돌아가고 심부름도 딱 부러지게 잘 해주는 녀석이라, 행사에 도움이 될까 하여 제가 일부러 데리고 왔습니다."

청암의 목소리는 전쟁터에 나가는 중군 수장처럼 당당하였다.

"그 녀석이 삼월이한테 연심을 품고 있다고 한 내 얘기를 잊었던 건 물론 아니겠지?"

간밤에 삼수와 풍수가 마산리 주막까지 나가 술에 만취하여 당곡 부락 일대를 휘젓고 다니다가 마굿들 종마장 앞에서 거지 떼들고 패싸움까지 벌였다는 얘기를 전해 들은 중산이었다. 그런데 김 서방과 삼월이의 혼례식을 앞두고 삼수가 집에 와 있는 것도 그렇고, 동래와 구포에서 자주 어울린다는 그들 두 단짝 친구들끼리 그렇게 술광증을 부리고 다니면서 패싸움까지 벌이는 것이 못내 마음에 걸리는 모양이었다.

"그야 물론이지요, 형님! 하지만 머리가 굵어진 사내대장부가 꽃다운 이성한테 한번쯤 관심을 가지는 것은 극히 정상적인 이치이고 당연한 일이 아니겠습니까? 저도 뒤늦게 알았지만, 그 녀석은 천출치고는 뜻이 의외로 크고 의리도 강한 놈이었습니다! 단군교를 믿으면서 나라 걱정까지 하고 다니는 녀석인데, 설마하니 개망나니 같은 허튼 짓이야 할 리가 있겠습니까?"

"글쎄, 그렇기는 하다만…. 그래도 사람의 속은 모르는 일이니 그 녀석이 집에 와 있는 동안에 허튼 생각을 하지 못하도록 자네가 눈여겨 지켜보도록 하게!"

"예, 알겠습니다, 형님!"

대답을 시원하게 하기는 하였지만, 아무래도 청암은 자신의 수족처럼 움직여 주는 삼수를 두고 미심쩍은 나머지 그런 부탁까지 특별히 하는 중산의 처사가 못마땅한 듯, 얼굴 표정이 그리 밝지는 않았다.

눈앞이 안 보일 정도로 펑펑 쏟아지던 눈발이 점점 잦아들면서 햇살이 비치기 시작하였다. 발목까지 차오른 적설로 눈부신 은백의 설원으로 변한 마굿들에는 벌써부터 많은 구경꾼들이 모여들고 있었으며, 사대에서는 수렵대회에 출전하게 될 양쪽 진영의 엽사들의 활쏘기 연습이 한창이었다.

사냥대회에 참가하는 엽사들의 면면이를 보면, 아직도 옛날 그대로의 전통적인 조선옷 복색을 하고 있는 축이 대종을 이루고 있었지만, 개중에는 수구 보수적인 자기네의 가풍과는 달리 예상 밖의 개화된 모습으로 나타난 이들도 적지 않았다. 물론, 그들은 민씨네 문중에서 출가한 여식들의 자손일시 분명하였지만, 친가 쪽에서도 사냥에 편리한 승마복이나 수렵복 차림으로 나온 인물들이 전혀 없는 것도 아니었다. 어떻게 구했는지 알 길은 없으나 그런 차림새만 보아도 개화에 목마른 젊은이들의 분위기를 읽을 수 있었기에 문중 개화·개방에 매달려 있는 중산에게는 여간 반가운 일이 아니었다.

마굿들은 예전에 백족역(白足驛)의 역마를 방목하던 지역이라 그 영역이 넓은데다 승마연습을 할 수 있는 구릉 지대까지 끼고 있어서 종마장과 승마장으로서는 더없이 좋은 입지 조건을 갖추고 있었다. 또한 사대(射臺)가 있는 벽사정(碧射亭) 주변의 은행나무 몇 그루를 제외하면 전방에 시야를 가리는 장애물 하나 없이 탁 트인 곳이라, 사냥감들을 몰아가며 추격전을 펼치기에도 그저그만이었다. 그런데 마을의 소작농들이 풍년 농사를 꿈꾸며 밀과 보리를 심어놓은 도구늪들 일대가 온통 두꺼운 눈으로 뒤덮인 일망무제의 설원으로 변하는 바람에 농작물 피해를 우려한 그들의 시름까지 덜게 된 것도 지역 민심을 보살펴야 하는 중산의 처지로서는 여간 다행스러운 일이 아니었다.

명색이 승자와 패자를 가리는 사냥대회였기에 좌군·우군의 각 진영을 진두지휘할 수장이 없을 리 없었다. 예전에는 친손들만 참가한 가운데 제비뽑기를 하여 각각 좌군과 우군 진영으로 조를 짜는 게 관례였지만, 이번 사냥 대회에서는 아예 친손은 좌군, 외손은 우군으로 미리 조 편성을 해놓은 상태였다. 이것 역시 개화가 많이 이루어진 외손들을 끌어들여 보수 일색인 친손들과의 차이점을 극명하게 부각시킴으로써 문중 어른들에게 문중 개화의 자극제로 삼으려는 중산의 치밀한 계획 하에 이루어진 일이었다.

행사를 주관하는 중산 자신은 물론 행사 진행을 맡은 그의 형제들도 일꾼들과 함께 모두 본부 요원으로 남아 있게 되었으나, 남산골샌님같이 학문에만 열중하여 무예에는 아예 솜방인 초암에게 중산이 좌군의 수장을 억지로 맡긴 것도 그런 의도와 무관하지 않았다. 아마도 친손의 좌군 진영이 승리하기를 바랐거나 행사를 관장하는 주무자로서 적어도 중립을 지키려고 했다면 내성적이고 대쪽같이 꼬장꼬장한 성격인 초암보다는 외향적인 성격에다 무예에 능하고 기상이 펄펄 살아 넘치는 셋째인 청암에게 좌군 수장을 맡기는 것이 제격이요, 당연한 조처였을 것이다.

하지만 이번 행사가 특별한 의의를 가지고 있는 만큼, 중산으로서는 언제나 몸이 근질근질하여 못 견디는 활달한 성격의 청암을 적임자로 천거하며 한사코 뒤로 빠지려는 초암을 끝까지 설득하여 좌군의 수장으로 사냥대회에 출전케 할 수밖에 없었던 것이다. 물론, 이것 역시도 친손 진영의 참패를 이끌어내고자 하는 중산의 치밀한 계획에서 나온 고육지책이었지만, 그 결과가 어떻게 나올지는 그 자신도 알 수 없는 일이었다.

중산은 그렇게 자기의 계획대로 일을 추진하고 있으면서도 그런 의도를 감추기 위하여 세 아우들과 함께 출전 준비에 여념이 없는 벽사정사대 앞의 우군 진영 쪽을 바라보며 연막전술을 펼치는 것도 잊지 않았다.

"이보게 초암! 정신을 바짝 차려야 할 걸세! 저기 저 우군 진영 쪽에는 일본에서 들여 온 각종 신식 장비에다 수렵에 능한 인재들이 수두룩하다고 들었네!"

그러나 중산의 그런 속셈을 알 리 없는 초암은 사뭇 긴장되는 얼굴로 자기의 눈으로 보기에도 그런 점이 두드러지는 우군 진영 쪽을 유심히 살펴보면서 불안스레 묻는 것이었다.

"형님, 초동면의 초계(草溪) 형님 삼형제 분들을 두고 하시는 말씀입니까?"

조상 대대로 이어 온 유풍(儒風)에 따라 한학에만 집착하며 고지식하다 싶을 정도로 꼬장꼬장한 학구파인 초암도 울며 겨자 먹기 식으로 명색이 친손을 대표하는 좌군의 수장이 되다 보니 이날만은 전쟁터에 나가는 출정 장수와 같은 제법 그럴싸한 위용을 갖추고 있었다. 머리에는 잔머리가 흘러내리지 않도록 망건 위에 좌군 표식인 청색의 비단 머리띠를 질끈 동여매고 윗대 조상들이 쓰던 족제비 털모자를 쓰고 있었으며, 옷차림새도 소매통이 좁은 솜저고리 위에 오소리 모피로 만든 배자를 덧껴입은 모습이었다. 그리고 아랫도리도 핫바지를 입은 위에 무릎까지 오는 긴 가죽 행전을 두르고 있었으며, 눈길에 미끄러지지 않도록 평소에는 잘 신지도 않던 삼줄 미투리에다 새끼줄 감발까지 단단히 치고 있었다.

그러나 그러함에도 불구하고 그 간편함과 기동성으로 따진다면 외손들 중에서 많이들 입고 온 서양식 수렵복으로 무장한 것과는 비견할 바가 되지 못하였다.

"그렇기도 하지만…. 어디 초계 아우들뿐이겠는가? 진주 고모님 댁과 한실 당고모님 쪽 형제들도 만만치는 않을 걸세!"

중산은 말끝을 흐리면서 일부러 길게 한숨을 내쉬기까지 하였다. 초암이 일컫는 초계 형님 삼형제들이란 초동면 신호리에서 온 일본 유학파들로서 운사처럼 양의학을 전공하고 있는 종고모님 댁의 첫째를 비롯한 그 아래의 두 형제들을 두고 일컫는 말이었다.

좀 더 자세하게 말하자면, 돌아가신 승당 할아버지의 바로 손아래 계씨(季氏)인 운당 종조부의 외손들이었다. 그들은 고려·조선 양대 왕조에 걸쳐서 걸출한 인재들을 무수히 배출시켜 양반 충절의 고장인 밀양 부중에서도 유서 깊은 명문 호족으로 둘째가라면 서러운 새터 밀양 박씨 쪽의 피붙이들로서 중산의 처가와도 그리 멀지 않은 친척 관계에 있는 사람들이었다. 그들은 사돈지간인 여흥 민씨들과는 달리 일찍이 개화에 눈을 뜬 뒤, 신학문에 입문하여 오늘 행사에 참가한 삼형제 모두가 일본 유학을 다녀오거나 다니고 있는 인재들이었다.

"그 뿐만도 아닐세! 일본 유학 중인 무안면 내진 종고모님 댁의 형제분들도 하나같이 무예에 일가견을 가지고 있다고 들었네! 검도에 유도에다 가라데까지 익혔다나 어쨌다나!"

"검도는 몰라도 가라데 하고 유도라면…. 형님! 그것은 사냥과는 아무 상관이 없는 왜놈들의 호신술이라는 무예가 아닙니까?"

"물론일세! 그런데 석궁과 엽총이며 쌍안경 같은 최신식 독일제 장비에다 왜놈들의 무예까지 익혔다고 하니까 우리하고는 아예 상대가 안 될 거라는 얘길세!"

물론, 이번 사냥대회에서는 엽사들은 활을, 몰이꾼들은 죽창과 몽둥이 같은 재래식 사냥 도구만 사용하도록 규정해 놓고 있었기 때문에 저쪽에서 석궁과 엽총까지 기지고 왔다고 해서 초암이 지레 주눅들 일은 아니었다.

"형님께서 지금 무슨 생각으로 그런 말씀을 하시는지 잘 알겠습니다. 하지만 초계 형님 형제분들이 갖고 온 석궁과 사냥총은 몰라도, 검도하고 유도야 사람 상대의 호신용 무예라고 하니까 오늘 수렵대회에서야 어디 소용이 있기나 하겠습니까?"

"허허! 아닐세, 이 사람아! 자네는 아직 아무것도 모르는 모양인데, 이것 한번 보게나!"

중산은 신호리의 종고종(從姑從) 아우한테서 행사 축하 선물로 받아 들고 있던 쌍안경을 초암에게 내밀었다.

"형님, 이기이 뭡니까?"

"생긴 모양 그대로 쌍안경이라고 하는 신식 물건일세! 그걸 두 눈에 갖다 대고 보면 십 리 밖의 풍경도 바로 지척에 있는 눈앞의 물상처럼 가까이 보인다네!"

"이기이 그렇게도 요상스런 물건이라는 말씀입니까?"

쌍안경을 받아 든 초암은 그걸 조심스럽게 눈에 갖다 대고 이리저리 먼 산들을 둘러본다. 아닌 게 아니라, 장엄하리만큼 고요한 순백의 설경 속에서 꿈결처럼 아른거리며 다가오는 먼 덕대산(德大山)의 영봉이며, 그 아래로 조선 여인네의 긴 치맛자락처럼 여러 갈래로 치렁치렁 이쪽으로 뻗어 흘러내려 온 눈 덮인 능선들이 바로 코앞으로 바싹 다가와서 손에 잡힐 듯이 아른거리는 것이다.

"햐, 이거 정말로 대단한 물건이로군요, 형님! 이것만 있으면 여기서도 동산의 사냥감들을 손바닥 들여다보듯이 죄다 찾아내겠는데요?"

"그러니까 정신 바짝 차리라고 당부하는 게 아닌가, 이 사람아! 어디 이것뿐이겠는가? 나중에 두고 보게나!"

상대방의 강점을 알고 있다면 그 대비책도 일러 줄 법도 하련만, 그러나 중산은 보다 구체적인 얘기는 더 이상 하지 않는다. 아마도 개화의 위력을 직접 당해 봐야 개화된 신식 장비에 대한 인식이 달라지리란 생각 때문이리라.

이들이 이러한 얘기를 주고받는 사이에도 친·외손 엽사들이 장터처럼 붐비는 구경꾼들 사이를 비집고 벽사정 주변으로 끊임없이 모여들고 있었다. 멀리서 온 외손 엽사들은 동산이 집성촌에 있는 외가에서 숙식을 하고서 그곳 친척들과 함께 말을 타고 속속 당도하고 있는 것이다.

사냥터는 마을 뒷산인 동산의 최고봉인 붕어등을 기점으로 하여 그 아래쪽의 대곡 골짜기를 양쪽으로 끼고 뻗어 내린 서남방의 능선 전체와, 붕어등 북쪽의 심산등에서 인산못 골짜기를 양쪽으로 끼고 뻗어 내린 서북 방향의 산자락 전체를 포함하여 그 가운데로 뻗어 내린 중앙 능선을 양쪽 진영의 경계선으로 삼는 것으로 정해져 있었다.

예전에는 이런 가까운 사냥터를 두고도 문중 젊은이들에게 보다 장쾌한 호연지기를 길러 주기 위하여 일부러 멀리 선영이 있는 삼랑진면 안태리의 천태산(天台山)이나 구천산(九川山), 금오산(金烏山) 쪽으로 배를 타고 원정들을 더러 가곤 했었다. 하지만, 이번에는 벼 절도 사건을 조사한답시고 자기네 집에 들이닥쳐서 한바탕 소란을 피우고 간 삼랑진 헌병 파견대 대장을 의식하지 않을 수 없었고, 대회를 여는 목적 또한 딴 데에 있는 만큼 중산 자신의 뜻대로 자기네 집성촌의 배산이자 문중 종산인 가까운 동산 일대를 사냥터로 정해 버린 것이었다.

그리고 심산등에서 인산 못 골짜기를 낀 동산 서북 능선의 산자락 일원과 붕어등에서 대곡 골짜기를 끼고 흘러내린 동산의 서남방 산자락 일대에 이르는 두 사냥 지역을 놓고 공정하게 좌·우군 대장끼리 제비뽑기로 결정해야 할 것을, 이것 역시 중산 자신의 독단으로 결정하고 말았다. 어차피 사냥대회를 열게 된 목적 중의 하나가 문중 개화 개방의 여론 조성에 있었던 만큼 기왕이면 지형적으로 사냥감들이 많이 서식하고 사냥하기에도 유리한 대곡 골짜기 쪽을 외손의 우군 진영 사냥터로 배정해 버린 것이었다. 그런 불공평한 처사를 모를 리 없는 좌군 진영 쪽에서 불공평한 처사라며 제비뽑기를 다시 하자고 주장하였으나 중산은 끝내 자신의 소신을 굽히지 않았다. 대곡 골짜기 쪽이 사냥하기에 유리한 점이 있는 것은 사실이나, 외손들이 이곳의 지형을 상대적으로 잘 모르는 점을 감안하면 결코 불공평한 처사가 아니라는 것이 그가 내세운 이유였다.

그러나 가까이 있는 문중 종산인 동산의 일정 지역을 사냥터로 정해 놓은 만큼 좌군의 친손 쪽은 그곳의 지형지물에 어느 정도 익숙해져 있었으므로 아무래도 외손들 쪽보다는 다소 유리한 점도 없지는 않았다.

하지만 중산은 사냥대회의 결과는 활동하기에 편리한 서양식 수렵복을 착용한 이가 많고, 골짜기가 깊어서 사냥하기에 유리한 대곡 골짜기를 사냥터로 차지한 외손 쪽이 승리할 게 뻔하다고 믿고 있었다. 그리고 그 뻔한 사냥의 결과가 이번 행사 개최의 취지를 살려 주어서 예상 외로 좋은 수확을 가져다 주지 않겠느냐는 기대감도 함께 가지고 있었다.

개막식 준비가 진행되는 동안에 드디어 용화 부인의 가마가 당도하였다. 활활 타오르는 모닥불 가의 본부석에서 문중의 여러 원로급 인사들과 담소를 나누고 있던 하남면 파서리 쪽의 원손가와 상동면 매화리에서 눈길을 헤치고 온 일가친척들이 그녀와 축하 인사를 나누느라고 본부석 일대가 술렁거리기 시작하였다.

저쪽 한 옆에서는 양반촌의 젊은 하인 머슴들과 몰이꾼으로 지원 나온 마을 사람들이 운집한 가운데 좌군과 우군의 조 편성을 위한 제비뽑기를 하느라고 부산하게 움직이고 있었다.

'기왕이면 다홍치마라꼬, 제발 친손들하고 짝이 되어야 할 기인데….'

몰이꾼으로 지원한 사람들은 한결같이 그런 생각들이 간절하였던 모양이다.

그런데 제비뽑기를 하고 나서 희희낙락하는 얼굴로 어깨동무를 하고 환호성을 올리면서 기세를 올리는 패거리들이 있는가 하면, 다른 한쪽에서는 저마다 하늘을 쳐다보며 씁쓸한 얼굴로 입맛을 쩝쩝 다시면서 낙담하는 기색을 숨기지 못하는 축이 생겨나고 있는 것이다. 아마도 소작인이 대부분인 그들로서는 어느 모로 보나 지주권을 가지고 있는 친손쪽 엽사들과 호흡을 맞추고 사냥대회에 임하다 보면 무언가 돌아올 혜택이 있지 않겠느냐는 간절한 소망들을 가지고 있었던 모양이었다.

"큰형님, 저기 본부석에 왜놈 순사들이 왔는데요?"

산신제 제사상 차리는 일을 지켜보고 있던 청암이 적잖이 놀라는 얼굴로 중산에게 속삭인다. 중산이 그쪽을 바라보니 기산리 주재소의 소장으로 보이는 자가 총을 둘러멘 부하 둘을 거느리고 본부석으로 들어서고 있었다. 그 바람에 그들의 출현 사실을 알게 된 사람들 사이에서는 곳곳에서 작은 술렁거림이 일어난다.

"그렇잖아도 기다리고 있었으니까 놀랄 것 없네! 죽명 숙부님께서 집회신고를 하셨으니까 현장 확인차 나온 것이 아니겠나?"

청암을 안심시킨 중산은 일본어에 능통한 동경 유학생 출신인 초동면 신호리의 종고종 아우를 불러서 본부석으로 찾아가 자신이 본 대회의 주관자라며 인사를 한 뒤에 그들을 용화 부인을 비롯한 문중 어르신들께도 소개해 드렸다. 그들은 읍내 경찰서로부터 일체의 민원이 발생하지 않도록 별도의 지시를 받은 듯, 현장 검열차 나온 왜놈들 치고는 정중하게 행동하였으며, 오히려 이쪽에서 이상하게 여겨질 정도로 싹싹하기 짝이 없었다. 하지만 인사를 주고받는 중에도 자기네들을 경원하는 이쪽 사람들의 마음을 읽었는지, 다과상을 받고 저들끼리 무언가 얘기를 주고받다가 이내 자리에서 일어났다. 아마도 수많은 조선인들이 모여 있는 행사장에 그들 자신도 오래도록 머물러 있기가 내심 부담스러웠던 것이리라.

사냥 대회에 출전할 친손·외손 진영의 엽사들과 자기네 편에 배속된 몰이꾼들과의 작전 계획이 수립되자 양쪽 진영의 몰이꾼들은 임시 과방(果房) 옆의 국솥에서 펄펄 끓고 있는 가마솥의 돼지고기 국에 밥들을 양껏 말아 먹은데 이어 따끈하게 데운 농주로 온 몸을 후끈하게 데우고 나서 엽사들이 당도하기 전에 미리 포위망을 구축하기 위하여 그들보다 한 발짝 먼저 사냥터를 향해 서둘러 길을 떠났다.

참으로 오래간만에 열리게 된 사냥대회라 거의 일백 명에 가까운 엽사들에다 수많은 일꾼들과 일손을 돕는 마을의 드난꾼들이며, 앞 다투어 몰려 온 구경꾼들로 인하여 벽사장 주변은 그야말로 북새통을 이루고 있었다.

십년 가까이 중단되었다가 재개되는 중요한 문중 행사인 만큼, 여흥 민씨네 문중 어른들의 관심도 지대하여서 저마다 발 벗고 나서 가지고 긴 도포 자락에 허연 수염발을 휘날리면서 이 행사가 생소할 수밖에 없는 후손들에게 산신제 제수 음식의 진설 방법을 설명하며 시범을 보이기도 하고, 의식 절차와 그 의미를 자세하게 가르쳐 주기도 하면서 출정 의식 준비에 저마다 노고를 아끼지 않는 열의를 보여 주고 있었다.

그리고 오래지 않아 뒤에 남은 좌·우군의 엽사들이 양쪽으로 도열한 가운데 개회식을 겸하여 간단한 출정 의식이 치러졌다. 출정식과 산신제(山神祭)는 사당에서 고축 제향의 집례를 맡았던 운당 어른의 주관 하에 진행되었다. 먼저 벽사정 난간에 오른 운당 어른에 의해 조선 효종 임금 때부터 시작하여 오백 년 사직이 무너질 때까지 이백오십 여 년 동안 연례행사로 이어져 오던 수렵대회가 한일합방 후에 중단되기까지의 전 과정의 내력에 대한 자세한 설명이 이어졌다. 그리고 사냥대회의 진행 방법과 사냥 구역이며 제반 규정에 대한 설명은 행사를 기획하고 주관하는 중산이 직접 맡아서 진행하였다.

이어서 진행된 산신제는 벽사정 축대 아래에 별도로 쳐놓은 차일 밑에서 이루어졌다. 헌관을 비롯한 각 제관들은 사당 고축 제향 때의 사람들이 그대로 다시 맡은 가운데 진행되었다. 사냥터인 동산의 산신과 도구늪들의 지신께 올리는 고사상(告祀床)에는 집에서 실어 온 온갖 제수 음식들이 차례로 진설되었는데, 그 중에서도 가장 눈에 띄는 것은 역시 사당 제향 때는 결코 볼 수 없었던, 제상 한복판에 올려놓은 커다란 돼지 머리였다.

크게 벌린 돼지의 입과 코에는 사냥대회에 임하는 젊은 엽사들이 봉헌한 수많은 지전들이 가득 꽂혀 있었다.

동산리 민씨 집성촌의 배산 격인 동산의 서북쪽 능선 끝자락에서 그리 멀지 않은 이곳 마굿들 종마장의 벽사정 사대 아래에 이렇게 차일을 치고 삶은 돼지 머리를 통째로 제물로 올린 제단 앞에서, 참으로 오래간만에 문중 수렵대회를 위한 고사를 지내게 되었으니 그들의 감개무량한 심회가 어느 정도일지는 가히 짐작하고도 남을 일이었다.

발목까지 푹푹 빠지는 눈길에도 불구하고 문중의 남녀노소 권속들은 물론 마을의 구경꾼들까지 적잖이 쏟아져 나와 지켜보는 속에서 봉행된 산신제 의식은 예전에 늘 해 왔던 관례대로, 그러나 적잖이 들뜬 분위기 속에서 착착 진행되어 가고 있었다. 성공적인 문중 행사가 이루어질 수 있도록 기원하는 마음으로 천신에 대한 참신(參神)의 예로서 모사(茅沙) 그릇에 술을 나누어 붓고 제관과 모든 엽사들이 일제히 배례를 올리고 나서, 오늘 치르는 사냥대회의 의의를 하늘에 고하고 무사한 진행을 비는 축문을 읽은 다음에, 동산의 산신과 도구늪들의 지신께 올리는 헌작과 배례며 첨작을 올리는 순서들이 차례로 이어졌다.

그리고 모든 절차가 끝나자 모두들 음복을 하고, 문중의 일꾼들이며 심지어 구경나온 마을 사람들과 조무래기 아이들에게도 떡과 전, 강정이며 온갖 맛좋은 음식물들이 돌아가며 나누어졌다. 그 바람에 기름진 고사 음식으로 모처럼 배를 채운 마을 어른들은 오늘이 자기네의 잔칫날이라도 되는 것처럼 감지덕지하는 모습들이었고, 아이들은 또 아이들대로 설, 추석 명절 때처럼 저마다 떡이며 전 붙이들을 입에 잔뜩 물고서 연을 날리거나 눈사람을 만들기도 하고, 편을 갈라 눈싸움을 벌이는 등, 망망한 설원을 마음껏 뛰어 다니면서 명절날과 다름없는 기쁨을 누리고 있었다.

출정식에 이어 고사까지 지내고 나자 말구종으로 따라 온 하인들은 상전들의 말안장이며 말의 발굽을 살펴보기에 여념이 없었다. 그러는 한 옆에서는 좌군과 우군 엽사들이 따로 모여 아까 몰이꾼들과 함께 짜 놓았던 작전 계획들을 다시 점검하면서 저마다 눈길에 미끄러지지 않도록 단단히 친 감발을 다시 손보느라 부산하였다.

한편, 본부석의 모닥불 앞에 용화 부인과 나란히 앉아 있던 영동 어른은 출정 준비에 여념이 없는 친손 쪽의 좌군 진영을 둘러보면서 오늘 행사의 의의에 대하여 추가적으로 설명하면서 안전사고에 대한 주의를 환기시켜 주는 것도 잊지 않았다.

"이보게들, 내 말을 잘 들어 보게! 예로부터 우리 조상님들께서 이 수렵대회를 개최하게 된 것은 문(文)만 숭상하고 무(武)를 도외시하니 심신이 허약해지는 결과를 가져 와서 결국은 우리가 숭상하던 학문을 닦는 데에도 해가 됨을 알고 그 대응책으로 갖게 된 심신수련 행사임을 잠시도 잊어서는 아니 될 것이네! 그러하니 오늘 수렵대회에 임하는 각자는 친손과 외손을 불문하고 이러한 조상님들의 뜻에 따라 심신을 단련한다는 마음으로 아무 불상사가 없도록 조심에 또 조심을 하면서 성심을 다하여 임해 주시기 바라는 바일세!"

그 모양을 본 중산은 아무래도 안심이 되지 않았던지 사뭇 긴장한 모습으로 자기 휘하의 좌군 진영 엽사들과 얘기를 나누고 서 있는 초암 아우한테로 슬며시 다가가서 아예 속내를 드러내며 이렇게 당부를 한다.

"이보게 초암! 오늘, 우리의 목표는 사실 승리가 아닐세! 무슨 말인지 내 말뜻을 알겠는가?"

"제가 형님 눈에는 꽁생원으로 보일지는 몰라도 어찌 그걸 모를 리가 있겠습니까? 우리 친손 쪽의 좌군 수장으로는 활쏘기에 능하여 보사(步射)이건 기사(騎射)이건 백발백중하는 청암 아우가 적격이 아니겠습니까? 그럼에도 불구하고 한사코 마다하는 저를 기어이 좌군 수장으로 만들어 출전시킬 때는 다 그만한 까닭이 있었을 것이 아닙니까? 아니 그렇습니까?"

"이 사람, 그러고 보니 속에 능구렁이가 숨어 있었군 그래! 하여간, 내 의도를 알았다면 되었네! 자네는 이제 먹물만 먹고 사는 꽁생원이 아니라, 우리 가문의 개회된 미래를 열어 가는 분명한 일등공신이 될 걸세!"

한편, 우군 진영의 엽사들도 자기네들끼리 원을 그리고 둘러서서 작전계획과 개인별 역할 분담을 확인하고, 소리 높여 구호를 외치면서 전열을 가다듬고 있었다. 양쪽 진영의 엽사들이 자기네의 사냥터를 바라보면서 다시는 돌아오지 못할 전쟁터에라도 나가는 듯이 저마다 비장한 얼굴들을 하고 전의를 다지고 있는 사이에, 그들이 타고 갈 말들의 몸 상태를 점검하고 있던 말구종들은 본부 요원으로 동분서주하던 청암의 지시에 따라 제각기 말고삐를 잡고 산신제 제단 앞의 출발선으로 이동하여 일렬횡대로 늘어서기 시작하였다.

사냥 대회는 잠시 후 오전 열시 정각에 시작하여 세 시간 동안 진행한 후, 오후 한 시 정각에 끝나는 것으로 정해져 있었다.

그러나 거기에는 벽사정 앞의 출발선을 떠난 엽사들이 사냥 현장까지 가는 시간이 포함 되어 있었고, 그들이 산골짜기의 각 길목마다 진지를 구축하고 몇 단계의 포획전을 벌이다가 저지선을 뚫고 도망치는 사냥감들을 도구늪들 끝까지 뒤쫓으며 추격전을 벌인 후에, 뒤쫓아 간 몰이꾼들이 벌판 곳곳에 피를 흘리며 널브러져 있는 사냥감들을 장대에 매달아 둘러메고 기진맥진한 엽사들과 함께 대회 본부로 귀환하는 시간까지 모두 포함된 점을 감안하면 실제의 사냥 시간은 그리 긴 편이 아니었다.

중산이 사냥할 시간을 그렇게 잡은 것은 겨울해가 짧은 탓도 있었지만, 수렵대회 후에 있을 김 서방과 삼월이의 혼례식에다 마을 사람들과 함께 펼치게 될 대동축제나 다름없는 혼인 축하 잔치 시간을 보다 넉넉하게 확보하기 위한 조처임은 두말할 나위가 없었다.

출정식 준비 상황을 점검하고 다니던 중산이 본부석 앞을 지나갈 때, 하남면 파서막에서 온 원손 종가의 익재(翊齋) 아제가 출발선으로 몰려가고 있는 외손 쪽 엽사들을 바라보다 말고 나무라는 듯한 어조로 중산에게 물었다.

"이보시게, 중산 조카! 친손·외손을 두루 섞어 서로 화합하도록 하지 않고 왜 조 편성을 저렇게 하여 서로 우열을 다투며 골육상쟁을 하게 만들어 놓았는가?"

그는 오우 선생 중의 첫째인 욱재(勖齋) 민구령(閔九齡) 선생의 직계 후손으로 기골이 장대하고 한학에도 조예가 깊은 사십대 중반의 선비로서 중산에게는 촌수가 먼 아저씨뻘 되는 사람이었다.

"아제. 그래도 경쟁 심리를 자극하는 데는 그 방법이 그저 그만이 아니겠습니까? 두고 보십시오! 우리 문중 사람들의 낙후된 시대 의식과 허약한 심신을 단련하는 데는 그게 더 효과적일 테니까요!"

통나무를 잘라서 만든 나무 의자에 걸터앉으면서 익재 아제를 바라보는 중산은 오히려 느긋한 표정이다.

"이 사람아. 아무리 그래도 그렇지! 나뭇가지에 걸기적거리는 핫바지 저고리 차림의 우리 민가들 엽사들이 신식 수렵복과 석궁에다 쌍안경으로 무장한 이들이 많은 외손들을 당해낼 재간이 없을 터인데, 우리 친족들에게 기죽일 일이라도 있다는 겐가?"

"그런 게 아니라…. 하늘을 보아야 별을 딸 수 있지 않겠습니까?"

그러면서 중산은 들고 있던 독일제 쌍안경을 이리저리 살펴보다가 도포 소매 속에서 명주 손수건을 꺼내어 입김을 후후 불어가며 렌즈를

닦는다. 그의 말을 되짚어 보면 선진 문물의 위력을 알아야 개화의 절심함을 깨닫게 될 거라는 의미였다.

"하늘을 보아야 별을 딸 수 있다니, 자네 그게 무슨 소린가?"

"저쪽은 기라성 같은 개화된 신진 인재들을 자유롭게 길러 내면서 저만큼 앞서 가고 있는데, 우리만 뒷북을 치고 있으니 참으로 답답한 노릇이 아닙니까?"

"그래서 일부러 친손·외손끼리 좌충우돌하는 골육상쟁으로 사냥 실력을 겨루도록 대진을 짰다는 말인가?"

"아제. 이건 친손·외손끼리의 시합이 아니라 신식·구식의 대결이 될 것입니다! 한번 두고 보십시오!"

"동래 향교에 다니던 두 아우들을 동래고보에 편입학을 시켰다는 소문이 들리더니만, 그리고 보니 자네가 이렇게 하는 데에도 역시 그런 깊은 뜻이 숨어 있었군 그래?"

뒤미처 가슴에 와 닿는 게 있었던지, 익재 아제는 적이 놀란 얼굴로 중산을 이윽히 바라보다가 잠자코 고개를 끄떡인다.

"아제도 그렇게 생각하십니까?"

중산의 눈이 갑자기 둥그레지며 황황히 빛난다.

"그렇다마다! …자네의 뜻이 그렇다면 친손·외손끼리 경쟁을 붙이는 것도 무망한 일은 아니라는 것이지. 그게 선의의 경쟁이 된다면 말일세!"

"고맙습니다, 아제!"

중산이 감격하여 불을 쬐고 있는 그의 두 손을 덥석 잡았으나 익재 아제는 의외로 담담하다.

"자네가 적수공권으로 혼자서 몸부림치는 줄도 모르고 나는 아무 도움을 주지도 못했는데 고마워할 게 무에 있겠나? 오랫동안 중단되었던 사냥대회를 재개한 것도 그렇고, 친손 외손들 끼리 경쟁을 하도록 대진표를 짠 것도 그렇고, 이제 알고 보니 문중의 개화 개방을 위한 자네의 노력이 어느 정도인지를 가히 짐작하고도 남을 일이 아닌가? 아무려면 지혜로운 우리 동산이 지손가의 종손께서 그런 심대한 복안을 가지고 있지 않고서야 이토록 무모하게 대진을 짰을 리가 없지. 그런데 나는 그런 줄도 모르고 괜한 걱정을 했네 그려!"

"아제, 이따가 사냥대회가 벌어질 동안에 영양재에서 종회(宗會)가 있을 텐데, 아제께서 파서막 원손가(元孫家)의 대표 자격으로 입회하셔서 우리 지손 문중의 개화에 대한 발의(發議)를 좀 해 주지 않으시겠습니까?"

말이 나온 김에 중산은 아주 작정하고 별러 온 것처럼 부탁을 한다.

"그런 것이야 군이 문중 종회의 논의를 거칠 필요가 무에 있겠나? 우리 파서막 쪽에선 이미 집집마다 제각기 스스로들 알아서 개화를 해 나가고 있는 판인데…!"

중산은 쌍안경을 다 닦고 나서 명주 수건을 고이 접어서 도포 소매 속에 집어 넣고는 다시금 쌍안경을 눈으로 가져가면서 반문을 한다.

"자녀들을 서당에 안 보내고 신식 학교에 보낸다고 해서 개화의 전부는 아니지 않습니까?"

파서막이나 수산 쪽 친척들 중에서 자녀들을 새로 생긴 제도권의 신식 학교에 보내는 사람들이 비일비재하다는 사실을 중산도 익히 알고 있는 바였다. 그리고 말이 나왔으니 하는 말이지만, 비록 문중에서 퇴출된 처지이기는 하나 개화파 인물로 치자면 향청껄 죽명 숙부도 단연코 타의 추종을 불허하는 민씨네 문중의 개화 선각자인 셈이었다. 학교 교육에 대한 전면적인 개방이 오늘 있을 문중 종회에서 정식으로 통과될 게 확실시 되고 있었음에도 불구하고 중산이 익제 아제에게 문중 개화에 대한 발의를 좀 해 달라고 당부하는 까닭도 사실은 거기에 있었다.

"만사의 근본은 인사(人事)라고 하였네! 자녀들 교육에서부터 출발하여 차츰 노력해 나가다 보면 문중 개화야 별 사단 없이 자연스럽게 저절로 이루어지지 않겠나?"

"익재 아제의 말씀이 옳으이, 이 사람아! 급히 먹는 밥에 체한다고, 그렇게 서두를 게 무에 있겠나?"

옆에서 잠자코 듣고 있던, 수산에서 온 사종(四從) 형님도 한 말씀 거들었다. 그는 일찍이 나이 어린 아들 삼형제들을 처가가 있는 진주로 보내어 보통학교와 고등보통학교 공부를 시키고 있는 사람으로, 익재 아제보다는 한결 진보 성향이 농후한 인물이었다.

"두 분께서는 후손들의 관제 학교 교육만으로 문중 개화가 활발하게 전개되리라고 보십니까?"

"인위적으로 굳이 개화다, 보수다 하면서 평지풍파를 일으킬 필요가 무에 있는가? 이슬비에 옷이 젖는다고, 다들 알아서 아이들 교육부터 신식으로 조금씩 시키다 보면 아무 갈등도 없이 저절로 문중 개화가 이루어질 것이란 게지, 내 얘기는."

익재 아제는 문중 개화의 필요성을 인정하면서도 굳이 번거롭고 골치 아픈 문중 공론을 일으킬 것 없이 조용히 교육의 개화, 개방을 이루어 온 자기네의 경우처럼 그렇게 추진하면 되지 않겠느냐는 의향 같았다.

중산은 멀리 동산의 서북쪽 능선 자락을 타고 올라가고 있는 친손들 쪽 진영 몰이꾼들의 모습을 쌍안경으로 살펴보다 말고 다시금 익재 아제를 돌아보면서 불만족스런 심회를 드러낸다.

"아제 같은 분들까지 그런 생각을 가지고 계시니까, 우리 쪽 어르신들이야 오죽하시겠습니까? 가랑비에 옷이 젖는다고 하시지만, 그렇게 소극적으로 대응하다가는 백년하청이 되고 말 겁니다. 저기 저 출발선에 서 있는 외손들을 좀 보십시오! 방금 아제께서도 말씀 하셨듯이, 쟤네들은 신식 수렵복에다 저마다 쌍안경까지 갖추고 있으니 아무리 말을 타고 수풀 사이를 달려도 거추장스러운 조선옷을 입은 우리네 문중 엽사들처럼 나뭇가지에 옷이 걸려 찢어지거나 낙마할 까닭이 없고,

멀리서도 사냥감들을 금방 탐지해 쉽게 명중시킬 수도 있지 않겠습니까?"

　신년도부터 교육 개방이 이루어지게 될 마당에 중산이 이렇게 문중 개화에 집착하는 까닭은 사실 다른 데 있었다. 겉으로 말은 그렇게 하고 있었지만, 그 이면에는 죽명 숙부에게 내려져 있는 〈수화불통〉의 문중 금족령에서 하루라도 빨리 해방시켜 드리고 싶은 마음이 그를 이렇게 조급하게 만들고 있는 것이었다. 문중의 개화 개방이 전면적으로 이루어지게 되면 임오군란을 수습할 당시의 정권 실세였던 자기네 척족 세력들을 몰아내기 위하여 갑신정변을 일으켰던 개화파 인사들과 교류했다는 이유로 문중에서 축출된 죽명 숙부를 가문의 정론을 어긴 이단자로 더 이상 묶어 둘 명분이 사라지게 될 것이었기 때문이다.

　"허허! 당주가 되실 우리 조카님께서 심화가 나도 보통 난 게 아니로구먼 그래! 그렇다면 그렇게 혼자서 속을 태우지만 말고 용화 할머님께 직접 한번 말씀이나 드려 보지 그랬나?"

　"아제도 참! 우리 용화 할머님의 성질을 모르셔서 그런 말씀을 하시는 겁니까? 워낙 완강하신 어른이시라 면전에서 그런 말씀을 드린다는 것은 상상도 못할 일이라, 저 혼자서 적수공권으로 몸부림칠 수밖에 없는 처지이기에 드려 보는 말씀이지요!"

　"하기사…! 대포를 들이대고 교역을 하자면서 나라의 문을 활짝 열게 해 놓고선 자국 군대를 진주시켜서 나라를 빼앗아 간 자들이 바로 왜놈들이니, 그놈들 때문에 망국의 한을 품고 의거 순절하신 승당 할아버지를 생각해서라도 결단코 그러고 싶지는 않으실 걸세! 그러니, 자네도 속이 탈만도 하네 그려!"

　"글쎄 그렇다니까요!"

　"하여간 알았네! 내 아무 힘은 없지만, 그런 공론을 일으키는 데 일조를 하도록 애써 보겠네. 이보게, 우포(雨葡). 자네도 조카님의 고초를 알았으니 힘을 좀 보태어 주도록 하게나!"

마음의 작정이 섰는지, 익재 아제는 수산서 온 우포 형님에게도 동조를 구하고 나서는 것이었다.

"알겠습니다, 아제! 중산 아우의 처지가 이런 줄을 알았더라면, 우리 쪽 어르신들께라도 진작부터 긴히 말씀을 한번 드려 볼 걸 그랬습니다."

뜻이 있는 곳에 길이 있다고 했던가? 신세타령 삼아 한 마디 했더니 이렇게 지원군이 생겨나기 시작하였다. 이렇게 하다보면 이 세상에서 안 될 일은 하나도 없을 것만 같은 생각에 중산은 모처럼 얼굴을 활짝 펴고 웃는다.

그러다가 저쪽 모닥불 가에서 나란히 불을 쬐고 서 있는 두 초빙교사들을 발견한 그는 그들에게 손을 흔들어 보이고는 익재 아제와 우포 형님에게 자랑 삼아 그들에 관한 설명을 늘어놓다.

"저기 계신 두 분은 우리 강학당의 신교육을 위해 이번에 초빙한 선생님들입니다. 키가 큰 쪽이 조선역사와 지리 담당이고, 키가 작은 쪽은 조선어하고 윤리 도덕 담당인데, 두 분 다 한성사범학교를 나온 재원들이지요!"

운사의 추천서에 의하면, 그들은 밀양읍 교회의 〈기독 청년회〉 소속으로 방학 때마다 사회교육 분과 위원장인 윤세주와 함께 문맹퇴치 운동을 펼쳐 온 애국 청년들이었으나 그런 것까지는 일부러 말하지 않았고, 구태여 말할 필요도 없었다.

"그래? 그러고 보니 자네는 문중 개화를 위한 발판을 이미 다 만들어 놓고서 우리한테는 일부러 엄살을 피웠군 그래?"

"그러게나 말입니다. 중산 아우도 보통내기가 아니라니까요!"

두 분 친척들이 짐짓 혀를 내두르고 있었으나 중산은 그런 것에는 개의치 않은 채 쌍안경을 손에 들고 사냥터로 지정된 동산의 서북부 능선 쪽을 자세히 살펴본다. 새벽에 올라간 당곡 부락의 농악패가 청솔가리를 쌓아서 만든 달집 모양의 봉화대가 동산 꼭대기의 붕어등에 이미 완성돼 있는 것과, 몰이꾼들의 모습이 점점이 보이는 그 아래쪽 능선 일대의 사냥터 상황을 자세히 살펴본 그는 목에 걸고 있던 회중시계를 꺼내어 현재의 시각을 확인한다. 일본으로 유학을 마치고 양의가 되어 돌아온 운사가 영원한 우의의 징표로 선물한 순금제 회중시계였다.

아홉시 오십분! 사냥대회 시작 시각이 임박한 것을 확인한 중산은 휘하의 여러 일꾼들을 거느리고 개막식장 뒷정리를 하고 있는 김 서방을 소리쳐 부른다.

"이보게, 김 서방! 엽사들의 출발 시각이 십 분밖에 안 남았으니 신호를 올릴 준비부터 서둘러 주게!"

"예, 서방님!"

수렵대회가 끝난 후에 혼례식을 올리게 될 김 서방은 하던 일을 중단하고 옆에 있던 갑환이를 데리고 벽사정 난간으로 황급히 뛰어 올라간다. 그리고는 거기에 높다랗게 세워놓은 깃대 위의 쇠고리에 걸어놓은, 붉은색 깃발들이 가오리연처럼 줄줄이 매달린 밧줄의 끝을 갑환이와 함께 양손에 칭칭 감아 주고는 가쁜 숨을 몰아쉬며 중산 쪽을 바라본다.

그리고 열시 정각이 되자 중산의 수신호가 떨어졌고, 그들 두 사람은 있는 힘을 다하여 밧줄을 당겨서 바람결에 휘날리는 깃발들이 멀리 산 위의 사냥터에서도 잘 보일 수 있도록 높다란 깃대 위로 끝끝이 끌어 올린다. 그러자 나라에 어떤 변고가 있을 때마다 읍성 밖의 추화산과 부북면 사포리의 종남산 봉수대에서 피어오르던 것과 다름없는 연기 기둥이 여흥 민씨네의 종산인 집성촌 뒤쪽의 동산 위의 붕어등에서 곧 바로 피어 오르기 시작하였다.

그리고 그와 함께 벽사정 난간에서 당곡 부락의 농악 군이 불어제치는 나발 소리가 급박하게 울려 퍼지기 시작하였다.

"뚜우, 뚜우, 뚜우, 뚜우….

"와아—!"

"와아—!"

말을 타고 일렬횡대로 출발선에 늘어서서 이제나저제나 하고 출발 신호를 기다리고 있던 엽사들은 저마다 등자(鐙子)를 밟고 있던 발로 말의 옆구리를 힘껏 박차는 것과 동시에 목청껏 함성을 내지르면서 일제히 앞으로 내달리기 시작한다. 온 산과 길이며 들판이 설원으로 변한 지 이미 오래라 어디가 길이고 어디가 논밭인지 분간하기도 어려운 상황 속에서도 질주하는 기마 엽사들은 거칠 것 없이 앞으로 앞으로만 내달린다.

마굿들 출발선에서 양쪽 진영의 사냥터인 인산못 골짜기 입구와 대곡 골짜기 초입까지는 방향은 상반되어도 각각 엇비슷한 거리라 어느 진영에서도 유불리의 차이가 있을 수 없었다. 있다면 오로지 말들의 상태와 신식과 구식으로 대비되는 엽사들의 장비와 사냥 기술상의 차이가 있을 뿐! 그래서 불꽃 튀기는 양쪽 진영의 경쟁이 더욱 치열할 수밖에 없게 되는지도 모르겠다.

맑게 갠 하늘에서는 눈부신 태양이 중천에 떠올라 있었으며, 수많은 말발굽들이 박차고 지나가는 설원 위의 땅바닥에서는 발굽에 차인 눈과 흙 조각들이 구름떼처럼 자욱하게 피어오르고 있었다.

◇ 설중수렵도雪中狩獵圖

그 무렵, 뿌연 연기 기둥을 뿜어 올리기 시작한 동산 꼭대기의 솔가리 봉화대 앞에서는 때 아닌 술판이 낭자하게 벌어지고 있었다. 선발대로 아침 일찍 올라온 당곡 부락의 풍물패와 몰이꾼들이 집채만한 봉화대에 불을 붙여 놓고 그 앞에 둘러 앉아 일찌감치 새참을 겸한 술판을 벌이고 있는 것이었다.

그들의 면면이를 보면, 상쇠잡이 염록술을 필두로 중쇠 김양산, 징잡이 우판돌, 나발수 삼덕이며, 북재비 칠성이, 장구재비 장성목에다, 소고를 들고 경중경중 춤을 추면서 사람들을 잘 웃기는 실경이와 정초의 걸립놀이 때마다 포수 노릇을 하는 광주리, 대감 역의 이판덕이, 아낙네 역의 불출이, 농기 잡이 쇠돌이 등이었고, 그들 외에도 불쏘시개로 쓸 짚단과 폭죽용 대나뭇단이며, 몇 개나 되는 새참 광주리를 힘겹게 지고 올라왔던 몰이꾼들도 여럿 포함되어 있었다.

그들이 만든 봉화대는 굵직굵직한 잡목 기둥으로 움막집처럼 형틀을 잡아서 푸른 대나뭇단과 짚단으로 그 속을 빼곡히 채운 다음에 수십 짐이나 되는 싱싱한 생솔가지들을 낟가리처럼 차곡차곡 쌓아 올려서 만든, 정월 대보름날의 달집 모양 그대로였다.

정월 대보름날의 달집이 마을 사람들이 한데 모여 달님께 기원제를 올린 연후에 남녀노유가 한데 어울려 춤을 추면서 벌이는 달집축제를 위하여 만드는 것이라면, 이 봉화대는 토호 집안의 문중 행사를 위하여 만든 하나의 봉물(封物)로서 그 용도는 서로 달랐지만, 그것을 만든 사람들의 간절한 소망과 정성이 담겨 있다는 점에서는 달집의 그것과 크게 다를 바가 없었다.

밑동 둘레에 박혀 있는 불쏘시개마다 점화된 불이 내부의 짚단 더미로 일제히 옮겨 붙으면서 봉화대 외부의 솔가지들 틈새로 안개 같은 김들이 뿌옇게 배어 나오기 시작하였고, 짙푸른 대나뭇단의 이파리들이 깃발처럼 나부끼는 봉화대 꼭대기에서는 진하고 습한 연기 기둥이 꿈틀꿈틀 치솟고 있었다. 매캐한 연기와 송진 냄새가 진동하는 가운데 봉화대 앞의 눈밭에 벌여 놓은 새참 술자리의 커다란 광주리마다 쇠고기 산적과 돼지 수육, 고래 수육, 상어 돔배기에서부터 각종 떡이며 전붙이에 이르기까지 아무나 먹을 수 없는 진귀한 온갖 음식물들이 잔뜩 담겨 있었다. 큰 행사를 위하여 애써 봉화대를 세워 주려고 나선 그들을 위하여 민씨 종가에서 특별히 신경을 써서 챙겨 준 잔치 음식들이었다.

"잠도 제대로 몬 자고 새벽같이 올라와서 봉화대를 만드느라고 애들 많이 썼네! 고진감래라는 말이 있고, 지성이면 감천이라는 말도 있지 않던가? 자네들이 어려운 남의 일에 노상 이렇게 발 벗고 나서 주니 이 세상에서 몬할 일이 하나도 없을 것 같구만!"

상쇠잡이 염록술이 자기를 믿고 봉화대 만들기에 기꺼이 발 벗고 나서 준 젊은 동료들에게 차례대로 술을 따라 주면서 그게 마치 자기네 집의 일이라도 되는 듯이 그들의 노고에 일일이 고마움을 나타낸다.

"모두들 좋아서 한 일인데, 힘들 기이 뭐가 있겠능교?"

소 죽은 귀신처럼 평소에는 별로 말이 없던 삼덕이가 감복한 나머지 오늘따라 남 먼저 대꾸를 하고는 염록술이 건네는 찹쌀 동동주 잔을 받아 기분 좋게 벌컥벌컥 들이킨다. 백정 출신인 그는 절간의 중들처럼 빡빡 배코를 친 맨머리에 깨끗하게 씻은 하얀 무명 수건을 정갈하게 질끈 동여매고 있었는데, 그의 반들거리는 머리에서는 몸을 사리지 않고 일하는 동안에 배어났던 땀이 마르면서 아직도 허연 김이 무럭무럭 피어오르고 있었다.

술잔을 단숨에 비워낸 삼덕이가 큼직한 고래 혀 수육 한 토막을 통째로 입에 밀어 넣는 것을 바라보며 염록술이 만족스레 고개를 끄떡인다.

"그렇게 생각해 주니 고맙구마! 자네 같은 진국 일꾼들이 있으니까 민 대감 댁에서도 우리를 태산같이 믿고 도구늪들 매립 개간지 소작을 줘도 우리한테 주고, 김매기 품일을 시켜도 우리한테 시키면서 노상 이렇게 귀한 음식들을 잔뜩 챙겨 주고 하는 기이 앙이겠나?"

늘 그랬듯이 동료들을 챙기느라고 정작 자기 자신은 전붙이 조각 하나 먹을 사이가 없는 염록술을 보고 감질 나는 술잔 대신에 놋대접으로 두루미의 술을 손수 부어 마시던 칠성이가 자신의 놋대접 가득 동동주를 채워 그에게 두 손으로 받들어 건네면서 평소에는 할 줄 모르던 치사까지 하면서 고마워한다.

"상쇠 형님만 따라 댕기면 노상 좋은 일이 생기는 거를 우리가 우찌 모르겠능교? 그런데 우리만 챙기고 있을 기이 앙이라 형님도 서둘러서 뭘 좀 잠숴야 될 거 앙이요? 자, 내 술부터 퍼뜩 한 잔 받으소!"

고마워하는 칠성이의 술잔을 받아 바쁘게 비워 낸 염록술은 안주를 먹을 사이도 없이 또다시 동료들에게 술을 따라 주기 시작한다. 이제 얼마 있지 않으면 산 밑에 당도한 엽사들이 진을 모두 치고 나서 신호를 보내어 오기만 하면 바로 사냥감 몰이에 돌입해야 하기 때문에 더이상 꾸물거릴 시간이 없는 것이다.

풋풋하고 상큼한 송진 냄새가 진동을 하는 가운데 촘촘하게 쌓아 올린 솔가지 틈새마다 눅눅한 수증기가 안개처럼 자욱하게 피어 오르면서 습하고 진한 생솔연기가 구름처럼 뭉게뭉게 피어오르던 봉수대 꼭대기에서 갑자기 화산이 폭발하듯이 요란하게 터지는 대나무 폭죽소리와 함께 드디어 시뻘건 불길이 거세게 치솟기 시작하였다. 그 바람에 아까부터 봉화대 위로 뭉게뭉게 피어 오르고 있던 눅눅한 생솔 연기는 강력한 추진력이 생기면서 외벽에 자욱하게 피어나던 안개 같은 솔잎의 김까지 모두 빨아들여 거대한 연기 기둥을 형성하였고, 그것은 거세게 치솟는 불길을 타고 버섯구름처럼 시시각각 부피를 키워 가며 솟구쳐 올라 용트림질을 하면서 하늘 끝까지 아득하게 치솟아 오르고 있었다.

뜨거워지는 봉화대의 열기를 잔등에 느끼고 음식 광주리를 앞으로 밀어내며 자리를 옮긴 염록술의 마음이 갑자기 바빠진다.

"이렇게 많은 음식들을 남겨서 다시 지고 내려갈 수는 없지 않은가? 자, 시간이 별로 없으니 각자가 알아서 어서들 챙겨 묵게나!"

"말이 났으니 하는 말이지만, 우리가 이런 호사를 누리게 된 것도 형님이 천하가 다 아는 소리꾼에다가 염 서방하고 동성동본이라고 무시로 종마장에 가서 일을 도와 주며 가까이 지낸 덕분이 앙이겠능교? 그런 의미에서 내 술도 한 잔 받으소!"

코를 벌름거리면서 술을 권하는 불출이의 말이 생판 헛말은 아니었다. 염록술과 함께 길을 가다가 주막집이나 타작마당을 지나칠 때면 명창인 그의 얼굴을 알아본 사람치고 농주를 권하며 노래 한 곡조를 청하여 듣지 않는 경우가 거의 없었기 때문이다.

"허허, 이러다가 나까지 취해 버리지 않을란가 모르겠네! 그러면 안되는데…."

의외로 술에 약한 염록술은 불출이가 건네는 술을 마지못해 받아 얼굴을 찡그리며 서둘러 마시고는 남들이 또 술을 권할세라 얼른 자기 자리로 돌아가 앉으면서 커다란 주전자에 데워 놓은 돼지고기 국에 허연 쌀밥을 말아서 입으로 후후 불어 가며 서둘러 떠먹기 시작한다.

그러나 그러한 염록술의 마음을 아는지 모르는지, 귀한 술과 기름진 안주를 보고 걸신들린 사람처럼 정신없이 배를 채운 풍물패와 몰이꾼들은 어느 새 얼굴마다 벌겋게 취기가 오르면서 만사를 잊은 듯이 오히려 느긋하게 여유를 부리는 것이었다.

"상쇠 형님! 요새 집에 와 있는 풍수는 설까지 쐬고 떠난다 합디꺼, 우찌한다 합디꺼?"

이웃에 사는 칠성이 취기가 올라 게슴츠레해진 얼굴로 물었다.

"앙이다. 나도 그렇게 할 줄 알았는데, 내일 아침에 구포로 내려간다고 하더구만!"

"내일 아침에요? 삼수랑 함께 말인교?"

"모르지! 지놈의 일을 집에서는 입도 뻥끗하지 않는 성미니까 그놈의 속을 내가 우찌 알겠노?"

말은 그렇게 하고는 있어도 가난을 못 이겨서 야반도주한 아들이 보란 듯이 성공을 하여 집에 올 때마다 적잖은 생활비까지 보태 주고 있는 바람에 아무 여한이 없는 모양이었다. 그러자 생각나는 바가 있어서 남들이 눈치 못 채게 풍수의 일을 물어 보았던 칠성이도 저쪽에서 무사태평인 것을 보고는 더 이상 언급하지 않고 그림처럼 펼쳐진 산 밑의 아름다운 설경을 내려다보고 감탄을 한다.

"햐, 경치 한번 좋구나, 좋다! 눈 덮인 산꼭대기에서 뜨끈뜨끈한 봉횃불 앞에 이렇게 우리끼리 둘러앉아서 기름진 안주에다 입에 착착 달라붙는 찹쌀 동동주를 원도 한도 없이 먹고 마시고 있으니 세상에 부러울 기이 하나도 없구마!"

"와, 앙이라! 눈꽃이 만발한 산위에서 후끈거리는 봉횃불에 몸을 따뜻하게 녹이면서 산해진미를 앞에 놓고 이렇게 원도 한도 없이 묵고 마시고 있으니 신선놀음이 따로 있나, 이 바로 신선놀음이지!"

약고 욕심이 많은 김양산도 마시다 남은 찹쌀 동동주 잔을 앞에 놓고 남산만하게 부풀어 오른 배를 앞으로 내밀고 상체를 뒤로 비스듬히 젖힌 자세로 하늘 높이 용트림 질을 하면서 치솟아 오르고 있는 봉화대의 연기 기둥을 아득히 올려다보면서 타령조로 읊조린다.

"양산이 니 말이 맞다! 집채만한 봉화대에서는 화산 같은 불길과 함께 폭죽을 연방 펑펑 터뜨려 주겠다, 코가 절로 벌름벌름하도록 향기로운 송진 냄새는 눈꽃 향기처럼 온통 진동을 하겠다, 산해진미 안주에다 유하주(流霞酒) 같은 찹쌀 동동주는 입에 착착 감기겠다…. 하늘에 계신 옥황상제도 이런 호사를 누려 보지는 몬했을 기이라!"

술고래인 실경이도 칠성이처럼 감질나던 술잔을 내던지고 커다란 놋대접으로 찹쌀 동동주를 게걸스레 부어 마시더니 마침내 한도 주량에 이르렀는지, 두 다리를 눈밭에 쭉 뻗치고 앉아서 봉화대를 바라보며 황홀경에 빠져들어 꿈을 꾸는 듯이 감탄사를 늘어놓는 것이다.

"햐, 저 버섯구름처럼 꿈틀거리면서 하늘 끝까지 올라가는 연기 좀 보래! 꽃가루 같은 불티에다, 여의주를 입에 물고 승천하는 용의 형상이 따로 없구마!"

장구재비 장성목이 요란하게 터져 오르는 폭죽의 불티와 함께 칫솟고 있는 거대한 연기 기둥을 바라보며 감개무량한 듯이 중얼거렸고, 상체를 뒤로 비스듬히 젖힌 채 하늘 끝까지 치솟고 있는 연기 기둥의 장관을 아득하게 올려다보고 있던 김양산은 근질근질 피어나는 신명을 주체하지 못하고 기어이 흥타령을 흥얼거리기 시작한다.

아침에 우는 새는 배가 고파 울고요
한밤에 우는 새는 임 그리워 운다….

"지화자 좋구나, 얼씨구나 좋다!"
그래도 성이 차지 않는지 아예 상체를 일으킨 김양산은 두 팔을 머리 위로 뻗어 너울거리며 숫제 춤을 추기 시작하였다. 이러다가는 중쇠꾼 주제도 잊은 채 사냥감 몰이 신호가 터지기도 전에 마치 자신이 상쇠 잡이라도 되는 것처럼 이제라도 꽹과리를 두르려대며 앞장을 서고 나설 기세였다.
"형님, 김양산이 좀 보소! 저러다가는 상쇠 자리 내놓으라고 덤비게 생겼소!"
장성목이 기가 막힌다는 듯이 옆구리를 집적거렸으나 염록술은 흥이 넘치는 김양산의 모습이 오히려 보기 좋은지 대견스레 바라본다.
"지성이면 감천이고, 고진감래라는 말도 있지 않던가? 양산이가 저러는 것도 고생 끝에 낙이 오니 흥감해 못견뎌서 하는 짓거리가 앙이겠나?"
"형님 눈에는 그렇게 보이능교? 하기사, 제 눈에 고우면 곰보 자국도 보조개로 보이는 법이니…!"
괜시리 한 마디 했다가 머쓱해진 장성목은 말끝을 흐리면서 입맛을 쩝쩝 다신다.
"자네들이 이렇게 똘똘 뭉쳐서 따라 주니 이런 호사를 누리게 되는 거 앙이가? 어쨌든 고마맙네! 자, 모두들 배를 든든하게 채웠으면 풍물과 짐들을 챙기고 슬슬 풍악을 울리며 사냥감 몰이에 나설 차비를 갖춰야 되지 않겠나?"

국밥으로 대충 배를 채운 염록술은 동료 풍물패들에게 그렇게 이르고는 먹다 남은 광주리의 음식물들을 손수 챙기기 시작하였고, 동료 풍물패들은 물론, 다른 몰이꾼들도 저마다 가져 갈 짐들을 챙기고 사냥감 몰이에 나설 준비를 갖추기 시작하였다.

바야흐로 그들이 한 마음 한 뜻으로 쌓아 올렸던 봉화대는 요란한 폭죽 소리와 함께 용암 같은 화염을 뿜어내며 맹렬하게 불타 오르고 있었고, 산 밑에서는 벽사정 사대 앞의 출발선을 떠난 엽사들이 각각 자기네의 사냥터인 대곡 골짜기와 인산 못 골짜기 밑에 당도하여 지형지물에 맞게 진을 치느라 분주하게 움직이고 있었다.

사람이 헤픈 김양산은 신명에 불이 붙자 남들처럼 뒷설거지를 할 생각도 잊은 채 철철 넘치는 술잔을 머리 위로 치켜들고 너울너울 춤을 추면서 엇모리 장단의 회심곡(回心曲) 한 곡조를 멋들어지게 불러 제낀다. 염록술을 따라 다니면서 듣고 배운, 조선 중기에 사명대사의 스승인 서산대사(西山大師)가 평염불을 바탕삼아 지었다고 전해지는 불교 노래였다.

…홍안백발 늙어가며 인간의 이 공도를
누가 능히 막을쏜가

춘초는 연년록이나 왕손은 귀불귀라
우리 인생 늙어지면 다시 젊지 못하니라….

"얼씨구 잘한다! 낭창낭창한 목소리가 소배죽 고개를 넘어가듯이 잘도 넘어가는구나! 우리 풍물패 중에서도 신명이라 카모 양산이를 따를 자가 또 어디에 있겠노?"

평소에는 약은 짓을 잘 하는 김양산을 노상 고깝게 여기던 삼덕이도 이날만은 신선놀음 같은 즐거움에 흠뻑 취했는지, 눈꼴사나운 김양산의 짓거리를 보고도 비아냥거리기는커녕 오히려 그를 추켜세우면서 벌쭉거리고 웃는다.

"어디 이것뿐이겠는가, 이 사람들아! 앞으로 이보다 더 좋은 일도 얼마든지 더 있을 기인데, 그렇게 하려면 부끄럽지 않게 몰이꾼 노릇도 제대로 해 줘야 되지 않겠나? 자, 그러니 엽사들이 산 밑에 당도하여 진을 치고 있는 모양인데 모두들 빨리빨리 준비를 서두르세나!"

먹고 남은 음식물들을 광주리 하나에 모아서 몰이꾼의 지게에 손수 올려 준 염록술은 근처의 다복솔 밑에 신물처럼 따로 모셔 두었던 어깨띠로 '가위드림'을 하고 나서 반질반질 윤이 나는 꽹과리를 집어 들었다. 그러자 다른 풍물꾼들도 저마다 어깨띠를 하고서 자기의 풍물을 챙겨들고 염록술 곁으로 모여 들었으며, 각종 짐을 지고 왔던 몰이꾼들도 제각기 여러 개의 지게들을 묶어서 그것을 지고 내려갈 사람의 지게에 지우고는 제각기 죽창이며 몽둥이들을 움켜 주고 전열을 가다듬기 시작하였다.

고된 노역 끝에 흥청망청 술잔치까지 벌인 그들 당곡 부락의 풍물패들이 제비뽑기를 할 것도 없이 미리부터 양쪽 진영의 몰이꾼으로 편이 갈라져 배속된 것도 염록술이 일찌감치 자기와 동성동본인 종마장의 마지기 책임자인 염 서방에게 청을 넣어 봉화대 세우는 일에 발 벗고 나선 결과였다. 마을 사람들이 앞다투어 짐꾼으로 따라 나선 것도 그 때문이었는데, 그들 모두가 산해진미로 원도 없이 포식을 하고 보니 이보다도 더한 즐거움이 또 어디에 있겠느냐 싶은 것이다.

그 무렵, 산 밑에서는 설원을 가로질러 자기네의 사냥 구역에 당도한 양쪽 진영의 몰이꾼들이 사냥감들과 한바탕 치르게 될 백병전을 앞두고 몇 단계로 나누어 펼치게 될 공격 포진을 구축하느라 부산하게 움직이고 있었다. 그리고 산짐승들의 도주로로 예상되는 길목마다 이중삼중으로 포위망을 구축하고 있던 몰이꾼들도 그들의 요청에 따라 포위망을 수정하는가 하면, 일부 인원들은 산 위에서 쫓겨 내려오는 사냥 감들이 포위망을 뚫고 달아날 경우를 대비하여 엽사들이 추격전을 펼치기가 용이하도록 도구늪들 쪽으로 몰아가기 위하여 아예 산기슭에서 내려가 퇴주로 방어선 보강에 나서고 있기도 하였다.

이제 곧 펼치게 될 사냥감 몰이를 앞두고 만반의 준비를 끝낸 산 위의 풍물패들과 몰이꾼들은 산 밑에서 벌어지고 있는 그와 같은 상황들을 훤히 내려다보면서, 그러나 아까보다는 한껏 느긋한 마음으로 작전 개시의 신호가 떨어지기를 기다리고 있었다. 감칠맛 나는 찹쌀 동동주와 기름진 안주로 넉넉하게 배를 채운 그들은 저마다 역할 분담에 따라 곳곳에 자리를 잡고 늘어서서 너나없이 얼큰하게 취기가 도는 얼굴로 기분 좋게 잡담들을 나누고 있었다.

남들에게 폐를 끼치고 살아 본 적이 별로 없는 거구의 삼덕이가 맞은편의 심산등 능선에서 핫바지를 내리고 오줌을 누고 있는 칠성이를 건너다보며 황소울음 같은 목소리로 산 속이 쩌렁쩌렁 울리도록 냅다 고함을 치면서 주의를 준다.

"어이, 칠성이! 우리가 이렇게 듬성듬성 늘어서서 사생결단으로 날뛰게 될 산짐승들을 제대로 감당할 수 있을라나 모르겠네! 비록 적군이지만, 칠성이 니도 나중에 상두꾼 앞잡이처럼 북만 둥둥 쳐댈 기이 앙이라 당곡 농악패의 명예가 손상되지 않도록 사냥감들이 포위망을 뚫고 산 위로 다시 내빼지 몬하게 몰이꾼 노릇도 단단히 해야 될 기이다!"

아마도 자기네들이 풍물을 요란하게 두드려대며 고함을 내지르고 몰아 내린 사냥감들이 산자락 곳곳에 포위망을 구축하고 있는 몰이꾼들의 함성에 놀란 나머지 다시 산위로 도망쳐 올까봐 심히 걱정이 된 모양이었다.

"걱정도 참 팔자로구나! 삼덕이 니 오지랖이 얼마나 넓길래 그렇게 돼지 멱따는 소리를 내지르며 하지 않아도 될 그런 쓸데없는 남의 걱정까지 혼자서 다 하고 있노?"

"산 밑에서는 양쪽 진영의 몰이꾼들이 저렇게 개미 떼처럼 우굴거리는데, 우리는 양쪽을 다 맡는 바람에 사람이 모자라서 간격이 십 리나 되게 이렇게 서로 떨어져 있으니 섣불맞아 미쳐 날뛰는 그 사냥감들을 우찌 다 감당하겠나 싶어서 하는 소리 앙이가! 우리 좌군 진영의 대장이 명장이라 카모 이런 우리들의 사정을 진작 알아차리고 산 밑에서 우글거리는 저 몰이꾼들을 다문 몇 사람이라도 뚝 잘라서 우리한테 올려 보내 주어야 되는 기이라! 그런데 지금까지 아무 기별이 없는 거를 보면 그렇게 되기는 다 글렀는갑다!"

삼덕이는 자기가 원하는 대로 좌군 진영에 속하게 되는 것까지는 좋았으나, 붕어등과 심산등에서부터 사냥감들을 아래쪽 능선을 따라 도주로를 차단하여 포위망을 구축하고 있는 양쪽 진영의 몰이꾼들 앞으로 쫓아 내리는 역할만은 피아 구분없이 동시에 수행해야 하기 때문에 하는 말이었다.

"야, 삼덕아! 오늘 사냥 대회를 여는 목적이 뭣이라 카더노? 걸신들린 우리네처럼 산짐승 괴기나 얻어 묵을라꼬 하는 기이 앙이고, 양반댁 자제분들의 그 호연지기인지 혼자 지는 지게인지 하는 체력 단련 때문이라꼬 안 카더나? 그러니 오늘 시합에서 지든지 말든지 우리는 그저 우리끼리 지신을 밟듯이 신나게 풍물을 울리면서 사냥감들을 산 밑으로 쫓아 내리기만 하면 되는 기이라! 그런데 쓸데없는 그런 걱정은 머 할라꼬 하고 있노?"

"내가 우찌 그런 걸 모르겠나? 그래도 명색이 승부를 걸고 하는 시합에 몰이꾼을 자청하고 나선 기인데, 우선 이기고 봐야 할 거 앙이가? 그기이 의리요 사람 된 도리인 기이라!"

"얼씨구! 무덤에 떼ㅅ장도 안 입히는 백정 놈의 주제에 의리 한번 좋아하고 있네! 삼덕아! 니가 평소에는 꿀 묵은 벙어리처럼 입을 봉하고 살더니 오늘은 아무래도 기름기가 동동 뜨는 찹쌀 동동주를 너무 마시는 바람에 그 반들반들 배코를 친 맨머리가 헤까닥 하고 돌아 삐리고 말았는갑다! 나발수가 배가 터지도록 포식을 했으면 볼때기가 터지도록 땡 나발을 불어댈 생각이나 하고 있어야지, 무신 헛걱정이 그리도 많노? 쑥떡 같은 니가 한 번씩 가다가 그렇게 자다가 봉창 뚜디리는 것처럼 생뚱맞은 소리를 하니까 아직도 그 천대받는 백정 놈의 팔자를 몬 벗어나고 있는 기이라!"

"하기사 사냥감들을 한 마리도 놓쳐서는 안 되겠다는 걱정을 지금도 나 혼자 사서 하고 있으니 아무래도 나는 칠성이 니 말처럼 날이면 날마다 남의 집 짐승이나 때려잡아 주고 사는 백정 놈의 팔자를 몬 벗어날려는갑다!"

그들이 큰 소리로 이렇게 얘기를 한창 주고받고 있을 때였다. 봉어등 봉화대 옆에서 산 아래의 동태를 살피고 서 있던 상쇠잡이 염록술이가 그들을 향하여 느닷없이 냅다 고함을 지르는 것이다.

"야, 삼덕이, 칠성이! 자네들은 시방 머 하고 있노? 산 밑에서는 양쪽 엽사들까지 모두 다 도착하여 진 치기를 마치고 깃발을 흔들면서 우리 쪽으로 계속 신호를 보내고 있는데, 너그들 눈에는 그런 것도 안 뷔이나? 내 말을 알아들었으면 퍼떡 나발부터 불어 대란 말이다, 나발을!"

제 감정에 취해 있던 삼덕이는 그제서야 한가하게 노닥거릴 상황이 아님을 알아차리고 소스라치게 놀라면서 얼른 장죽처럼 생긴 긴 나발을 입에다 대고 볼이 터지도록 용을 쓰며 숨 가쁘게 불기 시작한다.

뚜우, 뚜우, 뚜우, 뚜우, 뚜우—.

길게 불어 대는 삼덕이의 나발소리에 이어 꽹과리소리, 북소리, 징소리가 양쪽 능선에서 파상적으로 울려 퍼지기 시작한다.

징, 징, 징, 징, 징, 징, 징, 지잉—.
둥, 둥, 둥, 둥, 둥, 둥, 둥, 두웅—.

깨갱, 깨갱, 깨갱, 깨갱, 깨앵—.

"와아—!"
"와아—!"
연 이은 나발소리에 천둥처럼 징과 북이 울리고, 꽹과리가 벼락 치
듯이 발악을 한다. 그리고 산중턱에서 도주로를 차단하고 있던 몰이꾼
들의 요란한 함성까지 거기에 더해지면서 이렇게 고요한 산속에서 때
아닌 요란을 떨자, 눈 그친 아침나절의 적막감에 포근하게 젖어 있던
온 산천이 통째로 화들짝 놀라서 깨어난 듯, 정물 같던 온갖 물상들이
일제히 움직이기 시작한다. 지축을 뒤흔드는 요란한 소리에 눈이 두껍
게 쌓인 공동묘지 같은 가시덤불 속에서 모이를 찾던 뱁새, 촉새, 굴뚝
새들이 사방에서 화르르 날아오르고, 포근한 눈 속에서 아침잠에 취해
있던 온갖 크고 작은 산짐승들이 곳곳에서 화들짝 놀라서 깨어나 혼비
백산으로 요동을 친다.
그 바람에 하얀 눈을 잔뜩 이고 서 있던 산등성이의 소나무들도 여
기저기서 쏴르르 털썩! 하고 둔중한 소리를 연달아 내면서 집채만한 눈
더미들을 바쁘게 쏟아 내리기 시작한다.
"이크! 노루 새끼다!"
저쪽 능선에서 칠성이가 소리치자 이쪽 능선에서도 다급한 고함소
리가 빗발치듯 터지기 시작한다.
"야, 저것 봐라! 산토끼다, 산토끼!"
"와, 사슴이다! 사슴 잡아라!"
"고라니 잡아라! 고라니가 저쪽으로 달아난다!"
여기저기서 크고 작은 사냥감들이 모습을 드러내자 고함소리가 난
무하는 속에서 풍물꾼들의 손놀림이 빨라지고, 저 아래 쪽에서도 넘어
지며 자빠지며 몰이꾼들의 몸놀림도 덩달아 빨라진다. 숨가쁘게 두드
려대는 풍물소리에 휘몰린 사슴과 노루가 앞 다투어 산 아래로 튀어 달

아나고 산토끼는 산 위로, 고라니는 맞은편의 능선 쪽으로 줄행랑을 치고 있다.

여름내 무성하던 풀과 잡목의 잎사귀들이 모두 떨어지고 아늑하게 은신처가 되어 주던 온 산의 산등성이와 골짜기마다 온통 속살을 드러내는 바람에 의심 많은 맹수들은 겨울이 오기 전에 보다 안전한 곳을 찾아 떠났거나, 오늘 날이 밝기 전에 지난번의 혹한에 꽁꽁 얼어붙은 웅천강을 건너가 버린 것일까. 아니면 더 높고 안전한 덕대산 쪽으로 아예 깊숙이 숨어 들어가 버린 것일까.

여우나 늑대, 살쾡이 같은 맹수들은 보이지 않고 고라니와 노루와 사슴이며, 산토끼 같은 초식 동물들만 늦가을 들판의 메뚜기들처럼 눈이 두껍게 쌓인 산중턱에서 진행 방향을 종잡을 수 없게 이리 뛰고 저리 뛰고 하면서 튀어 달아나고 있는 것이다. 그리고 수풀 속의 눈밭을 헤매며 먹이를 찾던 산비둘기와 까투리, 장끼들도 그놈들보다 먼저 공중으로 화다닥 날아올라 산등성이 너머로 멀리멀리 사라지고 있었다.

산 위에서 벌어지는 이와 같은 부산한 움직임이 그대로 감지된 것이리라. 붕어등 능선 밑에서 겹겹이 포위망을 구축하고 있던 좌군 진영의 몰이꾼들도 저마다 손에 침을 퉤퉤 묻혀 가면서 죽창과 몽둥이를 움켜쥐고 전방을 주시하며 전열을 가다듬고 있었다. 그리고 그보다 훨씬 아래쪽의 야산 밑의 잡목 수풀 속에서도 말에서 내린 입사 조의 엽사들이 길목마다 바위며 나무 뒤에 몸을 숨기고 포진한 채 전열을 가다듬고 있었으며, 그들 뒤에서는 좌군 대장 초암이 이끄는 승사 조의 추격 기마대가 다복솔 뒤에 일렬로 포진하여 은신한 채 사냥감들이 쫓겨 내려오기를 숨소리 하나 내지 않고 기다리고 있는 것이다.

시뻘건 불꽃과 거대한 연기 기둥을 본격적으로 피워 올리고 있는 봉화대 아래의 양쪽 능선에서 한동안 울려 퍼지던 나발 소리와 북, 꽹과리, 징 소리가 점점 가까워지는가 싶더니 어느 결엔가 후다닥거리면서 쫓겨 내려오는 크고 작은 뭇 사냥감들이 아래쪽에서 겹겹이 포위망을 구축하고 진을 치고 있던 몰이꾼들의 눈앞에 나타나기 시작하였다.

"포위망을 뚫지 못하게 간격을 좁혀라!"

만반의 준비를 하고 있었으나 막상 사냥감들이 한꺼번에 몰려오니 누군가가 당황하여 다급하게 소리친다.

"오소리다! 놈들의 발톱에 할퀴면 끝장이니 조심해라!"

"두 마리만 모이면 범을 잡아 묵는다는 무서운 담비도 뛰어 내려간다!"

굴 속에서 겨울잠을 자고 있던 오소리와 담비들도 온 산천이 들썩이도록 요동치는 바깥의 난리 통에 견디다 못해 뒤늦게 잠에서 깨어난 것이리라. 굴속에서 방금 튀어 나온 오소리와 담비들은 얼떨결에 갈 바를 잡지 못하고 잠시 주춤하였다. 그러나 이내 몰이꾼들의 틈새를 노리고 방향을 잡더니 날카로운 발톱을 곧추 세우면서 무서운 속력으로 구르듯이 돌진해 내려오기 시작하는 것이다.

"이크! 오소리가 이리로 온다, 조심해라!"

"담비다, 담비! 범도 잡아 묵는 무서운 놈들이다!"

담비와 오소리라고 하는 바람에 다들 혼이 빠져서 허둥거리는 사이에 포위망은 애시당초 흐트러져 버렸고, 뒤늦게 정신을 차린 몰이꾼들이 저마다 각개 전투식으로 죽창과 몽둥이를 휘두르며 짐승들을 때려 잡으려고 이리 뛰고 저리 뛰고 하면서 여기저기서 야단법석들이다. 그러나 발목까지 푹푹 빠지는 눈 속에서도 생존 본능을 유감없이 발휘하며 도망치는 네 발 달린 산짐승들을 두 발 달린 인간들이 어찌 일일이 모두 다 감당할 수 있으리!

가파른 능선과 골짜기에서 숨 가쁘게 벌어진 몰이꾼들의 정신없는 백병전은 애초에 예상했던 것과는 딴 판으로 자랑할 만한 성과도 별로 없이 그렇게 싱겁게 끝이 나고 말았다. 그러나 몰이꾼들의 숫자가 워낙 많다 보니 그들이 죽창으로 찌르고 몽둥이를 휘두르는 바람에 머리를 다치거나 다리가 분질러진 산토끼와 노루 새끼 몇 마리를 생포하는 성과가 전혀 없지는 않았다.

그리고 그들이 놓친 사냥감들을 노리고 짜 놓았던 본격적인 사냥 작전이 그 뒤를 이어서 숨 가쁘게 착착 진행되어 가고 있었다. 말에서 내려 매복하고 있던 제1진의 입사조 엽사들이 산자락 끝에서 일렬로 포진한 채 저마다 활에다 화살을 재고 산 위의 몰이꾼들이 놓치고 몰아 내린 사냥감들이 이제 곧 눈앞에 나타나기만 하면 일제히 화살을 퍼부을 태세를 갖추며 숨을 죽인 채 기다리고 있는 것이다.

"사냥감들이 뛰어 내려간다!"

"노루 잡아라!"

"사슴 잡아라, 사슴! 이쁜 꽃사슴이다!"

"오소리 잡아라, 오소리! 두 마리 부부가 함께 달려간다!"

멀리 산 위에서 몰이꾼들의 고함 소리가 빗발치는가 싶더니 숨 돌릴 겨를도 없이 한 무리의 사냥감들이 전방의 포위망을 뚫고 무인지경으로 열려 있는 이곳 벌판 쪽을 향해 무서운 기세로 몰려오고 있었다. 여러 겹으로 포위망을 구축하고 있던 몰이꾼들의 죽창과 몽둥이 세례를 피하면서 한바탕 백병전을 겪은 사냥감들이라, 사생결단으로 돌진해 오는 놈들의 기세는 맹수들 못지않게 거칠고 사나웠다.

놈들이 몰려오는 것을 보고 사냥감들을 도구늪들로 몰아가기 위하여 배수진을 치고 있던 아래쪽의 몰이꾼들도 그놈들이 방향을 돌려 자기네들 쪽으로 향하지 못하게 저마다 죽창과 몽둥이들을 머리 위로 치켜들고 흔들어 보이거나 눈 덮인 땅바닥을 요란하게 내리치면서 일제히 함성을 올린다.

"우우—!"

"우우—!"

"사냥감들이 몰려온다!"

"이리로 몬 오게 쫓아라!"

"사냥감들이 방향을 틀어 이쪽으로 접근하지 못하게 목청을 더 높여서 고함을 쳐라!"

그러나 뒤에서 배수진을 치고 있는 그들보다 훨씬 아래쪽의 수풀 속에서 매복하고 있는 입사조의 엽사들은 그런 숨 가쁜 고함 소리에도 불구하고 추호의 동요도 없이 좌군 대장 초암의 명령을 기다리고 있었다. 인산못 고짜기 위쪽의 양쪽 능선을 따라 배수진을 치고 있는 몰이꾼들의 함성에 놀란 사냥감들이 앞쪽의 그들을 발견하고 방향을 잡지 못하고 잠시 주춤하였다.

동산 서북 방향을 에워싼 채 배수진을 치고 있는 몰이꾼들의 함성에 놀란 사냥감들이 앞쪽의 그들을 발견하고 방향을 잡지 못하고 잠시 주춤하였다.

바로 그때였다.

"입사조 발사 준비!"

입사조 뒤에서 추격 기마조를 이끌고 대기 중이던 좌군 대장 초암이 때를 놓치지 않고 발사 준비 명령을 내린다. 그리고 잠시 주춤해 있던 사냥감들이 인적이 없고 전망이 탁 트인 수풀 아래의 도구늪들 쪽으로 방향을 돌리면서 일제히 도주를 감행하기 시작하는 바로 그 순간이었다. 초암이 때를 놓치지 않고 다음 명령을 하달한다.

"입사조, 발사! 일제히 화살을 퍼부어라!"

"와아―!"

"와아―!"

몰이꾼들의 환성이 울려 퍼지는 가운데 외줄로 늘어선 엽사들이 사정없이 쏘아대는 무수한 화살들은 호선을 그으며 일제히 허공을 뚫고 날아가 은백색의 들판 위로 소나기처럼 쏟아져 내리기 시작하였다. 한 꺼번에 소나기처럼 퍼붓는 화살들이라 눈밭에 나뒹구는 사냥감이 한둘이 아니었다. 그러나 하얀 눈 위에 선혈을 내뿜으며 사지를 뻗고 경련을 일으키는 사냥감은 겨우 새끼 노루 한 마리뿐이었고, 나머지는 화살이 등과 다리에 꽂힌 상태로 화를 면한 다른 무리들을 따라 사방으로 흩어지면서 유효 사거리 밖으로 필사적으로 달아나고 있었다.

그러는 와중에도 자기네 기사 추격조의 엽사들을 이끌고 입사조의 후미에서 명령을 내리고 있던 초암이 이때다 하고 비호같이 말을 몰아 앞으로 내달리면서 냅다 고함을 지르는 것이다.

"기사조 추격하라! 입사조도 빨리 말을 타고 나를 따르라!"

"와아—!"

"와아—!"

산 위의 몰이꾼들이 일제히 함성을 질러대며 산 밑으로 쏟아져 내려왔고, 도주로를 차단하기 위하여 인산못 양쪽 능선에서 그물망을 형성하고 있던 수많은 몰이꾼들도 도망치는 사냥감들을 도구늪들로 몰아가는 엽사들을 보고 일제히 함성을 올리며 개미떼처럼 몰려가기 시작하였다.

그렇게 뒤따르는 몰이꾼들의 연이은 함성 속에서 쫓고 쫓기는 좌군 진영의 급박한 사냥감 추격전은 인산못 골짜기를 완전히 벗어면서 이른바 속도전 양상으로 전개되고 있었다. 지형이 험하고 걸기적거리는 것이 많았던 이제까지와는 달리, 망망한 대해처럼 거칠 것 없이 까마득하게 탁 트인 도구늪들, 새하얀 눈이 두껍게 내려 쌓인 순백의 설원 위에서다.

주변은 끝도 없이 펼쳐진 허허벌판, 땅과 맞닿은 하늘에선 한낮의 겨울 햇살이 눈부시게 쏟아져 내리고 있는 그 유서 깊은 미리미동국(彌離彌凍國)의 운막향(雲幕鄉) 옛터에서다. 피어린 소작인, 하인 머슴들의 애환이 서리고 피 어린 역사 속에서 상하가 하나 되어 삶의 터전을 일구고 상부상조하며 살아 온 도구늪들 위에서다!

지난 가을에 밀과 보리를 파종했을 뿐, 버려진 황야처럼 거칠 것이 없는 허허벌판의 도주로다. 그러나 여기는 하늘과 땅이 맞닿은 평야 지대, 도망치는 짐승에게는 오히려 죽음의 땅이 될 수밖에 없는 불리한 곳이기도 하였다. 몸을 숨길만한 곳이 있었다면 쉽사리 사람들을 따돌릴 수도 있으련만, 몸 하나 숨길 데가 없는 허허벌판이다 보니 그럴 수가 없는 것이다.

하지만 여기는 또한 갈대와 억새밭이 수로와 긴다리강과 같은 크고 작은 물웅덩이가 지천으로 널려 있는 도구늪들의 동남방 끝자락, 긴다리강 하구의 물굽이가 만들어 놓은 크고 작은 샛강이 풀뿌리처럼 사방으로 뻗어 있는 늪지대이기도 하였다.

"형님, 이러다간 다들 놓쳐 버리고 말겠습니다!"

좁은 샛강을 이리 뛰고 저리 뛰어 넘으면서 웅천강 돌티미 나루 쪽으로 달려가는 오소리 한 쌍을 발견하고 이웃에 사는 청산(靑山) 종제가 나란히 달리는 좌군 대장 초암을 향해 소리친다. 그는 영동 어른의 첫째 계씨인 묵계(墨溪) 어른의 자제였다.

"이 보게, 청산! 자네는 샛강 건너편의 남쪽으로 달려가서 퇴로를 차단하게! 나는 웅천강 쪽에서 도주로를 차단하여 저 놈들을 긴다리강 하구의 늪지대 쪽으로 몰아 가겠네!"

기세가 오른 초암은 샛강 쪽으로 달려가면서 이웃의 사촌 동생 청산에게 소리친다. 도구늪들 북쪽의 인굴나루 일대는 우군 진영의 추격전 장소로 지정되어 있기에 하는 말이었다.

"알았습니다, 초암 형님!"

좌군 대장인 사촌 형님의 지시를 받은 청산은 남쪽으로 달아나는 오소리 한 놈을 맡아서 물이 얕은 여울목을 찾아 샛강을 건너간다. 일련의 기마대가 그의 뒤를 따라 생미역 같은 수초가 투명한 얼음장 밑에서 너울거리는 샛강 여울을 건너가는 동안, 초암은 휘하의 대원들을 이끌고 원을 크게 그리며 나머지 한 놈의 오소리가 달아나는 도주로를 차단하기 위하여 멀리 우회하여 웅천강 밀성제 제방 쪽으로 냅다 달려가고 있었다.

샛강을 가운데 두고 추격조의 초암과 청산이 양쪽에서 이와 같이 오소리를 몰아올 방도를 강구하며 쫓고 쫓기는 추격전을 맹렬하게 펼치고 있는 사이에, 벌판 곳곳으로 흩어져 달아나는 사냥감들을 뒤쫓으며 온 들판을 누비고 다니던 나머지 추격조의 엽사들과 입사조의 엽사들도 뒤따라 온 몰이꾼들이 그물망을 형성하며 도주로를 차단해 주는 속에서 주변의 적합한 지형지물을 이용하여 새로운 추격전을 펼치느라 아무 정신이 없었다. 그 동안 온 들판을 누비면서 추격전을 펼치다가 도망치는 사냥감과 함께 지칠 대로 지쳐 버린 엽사들은 넘어지고 자빠지며 먼 길을 뒤쫓아 달려온 몰이꾼들을 불러 모아 승사조의 추격 기마대가 몰아오는 사냥감들이 들판 외곽 쪽으로 도망치지 못하도록 방어망을 구축한 가운데, 새로운 추격전을 준비하면서 얼어붙은 늪가에 자리잡은 커다란 왕릉 같은 돌무더기 뒤에 여러 명의 보사 저격 조를 잠복시키고 있었다.

그리고 웅천강 쪽의 배수진 뒤에도 한 무리의 추격조를 대비시켜 놓고 있었다. 추격조에게 쫓겨 온 오소리가 호랑이처럼 날카로운 발톱으로 자기네 입사조의 포위망을 뚫고 달아날 경우를 대비하고 있는 것이었다.

오소리란 놈들은 생각보다 빨랐다. 함박눈으로 하얗게 뒤덮인 들판을 짚으로 만든 공이 구르듯이 이리 뛰고 저리 뛰면서 사생결단으로 줄행랑을 치고 있는 것이다.

또한, 놈들은 영리하였다. 그리고 약삭빨랐다. 줄곧 같은 방향으로만 달려가는 것이 아니라 갈지자로 달리면서 위기에 처할 때마다 끊임없이 날아오는 화살들을 이리저리 잘도 피하면서 조롱이라도 하는 듯이 벌떼처럼 추격해 오는 기마 엽사들을 연신 따돌리고 있는 것이었다.

바다처럼 넓은 망망한 설원 위에서 초암과 청산의 섬불맞은 오소리 사냥은 한동안 그렇게 계속되고 있었다. 이쪽 들판 한 끝에서 일렬로 늘어선 몰이꾼들이 각기 죽창이며 몽둥이를 꼬나 잡고 연신 함성을 올리고 있는 속에서, 오소리를 휘몰아 오는 말발굽 소리만이 까마득한 도구늪들을 눈구름으로 뒤덮으며 바람처럼 숨 가쁘게 쓸려 오고 있었다.

"오소리가 이리로 온다! 조심들 하게!"

청산이 이끄는 추격조가 샛강 건너편으로 도망치던 오소리 한 놈을 몰이해 오는 것을 발견한 보사조의 조장 격인 초암의 재종 아우 향산(響山)이 배수진을 치고 있는 후미의 몰이꾼들을 향해 소리치자, 포위망을 구축한 몰이꾼들은 뒤에서 간격을 조절하였고, 그 앞쪽에 대기한 입사조의 엽사들은 일제히 시위에다 화살들을 갖다 잰다. 그리고 사력을 다하여 쫓겨 온 오소리가 그들이 포진해 있는 현장을 발견하고 다시 반대쪽으로 방향을 바꾸려고 주춤하는 사이에 보사 조장 향산의 발사 명령과 함께 일제히 화살을 날려 보내기 시작하였다.

"쏴라! 일제히 화살을 퍼부어라!"

"와아!"

"와아!"

지칠 대로 지친 한 마리의 짐승, 그것도 갈 곳을 잃고 갈팡질팡하는 짐승을 향해 말에서 내려 정지 상태에서 쏘아대는 입사조(立射組)의 화살은 말을 타고 달리면서 쏘는 추격대의 기사(騎射)보다 훨씬 더 정확하였다. 그 바람에 청산이 이끄는 추격대에 쫓겨 와서 포위망을 뚫으려고 최후의 순간까지 끈질기게 활로를 찾던 오소리는, 그러나 이쪽의 보사조(步射組)가 집중적으로 퍼붓는 화살을 맞고 새하얀 눈밭에 빛깔도 선명한 선혈을 흩뿌리며 그대로 나동그라지고 만다. 은신할 곳이 전혀 없는 허허벌판에서 오래도록 쫓겨 다니다가 지쳐 버린 결과였다.

"와아—! 잡았다!"

"오소리가 고슴도치처럼 화살을 맞고 쓰러졌다!"

"와아—! 와아—! "

"와아—! 와아—! "

수많은 몰이꾼들이 한데 어울려서 일제히 올리는 요란한 함성에 기가 오른 엽사들도 일제히 만세를 부르면서 덩달아 환성을 올리고 있었다.

그 무렵, 한 무리의 기마 추격대를 이끌고 오소리의 퇴로를 차단하기 위하여 멀리 우회하여 응천강 쪽의 밀성제 제방 쪽으로 달려갔던 초암은 장애물이 곳곳에 도사리고 있는 지형 때문에 예상했던 것과는 딴판으로 오히려 고전을 면치 못하고 있었다. 그곳에는 하얗게 얼어붙은 늪과 물웅덩이가 곳곳에 산재해 있어서 그것들을 가로질러 도망치는 오소리를 바라보며 번번이 우회하는 일이 생기는데다가 교활한 오소리란 놈이 초암의 그런 약점을 이용하여 이리저리 방향을 틀면서 어렵지 않게 그를 따돌릴 수 있었기 때문이었다.

그러나 초암을 달고 다니면서 지칠 대로 지쳐 버린 오소리란 놈이 마지막으로 퇴로를 확보하기 위하여 응천강 쪽으로 방향을 잡아 일직선으로 달아나기 시작하면서부터는 상황이 완전히 달라졌다. 결정적인 순간마다 갑자기 이리저리 방향을 바꾸면서 말을 타고 뒤쫓는 초암을 조롱이나 하듯이 요리조리 잘도 피하던 오소리는, 그러나 이제는 지칠 대로 지친 나머지 초암에게 장애물이 되던 늪과 물웅덩이가 없는 들판을 가로질러서 응천강 쪽의 도주로를 향해 일직선으로 곧장 내빼기 시작하였던 것이다. 드디어 기회를 포착하여 더욱 기가 오른 초암은 질풍같이 말을 몰아 눈앞에서 일직선으로 달아나고 있는 오소리와 간격을 점점 좁혀 가고 있었다.

그리하여 불꽃 튀는 추격전 끝에 드디어 사정권 안으로 거리가 좁혀진 오소리를 보고 이때다, 하고 기회를 포착한 초암이 어깨에 멘 화살통에서 마지막으로 남아 있던 화살을 한 손으로 빼 들었을 때였다. 멀리서 와 ! 하는 함성이 바람소리처럼 아련하게 들려왔다.

아마도 자기와 함께 마지막으로 남은 오소리 부부를 뒤쫓다가 그 중의 한 마리를 맡아서 샛강 너머로 추격해 갔던 청산이 수많은 몰이꾼들과 말에서 내려 배수진을 치고 있는 보사조 엽사들이 지켜보는 속에서 길고 긴 추격전을 벌이다가 드디어 이제 막 단방의 화살로 그 오소리란 놈을 보기 좋게 눈밭에 쓰러뜨린 것이리라! 그런 생각이 들자 초암은 자기도 모르게 마음이 바빠지기 시작하였다. 명색이 좌군의 대장이니, 이번만은 자기도 점점 거리가 좁혀지고 있는 눈앞의 저 오소리를 마지막으로 남은 단 한 발의 화살로 단방에 명중시켜야겠다는 오기 같기도 하고 욕심 같기도 한 마음이 간절해진 것이었다.

밀성제 제방을 넘으면 저 교활한 오소리란 놈은 지난 한파에 꽁꽁 얼어붙은 웅천강을 순식간에 가로질러서 보란 듯이 저편 숲 속으로 달아나 숨어 버리게 될 것이다. 그렇게 되면 자신은 우습게도 아무 전리품도 없는 초라한 패장의 몰골로 벌판 곳곳에서 적잖은 전과를 올리고 들마당 쪽으로 모여드는 자기 휘하의 많은 엽사들과 무수한 몰이꾼들 앞으로 어깨를 축 늘어뜨린 채 뚜벅뚜벅 걸어가는 형편없는 수장의 모습을 보여 주는 치욕을 맛보게 될 것이다.

그런 생각을 하면서 초암은 피가 나도록 입술을 깨물면서 한 손에 들고 있던 화살을 활시위에 갖다 재었다. 그리고 한결 가까워진 앞쪽의 오소리를 향해서 상체를 꼿꼿하게 세운 자세로 힘껏 시위를 당긴다.

시위를 떠난 화살은 바로 코앞에서 사력을 다해 달려가는 오소리의 목덜미를 향해서 정확하게 날아가고 있었다. 그리고 맞았구나! 하고 속으로 초암이 부르짖는 바로 그 순간이었다. 난데없는 한 방의 총성이 탕! 하고 지척에 있는 밀성제 제방 쪽에서 울려 퍼지는 것이다.

그 바람에 총성에 놀란 초암의 말은 요란하게 울부짖으면서 앞발을 쳐들고 허공으로 높이 솟구쳐 올랐고, 말을 타고 달리던 초암의 몸은 바람처럼 질주하던 속도를 이기지 못한 채 짚단처럼 앞으로 튕겨져 나가 그대로 들판 바닥에 나가떨어져 한참 동안이나 데굴데굴 굴러가다가 논두렁 아래의 눈더미 속에 푹 파묻히고 만다.

멀리서 그 모양을 보고 놀란 후미의 아군 기마 엽사들이 질풍처럼 달려오고 있는 모습을 초암은 보지 못하였다. 그의 눈에는 오로지 등줄기에 화살이 꽂힌 채 저 앞에 나뒹굴어져 있는 한 마리의 오소리 모습만이 동공 속에 찍힌 듯이 고정되어 있을 뿐이었다. 바로 눈앞에 쓰러져 있는 오소리를 가물가물 흐려지는 눈으로 바라보며 '드디어 나도 잡았구나!'하고 한동안 의식을 놓지 않고 있던 초암의 몸은, 그러나 뒤늦게 달려온 동료들이 말에서 뛰어내려 황급히 안아 일으켰을 때는 이미 아무런 움직임도 없이 그의 두 팔은 맥없이 축 늘어지고 말았다.

한편, 사냥 종료 시각으로 정해진 오후 한시가 되면서 보사조가 마지막 작전에서 오소리 한 마리를 잡는 전과를 올렸던 왕릉 모양의 잡초밭 돌무더기 뒤에 은신하여 진을 치고 있던 향산의 보사조 진지에서는 몰이꾼들의 함성이 연이어 울려 퍼지고 있었다. 그리고 얼마 안 있어 좌·우군 양쪽 진영에서 잡은 사냥감들의 무게를 달아 오늘 사냥대회의 승패를 가리게 될 긴다리강 상류의 들마당 쪽에서 불화살을 하늘 높이 날아 올랐고, 그와 동시에 이쪽 도구늪들의 좌군과 우군 진영에서도 긴 나발 소리에 이어 북소리, 징소리, 꽹과리 소리가 동시에 울려 퍼지기 시작하였다. 드디어 쫓고 쫓기던 사냥 대회의 모든 일정이 전부 끝이 난 것이다.

아침부터 내리 세 시간 동안 넘어지고 자빠지고, 더러는 눈의 무게를 견디지 못하고 넘어진 설해목(雪害木)처럼 산비탈 아래로 굴러 내리며 옷이 찢기고 다치기도 하면서 백병전을 벌인데 이어 근 십리가 넘는 도구늪들까지 내달리며 사냥 놀음에 취해 있던 몰이꾼들은 저마다 모든 동작들을 멈추며 너나없이 눈 덮인 벌판 위에 털썩털썩 주저앉고 말았다.

"예끼, 이놈들아! 운수 좋은 줄이나 알고 잘 가거라!"

포위망을 뚫고 끝내 응천강 건너편으로 달아나는 사냥감들을 아쉽게 바라보면서 큰 선심이나 쓰듯이 손나팔을 하고 소리치는 이도 있었다.

"맞다! 이놈들아, 잘 가거라! 가서 잘 묵고 잘 살면서 새끼나 잔뜩 치고 있어야 한데이!"

"하기사, 살아남은 놈도 있어야 새끼를 칠 거 앙이가!"

"그러게 말이다. 사람이든 짐승이든 자손이 번성해야 대우를 받는 법이거든!"

패잔병처럼 뒤에 남아서 돌티미 나루 쪽으로 빠져 달아난 사냥감들을 뒤쫓던 다른 한 무리의 몰이꾼들도 주술에서 깨어난 사람들처럼 눈밭에 퍼질러 앉아 가쁜 숨을 몰아쉬면서 생사의 기로에서 구사일생으로 튀어 달아나는 짐승들을 아쉬운 듯이 바라보다가 미련 없이 옷을 툭툭 털고 일어나 일행들이 집결해 있는 왕릉 모양을 한, 늪가의 돌무더기 잡초밭으로 모여들기 시작하였다.

그곳 늪가의 돌무더기 잡초밭에서는 민씨네 대소가의 하인 · 머슴들과 마을에서 온 몰이꾼들이 한데 어울려 산에서 잘라 가지고 온 칡넝쿨로 사냥한 짐승들의 다리를 묶고 장대에 꿰어서 사냥대회 폐회 장소인 긴다리강 다리 근처의 들마당으로 메고 갈 준비를 하고 있었다.

늪가의 돌무더기 잡초밭에 모여들던 몰이꾼들은 한데 모아 놓은 자기네의 사냥감들을 발견하고는 저마다 놀라며 혀를 내둘렀다. 그 동안 사냥개처럼 뛰어다니며 몰이꾼 노릇을 하느라고 잘 모르고 있었는데, 들판 곳곳에서 추격전과 백병전을 벌이면서 잡아들인 크고 작은 사냥감들이 생각보다 훨씬 많았던 것이다.

"우와! 되기 많이 잡았구마!"

"햐, 정말로 많이 잡았네! 이기이 전부 오늘 우리 편이 잡은 사냥감들이란 말이가?"

몰이꾼들은 몸에 쌓인 고단함도 잊은 채 피를 흘리며 눈밭에 널브러져 있는 짐승들을 직접 만져 보며 벌린 입을 다물지 못한다. 오소리 한 마리에 너구리가 세 마리, 그리고 사슴과 고라니도 여러 마리나 되었고, 생포한 노루 새끼와 산토끼까지 합치면 열 댓마리는 족히 되어 보이는 것이다.

"도구늪들을 끼고 있는 동산이 야생 짐승들의 낙원이라 카더마는, 그기이 참말로 헛소리가 아니었던가베!"

산 속을 누비고 다녔던 몰이꾼들은 평소에 늘 보고 다녔으면서도 그렇게 많은 짐승들이 거기서 서식하고 있으리라고는 미처 생각하지 못했다는 반응들이었다.

"동산이 홀로 있는 객산이라 해도 여흥민씨 양반님네들의 야생 목장이나 다름없다 앙이가!"

"이 정도면 보나마나 우리 쪽이 이기고도 남겠구마!"

그들은 오늘 사냥 시합에서 자기네 편이 이길지도 모른다는 기대감에다 나중에 자기들에게 분배될 산짐승들의 고기를 생각하면서, 더러는 민씨네 젊은이들과 한 마음 한 뜻으로 눈 속을 휘젓고 다니면서 호흡을 맞추며 즐겼다는 사실에 어떤 긍지와 보람 같은 자부심을 느끼며 그렇게 들떠 있는 것이다.

"모르지! 저쪽의 인굴나루 쪽에서 몰려오고 있는 우군 편에는 신식 사냥 장비를 제대로 갖춘 사람들도 있다 카던데, 게다가 우리 쪽보다 훨씬 숲이 짙고 골이 깊은 대곡 쪽에서 사냥을 했으니 황소 겉은 멧돼지도 여러 마리 잡았는지 우찌 알겠노!"

사냥대회의 승패는 오늘 잡은 사냥감들의 무게를 전부 합산하여 판정하게 되어 있었기 때문에 하는 말이었다.

"그렇다면 우리도 아예 삼랑진 쪽의 천태산·구천산 쪽이나 아예 덕대산 쪽으로 갈 걸 그랬나?"

"옛날에는 그쪽에서 사냥대회를 열곤 했다는데, 그쪽에서 사냥대회가 열렸더라면 늑대와 야시는 물론이고, 송아지만한 범까지 잡았을지 우찌 알겠노!"

"거기엔 아직도 범이 살고 있으까?"

"살고 있다마다! 지난 시월 달에도 왜놈 포수들이 와서 황소만 한 호랭이 한 마리를 잡아 갔다꼬 안 카더나?"

"자네는 마당발도 앙인데, 그런 소문은 또 어디서 들었노?"

"어디는 어디야, 왜놈들 집단촌이 있는 삼랑진 역전 선술집에서 들었지!"

"그기이 사실이라 해도 그렇지. 우리가 이런 죽창하고 몽둥이로 어떻게 그런 호랭이를 잡는단 말이고? 그 놈들한테 안 잡아 묵히면 다행일 기인데."

"엽사들이 말을 타고 몰아붙이면서 화살을 쏘아댈 기인데, 무신 걱정이고? 민 대감 댁 큰사랑에 가면 지금도 옛날에 잡았던 호피 가죽들이 벽에 죽 걸려 있다 안 카더나?"

삼랑진에서 가까운 외산 부락과 어은동 쪽에서 온 사람들은 응천강 너머 삼랑진 쪽의 구천산, 천태산, 금오산 쪽에서 사냥대회가 열리지 못한 것이 못내 아쉽다는 듯이 내내 한통속이 되어 가지고 그렇게 잡담들을 주고받으며 떠들썩하게 지껄이고 있었다.

몰이꾼으로 한 나절 동안 정신없이 눈밭을 뛰어 다녔던 몰이꾼들은 전쟁터에서 돌아온 사람들처럼 옷들이 나뭇가지에 걸려서 찢어진 것은 말할 것도 없고, 저마다 아랫도리가 눈에 흠뻑 젖어 있어 그 꼴들이 말이 아니었다. 그러나 그들은 거의 탈진한 상태로 흐느적거리면서도 얼굴 표정만은 한껏 밝아 있었다.

그들이 사냥한 짐승들을 둘러보며 이렇게 왁자지껄하게 떠들면서 들떠 있는 동안에, 청산과 향산(香山)을 비롯한 민씨 가의 젊은 선비들은 짐승들을 메고 갈 준비가 끝나기를 기다리며 한쪽에 따로 모여 얘기를 나누고 있었다.

"형님, 이만하면 우리에게 승산이 있지 않을까요?"

신식으로 무장을 한 이가 많았던 외손들을 의식하며 묻는 향산의 말에 청산은 오히려 떫뜨름한 표정을 짓는다.

"글쎄 말일세. …이거 아무래도 한 말씀 듣게 생겼는걸!"

"한 말씀 듣게 생겼다니요? 그게 무슨 말씀입니까?"

한 다리가 천리라, 승당 선생의 계씨(季氏) 다섯 형제 중 막내인 송하당(松下堂) 어른의 손자인 향산은 아직 아무것도 모르는 모양이다.

"그럴 일이 좀 있다네!"

청산은 멀리 중산이 기다리고 있을 들마당 쪽을 바라다보며 한숨을 푹 내쉰다.

"아니, 한 나절 동안 애를 쓰신 형님을 보고 도대체 누가 한 말씀하신다는 겁니까?

"누군 누구야, 종가의 중산 형님이시지!"

"중산 형님께서요? 이만하면 외손들한테 이기고도 남겠는데, 왜 그런 걱정을 하십니까?"

"그래도 그렇지 않은 모양일세! 초암 형님이 뒤늦게 귀띔해 준 일이라, 나도 자네처럼 잘은 모르는 일이지만 말이네!"

그러나 사정을 모르는 대다수의 여흥 민씨네의 젊은 선비들은 기대 이상의 수확에 만족하며 의기가 양양하였고, 그들을 바라보는 수많은 몰이꾼들도 그들과 함께 모처럼 보람찬 일을 했다는 자부심과 함께 앞으로 돌아오게 될지도 모를 각종 혜택에 대한 기대감 때문에 내심 들떠 있는 기색들이 역력하였다.

"아니! 그런데 초암 형님이 여태 안 보이는군 그래! 그렇다면 오소리를 쫓아 간 뒤로 여태까지 안 돌아왔다는 말인가?"

초암과 함께 오소리 부부의 추격전을 벌였던 청산은 이상하다는 듯이 주위를 두리번거린다. 아무리 둘러보아도 초암의 모습이 보이지 않자 청산은 그가 달려간 응천강 쪽을 바라보면서 고개를 갸웃거리며 혼잣말처럼 중얼거린다.

"이상하다, 지금쯤이면 돌아오고도 남을 시간인데…!"

"그러고 보니 아까 저쪽 응천강 가의 밀성제 제방 쪽에서 탕! 하고 총성이 울리는 듯한 이상한 소리가 나는 것 같기도 했는데, 혹시 무슨 변고가 생긴 것은 아닐까요?"

그런 말을 전하는 향산의 얼굴에도 갑자기 먹구름이 실린다.

"이런 날, 그쪽에서 총소리가 날만한 일이 있을 리가 없지 않은가?"

그러면서도 초암은 슬며시 밀려드는 불길한 예감에 갑자기 얼굴이 어두워진다. 좋지 못한 예감에 마음이 바빠진 그는 주위에 모여 있는 몰이꾼들 사이를 바쁘게 헤치고 나가면서 밀성제 제방 쪽을 바라본다. 그런데 도대체 이게 어찌된 일인가! 초암과 함께 오소리 추격에 나섰던 기마 조의 엽사 하나가 단기필마(單騎匹馬)로 급보를 전하러 오는 파발마(擺撥馬)의 급주졸(急走卒)처럼 뿌연 눈구름을 일으키면서 멀리서 이쪽을 향해 질풍처럼 달려오고 있는 것이 아닌가!

그러자 왕릉처럼 생긴 돌무더기 위로 올라가 그 모양을 지켜보고 있던 몰이꾼 하나가 이쪽을 향하여 큰 소리로 외치는 것이다.

"저쪽에서 무신 변고가 생긴 모양이요!"

난데없이 변고라니, 이게 무슨 소린가? 그곳에 있던 모든 사람들이 서로의 얼굴들을 마주 쳐다보며 무슨 일인가 하고 어리둥절해 있는 사이에 급주졸처럼 저만큼 달려온 기마조 엽사가 이쪽의 청산을 향해 큰 소리로 외치는 것이다.

"큰일 났습니다. 초암 형님께서 낙마하여 혼절하고 말았습니다!"

그는 숭당 선생의 둘째 계씨인 초당(草堂) 어른의 손자이니 초암에게는 재종(再從) 아우뻘이 되는 송산(松山)이라는 이십대 초반의 젊은 선비였다.

"초암 형님께서 낙마하여 혼절하다니, 그게 무슨 소린가?"

"웅천강 쪽에서 추격하던 오소리를 마지막 남은 화살로 명중시키는 순간, 밀성제 제방 너머에서 왜놈 헌병들이 초암 형님한테 총질을 한 모양입니다!"

"아니, 그게 무슨 소린가? 난데없이 왜놈 헌병들은 무엇이고, 초암 형님한테 총을 쏘다니, 그건 또 무슨 말인가?"

가까이 달려오는 송산에게 청산이 다그쳐 물었으나 코앞으로 달려온 그는 앞다리를 쳐들고 길게 울음을 우는 말 위에서 가쁜 숨을 몰아쉬면서 한동안 말을 잊지 못한다.

"이보게, 송산 아우! 왜놈 헌병들이 초암 형님한테 정말로 총질을 했단 말인가?"

청산이 답답해 못 견디겠다는 듯이 다그치자, 그제서야 가까스로 막혔던 숨통이 트인 그의 재종 아우는 사색이 된 얼굴로 횡설수설하면서 이렇게 전하는 것이었다.

"형님을 보고 조준 사격을 했는지, 형님이 탄 말을 보고 쏘았는지, 아니면 오소리를 보고 쏘았는지, 그거는 가까이에 있지 않아서 저도 잘 모르겠습니다! 그렇지만 오소리는 분명히 죽었고, 말은 멀쩡한데 형님은 혼절하여 시신처럼 말안장 위에 실려서 저렇게 뒤에서 오고 있으니 초암 형님이 정신을 차려야 일이 어떻게 벌어졌는지, 그 전말을 알 수 있을 것 같습니다."

"그렇다면 오소리는 어찌했는가? 그놈을 살펴보면 왜놈들이 누구를 보고 총질을 했는지 금방 알 수 있을 게 아닌가?"

"죽은 오소리는 눈 위에 피를 흘리고 죽어 늘브러졌던 자국만 남겨놓은 채 왜놈 헌병들이 먼저 가져가 버렸습니다!"

"그렇다면 그 오소리가 왜놈 헌병들이 쏜 총을 맞고 죽었는지, 초암 형님이 쏜 화살을 맞고 죽었는지, 그것도 알 수 없게 되었다는 말이 아닌가? 그런데 형님이 총상을 입고 낙마한 것은 확실한가?"

"왼쪽 허벅지에 상처를 입고 피가 번져 나오고 있기에 내가 머리띠를 풀어서 우선 급하게 싸매어 드리고 그 소식을 전하려고 이렇게 먼저 달려온 것입니다."

"이 사람아! 그렇다면 총상을 입으신 게 확실하지 않은가?"

재종 아우의 말대로라면 초암 형님이 총상을 입은 게 분명하다고 생각한 청산은 다른 것을 생각할 겨를도 없이 비호같이 몸을 날려서 자신의 말에 올라탄다.

"왜놈 헌병들은 지금 어디에 있는가?"

"오우진 나루 쪽으로 달아나 버렸습니다!"

"죽일 놈들! 우리 행사에 초를 치려고 작심을 하고서 총질을 해댄 게 분명한 모양이구면!"

청산은 신음 소리처럼 그렇게 토해 내고는 이를 악물면서 그대로 말을 몰아 오우진 나루가 있는 그곳 밀성제 제방 쪽을 향해 질풍같이 달려간다. 좀만에 저쪽에서 마주 달려오고 있는 기마 추격조의 모습이 그의 시야에 들어왔다. 그런데 자세히 보니 아닌 게 아니라, 비보를 전하러 왔던 재종 아우의 말대로 자신의 말안장 위에 시신처럼 널브러진 상태로 실려 오는 초암의 모습이 눈에 들어오는 것이다.

가슴이 철렁 내려앉은 청산은 있는 힘을 다하여 속력을 내며 그들 곁으로 단숨에 달려간다. 마음이 바빠진 그는 그들 일행들에게 사태의 전말을 물어 보기도 전에 자신의 말안장 위에 실려 오는 초암 곁으로 뛰어 들면서 그의 어깨를 붙잡고 냅다 흔들었다.

"초암 형님, 초암 형님! 정신 차리세요! 오늘 같이 좋은 날에 이 무슨 날벼락이란 말입니까?"

아무리 어깨를 잡고 흔들어 보아도 혼절해 널브러진 초암의 대답이 있을 리가 없었다. 그 바람에 청산은 이미 숨이 끊어진 게 아닌가 하고, 축 늘어진 그의 팔목을 잡고 맥박을 짚어 본다.

"아까부터 맥박은 뛰고 있었습니다!"

초암의 말을 끌고 달려온 그의 휜당(蕚堂) 종조부님 댁의 아우 능산(陵山)이 청산에게 일러 준다. 휜당 종조부는 승당 어른의 넷째 아우가 되는 사람이었다. 다행히 초암의 맥박은 약하게나마 아직도 뛰고 있었다.

"그 말고삐를 이리 주게!"

사태의 심각성을 깨달은 청산은 초암의 말고삐를 건네받기가 무섭게 자신의 말에 채찍을 가하면서 초암의 말을 끌고 그대로 속력을 내어 달리기 시작하였다. 다른 엽사들도 숨 돌릴 겨를도 없이 저마다 몸을 날려서 말에 올라타고 채찍들을 휘두르며 그의 뒤를 따라 달려간다.

늪가의 돌무더기 잡초밭 앞에는 모든 엽사들과 몰이꾼들이 한데 모여 아무런 영문도 모른 채 난데없는 변고에 저마다 큰 소리로 떠들어대며 웅성거리고 있었다. 그들은 시신처럼 너부러진 초암의 말을 끌고 달려오는 청산의 모습을 보고 앞을 다투며 그쪽으로 우르르 몰려들었다. 집에 있던 하인들을 데리고 와서 거기 있던 몰이꾼들과 함께 오늘 잡은 사냥감들을 묶어가며 들마당으로 옮겨 갈 준비를 하고 있던 천 서방도 마른하늘의 날벼락과도 같은 사고 소식에 놀라 그쪽으로 허둥거리면서 달려 나오고 있었다.

미친 듯이 말을 타고 달리던 청산이 앞으로 달려 나오는 천 서방을 발견하고는 다급하게 소리친다.

"이보게, 천 서방! 자네는 저기 있는 향산 아우와 함께 여기 남아서 뒷일을 처리해 주게! 나는 이대로 초암 형님을 모시고 곧장 집으로 달려가야 할 것 같네!"

"아, 알았습니더, 되련님! 뒷일은 여기 돌목더기 앞에 와 있는 우리 일꾼들과 함께 소인이 모두 책임지고 처리할 테니, 아무 걱정 마시고 빨리 가시소!"

천 서방에게 바쁘게 뒷일을 부탁한 청산은 뒤따르는 자기네 추격 조의 엽사들과 함께 뒤돌아볼 새도 없이 그대로 종가를 향해 줄달음치기 시작하였다. 거기에 모여 있던 보사조의 엽사들도 어느 새 몸을 날려 말에 올라타고는 황급히 그들의 뒤를 따라 달려가기 시작하였다.

뒤에 남은 몰이꾼들은 이제 어떻게 해야 할지 한동안 갈 바를 잡지 못한 채 그야말로 장수 잃은 패잔병들처럼 우왕좌왕 웅성거리고 있었다. 그러는 중에 사태의 심각성을 간파한 누군가가 그들 속에서 큰 소리로 이렇게 외치면서 앞으로 썩 나서는 것이었다.

"이 보소들! 일이 이렇게 된 마당에 저분들의 은혜를 입고 사는 우리가 우찌 강 건너 불구경하듯이 이렇게 우왕좌왕하고만 있어야 한단 말이요? 우리도 이러고 있을 기이 앙이라, 일이 어떻게 되었는지 사고 현장으로 몰려가서 왜놈 헌병들한테 한번 따져 보기나 해야 되지 않겠소?"

남 먼저 팔을 걷어붙이고 앞으로 나선 사람은 이번에도 역시 민 대감 댁의 일이라면 궂은 일 마른일을 가리지 않고 팔소매를 걷어 부치고 나서곤 하는 당곡 부락의 상쇠잡이 염록술이었다. 그 모양을 보고 가까이 있던 삼덕이가 따라 나섰고, 뒤에 있던 다른 풍물패들도 뒤질세라 하나 둘씩 그 뒤를 따라 나서기 시작하였다.

자기네 풍물패와 당곡 부락의 다른 몰이꾼들도 우르르 따라 나서자 삼덕이는 누가 시키지도 않았는데, 진군을 알리는 나팔수처럼 아예 나발을 불기 시작하면서 뒤에 있는 동료들에게도 자기네들을 따라오라고 손짓을 하고 있었다.

뚜우— 뚜, 뚜, 뚜, 뚜, 뚜, 뚜우—

그러자 다른 사람들도 이대로 있어서는 안 되겠다 싶었던지, 서로의 눈치를 살피다가 하나 둘씩 앞서 가는 당곡 부락의 풍물패들과 몰이꾼들을 따라 나서기 시작하였다.

"우리가 살아가는 내력을 따진다면 이기이 어데 강 건너 불 귀경하듯이 쳐다보고만 있을 남의 일이겠능교? 의리 때문에 죽고 사는 사람도 있다 카는데, 이럴 때 우리도 왜놈들한테 당할 땐 당하더라도 저 사람들처럼 이웃을 위해서 한풀이나 한번 해 보고 돌아옵시다!"

아까 자기네들끼리 모여서 호랑이를 잡은 왜놈 포수 얘기를 하던 외산 부락의 몰이꾼이 나서면서 그렇게 소리쳤다.

"총을 든 왜놈 헌병들이 아직도 거기에 남아 있으면 우찌할라꼬?"

왜놈 포수가 황소 같은 호랑이를 잡았다는 소문을 삼랑진역 앞의 선술집에서 들었다고 하던 그의 동료가 멈칫거리자,

"아까는 호랑이라도 잡을 듯이 설치더니, 시방 무신 소리를 하고 있

노! 그놈들이 여기 있는 우리 모두를 향해서 총질을 할 수 있을 것 같은 가? 그랬다가는 지놈들이 우리한테 죽창과 몽둥이에 몰매를 맞고 떼죽음을 당할 기인데…! 택도 없다, 택도 없어!"

그러자, 호랑이를 잡은 왜놈 포수 얘기를 하던 동료도 마침내 기를 펴고 나서는 것이다.

"까짓것 죽기 앙이모 실기지! 종가 나으리 댁의 자제분이 저 꼴로 널 부러져서 말에 실려 가는 판국인데, 우리라고 가만히 보고만 있을 수는 없는 일이 앙이가!"

그의 기세에 다른 사람들도 덩달아 나서기 시작하였다.

"하기사, 우리도 부모 잃은 호로 자식처럼 여기에 이렇게 우두커니 남아 있을 수만은 없는 일이지러!"

이런 분위기가 형성되기가 무섭게 일백 명도 더 되는 몰이꾼들은 어느 새 한 덩어리가 되어 좌군 수장이 변을 당했다는 응천강 가의 밀성제 제방 쪽을 향하여 성난 파도처럼 일제히 함성을 올리면서 몰려가기 시작하였다.

"왜놈 헌병들한테 따지러 가자!"

"가자! 가자!"

여기저기에서 고함소리가 봇물 터지듯하면서 아침부터 사냥감 몰이에 나섰던 마을 사람들은 이제는 왜놈 헌병들을 때려 잡을 듯한 기세로 그놈들이 있는 곳을 향하여 일제히 몰려가기 시작하였다.

제3장

뒤풀이 잔치

◇ 반노(叛奴)의 탄생
◇ 이단아(異端兒)의 귀환(歸還)

◇ 반노叛奴의 탄생

만석지기 민 대감 댁의 과방(果房) 안은 웬만한 사찰의 채공실(菜供室)만큼이나 넓었다. 사랑채 바깥에 길게 늘어 서 있는 미곡 창고와는 별도로 안채 부엌 옆에 위치한 이 맞배지붕의 여덟 칸짜리 건물의 한쪽은 크고 작은 뒤주들이 들어 있는 곳간이었고, 나머지 절반은 사당 제향이나 묘제 때 사용하는 각종 제수 용품을 비롯하여 명절이나 큰 잔치가 있을 때마다 끄내어 쓰는 값비싼 유기그릇이며 여러 가지 생활 집기들을 넣어 두기도 하고, 오늘 같이 문중 행사가 열리는 날이면 수많은 음식들을 보관해 두었다가 거기서 상들을 차려 내는, 이른바 과방으로 이용되는 곳이기도 하였다.

그래서 명절이나 잔칫날을 제외하고는 언제나 안방마님 양동댁의 묵직한 열쇠 꾸러미가 있어야만 열릴 수 있는 커다란 자물통이 노상 채워져 있기 마련이었다. 그러나 오늘은 수렵대회와 문중 종회에다 김 서방과 삼월이의 혼례식까지 있는 날이라 과방 문은 아침 일찍부터 활짝 열려 있었고, 일손을 도우러 온 마을 드난꾼 아낙네들과 무시로 드나들며 잔칫상을 내어가는 남녀 하인들이며 머슴들로 북새통을 이루고 있었다.

당곡 부락에서 온 이들 드난꾼 아낙네들 역시도 새벽같이 일어나 봉화대를 만들기 위하여 동산 붕어등으로 올라갔던 풍물패 남편들처럼 민대감 댁의 일손 돕기 위하여 아침도 그른 채 달려온 단골들이었다.

큰 행사가 있을 때마다 매번 반복되는 일이건만, 그들의 눈에 비친 민 대감 댁의 드넓은 과방 안은 열 번을 거듭 보아도 없는 것이 없고, 보면 볼수록 휘황찬란하고 으리으리하고 풍성풍성하기 짝이 없는 보물창고나 다를 바가 없었다. 유서 깊은 사대부 집안의 종가라면 으레껏 그러하듯이, 벽면을 따라 잔뜩 세워져 있는 값비싼 병풍들이며, 층층의 선반마다 무수히 쌓여 있는 각종 제기들은 말할 것도 없으려니와, 지천으로 쌓여 있는 온갖 종류의 그릇들마저도 한결같이 눈부시고 값비싼 유기그릇 일색이라 보면 볼수록 탐이 나서 가슴이 절로 울렁거려지지 않을 수가 없는 것이다.

"내 생전에 이렇게 번쩍거리는 유기그릇에다 하얀 쌀밥하고 기름이 동동 뜨는 쇠고기국을 한 번 담아서 실컷 묵어 보고 죽을 수 있을란가 모르겠네!"

새로 닦아서 휘황찬란하게 광택이 나는 유기그릇들을 수북이 쌓아 놓고 고사리나물과, 콩나물, 무나물을 옮겨 담고 있던 실경이 마누라가 보면 볼수록 탐이 나는지 자꾸만 커져가는 부러움을 주체치 못하고 새삼스럽게 신세타령을 한다.

"니 말이 틀린 거는 앙이지만, 우리 같은 소작인 팔자에 신세타령을 하면 머 하겠노? 죽은 자슥 고추 만지기 앙이가! 그러니 우찌하겠노? 낮잠을 자도 그늘 넓은 정자나무 밑이 좋고, 아침 저녁으로 내버리는 구정물도 대갓집 수챗구멍의 구정물이 더 걸다고 하는데, 이런 대갓집에서 귀한 음식 냄새를 종일토록 맡으며 아무 부족함 없이 일을 할 수 있는 것만도 큰 분복으로 알고 살아야제!"

한 쪽 벽면에 가득 쌓여 있는 교자상을 옮겨다 놓고 바쁘게 행주질을 하고 있던 칠성이 마누라가 콧구멍에 대롱거리는 콧물을 치맛자락으로 찍어내며 소작인의 신세를 팔자 소관으로 돌리며 뒤틀린 운명으로 받아 넘긴다. 그러다가 무슨 생각이 들었던지, 아무 대꾸도 하지 않는 실경이 마누라를 슬며시 쳐다보더니,

"그래도 사람의 팔자는 아무도 모르는 기이라!"

하고 평소에는 안 하던 의미심장한 말을 한다.

"평생 가야 남의 집 드난꾼 신세를 몬 면하고 살 것 같은데, 그기이

무신 말이고?"

눈을 빤히 치뜨고 돌아보는 실경이 마누라의 심란한 얼굴에도 일순 호기심이 어린다.

"삼월이 말이다! 오늘 낮에 김 서방하고 혼례식을 올리고 나면 옥이네처럼 그림 같은 새집에다 신접살림을 차려놓고 무시로 이 댁을 친정집처럼 드나들면서 팔자를 고치고 살게 될 거 앙이가?"

건실한 곽 서방이 용화 부인의 오랜 충복 중의 충복인 김 영감의 죽은 딸 천수와 혼인을 하면서 장인의 후광으로 농감이 된 것도 그렇고, 또 그들 부부 사이에서 태어난 옥이네가 일 잘하고 충직한 머슴 용달이와 혼인을 하면서 신접살림 집에다 적잖은 농토까지 할양 받아 독립하고서도 두 내외가 여전히 민 대감 댁을 내 집처럼 드나들며 남부럽지 않게 살고 있는 것을 염두에 두고 하는 말이었다.

"하기사 종놈의 핏줄을 타고 났어도 이 댁의 수양딸처럼 살고 있는 옥이네를 보면 니 말이 전적으로 틀린 거는 앙이지러!"

그러자 가재는 게 편이라고, 이번에는 이 댁 침모인 염 서방네와 함께 여러 날 동안 김 서방과 삼월이의 혼수 삯바느질을 하였던 우판돌의 마누라 분순네가 그들의 역성을 들고 나선다.

"하모, 그렇고말고! 그것도 다 종살이를 해도 평생토록 충복 노릇을 제대로 하고 살아 온 양친 부모 덕이 앙이겠나? 굶어 죽어도 부잣집 문지방이 바로 극락이더라고, 우리가 큰 일이 있을 때마다 여기서 이렇게 노상 죽을 둥 살 둥 모르고 일을 돕고 살다 보면 옥이네나 삼월이처럼 팔자를 고치지 말라는 법도 없는 기이라!"

함께 온 이웃 아낙네들이 점심상에 올릴 각종 음식들을 그릇에 옮겨 담느라고 바쁘게 일손들을 놀리면서도 이렇게 팔자 얘기를 끊임없이 주고받고 있었건만, 광택이 나는 유기그릇들을 수북이 쌓아놓고 각종 산적 고기들을 옮겨 담는 일을 도맡아서 하고 있는 김양산의 마누라 구포댁은 그런 것에는 아예 관심이 없는 듯, 세월아 네월아 가거라 하고 느릿느릿 일손을 놀리면서 무언가 혼자서 자기 생각에 골몰하고 있었다.

"일은 해도 해도 끝이 없는데, 개떡 겉은 주제에 팔자 한번 좋아하고 있네! 그나저나 보기만 해도 절로 군침이 꿀꺽꿀꺽 넘어가는 이 많은 산적 괴기들을 어느 세월에 다 담아낼 것이며, 도대체 어느 양반님네들의 뱃속으로 꾸역꾸역 들어가서 기름진 똥이 되어 나올려는지 모르겠네!"

평소에도 말끝마다 욕을 달고 사는 사람이라 입이 좀 거칠다.

"하이고, 일손을 거들러 왔으면 하시는 일이나 열심히 하면 될 기인데, 꿀꿀이 엄마는 입이 걸다는 소문이 들리더마는 남의 일에 참 별의별 걱정도 다 하십니더! 이제 곧 사냥대회가 끝나면 바깥사랑, 중사랑, 안사랑이며, 영양재는 말할 것도 없고 안채와 용화당까지 수십 개가 넘는 방마다 내외간의 양반님네들이 꽉꽉 들어차게 될 기인데, 이 정도의 음식을 보고 많다고 하면 우찌합니꺼?"

"아이고 깜짝이야! 하마터면 간 떨어질 뻔했네!"

무슨 꿍꿍이짓을 하다가 그랬던지, 자기를 두고하는 난데없는 말소리에 화들짝 놀란 구포댁이 후딱 뒤돌아보니 행랑과 안채 부엌으로 돌아다니며 점심상 준비 상황을 살피러 다니던 옥이네가 거기에 와 있었다.

안방마님 양동댁인 줄로 알고 혼비백산하였던 구포댁은, 그러나 마음씨 착하고 나이도 어린 옥이네가 등 뒤에 와 있는 것을 보고는 짐짓 시치미를 떼고 능청을 부리는 것이다.

"한두 번 해 본 일도 앙이겠고, 옥이네가 말을 안 해도 내가 우찌 그걸 모르겠노? 오늘따라 장만해 놓은 음식들이 예전 같잖게 하도 많기에 혹시 남아서 버리게 되는 일이라도 생기면 우찌하나 싶어서 한번 해 본 소리지러, 머!"

그렇게 둘러댄 구포댁은 입 안에 넣고 우물거리다 만 고래 고기 산적을 눈에 안 띄게 겨우 삼키고 나서 입가에 묻은 산적 자국을 저고리 소매 끝으로 옥이네 몰래 얼른 훔쳐낸다.

옥이네 말대로 이곳 과방은 물론이고 행랑 고방 안에도 잔치 음식은 지천으로 쌓여 있었다. 점심 식사 후에 김 서방과 삼월이의 혼례식을 올리기 위해 차일을 쳐놓은 그곳 행랑 마당과 솟을대문 앞의 바깥마당 가득 펴놓은 수많은 덕석들마다 사냥대회 구경을 끝내고 몰려 와 자리를 잡게 될 마을 사람들에다, 며칠 전부터 사방에서 몰려와 곳곳에 진을 치고 있는 수많은 거지 떼와 문둥이들이며, 식구들을 데리고 찾아온 유랑 빈민들까지 모두 대접을 하자면 행랑 부엌 쪽의 일꾼들은 또 그들대로 따로 장만해 놓은 그쪽의 잔치 음식들을 끝도 없이 상에 올려 밖으로 내어 가지 않으면 안 되는 것이다.

옥이네의 핀잔을 듣고 임기응변으로 말대꾸를 한 구포댁은 그제서야 바쁘게 일손을 놀리기 시작하였다. 이때, 마침 점심밥 준비 상황을 점검하러 다니던 이씨 부인 양동댁이 과방 안을 들여다보면서 누구에게랄 것도 없이 큰 소리로 재촉을 한다.

"영양재의 문중 종회가 방금 끝난 모양이고, 사냥 나갔던 엽사들도 이제 곧 한꺼번에 들이닥칠 판인데, 아직도 과방에서 이러고 있으면 우찌하노? 여보게들, 기왕에 소매를 걷어 붙이고 하는 일이니 힘이 다소 들더라도 빨리 좀 서둘러들 주시게!"

성품이 안존하여 언제나 친정어머니처럼 자애롭고 포근하게 감싸주기만 하던 양동댁이 자신의 면전에서 과방의 일이 신통치 않은 것을 보고 일하는 당사자들을 향하여 그렇게 다그치는 모습을 보니 이곳 일을 관장하는 장본인으로서 남들 보기에 민망하고 양동댁에게도 심히 부끄럽고 송구스러웠던 것이리라.

"어무이예, 보시다시피 산적 담는 일이 좀 더뎌서 그렇지, 나머지 음식들은 이미 저렇게 상 위에 모두 차려 놓았으니 너무 심려치 마시소! 저기에 차려져 있는 많은 상들을 대청마루로 들고 나가 더운 국하고 밥만 올려놓기만 하면 금방 손님 방으로 들고 갈 수 있다 앙입니꺼?"

종놈의 딸로 태어나 하늘같은 안방마님을 '어무이'라 부를 정도로 팔자를 고치고 사는 옥이네이건만, 타고난 착한 성품 때문에 막상 친정 어머니 같던 양동댁이 역정을 내는 모습을 보고는 이런 소리를 듣게 만든 구포댁의 허물마저도 매정하게 일을 다그치지 못한 자신의 탓으로 떠안고 마는 것이다.

그러나 과방 안을 둘러보던 이씨 부인도 마음씨 고운 그녀가 누구 때문에 그렇게 당혹스러워 하는지를 금방 알아차리고는 바로 코앞의 출입문 옆에 등을 돌리고 앉아 있는 구포댁에게 좋은 듯이 한 마디 이르는 것이다.

"이보게 구포댁! 노상 앞장서서 일을 차고 나가던 임천댁이 오늘따라 무산소증(無酸素症)으로 못 오게 된 것을 자네도 잘 알고 있지 않는가? 오늘 여기서 일하는 드난꾼들 중에서는 그래도 자네가 그 중 연장자인 모양이니, 다소 힘이 들겠지만 임천댁 대신 잡도리를 해서라도 상 차리는 일을 좀 더 서둘러 주시게!"

종가의 행사가 있을 때마다 스스로 마을 아낙네들을 이끌고 와서 자기 일처럼 시원시원하게 과방의 일을 해 주곤 하던 염록술의 마누라 임천댁이 지병으로 못 나오고 보니 양동댁은 평소에는 하지 않던 잔소리까지 하게 되는 것이다.

"야, 잘 알겠심더! 그, 그렇게 해야지예, 머!"

이쪽으로 등을 돌리고 나무의자에 걸터앉은 구포 댁은 크게 당황하면서 연신 허리를 굽실거리면서도 발밑에서 무엇을 바쁘게 옮기는 듯한 이상한 몸짓을 하면서 몸 둘 바를 모르고 쩔쩔매는 것이다.

잠시도 지체할 수 없는 양동댁이 더 이상 잔소리를 하지 않고 바쁜 걸음으로 안채 쪽으로 총총히 사라지자, 옥이네는 손수 옷소매를 걷어붙이고 상 차리는 일을 맡은 대소가의 하녀들을 도와 마을 아낙네들이 담아 놓은 수많은 음식 그릇들을 주섬주섬 들어다 길게 이어져 있는 교자상 위에 바쁘게 올려놓기 시작하였다. 열 마디 말보다는 자신이 그렇게 시범을 보이는 것이 더욱 효과적일 거라고 판단한 모양이다.

그렇게 드난꾼 아낙네들이 담아놓은 온갖 음식 그릇들을 과방 바닥에 길게 늘여놓은 뭇 교자상들마다 일일이 옮겨놓은 옥이네는 바쁜 걸음으로 나타난 연실이와 함께 다 차려진 교자상을 마주 들고 저쪽 부엌 옆의 대청마루로 조심조심 걸어간다.

그리고 거기서 부엌 일꾼들이 날라다 주는 더운밥과 국그릇들을 상위에 마저 차린 그들이 그것을 대기하고 있던 하인들 편에 들려서 용화당 쪽으로 사라졌을 때였다. 그때까지 이제나 저제나 하고 주변의 동정을 살피고 있던 구포댁이 기다렸다는 듯이 의자 밑에 감추어 두었던, 온갖 산적들이 수북하게 담긴 커다란 유기그릇을 끄집어내기가 무섭게 치마폭에 감싸 쥐고 주변을 두리번거리면서 과방 밖으로 슬금슬금 뒷걸음질을 치는 것이다.

"보소, 구포 댁이요! 손이 열 개라도 모자랄 판인데, 일거리를 그렇게 잔뜩 미루어 두었다가 우리까지 싫은 소리를 듣게 해놓고서 또 어디 갈라꼬 그렇게 황소 뒷걸음질 치듯이 꽁무니를 빼고 있능교?"

저쪽에서 그녀의 수상한 행동을 아까부터 눈치 채고 있던 삼덕이 마누라가 남들이 다 듣게 목청을 돋구어 소리친다. 남편끼리 티격태격 사이가 좋지 않은 것을 알고 있는 그녀의 눈에 구포댁의 그런 짓이 좋게 보였을 리 만무했던 것이다.

"남이사 뒷간에 가든 저승에 가든 니가 나한테 무신 대천지원수를 졌다고 앙심을 품은 시누이맨치로 눈에 쌍심지를 켜고 그렇게 생사람 잡을 소리를 하고 있노? 내사 마 소증 끝에 기름진 음식 냄새를 맡다 보이 갑자기 서, 설사가 나서 급해 죽겠꾸마는!"

하기야 일을 하는 중에도 자기가 맡은 온갖 산적 고기들을 입맛대로 골라 수시로 입에 밀어 넣고 우물거리고 있었으니 자기의 말마따나 기름기가 다 빠져 소증이 난 몸에 딴은 설사가 날 만도 했을 것이다.

산적이 잔뜩 담긴 유기그릇을 등 뒤로 돌려 치맛자락에 감춘 채 슬금슬금 뒷걸음질을 치며 고방 문을 나선 그녀는 정말로 뒷간 쪽으로 정신없이 달려간다. 그러나 정작 뒷간 앞에 이르러서는 누구 보는 이가 없나 하고 주변을 두리번거리고 나서는 뒷간이 아닌 그 뒤의 높다란 담장 밑으로 다가서면서 밖에서 기다리기로 한 자기 아들놈을 다급하게 부르는 것이다.

"꿀꿀아! 꿀꿀이 거기 있나? 옴마다!"

그러자 머리에 버짐이 허옇게 핀 여남은 살쯤 된 사내아이 하나가 높다란 토담 너머에서 사다리를 타고 올라와 올빼미 새끼처럼 기웃이 고개를 내미는 것이다.

"누가 볼라, 이거 퍼떡 받아라! 보기보다 디기 무겁데이!"

수북하게 담은 산적 유기그릇을 자기 아들놈에게 건넨 구포댁은 그제서야 안도의 한숨을 내쉬면서 일부러 속고쟁이가 다 드러나게 치맛자락을 걷어 올리며 바쁘게 걸어 나와서는 누가 볼 테면 보란 듯이 궁둥이를 살랑거리며 여유있게 뒷간으로 들어가는 것이었다.

견물생심은 인지상정이라, 이런 일은 비단 구포댁 혼자서 하는 짓만은 아닌 모양이었다. 그래서 오늘과 같은 잔치를 몇 번 치르고 나면 온갖 생활 집기들이 눈에 띄게 축이 나곤 하는 것은 항용 있는 일이었다.

그런데 매번 그때마다 애매하게 홍역을 치르게 되는 것은 양동댁으로부터 묵직한 열쇠 꾸러미를 넘겨받아 과방 문을 활짝 열어 놓고 앞다투어 달려온 마을 드난꾼들에게 과방 일을 분담시키고 주관하는 찬모 서 서방네의 몫으로 고스란히 돌아오기 마련이었다.

"마님, 대체 이 일을 우찌하면 좋습니꺼? 과방에 있던 그릇들이 또 많이 없어지고 말았습니더!"

서 서방댁은 그때마다 죽을 죄를 지은 듯이 수십 번을 되풀이 해 온 말을 또다시 반복하지 않으면 안 되었다. 하지만 그게 그녀의 잘못이 아님을 훤히 알고 있기에 그녀를 탓할 양동댁도 물론 아니었다.

"나라님도 못 막는다는 가난이 죄인데 우리가 우찌하겠는가? 없어진 수만큼 다시 주문하여 채우는 수밖에!"

그리하여 그나마 가슴을 쓸어내리게 된 서 서방네는 감지덕지하면서 각종 장인(匠人)들이 모여 사는 응천강 건너 삼랑진면의 임천, 숭진, 청학동 등지로 사람을 보내어서 각종 장인들을 집으로 불러들여 없어진 그릇들을 다시 주문하는 수순을 또다시 반복하게 되는 것이다.

응천강 건너 삼랑진면의 임천, 숭진, 청학동, 용성, 용전리 땅으로 말하자면 고려 시대 이래로 금음물부곡(今音勿部曲)의 옛 터전으로 알려져 온 곳이었다. 그 지역에 산재해 있는 쇠점, 통점(桶店), 칠기점(漆器店), 사기점(沙器店) 부락 등의 옛 지명이 시사하는 바와 같이, 그곳 부곡은 원래 사족(士族)들은 살지 않고 특수한 기술과 작업에 종사하는 백성들이 주로 모여 살던 주거지였는데, 조선 중종 때 문장과 기우(氣宇: 기개와 도량을 아울러 이르는 말)가 당대에 으뜸이라고 칭해졌던 교리(校理) 손수(孫洙)와 그 아들 손천석(孫天錫)이 입촌하여 살았던 곳이기도 하였다.

손수는 젊었을 때, 그의 문재(文才)를 시기한 친구들이 농으로 어려운 문제를 내어 골려 주려 했으나 조금도 거침없이 응구첩대(應句捷對: 남이 짓는 글귀에 민첩하게 대구를 지어 상대하는 일)로 농시(弄詩: 남을 조롱하여 쓴 시)에 화답하여 기를 꺾었으므로, 친구들이 크게 놀라며 탄복했다는 일화가 전해 오고 있기도 하였다. 반면에, 그의 아들 손 천석은 일자무식인 데다가 미련하여 아버지의 재주를 전혀 닮지 않았으므로, 당시 향중 사람들은 못난 남의 자식을 빈정될 때 '불초하기 손 천석을 닮았다'고 했다는 일화도 전설처럼 전해져 오고 있는 것이다.

그곳 임천리의 쇠점 또는 쇠실, 숭진리의 가래점도 전국적으로 유명했지만, 용전리의 사기점은 조선 초기인 태종 17년(서기 1417년)에 궁중의 세자부(世子府)에 설치된 인수부(仁壽附)의 분포(分鋪)인 밀양 장흥고(密陽長興庫), 밀양 인수부(密陽仁壽府)의 도자기소(陶瓷器所)

로 지정될 정도로 명성을 떨쳤던 만큼, 그릇의 재질이며 모양새가 전국적으로 널리 일컬어지던 곳이기도 하였다.

그곳에서 생산되는 분청인화문(粉靑印花紋) 그릇의 밑바닥에는 '밀양장흥고(密陽長興庫)'라는 글귀가 음각되곤 하였는데, 그곳에서 불러들인 각종 장인들은 민 대감 댁의 생활 집기 공급자로서 그 문양 대신에 이 댁을 상징하는 청학 문양을 새겨 넣은 유기그릇과 놋쇠그릇이면 놋쇠그릇, 사기그릇이면 사기그릇, 가래나무로 만든 각종 목기면 목기들을 노새 등에 가득 싣고 와서 웅천강의 광탄 나루에서 배를 이용하여 이쪽 민 대감 댁으로 운반해 오곤 하였다.

그런데 오늘은 그런 서 서방네도 명색이 신부의 어머니인 혼주의 몸으로 폐백 상을 받게 되는 날이라 과방의 일에서 손을 놓게 되는 바람에 그 일을 옥이네가 대신 챙기게 된 것이었다.

구포댁이 밖으로 사라진 뒤에 두껍네가 갑자기 무슨 생각을 했는지 주위를 두리번거리다가 분순네에게 물었다.

"그나저나 어제 저녁 때 이댁 하인 삼수하고 풍수 총각이 남창북창 술에 취해 가지고 온 당곡 천지가 떠들썩하도록 악을 바락바락 써 가며 노래를 불러대면서 미쳐 날뛰고 댕겼다 안 카나! 그러다가 마굿들 종마장 앞에서 삼랑진에서 온 걸뱅이들하고 시비 끝에 패싸움이 붙어 가지고 적지강산이 되었다 하던데, 대처에 나가 있는 두 총각들이 무신 일로 그러는지 분순네 니는 종갓집 사정에 밝은 편이니까 물론 잘 알고 있겠제?"

분순네가 삯바느질 때문에 민대감 댁을 수시로 드나들고 있기에 물어 보는 말이었다.

"나도 어제 저녁때 대처에 나가 있던 두 총각이 당산 정자나무 밑으로 올라가서 광인굿을 하듯이 고성방가로 미쳐 날뛰는 소리를 듣기는 들었지러! 그래서 비슷한 시기에 고향으로 돌아온 두 절친한 총각들끼리 한통속이 되어 가지고 그렇게 동네방네로 미쳐 발광하고 돌아 댕기는 거는 오늘 혼례식을 올리는 삼월이 때문일 기이라고 대충 짐작을 했다마는, 삼랑진 걸뱅이들이 잔치 음식이 잔뜩 쌓여 있는 이곳 종가를 놔두고 머 할라꼬 멀리 있는 외딴 종마장으로 떼거리로 몰려 갔는지 난들 우찌 알겠노?"

삼월이한테 반해서 남몰래 애간장을 태우고 있던 삼수가 이번에 있을 김 서방과의 혼사로 닭 쫓던 개 꼴이 되었다는 사실을 분순네도 남편 칠성이한테서 들어서 잘 알고 있었다. 하지만 그들이 다른 곳도 아닌, 문중 사냥대회가 벌어지게 될 이 댁 종마장에서 떼거리로 몰려 온 삼랑진의 거지들하고 패싸움을 벌인 까닭에 대해서는 종가와 관련된 일일 수도 있거니와 분순네 자신도 잘 모르는 일이어서 말을 삼가며 사뭇 조심을 한다.

"부모도 못 막는다는 남녀 간의 치정 문제를 놓고 한창 팔팔한 나이에 악에 받치면 무신 짓인들 몬하겠노? 그래도 그렇지! 삼월이의 혼삿날을 앞두고 상사병에 미쳐 버린 친한 친구를 위한답시고 둘이서 마산리 주막까지 나가 술을 퍼마시고 돌아오던 길에 그렇게 미쳐 발광을 하고 댕긴 것까지는 이해가 되지만, 왜 하필이면 혼례 잔치가 벌어질 종가를 놔두고 사냥대회가 열리게 될 멀고 외딴 종마장까지 가서 야밤중에 떼거리로 몰려 온 걸뱅이들하고 패싸움을 벌이게 되었는지, 생각하면 할수록 참으로 희한한 일이 앙인가배?"

"까마귀 날자 배 떨어진다고, 닭 쫓던 개꼴이 된 삼수의 아픈 심사를 달래 준다고 끝도 없이 술을 퍼마시고 돌아오다가 종마장 주변을 맴돌면서 거치적거리던 걸뱅이들을 보고 화풀이 삼아서 시비를 걸다가 패싸움으로 번진 모양이겠지 머."

분순네도 그들이 패싸움을 벌이게 된 사연이 다른 데에 있을 수 있다는 생각을 아니해 본 바는 아니었다. 왜냐 하면, 동냥질을 하러 온 거지들이라면 응당 잔치 음식들이 잔뜩 쌓여 있는 민 대감 댁으로 와서 진을 치고 있어야지 왜 하필이면 사냥대회가 아직 열리지도 않은, 멀고 외진 종마장으로 미리 몰려 갔다가 거기서 한밤중에 패싸움을 벌이게 되었는지에 대해서는 도무지 이해가 되지 않았기 때문이다.

하지만 분순네는 그런 의구심에도 불구하고 내막도 모르는 종가의 일을 가지고 남의 호기심에 장단을 맞춰서 이러쿵 저러쿵 입방아를 찧는 것이 자신이 취할 도리가 아니라고 생각하고 좋은 쪽으로 말을 돌리고 만 것이었다.

"하기사 주인한테 야단맞고서 똥개한테 분풀이를 한다고…."

그러다가 두껍네는 커다란 옹배기에 아직도 많이 남아 있는 시루떡 한 조각을 입에 넣고 우물거리면서 다시 묻는 것이다.

"그런데 참 희한한 일도 다 있제? 이 댁에 삼월이보다 참한 처자가 한 둘이 아닌데, 삼수 총각이 와 하필이면 한사코 싫다 하는 삼월이한테 반해 가지고 그렇게 목을 매달아 한사코 몸부림을 치며 그 야단일꼬?"

"다 떨어진 짚신도 지 짝이 있더라고, 지 눈에 콩깍지가 한번 끼면 다른 사람은 아예 눈에 안 보이는 법인데, 웃전들도 잘 모르고 있는 한 지붕 밑 청춘 남녀 하인들의 일을 우리가 우찌 알겠노? 그런데 소중이 들어 오늘 못 나온 임천댁의 아들 풍수까지 한통속이 되어 가지고 그래 쌓으니 저러다가 감당하지도 못할 큰일을 저지르지나 않을는지 모르겠네!"

남편처럼 입이 무겁고 성질이 쑥떡 같아서 그때까지 두런거리는 옆사람들의 얘기에 잠자코 귀를 기울이고 있던 삼덕이 마누라도 급기야는 남의 일 같잖다는 생각에 걱정을 하며 끼어들었다.

"가만히 듣고 보니 참말로 예삿일이 앙인 것 같네! 이 댁 어른들이 알면 양쪽 부모들한테도 자식 갈무리 잘 몬했다고 불호령이 떨어질 일 앙이가? 그런데…."

삼덕이 마누라의 말이 미처 끝나기도 전에 밖을 내다보던 두껍네가 옆구리를 쿡쿡 찌르면서 제지를 한다.

"쉿! 꿀꿀이네가 저기 오니 조심해라! 남의 집 험담이라면 자다가도 벌떡 일어나는 사람이니…."

본의 아니게 입을 닫았던 삼덕이 마누라가 뒷간에 간다던 구포댁이 홀쭉해진 무명 치맛자락을 살랑거리며 돌아오는 것을 발견하고는 모두가 들으라는 듯이 코웃음을 치며 이죽거리는 것이다.

"흥, 굼벵이도 딩구는 재주가 있다 카더마는 그 새 뚝딱 해치우고 방실방실 웃는 얼굴로 돌아오는구마!"

"백정네도 사람이라고 귓구멍이 두 개나 뚫려 있을 기인데, 그 나이가 되도록 아직도 뒷간에 갈 때 마음 다르고 올 때 마음 다르다는 말을 들어 보지도 못한 모양이구마는!"

비 맞은 중처럼 궁시렁거리면서 과방 안으로 들어온 구포댁은 제 자리로 가서 앉으면서 짐짓 짜증을 부리는 것이다.

"안방 마나님께서 금방 손님들이 들이닥치는 것처럼 그토록 득달같이 깝쳐 쌓다마는 아직도 잠잠하기만 하네, 머!"

그러나 그녀의 말이 미처 땅에 떨어지기도 전에 부엌과 용화당을 오가며 상전들 시중을 들고 있던 연실이가 헐레벌떡 달려와서 다급하게 소리치는 것이다.

"용화당하고 영양재부터 빨리 빨리 점심상을 올리라 합니더!"

"여기는 모든 준비가 끝났으니 어서 가서 상을 들어다 나를 사람들부터 모두 불러 오너라."

옥이네가 연실이에게 일렀고, 그런 경황에도 호기심을 이기지 못한 두껍네가 발길을 돌리는 연실이의 뒤통수에 대고 묻는다.

"연실이 처자, 삼월이는 지금 뭐 하고 있던교?"

"별당에서 신부 화장을 하고 있을 깁니더!"

"별당 아씨 마님께서 직접 화장을 해 주시는 모양이구나?"

분순네는 삼월이와 김 서방의 혼숫감 준비에 유난히 공을 들이던 박씨 부인이 신부 화장엔들 오죽이나 공을 들이고 있을까 하고 예사롭지 않은 그 정경을 상상해 보며 활짝 웃는다. 하지만 호기심 많은 두껍네는 삼수와 풍수가 살매 들린 바람처럼 온 동네를 휘젓고 다니면서 벌이고 있는 안하무인격의 주광이 아무래도 심상치가 않아서인지 새삼스럽게 다시 걱정을 하는 것이었다.

"손에 물도 잘 안 묻히고 지내는 상전이 직접 화장까지 해 주고 있으니 그런 호강이 어디에 또 있을까마는, 그 호강이 언제까지 갈려는지 모르겠네!"

아마도 양동댁으로부터 싫은 소리를 들은 터에 이쪽의 동료 일꾼들이 자기네들끼리 이렇게 속닥거리는 모습이 눈꼴사나웠던 것이리라. 구포댁이 저쪽에서 입을 비쭉거리며 혼잣말처럼, 그러나 이쪽 사람들이 들으라는 듯이 궁시렁거리는 것이다.

"자식새끼까지 딸린 홀아비에다 옆에서 목매는 동갑내기 총각이 미쳐 날뛰고 있다 카는데. 첫날밤부터 신랑 각시의 꿈자리 한번 되기 시끄럽게 생겼구마는!"

바로 그때였다. 요란한 발자국 소리가 밖에서 들리는가 싶더니 바깥 사랑 심부름꾼 춘돌이의 고함소리가 중문 쪽에서 들려오는 것이다.

"안방마님! 큰 일 났습니더!"

과방 안에 있던 사람들이 무슨 일인가 하고 몰려 나가니 한 발 먼저 달려온 춘돌이 뒤에 시체처럼 널브러진 초암을 등에 업은 청산이 동동 걸음을 치며 중문을 들어서는 것이다.

춘돌이의 고함소리에 혼비백산하여 남 먼저 밖으로 달려 나온 사람은 신부 화장을 마치고 나서 부엌에 나와 점심 상차림을 둘러보고 있던 별당의 박씨 부인이었다. 그리고 그녀의 몸종 도화도 그림자처럼 그 뒤를 따르고 있었다.

"춘돌아! 도대체 이게 무슨 일이냐? 큰 서방님께서 낙마라도 하신 것이냐?"

박씨 부인은 청산의 등에 업힌 혼절한 초암의 모습을 발견하고는 사색이 되어 다그쳐 묻는다.

"나, 낙마한 기이 앙이고 왜놈 헌병들이 쏜 총에 맞았다 합니더!"

"아니, 뭐라고? 왜놈들이 쏜 총에?"

박씨 부인은 갑자기 현기증을 느끼면서 비틀거리다가 뒤를 따르던 도화의 부축을 받으며 짚단처럼 무너져 내리는 상체를 겨우 지탱한다. 그녀가 그렇게 놀라는 것도 무리는 아니었다. 초암이 그렇게 된 것이 한사코 사양하는 그에게 기어이 좌군 수장을 맡겨서 사냥터로 내보낸 장본인이 바로 중산이라는 사실을 그녀도 얘기를 들어서 익히 알고 있었기 때문이었다.

바깥의 갑작스러운 소란에 일손을 놓고 밖으로 몰려 나왔던 마을 아낙들이 지켜보는 앞에서 가까스로 정신을 차린 박씨 부인과 한 발 늦게 내실에서 사색이 되어 달려 나온 초암의 아내 윤씨 부인의 모습이 청산을 따라 용화당 쪽으로 완전히 사라진 뒤에도 마을 드난꾼 아낙네들은 자리를 뜰 줄을 모르고 과방 앞의 축대 위에서 한참 동안이나 넋을 놓고 서성이고 있었다.

"그나저나 이 일을 대체 우찌하면 좋겠노? 화살에 맞아도 목숨이 위태로울 기인데, 총에 맞았다니 이거 참말로 큰일 앙이가!"

전붙이 도마질을 전담하였던 실경이 마누라가 분순네를 돌아다보면서 자신의 일인 듯이 크게 걱정을 한다.

"그러게나 말이다! 일이 이 지경이 되고 말았으니 잔치고 뭐고 다 틀려 버린 거 앙이가?"

"제발 제발 곡소리 나는 일은 없어야 할 기인데!"

불출이의 마누라도 크게 낙담을 하면서 안절부절이다.

모두들 흥성스러운 민 대감 댁의 잔치 분위기에 들떠 있다가 난데없이 터진 흉사에 설왕설래하면서 그렇게 발을 동동 구르고 있을 바로 그때였다.

"그런 소리들 마이소! 곡소리라니예? 입살이 보살이라꼬, 그러다가 정말로 큰일이라도 나면 우찌 할라고 그래쌓습니꺼?"

점심상을 따라 용화당으로 갔던 옥이네가 돌아오다가 저쪽에서 그들의 얘기를 듣고는 그녀답지 않게 정색을 하면서 대놓고 싫은 소리를 하였다.

"남의 일 같잖게 걱정을 하다가 무심결에 튀어 나온 말이니 너무 언짢게 여지지 마이소."

"막달네 말이 맞습니더! 이 댁의 일이 바로 우리 일이나 다름 없는데 무신 억하 심정이 있다고 그런 말을 하겠습니꺼? …그건 그렇고 새 서방님의 용태는 좀 어떻다 하던교?"

분순네가 입장이 난처해진 막달네를 두둔하며 초암의 용태부터 물었다.

"총 맞은 곳이 허벅지라 쏟아지는 피만 멈추면 생명에는 아무 지장이 없을 기라 합니더! 그러니 오늘 행사는 그대로 치르게 될 모양이니 여기서 이러고 있을 기이 앙이라 퍼뜩 안으로 들어가서 하던 일이나 빨리 하시소!"

그러자 과방 쪽에서 옥이네의 말을 받아 입방아를 찧던 아낙네들을 보고 쓴소리를 쏟아내는 말소리가 들려왔다.

"천지 분간을 몬하고 저들끼리 잘 났다고 한통속이 되어 씨부릴 때 내 진작 알아봤지러! 옥이네 말이 천 번 만 번 맞고말고! 보비위에 이력이 난 사람도 형편이 달라지면 본색을 드러내게 되어 있다고, 남의 잔치에 찬물을 끼얹을 일이 따로 있지 듣기에도 민망한 막말을 그렇게 함부로 내질러서는 안 되지러!"

밖에 있던 사람들이 모두들 의아하여 소리가 난 쪽을 바라보니 뒷간에 간다며 뒷걸음질로 꽁무니를 뺐던 구포댁이었다. 그런데 그녀는 언제부터 거기서 그러고 있었던 것일까. 구포댁은 남들이 모두 일손을 놓고 있어도 자기 혼자서 그렇게 할 바를 다하고 있었다는 듯이, 잔뜩 밀려 있던 산적 고기들을 보란 듯이 유기 그릇에 주섬주섬 옮겨 담고 있는 것이었다.

그 바람에 머쓱해진 이쪽의 드난꾼 아낙들은 옥이네 앞이라 아무 소리도 하지 못한 채 제각기 자기 자리로 돌아가 꿀 먹은 벙어리가 된 것처럼 바쁘게 일손들을 놀리기 시작한다.

그러나 구포댁은 남들한테 그렇게 타박하고 나서 정작 자기 자신은 속으로 이렇게 되뇌이는 것이었다.

"집안이 망할라 카모 종놈한테서부터 동티가 난다고, 상사병에 환장을 한 종놈이 지 분수도 모르고 술광증으로 노래를 내지르며 동네방네를 휘젓고 댕길 때부터 내 진작에 알아봤지러! 신부감한테 상사병이 들었으모 혼례식을 올리기 전에 무신 수를 써 볼 생각은 하지 않고 재수 없는 걸뱅이들은 머 할라꼬 건드렸던고? 차라리 벌집을 쑤시고 말지, 그놈들을 우습게 보고 잘못 건드렸다가 걸신한테 저주를 받아 낭패를 본 사람이 어디 한 둘이던가? 저주가 따로 있나, 이런 겹경사 날에 멀쩡하던 사람이 총을 맞고 죽게 된 기이 바로 그 저주가 앙이고 머겠노!"

아닌 게 아니라, 초암이 당한 불의의 사고야말로 온 동네가 들썩거릴 정도로 한창 흥성거리던 잔치 분위기에 느닷없이 찬물을 끼얹은 격인 호사다마가 아닐 수 없었다. 초암의 사고 소식이 바람처럼 퍼져 나가면서 잔치 분위기에 한창 들떠 있던 민 대감 댁은 순식간에 초상집을 방불케 할 정도로 어둡고 우울한 분위기 속으로 순식간에 내려앉고 말았다.

부엌일을 보살피던 박씨 부인이 정신을 잃었다가 깨어나 도화의 부축을 받으며 별당으로 사라진 뒤로 과방과 부엌에서 각자가 맡은 일에 분주하게 움직이던 남녀종들도 저마다 일손들을 놓고 한데 모여 초암의 사고 소식을 두고 온갖 억척들을 쏟아내며 저들끼리 쑥덕거리고 있었으며, 과방의 드난꾼 아낙네들도 모두들 말을 삼간 채 묵묵히 하던 일을 계속할 뿐이었다.

초암의 사고로 가장 큰 충격을 받은 사람은 그의 아내 윤씨 부인과 양친 부모일 것임은 의심할 여지가 없었다. 그러나 춘돌이의 고함 소리를 듣고 남 먼저 밖으로 달려 나왔던 별당의 박씨 부인이 초암이 총상을 입었다는 말을 듣자마자 정신을 잃고 쓰러진 것으로도 짐작할 수 있듯이, 중산의 충격도 이만저만 큰 것이 아니었다. 초암의 목숨이 경각에 달린 이번 사건을 자초한 당사자로서의 자책감도 자책감이지만, 초암에게 총상을 입힌 장본인이 다름 아닌 미곡 절도사건 문제로 악연이 있는 삼랑진 일본군 헌병 파견대 소속의 병사들이란 점에서 더욱 그러하였다.

그는 초암의 용태를 남 먼저 확인하기가 무섭게 말을 타고 읍내를 향해 질풍같이 달려가고 있었다. 그의 애마 백호도 냉철하던 의식마저 깡그리 사라져 버리고 극한에 이른 주인의 정신 상태를 본능적으로 알아차렸던 것일까? 중산이 채찍을 휘두를 것도 없이, 서반아 독감으로 사경을 헤매던 병훈이를 등에 업은 재종 아우 형산(亨山)과 함께 차가운 새벽 달빛을 받으며 읍내를 향했을 때 그랬던 것처럼, 길고 흰 말갈기를 바람처럼 흩날리는 백마를 타고 앞으로 앞으로 한사코 내달리고 있을 뿐이었다.

얼마를 그렇게 달렸을까? 밀성제 제방 너머로 종병탄이 보이고, 임진란 때 관민 군사들이 강을 건너 후퇴하다가 수없이 물에 빠져 죽어 갔다는 광탄 나루가 눈앞으로 다가오는 것을 보고서야 중산은 퍼떡 정신이 들면서 '죽음'이라는 말이 불현듯 머리에 떠올랐다. 그리고 웃전들께 말씀 드릴 사이도 없이 자신이 지금 초암을 살리기 위하여 죽명 숙부와 운사를 데리러 읍내로 달려가고 있다는 사실도 뒤미쳐 깨달았다.

'오! 하느님, 천지신명님! 초암 아우를 사지로 내몬 저의 불찰을 용서해 주시고 명재경각인 아우의 목숨을 제발 살려 주소서! 저의 욕심이 과하여 자초한 일이라 다시없는 불효와 함께 동기간의 우애를 한꺼번에 무너뜨리고 말았나이다!'

그렇게 천지신명께 연신 안절부절 기도를 올리면서도 사고 직전에 끝난 문중 종회 말미에 죽명 숙부에게 내려져 있던 '수화불통'의 출문 조처까지 운당 종조부의 발의로 전격적으로 해제되었다는 사실을 정작 그 자신은 아직도 까맣게 모르고 있었다. 아니 어쩌면 사전에 아무런 말도 없이 죽명 숙부를 모셔 오더라도 초암의 목숨이 걸린 일인 이상 용화 할머니께서도 아무런 질책을 하지 못할 것이며, 설령 그런 일이 벌어지게 되더라도 서반아 독감으로 죽을 뻔한 자신의 손자를 살려준 공로를 내세우며 운당 종조부께서 누구보다 먼저 앞장서서 막아 주실 것이란 기대감이 그의 잠재의식 속에서 발현되었는지도 모를 일이었다.

읍내 향청껄까지 질풍같이 달려가는 동안 내내 그는 같은 기도의 말을 끝도 없이 되풀이 하고 있었다. 사실 눈에 보이는 것도 없고 다른 생각을 할 겨를이 있을 리도 만무하였다. 그저 초암을 살려내야겠다는 일념과 한께 백짓장 같은 설원만 끝도 없이 눈앞에 펼쳐져 있을 뿐이었다. 그나마 나루터마다 꽁꽁 얼어붙은 얼음길 위로 우마차까지 지나다닐 수 있도록 흙과 모래가 뿌려져 있어서 그만큼 속도를 내며 시간을 단축할 수 있었던 것도 천행이라면 천행이었다.

그리고 혜민당의 죽명 숙부는 물론, 민중의원의 운사 역시 오전 진료를 끝내고 점심식사까지 마친 상태여서 그들 두 양의 한의들이 왕진 준비를 하기가 무섭게 죽명 숙부의 마차를 타고 얼어붙은 용두목 나루와 이창 나루를 가로질러 질풍처럼 동산리 집을 향해 달릴 수 있게 된 것도 시간을 크게 줄일 수 있는 요인이 되었다.

운사는 죽명 숙부의 마차를 타고 달리는 중에도 초암이 사고를 당하게 된 경위와 총상을 입은 상처 부위와 정도며, 혼절한 초암의 용태에 관하여 큰 소리로 연신 질문을 퍼부었다. 그러나 채찍질을 가하며 말을 몰아 달리는 죽명 숙부는 시종 굳어진 얼굴로 깊은 생각에 잠김 채 아무 말도 하지 못하고 있었다.

수십 년만에 찾아가는 고향 집이었으니 그분의 감회가 오죽했을지는 불문가지의 사실이었다. 중산은 마차와 나란히 말을 타고 달리면서 연신 날아오는 운사의 질문에 일일이 대답을 하면서도 죽명 숙부의 그런 심중에 대한 판단만은 수십 년 동안 맺혀 있던 그 어른의 여한처럼 가슴 깊이 박혀 있었다. 저렇게 굳은 얼굴로 일체를 함구한 채 연신 채찍을 휘둘러대며 갈길을 재촉하는 것을 보면 여전히 '수화불통'의 문중 금족령에 묶여 있는 죄인의 신세라는 자각 속에서 몸과 마음은 물론, 얼굴도 모르는 초암의 용태에 대한 걱정마저도 시야 가득 다가오는 웅천강의 얼음장처럼 꽁꽁 얼어붙어 버린 것인지도 모를 일이었다.

수많은 잔치 손님들 때문에 우회로를 이용하여 뒷문 축사 앞에서 말과 마차에서 내린 그들 일행이 마방을 지키고 있던 황 서방에게 말고삐를 건네기가 바쁘게 채마밭 샛길로 해서 일각대문을 열고 용화당으로 들어섰을 때, 밖에서 사색이 되어 발을 동동 구르고 있던 곱단이가 안에다 대고 소리쳤다.

"노마님! 읍내에 가셨던 중산 서방님께서 돌아오셨습니다! 두 분 의사 선생님도 함께 왔어예!"

"어서 들라 일러라!"

용화 부인의 지엄한 목소리와 함께 여닫이문이 활짝 열린다. 방에 가득 차 있던 연배가 낮은 대소가의 남녀 어른들이 우르르 밖으로 몰려나왔고, 초암 옆에 둘러앉아 있던 원로 어른들도 서둘러 몸을 일으켰다.

앞장선 중산은 죽명 숙부와 운사가 윗분들께 인사를 올릴 여유도 주지 않고 그들에게 길을 열어 주며 시신처럼 누워 있는 초암 곁으로 안내하였다.

용화 부인의 이부자리 위에 누워 있는 초암은 다행스럽게도 의식을 가까스로 되찾고 있었다. 중산을 따라 방으로 들어선 죽명 선생은 마치 낯선 집에나 찾아온 왕진 의사처럼 거기에 있던 여러 문중 어른들에게 인사를 올릴 겨를도 없이 방으로 들어서기가 무섭게 초암의 곁에 다가 앉으며 덮고 있던 이불부터 바쁘게 걷어내었다. 통째로 잘라낸 바짓말 밖으로 드러난 초암의 허벅지 총상 부위에는 이미 지혈제를 뿌리고 응급처치를 했는지, 칭칭 동여맨 피묻은 붕대에서는 더 이상 출혈이 계속되고 있는 것 같지는 않았다.

"유학 중인 운당 숙부님의 외손들이 일본에서 가지고 온 지혈제를 뿌려서 우선 출혈부터 막고 구급상비약을 먹였는데, 조금 전에서야 겨우 의식이 돌아왔다네!"

사경을 헤매는 장성한 아들의 용태를 지켜보며 가슴이 새카맣게 타들어 갔던 영동 어른이 겨우 한숨을 돌리면서 참으로 오래간 만에 얼굴을 대하는 막내아우를 바라보며 나직하게, 그러나 만감이 어리는 어조로 전하는 말이었다. 그 말은 화급을 다투던 자신의 아들이 목숨을 건졌다는 안도감에다, 문중에서 축출된 지 삼십여 년만에 다시 만나는 막내아우에 대한 연민과 반가움이 한데 뒤섞인, 참으로 복잡하고도 미묘한 여운을 남기는 어조의 말이었다. 그리고 다른 한 편으로는 일찍이 개화 바람을 타고 일본 유학을 다녀오거나 다니고 있던 사촌 여동생의 아들들이 아니었더라면 가정을 꾸리고 사는 귀한 아들이 자기네 문중의 수구 보수적인 장벽 때문에 험한 꼴을 당했을지도 모른다는, 만시지탄의 남 다른 감회까지 섞여 있는 말 같기도 하였다.

부친의 빈 자리를 메우고 있는 형님의 말을 듣고 크게 안심을 한 죽명 선생은 초암의 이마를 짚어 보며 체온을 점검한 뒤 다시 그의 손목을 잡고 맥박을 짚어 본다.

그러고 나서 이제 막 응급처치를 마치고 초암의 옆에 앉아 있던, 얼굴도 이름도 모르는 신호리 사촌 누님 아들에게 묻는 것이다.

"허벅지의 상처는 어떻던가?"

"총알이 뼈를 피해서 허벅지 옆을 관통하고 지나가는 바람에 총알이 박혀 있는 것 같지는 않았습니다."

"그렇다면 천만다행일세!"

일본 유학 중이라는 그의 말을 듣고 크게 안심이 된 죽명 선생은 이번에는 초암의 이마를 다시 짚어 보면서 가만히 속삭이듯이 묻는 것이다.

"내가 누구인지 알겠는가?"

그러나 혼절한 상태에서 이제 갓 깨어난 초암은 아무 표정도 없는 얼굴로 한 번도 본 적이 없는 낯선 막내 숙부의 얼굴을 멀거니 올려다볼 뿐이었다.

"이보게, 죽명! 저쪽에 어머님께서 앉아 계신다네!"

죽명 선생의 일거수일투족을 잠자코 지켜보고 있던 영동 어른이 보다 못해 그에게 넌지시 일러 주는 말이었다. 그제서야 죽명 선생은 모친이 그 자리에 계셨음을 뒤늦게 깨닫고는 얼른 자리에서 일어나 저쪽 아랫목 한 옆에 돌부처처럼 초연하게 앉아 있는 모친을 멍하게 지켜보더니 조용히 큰절을 올리는 것이다.

그러나 그는 큰절을 하고 엎어진 채로 다시는 일어나지 못하였다. 움직이지도 못하고 한참이나 그런 자세로 엎드려 있을 뿐이었다. 그러나 그는 일체의 말이 없었고, 일체의 움직임도 없었다. 문중 출입이 금지된 삼십여 성상이라는 기나긴 지난 세월의 무게가 오십 고개를 훌쩍 넘어선 그의 잔등을 아직도 고스란히 짓누르고 있는 듯하였다.

그런 자세로 얼마나 그러고 있었을까. 언제부터인가 그의 넓은 두 어깨가 눈에 띌듯 말듯이 경련을 일으키며 가늘게 움직이기 시작하였다. 그리고 그 움직임은 시간이 지날수록 더 크고 더 둔한 움직임으로 바뀌기 시작하더니 급기야는 천년토록 끄떡없이 버티고 있던 태산이 요동을 치듯이 격렬하게 오르내리기 시작하는 것이었다.

"어머님! 불초한 소자의 불효를 용서해 주십시오! 진작에 죽어야 마땅했던 불효자를 수십 년 동안이나 살려 주시고, 이렇게 집에 다시 발을 들여놓게 은전까지 베풀어 주셨으니 이 막심한 불효를 어찌하면 좋으리이까?"

흐느끼면서 토해내는 그의 처절한 포효는, 그러나 사지에서 회생하여 이제 막 돌아와 어미를 보고 울부짖는 사자후처럼 우렁차지는 않았다. 하지만 그보다도 훨씬 더 처절하고 격렬하면서도 무엇에 억눌린 듯이 나직하였다.

그럼에도 불구하고 빚은 듯이 앉아 있는 용화 부인의 입에서는 아무런 말이 없었다. 하늘같은 바깥어른의 지엄한 뜻과 문중의 중론을 어긴 결과였으니 자기로서는 어쩔 수 없었노라는 해명도 없었고, 삼십 년이 넘도록 문중에 발을 들여놓지도 못한 채 황야에 내쫓긴 풍운아가 되어 고군분투하며 살아 온 그 오랜 인고의 세월 동안에 얼마나 고생이 많았으며, 얼마나 이 어미를 원망하였느냐는 위로의 말도 일체 없는 것이다.

방 안에 겹겹이 둘러 앉아 있는 대소가의 모든 남녀 원로 어른들도, 가까이에 앉아 있는 종가의 여러 혈육들도 숨소리 하나 내지 않은 채로 천년 묵은 고목처럼 끄떡도 않고 묵연히 앉아 있는 용화 부인과, 여전히 크게 어깨를 들먹이며 오열하고 있는 죽명 선생의 차마 눈 뜨고는 못 볼 그 뒷모습만 번갈아 가며 뜨거운 눈길로 바라보고 있을 뿐이었다.

중산에게는 그 시간이 죽명 선생이 '수화불통'의 족쇄를 차고 살아 온 지난 세월보다 훨씬 더 길게만 느껴지는, 참으로 고통스럽고도 감격적인 시간이었다. 그래서 그는 할머님께서 철통처럼 닫아걸었던, 외부 세계로 통하는 개화 개방에 대한 문중의 문호를 활짝 열어젖히고 차세대 당주로서 마음껏 비상할 수 있는 길을 자기에게 열어 준 것처럼, 이제 죽명 숙부에게도 문중의 여러 어른들과 식구들이 보는 앞에서 당신의 입으로 해금을 시켜 주겠노라고 한 말씀을 직접 해 주시는 것이 좋지 않겠느냐는 생각을 하면서 이제나 저제나 하고 용화 할머니의 입만 뚫어져라 주시하고 있었다.

하지만 용화 할머니테서는 그렇게 할 조짐은 물론 그렇게 짐작할 만한 일체의 움직임도 없는 것이다. 얼마나 그러고 있었을까. 죽명 숙부에게 '수화불통'의 문중 금족령을 내릴 때 동석하였던 운당 어른이 보다 못해 방 안의 모든 친족들을 대신하여 조심스럽게 그녀에게 이렇게 청하는 것이었다.

"형수님! 지하에 계신 승당 형님께서도 지금 우리를 가만히 지켜보고 계실 겁니다. 그러니 그러고만 계실 게 아니라, 이제는 오늘 결정한 해금 조처에 관해서도 직접 한 말씀 해 주셔야 되지 않겠습니까? 큰 은전을 직접 베풀어 주셨으니 당연히 덕담이라도 한 말씀 하셔야지요!"

작고한 바깥어른을 대신하여 바람 잘 날이 없는 거대 문중의 대소사를 연약한 여인네의 몸으로 홀로 감당하며 견뎌 온 그녀에게 부군인 승당 선생의 바로 손아래 아우이자 시동생으로서 음으로 양으로 바람막이 역할을 해 왔던 운당 어른의 그 말 한 마디는 의외로 큰 위력을 발휘하였다.

나라와 부군을 동시에 잃은 아녀자의 몸으로 파도처럼 밀려드는 일제 식민 치하의 시대고를 분골쇄신토록 홀로 감당하면서 섭정하는 여황처럼 고단하게 가문을 지켜내야만 했던 지난 세월에 몸도 마음도 그대로 화석이 되어 굳어 버린 듯이, 천년토록 움직이지 않을 것 같던 용화 부인의 몸이 어느 순간부터 미미한 움직임이 있는가 싶더니 마침내 두 눈을 가만히 뜨고 죽명 선생을 쳐다보기 시작한 것이었다.

그리고 다시 한참 동안의 침묵이 흐른 끝에 용화 부인의 입에서 터져 나온 첫말은 천만뜻밖에도 거기에 있는 모든 사람들이 스스로의 귀를 의심할 정도로 단호하고도 냉정하기 짝이 없는 추상같은 꾸짖음이었다.

"네 입으로 감히 불효라고 하였느냐? 과유불급(過猶不及)도 유만부동(類萬不同)이지, 이제 그만 그 호기를 거두어들일 때도 되었느니, 지금 당장 일어나지 못하겠느냐!"

그녀의 목소리는 당사자인 죽명 선생에게만 들릴 정도로 나직하였으나 예전에 그에게 그러했던 것처럼, 추상같이 지엄하고 쌀쌀맞기 짝이 없었다. 모친의 그런 성질을 익히 체험하면서 그 기나긴 지난 세월을 전전긍긍, 와신상담(臥薪嘗膽)하며 살아 온 죽명 선생이기에 그것은 여전히 거역할 수 없는 지엄한 분부였고, 그래서 그는 가슴 속에서 무한정으로 북받쳐 오르던 격렬한 감정을 가까스로 수습하고 어쩔 도리 없이 상체를 일으키지 않으면 안 되었다.

그러자 방 안에 있던 모든 가족과 친인척들은 피도 눈물도 모두 메말라 버리고 오로지 새카맣게 타 버린, 아프디 아픈 세월의 상처만 고스란히 남아 있는 듯이, 그렇게 냉정하고 매정스러운 한 마디의 말을 뱉어낸 용화 부인의 입에서 이번에는 다시 어떤 말이 튀어 나올까 하고 숨을 죽이면서 기다리고 있었다. 그러나 그녀는 끝내 더 이상 아무런 말도 하지 않은 채 그대로 냉정하게 자리에서 가만히 몸을 일으키고 마는 것이었다.

"내, 건넌방으로 가서 너와 독자 대면을 할 것인즉, 지금 당장 건너오너라! 죽명 너 혼자서만 와야 하느니!"

뒤를 돌아다보지도 않은 채 대청마루 저쪽의 침방을 향해 밖으로 나가면서 용화 부인이 마지막으로 남기고 간 것은 오직 그 말 한 마디뿐이었다.

무겁게 몸을 일으킨 죽명 선생이 모친의 호출을 받고 건넌방으로 따라 나가자 방 안에 남아 있던 모든 사람들의 시선이 다시 두 눈을 멀거니 뜨고 누워 있는 초암한테로 집중되었다.

"형님, 아무것도 모르는 제가 대충 응급 처치만 해 두었으니 전문가이신 의사 선생님께서 직접 치료를 하도록 해야 하지 않겠습니까?"

신호리에서 온 종고모 댁의 초계 아우가 흰 가운을 입고 온 운사를 돌아보며 중산에게 물었다.

그 말을 듣고서야 운사가 주술에서 갓 깨어난 사람처럼 왕진 가방을 서둘러 펼쳐놓고 거기 있던 청진기로 초암의 심장 박동부터 자세히 점검하고 나서 허벅지에 감긴 피 묻은 붕대를 줄줄이 풀어내었다. 허벅지를 관통하고 지나간 총상의 상처를 이쪽저쪽 살펴본 운사는 적이 놀라는 얼굴로 중산을 돌아보며 이렇게 말하는 것이었다.

"내가 의사라서가 아니라, 집안에 의료에 일가견을 가진 유학파 신지식인이 있다는 건 참으로 큰 행운일세! 허벅지처럼 깊은 살갗을 뚫고 지나간 관통상은 아무나 달려들어 손을 잘못 댔다가는 잡균에 감염되기 십상인데, 이렇게 전문가처럼 제대로 소독을 하고 멸균된 붕대로 지혈까지 시켜놨으니 말일세. 이런 상태에서 재차 소독을 하고 봉합 수술을 해야 염증이 생기지 않고 잘 아물지만, 그렇지 않으면 봉합 수술을 해도 아무 소용없이 상처에 염증이 생기면서 치료가 더욱 어렵게 되는 법이거든!"

허벅지의 붕대를 풀어내면서 그렇게 설명한 운사는 피가 멎은 상처 부위를 몇 차례나 소독약을 쏟아 부으며 깨끗하게 씻어내고 나서 마취제를 뿌리고 상처 부위를 꿰매기 시작하였다.

중산의 눈에 비친 운사는 개업한 지 일 년도 못 되었음에도 불구하고 어느 새 전문 의료 기술과 자신감을 두루 겸비한 유능한 의사의 모습을 제대로 갖추어 가고 있었다.

능수능란하게 상처 부위를 두 번 세 번 소독하고 순식간에 봉합 수술까지 마친 그는 상처 부위를 멸균 붕대로 완벽하게 감아 반창고를 붙이고 나서 중산에게 미리 준비해 가지고 온 구강용 항생제와 상처에 바르는 소독약은 물론 붕대며 핀셋까지 꼼꼼하게 챙겨 주었다. 그리고는 투약 방법과 상처 부위의 소독 방법을 자세하게 일러 준 뒤 서둘러 왕진 가방을 챙기는 것이었다.

"내가 일러 준 대로 시간에 맞춰서 약을 잘 먹고 상처 부위를 잡균에 감염이 안 되게 하루에 한 번씩 소독을 잘 해 주기만 하면 한 일주일이나 열흘쯤 후에는 봉합한 실밥을 뽑아낼 수도 있을 걸세! 그러니 더 이상 아무 염려할 것이 없다네!"

아까부터 가슴을 졸이며 환자의 머리맡에 앉아 있는 젊은 부인이 초암의 아내임을 눈치챈 운사는 그녀가 들으라는 듯이, 중산에게 그렇게 자세하게 설명을 해 주고는 서둘러 자리에서 일어났다.

방 안의 어른들에게 돌아가며 눈인사를 한 운사가 밖으로 나가자 중산도 그를 따라 밖으로 나왔다.

"고마우이! 일본으로 유학을 떠나는 자네를 두고 신랄하게 비판했던 내가 이렇게 황감한 혜택을 입게 될 줄이야 그 누가 알았겠나! 인생은 새옹지마라더니, 그 말이 정녕코 틀린 말은 아닌가 보이!"

"과찬일세! 그게 그렇게 부담이 되거든 그런 말만 하지 말고 왕진 치료비나 두둑하게 계산해 주게나."

"얼마면 되겠나?"

"얼마? 글쎄다…. 돈도 싫고 금덩이도 싫고 그런 건 다 귀찮다네! 이렇게 흥성스러운 잔칫날에 모처럼 우리 둘이 만나게 되었으니 먹여 주고 재워 주면 그것만으로도 충분하지, 그 이상 무얼 더 바라겠는가!"

"그렇다면 여기서 나랑 하룻밤 자고 가도 괜찮단 말인가?"

중산의 입이 함지박 만하게 쩍 벌어진다.

"괜찮다마다! 마침 내일이 휴진일이라 여부가 있겠나, 이 사람아! 오늘 벌어진 이 잔치가 아우님의 쾌유를 비는 축제 판이 되도록 우리도 한 몫을 해야 되지 않겠나?"

내외벽 사이의 중문을 빠져 나온 그들은 방방이 친손 외손 엽사들로 득시글거리고 있는 바깥사랑 중산의 거처로 향하면서 모처럼 서로의 얼굴을 마주 쳐다보고 여유 있게 희희낙락하며 활짝 웃는다.

◇ 이단아異端兒의 귀환歸還

죽명 선생이 대청마루를 지나 건넌방으로 들어섰을 때, 용화 부인은 문중 여인네들이 먹고 간 점심상을 치우고 있던 연실이를 급히 내보내고 널찍한 방 한복판에 오도카니 앉아 있었다. 잔뜩 긴장한 얼굴로 방으로 들어선 죽명 선생은 그런 모친과 약간 거리를 두고 마주 앉았다. 하지만 이번에도 그는 역시 고개를 차마 들지 못하였고, 봇물처럼 터져 나오던 말문마저 완전히 막혀 버린 상태였다. 모친께 용서를 구하려고 한다는 것이 피 끓는 격정 때문에 마치 자신을 축출한 선친의 조처에 대해 문중의 여러 어르신들이 보는 앞에서 격렬하게 항변하는 것처럼 비쳐져서 오히려 진노를 불러일으키고 말았다는 사실을 뒤늦게 깨달은 것이었다.

그 바람에 그들 모자지간의 단독 대좌는 수십 년 만에 이루어지는 뜻 깊은 상봉 자리라는 사실이 무색할 정도로 딱딱하였고, 지나간 세월만큼이나 묵직한 침묵만이 그들 사이에 냉랭하게 감돌고 있을 뿐이었다.

하지만 죽명 선생은 혈육의 정에 굶주린 채 덧없이 흘려 보낸 지난 세월을 반추하면서 언제 불같은 노기를 용암처럼 분출하였나 싶게 묵연히 앉아 있는 모친의 가슴 속에서도 사실은 자신을 송두리째 불살라 버리고도 남을 만큼 뜨거운 모정이 들끓고 있을 것임을 믿어 의심치 않았다. 그리고 어떤 말을 어떻게 하여야 당신의 가슴에 맺혀 있는 피맺힌 한을 조금이라도 풀어 줄 수 있을 것인지를 몰라 침묵을 지키고 있었다. 하지만 패륜의 멍에를 목에 걸고 문중 축출이라는 가혹한 연옥에서 와신상담하면서 지내야만 했던 통한의 세월 속에서도 유일한 낙이 되고 버팀목이 되어 주었던 그립고 아름답던 유년 시절의 숱한 기억들마저도 하얗게 빛이 바래져 퇴색되어 버린 그의 머릿속에서는 양친을 그리워하며 입버릇처럼 되뇌며 살아야만 했던 절절한 속죄의 언어들만 소리 없는 절규처럼 끊임없이 메아리 치고 있었다.

"내가 진노한 까닭이 어디에 있었는지 이제는 알겠느냐?"

오랜 침묵 끝에 용화 부인이 물었다. 서슬 푸르던 좀전의 노기는 어느 새 사라지고 회한과 한숨이 뒤섞인 나직한 음성이었다.

"예, 어머님! 소자가 너무 감격한 나머지 또다시 어머님께 큰 불효를 저지르고 말았습니다. 불초한 저의 실수를 용서하여 주십시오!"

조심스럽게 고개를 쳐든 죽명 선생의 뜨거운 시선이 참으로 오래간만에 모친의 얼굴을 찬찬히 다듬는다. 오뚝한 콧날, 그린 듯이 반듯한 이마, 화용월태를 자랑하던 꽃 같은 옛 모습은 간 곳이 없고, 걷잡을 수 없이 요동치는 국내외의 거친 정세 속에서 끊임없이 밀려오는 거센 파도를 헤치며 소왕국 같은 거대 문중을 지켜 온, 백발이 성성한 낯선 여인의 모습이 대신 거기에 자리를 잡고 앉아 있었다.

"불쌍한 것! 불같은 성질까지 어쩌면 저리도 자기 아버지를 그대로 빼다 박았을꼬…."

홍안에 당신의 품을 떠나 머리가 희끗해져서 돌아온 죽명 선생의 모습을 뜨겁게 바라보던 용화 부인의 입에서 땅이 꺼지는 듯한 한숨 소리와 함께 들릴 듯 말 듯 그런 장탄식이 흘러 나왔다. 자기에게 내려진 가혹한 징벌을 돌이킬 수 없는 숙명으로 감내하면서 이날까지 버텨 온 막내아들의 모습에서 망국의 울분을 참지 못하고 의거 순절한 승당 어른의 모습을 발견한 것이었다.

"송구합니다, 어머님! 저의 무례를 용서하여 주십시오. 불초 소자의 감격이 너무 과했던 까닭에 저도 모르는 사이에 그만 목청을 높이고 말았습니다!"

자기네 핏줄 특유의 짙은 눈썹에다 완강한 의지가 그대로 느껴지는 탄탄한 체격, 얼굴 윤곽이 뚜렷한 죽명 선생의 검은 두 눈에 뜨거운 물기가 어리면서 그의 입에서 흘러나오는 산울림 같은 남저음 목소리마저 무거운 죄책감에 짓눌려 버린 듯이 나지막하였다.

"아무렴…. 네 본심이 그게 아니었다면 그것으로 되었느니! 어차피 엎질러진 물이 되고 만 옛일을 가지고 이제 와서 너를 탓한들 무슨 소용이 있겠느냐?"

용화 부인은 자줏빛 옷고름 끝으로 눈가에 내맺힌 물기를 가만히 찍어내다 말고 북받치는 감정에 다시금 목이 메인다. 제 아무리 대장부 못지않은 담대함으로 거대 문중을 당차게 이끌어 온 여황 같은 그녀이기로서니 어찌 애끓는 모정이 없을 수 있으리! 망국의 한을 품고 의거 순절한 부군의 유지를 받들어야 하는 아내로서의 도리와, 혈혈단신으로 세상 밖으로 쫓겨 난 어린 자식에 대한 모정 사이에서 부대끼며 하늘같은 바깥어른의 유지를 받들어 정려비(旌閭碑)처럼 의연히 버티고 살아야만 했던 그녀였기에 마음의 시련 또한 그만큼 혹독하였던 것일까? 탄력 넘치게 청아하던 그녀의 목소리에서도 다 타 버린 모정의 잔재인 양 희끗희끗 서리가 내리고 있는 듯하였다.

"어머니, 저는 이날 이때까지 가문의 금기를 어기고 출문 당한 막중한 저의 죄를 한 순간도 잊어 본 적이 없습니다. 그래서 속죄하는 마음으로 제 자신을 무너지지 않게 담금질해 왔을 뿐, 아버님과 어머님을 한 번도 원망해 본 적이 없었습니다. 저의 진심을 믿어 주십시오!"

"네 고집이 누구를 닮은 고집이라고…! 너와 생이별을 한 이후로 하루도 마음 편안한 날 없이 애탄글탄 타는 가슴으로 살아야만 했던 이 어미가 어찌 그 심정을 모르겠느냐? 알았지만, 남들의 눈이 많기에 민망하여 일언이폐지하고 이렇게 따로 독대하자고 한 것이 아니더냐? … 어디 보자, 우리 막내!"

날이면 날마다 애를 태우고 살아야 했던 지난 일들이 주마등처럼 스치고 지나가는 듯, 용화 부인은 북받치는 감정을 억제치 못하고 기어이 죽명 선생의 두 손을 더듬거리며 마주 잡더니 자석에 이끌리듯 앞으로 다가 앉으며 애잔한 눈길로 중늙은이가 다 된 그의 얼굴을 요모조모 뜯어보며 찬찬히 더듬는 것이었다.

"홍안으로 떠나갔던 금쪽같은 내 아들이 이렇게 머리에 허옇게 서리가 내린 모습으로 내 품에 돌아오게 되다니, 이 무슨 얄궂은 운명의 장난인고? 애고애고 설운지고! 이게 정녕 꿈인가 생시인가? 내 전생에 무슨 죄를 지었기로 아비지옥(阿鼻地獄) 같은 모진 세월 속에서 주야장천 남몰래 눈물지으며 그토록 속을 까맣게 태우면서 살아야만 했던고?"

용화 부인은 떨리는 두 손으로 막내아들의 얼굴을 감싸 쥐고 더듬다가 급기야 바위처럼 묵직한 그의 상체를 와락 껴안으며 봇물처럼 터져 나오는 울음소리를 안으로 삼키며 뜨겁게 오열한다.

꽃 같던 모습은 간 곳이 없고, 칠흑 같던 머리마저 파 뿌리가 다 되어 버린 쇠잔해진 체수, 대나무 뿌리처럼 마디가 두드러진 가녀린 손가락, 여황처럼 근엄했던 그녀 역시도 애타는 모성적 본능 앞에서는 한낱 마음 약한 여인네일 뿐이었다. 아들의 어깨며 등허리를 손닿는 대로 연신 쓰다듬는 한편으로, 주름진 아들의 얼굴에 뺨을 대고 비비면서 용화 부인은 새카맣게 타 버린 가슴 속에서 올올이 피어나는 명주실 같은 만단정회를 울먹울먹 풀어내기 시작한다.

"네가 정녕코 이 어미의 가슴을 갈기갈기 찢어놓고 떠나갔던 그토록 당차고 총기 넘치던 우리 막내 영국이란 말이더냐?"

"예, 어머니! 소자가 바로 영국이옵니다. 보고 싶었습니다. 미치도록 보고 싶었습니다!"

"그랬겠지, 그랬겠지! 어미 가슴이 이렇게 미어지는데, 문중의 죄인이 되어 혈혈단신 맨몸으로 쫓겨났던 너의 마음인들 오죽하였겠느냐? 이날 이때까지 아무한테도 말 못하고 썩어 문드러진 이 가슴에 너를 품고 앉아 보니 악몽 같던 지난 일들 모두가 다 이 못난 어미가 자초한 무망지화(毋望之禍)로만 여겨지는구나!"

살이 빠져 뼈마디가 두드러진 가녀린 손으로 끊임없이 막내아들의 등을 쓰다듬으면서 용화 부인은 꿈속을 헤매듯이 후회 어린 자책감을 연신 쏟아내고 있었다.

"어머님, 그런 말씀 마십시오. 모두가 다 젊은 패기만 믿고 철없이 날뛰었던 소자의 불찰 때문에 벌어진 일이었습니다. 그런데 어찌 그다지도 망극한 말씀을 하십니까?"

"아니다, 아니로다! 모두가 다 이 에미가 모질고 독해서 자초한 일이었나 보다!"

"아닙니다, 어머님! 소자의 불효한 패륜이 하늘에 닿았고, 십 년이고 백 년이고 아버님 전에 석고대죄를 하였어도 어림없었을 것을 소자가 현명치 못하여 그만 아버님께 속죄할 기회마저 놓치고 말았습니다. 아버님 살아생전에 머리를 땅바닥에 짓찧으며 용서를 구하지 못한 불효막심한 패륜아가 어찌 아버님 영전에서인들 고개를 들 수가 있겠습니까? 하오니 그런 말씀을 마시고 소자를 마음껏 꾸짖어 주십시오!"

"이 자식아, 이 자식아! 너희 아버님의 성질을 네가 정녕코 몰라서 그리하였더냐?"

용화 부인의 얼굴이 또다시 때 늦은 안타까움으로 입술을 중심으로 일그러진다.

"소자가 미욱하여 호출하실 때까지 아버님 안전에 얼씬도 하지 않는 것이 진정으로 속죄하는 길이라 믿었습니다!"

"아무리 그러하여도 그렇지! 네가 그리한다고 해서 어디 해결될 일이더냐?"

겨우 마음을 진정시키고 뒤로 물러나 앉은 용화 부인은 물기 어린 눈으로 죽명 선생의 얼굴을 원망스럽게 바라보다가 고개를 가로 저으며 혀를 끌끌 찬다.

"지난 갑신년의 우정총국 개국식 날에 개화당 무리들이 정변을 일으키지만 않았어도, 아니 우리 민태호 대감을 비롯한 우리 척족 실세들에게 칼을 빼 들고 무참하게 도륙하는 만행을 저지르지만 않았어도 네 아버님께서 개화의 바람이 드센 부산포 개항지 해관에서 당신의 특별한 뜻을 받들어 봉직하였던 너에게 그토록 크게 진노하시지는 않았을 게다!"

"어머님, 소자가 봉직하였던 곳이 관찰부로 승격한 동래부의 부산 개항지 해관이고, 그곳이 서구의 신문물과 개화당 인사들을 상시로 접해야 하는 통관 지역이라, 조심에 조심을 거듭하였음에도 불구하고 본의 아니게 그렇게 되고 말았습니다."

"그래도 그렇지! 너의 그런 과오는 국가 관료들을 규찰하고 풍속을 바로잡는 직책을 맡고 계셨던 너희 아버님한테는 대역죄 못지않은 중죄로 보일 수밖에 없었으니 어찌 문제가 되지 않았겠느냐?"

그랬다. 죽명 선생의 비극은 고종 13년(1876년) 2월 27일에 터진 운양호 사건을 계기로 강화도 조약이 체결되면서부터 이미 싹트기 시작했다고 할 수 있었다. 왜냐하면, 이 조약은 대원군과 명성황후의 첨예한 대립 속에 임오군란과 갑신정변이 연이어 일어나면서 수구 보수 세력과 개화 급진 세력 간의 대립이 점점 더 격화되는 국가 정책의 전환점이 되었기 때문이다.

병자년의 이 수호조약의 체결은 일본의 강압에 의해 맺어진 불평등 조약으로서 그들의 조선 침탈의 시발점이 되기도 하였던 것이다. 이 조약의 제5조에는 조일 통상의 거점인 초량촌 왜관이 있는 동래부의 부산항을 비롯하여, 수도와 인접한 인천항과 군항의 입지 조건을 갖춘 원산항의 개항까지 명시하였는데, 거기에는 통상 업무 이외에 정치적·군사적 침략 의도가 숨어 있었던 것이다.

그리고 제7조에는 조선 연안의 측량권을 일본이 갖게 함으로써 군사작전 시 상륙 지점의 정탐이 용이하게 하였으며, 제10조에도 일본국 인민이 조선국 항구에서 죄를 지었거나 그들이 행한 조선국 인민에게 관계되는 사건은 모두 일본국 관원이 심판하도록 하는 치외법권적인 내용까지 포함되어 있었다. 또 강화도조약 제12조의 규정에 따라 양국의 무역 규칙을 정한 〈조일통상장정(朝日通商章程)〉에도 개항장에서의 일본 화폐 유통과 조선 항구에서의 다량의 양곡 수출입이 허가되었고, 일본 선박의 항세(港稅)는 물론 수출입 화물의 관세(關稅)마저 면제해 주도록 규정하고 있었던 것이다.

조선은 일본과 체결한 이 조일 수호 조규에 근거하여 그 이듬해인 1877년에 부산구 조계 조약(釜山口租界條約)을 맺게 되었는데, 조일 양국은 동래부 관내의 초량왜관(草梁倭館) 지역의 부산항에 대외 담당 기구인 동래감리서(東萊監理署)를 설치하고, 그보다 훨씬 넓은 조차지(租借地)를 확보하여 일본인의 집단 거주지인 일본전관거류지(日本專管居留地)를 설치하였다. 이와 때를 같이하여 일본은 이곳에 부산 거류민단, 재부산 일본 영사관, 경찰서, 재판소 등의 기구를 설치하며 각종 법규를 만들기도 하였다. 거류지는 일제의 자본주의 영토 확장과 투자의 전진 기지나 다를 바 없었다. 초량 왜관은 조선 전기의 부산포 왜관, 임진왜란 직후에 설치된 절영도 왜관, 1607년(선조 40)에 조성된 부산진의 두모포 왜관에 이은 네 번째 왜관이었는데, 이로써 일본은 조선과의 통상에서 주도권을 잡고, 조선 침략의 명실상부한 교두보를 마련한 셈이 되었다.

부산과 인천·원산의 개항으로 조선의 수상 교통은 내륙 수운과 연안 수운으로부터 일본을 중심으로 한 외국과의 해운으로 전환되어 갔고, 이에 따라 수상 교통의 거점 또한 개항장을 중심으로 하여 재편성되기 시작했으며, 선박도 목선에서 기선으로 대체되기 시작하였다.

부산의 개항과 함께 일본과의 무역이 개시되자, 조선 정부는 관세를 면제하는 일본과의 무역이 불평등하다는 인식 하에 조선 상인에게 만이라도 관세를 징수하기 위하여 1878년 9월 28일에 해상으로 출입하는 인적·물적 교통의 요충지로서 동래부 관찰소가 있던 부산진의 두모포(豆毛浦: 지금의 동구 수정동)에 두모진 해관(海關: 지금의 세관)을 개설하였다.

그러나 이것도 일본 상인들에게 부담이 된다며 일본 대리 공사 하나부사[花房義質]가 자국의 군함을 동원하여 대포를 쏘며 부산 앞 바다에서 무력시위를 벌이는 바람에 그해 12월 19일에 관세 부과를 중지하고 두모진 해관마저 문을 닫고 말았다.

이후, 일본과의 무역이 줄곧 무관세로 진행되다가 임오군란이 일어났던 1882년에 이르러 청나라의 지원으로 군란을 평정한 조선은 일본을 견제하려는 청국의 주선으로 조미 수호 통상 조약(朝美修好通商條約)의 체결과 세칙(稅則)을 제정하게 되었는데, 이것을 기회로 삼아 관세 자주권을 확보하기 위한 해관 창설에 나섰던 것이다. 그 결과, 임오군란이 발발한 이듬해인 1883년 6월부터 인천과 원산에 차례로 해관이 설치되었고, 그 해 7월 3일에는 부산 지역에도 초량 왜관이 광범위하게 자리 잡고 있는 용두산 동남쪽의 용미산(龍尾山) 포구의 신개항지 항만에 다시 부산 해관을 설치하게 되었다. 부산 해관이 초량 왜관 앞에 자리잡게 된 것은 그곳이 조일 교역의 통로였을 뿐만 아니라, 조선에 입국하는 일본의 사신, 수직(守直) 왜인, 상왜(商倭) 등의 숙박과 접대며 교역에 관한 일을 담당하는 곳인데다 때로는 이와 함께 외교가 행해지기도 하였기 때문이다.

부산의 개항과 함께 부산구 조계 지역의 일본 전관 거류지에 공사관이 설치되고, 대소 일본 상인들이 지역에 제한을 받지 않고 상업 활동을 자유롭게 할 수 있게 되면서 거류민과의 상업 활동이 수적 · 양적으로 폭주함에 따라 초량 왜관을 통하여 이루어졌던 조일 무역도 신항만 개축으로 부두가 신설되면서 기선이 와 닿는 그곳 개항장을 중심으로 이루어지기 시작하였다.

죽명 선생이 부산포 해관에서 일하고 있었던 것도 부산항이 새로운 개항의 시대를 맞이하여 종래의 도자기, 소금 등의 전통적인 교역품 대신에 조선 쌀을 수출하고 일본의 쇠나 주석을 비롯하여, 일본을 경유한 자본주의 국가의 근대적 상품을 수입하게 되면서 무역량이 급속하게 증가하고, 개화 인사들의 빈번한 해외 출입과 함께 서구 문물이 파도처럼 밀려들기 시작하면서 명실상부한 조선 해운 관문으로서의 역할을 담당하고 있던 바로 그 무렵의 일이었다.

조선의 3개항이 개항된 후에 일본을 자주 내왕하던 김옥균을 비롯한 박영효·서재필·서광범·홍영식 등의 개화당 인사들이 일본군의 지원 하에 갑신정변을 일으킨 것은 청국의 조선 개입을 막아 조선의 완전한 자주 독립과 근대화를 달성하려는 목적 때문이었을 것이다. 그런데 당시 민씨 척족 정권의 실세였던 민태호·민영목 등의 고관들이 개화당들에 의해 무차별적으로 도륙만 당하지 않았어도 새로 개항한 동래부 산하의 부산 해관에 봉직하던 죽명 선생이 문중의 전무후무한 개화의 풍운아가 되었다고 해서 당시 사헌부 집의로 있던 부친으로부터 엄중한 문책을 당했을지언정, 문중의 이단자로 낙인이 찍혀 삼십 년이 넘는 세월 동안 〈수화불통〉의 족쇄에서 벗어나지 못하는 불운을 겪지 않았을지도 모른다.

그러나 운명의 장난이었던지, 개항한 지 7년 만에 일본인 거류지가 된 용두산 일대의 초량 왜관 앞 용미산 포구의 신 개항지에 부산 해관이 다시 개관되었고, 과거 준비를 하고 있던 죽명 선생은 당시 정부의 필요에 따라 부정기적으로 열려서 고관대작 자식들의 출세 등용문으로 활용되곤 하였던 별시(別試)도 마다하고 약관의 어린 나이로 식년시(式年試) 문과에 당당하게 자기 실력으로 합격하였던 것이다. 그 바람에 세도의 정점에 있던 민태호와 부친 승당 어른의 주선으로 개화 바람의 통로나 다름없는 초량왜관 앞의 부산 해관에 특별히 파견되어 초대 해관장인 영국인 윌리엄 넬슨 로바트(W. N. Lovatt)를 비롯한 해관원들의 근무 실태를 감리·감찰하는 역할을 맡으면서 개항의 바람을 타고 활로를 모색하고 있던 급진 개화파들을 견제하려는 민씨 척족 정권의 파수군 역할도 아울러 수행하게 되었던 것이다.

그러나 감화된 미지의 서구 문물에 대한 열정으로 정치적인 역학 관계보다는 왜래 신문물에 더욱 경도 되었던 그는 증기선을 타고 부산항으로 물밀 듯이 밀려들어 오는 서구의 눈부신 신문물 무역품들을 비롯하여, 우아하고 화려한 서양 옷을 차려입은 가족들을 이끌고 서양의 종교와 문화를 전파하려고 연이어 몰려오는 벽안의 선교사들에다, 조선을 거점으로 하여 중국 대륙 진출의 야욕을 불태우고 있던 일제 당국의 정치인들과 통상 외교 인사들을 비롯하여, 일본 출입이 잦은 조선의 개화파 인사들을 날마다 접하면서 척사적(斥邪的)인 조선 선비 정신으로 무장되어 있던 그의 의식 세계 속에서도 문중에서 금기시 하고 있던 개화 사상이 아편처럼 스며들어 자신도 모르는 사이에 그만 중독이 되고 만 것이었다.

"나라의 기강을 바로 세우는 사헌부 현직에 계시던 너희 아버님께서 이제 겨우 식년시에 합격한 어린 너를 개항이 된 지 7년 만에 나라의 명실상부한 관문으로 자리 잡은 동래부 산하의 부산포 개항지 해관에서 감리·감찰 직을 수행하도록 특별히 들여보낸 것은 네가 당차고 영특하여 우리 조선 사정에 어두운 영국인 해관장과 그 아래의 해관원들을 감리·감찰함은 물론, 증기선을 타고 와서 초량 왜관의 영접을 받는 일본의 여러 고관들과 무시로 일본을 들락거리는 우리 조선의 개화당 인사들과 신진사류들의 동태를 잘 살펴보라는 뜻이 아니었겠느냐? 그런데 너에게 특별한 기대를 걸었던 너희 아버님의 그런 보람도 없이 김옥균을 비롯한 개화파 일당들은 네가 그곳에 봉직을 시작한 지 불과 일년도 채 못 되어 일본군을 등에 업고 기어이 갑신정변을 일으켰고, 그 과정에서 우리 척족 고관들이 여럿이나 무참히 도륙을 당하는 경천동지할 일이 벌어지고 말았으니 너희 아버님의 체면은 어떠하였을 것이며, 그 노기 또한 웬만하였겠느냐? 그래서 네가 부산 해관에 봉직하면서 이렇다 할 국법을 어긴 죄가 없었다고는 하나, 우리 문중의 금기를 어긴 것은 분명한 사실이고, 또한 결과적으로 보면 대역죄 못지않은 중

죄를 어긴 꼴이 된 너를 사적으로나마 엄히 다스릴 수밖에 없으셨던 것이 아니었겠느냐?"

"송구합니다, 어머님! 소자가 어찌 그것을 모르겠습니까?"

"그러기에 부산포 해관을 그만두고 나오는 한이 있더라도 진작부터 입신 행도와 처신에 더욱 조심을 했어야 했느니라! 세월이 흘러서 나라가 망하고 세상인심마저 옛날 같잖은 오늘에 이르렀기에 우리끼리 이런 얘기도 하게 되었다만, 그렇다고 해서 지난날의 네 과오가 결코 정당화 되지는 못할 것이니라. 그러니 앞으로도 지난 일들을 거울삼아서 자숙에 또 자숙을 거듭하여야 할 것이야!"

용화 부인은 시간이 흐를수록 말이 많아졌고, 그 목소리 또한 혹독한 엄동설한을 일편단심으로 견뎌내고 이제 막 새 봄을 맞이하여 연분홍빛 꽃망울을 올망졸망 내맺기 시작한 설중매의 가녀린 고목 가지 끝에 아롱거리는 봄볕처럼 따사로운 정감이 묻어나고 있었다.

"예, 어머님! 정말로 고맙습니다. 자숙이 아니라 남은 세월을 한결같이 속죄하는 마음으로 살아가도록 노력하겠습니다."

"그런 마음을 가졌으면 되었지, 그렇게 고마워할 것까지는 없느니라. 다락같이 높았던 어제의 권위와 자존은 간 곳이 없고, 온갖 간난신고 끝에 이런 일을 당하고 보니 고마워해야 할 사람은 내가 아니라 오히려 네가 아닌지 모르겠구나."

"어머님! 그게 무슨 말씀입니까? 천부당만부당한 말씀이십니다!"

"내가 아무리 매정하고 아둔한 어미였기로서니 부생모육(父生母育)의 도리를 다하지 못하여 너를 그리 되게 만들었는데, 어찌 청천 하늘을 똑바로 쳐다볼 수가 있겠느냐? 『회남자(淮南子)』의 '인생훈(人生訓)'에서 이르기를, 복이 화가 되고 화가 복이 되는 일을 두고 새옹지마(塞翁之馬)라 하였느니! 단죄의 대상이 되었던 너의 패륜이 오늘에 이르러서는 오히려 그 누구도 예측 못한 선견지명이 되고 말았으니, 너야말로 새옹지마가 아니겠느냐? 아마도 명천에 계시는 너희 아버님께서도 지금쯤은 너의 과오를 용납하심은 물론, 내심으로는 역시 당신의 핏줄은 못 속이는 게로구나 하고 크게 기뻐하시게 될 것이니라!"

이렇게 미운 정 고운 정이 담긴 말을 다 동원하여 가슴에 맺힌 회포를 푸는 사이에 하루해도 어느덧 저물어 서산으로 기운 저녁 햇살이 서쪽 여닫이문에 환히 들이치고 있었다. 용화 부인은 그것을 보고서야 오랜 단꿈에서 깨어난 사람처럼 갑자기 서두르는 모습으로 죽명 선생에게 이르는 것이었다.

"그러고 보니 우리끼리 여기서 이러구 있을 때가 아니로구나! 막내 너는 지금 당장 향청껼로 달려가서 집에 있는 네 식구들을 모두 데리고 다시 돌아오너라. 이제는 초암에 대한 걱정도 한시름 덜게 되었겠다, 충직한 우리 집 집사 김 서방과 청지기 여식의 혼례식에다 그 피로연과 문중 수렵대회의 뒤풀이 잔치까지 아직 남아 있는데, 우리끼리만 여기서 이러고 있을 때가 아니로구나!"

"예, 어머님! 그렇게 하도록 하겠습니다!"

모친과의 회포를 풀고 보니 마음이 바빠지기는 죽명 선생도 마찬가지였다. 서둘러 자리에서 일어난 그는 용화 부인과 헤어져 아까 왔던 중문 밖의 채마밭 샛길로 해서 마차가 있는 축사 쪽을 향하여 바쁜 걸음으로 내려간다.

죽명 선생이 축사 밖에 이르렀을 때, 마지기 황 서방이 아까 그가 세워 둔 마차의 말들에게 여물을 먹이고 있다가 그를 맞이하였다.

"황 서방, 고맙네. 그런데 이제 보니 자네도 많이 늙었네그려!"

비슷한 연배로 청춘 시절에 헤어졌다가 초로의 모습으로 다시 만나게 되었으니 그럴 만도 하였다.

"세월 이기는 장사가 어디 있겠습니껴, 나으리! 그런데 벌써 댁으로 돌아가시게요?"

호칭이 '도련님'에서 '나으리'로 바뀔 만큼 현격한 세월의 무상함을 절감하는 듯, 마차가 떠날 수 있도록 여물통을 치우는 황 서방의 얼굴에도 만감이 교차되고 있었다.

"아니, 집으로 가서 식구들을 데리고 다시 돌아올 참일세! 그러니 이따가 다시 봄세!"

상전과 말구종으로서 함께 서당 출입을 하였던 지난 시절의 회포를 풀 사이도 없이 바쁘게 마차에 올라탄 죽명 선생은 채찍을 힘껏 휘두르며 향청결을 향해 질풍처럼 말을 몰아 달리기 시작하였다. 갑작스런 마차의 출현에 행길 가의 짚동 더미 앞에서 장타령을 불러대며 흥을 돋우고 있던 한 무리의 거지들이 질겁을 하면서 길을 비켰고, 눈보라를 뿌옇게 일으키며 그들 앞을 지나간 마차는 순식간에 마산리로 통하는 신작로 쪽으로 사라지고 만다.

그 무렵, 운사와 함께 강학당으로 올라간 중산은 그의 추천으로 채용한 배 선생, 강 선생까지 불러들여 융숭하게 차린 잔치 음식을 들며 새 당주로서 앞으로 자신이 전개해 나갈 문중 개화 운동을 화제 삼아 시간 가는 줄 모르고 대화를 나누고 있었다. 그러다가 김 서방의 혼례식과 사냥대회의 뒤풀이 잔치 준비를 서두르라는 용화 부인의 전갈을 받고서야 운사에게 양해를 구한 뒤 서둘러 자리에서 일어났다. 밖으로 나온 그는 옥이네와 곽 서방을 불러서 그 사실을 전하며 각자가 맡아서 해야 할 임무를 부여하여 돌려보낸 뒤, 자기 자신도 그 진행 상황을 점검하고 독려하기 위하여 집안 곳곳을 둘러보지 않으면 안 되었다. 다른 때 같으면 집안의 남녀 일꾼들을 능수능란하게 부려 가며 수족처럼 움직여 주는 김 서방이 도맡아 했을 것을, 그가 자신의 혼례식 준비로 일손을 놓게 되는 바람에 중산이 그만큼 바빠지고 만 것이었다.

중산이 집안의 일꾼들과 온 마을 사람들이 밤늦도록 원도 한도 없이 먹고 마시고 즐기게 될 뒤풀이 잔치에 대하여 그토록 각별하게 신경을 쓰는 것은 조선인들의 계층 간 갈등을 조장하기 위하여 온갖 술수를 다 부리고 있는 일제 당국의 음흉한 간계가 오래 전부터 비일비재한 데다, 그와 더불어 친일 인사들의 발호가 날로 더해 가고, 독립군 세력 간에 군자금 모금 문제로 갈등을 빚고 있는 상황이 되고 보니 무엇보다도 민심을 잘 보살펴야 할 필요성을 절감하게 되었기 때문이었다.

집안 곳곳을 순회하며 행사 준비 상황을 일일이 점검하고 다니던 중산은 만사가 순조롭게 진행되고 있는 것을 확인하고 난 뒤에야 자신이 못다 한 일을 마무리 짓기 위하여 좌군, 운군 엽사들이 진을 치고 있는 바깥사랑으로 향하였다. 내방객들이 주로 묵어가는 그곳 객실 앞에는 폐막식 행사를 치르지 못하고 몰려 온 좌·우군 엽사들의 신발이 길게 이어진 툇마루 밑에 어지러이 널려 있었다.

그리고 방 안에서는 초암의 용태가 좋아졌다는 사실을 아직도 모른 채 침울하게 내려앉은 분위기 속에서 술잔들을 기울이며 시름을 달래고 있는지, 두런거리는 말소리들만 장마철 낙숫물 소리처럼 처량하게 밖으로 새어 나오고 있었다.

그곳 툇마루에 무료하게 걸터앉아 있던 춘돌이를 보고 중산이 물었다.

"청암 도련님은 지금 어디에 계시느냐?"

"바로 이 방에 계십니더!"

춘돌이는 등 뒤의 객실을 턱으로 가리키며 옆으로 비켜 선다.

"그렇다면 내가 좀 보잔다고 아뢰어라."

분부를 내린 중산은 기다릴 것도 없이 마당을 가로질러 맞은편 누마루 옆에 있는 자신의 처소를 향해 바쁜 걸음으로 돌계단을 밟고 올라간다.

주인 없는 방 안에는 오후의 햇빛들만 환하게 밀려들고 있었다. 자리에 앉기가 무섭게 뒤따라 뛰어 올라온 청암에게 그가 물었다.

"오늘 사냥대회의 결과는 어떻게 되었는가?"

오늘 행사를 주관한 당사자로서 지금부터 엽사들을 방마다 찾아 다니며 초암의 사고로 미처 전달하지 못한 황금 상패와 은제 기념패를 직접 목에 걸어 주며 대회 진행에 차질을 빚은데 대하여 늦게나마 사과의 뜻을 전하려는 심산인 것이다.

"그야 애초에 형님께서 뜻하신 바대로 우군 진영의 일방적인 승리로 끝났지요! 포획한 사냥감의 차이가 워낙 심해서 무게를 달아 볼 필요조차 없었습니다."

사냥대회 본부 요원으서 뒷일을 알아서 처리하라는 중산의 부탁을 받고 폐막식도 못 치른 채 뒷일을 대충 수습하고 집으로 돌아와 충격과 낙담에 빠진 좌·우군 엽사들을 위로하며 술잔께나 받아 마셨는지, 청암의 얼굴에는 벌써 얼큰하게 취기가 감돌고 있었다.

"그래? 어쨌든 나 대신 뒤처리를 하느라고 애 많이 썼네."

"저야, 한 게 뭐 있습니까? 양쪽 엽사들과 대작하면서 술만 마셨는데요, 뭘! 그런데 초암 형님의 용태는 좀 어떻습니까?"

"신호리 초계 아우가 제때에 응급처치를 잘 해놓는 바람에 아무 탈 없이 허벅지 상처의 봉합 수술까지 잘 되었느니라. 그러니 이제는 더 이상 해서 크게 걱정할 것은 없을 것 같네. 왕진 온 운사 친구가 멸균된 압박붕대를 감아서 지혈을 제대로 잘 시켜놓은 것을 보고는 그렇게 한 초계 이우의 의료 상식이 대단하다고 놀라더라니까!"

"그야, 일본 유학을 가서 양의학을 공부하고 있다고 하니, 그럴 수밖에요!"

"그래도 그렇지! 아직 초년생이라고 하던데…. 여하간에, 비록 성씨가 달라도 우리 일가 친척들 중에 양의학을 공부하는 그런 인재가 있다는 게 얼마나 다행스러운 일인가?"

중산이 이렇게 신지식인에 대해 크게 고무되어 있는 것을 보고 자기네 집에도 개화의 선구자가 계시지 않느냐는 듯이 청암이 물었다.

"참, 오늘 문중 종회에서 해금이 되신 향청껄 막내 숙부님께서도 운사 형님과 함께 왕진을 오셨다고 하던데, 지금 어디에 계십니까?"

"아까 용화 할머님을 뵙고 난 뒤 집에 있는 식구들을 데리고 오라는 분부를 받고 다시 마차를 몰고 향청껄로 갔다가 조금 전에 도착하여 용화당으로 올라가신 모양이야!"

"그래요? 그 참 잘 되었군요! 드디어 개화의 선구자이신 막내 숙부님까지 지도자로 모실 수 있게 되었으니 이제야말로 답답하기만 하던 우리 문중의 개화·개방 사업이 제대로 풀려 나갈 수 있게 되었습니다, 형님!"

술기가 감도는 청암의 눈에서 유황이 타는 듯한 광채가 섬광처럼 번뜩인다. 일찍이 개화에 물이 들어 문중의 풍운아가 되었던 죽명 숙부에 대하여 남다른 관심과 흠모의 정을 느끼고 있던 그에게는 실로 반가운 얘기가 아닐 수 없는 것이다.

"형님께서 새로 당주가 되시고, 죽명 숙부님까지 식구들과 함께 우리 집을 마음대로 드나들 수 있게 되었으니 이런 뜻 깊은 날이 어디 있겠습니까? 오늘 밤에는 죽명 숙부님과 운사 형님까지 모시고 우리 문중의 개화운동 발대식과 함께 단합대회라도 한번 열어야 되지 않겠습니까?"

"그야 여부가 있겠나? 그렇잖아도 아까 운사도 오늘 밤에 여기서 유숙하고 가겠다며 우리 집 잔치 분위기에 흠뻑 젖어 보고 싶어 하던 걸!"

모처럼 의기투합한 그들 두 형제는 오늘밤의 축제를 기약하며 활짝 웃는다.

"이 보게, 청암! 이따 죽명 숙부님께서 이리로 오시거든 자세히 한번 보게. 성격이나 겉모습이 자네랑 아주 흡사하게 닮은 걸 보면 아마 자네도 크게 놀라게 될 거야!"

"그런 말이야 저도 아버님한테서 이미 귀에 못이 박히도록 들었는걸요, 뭐!"

청암은 민망한 듯이 머리를 긁적이면서도 그리 싫지만을 않은 듯, 묘한 표정을 짓는다. 그도 그럴 것이, 영동 어른이 고집이 세고 성질이 불같은 자기를 나무랄 때마다 네 막내 삼촌도 그런 고집과 불같은 성질 때문에 문중에서 축출된 것이라며 노상 막내 숙부에게 빗대어 말하곤 했던 것이다.

"그건 그렇고…, 참! 삼수 녀석의 얼굴이 오늘 한 번도 보이지 않던데 도대체 어찌 된 것인가?"

활짝 펴져 있던 얼굴의 웃음기를 거두며 중산이 물었다. 아침에 청암에게 그 녀석을 잘 단속하라고 부탁하기는 했지만, 아직도 안심이 되지를 않는 것이다. 어제밤에만 해도 김 서방과 삼월이의 혼사를 앞두고 속이 뒤집어진 나머지 집 근처에는 얼씬도 하지 못한 채 풍수와 함께 당곡 일대에서 술을 퍼마시고는 밤 늦도록 술광증을 부리고 싸돌아다니다가 삼랑진 거지들과 패싸움까지 벌였다는 놈이었는데, 정작 혼인 잔칫날인 오늘이 되자 종일토록 코빼기도 내밀지 않고 폭풍 전야처럼 잠잠해 있는 게 암만해도 미심쩍은 것이다.

"아마 지금쯤 풍수랑 둘이서 동래 객사로 내려가고 있을 겁니다."

"지금쯤 동래 객사로 내려가고 있을 거라고?"

중산은 시치미를 떼고 태연하게 대답하는 청암을 어리둥절한 눈으로 바라본다.

"예, 형님!"

얼굴 표정이 자연스럽지 못하면서도 청암의 대답은 단호하였다.

"오늘 아침까지만 해도 단군교를 믿으면서 나라 걱정까지 하고 다니는 녀석이라고 큰소리를 쳐 가며 감싸고 돌더니, 갑자기 동래에는 왜?"

"가만히 생각해 보니 형님의 말씀에도 일리가 있고, 또 삼월이가 김 서방하고 초례를 올리는 날 제가 집에 데리고 있다는 것이 너무 가혹하다는 생각이 들어서요!"

그러나 그것은 구차한 변명에 지나지 않았다. 사실은 오늘 아침에 종마장에 갔다가 삼수 녀석이 풍수와 함께 삼랑진 거지들과 패싸움을 벌였다는 얘기를 듣고서 중산 몰래 그가 늦잠을 자고 있다는 그곳 일꾼들의 숙소에 들어갔다가 형편없이 망가진 그의 몰골을 보고 아연실색을 하고 말았던 청암이었다. 양쪽 눈은 피멍이 시퍼렇게 든 상태로 온

통 통통 부어올라 앞이 안 보일 정도였고, 입술마저 엉망으로 터져 가
뜩이나 사고뭉치라는 고정관념을 지우지 못하고 있는 중산이 그 꼴을
본다면 틀림없이 어릴 때 버릇 개 못 준다는 말이 있더니 그것 보라며
그를 감싸고 도는 자기에게 막 야만을 치면서 불신하기 십상이었던 것
이다.

그래서 그는 삼수더러 바깥에 얼씬도 하지 말고 방 안에 숨어 있다
가 그곳의 행사가 끝나는 대로 쥐도 새도 모르게 동래 객사에 내려가
있으라며 몸에 지니고 있던 돈을 몽땅 털어 여비까지 두둑하게 손에 쥐
어 준 것이었다.

"그래? 그것 참 듣던 중 반가운 말이군 그래. 잘 했네! 그런데 여비는
넉넉하게 쥐어 주었는가?"

중산도 삼수가 종마장의 말을 훔쳐 가려고 한 삼랑진 거지들과 패싸
움을 벌였다는 사실을 염 서방의 보고를 통하여 알고 있었다. 하지만
그의 얼굴이 그렇게 된 사실에 대해서는 들은 바가 없었으므로, 청암의
말을 곧이 곧대로 믿고 삼수의 여비 걱정까지 해 주는 것이다.

"예, 형님. 그런데 그 녀석은 앞으로도 제가 잘 보살펴 주면서 엄중하
게 관리할 테니 형님께서는 아예 신경을 쓰지 않으시면 좋겠습니다!"

"자네가 동래 객사에서 심부름꾼 삼아 데리고 있기를 원한다면 그렇
게 못할 것도 없지! 그 대신 그 녀석을 옆에 두고 부리려거든 아무런 말
썽을 부리지 못하도록 자네가 책임을 지고 단속해 주어야 할 것이네!"

"그야 여부가 있겠습니까, 형님!"

삼수의 얘기를 그 정도로 끝낸 그들은 폐막식을 열게 되면 열화와
같은 환호성 속에서 운당 종조부의 손을 빌어 수여하려고 했던 황금 우
승 상패와 은제 기념패 상자를 챙겨 들고 서둘러 밖으로 나왔다.

그들은 바깥사랑의 여러 객실마다 돌아다니며 침울한 분위기 속에
서 술잔들을 기울이며 진을 치고 앉아 있는 좌·우군의 엽사들에게 초
암의 상태가 왕진 온 죽명 숙부와 운사의 치료를 받고 아주 좋아졌다는

기쁜 소식과 폐막식을 치르지 못한데 대한 사과의 말도 함께 전하였다. 그리고 오늘 사냥대회에서 승리한 우군 진영의 외손들과 패자인 좌군 진영 친손들의 목에 묵직한 황금 우승 상패와 은제 기념패를 일일이 걸어 주었으며, 축하주와 위로주까지 손수 따라 주는 것도 잊지 않았다.

그들이 그러고 있는 동안에, 행랑 마당에서는 벌써부터 초암의 사고로 중단되었던 김 서방과 삼월이의 혼례식 준비가 바쁘게 진행되고 있었다.

그런가 하면, 솟을대문 밖의 바깥마당에서는 중산의 지시를 받은 곽 서방이 서둘러 내보낸 나이 지긋한 몇몇 하인들과 염록술을 위시한 당곡 부락의 풍물패들이 한데 어울려서 행랑 마당의 혼례식이 끝나고 바깥마당에서 베풀어질 사냥대회 뒤풀이 잔치를 앞두고 오늘 포획한 사냥감들의 도축 준비 작업을 서두르고 있었다.

불의의 총상을 입고 사경을 헤매던 초암이 읍내에서 마차를 타고 온 한의사 막내 숙부와 중산의 친구인 양의사의 응급 치료를 받고 건강 상태가 호전되고 있다는 말이 전해지면서 종가 안팎이 다시 들썩거리기 시작하였다. 드넓은 바깥마당 가득 펼쳐진 무수한 덕석들 위에서는 잔칫상을 받은 마을 사람들이 곧 있을 혼례식을 구경하고 그 뒤에 있을 피로연을 겸하여 사냥대회 뒤풀이 잔치가 예정대로 열리게 되었다는 소식을 전해 듣고 거기에 기대를 걸고 느긋하게 눌어붙어 앉아 술잔을 나누며 기다리고 있었으며, 일찌감치 배를 채운 사람들은 도축 작업을 구경하기 위아여 집 앞의 봇도랑가로 우르르 몰려 나가고 있었다. 폐회식이 취소되면서 축사 헛간에 옮겨다 놓았던 사냥감들을 도축하기 위하여 당곡의 풍물패와 몰이꾼 장정들이 2인조, 혹은 4인조 목도질로 집 앞의 봇도랑 가로 속속 메고 오고 있었던 것이다.

얼음이 허옇게 얼어붙은 봇도랑 가에서는 염록술이 이끄는 당곡 부락의 풍물패들과 가마꾼 오 서방과 지 서방, 천 서방을 비롯한 민대감 댁의 나이 지긋한 하인들이 주축이 되어 도축 잡업을 할 봇도랑 가의 눈밭에 볏짚과 섬피 거적들을 깔고 있었다. 그들은 도축이 시작되면 농악대 나발수에서 백정의 본업으로 돌아온 삼덕이 밑에서 펄펄 끓인 물을 끼얹어 가며 멧돼지들의 털을 뽑기도 하고, 그가 그 멧돼지들과 손수 모피 가죽을 벗겨낸 사슴이며 여타 짐승들의 머리를 자르고, 사각(四脚)을 뜨고, 내장을 긁어내면 그것을 받아서 창자며 똥집들을 빨래를 하듯이 일일이 깨끗이 씻어야 할 사람들이었다.

오늘만은 그들도 조상 무덤에 뗏장도 안 입히는 쇠상 놈이라며 평소에 늘상 천대를 하였던 삼덕이의 지시에 따라 꼼짝없이 백정 노릇을 하는 처지가 되고 만 것이었다.

그와 때를 같이 하여 바깥마당 가에 죽 내걸린 가마솥 아궁이 앞에서는 김양산과 불출이가 도축에 쓸 물을 끓이고 있는 중이었고, 실경이와 우판돌, 칠성이는 힘이 센 불출이와 쇠돌이, 장성목 등의 목도꾼들이 사냥감들을 메고 오는 족족 그것들의 다리에 묶인 칡넝쿨이며 새끼줄을 벗겨 내느라 아무 정신이 없었다. 그리고 종가와 대소가의 젊은 하인들은 또 그들대로 행랑 부엌과 광에서 선지피를 받을 양푼이며, 도축한 각종 짐승들의 고기를 담을 그릇들을 챙겨 오느라 분주히 움직이고 있었다.

당곡의 풍물패 동료들과 대소가의 하인들이 이렇게 저마다 도축 준비를 하느라고 눈 코 뜰 새 없이 바쁘게 움직이고 있었건만, 모처럼 백정의 칼 솜씨를 보여 줄 좋은 기회를 만난 삼덕이는 얼음장을 걷어낸 봇도랑 가에 쭈그리고 앉아 그 무슨 대단한 의식을 앞두고 경건하게 공을 들이고 있는 것처럼 사뭇 진지한 모습으로 도축용 칼들을 차례대로 갈기에 여념이 없었다.

"아따, 참말로 많이도 잡았네그려! 첩첩 산중도 아닌 가까운 야중 객산에서 이렇게 많은 산짐승들이 살고 있었다니, 참으로 믿기지 않는 놀라운 일이로고!"

겹겹이 둘러 선 구경꾼들 중에서 무명 두루마기에 중갓을 쓴 선비

행색의 내방객 하나가 봇도랑 가의 눈밭에 줄지어 널브러져 있는 크고 작은 산짐승들을 내려다보면서 믿기지 않는다는 듯이 감탄을 한다. 그 소리를 듣고 산짐승들의 발목에 묶여 있던 칡넝쿨을 벗겨내고 있던 칠성이가 누군가 하고 쳐다보다가, 그가 하객으로 온 백족 부락의 사람임을 알아보고는 오늘 자기네가 죽을 고생을 한 끝에 거둔 만만찮은 성과에 대해 은근히 자부심을 느끼는 듯, 자랑삼아 맞장구를 치는 것이었다.

"아, 등 따시고 배부르면 생각나는 기이라고는 그 짓뿐일 기인데, 짐승들이라고 해서 머가 다르겠능교? 이 댁 양반님네들이 십 년이 다 되도록 사냥대회 한번 열지 않고 야생 방목장처럼 내버려 두었으니 아들, 딸, 며느리, 사위에다가 줄줄이 새끼를 쳐 가지고 대가족을 이루며 살았을 수밖에요!"

입심 좋은 칠성이의 걸쭉한 대꾸에 의관을 갖춘 사내는 민망한 얼굴로 염소 꼬리 같은 수염발을 쓰다듬으며 소태 먹은 표정을 짓다가, 그러나 마지못해 점잖게 받아 넘기는 것이다.

"하기야! 동산의 지형이 알을 밴 붕어 모양으로 오우진 삼랑 포구 쪽으로 머리를 두고 안락하게 자리잡은 다산(多産)의 지형이라, 그 정기를 그대로 내려 받았으니 그럴 만도 하겠지요!"

그러자 이번에는 우판돌이 거기에 뒤질세라 제법 유식한 체를 하면서 한 마디 거들고 나서는 것이다.

"아, 말이 났으니 하는 얘기지만 이곳 민씨 집성촌이 배산임수(背山臨水)에 동향의 낙지형(樂地形)이라, 여흥 민씨네 집안에서 자손들이 유독 번창한 것도 마을이 붕어 알집에 해당하는 명당 터에다 자리를 잡은 때문이라고 하는데, 거기에 사는 산짐승인들 오죽하겠능교?"

아닌 게 아니라, 외손 쪽 우군 진영의 일방적인 승리로 끝난 오늘 사냥대회에서 잡은 사냥감들은 상상을 초월할 정도로 많았다. 한일병탄이 이루어지기 전까지 산세가 훨씬 험한 초동면과 경계를 이룬 덕대산이나 강 건너 삼랑진 쪽의 천태산과 구천산 쪽에서 행해졌던 사냥대회 때에도 좀처럼 올릴 수 없었던 풍성한 성과였다. 송아지 만한 멧돼지가 무려 세 마리나 되었고, 노루 두 마리, 고라니 세 마리에다 오소리며 산토끼, 너구리까지 합치면 모두 스무 마리는 좋이 되고도 남을 성 싶었다. 이들 중 송아지만한 멧돼지 세 마리는 모두 객산 치고는 숲이 짙고 골이 깊은 대곡 골짜기에서 잡은 것들이었는데, 오늘 사냥대회에서 우군 진영이 일방적인 승리를 거둘 수 있게 된 것도 중산이 사냥감들이 많이 서식하는 그곳을 의도적으로 그들의 사냥터로 배정한 결과였다.

봇도랑 양쪽으로 둘러 선 구경꾼들은 기슭진 눈밭에 사지를 뻗고 줄지어 누워 있는 엄청나게 많은 사냥감들을 바라다보며 저마다 입을 벙긋거리면서 그것들의 향방을 놓고 기대에 부풀어 있었다. 그들은 오늘 잡은 사냥감들은 모두 이곳에서 도축된다는 사실만 알고 있을 뿐, 그 다음에 그것들을 어떻게 처리하게 될지에 대해서는 아직도 들은 바가 없었다.

하지만 오늘의 사냥대회 행사가 불의의 사고로 호사다마가 되고 말기는 했지만, 지난 십년 가까이 중단되었다가 모처럼 다시 열린 날인데다가, 앞으로 새 시대를 이끌어 나갈 젊은 새 당주가 탄생하고, 문중에서 축출되었던 용화 부인의 막내 자제분까지 문중 출입이 허가된 것을 보고 무언가 기대 이상의 좋은 일이 있지 않겠느냐는 생각들을 막연하게, 그러나 당연하다는 듯이 가지고 있는 축들이 많았다.

개중에는 어쩌면 그 많은 산짐승들을 도축하여 그 절반 정도는 주최 측에서 가져가서 대소가에 골고루 분배하거나, 각종 양념을 바르는 등 손질하여 양반님네들의 입가심용 육포(肉脯)를 만들기도 하고, 아예 종가의 석빙고로 옮겨져서 다음 번 잔치 때 쓸 비축용 고기로 저장하게 될 거리고 믿고 있었다. 하지만 그 나머지는 고생을 많이 한 몰이꾼들에게 나누어 줄 몫을 얼마 제하고는 전부 뒤풀이 잔치용으로 사용되지 않을까 하는 생각들을 하면서 기대에 잔뜩 부풀어 있는 것이었다.

그렇게 되면 예전처럼 노루나 고라니 한두 마리 정도는 쇠꼬챙이에 꿰어서 마당 한복판에서 훨훨 타오르는 모닥불 위에 매달아 놓고 온 마을 사람들이 흥겨운 풍물 장단에 맞춰 춤을 추고 즐기면서 훈제 통구이를 굽게 될 것이고, 나머지는 가마솥에 푹푹 삶아서 수육을 만들거나 갖은 양념과 함께 달달 볶아서 불고기를 만들고, 파 마늘을 다져 넣고 감칠맛 나는 국도 끓이게 될 것이다.

그리하여 구수한 고기 냄새가 온 마을에 진동할 때쯤이면, 낮 동안 비비적거리며 잔치 음식으로 배를 채우고 집으로 돌아갔던 사람들까지도 밤도깨비처럼 다시 흥겹고 흥성스러운 뒤풀이 잔치판으로 꾸역꾸역 모여들게 될 게 뻔하였다.

그런데 모두들 엄청나게 많은 사냥감들을 내려다보며 산짐승 고기로 만든 온갖 음식들을 원도 한도 없이 먹으면서 뒤풀이 잔치를 벌일 생각으로 꿈에 부풀어 있는데, 방금 당도한 구경꾼 하나가 사태가 어떻게 돌아가고 있는지 분간도 못하고 초를 치듯이 생뚱맞게 고추 먹은 소리를 하는 것이었다.

"그나저나 사냥대회에 나갔던 종갓집 젊은 양반이 총상을 입고 초주검이 된 마당에 뒤풀이 잔치가 제대로 열리기나 할는지 모르겠구마! 뒤풀이 잔치를 열 생각이었다면 진작부터 도축 작업을 서둘렀을 기인데, 해가 서산 마루에 걸린 지금까지 아직도 이렇게 꾸물거리고 있으니 우리가 시방 헛물을 켜고 있는 기이 앙인지 모르겠네!"

구경꾼의 말이 미처 땅에 떨어지기도 전에 눈코 뜰 새 없이 도축 준비를 서두르고 있던 우판돌이 발끈하여 고개를 쳐들고 그에게 냅다 소리를 친다.

"보소! 두 눈을 뜨고 척 보면 모르겠소? 새벽부터 지금까지 이놈들을 잡느라고 온 눈밭을 허우적거리고 댕기면서 죽을 고생을 다하고도 미처 쉴 틈도 없이 뒤풀이 잔치 때 당신네들 뱃속에다 온갖 산짐승 괴기를 가득 밀어넣게 해 줄라꼬 이 고생을 하고 있는데, 고맙다꼬 인사는 몬 해 줄망정 그렇게 복장에 불을 지르는 소리를 하다니. 도대체 양심이 있는 기요, 없는 기이요? 눈 뜬 당달봉사도 앙이겠고, 김빠지게스리…!"

그 바람에 고추 먹은 소리를 하였던 구경꾼 사내는 우판돌이 윽박지르는 바람에 찔끔하여 그대로 입을 닫고 말았다. 그 대신 이곳 사정을 잘 아는 외산 부락의 소작인이 우판돌의 역성을 들면서 맞장구를 치는 것이었다.

"사경을 헤매던 총상 환자도 읍내에서 모시고 온 한의사, 양의사한테서 치료를 받고 무사하다꼬 하는데, 뒤풀이 잔치를 몬할 까닭이 없는 기이라! 더구나 오늘은 나라를 빼앗기고 나서 근 십년 만에 다시 열린 큰 행사인데다가, 아까 보니 그 동안 동산이 근처에 얼씬도 하지 몬했던 영동 어른의 막내 제씨라 하는 그 한의사 양반이 온 식구들을 마차에 태우고 오던데, 이런 날 잔치를 안 하면 언제 할 기이고? 나중에 두고 보면 알겠지만, 오늘 밤의 뒤풀이 잔치는 온 동네 사람들이 여기 있는 이 많은 산짐승들 괴기들로 배가 터지도록 포식하고도 남을 정도로 전에 없이 굉장할 기이구마는!"

뒤풀이 잔치를 앞두고 마을 사람들의 기대가 이토록 만발하고 있는 가운데, 행길 건너편의 짚동 더미 앞에서는 오늘 밤의 잠자리를 놓고 거지 떼들의 자리다툼이 한창 벌어지고 있었다. 마을 곳곳에 헛간이며 짚가리들이 흔하게 있었지만, 날이 저무는 것을 보고 서로가 잔칫집 가까운 곳에다 잠자를 마하려고 벌써부터 패거리들 사이에 기싸움이 벌어지고 있는 모양이었다.

"저 걸뱅이들도 벌써 그런 걸 우리보다 먼저 알고 나중에 잔치판이 벌어지면 기름기가 다 빠진 창자가 순대가 되도록 사냥감 괴기를 얻어 묵을라꼬 저러고 있는 거 앙이가!"

그때, 안으로 들어가서 사냥감 고기의 처리 문제에 대해 설명을 듣고 나온 염록술이 생각보다 일의 진척이 느린 것을 보고 자기네 동료 풍물패들을 향하여 큰소리로 다그친다.

"허허, 이 사람들 아직도 이러고 있나? 저쪽 바깥마당 가에서는 가마솥마다 벌써 물이 펄펄 끓고 있던데, 여기서는 아직도 이러고 있으면 우찌 하노! 지지고 볶고 구워서 뒤풀이 잔치를 할라 카모 퍼뜩퍼뜩 서둘러야 될 거 앙이가?"

그러자 잡담을 하며 꾸물거리고 있던 도축 일꾼들의 손길이 갑자기 빨라진다. 뒤미처 김양산과 불출이가 펄펄 끓인 물을 커다란 질 옹배기에 가득 퍼 담아 마주 들고 날아오자, 염록술의 지시에 따라 몸집이 큰 세 마리의 멧돼지부터 도축 작업에 들어간다. 뜨거운 물을 연이어 끼얹고 나서 모두들 아귀처럼 달라붙어 털을 뽑기 시작하였고, 송아지만한 멧돼지들은 이내 속살이 허옇게 드러난 알몸이 되었다.

"아따, 얼마나 잘 묵고 잘 살았는지 안반짝 같은 이 엉덩이가 참 볼만하네!"

김 양산이 멧돼지의 엉덩이를 철썩철썩 두드리며 농담을 하자, 삼덕이가 벌컥 화를 내며 막 야단을 친다.

"아, 털을 다 뽑았으면 얼른 물을 끼얹어 깨끗하게 씻어 내릴 생각은 안 하고 죽은 짐승한테 그 무신 못할 짓이고? 극락왕생을 빌어 주지는 못할망정 떼죽음을 당한 죽은 영혼들 앞에서…!"

지엄한 삼덕이의 호통에 우판돌과 칠성이도 평소와는 달리 아무 군소리 없이 도랑물을 퍼다가 돼지 몸에 달라붙어 있는 잔털을 서둘러 씻어 내렸고, 삼덕이는 돼지 몸통에 눌어붙어 있는 땟국을 도축용 칼로 자신의 머리에 배코를 칠 때처럼 머리 쪽에서부터 말끔하게 쓱쓱 긁어 내리기 시작하였다.

신물을 다루듯이 공을 들리며 그 작업을 끝낸 삼덕이는 우판돌과 칠성이가 또다시 깨끗하게 씻기를 기다렸다가 옆에 있던 커다란 양푼이를 김양산에게 쥐어 준다. 자기가 시퍼렇게 날이 선 도축용 칼로 멧돼지의 멱을 딸 때 밑에다 대고 선지피를 받으라는 것이었다.

삼덕이가 익숙한 솜씨로 돼지 멱을 따기 시작할 때였다. 남들보다 먼저 혼례식 구경하기에 좋은 자리를 차지하려고 행랑 마당으로 들어서던 마을 사람 하나가 이쪽을 향해 손짓을 하면서 냅다 소리를 치는 것이었다.

"이 보소들, 빨리 오소! 혼례식이 곧 시작될 모양이요!"

그러자 도축 구경을 하고 있던 봇도랑 가의 구경꾼들이 앞 다투어 그쪽으로 몰려갔고, 자리 다툼을 벌이고 있던 거지들도 어느 새 그것을 눈치 채고 언제 그런 일이 있었냐는 듯이 앞서거니 뒤서거니 하면서 봇도랑 가의 도축 일꾼들을 힐끔거리면서 그들의 뒤를 따라 솟을대문 안으로 슬금슬금 바쁜 걸음을 치는 것이었다.

"아니, 저놈들은 간밤에 마굿들 종마장에서 이 댁의 말을 훔쳐 나오다가 삼수랑 풍수한테 들켜서 패싸움을 벌이다가 내뺐다는 그 삼랑진 걸뱅이들 앙이가?"

돼지 멱을 따기 쉽게 머리를 받쳐 주고 던 우판돌이 칠성이에게 묻는다.

"어, 그렇네! 삼랑진에서 온 걸뱅이들이 맞구마는!"

칠성이가 거지 떼들을 유심히 바라보면서 놀란 얼굴로 대꾸하였고, 약삭빠르고 호기심이 많은 김양산이 그놈들의 사정에 대해서는 자기만큼 잘 아는 사람은 아마 없을 것이라는 듯이 의미심장하게, 그러나 혼잣말처럼 중얼거리는 것이었다.

"저놈들이 얻어 묵을 기이 많은 응천강 이쪽의 동산이·파서리 양반촌의 토박이 걸뱅이들을 제압하여 동냥질 패권을 차지했다고 하더니만, 인자는 마 아주 양반촌의 혼례 잔치 손님이나 되는 것처럼 버젓이 종갓집 안으로 들어가고 있네!"

부부끼리 유난히 남의 일에 관심이 많은 탓으로 동네 일이라면 모르는 일이 거의 없는 김양산의 말이 짜장 헛말은 아니었다. 그런 소문이 동산리 일대에 나돌기 시작한 것은 지난 초가을 무렵이었다. 하지만 정작 패권을 차지한 그 거지들의 동냥질 표적이 되고 있는 민 대감 댁에서는 그 사실을 전혀 모르고 있었고, 동네 소문에 밝은 하인들조차도 최근에 와서야 겨우 알게 된 형편이었다.

"간뎅이가 부은 놈들이니 어련하겠나? 저놈들은 잔뜩 기대를 걸었던 이쪽 걸뱅이들의 상납금이 신통치 않자, 그들한테 시범을 보이러 왔다가 이 댁에서 밥동냥은 줘도 곡식 동냥은 좁쌀 한 톨도 주지 않고 내쫓는 바람에 우스운 꼴만 보여 주고 말았던 모양이라. 그런데 민 대감 댁에서는 젊은 중산 양반이 부친 대신으로 당주 일을 맡게 되면서부터 배고픈 불쌍한 사람들한테는 밥을 달라는 대로 퍼 주도록 하고, 사대육신이 멀쩡하면서도 놀고 묵는 저런 걸뱅이 놈들한테는 보리쌀 한 톨도 주는 법이 없어졌으니 그럴 수밖에! 그 바람에 삼랑진에 있던 두목까지 데리고 와서 몇 날 몇 며칠 동안이나 돌아가지 않고 각설이 타령을 불러제끼며 난리를 피우다가 동냥을 주러 나온 이 댁 청지기 모녀한테 행패를 부렸다 카는데, 그것을 보고 나무라는 청지기한테까지 대들다가 마침 사위가 될 김 서방이 나타나서 멱살을 틀어쥐고 쥑일 듯이 으름장을 놓는 바람에 부랴부랴 쫓겨 갔던 모양이라!"

"그렇다면 출하를 하루 앞두고 있던 들마당 야적장의 이 댁 나락을 열 섬이나 도적질을 해 간 것도 그 앙갚음으로 그놈들이 저지른 일이었던 모양이로구마!"

칠성이가 풀리지 않던 수수께가 풀렸다는 듯이 말하였고, 우판돌이 놀라워 하면서도 고개를 갸웃거린다.

"나락 열 섬이면 지놈들이 평생을 동냥질해도 몬 모을 양인데, 걸뱅이들 주제에 지놈들이 무신 배포가 있다고 그런 간 큰 짓을 했일꼬?"

"그러게나 말이다! 나라가 망하고 왜놈들 세상이 되더니 요새는 걸뱅이들한테서도 친일파가 속속 생기고 있다 안 하더나? 저 삼랑진 걸뱅이들의 두목이 그곳에 있는 매일신보 보급소의 직원이라는 말도 있던데, 그렇게 간 큰 짓을 하고 댕기는 것도 보나마나 그런 두목하고 거기에 있는 헌병 분견대의 왜놈들을 믿는 구석이 있기 때문이 앙이겠나? 그렇지 않고서야 그렇게 엄청난 나락 도적질을 한 것도 모자라서 사냥대회를 하루 앞둔 어젯밤에 또다시 행사 때 쓸 이 댁 종마장의 말까지 훔쳐 갈라꼬 했고, 그기이 뜻대로 안 되자 왜놈 헌병 놈들이 사냥대회에 나선 이댁 둘째 아드님한테 총질을 할 까닭이 없지 않겠나!"

확신에 찬 김 양산의 말을 듣고 우판돌도 자기 나름대로 공감을 느끼며 놀라워한다.

"그러면 그렇지! 저놈들이 말 도적질에 실패를 한 바로 다음 날 이댁 사람한테 왜놈 헌병들이 총질을 한 것도 그렇게 한통속이 된 숨은 곡절이 있었던 탓이로구마!"

"듣고 보이 참말로 그런 모양이네! 그렇다면 저놈들이 저렇게 자기들을 문전 박대한 청지기의 딸과 자기네 두목에게 멱살잡이를 하며 내쫓았던 김 서방의 혼례를 올리는 행랑 마당으로 줄줄이 들어갔다가 또 무신 짓을 할라는지 모르겠구마!"

민 대감 댁의 일이 남의 일 같잖아서 모두들 이렇게 걱정들을 하고 있을 때, 병환이와 함께 행랑 고방에서 산짐승들의 고기를 담을 소쿠리와 광주리를 들고 봇도랑 가로 내려오는 갑환이를 보고 김양산이 물었다.

"어이, 갑환아! 저 삼랑진 걸뱅이들 말이다. 저놈들이 민 대감 댁의 나락하고 말을 훔치게 된 기이 오늘 총질을 한 삼랑진 헌병놈들이 시킨 짓이가? 아니면 쌀가게 점원에다 신문 보급소 직원 노릇을 한다는 그 사대육신이 멀쩡한 걸뱅이 두목이 왜놈 헌병들을 믿고 돈벌이를 할라꼬 지 혼자서 저지른 짓이가? 도대체 어느 쪽이고?"

"꿀꿀이 아부지가 그런 거를 알아서 머 할라꼬 그라요?"

들고 온 광주리와 소쿠리를 내동댕이치듯이 내려놓은 갑환이가 퉁명스럽게 내뱉았으나, 김 양산은 이미 발동한 호기심을 감추지 못하고 되묻는다.

"이 사람아! 민 대감 댁 그늘에서 입에 풀칠을 하고 하루하루 살아가는 우리인들 오죽 속이 탔으면 이러겠나? 백짓장도 맞들면 낫고 슬픔과 아픔도 나눌수록 덜하다고 하는데, 우리한테까지 숨길 기이 머 있겠노?"

"아, 그야 저놈들하고 그쪽의 헌병 파견대장 놈 뒤에서 축축거리는 친일 앞잡이 놈이 살모사처럼 도사리고 있기 때문이 앙이겠소?"

마지못해 이렇게 내뱉은 갑환이는 김양산이 또 무어라고 캐물어 볼 사이도 없이 방금 삼랑진 거지들이 들어간 대문간을 향해 허둥거리며 달려가 버리고 만다.

그러나 뒤에 남은 김양산은 여전히 궁금증을 이기지 못하고 도축 일을 돕고 있는 나이 지긋한 하인들을 둘러보며 이것저것 물어 보다가 별로 신통한 대답을 듣지 못하자 가슴을 치며 답답해한다.

"허헛 참! 양반 체면을 지키다가 어떤 일을 또 당하게 될지 모르는데, 우리라도 그 왜놈 앞잡이가 누구인지, 그리고 왜 자꾸 이런 짓을 저지르는지를 알아야 우리가 팔을 걷어붙이고 나서 가지고 그 친일 앞잡이 놈의 집에 불을 지르든지, 저 걸뱅이놈들의 바가지하고 깡통을 박살내든지 해 볼 거 앙이가!"

"그기이사 우리 생각이고! 이댁 양반님네들은 또 양반님들대로 그럴 만한 사정이 있어서 아랫사람들한테 저렇게 입단속을 시키고 있는 기이 앙이겠나?"

"판돌이 니 말도 틀린 말이 앙일 기이다. 아무려나 오늘 저녁 때는 아무 일 없이 무사히 넘어가야 할 기인데…!"

그들은 잔뜩 기대를 걸었던 뒤풀이 잔치가 돌발적인 초암의 사고로 하마터면 무산될 뻔했다가 가까스로 수습이 되어 겨우 한숨을 돌리고 신나게 준비 작업을 서두르고 있는 이런 판국에, 또다시 무슨 일이 터질까봐 모두들 한 마음이 되어 노심초사인 것이다.

그러나 바깥에서 하는 이런 걱정과는 상관 없이 하늘 높이 차일을 처 놓은 행랑 마당에서는 수많은 웃전들과 마을 사람들이 겹겹이 둘러서서 지켜보고 있는 가운데 김 서방과 삼월이의 대례식이 이제 막 시작되고 있었다. 화려한 열 두폭 화조 병풍 앞에 높다랗게 차려진 대례상의 북측 가운데에 선 유복(儒服) 차림의 창홀관(唱笏官)이 몇 차례 헛기침을 하고 나서 낭랑한 목소리로 거례(擧禮) 선언을 한다.

"집례급제집사상향읍(執禮及諸執事相向揖)!"

원래 혼인 잔치의 창홀관은 인품과 덕망을 두루 갖춘 마을의 유지급 인사가 맡는 게 상례였다. 하지만 오늘은 지난번 서반아 괴질이 창궐했을 때 중산의 각별한 주선으로 손자의 목숨을 구했던 중산의 청계 종숙이 특별히 맡고 있었다.

홀기꾼이라고도 지칭되는 창홀관이 방금 선언한 것은 집례(集禮)와 모든 집사(執事)는 한 자리에 모여 서로 읍례(揖禮)하고 제자리에 돌아가라는 말이니, 이제 곧 전안례(奠雁禮)가 시작된다는 뜻이었다.

그러자 종가 안팎 곳곳에서 푸짐한 잔칫상을 받아놓고 끝까지 눌어붙어 있던 하객들은 물론, 행랑과 안채의 부엌이며 과방에서 일을 하고 있던 드난꾼 아낙네들과 밖에서 뛰어놀던 조무래기 아이들까지도 앞다투어 몰려와서 초례청 주변에 겹겹이 에워싼 사람들 틈새에 끼어들기도 하고 숫제 비집고 안으로 들어가기도 하였다.

"서부출입청대기(壻婦出入廳待機)! 신랑 신부는 나와서 초례청에 들어올 때까지 대기하시오!"

바깥사랑 뜰아랫방의 자기 처소에서 나와 미리 대기하고 있던 김 서방이 기럭아비 역할을 맡은 용달이를 대동하고 초례청에 들어와 동쪽의 시반(侍飯) 옆에 서고, 배면포로 얼굴을 가린 삼월이가 좌우측의 수모(手母) 역할을 맡은 옥이네와 분순네의 부축을 받으며 신부 측 상객인 서 서방이 서 있는 대례상 서쪽에 가서 선다.

"서집사포석어서부모지전(壻執事布席於壻父母之前)!"

홀기꾼의 지시에 따라 신랑의 부친을 대신하여 신랑 측의 집사를 맡은 김 영감 앞에 자리를 편다. 바야흐로 초례청 주변에서는 별당의 박씨 부인이 직접 화장을 하고 치장을 시켜 준 삼월이의 꽃 같은 모습을 본 여인네들의 입에서는 절로 탄성이 터져 나오고, 딸자식까지 딸린 홀아비 처지에 처녀장가를 드는 김 서방에 대해서도 남정네들의 부러움 섞인 눈길들이 쏟아지고 있었다.

"서북향사배흥입신궤자(胥北向四拜興平身 坐)!"

신랑은 홀기꾼이 시키는 대로 북쪽을 향하여 네 번 절하고 일어나 무릎을 꿇고 앉았고, 그 모양을 보고 누군가가 두 번째 드는 처녀장가를 들던 신랑의 입이 바지게처럼 벌여져서 귀밑에 붙었다고 농말을 던지는 바람에 여기저기서 웃음이 터져 나왔다.

"시자집안이종(侍者執雁以從), 서취석(胥就席)"

홀기 꾼의 지시에 따라 기럭아비로부터 목기러기를 전달 받은 시반이 목기러기를 안고 신랑을 따르고, 신랑은 자기의 자리로 나아간다.

"시자수안우서(侍者授雁于胥)"

시반이 신랑에게 기러기를 준다.

"서포안우좌기수(胥抱雁于左其首), 북향궤(北向跪)"

신랑이 안은 붉고 겉은 푸른색인 겸보로 싼 목안(木雁)을 안고 북쪽을 향하여 무릎을 꿇고 앉는다.

"치안우지(置雁于地), 면(俛), 복흥(伏興), 소퇴재배(少退再拜)"

신랑은 홍보(紅褓)를 덮은 안상 위에 머리가 왼쪽으로 가도록 목안(木雁)을 놓고 엎드렸다가 일어나 반보 물러나서 두 번 절을 하였다.

"부시자취안상신부지전(婦侍者取雁床新婦之前)!"

신부의 시자가 기러기 상을 가져가서 신부 앞에 놓는다.

초례청에 목기러기를 놓는 이유는 안삼덕(雁三德: 기러기가 가지는 세가지 덕)이라 하여 안정(雁情)은 백년해로(百年偕老)를, 안서(雁序)는 장유유서(長幼有序)를, 안적(雁跡)은 입신양명(立身揚名)을 의미하기 때문이다.

기러기는 한번 인연을 맺으면 생명이 끝날 때까지 짝의 연분을 지키는 새이기 때문에 신랑이 목기러기를 드리는 이 전안례야말로 신랑이 신부의 어머니에게 백년해로의 뜻을 전하는 징표이자 맹세인 것이다. 한번 맺은 인연을 사전에 신부 어머니에게 다짐하는 것이 전안례라고 한다면, 그 다음에 행해지는 교배례(交拜禮)와 합근례(合巹禮)야말로 머리가 파뿌리가 되도록 고락을 함께 하며 살아야 하는 신부를 상대로 치르는 혼례 의식의 압권으로서 흔히들 대례(大禮)라고 말하는, 초례청에서 행해지는 여러 절차 가운데 가장 핵심이 되는 혼례 절차인 것이다.

이렇게 진행된 혼례식은 전안례에 이어 신랑 신부가 맞절을 교환하는 교배례와 신랑 신부가 청실홍실로 묶은 표주박에 든 술을 서로 교환해 마시는 의례인 합근례를 마지막으로 초례청에서 치르는 혼례 의식은 모두 끝이 났다.

그러나 아까 밖에서 구경꾼들을 따라 안으로 슬금슬금 들어가는 삼랑진의 거지들을 보고 당곡 부락의 풍물패들이 염려했던 일은 일체 일어나지 않았다. 잔치 마당으로 더러운 넝마를 걸치고 행랑 마당으로 들어갔던 거지들도 막상 혼례식이 진행되는 동안 내내 초례청 주변에 겹겹이 둘러 선 마을 구경꾼들 가까이 접근할 엄두는 감히 내지 못하였다. 다만 그 대신 대궐처럼 넓은 종갓집의 이곳저곳을 신기한 듯이 기웃거리며 구경하는 데에 정신이 팔려 있었다.

하기야 대례가 끝나고 신랑 신부가 초례청에서 물러났다고 해서 혼례식이 완전히 끝난 것은 아니었다. 신랑 신부에게는 대례식 못지않게 중요한 또 하나의 혼례 절차가 남아 있었는데, 그게 바로 가슴 설레는 신혼 초야를 보내는 합방의례(合房儀禮)의 순서인 것이다.

집안 곳곳을 기웃거리며 신기한 듯이 구경을 하고 다니던 삼랑진 거지들이 미처 밖으로 사라지기도 전에 초례청에서 물러 나온 신부는 양쪽 수모들의 부축을 받으며 신방이 차려질 행랑 수청방으로 들어갔다.

그리고 뒤에 남은 신랑 김 서방은 기럭아비를 맡았던 용달이와 함께 그 옆방으로 들어간다.

수청방으로 들어간 신부는 그곳에서 신혼 초야를 맞이할 때까지 족두리를 쓴 채 활옷을 벗지 않고 그대로 있는 게 법도였다. 하지만 옆방으로 들어간 김 서방은 원래 대례를 치른 신부 집의 사랑방에서 하게 되어 있는 소위 '관대 벗김'이라는 절차에 따라 사모와 관대를 벗고 단령포마저 벗은 다음에 새하얀 단목 두루마기로 갈아입었다. 그리고 이제는 기럭아비가 아닌 신랑 대반 역할을 맡은 용달이와 함께 국수를 곁들인 술상을 앞에 놓고 마주 앉았다. 신랑 대반이란, 문자 그대로 지금부터 음식상을 앞에 놓고 국수와 술을 함께 들면서 울렁거리는 가슴을 안고 신방이 차려지기를 기다려야 하는 신랑에게 무료함을 달래 주는 동반자로서의 역할을 해야 하는 것이다.

이제 밤이 깊어지면 대반의 안내로 신방으로 들어간 신랑은 시무가 밖에서 넣어 주는 주무상을 받고 나서 뭇 신방 지킴이들의 짓궂은 장난질을 견뎌내며 마침내 신부의 족두리와 활옷을 벗겨 주는 가슴 설레는 합방 절차에 들어가게 될 것이다. 그러나 김 서방은 국수를 먹고 대반과의 대작으로 주전자의 술을 미처 절반도 마시기도 전에 용달이의 능청맞은 방임 속에서 마을 사람들과 한데 어울려 뒤풀이 잔치를 벌이다가 소위 '신랑 다루기'를 하려고 벌떼처럼 몰려 온 종가의 여러 하인들에 의해 뒤풀이 잔치가 한창 벌어지고 있는 바깥마당으로 보쌈을 당하듯이 질질 끌려 나가는 신세가 되고 말았다. 환호성을 지르면서 반기는 마을 사람들의 손에 넘겨진 그는 그때부터 수많은 사람들이 앞 다투어 건네는 축하주를 사양치 못하고 끝도 없이 받아야 했고, 그들이 시키는 대로 춤을 추어야 했고, 노래를 불러야만 하는 온갖 고난과 역경을 감내하지 않으면 안 되었다.

신랑 대반이란, 원래 신랑의 접대를 위하여 신부 집의 췌객이 맡는 게 관례였다. 그런데 김 서방과 삼월이가 모두 한 집에 사는 신랑 신부들이다 보니 종가의 하녀인 옥이네한테 장가 든 용달이가 맡게 된 것이었다. 그런데 용달이는 신랑 대반으로서 당연히 접대와 보호의 임무를 다하여야 함에도 불구하고, 동료 하인들한테 보쌈을 당하듯이 끌려가는 김 서방을 도와주기는커녕 오히려 한사코 뻗대며 발버둥치는 그의 다리를 꼼짝 못하게 붙드는 등, 그 자신도 그들 하인들과 한통속이 되어 버리고 마는 것이었다.

용달이가 대반 역할을 자청하여 나선 것도 종가의 여종한테 장가를 든 선배 췌객으로서 민 대감 댁의 여러 하인·머슴들이며 마을 사람들과 함께 소위 '신랑 다루기'라는 짓궂은 장난질을 통하여 췌객이 그리 녹녹하게 되는 것이 아니라는 사실을 이런 통과의례를 통하여 본때 삼아 보여 주려는 것이었다.

사실 따지고 보면, 지금 바깥마당에서 한창 벌어지고 있는 뒤풀이 잔치란 것이 민 대감 댁과 그들 소유인 도구늪들의 소작을 부치고 사는 마을 사람들과의 친목을 도모하고 화합을 다지는 의미를 지니는 행사인 만큼, 김 서방 자신도 중산의 충복이란 점에서 오늘 밤에 신방을 차려야 하는 신랑이라고 해서 그들이 흥에 겨워 재미삼아 벌이려는 여흥을 도외시할 입장이 아니었고, 그들의 장난질에 자기의 혼인을 축하해 주는 의미도 있었으므로 그리 못마땅하게 여길 일도 아니었다.

바깥마당에서 이렇게 혼인 잔치의 피로연과도 같은 여흥적인 '신랑 다루기'가 한창 무르익어 가고 있을 때, 방마다 불야성을 이루고 있는 집 안에서도 이들 민초들이 벌이는 시끌벅적한 잔치 분위기와는 전혀 다른 종갓집 특유의 잔치 분위기가 무르익어 가고 있었다. 상태가 호전된 초암이 자기네 집으로 옮겨짐으로써 분위기가 한층 밝아진 용화당에서는 죽명 선생의 해금으로 난생 처음으로 시댁 출입을 하게 된 송곡 부인과 그 자녀들을 맞이하여 문중의 노부인네들이 한 방 가득 둘러앉은 가운데 상견례를 겸한 환영 다과회가 열리면서 시종 웃음소리가 끊이질 않았다. 그리고 안방마님 양동댁의 처소와 박씨 부인의 처소인 후원 별당에서 각기 방 주인의 연배에 해당되는 문중 여인네들이 방 안 가득 둘러앉아 다과를 들면서 문중의 내훈 교육 때마다 효부·열녀의 귀감으로 의례껏 등장하기 마련인 옛 규방 어른들의 삶을 화제로 얘기꽃을 피우거나, 그들이 남기고 간 가사 작품과 선유놀이와 답청 놀이 때 행한 백일장 대회의 입상작품 강독회를 열면서 문향의 즐거움에 흠씬 빠져들고 있었다.

그리고 남정네들의 생활 공간인 안사랑 중사랑에서도 각 방마다 항렬과 연배가 비슷한 문중 남정네들이 주안상을 앞에 놓고 둘러 앉아 대작들을 하면서 오늘 있었던 문중 종회와 초암이 당한 총상의 원인을 놓고 얘기를 나누며 시국 걱정을 하고 있었고, 장기 식객들이며 내방객들이 묵고 있는 객실에서도 저마다 우국지사나 되는 듯이 왜놈들의 식민지 정책을 비판하느라고 목청을 높이고 있었으며, 오늘 사냥대회에 참가한 친손과 외손들이 점령한 바깥사랑이라고 하여 크게 다를 바가 없었다. 두 개의 방을 길게 터서 거창하게 차려놓은 술상 앞에 마주 앉은 그들은 초암의 사고로 폐회식이 취소되는 바람에 미처 누리지 못한 승자의 기쁨과, 손님이나 다를 바 없는 외손의 자격으로 사냥대회에 참가한 그들에게 축하의 마음을 전하는 패자의 아량이 어우러진 가운데 낭자하게 술잔들을 나누며 시국에 관한 열띤 토론회를 벌이고 있는 것이었다.

특히, 오늘 종가의 새로운 당주가 되어 문중의 장래 문제를 책임지게 된 바깥사랑 중산의 방에서는 용화당에서 문중 원로 어르신들과 재회의 기쁨을 나눈 뒤, 송곡 부인과 인식이를 그곳에 남겨 둔 채 관식이를 데리고 서둘러 내려온 죽명 선생이 합석한 가운데 중산의 당주 선임과 그의 해금을 축하하는 주연이 베풀어지고 있었다. 그러나 기독교를 믿는 죽명 숙부와 운사가 술을 입에 대지 않고 나머지 참석자들만 대작하는 바람에 애시당초 취흥과는 거리가 먼 색다른 분위기가 조성되고 있었다.

하기야 원래 그런 별도의 모임을 가지려고 한 것은 아니었다. 운사가 모처럼 왕진을 왔다가 축제 분위기에 젖어 하룻밤을 묵어가겠다고 했기 때문에 그의 추천으로 문중 강학당의 신교육 초빙 강사로 모시게 된 두 선생들과 함께 술잔들을 나누며 회포를 풀던 자리에 운사가 온 김에 박철 사교의 문제를 그와 함께 의논하려고 좌··우군 엽사들과 어울려 있던 청암과 송암을 따로 불러 들였던 것이다. 그런 거기에 가족들과 함께 용화당에 있던 죽명 선생이 관식이를 데리고 합석하는 바람에 자연히 그런 자리가 만들어지고 만 것이었다.

하지만 화제의 방향이 문중의 개화와 박철 사교 문제로 이어지게 되면서 두 초빙 교사가 방 안의 분위기를 눈치 채고 슬그머니 자리를 비켜 주면서 그 축하 자리는 이내 문중의 당면 과제를 놓고 협의하는 대책 모임 자리가 되고 말았다. 두 초빙 교사가 자리를 뜨고 나자 죽명 선생이 자기네 문중이 안고 있는 시국에 관한 문제를 본격적으로 들고 나왔기 때문이었다.

"이보게, 중산 장질(長姪)! 지난번에 부산에 다녀 온 뒤로 박철 사교와 청관 스님의 소식은 들었는가?"

오나가나 죽명 선생의 관심사는 해금이 되기 전이나 해금이 이루어진 지금이나 여전히 문중의 앞날에 가 있었다.

"예, 숙부님! 그런데 그분들은 지금 국내에는 없고 만주에 가 있는 모양입니다."

"두 사람이 함께 만주로 갔다고? 대종교의 박철 사교야 총본산이 만주 화룡현에 있다니까 그렇다 치고 청관 스님이 만주에는 왜?"

"지난날 표충사에 있을 때 심신 수련차 와 있던 김원봉이란 장기 투숙객하고 함께 연무 수련을 하면서 의기투합하여 진충보국의 결의를 다지면서 항일운동의 동지가 되었던 모양입니다. 그런데 얼마 전에 그 친구가 독립운동 지도자가 되기 위해 만주에 가 있다는 소식을 듣고, 모처럼 동안거 기간을 맞이하여 두문불출 좌선으로 용맹 정진하는 동안거 대신에 군사훈련을 받기 위하여 그 쪽 지리에 밝은 박철 사교를 따라 지난 시월 보름께에 만주로 갔다고 하니 동안거 기간이 끝나야 귀국할 모양입니다."

"그렇다면 그 동안거가 언제쯤 끝난다고 하던가?"

무슨 생각을 했는지, 그들의 얘기를 잠자코 듣고 있던 청암이 중산보다 먼저 대답을 하고 나서는 것이었다.

"동안거는 음력으로 10월 보름에 시작해서 만 3개월만인 내년 정월 보름에 끝나는 것으로 알고 있습니다."

"아니, 자네가 그런 절간의 일을 어떻게…?"

어릴 때부터 집에서 기초 한학을 익히고 동래 향교로 내려가 조선 유학 공부에만 매달려 있던 청암이 유생들과는 거리가 먼 동안거라는 것을 알고 있는 자체가 죽명 선생에게는 이상한 모양이었다.

그러나 청암은 정색을 하고 묻는 죽명 숙부의 질문에 대해 얼른 대답을 하지 못하고 중산을 쳐다본다. 중산더러 자기가 직접 대답을 해도 되느냐고 묻고 있는 눈빛이었다. 그러자 중산이 먼저 입을 열었다.

"지난번에 부산을 갔을 때, 밤이 깊도록 우리 형제들끼리 시국에 관한 얘기를 나누게 되었는데, 그 때 청암이 사실은 동래고보에 편입학을 하자마자 〈성운〉이라는 부산 지역의 각 종교계의 학생연합 항일운동 단체에 가담하여 활동하고 있다고 털어 놓지 뭡니까? 전에 청관 스님과 박철 사교가 중국에 갔다는 사실을 저한테 알려 준 것도 동래 범어사 안에 있는 명정학교 출신의 불교계 동지와 박철 사교의 사정을 잘 아는 대종교계의 〈성운〉 동지로부터 그런 정보를 입수했기 때문에 가능했다고 하면서 말입니다."

중산이 전하는 뜻밖의 얘기에 죽명 선생이 적잖이 놀라는 것은 당연지사였다.

"그렇다면 그들 두 사람이 내외종(內外從) 숙질간으로 박철 사교가 우리한테 복수심을 불태우고 있는 연유가 임오군란으로 인한 원한 때문이라는 사실도 청암이 진작부터 알고 있었다는 얘기가 아닌가?"

"아뇨. 저도 청암이 그 사실을 알게 된다면 무슨 사단을 벌이게 될지 몰라 그 동안에 죽 함구하고 있었는데, 청암도 그런 것까지는 잘 모르고 있었던 모양입니다. 그러다가 우리한테 불리한 헛소문이 퍼지고 있고, 또 요사스러운 일들까지 연달아 터지는 것을 보고 어차피 청암도 이제는 알아야 할 때가 되었다는 생각이 들어 이번에야 모든 걸 털어 놓았지요. 그랬더니, 청암이 불같이 화를 내면서 저한테 막 따지고 들지 뭡니까?"

중산이 어이가 없다는 듯이 웃자, 술기가 제법 올라 있던 청암이 더욱 얼굴을 붉히면서 항변을 하는 것이었다.

"그러면 제가 화를 안 내게 되었습니까? 형님께서 진작부터 저한테 그런 기막힌 얘기를 털어놓으셨더라면 저도 청관 스님이 중국으로 떠나기 전에 범어사로 직접 찾아가 만나 보았을 게 아닙니까?"

"그거야 난들 그러고 싶어서 그리하였겠는가? 용화 할머님과 아버님께도 그런 사실들이 알려질세라 나한테도 여태까지 일체를 비밀에 붙여 두고 계시기 때문이 아닌가? 그런데 만약에 내가 너에게 미리 발설했다면 너의 그 불같은 성질때문에 들통이 나지 않는다는 보장이 없었으니까 그리할 수밖에 없었던 것이라네."

듬직한 두 형제끼리 설왕설래 하는 것을 미소 띤 얼굴로 잠자코 바라보고 있던 죽명 선생은 과거사 문제 해결에 대단한 의욕을 보이는 청암이 항일 학생운동에도 참여하고 있다는 사실에 고무된 나머지 경이로움을 나타내었다.

"우리 집안에도 자네 같은 항일 운동가가 있었다니 참으로 반갑고 놀라운 일일세!"

"저도 우리 가문에 막내 숙부님 같은 분이 계시다는 사실이 놀랍고 자랑스럽습니다. 아버님과 큰형님께서는 제가 막내 숙부님의 성격을 그대로 빼닮았다고 하던데, 제가 이렇게 된 것도 다 숙부님 덕분이 아넌지 모르겠습니다."

아마도 청암은 그렇게 해서라도 죽명 숙부가 남 먼저 개화에 눈을 뜬 문중 초유의 풍운아였다는 사실에 대한 존경스러운 마음을 전하고 싶은 모양이었다.

죽명 선생은 그러한 청암을 만족한 눈으로 바라보다가 상 위에 놓인 식혜를 한 모금 들이마신 후 그에게 묻는다.

"그렇다면 자네는 지금이라도 마음만 먹으면 박철 사교를 만날 수도 있다는 말인가?"

"얘, 숙부님, 그렇습니다!"

청암의 대답은 아무 거리낌도 없이 결연하였다. 그러자 죽명 선생은 크게 고무된 얼굴로 중산에게 묻는다.

"박철 사교와 청관 스님의 문제는 중산 장질 자네보다 동래에서 생활하는 청암이 책임지고 해결해 보도록 맡겨 보는 게 낫지 않겠는가?"

이번에도 중산이 미처 대답하기도 전에 청암이 말하였다.

"그렇잖아도 중산 형님도 저한테 일임하셨으니까, 그 일은 제가 적극적으로 나서서 해결할 생각입니다!"

청암은 여전히 의욕이 철철 넘쳐 흘렀으나 중산은 아무래도 그게 더욱 걱정이 되었던지 그에게 엄중하게 충고를 한다.

"서슬이 퍼렇게 설치는 박철 사교보다는 청관 스님부터 먼저 만나보는 것이 좋을 게야."

전에 범어사에 갔을 때, 조실 스님이 해 주던 말도 그렇고, 돌아오는 길에 팔송 사가에서 만났던 언년이의 말과 행동으로 미루어 볼 때, 임오군란의 악연으로 태어난 사람이라고는 하나 자기네 가문의 혈통을 이어 받아 태어난 청관 스님이 박철 사교와 같은 원한을 가졌을 가능성은 거의 없다고 판단하고 있는 중산이었다.

"저도 그렇게 할 생각입니다."

그런 점에서는 청암의 생각도 마찬가지인 모양이었다.

〈중광단〉을 등에 업고 자기네들에게 고약한 마음의 짐을 안겨 주고 있던 박철 사교에 관한 일이 그 정도로 정리가 되자, 이번에는 청암이 또 다른 골칫거리를 거론하고 나서는 것이었다.

"막내 숙부님! 숙부님께서는 읍내 향청껄에 오래 사셨으니까 그쪽 사정에 대해서는 우리보다 훨씬 더 잘 알고 계시겠지요?"

"아니, 갑자기 그런 얘기는 왜?"

그러면서 죽명 선생은 새삼스럽게 좌중을 빙 둘러본다. 자기가 오기 전에 무슨 얘기들을 했는지를 묻고 있는 얼굴이었다. 그런 마음을 읽고 중산이 대신 설명을 하였다.

"청암이 누구한테 들었는지, 오늘 일어난 초암의 사건도 그렇고, 요 근래에 와서 우리 집에서 벌어지고 있는 일들이 향청껄에 사는 박종흠 씨의 짓이 분명한 것 같은데, 그렇다면 우리가 이렇게 잠자코 당하고만 있을 일이 아니라 그 대책을 세워야 하지 않겠느냐며 설치기에 심증은 가지만 확실한 증거가 없으니 더 두고 보자고 했는데, 청암은 거기에 대해 불만이 아주 많은가 봅니다."

"그 얘기는 나도 아까 용화당에서 여러 숙부님들로부터 모두 들었네. 하지만 청암 자네의 말처럼 그렇게 섣불리 대응했다가는 그자의 노림수에 딱 걸려들기 십상이 아니겠는가?"

"아니, 어째서요?"

"삼랑진 거지들의 나락 절도 사건이 있고 나서 삼랑진 헌병 분견대장이 현장 조사차 나왔다면서 그게 마치 조선 독립군들의 소행인 것처럼 몰고 가려고 했던 것이나, 어젯밤에 그놈들이 말을 훔쳐 가려고 했다가 실패한 뒤에 또 그 헌병 분견대 놈들이 우리 초암한테 총질을 한 사실만 봐도 모르겠나? 박종흠이란 자의 소행이든 아니든, 삼랑진의 헌병 분견대장 놈이 일본 육사 승마 선수 출신으로서 대단한 말 애호가이고, 그가 무언가 공훈을 세워 출세하고 싶은 욕망이 하늘을 찌르고 있다는 사실을 알고 있는 것만은 분명하지 않은가?"

"그래서요?"

"누구의 머리에서 나온 술책인지는 몰라도 우리로 하여금 삼랑진 헌병 분견대와 충돌하도록 만들어서 궁지로 만들어갈 심산인 것만은 분명한 것 같으니까 하는 소리가 아닌가? 그러니 공연히 긁어서 부스럼을 만들 것 없이 좀 더 두고 보는 게 좋겠다는 뜻이지, 내 말은!"

죽명 선생의 단호하고도 논리 정연한 지적에 청암은 주춤하며 기가 꺾이는 기색이었다. 그러나 중산과 운사는 죽명 선생이 왜 그렇게 박종흠의 얘기를 들고 나오는 청암의 입을 서둘러 봉해 버리는지 그 까닭을 훤히 꿰뚫고 있었지만, 청암을 비롯하여 송암과 관식이는 그게 조선 독립군들의 군자금 모집 과정에서 빚어진 일종의 오해에서 비롯되고 있다는 사실을 알 리가 만무하였다.

친일 앞잡이 박종흠에 관한 얘기가 끊기면서 방 안에는 한동안 무거운 침묵이 흘렀다. 기나긴 겨울밤은 점점 더 깊어만 가는데, 솟을대문 앞의 바깥마당에서는 아직도 풍물소리는 들리지 않고 시끌벅적하게 떠드는 소리들만 끊임없이 들려오고 있었다.

그 무렵 바깥마당에서 힘센 마을 장정들과 종가의 하인들이 김 서방을 붙잡고 벌이는 '신랑 다루기'를 벌이느라고 야단법석들이었다. 너나없이 기름진 산고기들을 안주 삼아 흥청망청 먹고 마시는 바람에 술에 흠뻑 취해 있었는데, 그들의 포로 신세가 되어 있는 김 서방은 말술을 마셔도 끄떡없는 주량에도 불구하고 술독에 빠진 듯이 대취해 있었다.

홀아비 주제에 처녀 장가를 가는 죄로 한 잔, 남들보다 힘이 센 죄로 한 잔, 이런 식으로 한 사람씩 돌아가면서 벌주를 먹이는 바람에 술고래인 김 서방도 그들이 시키는 대로 술을 받아 마시면서 점점 취해 가지 않을 수 없었고, 노래를 불러야 했고, 장모님을 업고 나와 너울너울 춤을 추지 않으면 안 되었는데, 그때마다 잘한다고 또 술을 권하는 바람에 사양치 않고 받아 마시지 않고는 배겨낼 재간이 없었던 것이다.

훨훨 타 오르는 마당 한복판의 모닥불과, 곳곳에 세워진 횃불들의 너울거리는 불길 속에서 취기에 흠뻑 젖어 청동상처럼 검붉은 광채가 번들거리는 마을 사람들의 얼굴마다 희희낙락 흥이 넘치고 마침내 여기저기서 신명에 겨운 흥타령이 흘러나오기 시작하였다. 바야흐로 잔치 마당의 분위기가 무르익을 대로 무르익은 것이었다.

"이럴 때는 그 사람이 있어야 하는 기인데…. 우리 동네 광대꾼 말이다! 염녹술이 어데 갔노, 염녹술이!"

흥이 오를 대로 오른 어느 나이 지긋한 신명꾼이 어깨춤을 들썩이며 으례껏 찾게 되는 사람은 역시 신명에 살고 흥에 받혀 죽는다는 상남면 제일의 광대 꾼 염녹술이었다. 구수한 입담에다 노래 잘하고 춤 잘 추는, 그 타고난 기예로 인하여 이 근동에서는 모르는 사람이 거의 없는 소문난 재주꾼 염녹술이──.

그는 정월 대보름 날 당산제를 주관하는 당곡 부락의 무당인 굴밭댁의 아들로서 모친이 살아 있을 때까지만 해도 박수무당 노릇을 하면서 각종 무속 일로 생계를 유지했던 사람이었다. 날렵한 체수에 인정이 많은 그는 북이든, 장구든, 꽹과리든 못 다루는 풍물이 없는 풍악놀이의 달인이었고, 매년 정초에 벌어지는 지신밟기 걸립놀이 때에 보면 상쇠에, 대감에, 포수에, 열두 발 상모 잡이에 못하는 역할이 없었다.

그리고 동네에 초상이 났을 때 상여에 올라타고 망자를 저승길로 인도하면서 둥둥둥, 북소리에 맞춰 가며 구성지게 불러제끼는 그의 상두가는 굽이굽이 넘어가는 그 청승에 자지러진 목소리 때문에 눈시울을 적시지 않을 사람이 없을 정도였고, 동네잔치 때마다 병석에 누워 있던 환자들까지 몸을 털고 일어나 덩실거리며 춤사위 판으로 나서게 할 정도로 자유자재로 흥을 불러일으키는 것을 보면, 그는 가히 천출로 타고난 광대라고 하지 않을 수 없는 기예가였다.

그의 노래에는 사람들의 심금을 울리며 잡아끄는 마력 같은 힘이 있었다. 그리고 청산유수 격으로 흐르는 그의 달변 또한 사람들의 영혼을 마음대로 웃기고 울리는, 요술 같은 힘을 지니고 있었다.

그래서 장터에서나 선술집이 있는 강마을의 나루터를 지나칠 때, 그를 알아본 사람들이 일부러 불러 세워서 서로들 술을 사서 권하겠다고 난리들을 피우는 일까지 벌어질 정도였다. 텁텁한 막걸리 한 잔으로 명창의 노래 한 곡조를 청한다는 것이 그리 녹녹한 일이 아닌 줄을 뻔히 알면서도, 그를 아는 사람들은 천하의 명창을 그냥 보내는 일이 거의 없었으며, 그 역시 그들의 마음을 너무도 잘 아는 까닭에 〈회심곡〉이든, 〈배뱅이굿〉이든, 〈금강산타령〉이든 자기가 좋아하는 노래 한 두 곡조쯤은 흔쾌히 들려주기를 마다하지 않는 아량을 가지고 있었다.

그러나 인정 많고 마음씨 착한 염녹술이도 제 스스로 마음이 내키지 않거나 흥이 나지 않으면 달덩이 같은 기생 사당 년들이 달라붙어도 결코 노래 한 곡조를 허락 하는 법이 없는 콧대 높은 고집통이기도 하였다.

하지만 천하의 자유인인 한량 염녹술이도 민 대감 댁에서 베푸는 크고 작은 잔치 마당에서만은 여흥을 이끌어 가는 데 결코 소홀히 하는 법이 없었고, 온 마을 사람들의 마음을 하나로 묶어서 잔치판을 이끌어 가는 것이 숙명적으로 타고난 자신의 소관인 양, 자신이 가지고 있는 모든 신명과 재주를 다 쏟아 가며 거기에 모인 모든 사람들을 신들린 춤꾼으로 만들어 놓기 일쑤였다.

그래서 그는 흥이 무르익어 가는 잔치판에서 누가 찾기만 하면 기다렸다는 듯이 공손히 절을 하고 사뿐히 앞으로 나서곤 하였다.

"걱정 마시오! 염록술이 여기 있습니더!"

이제 곧 잔치판이 벌어지게 되면 그는 또 어김없이 거룩하고 신성한 굿판에 임할 때 자신의 모친이 무당옷 쾌자를 입고 그랬던 것처럼, 미리 준비한 어깨띠로 가위 두름을 한 천출의 광대가 되어 너붓이 절을 하면서 마을 사람들 앞으로 나서게 될 것이다. 자지러지게 꽹과리를 치면서 한바탕 신명을 들이는 그의 터 잡기 놀음이 끝나고 나면, 마을 사람들 속에 묻혀 있던 동료 풍물패들도 하나 둘씩 풍물을 찾아 들고 앞으로 나서게 될 것이고, 그리하여 구경하던 아낙들까지 그들의 신들린 풍물 장단에 넋이 뜬 나머지 손뼉을 치거나 어깨를 들썩이다가 종당에는 두 활개를 벌리고 덩실덩실 춤을 추면서 격정의 소용돌이 속으로 휩쓸려 들어가고 말 것임에 틀림없었다.

한 많고, 인정 많고, 사연도 많은 사람들—.

그러나 수백 리 길을 흘러 온 웅천강의 망망한 물굽이만큼이나 휘늘어지고 어우러지고 소쿠라져서 더욱 낙천적인 성정으로 물러터진 동산리 사람들에게 있어서, 잔치판에서만은 염녹술이의 존재도 두둥실 떠오르는 구름이 되고, 하늘이 되고, 땅이 되기 마련이었다.

이제 그들에게는 어깨를 짓누르던 가난도, 대를 이어 온 배고픔도 모두 모두 떨쳐 버리고, 모두가 함께 웃고 함께 나누고 함께 춤추는 다 같은 동산리 사람이라는 공유 의식 속에 젖어든 나머지 만석꾼의 부자가 되기도 하고, 수십 명의 비복들을 거느리는 사대부 집안의 사람들이 되기도 할 것이다. 그리하여 머슴을 살아도 과부 집 머슴살이가 낫고, 소작을 부쳐도 만석꾼 대갓집의 소작을 부치는 것이 낫다는 평범한 진리를 깨달으며 더욱 흥겹게 솟구치는 여흥의 강물 속으로 빨려 들어가게 될 것이다.

또한, 그들의 흥이 그렇게 달아오르면, 그들의 행불행에 무심할 수 없는 양반촌 사람들도 원도 한도 없이 여흥의 강물 속으로 흘러드는 그들을 바라보며 고개를 크게 끄떡이게 될 것이고, 민심이 천심이라는 당연한 사실을 곱씹으면서 그들을 도와 줄 방도를 강구하며 내년 농사의 풍년을 가늠하게 될는지도 모르는 것이다.

제4장

천붕지통(天崩之痛)

◇ 붕어통부서(崩御通訃書)
◇ 송구영신(送舊迎新)

◇ 붕어통부서崩御通訃書

　사냥대회 뒤풀이 잔치가 끝난 것은 자정이 거의 다 되었을 무렵이었다. 그러나 그것도 풍물패를 이끌면서 뒤풀이 잔치판을 뜨겁게 달구었던 염록술이 여흥 민씨 양반님네들이 종가 안에서 자기네의 잔치가 끝나는 것을 보고 집으로 돌아가려고 퍼붓는 잠을 참아 가며 기다릴 때가 되었음을 뒤늦게 깨닫고 일부러 고단한 민초들의 생활상을 담은 사설로 느린 장단의 '칭이나 칭칭 나네'를 선창으로 이끌기 시작하였기 때문에 가능해진 일이었다.

　고단한 민초들의 생활상을 담은 사슬로 구구절절이 늘어지게 이어 가는 그의 선창에 따라 잔치판 사람들 모두가 후렴으로 '칭이나 칭칭 나네'를 합창하면서 주거니 받거니 노래를 이어 가는 동안에 땀에 흠뻑 젖은 몸으로 흥에 자지러져 춤을 추던 춤꾼들의 흥도 겨우 가라앉기 시작하였고, 그것을 확인한 염록술이 꽹과리를 파상적으로 두드려대다가 곧바로 풍물패들의 느린 장단을 이끌어내면서 거기에 맞춰 '아리랑'을 구성지고 청승맞게 부르기 시작하였다.

　그리하여 뒤풀이 잔치판을 원도 한도 없이 뜨겁게 달구었던 상쇄 잡이 염록술의 능수능란한 수완에 의해 하늘 높은 줄 모르고 치솟았던 춤판의 열기도 다시 그의 수완에 의해 서서히 가라앉기 시작하였으며, 탈도 많고 흥도 많았던 뒤풀이 잔치는 이 '아리랑'을 끝으로 아무 여한도 없이 대단원의 막을 내리게 된 것이었다.

　밤이 새도록 이어질 것 같던 뒤풀이 잔치의 흥겨운 풍물소리가 점점 잦아짐과 동시에 드디어 끝날 기미를 보이기 시작하였을 때, 민 대감 댁에서 가장 먼저 자리를 털고 일어난 것은 용화당과 안사랑에서 노구를 이끌고 힘겹게 버티고 있던 남녀 원로 어르신들이었다. 민초들이 벌이는 잔치판의 흥을 깨지 않기 위하여 끝까지 자리를 보전하고 있던 그들이 와자지껄하게 인사를 서로 나누며 밖으로 몰려나오자 그 기척을 듣고 앞 다투어 달려 나온 안채와 별당의 여인네들이며, 중사랑의 남정네들이 제각기 자기네의 어르신들을 모시고 각자의 집으로 돌아가기 시작하였다.

그 바람에 밤이 깊어 가는 줄도 모르고 술판을 벌이며 열띤 시국 토론을 벌이고 있던 바깥사랑의 좌·우군 엽사들도 별 도리 없이 토론을 중단하고 서둘러 밖으로 달려 나오지 않으면 안 되었다. 그들 역시도 서로들 바쁘게 인사를 나눈 뒤, 윗분들을 모시고 함께 각자의 집과 친인척 집으로 돌아가기 바빴는데, 한 발 먼저 뿔뿔이 흩어지고 있던 마을 사람들도 그들을 맞이하여 인사를 나누며 떠들어대는 바람에 민 대감 댁 안팎은 한동안 대목 장터가 무색할 정도로 소란스러워졌다.

그러나 집 안에서는 상전들의 시중 때문에 퍼붓는 잠을 참아가며 기다리고 있던 계집종들이 방마다 돌아다니며 다과상과 술상들을 치우고, 이부자리까지 깔아 주느라고 바쁘게 움직이고 있었다. 그리하여 상전이며 하인, 머슴들 할 것 없이 모두들 각자의 잠자리에 들어가자 불야성을 이루고 있던 방들마다 하나 둘씩 불이 꺼지면서 종일토록 야단법석을 떨었던 민 대감 댁도 한밤의 깊은 정적 속으로 서서히 빠져들기 시작하였다.

하지만 후원 깊은 곳에 자리 잡은 용화당에서는 온 집 안이 괴괴한 적막 속에 잠길 때까지도 여전히 불이 꺼지지 않은 채 두런거리는 얘기 소리가 밖으로 새어 나오고 있었다. 밤은 깊을 대로 깊어 사위는 죽은 듯이 고요한데, 오전에 눈이 그친 뒤로 맑게 갠 차가운 밤하늘에서는 무수한 별무리들이 눈이 아리도록 반짝이고 있었다.

사시사철 종가의 하루 일과가 끝날 때마다 제일 바빠지는 사람은 역시 청지기 서 서방이었다. 오늘 김 서방을 사위로 맞이한 그는 여러 사람들로부터 축하주를 받아 마시느라고 아직도 얼큰한 취기가 남아 있었으나, 그렇다고 일상적으로 행하던 자신의 소임을 그만둘 수는 없는 노릇이었다. 등불을 들고 집안 곳곳을 순찰하고 다니던 그는 용화당 대청마루 앞에 걸려 있는 장명등의 불을 끄려고 올라왔다가 잠시 머뭇거리지 않으면 안 되었다. 안에서 침수에 들었다면 당연히 그 불을 꺼 드려야 하겠지만, 그렇지 않으면 그대로 남겨 두어야 했기 때문이었다.

안에다 대고 "노마님, 장명등의 불을 어떻게 할깝쇼?" 하고 여쭈려던 서 서방은 안에서 새어 나오는 두런거리는 말소리를 듣고서야 그대로 발길을 돌린다.

'삼십여 년만의 모자 상봉이시니 모두들 여기서 뜬 눈으로 밤을 하얗게 지새우실 모양이로구만!'

어둠 속에 파묻힌 별당 쪽으로 내려간 그는 안채 뒤를 마저 둘러본 뒤에 고방과 부엌 앞을 지나 멀리 떨어진 행랑채로 흐느적거리며 내려간다. 신방이 차려진 대문간의 수청방 앞에 당도한 그는 신돌 위에 가지런히 놓인 김 서방과 삼월이의 신발을 몽롱한 눈으로 내려다보며 잠시 그 자리에 서 있었다.

지난 날 자신이 신방을 차렸던 그 방에 또다시 딸의 신방을 차리고 보니 새삼스러운 감회가 그의 발목을 붙잡은 것이었다. 다른 하인들의 잔치 때 같으면 지금쯤 '신방 지키기'가 한창이었을 것이다. 그러나 오늘은 문중 수렵대회라는 크나큰 행사가 열리는 날이라 '신랑 다루기'와 '신방 지키기'마저 뒤풀이 잔치판에 휩쓸리는 바람에 김 서방은 신방에 미처 들 사이도 없이 뒤풀이 잔치판으로 끌려 나가는 신세가 되어 버렸고, 그 이후로 저녁 내내 잔치판의 뭇 사람들로부터 '신랑 다루기'를 당하면서 시달리다가 뒤풀이 잔치가 끝나고서야 술이 고주망태가 된 상태로 겨우 그들의 손에서 풀려나 신방에 기다시피 하여 들어간 것이었다.

그래도 모두들 술에 취하고 실랑이를 벌이느라고 지친 나머지 뒤늦게 벌일 줄 알았던 '신방 지키기'마저 모두들 포기한 것이 그나마 다행이라면 다행이었다. 신방에는 벌써 불이 꺼져 있었고, 방고래가 울릴 정도로 요란한 김 서방의 코고는 소리만이 한가로이 새어 나오고 있었다.

'우람한 그 체구에 제 아무리 술이 고래라고 해도 그렇지! 웬간히들 먹여야 정신을 차리든지, 말든지 하지, 원! 그나저나 족두리나 제대로 벗겨 주고 저렇게 잠에 곯아 떨어졌는지 모르겠네.'

아니할 걱정까지 해 가며 잠시 동안 그 자리에 서 있던 서 서방은 저쪽 행랑 고방 옆의 자기 처소로 흐느적거리며 들어간다. 그러나 그 역시도 과하게 마셨던 술의 취기와 누적된 피로감 때문에 잠자리에 들기가 무섭게 이내 잠에 곯아 떨어지고 말았다.

그리고 그가 측간에 가기 위하여 잠에서 깨어난 것은 이튿날 꼭두새벽녘이었다. 하루 내내 무수한 사람들로 온통 북적이던 잔칫집의 열기가 씻은 듯이 사라진 종갓집 안은 삼라만상이 모두 깊은 잠에 빠져 무덤 속처럼 괴괴한 정적에 파묻혀 있었다. 그런데 서 서방이 용변을 보고 나서 입이 찢어지게 하품을 하면서 측간 밖으로 나설 때였다. 이른 새벽의 차가운 공기를 가르며 다급한 말발굽 소리가 들리는가 싶더니 뒤미쳐 대문 두드리는 소리가 쾅쾅거리며 요란하게 들려오는 것이었다. 바짓말을 추스르며 뒷간을 나서던 서 서방은 허겁지겁 대문간으로 달려갔다.

"거, 뉘시오?"

대문 틈새에 귀를 갖다 댄 서 서방이 겁먹은 목소리로 물었다.

"해천껄에서 전하는 급한 기별이요!"

요란하게 울려 퍼지던 대문 두드리는 소리가 그치면서 화급을 다투는 듯한 심부름꾼의 커다란 목소리가 솟을대문보다 낮은 이쪽 행랑채의 용마루를 타고 넘어온다. 수많은 머슴과 하인들이 자고 있는 이쪽 솟을대문 양쪽의 길고 긴 행랑채는 말할 것도 없고, 멀리서 상전 손님을 모시고 온 종자(從者)들이 잠들어 있는 저쪽 바깥사랑의 객실에서 나는 잠꼬대 소리까지 다 알아들을 수 있을 정도로 고요한 새벽녘이라 그 소리가 서 서방의 귀에는 유난히 크게 울리었다.

해천껄이라고 하는 바람에 그는 군소리 없이 길고 묵직한 빗장을 서둘러 벗긴다. 이쪽에서 문을 미처 열어 주기도 전에 먼저 다급하게 문을 밀치고 안으로 들어선 사람은 서 서방도 잘 아는 읍내 해천껄에 있는 중산의 처가댁 청지기인 장 서방이었다.

"아니, 장 서방이 이런 꼭두새벽에 여기 우짠 일이오?"

서 서방은 순식간에 잠이 확 달아나는 것을 느끼면서 다그쳐 묻는다.

"이 댁 노마님께 드려야 할 양춘재(陽春齋)의 운곡당 나으리 마님의 급보를 가지고 왔소이다!"

"급보라고요? 그라모 퍼떡 이리 주소! 내가 당장 달려가서 노마님께 전해 올릴 테니!"

"아니오! 영감마님의 특별한 분부라 내가 직접 전해 올려야만 한단 말이오!"

장 서방은 서 서방을 그대로 밀어 붙이고 용화당으로 달려 들어갈 기세였다.

"아따, 그 양반 성질 한번 급하네! 도대체 무신 급보이길래 그라요?"

"며칠 전에 멀쩡하시던 상임금님께서 돌아가신 모양이오! 그래서 여기 그 부고장을 가지고 왔단 말이오!"

"아니, 뭐요? 상임금님께서?"

그렇게 반문하다가 눈알이 화등잔 만하게 커진 서 서방은 스스로 겁에 질려 본능적으로 자신의 입을 두 손으로 틀어막으며 시선은 절로 사방을 두리번거린다. 사대부 집안의 집사와 청지기로 잔뼈가 굵어졌으니 천기(天機)를 누설하면 능지처참을 당한다는 말을 누구한테서 듣기는 들은 모양이다. 그는 두말 않고 앞장을 서며 장 서방을 돌담과 대나무 숲을 사이에 두고 사당과 인접해 있는 후원의 용화당으로 허둥지둥 안내한다.

'아따, 불이 아직도 안 꺼졌으니 다행이네! 모두들 침수도 안 드시고 밤을 하얗게 밝히실 요량이신가 보네.'

용화 부인의 처소에는 그 때까지도 다행히 불이 켜져 있었다. 뜰 아래에 다가 선 서 서방은 헛기침으로 미리 인기척을 낸 뒤, 심호흡을 하면서 조심스럽게 고하였다.

"저어…. 노마님, 침수 드셨습니껴? 아직도 기침해 계십니껴? 소인놈 서 서방이옵니다요!"

사위가 죽은 듯이 고요한 이르디 이른 꼭두새벽, 어둠에 묻혀 있는 높다란 축대 아래의 뜰에서 고하는 하인의 목소리는 어디까지나 조심스럽기만 하다.

"거기 온 사람이 서 서방이라 하였는가? 그런데 이런 시각에 자네가 아직도 안 자고 어인 일인가?"

안에서 들려오는 용화 부인의 목소리는 언제나 그랬듯이 위엄이 있었으나 맑고 평온하였다. 목소리가 씻은 듯이 맑은 걸 보니 잠이 들었다가 깨어난 것 같지는 않았다. 그러나 그럴수록 서 서방은 더욱 조심스럽기만 하다.

"노마님께 급히 전해 올릴 기별이 있다고, 해천껄에서 장 서방이 말을 타고 달려 왔습니다요!"

"무어라, 해천껄에서 사람이 왔다고?"

말이 미처 끝나기도 전에, 용화 부인의 그림자가 불빛 머금은 장지문 위에 바쁘게 일렁거렸고, 좀만에 여닫이 문이 스르륵, 하고 열린다. 그리고 그 새 간단하게 의상을 갖춘 용화 부인의 모습이 밖으로 나타나는가 싶더니, 어느 새 소리도 없이 높다란 대청마루 끝에 와 그린 듯이 멈추어 서는 것이다. 새벽잠이 없는 노인의 근면함과 정정함이 그대로 느껴질 정도로 생기 있는 모습이었으나, 그녀는 무슨 예감이 들었던지 벌써 얼굴이 하얗게 질려 있었다.

"대체 무슨 일이기에 새벽부터 이 소란인가?"

봉두난발한 낮도깨비처럼 서 있는 해천결 사돈댁의 청지기를 보고 용화 부인이 묻는다.

"새벽부터 소란을 떨어서 송구하옵니다요! 이 서찰을 용화당 노마님께 직접 전해 올리라는 운곡(雲谷) 영감마님의 지엄한 분부 말씀이 계셨는지라…."

그러면서 장 서방은 높다란 계단을 뛰어 올라가서 품에 품고 온 운곡 선생의 서찰을 꺼내어 용화 부인에게 두 손으로 받들어 올린다.

서찰을 받아 든 용화 부인은 떨리는 손으로 바쁘게 겉봉을 벗겨낸다. 그리고는 바로 이마 위에 걸려 있는 장명등 불빛에 비춰 가면서 아직 먹물도 채 마르지 않은 운곡 선생의 서찰을 서둘러 읽어 내려가기 시작하는 것이었다.

그것은 놀랍게도, 네덜란드 헤이그 밀사 사건으로 지난 1907년에 일제에 의해 강제로 폐위 당하신 뒤로 덕수궁(德壽宮) 함녕전(咸寧殿)에 11년째 유폐되어 계시던 고종 태황제 폐하께서 시온돌 거처에서 승하하셨다는 사실을 자세히 기술한 일종의 붕어통부서(崩御通訃書)였다.

운곡 선생이 보낸 서찰에는 태황제 폐하께서 승하하신 때를 지금으로부터 이틀 전인 1월 21일, 음력으로는 1918년 무오년 섣달 스무날 새벽 1시 경으로 적고 있었다. 그런데 간악한 일제 당국은 1월 25일에 일본에서 있을 이은(李垠) 황태자와 일본 왕족 출신인 나시모토노미야 마사코(梨本宮方子)의 정략적인 결혼식을 차질 없이 치르기 위하여 태황제 폐하의 승하 사실을 극비에 붙이며 창덕궁에 있는 순종 황제에게 조차 '덕수궁 이태왕(李太王) 전하의 환우가 위중하시다'는 식으로 거짓 통보를 했다는 것이다. 부황(父皇)이 별세한 줄도 모르고 침수(寢睡) 중이던 순종황제가 뒤늦게 거짓 통보를 받고 문병을 하기 위해 어용 마차에 황급히 올라 질풍같이 창덕궁을 나선 것이 이틀 전인 1월 21일 아침 6시 35분경이었는데, 덕수궁에 도착하여 뒤늦게 태황제 폐하의 붕어(崩御) 사실을 안 순종 황제는 선황(先皇)의 죽음을 확인하는 순간, 황공하옵게도 그 자리에서 그만 혼절하고 말았다는 것이었다.

그러나 그러한 사실조차도 비공식 경로를 통하여 겨우 알게 된 것일 뿐, 조선 총독부의 기관지인 매일신보마저도 1월 21일자 기사에서 덕수궁에 당도한 순종 황제가 태황제의 병실에서 문안한 것으로 적고 있었으며, 같은 신문 1월 22일인 어제 날짜 기사에서도 저들의 각본에 따라 발표한 '덕수궁의 환우 침중(沈重)'이라는 식으로 허위 보도를 되풀이 했다는 것이었다.

장문으로 된 운곡 선생의 서찰 내용을 읽어 내려가던 용화 부인은 태황제 폐하의 붕어 사실을 확인하는 순간 문자 그대로 하늘이 무너져 내리는 듯한 충격을 받은 나머지 장명등이 걸려 있는 성주 기둥을 부여잡고 해토 더미가 무너져 내리듯이 그대로 마룻바닥에 털썩 주저앉고 말았다. 중산으로부터 지난 1월 21일자와 그 다음날의 매일신보 기사 내용을 은밀히 전해들은 바가 있었지만, 그로 인하여 모처럼 어렵게 재개된 집안 행사에 지장을 줄까 하여 쉬쉬하며 덮어 두고 말았던 것인데, 그때 이미 태황제 폐하가 붕어하였으리라고는 꿈에도 상상하지 못했던 것이다.

좀만에 가까스로 몸을 추스르고 일어난 용화 부인은 성주 기둥을 부여잡고 떨리는 목소리로, 그러나 침착하게 장 서방더러 묻는 것이었다.

"장 서방! 달리 전하라는 말씀은 계시지 않았는가?"

"예, 노마님! 그 서찰을 반드시 노마님께 직접 전해 올리라는 당부 말씀만 계셨습니다요!"

"그 말씀뿐이었단 말이지? 그래, 알았느니! 이런 꼭두새벽에 어둡고 먼 길을 오느라고 애 많이 썼네. 얼른 가서 서찰을 잘 전하였다고 말씀드리고, 나머지 밀사(密事)에 관한 일들도 내가 다 알아서 처리하겠으니 아무 염려 마시라고 꼭 전해 올리도록 하게! 자, 그리 알고 어서 밤길 조심하여 돌아가게나!"

용화 부인은 멀리 밤길을 가야 하는 사돈댁의 청지기를 배려하여 서 서방에게도 따로 분부를 내린다.

"서 서방! 자네도 대문 밖까지 따라 나가 장 서방 배웅을 잘 해 주고 이리로 다시 오도록 하게!"

용화 부인은 장 서방과 서 서방이 돌아간 후에도 망연자실한 모습으로 움직일 줄을 모르고 대청마루의 성주 기둥을 부여잡은 채 그냥 그렇게 서 있었다. 그 동안 명성황후의 13촌인 전 내부대신 민영달과 함께 중국에 가 있는 우당 이회영 선생을 도와 북경에 행궁까지 마련해 놓고, 고종황제의 해로를 통한 중국 망명을 준비하면서 복벽주의 독립운동에 실낱같은 희망을 걸고 있었던 용화 부인이었다.

그러나 고종 태황제 폐하마저 불귀의 객이 되고 말았으니 망부의 유지를 받들어 일편단심으로 키워 왔던 조선 왕조 복원의 꿈도, 복벽주의 독립운동의 꿈도 한낱 허황된 몽상에 지나지 않았다는 사실만 확인된 채 그만 산산조각이 나고 만 것이었다.

'권불십년이요, 화무는 십일 홍이라더니…. 이렇게 우리 시대는 속절 없이 저물어 가고 마는구나! 그리고 보니 나도 이제는 모든 것을 훌훌 털어 버리고 황천에 계신 대감님 곁으로 따라 갈 때가 되었나 보다!'

용화 부인은 싸늘한 성주기둥을 부여잡고 몸을 의지한 채 속으로 수도 없이 되뇌면서 오래도록 움직일 줄을 모르고 그렇게 서 있었다. 고종 태황제 폐하가 붕어한 지금 내일 모레가 되면 일본에 볼모로 붙잡혀 있는 이은 황태자마저 일 왕가의 여자와 예정대로 국혼을 치르게 된다는데, 일이 그리 되면 이제 자기네 문중은 조선 황실과의 가까운 척족 집안의 인연마저도 닿을 근거가 없어지게 되고 마는 것이다.

지난 융희(隆熙) 1년(1907년)에 11살의 어린 나이로 일본에 볼모로 잡혀갔던 이은 황태자가 임신이 불가능한 것으로 알려진 일 왕가의 여자와 오는 1월 25일 일본에서 국혼을 치르게 된다는 소식을 접했을 때만 해도 한 가닥 희망의 끈을 놓지 않았던 용화 부인이었다.

일찍이 이은 황태자는 순종황제의 정후(正后)로서 지난 1904년에 경운궁의 강태실에서 33세에 요절한 순명효황후(純明孝皇后) 민씨의 인척으로서 세자시강원 사서(世子侍講院司書)와 왕세자의 계강책자(繼講冊子)를 역임하고 성균관 대사성에 올랐다가 동래부윤, 동래감리 겸 동래부윤, 비서원성, 중추원 1등 의관(議官), 궁내부 특진관, 봉상사 제조(奉常司提調), 주차(駐箚) 미국 특명전권공사, 주차 영국·벨기에 공사 등의 수많은 요직을 두루 거치고 1904년에 규장각 지후관(奎章閣 祗候官)에 이어서 궁내부 칙임관 2등에 올랐던 민 영돈(閔永敦)의 딸 갑완(甲完)이와 혼약한 사이가 아니었던가?

음력으로 1897년 8월 20일생인 갑완이는 참 얄궂게도 명성황후가 시해당하고 만 2년째가 되던 바로 그 날짜에 태어나, 고종황제가 폐위되던 지난 1907년 열 살이 되던 해에 이은 황태자와 혼약한 후로 궁중의 법도에 따라 세자빈으로 간택되어 지난 십년 동안 황태자비의 수업을 쌓으면서 그의 귀국만을 애타게 기다리고 있을 때까지만 해도 한 가닥 희망의 끈을 놓지 않고 있던 갑완이와 마찬가지로 일말의 기대를 걸고 있었던 용화 부인이었다.

하지만 조선 황실의 혈통을 끊어 놓으려는 일제의 간악한 술책에 따른 갖은 협박에 의해 막다른 골목에 몰린 갑완이가 황실에서 극비리에 보내 온 혼약 문서와 예물 반지마저 내 놓아야 했던 터에, 이틀 후에 있을 황태자와 왜녀와의 국혼이 치러지고 나면 황실의 법도에 따라 평생을 독신으로 살아가지 않으면 안 될 처지에 놓이고 말았는데, 이런 참담한 시기에 고종 태황제 폐하마저 승하하고 말았으니 용화 부인의 마음은 참으로 망극하고, 애통하고, 허망하기 짝이 없는 것이다.

한편, 서 서방은 용화 부인의 분부에 따라 먼길을 가야 하는 장 서방을 배웅하기 위하여 바깥마당까지 따라갔다가 한참만에 대문간으로 돌아오고 있었다. 그리고 무심코 대문 안으로 들어서던 바로 그 순간이었다. 그때까지 전혀 모르고 있었던 웬 희끄무레한 물체 하나가 대문 안쪽 문설주 옆에 쪼그리고 앉아 있는 것이었다. 그것을 보고 소스라치게 놀란 서 서방이 조심스럽게 가까이 가다가 보니 그것은 천만 뜻밖에도 지금쯤 신방에서 김 서방과 함께 신혼의 단꿈에 젖어 있어야 할 삼월이가 아닌가?

"사, 삼월아! 이렇게 추운 꼭두 새벽에 네가 웬 일로 여기에 이렇게 나와 있느냐?"

그러면서 자세히 살펴보니 삼월이의 꼴이 영 말이 아닌 것이다. 활옷과 족두리는 김 서방이 벗겨 주었을 터이니 그렇다 치더라도, 저고리 옷고름이 터져 나가고 쪽을 쳤던 은비녀는 온데간데가 없는 상태로 삼단같던 머리마저 물귀신처럼 마구 수세미가 되어 있는 것이었다.

서 서방은 그 때까지 남아 있던 술기가 순식간에 확 달아나는 심사였다. 삼월이가 왜 그런 시각에 그런 꼴을 하고 넋 빠진 사람처럼 거기에 웅크리고 앉아 있었는지를 뒤늦게 확연히 깨달은 것이었다.

'아뿔싸! 그 쥑일 놈의 삼랑진 걸뱅이 놈들이 기어코 일을 또 저지르고 말았나 보구나!'

삼월이를 아무도 모르게 자기의 방으로 허둥지둥 안아다 눕힌 그는 동태처럼 뻣뻣하게 굳어 있는 딸에게 두꺼운 솜이불을 뒤집어 씌우기가 무섭게 밖으로 달려나왔다. 미친 듯이 안채 부엌방으로 줄달음질을 친 그는 밤 늦도록 상전들의 시중을 들다가 남 나중 잠자리에 들었던 마누라를 밖으로 불러 낼 때까지만 하여도 제 정신이 아니었다. 그렇게 정신없이 허둥대는 바람에 자기네 집으로 미처 돌아가지 못하고 함께 거기서 자고 있던 옥이네마저 잠을 깨우는 실수를 범하고 만 것이다.

"옥이네! 잠을 깨워서 미안하네. 급한 볼일이 있어서 그러니 이해해 주고 자네는 그대로 자게나!"

자기 마누라를 밖으로 불러낸 서 서방은 자초지종을 바쁘게 설명하고는 삼월이를 아무 일이 없었던 것처럼 만들어서 쥐도 새도 모르게 신방으로 속히 들여 보내라고 신신 당부를 하고서야 겨우 한숨을 돌리고 일부러 느린 걸음으로 용화당으로 올라간다.

그때까지도 용화 부인은 망연자실한 모습으로 어둠 속에서 눈 아래로 부감되는 자기네 집의 고래 등같은 수많은 기와 지붕들을 바라보며 그 자리에 서 있었다.

"노마님, 소인 서 서방 분부대로 멀리 행길까지 따라 나가 장 서방을 배웅 잘해 주고 돌아왔습니다요!"

일부러 멀리까지 따라 나가 배웅하느라고 그렇게 지체된 것처럼 꾸며서 아뢰는 그의 인기척에 후딱 정신을 차린 용화 부인은 갑자기 여황다운 평소의 모습으로 돌아와 열화와 같이 분부를 내리는 것이다.

"지금 당장 궤연을 차릴 수 있도록 상하고하를 막론하고 모든 식솔들을 당장 깨우고, 우리 대소가는 물론 파서리에까지 태황제 폐하의 붕어 사실을 서둘러 알리도록 조처를 취하게!"

서 서방은 그 지엄한 분부를 받들기 위하여 사랑채 쪽으로 미친 사람처럼 허둥거리며 달려간다. 그러나 중문 밖으로 나온 그는 삼월이가 아무 탈없이 신방으로 들어갈 수 있도록 시간을 가늠해 가며 느릿느릿 걸어간다.

삼월이가 서 서방댁의 도움으로 아무 탈없이 신방으로 들어가고 한참만에 태황제 폐하의 붕어 사실이 뒤늦게 알려지면서 서 서방의 예상대로 집 안에서는 아닌 밤중에 벌집을 쑤셔놓은 듯이 일대 소란이 벌어졌다. 뒤늦게 잠자리에 들어잠에 흠뻑 취해 있던 비복들이며 머슴들이 서둘러 깨워졌고, 저녁 늦게 종가에서 돌아가 잠에 곯아떨어져 있던 대소가는 말할 것도 없고 하남면 파서리의 원손가에도 고종 태황제 폐하께서 승하하셨다는 비보가 곧바로 전해졌다.

문중의 큰 행사를 마치고 뒤늦게 집으로 돌아가 이제 막 잠자리에 들었던 동산이 문중 어른들은 청천벽력과도 같은 비보를 접하고 또다시 허둥지둥 굴건제복들을 갖추기가 무섭게 앞을 다투며 영양재 안으로 속속 모여들기 시작하였다. 그런 가운데에 영양재 앞마당에서는 날이 밝기도 전에 서둘러 임시 궤연(几筵)이 마련되고, 북향재배가 엄수

되고, 뒤미처 호곡 소리가 낭자하게 뜰 안 가득 울려 퍼지기 시작한다.

황태자비로 간택되었다가 일제에 의해 파혼이 된 갑완이를 제외하고도 왕비를 네 명이나 배출하며 대대로 황은을 입고 부귀영화를 누려온 여흥 민씨네 집안사람들의 입장에서 보면, 황실의 혈통마저 끊어지게 된 식민지 상태에서 당하는 이번 태황제 폐하의 상사(喪事)는 국상 중에서도 다시 없이 참담한 국상이 아닐 수 없는 것이다.

을사보호조약이 체결된 후 외교권을 상실하고 국권 회복을 꿈꾸면서 만국평화회의가 열리고 있던 네덜란드 헤이그에 이준(李儁), 이상설(李相卨), 이위종(李瑋鍾) 등 세 밀사를 파견하였다가 일제에 의해 강제로 폐위 당하고, 이태왕(李太王)으로 폄하(貶下)되어 덕수궁 함녕전에 유폐되었던 비운의 황제 고종 이재황(李載晃)——.

왕위에 오른 지 34년만인 지난 1897년 음력 9월 17일에 환구단에 나아가 환구대제(圜丘大祭)를 봉행한 뒤에 다음과 같이 대한제국을 선포하고 황제 자리에 올랐던 그였다.

"짐(朕)이 생각건대, 단군(檀君) 이래로 강토가 나뉘어 각각 한 모퉁이를 차지하고 서로 웅(雄)함을 다투다가 고려(高麗)에 이르러 마한(馬韓)·진한(辰韓)·변한(弁韓)의 삼한(三韓)을 통합(統合)하였도다. 우리 태조(太祖)께서 용흥(龍興)하는 처음에 여도(輿圖)로써 밖으로 개척한 땅이 더욱 넓어져 북으로 말갈(靺鞨: 간도)의 계(界)를 다하여 상아와 가죽을 생산하고, 남으로 탐라국(耽羅國)을 거두어 귤과 풍부한 여러 해산물을 공(貢)하는지라. 폭원(幅圓)이 탐라에서 말갈까지 4천 리에 일통(一統)의 업(業)을 세우시었도다.

산하가 공고하여 복(福)을 우리 자손만세(子孫萬歲) 반석의 종(宗)에 드리셨거늘 오직 짐이 부덕(不德)하여 여러 어려움을 당하였는데, 상제(上帝)께서 돌아보시어 위태함을 돌려 평안(平安)함을 갖게 하시고, 독립(獨立)의 기초를 창건하여 자주(自主)의 권리(權利)를 행하게 하시니, 백악(白嶽: 북악산)의 남쪽 환구단(圜丘壇)에서 천지(天地)에

제(祭)를 올리고 황제에 즉위하며 천하에 호(號)를 정하여 대한(大韓)이라 하고, 1897년을 광무(光武) 원년(元年)으로 삼는 것이라!"

대한국(大韓國)은 고종황제가 한반도, 간도, 제주도, 동해의 독도를 비롯한 인접 도서, 해양을 통치하고 태극기(太極旗)와 애국가를 상징으로 한 제국으로서, 1897년 경운궁(慶運宮: 지금의 덕수궁)으로 이어(移御)한 고종이 자주 독립을 대내외에 널리 표명하기 위하여 10월 12일 오전 8시경에 명성황후 빈전(殯殿)에 가서 제사를 올린 후, 환구단에서 대한국을 선포하고 12章의 문장이 새겨진 곤면(袞冕)을 입고 광무황제(光武皇帝)로 즉위하였던 것인데, 고종황제는 그날 낮 12시에 환구단에 나아가 천신(天神) 황천상제(皇天上帝)와 지신(地神) 황지지(皇地祇)에 고하는 환구대제를 봉행한 뒤, 왕비를 황후로 책봉하고 황제를 상징하는 황금색 의자에 앉아 12장의 문장이 새겨진 곤면(袞冕)을 입고 새보(璽寶)를 받았으며, 오후 2시에는 왕자를 황태자로 책봉하는 의식을 거행하였던 것이다.

그가 대한제국의 광무황제로 즉위하던 날, 경운궁의 정문인 대안문(大安門)부터 환구단까지 좌우로 군사들을 질서정연하게 배치하고 황색 의장으로 호위하였는데, 시위대 군사들이 어가를 호위하였으며, 어가 앞에는 황제(皇帝)의 태극국기가 먼저 지나갔고, 황제는 황룡포(黃龍布)에 면류관을 쓰고 금으로 채색한 어가(御駕)를 탔으며, 그 뒤에 황태자가 홍룡포(紅龍布)를 입고 면류관(冕旒冠)을 쓴 모습으로 붉은 연을 타고 지나갔던 것이다.

그날, 환구단에서 환구대제를 봉행하고 대한국을 선포한 후 경운궁으로 이어한 고종황제는 태극전에서 문무백관의 축하를 받고 낮 12시에 2년 전인 지난 1895년 을미사변(乙未事變) 때 죽은 정비(正妃) 민씨를 명성황후(明成皇后)로 책봉하고, 왕세자 이척(李拓)을 황태자로 책봉하였던 것이다. 그리고 그 이척 왕세자가 황태자로 책봉되던 날 황태자 빈으로 동시에 책봉된 이가 바로 지난 1882년에 11살의 나이로 세자빈으로 책봉되었던 여흥 민씨 가의 여은부원군(驪恩府院君) 민태호(閔台鎬)의 딸이자 민영익(閔泳翊)의 누이인 순명비(純明妃)였다. 그러나 그 순명비마저도 지난 1904년 11월 5일(음력 9월 28일)에 경운궁의 강태실에서 33살의 나이로 요절하고 만 것이었다.

그리고 이번에 붕어하신 고종 태황제 폐하 역시 일본 공사 미우라의 사주를 받은 왜놈 낭인들의 더러운 칼에 무참하게 살해 되었던 명성황후 민비의 배필이시니 황은을 입었던 황실의 외척으로서, 대대로 국록을 먹어 온 척신(戚臣)의 도리로서 응당히 예를 다해야 한다는 게 이곳 동산이 양반촌 여흥 민씨네의 정서요, 당연한 의무라 할 수 있었다.

영양재 앞에 마련된 임시 궤연에서 동산이 여흥 민씨네 문중 남녀노유의 호곡소리가 낭자할 때, 상복을 차려 입은 중산은 그 역시 굴건제복 차림을 한 부친 영동 어른과 함께 후원 죽림 속에 있는 사당에 촛불을 밝히고 고종 태황제 폐하의 승하 소식을 조상님 전에 고하는 고유제(告由祭)를 올리고 있었다. 무오년 한 해도 어느덧 저물 대로 저물어 세모의 한파가 고비에 찬 음력 섣달 스무 사흘날 새벽의 날씨는 칼로 에는 듯 차갑기만 하였다. 냉기 어린 새벽 공기 속에서 무심한 황촉 불도 속이 타는지 저 혼자서 길길이 뛰는데, 그러나 향을 피우고 일제에 의해 강제로 유폐되었던 태황제 폐하의 서거 소식을 열조(烈祖) 전에 고해 올리는 지손 종가 당주 부자의 복상(服喪) 제향하는 모습은 집안의 친상(親喪) 때 못지않게 처절하면서도 경건하고 엄숙하였다. 북받히는 오열을 참아가며 행하는 의식이라 어찌 그 망극함을 열조 전에 그대로 다 전할 수 있으랴마는, 그래도 두 부자는 여러 조상님 전에 행하는 고유 제향 의식이라 그렇게 통절하고도 절박한 속에서도 한 치의 어긋남도 없이 조심스럽고 엄숙하게 봉행하고 있었다.

그러나 용화 부인으로부터 전해 받은 해천껄 운곡 선생의 붕어통부서를 제단에 올리고 경건한 자세로 배례를 하고 난 그들 두 부자는 약속이라도 한 듯이 참았던 오열을 터뜨리면서 그 자리에 무너지듯 엎어지고 만다. 태평성대에도 나라님의 죽음은 하늘이 무너져 내리는 천붕(天崩)에 비유되었거늘, 항차 나라 잃은 백성으로서, 그것도 그 누구 못지않게 황은을 입었던 망국의 신하로서 갖게 되는 비통함이야 어디다 비견할 수 있으랴마는, 이들의 호곡 속에는 임진왜란 때 왜놈들한테 당한 멸문지화의 참변을 겪었던 가문의 남 다른 사연에다, 대한제국의 부활이라는 복벽주의 이념마저 실질적으로 단념해야 하는 지경에까지 이르고 말았으니 그 참담함과 허망함이야 오죽했을까!

"아버님! 할아버님! 이 일을 대체 어이 하오리이까?"

영동 어른은 조선 왕조의 멸망과 함께 의거 순국하였던 부친에 대한 망극함으로 사당 바닥을 두드리며 대성통곡하였고, 중산도 조부님의 영전에 이루 말할 수 없는 비통함과 함께 마룻바닥에 이마를 짓찧으며 방성통곡을 하였다.

"할아버님께서 지키고자 애쓰셨던 오백 년 사직이 십 년 전에 허망하게 무너지더니, 이제는 태황제 폐하까지 비명에 승하하시고 말았으니 대체 이 일을 어찌 하면 좋으리이까? 할아버님!"

비수 같은 새벽 냉기는 예리한 칼날처럼 그들 두 부자의 살을 에이고, 차갑게 얼어붙은 마룻바닥을 두드리며 절규하는 그들의 방성통곡은 오래도록 거칠 줄을 모르는데, 어느덧 어둠이 걷히면서 날은 속절없이 점점 밝아 오고 있었다. 그리고 아침부터 태황제 폐하의 승하 소식을 전해들은 각 지역 유림들의 참배 행렬이 끊임없이 이어지면서 바로 하루 전날 경사가 한꺼번에 둘씩이나 겹치는 겹찬치로 마을 사람들과 함께 천지가 들썩이도록 온통 잔치 분위기 속에 들떠 있던 민 대감 댁에서는 오늘은 또 천붕지통(天崩之痛)을 겪으면서 호곡(號哭) 소리 낭자한 국상 분위기에 완전히 파묻혀 가고 있었다.

향청껼에서 온 죽명 선생 댁 식구들과 영동 어른 부자와 함께 용화당에서 겸상으로 아침 식사를 한 용화 부인은 하녀들이 상을 치우기가 무섭게 김 영감을 불러서 가마를 등대하라고 이르고는 출행 준비를 서둘렀다.

"어제 우리 초암이 왜놈들이 쏜 총탄을 맞고 쓰러진 후부터 두고두고 생각이 많았는데, 아무래도 이번 태황제 폐하의 붕어에도 왜놈들의 망극한 흉계가 있었음이 분명하니 이렇게 주저앉아 있어서는 아니 될 것 같구나. 너희들도 삼랑진의 왜놈 헌병 파견대로 찾아 갈 차비를 갖추도록 하거라!"

"어머님! 국상 중에 갑작스럽게 그 어인 분부이십니까? 당치도 않으십니다. 그만 거두어 주십시오!"

갑작스런 용화 부인의 용단에 가장 크게 놀란 사람은 그녀를 도와 고종 태황제 폐하의 중국 망명길을 극비리에 도모하였던 영동 어른이었다.

"일이란 다 나아갈 때와 물러날 때가 있는 법이니라! 국상을 당하여 온 백성들이 들고 일어날 판인 이런 호기에 그놈들의 준동에 대해서 철퇴를 내리치지 않으면 앞으로 또 어떤 흉측한 잔꾀를 우리한테 부리게 될지 알 수 없는 일이니라. 그 파견대장이란 놈이 명마를 좋아하는 순수한 마음으로 진작부터 우리한테 머리를 조아리며 부탁을 했다면 내 진작에 명마 한 마리 정도는 내어 줄 아량이 없었던 것도 아니었느니라. 헌데 보자보자 하니 그런 대접을 해 줄만 한 그릇이 못 되는 것 같구나."

"할머니! 외람된 저의 생각으로는 그렇게 한다고 해서 쉽게 해결될 일은 아닌 것 같습니다. 그러니 좀 더 두고 보시는 게 어떻겠습니까?"

고유제를 마치고 사당에서 돌아온 중산까지 나서자 용화 부인은 무언가 지피는 바가 있었던지 그에게 묻는다.

"그렇다면 너한테 그놈이 차후로는 언감생심 그런 짓을 엄두도 못내게 할 비책이라도 있다는 것이냐?"

"비책이라기보다는 저 나름대로 생각하고 있는 방도가 따로 있어서 드리는 말씀입니다."

그러자 그의 생각을 그 누구보다 잘 알고 있는 죽명 선생까지 조심스럽게 만류하고 나선다.

"어머님, 중산의 말대로 해 보시는 게 어떻겠습니까? 그놈의 뒤에는 조선 독립군하고 왜놈들 사이에 양다리를 걸친 친일 앞잡이가 도사리고 있기에 드리는 말씀입니다!"

"양다리를 걸친 친일 앞잡이라니, 그 박종흠인지 뭔지 하는 작자를 두고 하는 말이냐?"

"예, 어머님! 그 양반이 하는 짓거리를 보면 그 왜놈 헌병 파견 대장더러 우리를 잡고 자꾸 흔들다 보면 무언가 대물 하나를 캐낼 수 있다고 어떤 확신을 심어 준 게 분명합니다. 그렇지 않고서야 속이 훤히 들여다보이는 그런 짓거리들을 연이어 하고 있을 까닭이 없지를 않겠습니까? 그러니 출세욕에 들떠서 제 멋대로 설치고 있는 새파란 헌병 소위 놈을 직접 찾아가서 몰아세울 것이 아니라….."

"아니다! 이럴 때 우리가 가만히 있으면 그자의 말대로 우리가 커다란 금맥이라도 되는 줄로 알고 더욱 준동을 하고 날뛰게 될 것이 분명하니라. 그러니 모두들 내 말을 따르도록 하거라! 내 태황제 폐하의 붕어를 자행하고 그 날짜마저 조작하여 공포하는 왜놈들의 죄를 묻는 심정으로 내 오늘은 기어코 그놈들을 찾아가 지놈들이 이기든지 내가 이기든지 양단간에 결판을 내고 와야겠다!"

용화 부인은 고종 태황제의 중국 망명이라는 마지막 남은 실낱같은 희망마저 산산조각이 난 마당에 자신이 문중을 위하여 마지막으로 행하여야 하는 책무가 바로 그것뿐인 양, 식구들의 연 이은 반대에도 불구하고 자신의 뜻을 끝내 굽히지 않았다. 어쩌면 차세대 당주가 된 중산에게 앞으로 문중사를 이끌어 나가는데 걸림돌이 될지도 모르는 그 일을 자신이 몸소 처리해 주는 것이 자신이 마땅히 취해야 할 도리임을 느끼고 있는 모양이었다.

"어머님, 국상 중에 날도 이렇게 춥습니다. 그러니 출행을 다음날로 미루심이 어떠하올는지요?"

종가의 어른으로서 궤연을 지켜야만 하는 영동 어른이 마지막으로 다시 한 번 재고해 보기를 권했으나 용화 부인은 끄떡도 하지 않았다.

"아니다! 온 나라 백성들이 천붕지통으로 한창 들썩이는 이런 때야말로 그놈들에게 호통을 쳐서 무릎을 꿇게 할 적기이니라! 왜놈 헌병 놈들이 우리 조선말을 잘 알아듣지 못할 터이니 막내 너도 동행해 줘야겠다!"

"예, 알겠습니다, 어머님!"

죽명 선생도 한결같은 모친의 완강한 태도 앞에서는 결국 두 손을 들고 말았다.

용화 부인의 갑작스런 출행 명령으로 집 안은 또다시 한 방탕 소동이 벌어졌다. 그녀가 삼랑진 헌병 파견대로 항의하러 간다는 소식에 화톳불을 여러 개 피워놓고 영양재 뜰에서 궤연을 지키고 있던 굴건제복을 한 문중 어른들이 앞 다투어 용화 부인의 출행을 막아 보려고 용화당으로 달려가고, 다른 한편에서는 가마꾼들이 우르르 몰려 나가 바깥 축사 옆에 있는 창고로 달려가서 가마를 메고 나온다, 뒤 미쳐서 복상을 한 김 영감과 교전비를 비롯한 수행 하녀들이 상복 차림의 용화 부인을 모시고 줄줄이 솟을대문 밖으로 몰려 나오고 있었다. 궤연을 지키다 말고 떼 지어 몰려 온 문중의 여러 원로 어른들도 결연한 태도로 집을 나서는 용화 부인의 출행을 끝내 막지 못한 것이다.

전날, 비단 원삼과 가채머리로 성장(盛裝)을 했던 것과는 달리, 상복차림을 한 용화 부인은 가채 머리 대신에 머리에는 개두(蓋頭)를 얹어서 수질(首絰)을 쓰고, 깃치마와 깃저고리에다 올이 굵은 삼베로 마른 최상(衰裳)을 입고 있었다, 그리고 허리에는 짚과 삼을 섞어서 두 가닥으로 꼬아 만든 굵은 요질(腰絰)을 두르고 짚신을 신었으며, 대나무로 만든 허리 높이의 지팡이까지 들고 있었다.

그 바람에 굴건제복 차림으로 사당에서 부친을 모시고 조상님 전에 고유제를 올리면서 방성통곡하였던 중산도 미처 눈물이 마르기도 전에 미끄러운 눈길도 아랑곳하지 않고 출행하는 용화 할머니의 가마 행렬을 안내하기 위하여 당나귀를 타고 따라 나서는 김 서방을 대동하고 호위무사처럼 말을 타고 가마 앞에 나와 앞장을 서지 않으면 안 되었다.

"어머님, 웅천강이 모두 결빙되어 있습니다. 가마 대신에 제가 타고 온 마차를 타고 가실 의향은 없으신지요?"

궤연을 지키기로 한 영동 어른을 대신하여 출행 행렬을 이끌게 된 죽명 선생이 조심스럽게 물었다.

"그럴 것 없다! 왜놈들 손에 국상을 당한 이 마당에 내 어찌 그놈들이 만든 마차를 타겠느냐?"

용화 부인은 자기네가 가야 할 길이 마차가 다닐 만한 길이 못될 뿐더러, 아직도 그런 왜색 냄새가 물씬 풍기는 마차는 보기만 해도 눈에 거슬리는지 들은 척도 하지 않았다.

가마 행렬은 말을 탄 중산과 죽명 선생을 필두로 나귀에 올라탄 김 서방에 이어 여덟 명의 가마꾼들이 멘 용화 부인의 팔인교(八人轎)와 여러 명의 수행 하녀들이 그 옆에 붙어 서서 따르는, 만만치 않은 규모였다. 그러나 모두들 상복을 입고 있었으므로 그것은 그녀가 평상시에 출행할 때 볼 수 있던 위풍당당한 가마 행렬이 아니라 상두꾼들이 상여를 메고 장지로 향하는 모습과 흡사하였다. 그렇게 출상 행렬과도 같은 가마 행렬은 바깥마당을 돌아나가 멀지 않은 긴다리강의 목교를 건너자마자 곧장 들판 위로 길게 뻗어 있는 농로를 따라 낙동 포구가 저만큼 바라다 보이는 까마득한 오우진 나루를 향해 갈 길을 재촉한다.

섣달 그믐께의 칼바람이 광활하게 펼쳐진 도구늪들에 쌓인 눈들을 무서운 속도로 휘감아 올리면서 만들어 내는 세찬 눈보라가 한 치 앞도 분간할 수 없을 정도로 뿌옇게 시야를 가리는 악천후 속에서 용화 부인이 탄 가마 행렬은 잠시도 멈추지 않고 아득한 들판을 가로질러 자기네 문중의 오우정 정자와 삼강서원이 건너다 보이는 오우진 나루터를 향하여 일로 앞으로 앞으로 나아간다. 가까운 도구소 나루에서 배를 타고 갈 수만 있었으면 가마꾼들에게 그런 생고생을 시키지 않아도 좋으련만, 연이은 강추위에 넓디넓은 응천강마저 꽁꽁 얼어붙고 말았으니 미끄럽기 짝이 없는 빙판길을 가로질러 갈 수밖에 없는 처지인 것이다.

삼랑진역 앞에 있는 헌병 분견대로 가기 위해서는 낙동강 본류 쪽으로 처진 도구늪들 끝자락의 야중촌인 들마 앞을 지나고 오우진 나루의 응천강 얼음길을 건너지 않으면 안 되었다. 거기서 응천강을 건너면 임진왜란 때 낙동강 본류와 영남대로를 타고 올라온 일만 오천 명이 넘는 어마어마한 왜병들이 수륙 양동 작전을 펼치면서 조총을 쏘고 함포를 쏘아대는 바람에 거기에 거주하고 있던 수십 명이나 되는 여흥 민씨네 일족들이 무참히 도륙 당하고, 즐비한 가옥들은 물론 유서 깊은 오우정 정자며 삼강서원마저 모두 불에 타 잿더미로 변해 버렸던 삼백 이십 육 년 전의 참화 현장이 바로 눈앞에 펼쳐지게 되는 것이다.

미끄럽기 짝이 없는 눈 덮인 얼음판을, 그것도 가마와 말이며 당나귀를 타고 꽁꽁 얼어붙은 응천강의 빙판길을 그야말로 살얼음 위를 걷듯이 조심조심 가로지른 가마 행렬이 삼랑진 역두의 헌병 파견대로 가기 이해서는 임진왜란 때 전소되었다가 지금은 거의 다 복원되어 있는 오우정과 삼강서원이 있는 상부 마을 앞의 오우진 나루를 건너자마자 지난날 후조창이 있었던 갯가의 행길을 타야 했다.

가마 행렬이 말을 타고 앞장선 굴건제복 차림의 중산을 필두로 넓은 행길로 올라서자 상부 마을 앞의 하얀 눈밭에서 뛰어놀던 개들이 낯선 그들의 행렬을 보고 동작들을 멈추면서 일제히 목을 쳐들고 요란하게 짖어댄다.

"아직도 갈길이 멀었느냐?"

속으로부터 치솟는 불같은 노여움 때문인지 가마 안에서 용화 부인이 조급증을 내면서 큰 소리로 묻는다.

"몇 마장만 더 가면 될 것 같사옵니다, 노마님!"

가마 옆에서 종종걸음을 치며 따라 가던 교전비가 큰 소리로 아뢰었다.

상여 행렬과 너무도 흡사한 그들 가마 행렬이 경전선 철도의 굴다리 밑을 지나서 삼랑진 역전에 있는 왜놈 집단촌 앞의 헌병 분견대 정문 앞에 당도했을 때, 거기에는 착검한 소총으로 무장한 병사 두 명이 지독한 한파에 미라처럼 뻣뻣하게 굳은 모습으로 집총 자세를 취한 채 보초를 서고 있었다.

그리고 철조망 안쪽의 연병장에서는 때마침 열 댓명쯤 되어 보이는, 아침 점호를 마친 왜놈 헌병들이 연단 밑에 일렬횡대로 도열하여 단상에서 떠들어대는 젊은 분견대장의 훈시를 들고 있는 중이었다.

용화 부인이 하녀들이 걷어 올리는 가마 문을 나서기도 전에 말에서 먼저 뛰어내린 중산이 보초병 앞으로 성큼성큼 걸어가서 아침 일찍 찾아 온 용건을 점잖게 전하였다.

"이곳 부대장에게 용무가 있어서 찾아 왔으니 지금 당장 만나게 해 주시오!"

그러나 왜놈 보초병들은 초상 치는 모습으로 들이닥친 그들의 기이한 모습에도 눈 하나 까딱하지 않고 정면을 바라보는 그 자세 그대로 서 있을 뿐이었다.

그러자 조선말을 못 알아듣는 줄 알고 뒤에 있던 죽명 선생이 그들 곁으로 가까이 다가가 중산이 한 말을 그대로 일본말로 통역을 하였다. 그러나 왜놈 헌병들은 여전한 자세로 그냥 서 있을 뿐이었고, 그 대신 정문 안쪽의 초소에 있던 초병 하나가 바쁜 걸음으로 그들 숙질 앞으로 다가오더니 적이 놀라는 얼굴로 묻는 것이다.

"무슨 일이무니까?"

그러나 죽명 선생이 그에게 무어라고 말을 건네기도 전에 가마에서 내린 용화 부인이 먼저 그 초병 앞으로 썩 나서는 것이었다.

"네 이놈! 너희들 두목을 당장 가서 불러 오너라!"

잔뜩 긴장된 얼굴로 죽명 선생에게 찾아 온 용건을 물어 보려고 하던 왜놈 초병은 아닌 밤중에 홍두깨 휘두르는 격으로 대뜸 대갈일성으로 호통 치는 용화 부인의 위세에 화들짝 놀라면서 어리둥절한 자세로 잠시 서 있었다.

"이곳 부대장에게 급한 용무가 있어서 찾아 왔으니 지금 당장 만나게 해주시오!"

죽명 선생이 다시 점잖게 일본말로 통역을 해 주자, 아무 대책도 없이 멍하게 서 있던 초병이 그제서야 사태의 심각성을 뒤미처 깨달았는지 저쪽 연병장을 향하여 황급히 달려간다.

"어머님, 지렁이도 밟으면 꿈틀거리는 법이니, 너무 윽박지르지 마시고 저놈들을 조근조근하게 다루시지요!"

모친의 기세를 보니 아무래도 큰 사단을 벌일 요량이라 지레 긴장을 한 죽명 선생이 넌지시 충언을 한다.

"아니다! 나라를 통째로 집어 삼키고 태황제 폐하마저 망극하옵게도 비명에 가시게 하고도 속이고, 금덩이 같은 내 손자에게도 총질을 한 놈들이니 꿈틀거리게 밟을 것이 아니라, 아주 오장육부가 터지고 살가죽이 갈가리 찢어지도록 짓밟아 놓아도 결코 내 분이 풀리지 않을 것이니라!"

좀만에 연병장으로 달려갔던 초병이 단상에서 훈시를 하고 있던 파견대장을 데리고 바쁜 걸음으로 다가왔다. 소위 계급장을 단 파견대장도 사태가 심상치 않다는 초병의 얘기며 출상 행렬을 방불케 하는 이쪽의 행색들을 보고 지레 기가 질렸는지 사뭇 긴장된 얼굴을 하고 있었다.

모친의 의도를 알아차린 죽명 선생은 뒤로 한 발자국 물러난 자세로 그대로 서 있었고, 앞에 있던 용화 부인이 파견대장에게 단도직입적으로 대뜸 호통을 치는 것이다.

"네 이놈! 네놈들이 어제 웅천강을 건너와서 몰래 숨어 있다가 사냥대회를 하고 있던 내 손자에게 감히 총질을 했으렷다?"

죽명 선생이 기다렸다는 듯이, 그 말을 그대로 일본말로 통역을 해 주었다. 그녀의 추상같은 호통에 움찔하고 놀란 파견대장은 그런 돌발적인 사태를 앞에 놓고 꿀 먹은 벙어리처럼 아무 말도 하지 못한다.

"대대로 노략질만 해 온 이 날강도 같은 섬나라 왜구 놈들아! 귀하디 귀한 내 손자한테 총질은 왜 했느냐? 무슨 권리로 했느냐? 지금 당장 살려내라! 이, 이, 개만도 못한 섬나라 쪽발이 놈들아!"

이제 나이 겨우 스물 네댓 살쯤은 되었을까. 아까서 보니 더욱 앳되어 보이는 왜놈 헌병 소위는 한껏 긴장된 얼굴로 눈알이 이리 뛰고 저리 뛰고 할 뿐, 아무 말도 하지 못하고 있었다. 아마도 새벽같이 이렇게 상복을 입은 채로 떼 지어 몰려 온 것을 보고 자기네의 총질로 이쪽에서 초상이라도 난 줄로 알고 있는 모양이었다.

"네 이놈들! 지금 당장 내 앞에서 무릎을 꿇고 사죄하고 내 손자를 원래대로 당장 살려내지 못하겠느냐!"

살을 부들부들 떠는 용화 부인의 거듭되는 대갈일성과 함께 당장이라도 들고 있던 대나무 지팡이로 후려칠 듯이 대드는 드센 기세에 완전히 기가 꺾여 버린 것이리라. 이제 갓 소위로 임관된 듯한 분견대장은 초상을 치다가 한꺼번에 몰려 온 것처럼 보이는 그들의 불같은 위세에 어찌할 바를 모르다가 급기야는 고개마저 맥없이 떨어뜨리고 마는 것이었다. 그러다가 겨우 위기를 모면할 돌파구라도 찾았다는 듯이 일본말을 잘 하는 죽명 선생 쪽을 향하여 한 발자국 다가서더니 용기를 내어 그에게 슬그머니 묻는 것이었다.

"어제 우리 병사가 쏜 총에 정말로 사람이 맞았으무니까?"

"물론이오! 당신네들이 쏜 총에 내 조카가 맞았단 말이오!"

"그렇다면 총을 맞고 죽었으무니까?"

감당도 못할 기막힌 현실 앞에서 왜놈 소위의 얼굴이 하얗게 변하면서 형편없이 일그러진다.

"죽은 건 아니지만 아주 위중해서 이렇게 찾아 온 것이 아니겠소!"

그러자 옆에 있던 중산이 그의 심리 상태를 금방 꿰뚫어 보고는 그 기세를 완전히 꺾어 버릴 태세로 보다 강경하게 사태의 위중함을 내비추면서 은근히 겁을 주는 것이다.

"우리 땅에서 사냥대회를 하던 내 아우가 당신네들이 쏜 총에 맞아 지금 중태에 빠져서 사경을 헤매고 있단 말이오! 그런데 당신네들은 우리가 상남면 일대의 모든 지주들을 대표하는 지주총대라는 사실을 도대체 알고서 한 짓이오? 모르고 한 짓이오? 어찌됐건 당신네가 총을 쏘아 단방에 내 아우를 쓰러뜨리고 잡아놓은 사냥감을 강도질해 간 것은 분명한 사실이니, 지금 이 자리에서 당장 사과를 하고 후속 대책을 강구해 주시오! 만약 우리의 요구를 받아들이지 않는다면 앞으로 일파만파로 번지게 될 후폭풍에 대해서는 당신네들이 전적으로 책임을 다 져야 할 것이니 알아서 하시오!"

이렇게 겁을 주는 중산을 보고 죽명 선생도 그 말을 유창한 일본말로 통역해 주고는 그 자신도 다시 이렇게 은근히 으름장을 놓으며 뒤를 다지는 것이었다.

"우리가 오늘 이렇게 온 것은 입씨름이나 하자고 온 것이 아니니 우리가 요구하는 대로 하는 게 신상에 좋을 게요! 보다시피 앞에 계신 이 할머니는 밀양 읍내에 있는 헌병대장의 멱살을 잡고 혼쭐을 내고도 남을 분이시니, 내가 이렇게 좋은 말로 요구할 때 우선 이분께 정중하게 사과를 드리고 용서부터 구하도록 하는 게 신상에 좋을 거요! 그리고 중상을 입고 집에 드러누워 있는 우리 조카에게도 직접 찾아 와서 용서를 구한 다음, 중상을 입힌 상처가 완전히 나을 때까지 덧나지 않게 치료를 완전하게 해 줌은 물론, 정신적인 손해에 대해서도 반드시 그에 상응하는 배상을 해 주어야 할 것이오! 만약, 그럴 생각이 없다면 우리는 이 길로 당장 읍내로 달려가서 내가 잘 아는 와타나베 밀양경찰 서장이나 그곳에 있는 헌병대장에게 정식으로 항의하고 손해 배상까지

요구할 생각이오!"

이곳 삼랑진 면을 관할하는 밀양경찰서장의 이름을 직접 거명하고 거기에 자기네의 상급 부대의 헌병대장까지 들먹이는 바람에 왜놈 소위는 잔뜩 겁을 먹은 나머지 흔쾌히 그의 요구를 받아들이겠다며 두 손을 들고 마는 것이었다.

"소오데스까! 그렇다면 그렇게 야단만 칠 게 아니라 내 말도 좀 들어 주시면 좋게스무니다! 총질을 한 그 병사는 다른 파견대로 전속 대기 발령 중에 사냥을 나갔다가 그런 사고를 쳤기 때문에 어제 오후에 전속 부대로 떠나고 지금은 여기에는 없스무니다. 그러니 며칠 안으로 총질을 한 병사를 불러 와 가지고 이 니시무라가 직접 센세이님 댁으로 데리고 찾아가서 사과를 올리고 피해에 대해서도 책임을 지도록 하게스무니다, 하!"

그가 의외로 순순히 항복하는 바람에 용화 부인도 불같이 치솟던 노여움이 어느 정도 가라앉았는지 더 이상 다그치지는 않았다. 그러나 그의 뜻을 긍정적으로 받아들이면서도 엄중하게 뒤를 다지는 일은 결코 잊지 않았다.

"총상을 입고 드러누워 있는 내 손자에게 예기치 못한 어떤 이상이 발생할 시에는 내 결코 너희 놈들을 결코 그대로 두지는 않을 것이니라! 그리고 우리가 입은 손실에 대해서도 그에 상응하는 조처를 반드시 취해야 할 것이야! 만약 허언만으로 당장의 위기를 모면하려고 거짓 획책을 도모할 시에는 결코 가만 두지 않을 터이니, 내 말을 귀담아 듣고 명심하렷다!"

죽명 선생이 그 말을 그대로 통역해 주자 왜놈 소위는 하얗게 질린 얼굴로 연신 머리를 조아리는 것이었다.

"하이! 반드시 그렇게 하게스무니다!"

잔뜩 주눅이 든 파견대장이 긴 가죽 장화를 신은 두 발을 척! 하고 소리가 나도록 절도 있게 한데 모으고 거수경례까지 하는 것을 보고서야 용화 부인은 겨우 뒤로 물러나면서 한결 가벼워진 마음으로 일행들을 향하여 이렇게 영을 내리는 것이었다.

"총을 가진 이놈들도 별 수 없이 꼬리를 내리고 이렇게 나오니 더 이상 어찌하겠느냐? 이만하면 되었으니 그만 마음을 접고 집으로 돌아가는 게 좋을 듯싶구나!"

바로 그때, 서울 남대문 역을 떠나서 밤새도록 천릿길을 달려온 부산행 목탄 증기 기관차가 길고 긴 기적 소리와 함께 커다란 화통 위로 흰 구름 같은 증기를 하늘 높이 푹푹 뿜어 올리면서 칙칙폭폭, 치익치익포옥포옥, 치이익- 하는 소리와 함께 삼랑진역으로 막 들어와 멈추어 서고 있었다.

◇ 송구영신送舊迎新

고종 황제의 승하 소식과 함께 다사다난했던 무오년 한 해는 그렇게 어수선한 가운데 속절없이 저물어 가고 있었다. 그리고 얼마 안 있어 음력으로 기미년(己未年) 새해 아침이 밝아 왔다. 양력으로는 벌써 2월 1일이었다. 아직도 국상 중이라 온 나라 안이 슬픔에 잠긴 가운데 뒤숭숭하기 이를 데 없었지만, 그래도 새해가 되면 송구영신(送舊迎新)으로 벽사진경(辟邪進慶)하는 풍습에 따라 동산리 양반촌에서는 집집이 기둥마다 입춘서가 나붙고 마을 분위기도 어느 정도 진정되어 가고 있었다.

더구나 총상을 입고 몸 보전을 하고 있던 초암이 혼자서 목발을 짚고 측간을 다녀올 수 있을 정도로 호전되고 있었을 뿐만 아니라, 바로 어제 섣달 그믐날 저녁때에는 삼랑진 역전의 헌병 분견대장이 전날 약조한 대로 초암에게 총질을 한 병사를 직접 데리고 와서 초암에게 무릎을 꿇고 사죄하게 하였을 뿐만 아니라, 자기네가 가로채 간 오소리 대신에 그보다 훨씬 큰 흑염소 한 마리와 군사용 구급상비약까지 상자째 갖다 바치고 간 뒤여서 이번 설날은 이래저래 다사다난했던 무오년 한 해의 묵은 때를 깨끗이 씻어낼 수 있었으므로, 국상 중임에도 불구하고 모처럼 평정된 분위기 속에서 설날을 맞이할 수 있게 되었다.

소왕국을 방불케 하는 여흥 민씨네 집성촌의 명절 분위기는 섣달 그믐날, 사방에서 문중 어른들이 구름처럼 종택으로 모여들기 시작하면서부터 들뜨기 시작한다.

철썩철썩—.

떠꺼머리 하인들과 총각 머슴들의 떡메 치는 소리와 함께 지짐 굽는 냄새가 진동하는 속에서 모처럼 책에서 해방된 아이들은 떼를 지어 몰려다니면서 제기 차기며 연 날리기에 정신이 없고, 주인을 모시고 온 수행 하인들과 그들을 태우고 온 말이며 나귀들도 각각 새로 장만한 명절 음식들과 그 음식 찌꺼기들로 포식들을 하게 되는 것이다.

특히, 이번 설은 국상 중에 맞이하는 명절이라 안방마님 양동댁은 원근 각처에서 구름떼처럼 몰려들 국상 문상객들에게 내놓을 각종 음식 장만에 특별히 신경을 쓰지 않으면 안 되었다. 명절 때마다 찾아 오는 세배 손님들이야 차례 음식을 그대로 상에 올리는 게 상례였지만, 국상 문상객들은 별도의 음식을 장만해야 하는데다 보나마나 그들의 대부분이 각 지역의 내로라는 유명 인사들이기 십상이어서 그런 점도 고려하지 않을 수 없었기 때문이다.

그런데 양동댁의 특별한 관심과 배려 속에 명절 준비로 한창 바쁜 중에도 부엌 일꾼들과 하녀들 사이에서는 혼례식을 치르고 난 이후로 하룻밤 사이에 사람이 확 달라진 삼월이의 태도를 놓고 부엌일을 하는 하녀들 사이에서는 한 두 사람씩 모일 때마다 쑥덕공론이 일어나고 있었다. 실어증에 걸린 사람처럼 예전 같잖게 말이 통 없어졌는가 하면,

누가 말을 걸어도 미처 알아듣지 못하고 멍해 있는 경우도 있고, 혼자 있을 때면 넋 빠진 사람처럼 먼 산을 하염없이 바라보고 있기 일쑤인 것이다. 누구는 과음으로 인사불성이 된 상태로 신방으로 들어갔던 김 서방과의 사이에 무슨 일이 있었을 거라 하였고, 또 어떤 이는 김 서방이 뒤풀이 잔치판으로 끌려가 자정이 다 되도록 '신랑 다루기'를 당하고 있는 사이에 누군가에게 무슨 일을 당한 게 아니냐는 등, 흉측한 추측까지 하는 이도 있었다. 개중에는 전날 삼랑진 거지들과 패싸움을 벌이는 등, 술광증을 부리다가 감쪽같이 종적을 감추고 만 삼수와의 사이에 무슨 일이 있었던 게 아니냐 하고 의심하는 이도 없지 않았다.

하지만 그것은 일부 하녀들 사이에서 며칠 동안 일고 있었던 물 항아리 속의 작은 파문에 지나지 않았고, 대놓고 그런 말을 입에 담는 이는 아무도 없었다. 고종 황제의 붕어 소식을 접하기가 무섭게 〈성운〉의 동료들과 그 대응책을 의논하기 위해 급히 동래로 내려갔던 청암이 설을 쐬기 위해 섣달 그믐날 저녁때 집으로 올 때 의심을 받았던 삼수가 아무 거리낌도 없이 그와 함께 버젓이 집에 다시 나타났기 때문이었다. 더구나 새신랑인 김 서방이 그런 삼월이의 변화에 대해 별 다른 반응을 보이지 않고 있는데다가, 그가 충심으로 받드는 중산이 새 당주가 된 터에 그 역시도 그 사실을 아는지 모르는지 아무런 내색이 없었으므로 그런 얘기를 더 이상 입에 담는 사람은 사실 아무도 없었던 것이다.

그러는 사이에 어느덧 하루해도 저물어 재재거리며 몰려다니던 아이들의 떠드는 소리가 끊어지고 안채와 여러 사랑채의 시커먼 성주 기둥들마다 새하얀 한지로 새로 바른 육각등들이 절간의 사월 초파일 연등 행사 때처럼 죽 내걸리고, 여섯 군데나 되는 중문을 비롯하여 행랑 저쪽 축사의 외양간과 마구간이며, 으쓱한 측간에까지 잡귀를 쫓는 등불들이 모두 내걸릴 무렵이 되자 원로 어른들이 묵는 안사랑에서는 낮에 못 다한 태황제 폐하의 인산(因山)에 관한 얘기 소리들이 두런두런 다시 흘러나오기 시작하였다.

새해를 앞두고 섣달 그믐날 밤에 잠을 자면 눈썹이 하얗게 센다는 속설에 따라 저녁 늦게까지 버티던 아이들도 밤이 깊어지기도 전에 퍼붓는 잠을 이기지 못하고 안채와 용화당에 와 있던 어머니, 할머니의 무릎을 베고 까무룩 잠이 들어 버렸고, 문중 어르신들이 모인 안사랑, 중사랑에서는 주안상을 받아 놓고 밤이 이슥하도록 두런두런 얘기들을 나누며 새모의 밤을 보내기 마련이었다.

그들의 대화 내용을 보면, 지난 한 해 동안에 있었던 문중의 여러 가지 일과 새해 전망에 모아지기 일쑤였는데, 자기네들이 헤쳐 나가야 할 현 시국에 관한 얘기가 이어진 끝이면 으례껏 망국의 책임감에서 비롯된 황실 외척으로서의 자괴 어린 반성론이 대두되기도 하고, 욕된 식민지 시대를 살아가야 하는 자식들의 앞길에 대한 걱정과 함께 문중 차원의 대비책을 강구해야 한다는 의견이 대두되기도 하였다. 그렇게 되면 그것에 대한 각자의 걱정과 의견이 이어지면서 이렇쿵 저러쿵 갑론을박을 하다 보면 자연스럽게 본격적인 토론이 벌어지기 마련이었고, 그러는 사이에 어느덧 첫닭 우는 소리가 들려오게 되는 것이다. 그제서야 집으로 돌아갈 사람은 돌아가고, 그렇지 않은 사람들은 다음날 아침의 차례를 지내기 위하여 제각기 베개를 나란히 하고 잠자리에 들게 되는 것이다.

그리고 얼마 안 있어 새해 새 아침이 서서히 밝아 오면, 너나없이 서둘러 의관들을 갖추고 후원 대나무숲 속의 사당에 나아가 차례 상 앞에서 분향재배를 하고, 축문을 읽고, 삼헌례(三獻禮)를 올리고, 대를 이어 종살이를 하다가 죽어간 충직한 영혼들에게도 후손들로부터 흠향(歆饗) 받을 기회를 주고 나면 공식적인 차례 의식은 일단 끝이 나게 되는 것이다.

게다가, 올해는 고종 황제의 임시 분향소까지 차려져 있었기 때문에 문상객들을 맞으며 그것을 지켜야 하는 남정네들의 명절 일정은 그만큼 더 늘어나게 되고 시간이 오래 걸릴 수밖에 없었다.

그러한 문중 어르신들과는 달리 나이가 젊은 남정네들은 웃어른들께 차례대로 세배를 올리고 나서 동기간끼리도 새해 인사를 나누고, 세찬과 다식들을 들고 나서 밖으로 나가 아직 뵙지 못한 문중 어른들이며 이웃 반가의 문우들과 어른들께 세배 순행을 하고 돌아다니다 보면 짧은 겨울 해는 어느덧 서산마루에 설핏해지기 마련이었다.

그리고 다음날은 원근 각처로 돌아다니며 그 동안 뵙지 못한 일가친척들이며 원근의 다른 문중 어른들께도 세배를 해야 하고, 그 밖의 지인들이며, 서원과 향교의 동문 사류(士類)들을 순방하면서 또 한 차례 새해 인사를 나누어야 하는 것이다.

그러나 설, 추석 명절이 돌아오면 종가의 바깥양반인 영동 어른과 종손인 중산 못지않게 바쁜 사람이 바로 집안의 안방 큰 어른인 용화 부인이었다. 그녀는 종가의 안방 노마님으로서의 위상이라기보다 문중의 원로로서 더 큰 상징적인 의미를 지니고 있는 존재였으므로, 끝도 없이 밀려드는 세배꾼들을 맞이하느라고 정월 한 달 동안은 문 밖 출입조차 제대로 하지 못할 정도로 한바탕 홍역을 치러내지 않으면 안 되었다.

용화 부인이 문중 친인척들로부터 세배를 받을 때면 으레껏 그녀의 손아래 다섯 동서들도 배석하는 것이 관례였고, 그 바람에 그만큼 더 많은 세배꾼들을 맞이해야 하는 번거로움도 또한 없지 않았다. 하지만 그런 번거로움마저도 문중이 번성하다는 증표쯤으로 받아들이는 용화 부인이었으므로 강단 있는 그녀가 그런 데에 지겨워할 리가 만무하였다.

문중 인사들의 세배는 항렬이나, 연배 별로 이루어지기 마련이어서 연로하신 조부 세대에서 그 아래의 부친 세대로 순차적으로 이루어지기 마련이라 나이 어린 손자, 손녀, 증손뻘 아이들이 용화 부인 앞에 나아가 세배를 올릴 순서가 되려면 제 아무리 빨라도 으레껏 처마 끝에서 녹아 흐르던 고드름의 물방울이 다시 얼어붙기 시작하는 석양 무렵이 되기 십상이었다.

하지만 다섯 동서들을 거느리고 후원 용화당을 지키면서 몸은 그렇게 설날 하루를 집 안에 꼼짝없이 붙박이로 얽매어 있어도 그녀의 귀와 눈은 이때만큼은 사통팔달로 열려 있어 그 어느 때보다도 많은 소식들을 접하기 마련이었다.

명성황후 시해 사건으로 촉발된 을미사변 이후로 경향 각지에서 봉기하였던 의병들의 무용담이며, 그들에게 남몰래 군자금을 대 주다가 패가망신한 그곳 유지들의 얘기며, 누구네 집 며느리가 오랜 치성 끝에 천금 같은 종손을 낳았고, 누구네 아들과 누구네 집 여식의 혼담이 무르익어 가고 있는지, 그리고 또 아무개 아들이 수상한 낯선 사람의 심부름을 하다가 왜놈 순사들한테 붙잡혀 가서 초주검이 되어 풀려났다는 얘기며, 또 지난 섣달 한파 때 밀양 읍성 배다리겔 뚝방 밑에 살던 거지 일가족이 모두 얼어 죽었다는 소문이 퍼져 있다는 둥, 세배꾼들이 물어다 주는 이야기는 한도 끝도 없었다.

그렇게 세상 돌아가는 얘기를 두루두루 다 듣다 보면 어느 새 하루 해가 서산으로 기울고, 끊임없이 밀어 닥치던 남정네들의 발길들이 어느덧 뜸해지고 나면 아침 댓바람부터 세배를 못해서 안달이 났던 아이들의 재재거리는 소리가 벌써 중문 밖에서 들려오기 시작하는 것이었다. 아이들이 몰려온다 함은 곧 문중 부녀자들의 세배 행렬이 이어지기 시작되었음을 의미하는 것이다.

하지만 안식구들을 접견하는 일은 남정네들의 그것에 비하면 아무래도 조홀할 수밖에 없었는데, 그래도 그네들의 손에 이끌려 온 아이들을 대하는 용화 부인의 환대에는 남다른 애정이 배어 있기 마련이었다.

이럴 때 배석하고 있던 손아래의 다섯 동서들은 건넌방을 넘나들면서 꼬마 손님들에게 세찬을 챙겨다 주느라 바쁘게 움직이지 않으면 안 되었다. 그리고 접견실의 열두 폭 화조도 병풍 앞에 단정히 앉은 용화 부인은 만면에 미소를 띤 얼굴로 자잘한 꽃봉오리 같은 어린 혈손들을 맞이하느라고 세상만사의 온갖 번민도 다 잊어버리는 것이었다. 때로는 성가시게 느껴지는 경우가 없는 바도 아니었으나, 생활 일선에서 물러난 그녀에게 있어서 이 아이들의 존재야말로 고목처럼 잦아들던 육신에 새로운 활기를 불어 넣고, 메마른 정신에 새 움을 틔우는 봄비와 같은 존재가 아닐 수 없었다.

아이들이 제각기 제 어미 아비들로부터 배우고 연습한 대로 앙증맞게 큰 절로 세배를 하거나, 저녁 문후를 여쭙고 그녀 앞에 빙 둘러앉으면 한번 노하면 산천초목이 다 벌벌 떤다는 용화 부인도 이때만큼은 파안대소를 하면서 어미 닭이 새끼를 품듯 두 활개를 활짝 펴고서 모두 다 한 번씩 품에 안아 주면서 어찌 할 바를 모르는 것이었다.

"오냐, 오냐, 내 강아지들아! 한 살씩 더 먹어서 그런지 오늘 따라 모두들 키가 부쩍부쩍 커 보이고 한층 더 의젓해 보이는구나! 때때옷들은 또 누가 지어 주었길래 보면 볼수록 이렇게도 예쁘기만 할꼬? 어느 것 하나 눈에 넣어도 아플 것이 없을 것 같구나! 나이를 한 살씩 더 먹었으니 올해도 모두들 아무 탈 없이 공부 잘하고 윗분들 말씀 잘 듣고 그리고 건강하고 의젓하게 크도록 해야 하느니라!"

"예, 할머니. 할머님께서도 진지 많이 잡수시고 건강하게 오래오래 사셔요!"

"할머니, 올해도 저희들한테 재미있는 옛날 얘기를 많이많이 해 주셔요!"

아이들이 앞 다투어 세배 인사말을 올리고 나면 용화 부인은 초롱초롱한 눈망울들을 내려다보며 기대에 찬 얼굴로 크게 고개를 끄떡이기 마련이었다.

"아무렴 그렇고말고! 그리고 이 할미도 물론 건강해야 하겠지만, 너희들이 무탈하게 더욱 무럭무럭 잘 자라야 하느니라. 장차 우리 가문의 명운이 모두 다 너희들한테 달려 있느니…. 알겠느냐?"

"예, 할머니!"

조무래기들은 제비 새끼처럼 입을 짝짝 벌리면서 인사말을 여쭙고, 용화 부인은 한 녀석도 빼놓지 않고 일일이 머리를 쓰다듬어 주면서 살가워 하는 것이다.

"용화당 성님은 참 좋으시겠습네다! 자손들이 이렇게 지리는 것도 다 종가의 큰 어른이신 성님의 홍복이 아니겠습네까?"

배석한 동서들이 이렇게 덕담이라도 할라치면 용화 부인은 감개무량하여 고개를 끄떡이면서도 기쁨은 문중 사람들 모두의 것인 양 나누어 주는 것을 잊지 않는다.

"이 사람아. 이것이 어데 나만의 홍복이겠는가? 모두가 다 자네들이 합심하여 이루어낸 우리 가문의 홍복인 것을!"

그리고는 하녀를 불러 세찬을 내어다 대접을 하고 미리 준비해 둔 새 돈으로 세뱃돈을 나누어 주고 나면, 아이들은 가문의 오랜 유물과도 같은 이 노할머니께서 오늘은 또 어떤 옛날이야기 보따리를 펼쳐 놓으실까 하고 내심 가슴을 졸이며 기다리게 되는 것이다.

소싯적부터 한문책과 언문책을 두루 섭렵한 나머지 이야기 할머니가 되어 버린 용화 부인의 얘기 보따리는 고금동서의 온갖 옛날 얘기가 다 들어 있을 정도로 종류도 다양하고 그 내용도 무궁무진하였다. 그래서 그녀의 푸짐한 얘기 보따리가 한번 풀어 헤쳐지고 나면 아이들은 그때부터 이 세상의 존재가 아닌, 마치 달나라 별나라의 아이들이 된 것처럼 환상적인 이야기의 세계에 빠져들어 넋을 놓기 마련이었다.

마법사와도 같은 노할머니의 얘기 내용에 따라서 아이들은 별나라 공주님이 되기도 하고 달나라 왕자님이 되기도 하였다. 그러다가 때로는 비운의 공주가 되어 부왕의 뜻을 거역했다가 형장의 이슬로 사라지는 비극의 주인공이 되기도 하고, 어떤 때는 적군을 쳐부수고 개선하는 용감무쌍한 왕자님이 되기도 하였다.

"증조할머님도 잡수셔요."

오늘도 아이들은 세찬을 먹으면서 용화 부인의 눈치를 살피느라고 아무 정신이 없다. 이 세상에서 가장 자상하고 재미있는 어른이기도 하지만, 하늘같은 자기네 할아버지 아버지들도 쩔쩔 맬 정도로 무서운 사람인 줄도 빤히 알고 있는 것이다.

"오늘도 이 할미가 옛날 얘기를 해 주랴?"

세찬을 나누어 먹으면서 저들끼리 시선을 주고받으며 할끔할끔 눈치를 살피는 것이 아무래도 옛날 얘기가 참지 못할 정도로 듣고 싶은 모양인 것이다.

"예, 증조할머니!"

"오늘은 설날이니까 이 세상에서 제일 재미있는 얘기를 해 주세요!"

"그렇다마다! 정초에 서설이 내리면 한 해의 운세에 서기가 뻗친다고 하는데, 오늘같이 좋은 날 이 할미가 재미있는 얘기를 아니 해 줄 수가 없지! 오늘 얘기가 즐겁고 유익하면 올 한 해도 너희들의 운세가 더욱 욱일승천(旭日昇天)하지 않겠느냐? 그러니 지금부터 이 할미가 해 주는 얘기를 잘 듣고 무슨 가르침을 주는 것인지 잘 생각해 보고 너희들도 배워서 따라 하도록 해야 하느니라!"

이렇게 덕담을 한 용화 부인은 산부처같이 단정하게 앉은 자세로 드디어 그 무궁무진한 얘기 보따리를 풀어 헤치기 시작하는 것이었다.

"옛날 옛적 간날 갓적 호랑이 담배 묵던 시절에 우리 밀양 땅 무안면의 고라리라고 하는 마을에 임씨 성을 가진, 심지가 굳은 한 선비가 진사 벼슬을 하고 살았더니라!"

이쯤 되면 아이들은 세찬 먹는 것도 잊은 채 저마다 초롱초롱 눈빛들을 반짝이며 평소에는 어렵기만 하던 노할머니 곁으로 바싹바싹 다가앉기 마련이었다.

지금쯤 아이들을 데리고 왔던 문중의 부녀자들은 안채 큰방에 모여 앉아 다과를 들면서 여러 가지 덕담들을 나누고 있을 것이다. 아니면 춘절 야유 때에 행해진 역대 문중 부녀들의 한문·국문 백일장 장원을 비롯한 입상 작품집이나, 지난번에 빌려간 각종 서책들을 읽은 독서 강독회를 열고 있거나 아예 윷놀이를 하고 있을 지도 모른다.

그러나 용화 부인의 안중에는 지금 아이들밖에 없는 것이다.

"그런데 호사다마라고, 아들 하나만 달랑 낳고 본처가 죽는 바람에 그 선비는 남들이 하는 대로 아무 의심 없이 후처를 맞아들이게 되었다는구나. 그리고 세월이 유수같이 흐르고 흘러서 후처로 들어온 그 여자도 마침내 떡두꺼비 같은 아들을 하나 낳았더란다. 그런데, 전처 자식이 있으면 자신이 낳은 아들에게 이롭지 못한 일이 많을 거라고 생각한 그 후처는 전처 자식을 쫓아내기 위하여 갖은 학대를 다 하던 끝에 그래도 집을 나가지 않자, 결국은 인간으로서는 감히 할 수 없는 아주 엄청난 짓을 하기로 작정하지 않았겠느냐! 인면수심이라더니, 인간의 탈을 쓰고 어찌 그런 흉측한 생각을 하였는지, 원…. 이 할미도 가슴이 막 떨리는구나!"

용화 부인은 그 '엄청난 짓'을 입에 담기가 차마 저어하다는 듯이, 잠시 말을 멈추고 아이들을 천천히 둘러본다. 그러자 턱받이를 하고 빤히 올려다보고 있던 계집아이 하나가 궁금해 못 견디겠다는 듯이 냉큼 질문을 하고 나서는 것이다.

"증조할머니, 그게 무슨 짓이었는데요?"

"글쎄, 들어 보라니까, 아가야. …그러는 동안에도 세월은 다시 흐르고 흘러서 큰아들은 어느덧 장성하여 장가를 가게 되었더란다. 그러자 후처는 자신이 마음먹었던 그 엄청난 짓을 저지르기로 작정하고 자신이 시집올 때 친정에서 데리고 온 미비종을 방으로 은밀히 불러들이기에 이르렀다는구나."

후처가 미비종에게 귀엣말로 일러 듣긴 명령은 놀랍게도 전처 소생이 장가가는 날 신부 집으로 따라 갔다가 신혼 첫날밤에 신랑의 목을 베어 오라는 것이었다. 상전의 명이 지엄한데다가 일을 성사시키면 종 문서를 파주고 전답까지 떼어 주겠다는 바람에 아무 거리낌 없이 마음이 혹한 미비종 노파는 그렇게 하겠노라고 단단히 약조를 하고 나서 남편과 함께 장가를 가는 새신랑을 따라 길을 나서게 되었다.

"말을 타고 신부 집에 당도한 신랑은 초례청에서 혼례를 치르고 난 다음에 곱게 꾸민 신방에 들어가 꽃같이 예쁜 각시와 신혼 첫날밤을 맞이하게 되었단다. 그런데 밤이 깊어 미비 신부가 모두 깊은 잠에 빠져들었을 때, 신랑을 죽이기로 약속한 미비종의 남편은…. 세상에 참으로 끔찍한 일도 다 있지! 아, 글쎄 아무리 면천(免賤)과 재물에 눈이 어두워졌어도 그렇지, 그 미비종의 남편은 남몰래 신방으로 들어가서 신랑의 입을 불끈 틀어막고서는 두 눈을 딱 감고 참말로 신랑의 목을 그만 뚝딱 베어 버렸다는구나! 그런 걸 보면 이 세상에는 별의별 흉악무도한 사람도 다 있는 모양이지! 그리고는 말이다, 얘들아. 미리 준비해 가지고 간 항아리에 피범벅이 된 신랑의 머리를 집어넣고 명주 수건으로 꼭꼭 묶어서 집으로 가져 와서는 쥐도 새도 모르게 자기네가 거처하는 행랑방의 다락에 처넣어 버렸다는구나!"

얘기가 점점 무르익어 가자 아이들의 표정도 점입가경이다. 또랑또랑한 눈들이 어마어마한 얘기를 토해내는 용화 부인의 단아한 입을 주시하며 잔뜩 긴장하고 있는 품이 당장이라도 숨이 멎어 버릴 것 같은 지경인 것이다.

"그런데 말이다. 다음날 아침에는 어떤 일이 벌어졌는지 알겠느냐?"

"할머니, 온 식구들이 울고불고 난리가 나지 않았습니까?"

그 중 머리가 굵은 아이 하나가 거침없이 알아맞히는 바람에 용화 부인은 손뼉을 치며 그야말로 박장대소를 하는 것이다.

"옳거니, 그렇다마다! 색시가 눈을 떠 보니 신랑의 목이 달아나고 없었으니 기절초풍하고 놀란 것은 당연지사가 아니겠느냐! 그러나 신부는 아무 내색도 하지 않았다는구나. …어이 된 일인지 알겠느냐?"

신부가 가까스로 정신을 수습하여 놀랍고 비통한 중에도 곰곰이 생각해 보니 신랑을 죽인 누명을 꼼짝없이 자기가 뒤집어쓰게 될 판이라, 색시는 집안 식구들 몰래 그 길로 도망을 칠 수밖에 없었던 것이다. 그런데 신랑을 따라 갔던 신랑 측의 상객들은 신랑 신부 단둘이 자던 신방에서 신랑은 죽고 신부는 종적을 감추고 말았으니 이것은 분명히 신부와 정을 통하던 간부(姦夫)가 있어 남녀가 공모하여 신랑을 살해하고 함께 야밤 도주했음이 분명하다고 여기게 된 것이 어쩌면 당연지사였는지도 모른다.

"꼼짝없이 범인으로 몰리게 된 색시는 어떻게 해서든지 신랑이 죽은 내막부터 먼저 알아내는 수밖에 달리 방도가 없었단다. 그래야 만이 신랑의 한을 풀어 주고 자신의 누명도 벗을 수가 있었을 터이니 말이다. 고심에 고심을 거듭하던 색시는 그렇게 작심하고 그 길로 나서 가지고 뜨내기 방물장수 노릇을 하면서 본색을 감춘 채 팔도강산을 떠돌아다니게 되었단다."

그리하여 전라도 어느 마을에 이르렀을 때, 마을 사람들이 한데 어울려 두레 모내기를 하면서 앞소리 뒷소리를 주고받으며 모심기 노래를 하는데, 그들이 부르는 노래를 가만히 들어 보니 그 가사 내용이 참으로 기가 막히는 것이었다.

"무슨 내용인고 하니, 혼례를 올린 각시가 혼인 첫날밤에 간부와 더불어 신랑인 임 진사 아들의 목을 베고 달아났다는 내용이었으니, 그 내용이야말로 영락없는 자신의 얘기가 아니었겠느냐? 색시는 놀랍기도 하고 원통하고 절통하다 못해 기가 막혔지만 어찌 할 도리가 있어야 말이지. 그럴수록 기어이 그 사건의 진상을 밝혀내리라 결심하고 이 마을 저 고을로 더욱 열심히 떠돌아 다녔다는구나."

그러던 어느 해 섣달 그믐날, 색시는 어느 마을에 이르러 자식도 없이 늙은 내외가 단둘이 살고 있는 한 농가에 들어 하룻밤을 묵어가게 되었다. 마침 할멈은 떡방아를 찧어 오겠다며 디딜방앗간으로 가고, 영감은 안방에서 낮잠을 자고 있었는데, 건넌방에서 바느질을 하고 있는 색시의 귀에 영감의 잠꼬대 소리가 들려오는 것이었다.

"영감은 꿈을 꾸는 모양이었단다. 대단히 무서운 꿈을 꾸다가 가위에

눌렸는지 영감은 큰소리로 헛소리를 하더란다. 신혼 첫날밤에 목이 달아난 난 채 죽은 임 진사의 아들은 자기가 결코 죽이지 않았다고 말이다. 옳다구나! 이 영감한테 무슨 사연이 있는 모양이로구나 싶어 색시가 유심히 들어 보니 놀랍게도 그것은 장가가는 첫날밤에 머리가 달아난 채 죽어 있던 임 진사 아들의 얘기, 바로 자기 자신의 신세를 그 지경으로 만들었던 그 얘기임에 틀림이 없더란다. 색시는 마음을 단단히 고쳐먹고 영감이 누워 있는 방으로 칼을 들고 들어가서 방금 말한 그 얘기가 도대체 무슨 소리냐며 바른 대로 말하라고 윽박질렀단다. 아, 그랬더니 겁에 질린 영감은 놀랍게도 임 진사 후처의 명으로 자기들 내외가 신랑을 죽였으며, 그 목은 항아리에 넣어 가지고 자기네들이 종노릇을 하면서 살았던 임 진사네 집 행랑방 다락에 숨겨 두었다고 사실 그대로를 모두 토설(吐說)을 하더란다.”

정월 초하룻날인 그 이튿날, 몸단장을 곱게 한 색시는 마침내 시댁 동네를 찾아갔다. 때마침 본처의 산소에 갔다 오던 임 진사와 길에서 마주친 색시는 큰절을 올리면서 자신이 바로 신혼 초야에 종적을 감추었던 그 며느리임을 밝혔다. 그러나 임 진사는 그녀야말로 간부와 함께 자기의 아들을 죽이고 도망간 원수로 여기고 있었기 때문에 자기는 그런 며느리를 둔 적도 없다며 단호히 거절하면서 돌아서고 마는 것이었다. 그래도, 색시는 물러나지 않고 한 마디만 듣고 가시라며 시아버지한테 매달리며 미비종 내외가 저지른 만행을 소상하게 다 아뢰는 적극성을 보였던 것이다.

“뜻하지 않게 죄를 몽땅 뒤집어쓰고 종적을 감추었던 그 며느리로부터 저간의 사정을 소상하게 듣고 난 임 진사는 그제서야 고개를 끄떡이면서 며느리의 말을 사실로 믿어 주더란다. 그리하여 떳떳이 며느리 노릇을 하게 된 그 색시는 임 진사를 모시고 시댁으로 들어가서 영감이 토설한, 신랑의 머리를 감추어 두었다는 그 행랑방 다락문부터 먼저 열어 보았다는구나. 아, 그랬더니 과연 놀랍게도 명주 수건으로 사서 단단히 묶은 항아리가 그 때까지 거기에 꼭꼭 숨겨져 있더란다. 그런데 세상에 참 희한한 일도 다 있지! 그 항아리 안에 꿈같은 신혼 첫날밤에 억울하게 죽은 임 진사 아들의 머리가 조금도 썩지 않은 채로 원래의 모습 그대로 들어 있었다는구나! 붉은 피로 온통 범벅이 된 채로 말이다. 수년 전에 죽은 신랑의 머리가 조금도 상하지 않고 그대로 눈을 부릅뜬 채로 항아리 안에 들어 있었다니 이 얼마나 놀라운 일이냐! 그런 것을 보면 사람이 한을 품고 죽으면 죽어서도 눈을 감지 못한다는 말이 거짓이 아닌 모양이지. 그 바람에 아들의 그런 처참한 모습을 본 임 진사는 그만 혼절을 하고 말았지만, 색시는 억울한 누명에서 벗어나서 그 집 귀신이 될 수가 있었으니 얼마나 다행스러운 일이었겠느냐?”

그리고 얼마나 지났을까. 그 마음씨 착한 색시가 지극 정성으로 미음을 끓여서 시아버지께 받들어 올리고 있을 때였다. 임 진사가 본처의 산소에 간 데에 앙심을 품고 가까운 친정에 휭하니 가 버렸던 후처가 자신의 죄상이 모두 밝혀진 사실도 모른 채 새침한 얼굴로 집으로 돌아왔다. 색시가 아무 일도 없었던 것처럼 있는 예를 다 갖추어서 큰절을 올리려고 하자, 그 고약한 후처는 우리 아들을 죽인 년이 무슨 낯짝으로 찾아왔느냐고 노발대발하면서 갖은 욕설을 다 퍼부어 대는 것이었다. 그러자 몸져누워 있던 임 진사가 참다못해 자리에서 벌떡 일어났다. 피투성이가 된 아들의 머리를 찾아 들고 나온 그는 헝클어진 아들의 상투를 잡고서는 후처의 얼굴을 냅다 후려치며 누구에게 죄를 뒤집어씌우려 하느냐고 호통을 쳤고, 후처는 너무나 놀란 나머지 그만 정신을 잃고 말았다는 것이었다.

“내친 김에 일의 매듭을 깨끗이 짓기로 작정한 임 진사는 후처와 그 소생을 집 안에 가두고는 단단히 문을 걸어 잠가 버렸더란다. 왜 그리 하였는지 알겠느냐? 그것은 말이다. 악의 씨앗은 또 다른 악을 자라게 할 것이 분명하니 그 모든 근본을 자기의 손으로 깨끗이 청산하자는 뜻이었던 게야! 그런 까닭으로 하여 마음을 단단히 먹은 임 진사는 후처

와 그 소생을 가두어 놓은 그 집에다가 짚더미를 잔뜩 둘러쌓은 다음에
그 많던 가산을 정리하여 절반은 며느리에게 주고 나머지는 모두 절간
에 희사하여 아들의 극락왕생을 빌기 위하여 천도제라고 하는 큰 제를
올려 주었다는구나! 그렇게 한 연후에 집으로 돌아온 임 진사는 후처
의 죄를 응징하기 위하여 짚단을 잔뜩 둘러쌓아 놓았던 그 집에다가 아
무 미련도 없이 그만 불을 질러 버렸다는구나. 그 바람에 죄 많은 후처
와 그 소생은 불에 타 죽고 말았는데, 마음씨 착한 며느리도 글쎄 그만
가슴에 품고 있던 장도칼을 빼 들고 미련 없이 자진을 하고 말았다는구
나! 모든 일이 저 될 대로 다 잘 되었는데, 그 색시가 스스로 목숨을 끊
었으니 세상에 이보다 눈물겹도록 장한 일이 어디 또 있겠느냐? 그런
데 얘들아! 그 며느리가 한 바를 일컬어서 이 할미가 장하다고 말하는
연유가 무엇인지 누가 한번 말해 볼 수 있겠느냐?"

용화 부인의 갑작스런 물음에 아이들은 티 없이 맑은 눈을 깜박이며
저마다 그녀의 얼굴을 빤히 쳐다본다. 하지만 천진한 아이들과는 달리,
배석한 다른 할머니들은 제각기 자기네 집의 손주들을 지켜보며 경쟁
적으로 무언의 성원을 보내기에 바쁜 모습이었다.

그런데, 뜻 밖에도 거기 있는 아이들 중에서도 가장 나이가 어려 보
이는 아이 하나가 남 먼저 얌전하게 한 손을 드는 것이었다. 색동 치마
저고리에 비단 댕기를 앙증스럽게 늘어뜨린 예닐곱 살쯤 되어 보이는
계집아이였다.

"아니, 선이 네가…?"

용화 부인은 믿어지지 않는다는 듯이 눈을 크게 뜨고 묻는다. 고사
리 같은 손을 번쩍 쳐들고 있는 그 아이는 자신의 장남이자 어제까지
종가의 당주이기도 했던 영동 어른의 늦둥이 고명딸로서, 한눈에 넣어
도 아프지 않을 단 하나뿐인 자기의 직계 손녀딸이었던 것이다.

"예, 할머니!"

노할머니의 강인한 시선에도 불구하고 아이의 얼굴에는 조금도 동

요하는 기색이 보이지 않는다.

"어린것이 당차구나! 그렇다면 틀려도 좋으니 어디 한번 말해 보아라."

얼굴 가득 미소를 띤 용화 부인은 어린것이 그렇게 용기 있게 손을 들어 주는 것만으로도 아주 대견스러운 모양이었다.

"할머니, 그것은 억울하게 죽은 신랑의 원수를 다 갚았기 때문에 이제는 자기 스스로 목숨을 끊어 마지막으로 남편에게 여필종부의 도리를 다하고자 함이었을 것이옵니다."

또박또박 새기듯이 주워 셍기는 아이의 목소리는 하얀 은쟁반에 옥구슬이 구르듯이 맑고 영롱하였다.

"옳거니! 우리 선이가 일언지하에 금방 알아맞히는구나!"

용화 부인은 무르팍을 탁 치면서 군계일학의 큰 인재라도 발견한 듯이, 무척 대견해한다. 어린것이 무슨 대답을 하겠느냐 싶었는데, 일언지하에 명쾌한 현답을 만들어내는 아이의 총명함이, 가뜩이나 곱게 보이던 그녀의 눈에는 더욱 놀랍게 비치는 것이다. 그것도 종가의 꽃으로 뭇 사람들의 사랑을 독차지하고 있는 자신의 단 하나뿐인 직계 손녀딸이었음에랴! "아무렴 그렇고말고! 배운 바가 있으니 어린 머리에도 지혜가 생기는구나!"

이렇게 흡족해 하면서 몇 차례나 고개를 끄떡이고 난 용화 부인은 하던 이야기를 다시 이어 가기 시작한다.

"이제는 남편의 한을 풀어 주고 자신의 누명도 벗은 마당에 구차하게 목숨을 이어간다는 것도 도리가 아니니, 그 자리에서 자진을 하는 것은 진사네 집 며느리로서 응당 해야 할 도리가 아니었겠느냐? 그 시아버지에 그 며느리라고 해야 할지, 그 며느리에 그 시아버지라고 해야 할지…. 며느리가 자진하는 것을 본 임 진사도 그 길로 서산대사(西山大師)라고 하는 큰스님을 따라 절간으로 들어가서 머리를 깎고 중이 되고 말았단다. 그런데, 그 후에 그는 인간 속세의 죄를 씻고자 불철주야로 불경을 공부하며 수양 정진하는 한편으로 무술을 연마하여 임진년에 왜놈들이 쳐들어왔을 때 승병을 일으켜 나라에 많은 공을 세웠으니, 그 임 진사가 바로 저 유명한 사명대사(四溟大師)라고 하는 유명한 큰스님이 아니시겠느냐!"

사실, 사명대사는 조선 중기의 고승으로 명종 39년(1544년) 10월 17일에 밀양 무안면 고라리에서 아버지 임수성(任守成)과 어머니 달성 서씨(達城徐氏)의 아들로 태어나 명종 13년(1558년)에 어머니가 죽고, 그 이듬해에 아버지마저 세상을 떠나자 열다섯 살의 나이로 김천 직지사(直旨寺)로 출가하여 신묵(信黙) 스님의 제자로 승려가 되었으니, 어려서 승려가 된 그의 삶이 이 설화의 내용과는 상당한 거리가 있었다. 그럼에도 불구하고 옛날부터 밀양 세간에서 이런 곡절 많은 얘기가 형성되어 전해 내려오는 것을 보면 신격화 되어 있는 그의 인간적인 진면목을 그려내고 싶은 민중들의 과다한 욕구가 자연발생적으로 뭉쳐져서 그리되었는지도 모르는 것이다.

그 내력이 어찌되었든 간에, 구수하게 옛날이야기 하나를 끝마친 용화 부인은 잔뜩 놀란 얼굴을 하고 빤히 쳐다보고 있는 후손들의 얼굴들을 하나하나 둘러보면서 만족스럽게 웃으며 스스로 고개를 끄떡인다. 아이들에게 이렇게 깨가 쏟아지게 들려주는 옛날이야기가 그 어떤 가르침보다도 더 큰 교육적인 효과가 있다는 것을 그녀는 마음속으로 헤아리고 있는 것이었다. 그것도 타 지역의 이야기도 아니요, 거짓으로 꾸민 허구적인 이야기도 아닌, 이곳 밀양 고을에 실존했던 위인 명사들의 얘기일진댄 아이들의 여린 가슴에 아로새겨지는 그 그림이야 일러서 무엇 하겠는가 싶은 것이다.

더구나 그 유명한 사명대사의 위패를 모신 서원(書院)이 있는 곳이 바로 재약산(載藥山) 표충사(表忠寺)요, 당신의 부군이 오백 년 조선 사직의 종언과 함께 의거 순절하고, 그 후에 다시 그의 혼백을 위로하기 위하여 천도제를 올린 곳이 바로 거기요, 아직 문중에 내놓지는 않았으나 당신의 서자인 청관 스님이 삭발 입산하여 중이 된 곳 또한 그 곳이었으니 용화 부인의 감회가 오죽하랴!

"용화당 할머니, 이제 저녁때가 다 되었으니 얘기 한 가지 더 해 주세요. 낮 얘기는 한 차례, 밤 얘기는 세 차례를 들어야 한다고 말씀을 하셨잖아요!"

자신이 했던 말인지, 어디서 주워들었는지, 마땅히 들어야 할 얘기의 수효까지 제시하면서 아이들은 이구동성으로 재잘대며 재촉한다. 하기 야 그건 그랬다. 무료한 시간을 보내기 위하여 옛날이야기를 청할 적에 는 한 가지로는 부족하니 지루한 밤 시간에는 세 가지, 그렇지 않은 낮 시간에는 한 가지로 못 박아 놓고 청하곤 하던 것이 관례가 되어 있는 것이었다.

"내 응당 그럴 줄 알았느니…. 다음 차례는 우리 집안 조상님들의 이 야기를 하나 해 줘야겠구나. 그런데 무슨 이야기를 해 주랴?"

"큰할머니, 할머니께서 제일 좋아하시는 조상님의 얘기부터 먼저 해 주세요!"

깨가 쏟아지게 이어지던 옛날 얘기가 거의 고비에 차오르게 되면 이 제나 저제나 하고 기다리던 아이들이 이구동성으로 청하게 되는 것은 집안의 모든 할아버지 할머니, 아버지 어머니들이 어려서 듣고 자랐다 는 면면 조상들의 얘기로 모아지게 되는 것은 당연지사였다.

"그러면 윗대의 점필재 할아버지 얘기부터 해 주세요."

"우리 오우정 할아버지 얘기도 해 주세요!"

"임진란 때 정조를 지키려고 절벽으로 뛰어 내려 자진하신 상동면의 정렬부 할머니 얘기도 해 주셔요."

그러는 중에도 아이들은 저마다 자기의 취향에 맞는 옛날이야기를 주문하느라 야단들이다.

물론, 그것은 제 어미, 제 아비들이 미리 교육시켜서 한 짓이지만, 그 러나 용화 부인은,

"그러면 그렇지!"

하고 자기네 집안의 먼 조상 얘기를 청하는 아이들의 요청에 쾌재를 부르면서 그 동안 가보처럼 가슴 속에 꼭꼭 품고 있던 자랑스러운 조상들의 얘기를 바야흐로 들려주기 시작하는 것이었다.

"우리 윗대 외가 쪽 어르신 중에 점필재 선생이라는, 조선 제일의 큰 학자 한 분이 계셨느니라. 자(字)는 계온(季溫)이요, 시호(諡號)는 문충공(文忠公)이라 하였는데, 어렸을 때부터 영특하기가 이를 데 없었단다. 그분은 우리 가문의 수많은 조상님들 중에서 향중의 현인으로 이름이 드높았던 오우 선생 다섯 분들의 진외종조부님이 되시는 분으로서 조선 유학의 종조(宗祖)이셨단다, 그러니까 우리나라 유학을 반석 위에 올려놓는 데 아주 큰 업적을 쌓으신 대학자로 온 나라 안의 백성들로부터 칭송을 한 몸에 받으셨던 분이었느니라. 지금도 나라 안에서 학문적으로나, 정치적으로나 역사상 큰 인물로 일컬어지고 있는 분이시란다. 우리 오우 할아버님들께서 무오사화라고 하는 난리를 당하여 수많은 동문 친구들이 비참하게 참사를 당하는 속에서도 무사히 살아 남아 오로지 후학 양성과 저술활동에 전념할 수 있었던 것도 점필재 선생의 선견지명적인 가르침에 따라 나라에서 내리는 큰 벼슬을 마다 하시고 향리에 머물러 계셨기 때문이 아니겠느냐? 할미가 너희들에게 특별히 들려주고자 하는 이 이야기는 그 점필재 할아버지께서 세 살 되시던 때에 실제로 있었던 일이란다. 점필재 선생께서 하루는 할머니의 등에 업혀 들판에 나갔는데 근처에서 많은 제비들이 지지배배, 지지배배 하고 재잘거리고 있었다는구나. 그 소리를 가만히 듣고 있던 세 살 먹은 점필재 선생께서 할머니한테 이렇게 말씀하셨더란다. 제비가 저쪽 대나무 밭에 쇠고기가 있다 하니 집으로 돌아가서 하인을 시켜서 가져다 먹자고 말이다. 할머니는 어린 아이의 이야기가 너무도 어처구니가 없어 도무지 믿어지지가 않았단다. 하지만 눈에 넣어도 아프지 않을 손주의 말이고, 또 헛걸음질을 해도 손해 볼 것이 없다는 생각이 들어 하인을 시켜서 인근 대나무 밭을 두루 찾아보게 하였다는구나.”

그래서 하인이 가까운 곳에 있는 대나무 밭을 이리저리 모두 샅샅이 찾아보게 되었는데, 그리 멀지 않은 덕실이라는 마을에 마침 큰 대나무 밭이 있어 그곳을 찾아가서 뒤져 보니 과연 죽은 소 한 마리가 감추어져 있었다. 그 소는 사실 어떤 도둑놈이 훔쳐다 죽여 놓은 것으로 나중에 가지고 가려고 잠시 숨겨 놓은 것이었다.

“그런데 남의 소를 가져다 먹는다는 것이 마음에 걸렸으나 이미 죽어 있는 소이고, 또한 임자도 찾을 길이 없고 하여서 다리 한 쪽을 떼어다 집안사람은 물론이요, 이웃 사람들에게도 골고루 나누어 주어서 모두들 맛 좋은 고기 국을 끓여 먹게 되었단다.”

이러한 소문은 입에서 입으로 전해져서 멀리까지 퍼져 나가게 되었고, 그러던 어느 날 지싯골에 산다는 김가라는 사람이 점필재 선생의 집으로 찾아왔다. 그는 예를 표하기는커녕 단단히 화가 나서 떠들어대면서 ‘내가 바로 그 소의 임자인데 댁네들이 내 소를 잡아먹었다 하니 물어 주지 않으면 관가에다 고발할 것이오.’ 하고 아주 서슬 푸르게 으름장을 놓는 것이었다.

그러자 세 살 먹은 점필재 선생이 나서서 이렇게 어른들처럼 또박또박 말하는 것이었다.

“나는 남의 소를 훔친 적도 없고 죽인 적도 없소. 다만, 제비가 대나무 밭에 쇠고기가 버려져 있다고 일러 주기에 한 쪽 다리를 주워다 먹은 일밖에 없소. 만약에 우리가 주워다 먹지 않았다면 그 쇠고기는 이미 썩어 버렸을 게 뻔한데 어째서 변상을 하라며 이다지도 난리를 피운단 말이오? 하고 말이다.”

그 바람에 화가 머리끝까지 치민 그 소 임자는 세 살 먹은 어린 아이가 거짓말을 한다며 관가로 달려가서 밀양 부사에게 고발을 하기에 이르렀다. 그리하여 밀양 부사는 고발장을 접수한 즉시 나이 어린 점필재 선생을 관가로 불러들이게 되었다.

"할머니의 등에 업혀서 관가로 불려 간 점필재 선생은 도대체 어찌된 일이냐고 다그치는 밀양 부사의 물음에 조금도 동요하지 않으시고 그 동안에 있었던 자초지종을 사실대로 차근차근 다 말씀하셨다는구나."

그러나 밀양 부사는 제비 소리를 알아들었다는 어린 점필재 선생의 말을 믿을 수가 없었다. 그래서 어린 아이를 돌려보낸 뒤에 아랫사람을 시켜서 제비를 잡아 오라고 일렀다.

"그런데 말이다. 하인들이 갖은 고생 끝에 제비 다섯 마리를 잡아 오긴 왔는데, 어미 제비가 그 새끼들의 뒤를 따라 와서 아주 슬프게 울어 대더란다. 밀양 부사는 점필재 선생을 다시 불러 지금 어미 제비가 무어라고 하면서 우는지 말해 보라고 하였단다. 그러자 점필재 선생께서 서슴없이 말씀하시기를, 지금 제비가 '골불용(骨不用), 모불용(毛不用), 육불식(肉不食) 하니 오자(吾子)를 사지사지(捨之捨之)하라.'고 한다고 대답하였다는구나. 그 뜻이 무엇인고 하니, '뼈도 쓸데없고 털도 쓸데없고 고기도 못 먹는 것이니, 내 자식을 놓아 달라'는 것이 아니겠느냐?"

밀양 부사가 들으니 어린 점필재 선생이 과연 제비의 말을 알아듣는지라 참으로 놀랄 만한 신동이라 생각하고 어린 점필재를 그냥 집으로 돌려보내었다. 그리고는 이방으로 하여금 그 뒤를 밟아 가게 하여 집으로 가는 도중에 그 아이가 또 무슨 말을 하는지 알아 오게 하였다.

"그런데 점필재 선생께서는 할머니의 등에 업혀 가면서 그것도 모르고 '할머니, 제가 오늘 제비의 말을 못 알아들었으면 중놈의 자식에게 하마터면 큰 욕을 당할 뻔했습니다.' 하고 참으로 희한한 말씀을 또 하시지 않았겠느냐?"

'중놈의 자식이라니! 이런 뚱딴지같은 말이 또 어디에 있단 말인가!'

몰래 뒤따르던 이방이 그 말을 듣고 가만히 생각해 보니 '중놈의 자식'이라면 바로 자신의 상전인 밀양 부사가 아닌가! 그 아전은 자신의 상전에 대한 얘기가 너무 불경스러운 터이라 고민에 고민을 하다가 하는 수 없이 그 사실을 곧이곧대로 상전에게 고해 올리기로 하였다.

"그런데 한 점의 어김도 없이, 사실 그대로 고하는 하인의 말에 하늘이 무너지는 것처럼 놀란 밀양 부사는 이방이 전해 준 얘기가 턱없이 황당무계한 것이라 믿어지지가 않았지만, 점필재 선생의 신통력을 이미 본 바가 있었기 때문에 믿지 않을 수가 없었단다. 그는 아무래도 자신의 출생에 어떤 곡절이 숨어 있는 게 분명하다 생각하고 그 길로 모친에게 나아가 품속에 품고 있던 비수를 빼 들고 결연하게 이렇게 말하였다는 게야. "어머니, 저의 출생에 말 못할 어떤 곡절이 숨어 있는 것이 사실이지요? 모든 것을 사실대로 말씀해 주시지 않으면 저는 오늘 이 자리에서 단칼에 죽고 말 것입니다. 그러니 제발 사실대로 말씀해 주십시오. 제가 정말 중놈의 자식입니까? 아니면 아버님의 자식입니까?" 하고 말이다.

그랬더니 부사의 모친은 얼굴이 하얗게 질리며 놀라더니 "도대체 누가 그런 말을 하더냐? 그 비밀은 일찍이 사지(四知)인 줄만 알았거늘…" 하면서 말끝을 삼키더니 점필재란 아이가 그런 말을 하더라고 하자, 눈물을 펑펑 쏟으면서 자신이 간직하고 있던 비밀을 모두 토설하면서 용서를 구했다는구나!"

부사 모친의 말은 이러하였다. 부사의 부친이 첩실을 보고 다니면서 오랫동안 집을 비우자, 그 모친은 지나가던 중을 집으로 불러들여 하룻밤을 함께 지냈던 것인데, 그 때 잉태한 아이가 바로 밀양 부사라는 것이었다.

"밀양 부사의 모친이 자신의 비밀에 대해 사지(四知)인 줄로만 알았다고 한 그 '사지(四知)'란 말뜻을 살펴보면, 첫째는 아지(我知), 즉 내가 알고, 둘째는 자지(自知), 즉 그 중이 알고, 셋째는 천지(天知), 즉 하늘이 알고, 넷째는 지지(地知), 즉 땅이 안다는 뜻이 아니더냐? 그런데 세 살 먹은 어린 점필재 선생이 그것까지 알고 계셨으니 부사의 모친이 기절초풍하고 놀랄 수밖에 없지 않았겠느냐? 그 정도라면 온 세상 사람들이 모두 알 정도로 소문이 다 퍼졌을 거라고 지레 짐작을 했던 게지. 어린 점필재 선생의 신통력을 믿으면서도 자기의 출신에 아무 곡절이 없기를 바랐던 밀양 부사는 자기의 출생에 대한 엄청난 비밀이 백일하에 드러나자 그만 칼을 거두고 넋을 놓고 말았다는구나!"

이야기를 마친 용화 부인은 이번에도 망연해 있는 아이들의 얼굴을 하나하나 들러보며 소감을 묻는다.

"얘들아, 밀양 부사가 왜 칼을 거두고 넋을 놓았는지 알겠느냐? 아는 사람이 있으면 어디 하번 말해 보아라."

그러자 이번에도 영동 어른의 막내딸인 선이가 남 먼저 해답을 찾아낸 듯, 얼굴에 미소를 띠고 있었으나 선뜻 손을 들지 못하고 다른 또래들의 눈치만 살피고 있었다. 어린 자기가 자꾸 대답하기가 민망하여 다른 아이들에게 기회를 주기 위하여 일부러 그러고 있는 게 분명해 보였다.

그러다가 사촌 오라비 뻘이 되는 바로 옆의 아이와 시선이 마주치자, 그 아이에게 대답을 해 보라는 듯이 눈짓을 하는 것이었다. 그 아이는 나이가 여남은 살쯤 되어 보였는데 몸집은 나이에 비해 훨씬 더 성숙해 보였다. 자신이 눈짓을 해도 사촌 오라비가 머뭇거리고 있자 선이는 귀엣말로 그 아이에게 무어라고 한참 동안 속삭였고, 그제서야 그 오라비는 손을 들기는 들었는데 어쩐지 자신이 없어 보이는 눈치였다.

"어디, 영식이가 한번 말해 보겠느냐?"

"예, 할머님."

대답을 해놓고도 아이의 얼굴빛은 여전히 자신이 없어 보였다.

"그럼 어디 한번 말해 보아라."

"저어, 할머님. 이번의 질문에 대한 대답도 저에게 귀띔을 해 준 선이가 직접 하도록 하는 것이 좋을 듯싶사옵니다."

어린 동생에게 해답을 얻어 구차하게 생색을 내느니 차라리 해답을 알아낸 어린 동생이 직접 말하도록 하는 게 좋겠다는 의도인 것이다.

어린 아이들의 그런 태도를 보고 용화 부인은 기특하다는 듯이 두 아이들의 머리를 똑같이 쓰다듬어 주면서 만면에 웃음을 띠고 고개를 끄떡인다.

"그래그래, 그 말뜻을 내 알았느니. 너희들의 가슴 속에 들어 있는 그 마음들이 한없이 예쁘게 보이는구나. 서로의 입장을 생각해 주는 모습이 얼마나 보기 좋으냐? 영식이의 생각이 정 그렇다면 이번에도 선이가 다시 대답을 한번 해 보려무나!"

자기들의 마음을 헤아려 주는 할머니의 얘기를 다 듣고서야 선이는 비로소 조심스럽게 입을 열었다.

"그렇다면 제가 대답을 해 보도록 하겠사옵니다. 밀양 부사의 어머니께서 외간 남자와 정을 통한 것은 반가의 부녀자로서 정조를 지키지 않았으니 칠거지악(七去之惡)을 저버린 바가 되었지만, 그것은 어머니께서 그 대가를 치러야 할 것이기 때문에 아들인 밀양 부사가 상관할 바가 아니옵고, 밀양 부사가 그런 어머니 앞에서 스스로 칼을 거둔 것은 비록 어머니가 천륜을 어긴 죄인이기는 하나 자식이 부모를 위해(危害)하는 것 또한 천륜을 어기는 것이 되는데다가, 밀양 부사 자신 또한 불륜을 저지른 죄인의 자식으로 태어난 더러운 핏줄이므로 그냥 힘없이 칼을 거둔 바가 되었다고 생각되옵니다."

"그렇다마다, 그렇다마다! 어린것이 어쩌면 이리도 영특할꼬!"

용화 부인은 감격스런 마음을 감추지 못하고 얼굴 가득 미소를 머금고 있다가, 그것도 모자라서 끝내는 선이를 자신의 무릎 위에 앉혀 놓고 그 아이의 앙증스럽게 빗어 땋은 댕기머리를 보배인 양 소중스레 쓰다듬는다.

"너희들 듣거라. '언즉신실(言卽信實)이요, 행필정직(行必正直)'이란 말이 있느니라. 이것은 말은 믿음이 있고 참되어야 하고, 행동은 반드시 정직해야 한다는 뜻이니라. 그리고 공부란 본시 책에서 배운 바를 생활 속에서 찾아내고, 찾아낸 것을 다시 몸에 익혀서 실천해야 비로소

제 것이 되느니, 오늘 선이가 이 할미의 물음에 일람첩기로 해답을 찾아낼 수 있었던 것도 바로 그렇게 하였기 때문이 아니겠느냐?"

용화 부인은 선이의 영특함을 칭찬하면서도 그렇게 얘기의 마무리 교육 또한 잊지를 않는 것이다.

그렇게 시간 가는 줄도 모르고 깨가 쏟아지게 얘기들을 주고받고 있는 사이에 밖에는 어느덧 새로 맞이한 기미년 설날의 저녁 어스름이 내리고 있었다.

제5장

기중(忌中)에 내리는 봄비

◇ 춘래불사춘(春來不似春)
◇ 단군(檀君)의 사제(師弟)
◇ 협객(俠客)

◇ 춘래불사춘春來不似春

　고종황제의 붕어 사실이 전국적으로 유포되고 각지에 임시 분향소가 속속 마련되면서 그 사인에 대한 구구한 억측들과 함께 독살설까지 나도는 바람에 백성들의 민심은 군불을 지핀 가마솥처럼 들끓기 시작하였다.

　일제에 나라를 빼앗긴 지난 경술년부터 지난해 무오년 말까지 근 십년 가까이 진행된 '토지조사 사업'의 결과, 방대한 토지가 조선총독부 관리하의 국유지로 편입하게 되었고, 구한말 이래 불법적으로 토지를 침탈해 온 일본인의 토지 소유도 법적으로 인정이 되기에 이르렀다. 이 때, 일제는 근대적 토지 소유권을 확립한다는 명분하에 토지에 대한 지주들의 권리만 인정했고, 국유지 경작권 등 농민의 여러 권리는 완전히 부정하였던 것이다. 이 때문에 많은 농민들이 몰락했으며, 이들 중 일부는 도시로 흘러들어 빈민이나 노동자로 전락하고 말았다. 하루아침에 빈민과 노동자로 전락한 조선인들은 장시간의 노동과 비인간적 대우에다 민족차별 등의 매우 어려운 환경 속에서 일본인 노동자에 비해 반에도 미치지 못하는 저임금을 받으면서 혹사당하지 않으면 안 되었다.

　이처럼 한일합병 후 극소수의 친일파 · 친일지주 · 예속 자본가를 제외하고는 거의 모든 계급과 계층이 정치 · 경제 · 사회면에서 일제로부터 피해를 당하게 되는 바람에 일본 제국주의에 대한 분노와 저항이 전 민족적으로 고조된 것은 너무나 당연한 결과였다. 일제의 무단 정치 결과로 증폭된 그러한 반일 감정에다, 고종황제의 독살설까지 유포되면서 정국은 한 치 앞을 내다볼 수 없을 정도로 걷잡을 수 없는 세찬 격랑

속으로 빠져들고 있었다.

고종태황제의 와병설이 처음으로 나돌기 시작한 것은 양력으로 1919년 1월 20일 경이었다. 그러나 병명도 거론하지 않은 채 그날 병이 깊어 동경(東京)에 있는 이은(李垠) 황태자에게 전보로 알렸다는 소문만 떠돌았을 뿐이었다.

그런데 문제는 그날 밤 고종 황제의 병세가 깊다면서 숙직시킨 인물들이 대한제국의 황족으로 사도세자의 5대손이자 고종 황제의 조카뻘 되는 인물인 동시에 을사오적이기도 한 자작 이완용(李完容)과 장조(莊祖)의 2남 은신군(恩信君)의 현손(玄孫)이며, 흥선대원군의 백형(伯兄) 흥녕군(興寧君) 이창응(李昌應)의 손자이고, 고종에게는 5촌 조카가 되는 동시에 친일파인 자작 이기용(李琦鎔)이란 점이었다. 고종황제는 그들이 숙직을 한 그 다음날 묘시(卯時)에 덕수궁 함녕전에서 승하했다는 것인데, 일제는 고종 황제의 사망 사실을 하루 동안 숨겼다가 1월 21일이 되어서야 '신문 호외'라는 비공식적인 방법으로 발표하면서 그 사인(死因)을 뇌일혈이라 밝히고 있었다.

그러나 고종황제가 갑자기 승하하는 바람에 순종 황제를 비롯한 혈족들도 임종치 못했다고 하는 등, 하룻밤 사이에 고종황제가 갑자기 사망한 데 대해 의혹이 일면서 독살설이 널리 유포되기 시작하였다. 가장 유력하게 퍼진 독살설은 이완용 등이 침방을 지킨 두 나인에게 독약을 탄 식혜를 고종 황제께 올리게 하여 독살했다는 내용이었다.

고종황제와 사돈 관계인 우당 이회영의 가족들도 고종의 생질이자 이회영의 며느리인 조계진이 고종황제 붕어 5일 후에 운현궁에 갔다가 그런 내용을 듣고서 부친에게 전했다고 하는 바와 같이, 왕실 사람들조차도 고종의 독살설을 확신하고 있는 게 사실이었다.

그러한 소문은 밀양 지역에서도 동산리 여흥 민씨 종가에 마련된 고종황제의 궤연에 문상을 하려고 원근각지에서 찾아 온 유림들을 비롯한 우국지사들의 입을 통하여 지난해에 휩쓸었던 서반아 괴질 못지 않게 빠른 속도로 사방으로 번져 나가고 있었다.

"경북 영주에서 「기려수필(騎驢隨筆)」이라는 항일의병 운동에 관한 문집을 집필하던 중에 와병으로 거창 다전(茶田)에 머무르고 계신 우리 유림계의 거목이신 면우(俛宇) 곽종석(郭鍾錫) 선생을 문병하였던 성소(聖詔) 송상도(宋相燾) 같은 이도 어디서 들었는지 윤덕영(尹德榮)·한상학(韓相鶴)·이완용 같은 매국 역신(逆臣)들이 태황(太皇)을 독살했다고 독살 가담자의 이름까지 거명했다고 하더이다!"

"그 말이 사실인가 봅디다! 역신 이완용이 집안에 있는 미친개를 처리한다는 명목으로 어의(御醫) 안상호(安相昊)로부터 무색무취한 독약 두 통을 구하여 사람 몸집만한 자기네 집의 큰 개에게 직접 먹여 보는 실험까지 했다고 합디다. 만고 역적 이완용이란 놈은 개가 먹자마자 금방 숨통이 끊어질 정도로 대단한 극약임을 확인한 연후에야 그것을 어주도감(御廚都監) 한상학에게 올리게 하여 살해했다고 하니 의심할 여지가 없는 일이지요!"

또 출처 미상의 소문에 의하면, 고종 황제께서 밤중에 식혜를 드신 후 반 시각이 지나 갑자기 복통이 일어나시어 괴로워하시다가 붕어하셨다고 전하고 있기도 하였다.

어떤 소문은 또 '이완용의 사주를 받아 식혜에 독약을 타 드렸다는 침방나인(寢房內人) 김춘형과 덕수궁 나인 박완기 등, 궁녀 2인도 누군가가 입을 막기 위해 독살했는데. 그 중 김춘형은 감기에 걸려 동소문 밖의 안장사에 있다가 1월 23일에 죽었으며, 덕수궁 나인 박완기도 고종황제 사후에 낙담하고 지내다가 2월 2일 기침을 하다 피를 토하고 사망했다는 사실까지 뒤따르고 있었다.

어쨌든, 고종황제의 독살설은 구구한 억측까지 더해지면서 일파만파로 확장 일로를 향해 치닫고 있는 것만은 분명한 사실이었다. 명성황후가 일본 낭인들에게 살해되었을 때, 일제의 만행에 격분한 유생들과 민중들에 의해 을미의병 운동이 일어나 들불처럼 번져 갔듯이, 고종황제의 의문사도 그와 같은 민중들의 봉기가 일어날 조짐을 보이면서 조선 정국은 한 치 앞도 내다볼 수 없을 정도로 급박하게 돌아가고 있었다.

사실, 고종황제는 재위 기간 동안에는 황제로서 명성황후와 대원군 사이에서 다소 무기력한 모습을 보인 바도 없지 않았다. 그러나 나라가 망한 후에는 그가 갖고 있는 상징성 때문에 오히려 독립운동가들 사이에서 중요도가 크게 높아져 있었던 것이 사실이었다. 그런데 그의 갑작스러운 승하는 〈신한혁명단(新韓革命團)〉을 조직하여 중국 정부와 '중한의방조약(中韓誼邦條約)'을 체결하여 고종의 해외 망명을 추진하다가 소위 '보안법 위반 사건'으로 무산된 블라디보스토크의 〈대한광복군〉 망명정부는 물론, 지난해에 이회영을 비롯한 황실의 친인척 및 척족 세력들이 고종황제의 북경 망명을 위하여 전 내부대신 민영달이 마련한 거사 자금 5만원(圓)으로 북경에 행궁(行宮)까지 마련하여 거사를 착착 준비하던 중에 이렇게 갑작스런 국상을 당하고 보니 민주공화파를 비롯한 복벽주의파 모두에게 그 충격이 이만저만한 것이 아니었다.

고종황제의 갑작스런 붕어로 북경 망명이 또다시 실패로 돌아간 가운데, 그 비보와 함께 독살설이 속속 유포되면서 정국이 걷잡을 수 없이 뒤숭숭하게 들썩이는 속에서 국상 인산(因山)에 대한 신문 기사가 나오기 시작하였다. 고종황제의 장지는 경기도 금곡으로 정해졌고, 인산 날은 기미년 올해 3월 3일로 잡혔으며, 지난 2월 2일자의 매일신보는 국장 식장이 아직도 미정이라면서 '군무아문(軍務衙門) 소속의 훈련원(訓練院: 을지로에 있던 국립의료원 자리)이 가장 유력하다.'는 기사를 내보내고 있었다.

그러나 다른 한편에서는 조선 독립운동에 대한 기운이 나라 안팎에서 본격적으로 꿈틀거리고 있었다. 고종황제가 승하하기 전부터 미국 대통령 윌슨의 제창으로 민족자결주의가 대두하자, 이를 민족해방의 기회로 살리고자 하는 노력이 국외에서 먼저 본격적으로 나타나기 시작했던 것이다.

지난해 11월 만주에서 〈무오독립선언〉이 있던 시기에 몽양 여운형·우사 김규식·설산 장덕수 등이 〈신한청년단(新韓青年團)〉을 결성하고 독립 청원서를 작성하여 중국에 온 미국 특사에게 전하는 한편, 지난 1월에 김규식을 파리 강화회의에 대표로 파견하고 국내외 민족운동가들과 독립운동의 방법에 관하여 협의한 바가 있었다. 그리고 지난해 12월 미주 지역에서도 〈대한인국민회(大韓人國民會)〉 총회는 우남 이승만 등을 파리 강화회의에 파견하기로 결의했으나, 미국 당국이 출국을 허가하지 않자 미국 대통령에게 3개항의 청원서를 제출하는 일도 있었다.

올해 1월 6일 도쿄의 〈조선기독교 청년회〉에서는 신년 웅변대회에서 독립운동의 실천 방안 마련과 동시에 임시 집행위원회의 임원을 선출하였고, 이어서 지난 2월 8일 도쿄에서 〈조선인 유학생 학우회〉가 중심이 되어 〈조선독립청년단〉을 결성하고 민족대회 소집 청원서와 독립선언서를 발표했는데, 그것이 바로 〈2.8 독립 선언〉이었다.

이러한 해외의 움직임을 알게 된 의암 손병희·고우 최린 등 천도교 측 인사들과 애국 계몽 운동가이자 교육자인 남강 이승훈 등 평안도의 기독교계 인사들이 국내에서의 독립선언을 계획하기에 이르렀다.

의암 손병희는 충북 청주 사람으로 1882년(고종 19) 22세 되던 해에 동학에 입교하여 2년 후 교주 최시형을 만나 수제자로서 연성수도(鍊性修道)를 하였던 인물이었다. 그 후, 통령이 된 그는 1894년 동학농민운동 때 북접의 농민군을 이끌고 남접의 전봉준과 논산에서 합세하여 호남·호서 지방을 석권하고 북상하여 관군을 격파했던 것이다. 하지만 일본군의 개입으로 실패하여 원산·강계 등지로 피신하였고, 1897년부터 최시형의 뒤를 이어 3년 동안 지하에서 교세 확장에 힘쓰다가 1901년 일본을 경유, 중국 상해로 망명하여 이상헌이라는 가명을

사용하며 항일 운동에 투신하였던 것이다. 그 후에 다시 일본으로 건너
간 그는 오세창·박영효 등을 만나 국내 사정을 듣고 1903년에 귀국하
여 두 차례에 걸쳐 항일운동의 동량이 될 만한 청년들을 선발하여 일본
으로 데리고 건너가 유학을 시킨 바가 있었다.

1904년에 손병희는 권동진·오세창 등과 개혁운동을 목표로 〈진보
회〉를 조직한 후 이용구를 파견하여 국내 조직에 착수, 경향 각지에 회
원 16만 명을 확보하고 전 회원에게 단발령을 내리는 등, 신생활운동을
전개하였다.

그리고 1906년에 동학을 천도교로 개칭하고 제3세 교주에 취임한
그는 교세 확장운동을 벌이는 한편, '보성사(普成社)'라는 출판사를 창
립하고 보성(普成)·동덕(同德) 등의 학교를 인수하여 교육·문화 사업
에 힘썼으며, 1908년 교주 자리를 박인호에게 인계하고 우이동에 은거
하여 수도에 힘쓰다가 이번에 민족대표 33인의 대표로 3·1운동을 주도
하게 된 것이었다.

이와 같이 전력이 화려한 손병희를 주축으로 한 33인의 민족대표가
모여 독립운동에 관해 협상을 했는데, 여기서 그들이 거사 날짜로 잡은
것이 고종황제의 인산 날인 3월 3일 오후 2시였다. 그러나 고종황제의
독살 소문이 퍼져 국민들의 분노가 극에 달해 있는데다가 얼마 전에 일
본 동경에서 있었던 〈2.8 독립 선언〉 때 사용하였던 독립선언서가 이미
국내에 배포 중이라, 누설의 우려가 있어서 결국 2일 앞당긴 3월 1일
오후 2시로 거사 일정을 급히 수정하게 된 것이었다.

이들이 준비한 운동 계획은 독립선언과 일본에 대한 독립청원을 병
행하고, 대중화·일원화·비폭력의 3대원칙에 따라 운동을 진행하려
는 것이었다. 이에 따라 독립선언서와 파리 강화회의 등에 보내는 독립
청원서, 일본정부에 보내는 독립의견서 등이 작성되었고, 2월 27일 저
녁부터 독립선언서가 인쇄되어 28일 새벽에는 이번 독립운동에 가담한
각 종교 교단을 중심으로 담당 구역을 맡아 종로 이북은 불교 학생이,

종로 이남은 기독교 학생이, 남대문 밖은 천도교 학생들이 맡아서 이미 암암리에 배포하고 있었다.

서울에서 새벽부터 독립선언서가 뿌려지던 1919년 2월 28(음력 1월 28일)일은 마침 밀양(密陽) 장날이기도 하였다. 밀양에서는 정월 대보름을 넘기고 며칠 간 제법 쌀쌀하던 날씨가 풀리면서 종일토록 가랑비가 오락가락하고 있었다. 겨우내 꽁꽁 얼어붙었던 대지는 모처럼 내린 단비에 해토가 되어 촉촉이 젖어들고, 물이 오르기 시작한 양지쪽의 나뭇가지에는 벌써 파릇파릇 새싹이 돋아나고 있었으며, 보리밭 둔덕에도 이미 쑥이며 달래와 냉이가 파랗게 군락을 지어 쑥쑥 자라고 있었다.

시냇가의 갯버들가지에도, 장터거리에 휘늘어진 수양버들 가지에도, 눈물 같은 빗방울이 방울방울 맺혔는데, 비명에 간 고종황제의 인산 날을 앞둔 민족의 가슴마다에도 정녕코 비가 오고 있는 것일까!

밀양 읍성의 안산격인 무봉산 물문 고개에서 내려다본 성내 일대에는 오늘도 망국의 한을 품고 승하한 군주의 여한만큼이나 깊고 자욱한 운무가 뿌옇게 운해를 이루고 있었다. 비상하는 청학처럼 두 활개를 활짝 펼치고 물문 고개 위에 우뚝 서서 읍성 일대를 굽어보며 이 땅을 지켜 온 웅장한 영남루의 위용도 오늘 따라 어쩐지 처량해 보이고, 그 앞으로 흐르는 응천강의 푸른 물도 눈물 같은 비안개에 젖어든 채 소리 없이 흐느껴 우는 듯, 그 흐름마저도 멈춰 버린 듯하였다.

예년 같았으면 이 천금 같은 봄비에 기나긴 겨울철 농한기의 게으름에서 깨어난 농부들은 얼음이 풀린 논을 일찌감치 갈아엎고 물을 가두는 등, 못자리 준비에 분주했을 것이다. 그러나 밀양 읍성 주변 들판 어디에도 논일을 나간 일꾼들의 모습은 눈을 닦고 보아도 보이지 않았다.

오는 3월 3일이 고종황제의 인산 예정일이라 모두들 가신님의 명복을 빌고 있는 것일까? 아니 어쩌면, 나라 잃은 백성들의 마음은 벌써부터 산천도 울고 초목도 따라 운다는, 한 많은 나라님의 출상을 앞두고 속속들이 가슴 저미는 국상 분위기에 젖어든 채 망국민의 통절한 아픔을 울먹울먹 곱씹고 있는지도 모를 일이었다.

하지만 그러한 고을 안의 일반적인 정서에도 불구하고 읍성 안의 장터거리는 오늘도 비 맞은 상갓집처럼 을씨년스러운 분위기 속에서도 그런 대로 장꾼들로 북적거리고 있었다. 온 나라 안이 슬픔에 잠겨 있어도 입이 포도청이라 상인들은 닷새 만에 돌아오는 장날을 맞아 물건을 팔지 않을 수 없는 형편이었고, 장꾼들은 장꾼들대로 또 이런 저런 사정들이 있어서 더러는 상복을 입은 채로, 또 어떤 이는 말쑥한 흰색 나들이옷에 장바구니를 챙겨 들고 집을 나서고 있는 것이었다.

그러고 보면, 단군 자손의 혈통을 지키면서 오천 년 동안 흰옷을 즐겨 입어 온 게 백의민족의 오랜 전통이니, 이런 국상 때 상복을 입은 자는 물론이요, 상복을 입지 않아도 같은 색깔의 상복을 입은 것처럼 비감해 보이는 것도 어쩌면 한 많고 애가 많은 이 민족의 숙명이 아닐는지! 옷차림새도 옷차림새이지만, 망국의 백성으로 비명에 가신 나라님을 기리는 뜻이 깊어 모두들 웃음을 삼가는가 하면, 아예 흰 칠을 한 갓을 쓰고 상주임을 자처하는 선비의 모습도 보이고, 숫제 삼베옷에 굴건 제복 차림으로 의혹 많은 태황제 폐하의 죽음에 대해 무언의 시위를 벌이고 다니는 배포 큰 선비들도 없지 않았다.

흰색은 한민족의 빛깔이 되어 버린 지가 우금에 수천 년이니 그렇게 흰 상복들을 입고 무언의 시위를 하고 다니는 걸 보면, 나라 잃은 백성들의 마음은 빈부귀천 남녀노유를 막론하고 별반 다를 바가 없는 모양이었다.

한 많고 설움 많은 민족이어서 그랬을 터이지만, 누가 초상 날 내리는 빗물을 망자의 눈물이라고 하였다던가? 정말로 오늘 내리는 이 소리 없는 가랑비 속에는 눈도 못 감고 죽은 패망한 나라의 군주가 흘리는 피눈물이 섞여 있는지도 모를 일이었다.

그래서 이렇듯이 국상 중에 내리는 비는 오랜 가뭄 끝에 내리는 단

비일지라도 나라 잃고 주인 잃은 민족의 가슴 속에서는 피눈물이 되게 하고, 겉으로는 산천초목이며 삼라만상마저도 한 서린 우수처럼 짙은 비안개에 흠뻑 젖어들게 하여 가신 님의 죽음을 묵연히 조상(弔喪)하게 하는 것은 아닐는지!

장터 분위기는 시끌벅적하여도 비에 흠뻑 젖어들어 만장처럼 축축 늘어진 전 휘장 밑으로 오가는 장꾼들의 모습은 부모상을 당한 자식들의 그것처럼 한결같이 넋이 뜬 듯한 처량한 모습들이었다.

게다가, 거미줄처럼 뒤엉켜 있는 시장 통의 어지러운 길거리들마저도 온통 흙탕물로 질퍽거리고 있어서 가뜩이나 무거운 장터 분위기를 더욱 을씨년스럽게 만들고 있었다. 길거리마다 거적때기나 짚단들을 깔아 놓았다고는 하나, 무수한 장꾼들의 발길에 짓밟힌 나머지 진창이 되어 버린 지 이미 오래였고, 그나마 진흙 수렁이 되지 않은 걸 다행으로 여기며 조심에 조심을 거듭해 보지만 장꾼들 치고 아랫도리에 흙탕물 칠갑을 하지 않은 사람이 거의 없는 것이다.

그래도 장꾼들은 이것저것 진지하게 물건들을 고르고, 상인의 마음을 저울질하면서 흥정을 하고, 어떤 사람은 흥정이 이루어지고 나서도 돈이 없다며 아예 외상 장부에 달아 달라며 생떼를 쓰기도 한다. 음력 이월 초하루가 가까워졌으니 바람할미를 맞아 풍신제라도 올리려는 심산들일까? 아니면 설 명절과 대보름 명절을 쇠면서 연이은 명절 음식에 길들여진 입맛을 달래려고 비린 반찬거리라도 장만하려는 것일까. 느지막이 장바구니를 들고 나타난 장꾼들은 나물 가게로, 어물전으로 종종걸음을 치고, 대장간에 들러 농사철에 쓸 연장들을 성냥하러 온 남정네들은 일찌감치 볼일을 마치고 주막거리를 기웃거리는가 하면, 목이 쉰 난전의 장사치들은 팔다가 남은 물건들을 싼값으로 처분하려고 돼지 멱따는 소리로 '공짜나 다름없는 떨이요, 떨이!'를 외쳐대고 있다.

진다홍치마에 노란색 회장저고리를 곱게 차려입고 예쁘장한 장바구니를 손에 든 새댁 아내와 함께 진흙탕 물이 질척이는 시장 통으로 조심조심 접어들던 새신랑 윤세주(尹世胄)는 슬며시 걸음을 멈추며 조끼 주머니 속에서 지전 몇 장을 끄집어낸다.

"이걸 보태서 갈치라도 몇 마리 사 가지고 가오!"

돈을 건네는 윤세주의 얼굴에 어른들 앞에서는 보이지 않던 각별한 애정이 실린다. 시키지도 않았는데, 질척이는 십릿길을 걸어서 장으로 오는 길에 향청껄에 있는 시부모님들께 들러서 문안 인사를 먼저 여쭙고 남편이 근무 중인 교회의 청년회 사무실로 찾아왔던 아내였다. 그런 아내에게 모처럼 청요리로 점심을 사 준 윤세주는 그것만으로는 성이 차지 않은 모양이었다.

"장을 볼 돈은 어무이께서도 좀 보태어 주셨어예."

지난 가을에 혼례를 치른 새색시의 티를 아직도 고스란히 간직하고 있는 윤세주의 아내 하소악은 수줍은 듯이 목을 움츠리며 그 돈을 사양한다. 윤세주는 그러는 아내의 속을 꿰뚫고 있었다. 마음씨 착한 아내는 이러지 않아도 시어른들이 좋아하시는 값비싼 쇠고기와 순대며 남편이 좋아하는 대구까지 넉넉히 장만하여 시댁에 들렀다가 집으로 돌아갈 게 뻔한 것이다.

"그래도 당신이 사고 싶은 물건이 있을 것 아니오? 자, 받아요!"

아내의 손에 지전을 꼬옥 쥐어 준 윤세주는,

"날이 저물기 전에 돌아가려면 서둘러야 할 것이오!"

하고 어서 가 보라고 손짓을 한다.

4남 1녀 중 4남인 그는 결혼한 뒤로 줄곧 향청껄 본댁에서 부모님을 모시고 살았으나, 최근에 절친한 친구인 김원봉의 외가가 있는 십 리 밖의 부북면 면사무소에서 그리 멀지 않은 감천리로 신접살림을 나온 것이었다.

"서방님은예?"

"나는 따로 볼일이 있으니까, 저녁 늦게나 집으로 들어가게 될 것 같소. 자, 그럼 어서 장부터 보구려!"

아내와 헤어진 윤세주는 본능적으로 주변을 둘러보며 바쁜 걸음으로 반대편의 골목 쪽으로 꺾어든다. 소위 '동가리 신작로'로 불리고 있는 노상리(露上里) 큰길이 저만큼 내다보이는 장터 초입이었다. 거기, 시장 통 조금 못 미친 뒷골목의 안쪽 한 구석에 자리 잡은 한 목조 이층 건물 앞으로 걸어간 윤세주는 다시금 주위를 슬쩍 둘러보고 나서야 잽싸게 건물 안으로 뛰어 들어간다.

아래층은 지물포였으나 위층은 사무실처럼 꾸며진 허름한 이층 목조 건물이었다. 윤세주가 삐걱거리는 나무 계단을 밟고 이층으로 올라갔을 때, 널찍한 실내에는 적지 않은 젊은이들로 가득 차 있었다. 예전에는 대종교 밀양 지사로 쓰였으나 일제가 대종교를 종교를 가장한 독립운동 단체로 규정하여 탄압하기 시작한 이후로 지하화 하면서 한동안 비어 있다가 지금은 밀양청년구락부(大韓靑年俱樂部)의 간판을 달아놓고 종교적인 목적 이외에 〈밀양청년독립단〉의 아지트로 이용되는 곳이기도 하였다.

그래서 지금 연단 위의 중앙 벽면에는 대종교 밀양지사 시절처럼 단군 대황조(檀君大皇祖)의 신단(神壇)이 차려져 있었고, 그 앞으로는 보통학교의 교실처럼 긴 나무의자들이 줄지어 놓여 있었다.

그런데, 그 나무 의자들마다 혈기 왕성한 젊은이들이 빼곡히 들어차 앉아 있는 것이었다. 그들의 면면이를 보면, 을강 전홍표 선생이 이끄는 대종교 밀양 지사의 청년 교도들은 말할 것도 없고, 기독교와 불교계 청년들을 위시하여 심지어 아무 신앙도 가지고 있지 않은 일반 애국 청년들도 적잖이 섞여 있었다.

일제의 〈종교 통제령〉에 의해 대종교가 불법화 되면서 대종교 밀양 지사도 예외 없이 비밀결사 단체로 지하화 하고 말았지만, 여전히 대종교 밀양지사의 사교 신분을 유지하고 있는 을강 전홍표 선생의 유일한 신앙은 지금도 한결같이 대한의 자주 독립이었고, 이곳은 그를 〈밀양청년독립단〉의 지도자로 신봉하는 밀양 청년들의 명실상부한 독립운동의 요람으로 뿌리를 내리고 있는 것이었다.

고종황제가 승하한 이후로 밀양 읍성 지역의 민족 정서는 각 계층 구성원들의 성향에 따라 확연히 구분되고 있었다. 나라가 망하고 근대적인 신문물이 들어와 지역 사회의 근대화가 급격히 이루어지고 있다고는 하나, 아직도 반상의 신분 의식이 뚜렷이 남아 있는 사대부들을 비롯한 유림계에서는 효제충신의 유교적 이념에 따라 고종 황제의 인산 문제에 역량을 결집하는 양상을 보이고 있었고, 밀양읍교회를 중심 축으로 한 기독교 교인들과 대종교 청년들, 불교 신도회 청년 및 자생 독립투쟁 세력들로 구성된 〈밀양 청년 독립단〉은 고종 황제의 국상을 계기로 을강 전홍표 선생을 구심점으로 하여 구국 행동대의 성격을 띠며 활발하게 움직이고 있었는데, 오늘 갑작스럽게 비상회의를 소집하게 된 것도 고종 황제의 인산(因山)을 앞두고 자기네의 행동 방향을 설정하기 위한 것이라 할 수 있었다.

"야, 윤세주! 이 일에 앞장을 서야 할 사람이 이렇게 늦게 나타나면 어찌하나? 설마하니 아직도 신혼의 단꿈에 빠져 있는 건 아니겠지?"

윤세주가 나타나자, 서울의 만세 운동을 앞두고 상경 행동대의 대장 역할을 맡게 된 윤치형이 서울 오성학교의 선배답게 남 먼저 그를 발견하고 반색을 하면서도 막 야단을 친다.

"형! 그런 기이 아닙니다. 사실은 그 사람하고 밖에서 만날 일이 좀 있었거든요! 그런데 도대체 누가 왔는데, 아무런 예고도 없이 이토록 화급하게 비상회의 소집령을 내린 겁니까?"

"서울에서 만세운동에 대한 급보를 가지고 내려오신 분들인가봐! 그런데 그 손님들도 시간이 별로 없다기에 이토록 서두르고 있는 게 아닌가? 그 손님들이 특별히 세주 너를 찾는다고 하니 직접 가서 한번 만나 뵙도록 해!"

"도대체 어떤 사람들이기에 서울에서 만세 운동의 급보를 가지고 와서 저를 찾는다고 합디까?"

"저기 사무실 안에 을강 선생님과 무봉사의 향봉 스님하고 함께 계시니 빨리 가 보면 알 거 아닌가?"

"알았어요, 형!"

윤세주는 머리를 긁적이며 다른 동료들과 인사말을 나눌 사이도 없이 을강 선생이 기다리고 있는 칸막이 안쪽의 교당 사무실을 향해 곧장 걸어간다. 을강 선생은 처음 보는 웬 낯선 손님과 마주 앉아 심각한 얼굴로 밀담을 나누고 있었다. 그 옆에는 무봉사 주지인 향봉(香峰) 스님과 그분과 함께 온 듯한 낯선 청년 스님 한 사람이 있었으며, 을강 선생 옆에는 밀양읍교회의 고삼종 목사까지 와서 나란히 앉아 있는 것이었다.

을강 선생과 대화 중인 사내는 나이가 오십대 후반이나 육십대 초반쯤은 되었을까? 을강 선생보다 나이가 훨씬 더 지긋해 보이는 낯선 인물이었다. 사내는 을강 선생처럼 광목 바지저고리에 두루마기를 걸친 조선옷 차림이었으나, 중절모를 즐겨 쓰는 을강 선생과는 달리 아직도 정성스럽게 틀어 올린 상투 머리에 점잖게 갓을 쓰고 대종교에서 신성시 하는 검정색 조선 두루마기 차림을 하고 있었다.

그 나이에도 딱 벌어진 어깨에 무쇠처럼 단단해 보이는 체구하며, 전통 무술로 단련된 협객으로 보일 정도로 강인한 인상을 풍겨 주고 있는 인물이었다.

그들이 둘러앉은 탁자 위에는 다섯 개의 찻잔이 가지런히 원을 그리며 놓여 있었으나 그 누구도 손을 댄 것 같지는 않았다.

"어, 자네 왔는가? 어서 오게!"

상투 머리에 갓을 쓴 낯선 손님과 얘기를 하고 있던 을강 선생이 조심스럽게 다가오는 윤세주를 먼저 발견하고는 반색을 한다. 그는 하던 얘기를 중단한 채, 먼저 낯선 손님들에게 윤세주의 소개부터 자랑스럽게 하는 것이었다.

"백산 선생님! 이 청년이 바로 아까 말씀 드렸던 그 소년 항일투사의 기상을 유감없이 발휘하였던 윤세주 군입니다!"

"아! 보통학교 때 왜놈들의 천장절(天長節) 행사장에서 대담하게 일장기를 끌어내려 악취가 진동하는 학교 인분통 속에 처넣었다는 그 소년 애국 투사 말씀입니까?"

"예, 그렇습니다!"

"아, 그래요?"

윤세주라는 바람에, 백산 선생으로 불린 낯선 손님은 자리에서 벌떡 일어나더니 자기보다 나이가 어려도 한참 어린 윤세주에게 정중하게 악수를 청하는 것이었다.

"윤 동지, 반갑소이다!"

윤세주는 얼떨결에 악수에 응하면서도 어리둥절한 얼굴로 을강 선생과 고삼종 목사며 향봉 스님을 번갈아 쳐다본다.

"자, 인사드리게! 우리 대종교 동래 지사의 백산 박철 사교(司敎)님 일세! 을미 의병운동이 터진 이후로 그 여세를 몰아 전국적으로 의병 봉기가 일어났을 때부터 경북 오지에서 오래도록 의병 활동에 투신하여 반생을 보내셨던 분이라네! 허나, 왜놈들의 대대적인 토벌작전이 벌어지는 바람에 의병운동의 한계를 절감한 이후로 비밀 결사 단체로 변신한 우리 대종교에 입문하여 그 동안 동래지사의 사교로 계시다가 지금은 만주 화룡현(和龍縣)에 있는 대종교 총본사를 오가며 독립운동에 투신하고 계시다네!"

을강 선생의 진지한 설명에 윤세주는 놀라움을 금치 못하며 예를 갖추고 정중하게 인사를 올린다.

"반갑습니다, 백산 선생님! 선생님의 고명은 우리 을강 선생님한테서 많이 듣고 있었고, 지난해 단옷날 대종교 신의주 지사에서 내려오셨던 최웅삼 사교님한테서도 자세하게 들은 바가 있었습니다. 그런데, 국내 영남총책을 맡으셔서 만주와 국내를 오가며 한창 바쁘실 거라고 들었는데, 우리 밀양에는 어떻게…?"

낯선 손님을 대하는 윤세주의 태도는 나이에 어울리지 않게 어디까지나 침착하고 의젓하였다.

"그 동안 동만주 화룡현의 총본사에 가서 한동안 머무르며 〈무오독립선언〉 일을 돕고 있었는데, 이번에 태황제 폐하의 붕어 소식을 듣고 급거 귀국하게 되었지요!"

"선생님, 말씀을 낮추십시오! 듣기에 민망합니다."

"아니, 그건 그렇지가 않아요! 불세출의 소년 항일 독립투사로 이름을 만천하에 떨친 분인데, 나이가 뭐 대수입니까?"

"그래도 제가 불편하니 말씀을 낮춰 주십시오!"

"허허, 그것 참! 그렇게 하면 내가 또 불편스러울 것 같으니 피차 자기 편한 대로 하기로 하는 게 좋겠구료! 그런데 지난번에 만주에서 발표한 〈무오독립선언서〉에는 국내외의 독립운동 지도자 서른아홉 분이 서명하셨는데, 이곳 밀양 출신만도 손일민 선생을 위시하여 윤세복, 황상규 선생 등 무려 세분이나 되지 뭡니까? 이곳 밀양이 예로부터 애국충렬의 고장이라 칭송이 자자했는데, 이제야 그 까닭을 알게 되었소이다그려!"

"그렇다면 황상규 선생님을 직접 만나 보셨겠네요?"

"그야 물론이지요!"

"그렇다면 혹시 그분의 처조카가 되는 김원봉이라는 유학생에 관한 소식은 혹시 들은 바가 없으십니까?"

윤세주는 이제나 저제나 독립운동 지도자가 되는 원대한 포부를 안고 만주에 가 있는 김원봉의 생각을 한 순간도 잊지 못하고 있는 모양이었다.

"아, 왜 없겠습니까? 내가 바쁜 중에도 일부러 시간을 내어 이렇게 밀양에 들르게 된 것도 황상규 선생으로부터 특별히 부탁받은 일이 있었기 때문이 아니겠소이까?"

황상규 선생의 특별한 부탁이라는 말이 나오자 을강 선생이 윤세주에게 다시 이르는 것이다.

"세주 군! 여기에 계신 청년 스님하고도 인사를 나누게. 이분은 백산 선생님과 내외종 숙질지간이 되는 분으로 그 동안 남만주 유하현(柳河縣)의 삼원보(三源堡) 추가가(鄒家街) 지역에 있는 신흥학교로 군사훈련을 받으러 가는 길에 만주까지 동행을 하셨던 항일 의승이시라네!"

그제야 윤세주는 무봉사 주지 향봉 스님 옆에 앉아 있는 청년 스님을 돌아보며 인사를 한다.

"처음 뵙겠습니다! 저는 보시다시피 밀양읍교회에서 기독교 청년회일을 하고 있는 윤세주라는 사람입니다."

"반갑습니다. 시주님의 얘기는 아까 여기 계신 을강 선생님으로부터 많이 들었습니다. 저는 동래 범어사에 적을 두고 있는데, 편의상 정식 승명 대신에 약산(藥山)이라는 별호를 쓰고 있지요!"

평범한 승복 차림에 털모자를 깊게 눌러 쓴 그는 약산이 별호임을 밝히면서도 자기의 실제 법명에 대해서는 의도적으로 밝히지 않았으며, 그럴 만한 사정이 있는 모양이었다. 그는 이목구비가 뚜렷하고 박철 사교보다 더욱 건장하고 단단한 체격을 갖추고 있었다.

"세주 군! 아까 얘기를 들어 보니 이 약산 스님께서 표충사에 있을 때 마침 그곳에 심신 수련차 가 있던 김원봉 군하고 연무수련을 함께하며 진충보국에 헌신하기로 둘이서 맹세까지 하였던 모양이야! 이 스님께서 그 먼 만주까지 일부러 가서 군사 훈련을 받기로 한 것도 김원봉 군 때문이었던 모양이고…."

"아니, 그렇다면 약산 스님께서도 우리 원봉이 형하고 잘 아시는 사이라는 말씀입니까?"

"예, 그렇습니다! 그리고 우리 범어사 안에 있는 명정학교에서 수학한 최수봉 시주님이 원봉 군의 동화학교 선배로서 여기 계신 을강 선생님 밑에서 공부했다는 사실도 예전부터 얘기를 들어서 잘 알고 있습니다."

사뭇 고무되어 있는 윤세주와는 달리, 약산 스님은 그런 얘기를 하면서도 의외로 초연하게 평상심을 유지하고 있었다.

"세상에…! 원봉이 형하고 수봉이 형까지 알고 계셨다니 참으로 기가 막히네요! 세상이 넓고도 좁다더니 정말로 그런가 봅니다!"

"우리 불가에서는 옷깃만 스쳐도 인연이라고 하는데, 우리의 인연은 유년 시절에 애국 투혼을 불살랐던 그들 두 동지들과 이리저리 얽혀 있어서 남다른 데가 있는 것 같습니다!"

"그러게나 말입니다!"

의인(義人)은 의인을 알아본다고 하였다던가? 윤세주는 약산 스님을 알게 된 사실도 사실이지만, 그의 예사롭지 않은 풍모에 대하여 더욱 매료된 눈치였다. 늠름한 그들 두 청년이 초면임에도 불구하고 오랜 지인 사이나 되는 것처럼 의기투합 하여 뜨거운 교감을 나누고 있는 동안에 박철 사교는 말할 것도 없고, 을강 선생과 고삼종 목사를 비롯하여 향봉 스님까지 감개무량한 표정으로 그들을 지켜보며 얼굴 가득 미소를 짓고 있었다.

교당 안에 운집해 있는 청년들을 내다보며 을강 선생이 다시 윤세주에게 설명을 하였다.

"세주군, 그런데 이제 알고 보니 대한 독립운동에 동분서주하고 계시는 백산 선생님하고 항일 의승 활동을 하고 있는 약산 스님이 외종숙질간이라고 하니 정말 대단하지 않은가? 두 분께서 만주에서 돌아오는 길에 약산 스님의 모친이 되시는 해인수좌 스님께서 수도하고 계시는 삼각산 진관사에 한동안 머무르고 있었다는군. 마침 태황제 폐하의 인산을 계기로 불교계의 백용성 스님과 만해 스님을 비롯하여 천도교, 기독교계 인사들이 연합하여 만세운동 거사 준비를 하는 것을 보고 그 사실을 알리기 위해 대종교 동래지사와 표충사로 각각 가는 길에 일부러 짬을 내어 우리한테 들르신 모양이야."

"아니, 만해 한용운 선생이라면 지난해 11월 달에 『유심(唯心)』이라는 불교 잡지를 발간하신 승려 시인이자 독립투사로서 불교계의 정풍 운동을 주도하신 분이 아니십니까?"

윤세주가 만해 스님에 대해 각별하게 관심을 나타내는 것을 보고 표충사에서 불교계와 유림계의 합동으로 해마다 봉행하고 있는 사명대사의 추모향에 각별한 공을 들이며 참여해 온 향봉 스님이 대신 설명을 해 주고 나선다.

"만해 스님은 불교 사상가이자 항일 독립 운동가이시며 저항 시인이시지요! 일찍이 일제가 주장하던 한일 불교 연합체맹(聯合締盟)에 대한 반대 · 철폐 운동에 앞장섰을 정도로 불교 언론가로서도 명성이 대단하신 분이기도 하시고요!"

만해 선생에게로 화제가 쏠리자 그분에 대해 남다른 흠모의 정을 품고 있는 듯, 약산 스님이 모처럼 상기된 얼굴로 맞장구를 치고 나선다.

"그럼요! 지난해 여름에 제가 백담사(百潭寺) 오세암(五歲庵)에 들렀을 때, 만해 스님께서는 『유심(唯心)』이라는 잡지 발간을 준비하시면서 거기에 게재할 시를 짓고 계셨습니다! 만해 스님께서는 지금도 종래의 우리 불교가 너무 무능했다며 불교의 현실참여를 강력하게 주장하고 계시지요. 스님께서는 그것을 불교사회주의라고 말씀하시더군요! 이번에 있을 만세운동에 서울 대각사(大覺寺)의 창건과 함께 대각교(大覺教)를 창설하여 대사회적 실천운동인 대각운동(大覺運動)을 전개하고 계시는 진종(震鍾) 백용성(白龍城) 스님과 더불어 불교계를 대표하여 참여하시게 된 것도 바로 그 때문이고요!"

약산 스님의 말을 받아서 향봉 스님이 이번에는 그가 만해 스님의 그늘에서 무럭무럭 자라는 수제자라도 되는 듯이 약산 스님의 자랑을 늘어놓기 시작하였다.

"그런데 그 만해 선생께서 우리 약산 스님을 두고 뭐라고 말씀하셨는지 아십니까? 백산 선생한테서 들으니 이번 3·1 만세운동에 불교계

기중(忌中)에 내리는 봄비 323

의 참여 준비가 미흡하여 아쉬운 점이 많다며 우리 약산 스님더러 앞으로 불교계를 대표하는 독립투사가 될 거라는 칭찬과 함께 아주 큰 기대를 표명하신 모양입니다!"

"맞습니다! 시생의 외종 생질이어서가 아니라, 앞으로 의용승군(義勇僧軍)으로서 표충사 쪽의 젊은 스님들을 이끌고 조만간에 단장면의 만세운동도 이끌게 될 것이라고 하니 윤세주 동지도 힘이 닿는 대로 우리 약산 스님을 많이 도와 주셨으면 좋겠소이다!"

박철 사교의 설명을 듣고 적이 놀란 사람은 비단 을강 선생뿐 만도 아니었다. 같이 온 무봉사의 주지인 향봉 스님마저도 그것에 대해서는 금시초문인 듯, 눈을 크게 뜨고 약산 스님을 바라본다. 그러자 약산 스님은 그를 향하여 그 사실을 미리 말씀드리지 못하여 죄송하다는 듯이 합장을 하면서 나중에 자세히 말씀 드리겠다며 고개를 숙여 보이고는 윤세주에게 정중하게 도움을 청하는 것이었다.

"앞으로 여러 가지로 도움을 청하고 협의할 사항들이 많을 것 같은데, 잘 부탁드려도 되겠습니까?"

"그야 여부가 있겠습니까? 비록 힘은 없으나 목적이 같은 일을 하신다니 당연히 도와 드려야지요!"

윤세주도 큰 동지를 만났다는 듯이 두 손을 마주 잡으며 기쁨을 감추지 못한다. 그들을 감회 어린 눈으로 지켜보고 있다가 을강 선생이 갑자기 생각난 듯이 물었다.

"이보게, 세주군! 그런데 서울에 있는 진관사라면 우리 김원봉 군의 이모할머니께서 수행하고 계신다는 그 비구니 사찰이 아닌가?"

그러자 윤세주도 그제서야 생각이 났는지 저으기 놀라면서 고개를 크게 끄떡인다.

"맞습니다, 선생님! 그리고 보니 원봉이 형이 만주로 가기 전 서울 중앙학교에 다닐 적에 이모할머니가 계시는 진관사에 거처를 두고 있다고 하던 말이 기억납니다. 세상이 넓고도 좁다더니, 이런 경우도 다 있네요!"

그들의 얘기를 듣고 있던 약산 스님이 뒤늦게 그 보라는 듯이 얼굴을 활짝 펴고 빙그레 웃는다.

"그렇잖아도 김원봉 동지와 저의 인연이 이리저리 얽혀 있어서 남다른 데가 있다고 하지 않았습니까? 이번에 만주에 가서도 김원봉 동지를 만난 자리에서 각자의 모친과 이모할머니가 함께 승려생활을 하고 있는 곳이 삼각산 진관사라는 점을 두고 인연이 참으로 묘하게 얽혀 있다는 얘기를 나누면서 남다른 감회에 젖어 보기도 했지요!"

"그렇다면 약산 스님께서 원봉이 형을 처음 만난 것은 언제쯤이었습니까?"

"아마 지난 1913년도 가을이었을 겝니다. 자기가 다니던 동화학교가 왜놈들의 등쌀에 폐교가 되고 말았다면서 우리 표충사에 와서 한동안 심신 수련을 하면서 병법이며 역사와 지리서를 비롯한 여러 가지 공부를 하고 간 적이 있었거든요! 그때 저하고 임진란 때 진충보국 하신 사명 스님의 애국 충정을 얘기하며 의기투합하여 장래에 있을 대일 항전을 위해 밤낮을 가리지 않고 연무수련에 매진했다니까요! 그런데 이번에 만주에서 만났을 때 얘기를 들어보니 표충사를 떠난 후에 비구니인 이모할머니의 도움으로 서울 중앙학교에 편입학하여 공부를 하다가 이명건(李命鍵)과 김두전(金枓全)이라는 두 학교 친구들과 함께 독립운동의 큰 뜻을 품고 중국으로 가서 고모부이신 백민 황상규 선생의 도움으로 금릉대학(金陵大學: 지금의 남경대학)에 입학하게 되었다고 하더군요. 그리고 그때 세 사람은 백민 선생의 권유로 '산과 같아라, 물과 같아라, 별과 같아라'는 뜻으로 산, 물, 별 등의 자연 이름에다 '같을 약(若)' 혹은 '같을 여(如)자'를 앞에 붙여서 호를 각각 '약산(若山), 약수(若水), 여성(如星)'으로 정해 주면서 의형제 결의를 하게 된 사연까지 들려 주더라니까요!"

"그랬었군요! 그런데 그러고 보니 약산 스님도 김원봉 군하고 같은 자호를 쓰시는구료?"

을강 선생이 자못 관심을 표명하며 이렇게 말하자 약산 스님은 웃으면서 고개를 흔들었다.

"웬걸요! 우리말로는 같은 '약산'이지만 뜻은 전혀 다르지요! 저의 별호는 표충사가 있는 재약산(載藥山)의 산 이름에서 따 왔지만, 김원봉 동지의 '약산(若山)'은 그렇지가 않잖습니까?"

"그런데 만주에서 오시는 길에 서울 진관사에 머무르다가 오셨다면, 원봉 군의 교육에 큰 도움을 주셨다던 그 이모할머니도 만나 보셨겠군요?"

"물론입니다! 김원봉 동지의 소식을 전해 주니까 어릴 때 모친이 바로 손아래의 남동생을 낳고 얼마 안 되어 산후통으로 돌아가시는 바람에 계모 밑에서 많은 어려움을 겪고 자란 불쌍한 아이라며 저를 붙잡고 막 우시더군요! 그런데 만주에 갔을 때, 약산 동지께서 최수봉씨의 안부를 묻던데 그분은 요즘 어디에 계시는지 아십니까?"

"글쎄요. 지난 한 때 평안도 창성이라는 곳에 있는 탄광에서 막장 일을 하기도 하고, 어디서 우편배달부 노릇을 하고 있다는 소문이 있었지만, 요새는 어디서 무얼 하는지 통 소식이 없네요!'

이때, 밖에서 인원 점검을 하고 있던 김병환이 사무실 안으로 들어와서 을강 선생께 보고를 한다.

"선생님, 와야 할 사람들은 거지반 다 온 것 같습니다!"

"그래? 알았네. 자, 그러면 백산 선생께서도 함께 일어나시지요!"

을강 선생의 권유에 박철 사교도 기꺼이 자리에서 일어난다.

사무실 문을 열고 애국 청년들이 빽빽하게 들어차 있는 교당으로 나온 을강 선생은 박철 사교를 대동하고 단군 대황조 신주가 모셔져 있는 연단 위의 제단 앞으로 올라간다. 그리고 거기 벽면 중앙에 자리 잡고 있는 단군 대황조 신주께 예를 올리고는 연단 중앙의 강독대 앞으로 뚜벅뚜벅 걸어가 서는 것이다. 왁자지껄하게 얘기를 나누고 있던 수많은 청년 동지들의 시선이 일제히 그에게로 쏠리면서 물을 끼얹은 듯이 주위가 조용해진다.

윤세주는 약산 스님과 함께 연단 아래 자기의 자리를 찾아 들어가고, 연단 위로 올라간 박철 사교와 고삼종 목사, 향봉 스님도 어느 새 강독대 옆에 마련된 걸상에 가 어깨를 나란히 하고 자리를 잡고 앉는다.

강독대 앞에 선 을강 선생은 들고 있던 중절모를 머리에 눌러 쓰고는 전에 없이 심각한 얼굴로 실내를 한 바퀴 빙 둘러본다. 원래부터 그러하기도 했지만, 오늘따라 그의 얼굴은 더욱 엄숙하게 굳어져 있었다.

밖에는 여전히 망국민의 눈물 같은 안개비가 내리는데, 교당 안에는 무언의 침묵이 흐른다. 영문도 모른 채 비상소집에 응한 청년 단원들은 우선 외양부터 심상치 않은 낯선 손님을 맞이하면서 모두들 사뭇 긴장하는 눈치였고, 을강 선생을 비롯한 연단 위의 인사들 또한 전에 없이 긴장된 모습을 보이고 있었기 때문에 교당 안의 분위기는 그만큼 긴장되고 엄숙해질 수밖에 없었다.

그 팽팽한 긴장감 속에서 을강 선생은 동지들의 긴장을 극소화할 수 있는 방도를 찾으며 적당히 뜸을 들이고 있는 것 같았다.

"청년 동지 여러 분!"

이윽고 을강 선생의 입이 무겁게 열린다. 심상치 않은 분위기를 느끼고 있던 단원들은 무슨 얘기가 나올까 하고 숨소리를 죽이며 그의 입을 주시한다.

"오늘 동지 여러 분들을 이렇게 갑자기 불러 모은 것은 다름이 아니고…."

을강 선생은 말문을 닫았다가 잠시 심호흡을 하고는 다시 말을 잇는다.

"그게 무슨 일인고 하니 뜻밖의 긴급한 상황이 발생하여 우리의 만세운동 거사 참가 일정에 약간의 차질이 생겼기 때문입니다!"

을강 선생은 용단을 내리듯 이렇게 선언하고는 실내를 가득 메운 대원들의 얼굴을 하나하나 살펴 나가기 시작하는 것이었다. 그의 얼굴은 엄숙하게 굳어 있었으며, 청년 동지들을 둘러보는 눈빛 또한 아주 조심스럽고 신중해 보인다. 예상치 못한 일정상의 차질에 청년 단원들의 반응이 어떠할지 자못 조심스러웠던 것이다.

　과연, 그의 예상대로 긴급 상황이 발생했다는 바람에, 그러지 않아도 심상치 않은 분위기를 느끼고 있던 단원들 사이에서 적지 않은 동요가 일어난다.

　"선생님, 우리의 거사 계획이 벌써 발각이라도 됐단 말씀입니까?"

　술렁거리는 동료들 속에서 사태를 관망하고 있던 김병환이 청년 동지들을 대표하여 걱정스레 묻는다. 그는 최고 연장자이자 밀양읍교회의 〈기독교 청년회〉 회장과 〈밀양청년독립단〉의 단장을 겸하여 맡고 있었고, 자식을 둘씩이나 둔 아버지인 동시에 일곱 식구의 운명이 자기 한 몸에 달려 있는 한 집안의 가장이기도 한 처지인 것이다. 하기야 거기 있는 다른 젊은이들 역시 모두들 한창 일할 나이로 가정으로 돌아가면 너나없이 귀한 아들이거나 집안의 가장으로서 가족들의 생계를 꾸려가기 위해서는 없어서는 안 될 집안의 기둥들임에는 별반 차이가 없었다.

　"그런 것이 아니고…! 내가 오늘 여러 분들을 긴급 소집한 것은 보시다시피 서울에서 만세 운동의 계획변경에 관한 급보를 가지고 귀한 손님이 직접 내려 오셨기에 하는 얘기입니다. 엊그제 내가 통문을 받을 때까지만 해도 거사 일이 대황제 폐하의 인산 날인 3월 3일로 정해져 있었는데, 오늘 이 손님들의 말씀을 들어 보니 상황이 급변하는 바람에 바로 내일 3월 1일로 거사 일정이 이틀씩이나 앞당겨졌다고 하는구려! 그러니 일이 아주 급박하게 되었단 말이외다!"

　고종 태황제의 붕어 이후, 오로지 서울 탑골공원에서 있을 만세 운동에 청년 동지들이 차질 없이 참가할 수 있도록 만반의 준비 태세를 갖추고 서울의 만세운동 준비 상황에 촉각을 곤두세우고 있었던 을강 선생이었다. 그런데 이렇게 다시 박철 사교가 동래로 내려가는 길에 거사일이 바뀌었다는 급보를 가지고 내려왔으니 일부러 내색은 하지 않았지만 사실 그도 당혹스럽기는 매일반이었다.

"선생님! 거사하기에 가장 좋다던 태황제 폐하의 인산 날을 접어두고 왜 갑자기 일정을 이틀씩이나 급히 앞당기기로 했답니까?"

청년들 중에서 또 누군가가 묻자 을강 선생은 두 팔을 뻗어 잠깐만 기다리라고 제지하고는 좌중을 둘러보며 그들의 의향을 타진해 보는 것이었다.

"자, 여러 분! 진정들 합시다! 이렇게 중구난방으로 떠들고 있을 게 아니라, 그보다 먼저 서울에서 내려오신 손님으로부터 그 얘기를 직접 한번 들어 보도록 하는 기이 어떻겠습니까?"

을강 선생의 제안에 술렁거리던 분위기가 일시에 가라앉는다. 그러면서 방 안의 뭇 시선들이 이번에는 옛 선비의 모습 그대로 한 점 흐트러짐 없이 의관을 갖춘 상태로 점잖게 앉아 있는 낯선 박철 사교한테로 일제히 옮아가는 것이었다. 서울에서 급보를 가지고 온 사람이라는 바람에 그러하기도 했겠지만, 범상치 않은 그의 외모가 풍기는 강인한 인상 때문에 더욱 큰 호기심을 가지고 바라보는 기색들이 역력하였다.

"자, 백산 선생님! 어려운 발걸음을 해 주신 김에 일정이 갑자기 앞당겨지게 된 배경과 기왕에 밀양에 오신 김에 황상규 선생이 부탁하신 대로 우리 동지들한테 길잡이가 되도록 독립운동 전반에 대해 한 말씀 해 주시지요!"

을강 선생이 예를 갖추며 정중하게 일언을 청하자, 딱딱한 나무 의자에 빚은 듯이 앉아 있던 박철 사교는 아무 망설임도 없이 의연하게 자리에서 일어난다. 우선 자신의 의관부터 매만지고 나서 연단 앞으로 점잖게 걸어 나온 그는 입추의 여지도 없이 회당 안을 가득 메운 젊은 청년들의 얼굴부터 한 사람 한 사람 천천히 둘러보기 시작하는 것이었다.

육척 가까이 되어 보이는 훤칠한 키에 한창 팔팔한 청년들처럼 자로 잰 듯이 균형 잡힌 그의 몸매는 마치 쇳물로 빚어 만든 청동상처럼 단단해 보였으며, 실내에 가득 들어찬 애국 청년들을 바라보는 심상치 않은 그의 눈빛 또한 용암으로 들끓는 활화산처럼 이글거리며 형형히 빛나고 있었다.

시선과 시선들이 맞부딪치는 속에서 그렇게 무언의 상견례가 이루어지고 나자, 박철 사교에 대한 을강 선생의 정중한 소개의 말이 다시 이어진다.

"동지 여러 분! 여러 분들이 보시다시피 여기에 계신 이분이 바로 방금 말씀드린, 그 서울에서 내려오신 우리 대종교 동래지사의 백산 박철 사교님이십니다! 백산 사교님은 원래 향교의 장의(掌議)로 의병 활동에 관여하시다가 지금은 우리 대종교의 사교(司敎)로서 〈중광단〉의 영남총책의 중임까지 맡고 계시는 분이지요! 그런데 만주에 갔다가 지난해 연말에 〈무오독립선언〉의 실무에 간여하시고, 이번 거사 소식을 듣고 급히 국내로 잠입하시어 저기 윤세주 군 옆에 앉아 있는 약산 스님과 함께 서울 진관사에 머무르고 계셨다고 합니다. 그런데 거기서 이번 만세운동의 준비 상황을 관심 있게 지켜보고 계시다가 거사일이 갑자기 앞당겨지는 것을 보고 지방의 만세 운동에 차질이 없도록 그 사실을 알릴 겸 당신의 주임무인 〈중광단〉의 지원군을 확보하기 위하여 어젯밤 기차로 급히 내려오셨다고 합니다. 우리 교계에서는 박철(朴鐵), 또는 박기(朴基) 사교님으로 통하고 있지만, 물론 이것도 본명은 아니니 동지 여러 분들께서는 그냥 '박철 사교님'이나 '백산(白山) 선생님'으로 부르시든지, 아니면 아예 '박 동지'로 불러 주시면 좋을 것입니다."

소개를 마친 을강 선생은 이 정도면 됐느냐는 듯이, 옆에 서 있는 박철 사교를 쳐다보았으나, 그는 을강 선생이 자기를 자랑삼아 시시콜콜하게 소개하는 사실 그 자체에 대해서는 그리 탐탁하게 여기는 눈치가 아니었다.

그래도 을강 선생은 박철 사교의 그러한 태도마저도 아주 만족스러운 듯, 다시 동지들을 향하여 한껏 목청을 높이며 이렇게 제안을 하는 것이었다.

"자, 여러 분! 그러면 서울 소식과 선생의 좋은 말씀을 듣기에 앞서 우선 공사다망하신 중에도 귀한 시간을 할애하여 우리 밀양까지 왕림해 주신 백산 박철 선생님을 환영하는 의미에서 열렬하게 큰 박수를 보내 드리도록 합시다!"

을강 선생의 제안에 따라 우레와 같은 박수 소리가 터져 나오고, 그새 불안감이 가셨는지 어떤 이는 아예 환호성을 지르기도 하였다. 그 바람에 숨이 막힐 듯이 팽팽하게 경직돼 있던 실내의 긴장감이 어느 정도 풀리면서 냉랭하던 실내의 분위기도 어느 새 후끈한 열기로 변하여 서서히 달아오르기 시작하였다.

그러자 단원들의 얼굴을 둘러보고 서 있던 백산 선생은 위풍당당하게 앉아 있는 그들의 성원에 사뭇 고무된 듯 감격에 겨운 표정이 역력하였다.

그는 정말로 최후의 결전을 앞두고 출정식에 참가한 결사대의 수장이나 되는 것처럼, 그렇게 젊은 동지들의 모습을 일일이 둘러보고 나서야 한껏 상기된 얼굴로 정중하게 허리를 굽히면서 인사를 하는 것이었다.

"우국충절의 고장 밀양의 애국 청년 동지 여러 분! 안녕하십니까? 우리 민족의 막중지대사를 앞두고 이렇게 만나게 되어 참으로 반갑소이다! 시생은 몇 달 전에 만주로 갔다가 서울에서 볼일을 보고 동래로 내려가는 길에 만세운동의 거사 일정 변경 사실을 알려 드리기 위하여 잠시 이곳에 들르게 된 백산 박철이라는 사람이올시다. 을강 선생께서는 방금 시생더러 대단한 인물인 것처럼 소개를 해 주셨지만, 그것은 지나친 과찬의 말씀이고, 의병운동에 헌신하신 유림계의 몇몇 인사들이나 독립운동에 앞장서 계시는 수많은 우국지사들에 비하면 시생이 하고 다니는 일이란 사실 부끄러울 정도로 미미하기 짝이 없소이다.

게다가, 예로부터 이곳 밀양 땅은 국가의 위기 때마다 걸출한 인재들을 무수히 배출하여 구국의 선봉에 나서게 했던 유서 깊은 우국충절의 고장이 아니오이까? 그러니 모든 것이 미미하고 부족하기 짝이 없는 불초한 시생이 이곳에 와서 어찌 감히 일천한 경륜과 생소한 이름 석 자를 감히 내밀고 다닐 수 있을 것이며, 어떻게 세 치 혀를 함부로 놀릴 수가 있겠소이까?"

자기를 낮출 대로 낮춘 박철 사교의 말은 지극히 겸손하고 신중하였다. 그러나 을강 선생의 부탁을 받고 다소 거북해하던 애초의 모습과는 달리, 무소불위의 기상이 넘쳐 흐르는 그의 입에서는 동요의 빛을 감추지 못하던 청년들의 불안감을 그대로 녹여 버리고도 남을 만큼 뜨거운 열변을 거침없이 뿜어내기 시작하였다.

"애국 충절의 고장 밀양의 애국 동지 여러분! 이번 거사 계획을 세운 것은 지난 갑오년의 동학 민란 때 북접(北接)의 접주를 맡았던 의암 손병희 선생을 주축으로 하는 천도교 측의 계획을 중심으로 추진되었다고 하더이다. 천도교는 동학의 후신으로서 제3세 교주가 된 손병희 선생이 일본 동경에 망명해 있을 때 교명(敎名)을 개칭한 것이지요.

천도교 측에서는 지난 1월 하순경에 독립운동의 3대 원칙으로서 대중화(大衆化)할 것과 일원화(一元化)할 것, 비폭력(非暴力)으로 할 것을 결정하고 독립운동의 실천 방법은 지난 2월 초에 천도교 측의 최린 선생이 서울 중앙학교 측의 송진우(宋鎭禹), 현상윤(玄相允) 선생과 만나 논의하여, 첫째 독립선언서를 발표하여 국민의 여론을 환기하고, 둘째 일본 정부와 귀(貴)·중(衆) 양원(兩院) 및 조선총독에게 국권반환요구서를 보내고, 셋째 미국 대통령과 파리강화회의에 독립청원서를 제출하여 국제 여론에 의하여 일본에 압력을 가함으로써 독립을 성취하기로 합의하였던 것이올시다!"

천도교 측은 처음 계획을 합의할 때, 이 거족적인 독립운동을 단독으로 거사하는 것은 불가하므로, 각 종교 단체와 대한제국 시대의 저명 인사들을 민족대표로 내세워야 한다는데 의견의 일치를 이룬 끝에 박영효(朴泳孝), 한규설(韓圭卨), 윤용구(尹用求), 김윤식(金允植), 윤치호(尹致昊) 등을 참여시키기 위해 교섭하였으나 응하는 사람이 없었다고 한다. 그리하여 독립운동을 추진해 오던 천도교 측의 송진우, 최린, 현상윤, 최남선 등은 평안북도 정주에 있는 교육자이자 애국 계몽운동가인 기독교 측의 남강(南岡) 이승훈(李昇薰)에게 연락하였고, 이승훈은 2월 11일 상경하여 송진우, 신익희(申翼熙) 등과 만나 천도교 측과 기독교 측의 합류에 찬성하고 그 이튿날 선천으로 내려가 기독교 측의 동지를 규합하기 시작하였던 것이다.

"그렇게 기독교 측과의 합의가 이루어지자 최린 선생이 평소에 친분이 있던 승려 시인 만해 한용운 선생과 협의하여 뜻을 뭉치게 되었고, 한용운 선생은 불교계에 영향력이 있는 승려 독립운동가인 진종 백용성 스님의 동의를 얻고 유림 측의 동참을 위해 유림계의 거목인 의병장 면우(俛宇) 곽종석(郭鍾錫) 선생을 찾아갔으나 교섭에 실패해 그들의 합류는 일단 포기하고 말았다고 하더이다."

면우 곽종석 선생은 을미사변이 일어나던 지난 1895년에 비안현감(比安縣監)으로 제수되었으나 거절하고 독립협회가 해산당하고 전국에서 인재를 구하고 있던 1899년에 다시 중추원(中樞院) 의관(議官)으로 부름을 받았으나 역시 사양한 채 학문에만 전념했던 인물이었다. 그러나 때마침 을미의병이 일어나자, 안동과 제천 지역의 의병 진영을 규합하고 미국·영국·러시아·프랑스·독일 등의 공관에 열국의 각축과 일본의 침략을 만국공법(萬國公法)에 호소·규탄하고 배척하는 글을 발송하는 등, 만만치 않은 구국 행보를 보였던 인물이기도 하였다.

"그런데 유림계의 거목인 의병장 면우 곽종석 선생이 이번 거사에 응하지 않은 것은 유림계 일각에서 위정척사(衛正斥邪)의 정신에 입각하여 성리학 이외의 모든 종교와 사상을 사학(邪學)으로 배척하고 있는 게 현실이라, 이번 거사를 공동으로 도모하는 천도교를 비롯하여, 기독교, 불교 등의 타 종교를 사교(邪敎)라 배척하는 뜻에서도 그렇고, 또한 만세 운동보다는 최고의 예를 다하여 국장을 치르는 게 충효 정신을 근본이념으로 하는 그들의 당면 과제라 그리하지 않았나 싶소이다.

허나, 온 나라의 백성들이 조국 광복을 위해서 일치단결로써 총궐기하여 들고 일어나려는 이런 중차대한 시기에 지난 왕조 시대에나 어울리는 그런 구태의연한 배타적인 유교정신을 수호하려고 이번 거사에 동참하지 않는 것을 보니 한동안 유림에 몸담아서 의병운동을 해 온 시생으로서는 이만저만한 유감이 아니올시다! 조선은 유교 정신의 바탕 위에서 지난 오백 년 동안의 사직을 유지해 온 나라인데, 정작 그 나라를 되찾기 위해 동포 전체가 총궐기하여 국권 회복을 실현하려는 이번 만세운동에 불참하겠다니, 그게 가당치나 한 일이오이까?

시생도 지난 한 때는 유림계의 일원으로서 그들과 뜻을 함께하며 의병운동에 임하던 시절도 있었지만, 요원의 불길처럼 번져 나가던 의병운동의 열기도 지난 왕조시대에나 어울리는 위정척사라는 배타적인 이념 때문에 제 구실을 못하게 되는 것을 보고 강력한 민족 운동을 표방하는 민족 종교인 대종교로 개종하기로 결심하였던 것인데, 이제 와서 다시 돌이켜 보아도 시생의 판단이 참으로 옳았구나 하는 생각이 들지 않을 수 없는 바이올시다!

그리고 우리 대종교가 이번 만세운동에 직접 참여하지 않게 된 데에 대하여서도 잘못 된 오해를 불식시키기 위하여 한 말씀을 올리지 않을 수 없게 되었소이다. 아까 을강 선생께서도 잠깐 언급하신 바가 있었습니다만, 우리 대종교에서 발의하고 앞장섰던 지난 연말의 〈무오독립선언서〉에도 명시되어 있는 바와 같이, 우리 대종교에서는 지금까지 표방해 왔던 비폭력주의에 입각한 독립운동의 방향을 바꾸어 육탄혈전(肉彈血戰)으로 조국의 독립을 완수하자는 결의에 따라 북간도 일대에서 무장을 한 독립군 부대를 창설하고 무력 투쟁 쪽으로 방향을 바꾸기로 하고 모든 역량을 거기에 쏟아 붓고 있는 중이라, 비폭력 방법으로 결행하는 이번 거사에는 직접 참여하지 못하게 된 것뿐이올시다!

허나, 〈무오독립선언서〉에 서명한 독립운동가 대표 서른아홉 분 중에 무려 스물다섯 분이 우리 대종교의 저명 인사들이라는 사실로도 짐작할 수 있듯이, 독립운동에 대한 우리의 의지가 약해진 것이 아니라, 오히려 더욱 강력한 독립운동을 펼치기 위함이라는 사실을 이해해 주셨으면 좋겠소이다."

유림계와 대종교 측이 불참한 가운데 기독교 측의 계획은 처음에는 평안도 지방의 장로교 계통과 서울의 감리교 계통을 중심으로 한두 갈래의 움직임이 있었던 것이 사실이었다. 평안도에서는 중국에서 파견된 선우혁(鮮于赫)이 국내에서도 독립운동을 일으킬 것을 권고하였으므로, 이승훈은 동지들과 협의하여 그 계획을 세웠는데, 그때 마침 천도교 측의 연락이 있어서 상경하여 천도교 측과 접촉함으로써 기독교 측과 천도교 측이 합류하게 된 것이었다.

한편, 서울의 기독교 측은 독립운동을 위해 박희도(朴熙道)와 함태영(咸台永)을 중심으로 감리교 계통의 인사들과 접촉하면서 청년학생들과 서로 연락을 취하고 있었다. 당시 중앙기독교청년회 간사로 있던 박희도는 기독교 중심의 청년 학생단을 조직하여 독립운동을 일으키기로 결정하였는데, 이 계획은 박희도와 이승훈이 만남으로써 통합되었고, 이승훈을 통해 천도교 측과 합류하게 되었던 것이다. 서울에서 협의하고 천도교 측과 합동으로 독립운동의 추진계획을 세우기로 결정한 이승훈은 평안도에서 동지를 규합하고, 지난 2월 17일에 다시 상경하여 송진우를 만났으나 그의 태도가 확실치 못한데 의혹을 품던 차에 박희도를 만났다고 한다. 그리하여 이승훈은 박희도의 청년 학생단을 중심으로 한 기독교 측의 독자적인 운동 계획에 참여하기 위해 지난 20일에 박희도의 집에서 오화영(嗚華英), 정춘수(鄭春洙) 등과 협의하여 기독교 단독으로 독립운동을 추진하기로 하고, 그 방법으로 일본 정부에 독립청원서를 제출하기로 의견을 모았다.

그리고 다시 함태영의 집에서 세브란스병원 사무원인 이갑성(李甲成) 등과 회합하였으나 의견의 일치를 보지 못하던 중에 지난 2월 21일 최남선이 이승훈과 함께 최린의 집에 찾아가 협의한 끝에 민족의 행동 통일을 위해 서로 합동하기로 하였던 것이다. 이에, 이승훈은 기독교 측의 거사 준비를 위한 자금으로 5천원을 천도교 측으로부터 건네받았다고 한다. 이날 밤, 이승훈은 세브란스병원 내의 이갑성 선생의 숙소에서 10여 명의 기독교 간부들과 논의하는 자리에서 그들의 찬동을 얻어 지난 2월 24일 천도교 측에게 통고함으로써 마침내 천도교 측과도 통합이 이루어지게 된 것이었다.

학생 측의 추진 계획은 1919년 1월 26일경 중앙기독교청년회 간사 박희도가 보성전문학교(普成專門學校) 졸업생 주익(朱翼), 재학생 강기덕(康基德), 연희전문학교(延禧專門學校)의 김원벽(金元璧), 윤화정(尹和鼎), 경성전수학교(京城專修學校: 京城法律專門學校의 전신)의 윤자영(尹滋英), 세브란스의전(醫專)의 이용설(李容卨), 경성공전(京城工專)의 주종의(朱種宜), 경성의전(京城醫專)의 김형기(金炯璣) 등 8명을 관수동 대관원(大觀園)에 초대한 자리에서 대체적인 합의를 본 바가 있었다고 한다. 그리하여 2월 3일경에는 그 추진 계획이 급속도로 진행되어 대관원에 모였던 학생 대표들은 각자가 재학하는 학교와 중등학교 이상의 학생들에게 권고하여 그들을 규합하였다. 그리고 주익이 2월 20일경 독립선언서를 기초해 인쇄하려던 때에 23일 이승훈과 박희도가 천도교 측과의 합류를 성공시켰기 때문에 김원벽은 그 원고를 승동예배당(勝洞禮拜堂)에서 불태우고, 학생 측도 천도교와 기독교 측의 추진 계획에 참여·협조하기로 함으로써 3·1운동의 주도 체제는 단일화가 되었고, 이로부터 추진 계획은 급속도로 진전되었다고 한다.

"천도교와 기독교 학생 측의 개별적인 독립운동 추진계획이 이렇게 통합되고 불교 측이 이에 가담함으로써 독립선언서에 서명할 민족대표 인선(人選)이 시작되었다고 합니다."

천도교 측에서는 2월 25일부터 27일인 바로 어제까지 3일에 걸쳐 손병희, 권동진, 오세창, 최린 선생과 재경(在京) 또는 지방 간부로서 서울에 와 있는 이종일(李種一), 박준승(朴準承), 나인협(羅仁協), 임예환(林禮煥), 이종훈(李鍾勳), 권병덕(權秉悳), 양한묵(梁漢默), 김완규(金完圭), 홍기조(洪基兆), 홍병기(洪秉箕), 나용환(羅龍煥) 등 15명이 서명하였으며, 기독교 측에서는 26일경에 이승훈, 양전박, 이명용, 유여대, 김병조, 길선주, 신홍식, 박희도, 오영화, 정춘수, 이갑성, 최성모, 김창준, 이필주, 박동완, 신석구 등 16명이 서명하였고, 여기에 불교계 측의 한용운과 백용성을 포함하여 민족대표로 33인이 결정되었다.

이 33인의 민족대표 이외에도 중요한 역할을 담당한 인사들이 있었으나 그들은 개인 사정이나 또 독립운동의 다음 일을 위하여 서명에서 빠졌는데, 중앙학교의 송진우, 현상윤을 비롯하여 정노식, 김도태, 최남선, 임규, 박인호, 노헌용, 김홍규, 이경변, 함태영, 안세환, 김세환, 김지환, 강기덕, 김원벽 등 16인이었다. 이렇게 함으로써 드디어 3·1운동의 중앙 지도체가 완성되기에 이르렀던 것이다.

"그런데 독립운동 준비에 있어 하나의 중요한 일이 바로 독립선언서의 작성 문제였지요! 이 일은 육당 최남선 선생이 최린, 현상윤 선생 등과 논의하는 자리에서 자기는 일생을 학자로 마칠 생각이니 독립운동의 표면에는 나서지 않고 선언서를 작성하겠노라고 제의하여 찬성을 얻음으로써 민족대표에는 빠지게 되었다고 하더이다. 그런데 최남선이 독립선언서 초안을 작성하여 최린에게 전달하였으나, 한용운 선생께서 독립운동을 책임질 수 없는 최남선이 선언서를 짓는 것은 옳지 않다고 주장하여 자신이 짓겠다고 나섰으나, 이미 손질이 끝난 뒤여서 선언서 끝에 만해 선생의 공약삼장(公約三章)을 추가하는 선에서 그 문제는 일단 마무리가 되었다고 하더이다."

"그렇다면 지금 백산 선생님께서는 그 독립선언서를 가지고 내려오셨다는 말씀입니까?"

윤세주가 손을 번쩍 쳐들고 물었다.

"일이 그리 되었더라면 오죽이나 좋겠소이까? 허나 안타깝게도 그럴 형편이 되지 못하였소이다!"

왜냐하면, 거사 일정의 보안 유지를 위하여 백산 선생이 부산행 기차를 탔던 바로 어제 2월 27일 저녁부터 천도교에서 경영하는 보성사(普成社) 인쇄소에서 인쇄를 시작하여 경운동(慶雲洞)에 있는 사장 이종일(李種一)의 집에 운반하여 은닉해 두었다가 28일 아침부터 각 지역의 분배 및 배포 담당 인사들에게 분배하여 전국 각지에 전달하기로 계획이 짜여 있었기 때문이었다.

"그런데, 왜 거사 일정을 이렇게 급히 변경하게 된 것입니까?"

이번에는 멀리 뒷자리에서 누군가가 점잖게 묻고 나서는 것이다. 모두들 놀라서 뒤를 돌아다보니 이번 거사에 행동대를 이끌고 직접 상경하기로 되어 있는 인솔 책임자 윤치형이었다. 그는 윤세주의 서울 오성중학교(五星中學校)의 선배로서 서울 지리에 밝을 뿐만 아니라, 나이도 많고 통솔력도 아울러 갖추고 있었다. 그 때문에 이번 거사에 있어서도 지난 가을까지 청년 단장을 맡고 있던 고삼종 목사의 자제인 고인덕(高仁德)이 더 큰 일을 하기 위하여 지난해 말에 중국으로 망명해 가는 바람에 밀양 청년 독립단의 단장을 떠맡게 된 김병환을 대신하여 여러 동지들을 이끌고 상경하는 행동대의 선봉 임무를 특별히 맡게 된 것이었다.

"여러 동지들께서 잘 아시다시피 애초에 거사일로 정한 날이 바로 고종 황제 폐하의 국장일(國葬日)이 아니오이까? 거사를 도모하기에는 전국 각지에서 수많은 군중들이 몰려드는 국장일이 다시없이 좋은 날이었으나, 국상을 치르는 날에 만세 운동을 일으키는 것이 불경(不敬)에 해당한다는 논의가 유림계를 중심으로 일어나면서 그렇게 된 것이지요. 그리하여 승하하신 고종 황제 폐하에 대한 불경을 피하면서도 국장배관(國葬拜觀) 차 상경하는 수많은 지방민을 참여시키려면 3일과 가까운 날이어야 하는데, 마침 2일은 일요일이라 기독교 측에서 피하고자 하여서 결국 3월 1일에 거사하기로 결정을 보게 된 것이 아니겠소이까?"

"그러면 3월 1일로 날짜만 바뀌고 시간은 그대로 오후 2시에 서울 탑골공원에서 만세 운동을 거행하는 겁니까?"

이번에도 청년단원들의 상경 인솔 책임자답게 윤치형이 묻는다.

"독립선언서에 서명한 인사들 중에서 어제까지 서울에 와 있는 20여 명의 인사들이 바로 오늘 밤에 재동(齋洞)에 있는 의암 손병희 선생 댁에 모여 거사 계획을 최종적으로 검토하기로 하였다 하더이다. 그런데 우리가 들은 바로는 돌아가는 분위기가 아무래도 3월 1일 오후 2시에 탑골공원에서 독립을 선언하기로 하였던 당초의 결정을 바꾸어 인사동에 있는 태화관(泰和館)에서 거행하기로 의견을 모을 것 같더이다."

태화관은 지금의 종로구 인사동에 있었던 요릿집으로, 1918년 5월에 세종로 사거리에 있던 원래의 명월관(明月館)이 화재로 소실돼면서 새로 문을 연, 본점을 대신하는 분점이었다. 명월관은 한말에 궁내부 주임관(奏任官) 및 전선사장(典膳司長: 궁중내 음식 잔치와 그 기구를 보관하는 일을 맡아하였던 직책)으로 있으면서 어선(御膳: 임금에게 올리는 음식)과 향연을 맡아 궁중요리를 하던 안순환(安淳煥)이 한일합방 직전인 지난 1909년에 지은 요릿집이었다. 바로 그 해에 관기제도(官妓制度)가 폐지되어 당시 어전(御前)에서 가무를 하던 궁중 기녀들이 모여들면서 영업이 점차 번창하기 시작한 명월관은 일반실과 특실이 따로 있어 개점 초기부터 대한제국의 고관들과 친일파 인물들이 주로 출입하였으며, 최근에는 문인·언론인들과 국외에서 잠입한 애국지사들이 밀담 장소로 자주 이용하는 곳이기도 하였다.

"아니, 그것은 또 무슨 까닭입니까?"

윤치형과 귀엣말을 주고받고 있던 윤세주가 불만족스러운 얼굴로 묻는다.

"그 까닭은 거사 당일에 학생들과 민중들이 많이 모일 것이므로, 일제 당국과의 큰 충돌이 있을까 염려한 때문이 아니겠소이까?"

"어차피 일제에 맞서서 벌이는 독립만세 운동인데, 일제와의 충돌이 염려되어 거사 장소를 갑자기 바꾼다는 것은 저로서는 잘 납득이 되지 않는데요?"

"물론 그런 생각이 당연히 들 것이외다! 허나, 처음부터 독립운동의 3대 원칙으로서 대중화할 것, 일원화할 것, 비폭력으로 할 것을 정해 놓은 것이 있으니 어찌할 도리가 없지 않겠소이까? 더구나 민족운동의 대표적 인사의 한 분이신 단재(丹齋) 신채호(申采浩) 선생 같은 분도 이번 만세운동에 불참하면서 많은 군중들을 동원하는 이번 거사를 두고 순진한 애국심에 기초한 민족주의자들의 무모한 행동이라고 하며 비판한다고 하더이다. 이분 역시도 이번 만세운동에서 입게 될 우리 민중들의 피해를 크게 우려했기 때문이 아니겠소이까?"

그러나 사실은 민족 대표 33인은 탑골공원에 모인 학생·시민들이 전면적인 시위에 들어가 자기네들이 세워놓은 비폭력의 원칙을 깨뜨릴 경우, 일본·미국 등 세계열강의 호의를 얻어내지 못하지 않을까 하는 우려가 더 컸기 때문에 만세운동의 장소를 바꾸는 쪽으로 의견이 기울게 된 것이었다

"그러면 결국 민족대표들의 독립선언식 따로, 학생과 일반 민중들의 만세운동 따로, 그렇게 제각각 한다는 얘기가 아닙니까?"

"글쎄올시다! 그것은 아직 속단할 단계는 아니지만, 일단 그렇게 된다고 봐야 하겠지요! 허나, 설령 민족 대표 33인이 폭력 사태를 우려하여 제3의 장소에서 따로 독립선언식을 거행한다 하더라도, 많은 군중들이 운집하게 될 탑골공원에서의 만세운동은 원래의 방식 그대로 거기서 행하면 되지 않겠소이까?"

박철 사교의 설명에 어느 정도 납득이 되었는지, 윤치형과 윤세주도 더 이상 아무런 이의를 제기하지 않았다.

이렇게 거사 계획에 대한 개략을 자기가 아는 한도 내에서 자세하게 설명한 백산 선생은 다시 목청을 가다듬으며 연설조로 말을 이어 가기 시작하였다.

"밀양의 애국 청년 동지 여러 분! 누가 뭐라 하여도 역사적인 항일 독립만세 운동을 앞두고 우리 이천만 민족 모두가 일치단결하여 그 대열에 당당하게 나설 때가 온 것만은 분명한 사실이올시다. 연약한 갈대도 여러 개를 한데 모아 단단히 단을 묶어 놓으면 그 버티는 힘이 수백 년 묵은 단목(檀木)에 못지않고, 자잘한 모래도 억만 년을 두고 뭉치고 다져지면 단단한 바위가 된다고 하더이다. 그리고 지심 깊은 곳에서 이글거리는 용암이라는 물질도 무한대의 압력으로 덮어 누르는 지층을 뚫고 외연히 솟구쳐 올랐을 때에야 비로소 거대한 화산을 이루어 놓듯이, 우리 이천만 민중의 각개 정신도 지심에서 이글거리는 그 용암처럼 뜨거운 가슴 속의 조국애로 용해되고 부풀어 올라서 저 잔인무도한 왜놈들의 횡포를 타파하고 활화산처럼 장엄하게 분출될 수만 있다면 천하에 못할 일이 또 어디에 있겠소이까?"

서서히 자리를 잡아가는 박철 사교의 연설은 청산유수 격으로 막힘이 없었다. 그리고 나이를 뛰어넘는 그의 맑고 쩌렁쩌렁한 목소리는 단순히 거사 일정 변경 사실을 알려 주기 위하여 찾아온 사람으로 보기에는 너무 뜨겁고 절절하였으며, 한동안 술렁거렸던 실내 분위기를 완전히 압도할 정도로 당당한 자신감에 차 있었다.

"친애하는 애국 동지 여러 분! 시생은 변변치 못한 범인(凡人)에 불과하지만, 조국 광복에 대한 신념 하나만은 우리 민족 중의 어느 누구 못지않게 굳게 지니고 있다고 감히 자부할 수 있는 사람이올시다! 또한, 시생은 단군 대황조(檀君大皇祖)님의 자손으로 태어난 것을 자랑스럽게 여기는 대한의 아들인 동시에 내가 태어난 이 강토, 이 겨레에 대한 사랑만은 그 누구에게도 뒤지지 않는다고 감히 자부할 수 있는 사람이며, 또한 조국 광복을 위해서는 지금 당장이라도 기꺼이 이 한 목숨을 바치겠노라고 떳떳이 밝힐 수 있는 우리 대한의 남아인 것만은 분명하다 이 말씀이외다!"

사자후로 토해내는 그의 열변은 순식간에 실내의 분위기를 뜨겁게 달구어 놓음은 물론이요, 거기 있는 모든 사람들의 영혼마저 송두리째 사로잡아 가고 있었다. 그리하여 적잖은 동요를 불러일으켰던 청년 단원들의 불안감은 어느덧 봄 눈 녹듯이 사라지고, 3·1만세운동 참가를 눈앞에 둔 청년들의 가슴마다에는 어느 새 조국 광복에 대한 열망과 임전무퇴의 용기만이 하늘 높은 줄 모르고 충천해 가고 있었다.

"참으로 믿음직스러운 애국 동지 여러 분! 정말로 우리 이천만 민중이 합심 단결하여 활화산처럼 그렇게 분연히 떨치고 나설 수만 있다면 그 얼마나 가슴 벅찬 일이 되겠소이까? 그리고 그렇게만 한다면 천하에 못할 일이 어디에 있겠소이까? 시생은 오늘 국상을 당한 망국민의 한 사람으로서, 그리고 거사 계획에 참여한 일부 인사들과 접촉한 독립운동가의 한 사람으로서 아무 준비도 없이 이 거룩하고 유서 깊은 우국의 땅 밀양 고을에 찾아와서 이렇게 동지 여러 분들 앞에 서고 보니 그야말로 정불지억(情不知抑)의 심사를 감출 길이 없소이다! 그래도 믿음직스러운 동지 여러 분들의 얼굴을 친견하는 영광을 누리게 되었으니, 시생의 가슴 속에 차오르는 이 기쁨, 이 감격을 어찌 한두 줄의 필설로써 모두 형언할 수 있겠소이까? 그래서 시생은 지금 북받치는 이 감격과 남 다른 정회 때문에 가슴이 터질 것만 같소이다 그려!"

박철 사교는 만감이 교차하는 듯, 여기서 잠시 말을 끊더니 한껏 목청이 꺾이면서 가슴 속에 깊이 사무친 말을 수십 년 동안 다스려 온 은원(恩怨)처럼 아프게 토로하기 시작하는 것이었다.

"하지만 시생의 가슴을 이다지도 벅차게 만드는 감회야 어디 그것뿐이겠소이까? …사실, 이곳 밀양 땅은 시생하고는 잊으려야 잊을 수 없는, 참으로 묘하고도 기막힌 사연이 맺혀 있는 곳이라 더욱 일러 무엇 하겠소이까?"

박철 사교는 정말로 가슴이 벅찬 나머지 숨이 막힐 지경인 듯, 잠시 말을 끊고는 심호흡을 한다. 아래턱은 굳게 다물어지고 안광도 여전히 숯불처럼 이글거리고 있었다.

그렇지만, 그의 강건한 얼굴 어딘가에는 지울 길 없는 한 줄기 우수의 빛이 은밀히 스며 흐르고 있었다.

그러나 그는 거기에 대해서는 더 이상 언급하지 않고 다시금 마음을 가다듬으며, 그러나 아까처럼 강인한 어조로 다음 말을 이어 가기 시작하였다.

"애국 동지 여러 분! 여러 분들도 나라 잃은 백성들의 설움이 어떤 것인가를 뼈에 사무치도록 몸소 겪어들 보시지 않았소이까? 시생 또한 그에 못지 않은 일들을 수없이 겪어 보았기에 이 통탄할 현시국을 타개하기 위하여 이렇게 미력으로나마 힘을 보태고자 동분서주하고 있는 바이올시다! 여러 분들이나 나나, 우리 모두가 다같이 망국의 현실에 한이 많은 조선의 백성들이요, 단군 대황조님의 자손들이니 그러한 각자의 슬픔들을 떨쳐 버리고 나라를 되찾자는 열망에 있어서야 어찌 다를 바가 있을 수 있겠소이까?"

불타는 영혼이 뿜어내는 것 같은 박철 사교의 연설은 갈수록 열기를 더해 가더니 급기야는 그 고비에 도달한 듯, 목소리마저 처절하게 잠겨 가고 있었다. 그래도 사자후로 토해내는 그의 연설에는 사람들의 가슴을 울리고 웃길 수 있는 무소불위의 힘이 여전히 남아 있는 듯하였다. 이제 실내에는 그 어떤 불안감도, 그로 말미암은 그 어떤 동요의 기미도 찾아볼 수 없었으며, 그의 연설에 도취된 청년 동지들은 이제 그의 뜻에 따라 일사불란하게 움직일 수 있는 완전한 그의 신봉자가 되어 가고 있는 것 같았다.

"자랑스러운 애국 청년 동지 여러분! 우리 민족은 유사 이래로 이민족의 침입을 수없이 받았으나, 단 한 번도 국권을 빼앗긴 적 없이 피어린 이 강토를 꿋꿋이 지켜 온 단일 혈통의 깨끗한 민족이올시다! 시생이 오늘 유서 깊은 우국의 땅에 온 김에 여러 청년 동지들에게 특별히 한 말씀드리고 싶은 것도 바로 그 피어린 우리 강토를 되찾기 위한 방도에 관한 얘기올시다! 나라를 위하는 일과 방법은 여러 가지가 있겠으나, 조국 독립을 위해서 다른 무엇보다도 시급히 요청되는 것은 신분 계층과 이해득실에 따라 중구난방으로 사분오열되어 있는 동포들의 뜻과 의지를 한데로 결집시키는 일이 아니겠소이까? 그래야 만이 우리 민족의 역량이 배가되고, 적들도 우리를 감히 얕잡아보지 못할 것이란 것이 시생의 소신인 거외다. 우리는 힘이 없어 외세에 짓밟히기도 했지만, 국론이 분열되고 각계각층의 사람들이 서로 반목질시하고 암투하는 가운데 나라를 빼앗기는, 참으로 어이없는 우를 범하고 말았으니 이제라도 이천만 민족 각계각층이 하나가 되어 긴밀하게 협력하고 일치단결하여 우리 모두 다 함께 조국 광복을 향해 총 매진해 나가도록 노력해야 할 거외다, 여러 분!"

박철 사교의 연설은 어느덧 뜨거운 민족혼이 넘실거리는 열기 속에서 대미를 향해 치달아가고 있었다. 그는 자기에게 있어서 이곳 밀양 땅이 잊으려야 잊을 수 없는 인연 깊은 곳이라고 했지만, 더 이상 아무런 설명도 없었고, 거기에 대하여 묻는 사람 역시 아무도 없었다. 그리고 지금 서울에서 무슨 일이 일어나고 있는가에 대해서 질문을 던지고 나서는 사람도 또한 아무도 없었다.

그러나 뜻하지 않게 자신의 얘기가 길어진 데 대하여 부담을 느낀 듯, 박철 사교는 한껏 어조를 누그러뜨리며 드디어 결론으로 들어가는 것이었다.

"동지 여러 분! 이번 만세운동을 주관하시는 민족 대표 여러분들을 대신하여 여러 분들에게 사과의 말씀을 한 가지 전해 올릴까 합니다. 우리 속담에도 있지 않소이까? 사공이 많으면 배가 산으로 올라가고,

호사(好事)에도 마(魔)가 끼어들기 마련이라고 말이외다. 그런데 일을 하다 보니 이번에 실제로 그러한 일이 일어나고 만 것 같았소이다 그려! 소수의 우리 종교계, 교육계의 민족 지도자들끼리 거사 계획을 수립할 때까지만 해도 보안이 그런대로 잘 지켜졌다는데, 참여 인원수를 늘리기 위하여 세력을 급속히 확장시켜 나가는 과정에서 일부 계획이 누출된 사실을 뒤늦게 감지하게 되었던 것이지요!"

박철 사교의 설명이 거기까지 이어졌을 때였다. 이장수가 뒤에서 오랜 꿈에서 깨어난 사람처럼 소리쳐 묻는다.

"그렇다면 왜놈들이 벌써 눈치를 챘단 말씀이십니까?"

"아직은 저쪽에서 이렇다 할 움직임을 보이지 않고 있으니까 놈들의 속셈을 알 길은 없지만, 일단은 그렇게 봐야 할 거외다! 그래서 왜놈들의 허를 찔러서 3월 1일에 기습적으로 거사를 단행하기로 한 것이 아니겠소이까? 하지만 그렇게 낙담하거나 낭패감에 사로잡힐 일은 아니라고 보고 있소이다. 이 자리에서 시생이 여러 동지들에게 확실하게 드릴 수 있는 말씀은 이렇게 거사 일정이 바뀌었다고 해서 우리가 결행하는 일에 있어서 달라질 것은 아무것도 없다는 사실이외다!"

박철 사교의 설명에 이장수는 더 이상 질문할 사항이 없는 듯, 그대로 입을 다물고 만다. 그러자 박철 사교는 한층 더 고양된 어조로 쐐기를 박듯이 다시금 뒤를 다지는 것이었다.

"동지 여러 분! 거듭 말씀드리거니와, 일정이 이틀 앞당겨진 것뿐이니 결코 의기(意氣)가 꺾이거나 지레 흔들려서는 아니 될 거외다! 그리고 거사 준비에 있어서도 털끝만큼의 차질이 생겨서도 아니 될 것이외다! 정말로 안 될 것이외다! 애국충절의 고장 밀양 청년 동지 여러분! 우리 모두가 하나의 혈통을 이어받은 천손(天孫)들이니 조국 광복의 열망에 있어서는 남녀노소, 빈부귀천이 따로 있어서도 안 될 것이며, 또한 있을 턱도 없을 거외다! 그런 뜻에서 이 자리를 빌어서 다시 한 번 여러 분들에게 강력히 호소하겠소이다. 독립운동에는 남녀 귀천이 없소이다! 일자 무식자도 애국 애족하는 마음만 있다면 아무 상관이 없소이다! 우리 〈중광단〉에서는 완전 무장한 독립군 부대의 창설을 앞두고 비명에 가신 태황제 폐하의 국상을 당하여 온 겨레가 총궐기하는 이번 만세 운동을 계기로 신규 단원을 모집하고 있사오니 작탄혈전(炸彈血戰)으로 왜놈들과 당당하게 맞서 싸울 열혈 애국 청년들이 계신다면 우리 누구라도 〈중광단〉에 지원해 주실 것을 이 자리를 빌려 간곡히 부탁드리는 바이올시다. 이것은 시생의 뜻이기 이전에 여러 분들의 대선배이신 백민 황상규 선생께서 시생에게 특별히 당부하신 뜻인 동시에 국조이신 단군 대황조님의 뜻이기도 하지 않겠소이까? 그러니 시생이 전해 드리는 이 부탁 말씀을 마음 깊이 새겨 두셨다가 결단이 서시면 여기 계신 을강 선생님께 언제라도 그 본심만 은밀히 전하여 주시면 바로 만주로 오실 수 있는 길이 열리게 될 것이외다.

청년 동지 여러분! 여러 분들은 유서 깊은 선비의 고장 밀양, 저 청사(靑史)에 빛나는 애국선열들의 기상을 이어받은 우국충절의 고장 밀양이 낳은 열혈 애국 청년들이 아니오이까? 그래서 여러 분들에 대한 기대가 더욱 지대한 것이올시다! 지금의 〈중광단〉을 개편하여 새로 창설될 〈대한정의단(大韓正義團)〉에서 여러 분들을 다시 만나게 될 날을 손꼽아 기다리겠다는 약조를 드리면서 두서없는 시생의 장광설을 여기서 이만 접도록 하겠소이다. 감사합니다!"

박철 사교는 열띤 어조로 그렇게 거듭 당부하고 나서야 단상에서 내려왔다. 그러나 그의 얘기가 끝나기가 무섭게 이번 거사에 직접 참가하기로 했던 젊은 동지들은 다시 강독대 앞으로 나와 서는 을강 선생 앞으로 우르르 몰려든다. 윤치형이 다급하게 큰 소리로 그에게 물었다.

"선생님, 그렇다면 지금 당장 집으로 돌아가서 상경할 준비부터 서둘러야 하지 않겠습니까?"

행동대를 이끌고 상경하기로 되어 있는 윤치형의 조바심은 그 누구보다 클 수밖에 없는 것이다.

"그야 여부가 있겠는가!"

이렇게 대답한 을강 선생은 목청을 높여서 청년 동지들에게 소리치는 것이다.

"여러분들! 일이 아주 바쁘게 되었다네. 자! 모두들 오늘 당장 밤차를 타야 할 것 같은데, 그렇게 해도 괜찮겠는가?"

"어차피 상경하기로 한 일이니까, 좀 서두르게 됐다 뿐이지 달라질 일은 없지 않겠습니까?"

단하에 나와 있던 김병환의 말이었다. 그는 형편상 윤치형에게 상경 행동대의 책임을 맡겼으나 그 역시도 〈밀양 청년독립단〉의 단장이자 행동대의 일원으로 상경하기로 되어 있는 것이다.

"그렇게들 하세나! 출발은 2일 날 밤차가 아니라, 바로 오늘 저녁 7시 기차로 상경하는 것일세! 자, 그러면 모두들 집으로 빨리 돌아가서 떠날 준비부터 미리미리 해 두시게나! 그리고 기차 시간에 맞춰서 밀양역에서 출발 한 시간 전에 집결 완료하기로 하고 그때 다시 만나도록 하세나!"

을강 선생은 그렇게 선언하고는 분연히 돌아서서 연단 아래로 뚜벅 뚜벅 걸어 내려간다.

◇ 단군檀君의 사제師弟

야트막한 초당 위로 초저녁의 어둠이 내린다. 한지에 스며드는 먹물 같이, 산과 들을 덮치면서 시시각각 젖어서 오는 악몽과도 같은 어둠이다.

을강 선생은 뜰이 한눈에 내다보이는 들창 가에 꼿꼿이 앉은 자세로 악몽처럼 덮쳐 오는 그 어둠을 피할 수 없는 운명인 양 꼼짝도 하지 않고 맞이하고 있었다. 서울로 떠나보낸 청년 동지들의 무사 귀환을 빌면서 자리를 잡고 앉은 기나 긴 기다림의 자리였다. 한 번쯤 몸을 뒤채기도 하련만, 그의 몸은 움직임을 잊은 지 이미 오래였다.

하지만 육신은 화석처럼 굳어 버렸어도 그의 영혼은 뜨거웠고, 머릿속의 뇌수는 의혈(義血)의 강물로 들끓으며 끊임없이 출렁거리고 있었다. 그리고 서울로 간 청년 단원들의 행적을 뒤쫓으며 끝없이 뻗어 가는 상념의 골짜기마다 간절한 기도의 언어들이 적막한 가을 숲 속의 낙엽처럼 차곡차곡 쌓여가고 있었다.

차라리 그들과 함께 상경했더라면 그토록 혹독한 인고의 고통을 겪지 않아도 좋았으련만, 그러나 그들 스스로 서울의 독립만세운동에 직접 뛰어들어 일제에 맞서는 실전과도 같은 경험을 쌓음으로써 보다 강인한 독립투사가 되어 돌아오기를 기대하면서 일부러 선택한 길이었기에 새삼스럽게 후회할 일은 아니었다.

하지만 아무리 사정이 그렇더라도 스스로 자초한 고역에 대해 양심의 가책을 느끼게 되는 것은 인지상정이라, 생떼 같은 목숨들을 사지로 내보내고 자기 혼자 집에 남아 있는 그의 마음이 편할 리 만무하였다. 어쩌면 그는 지금도 이렇게 앉아서 고난의 길을 걷는 수도승처럼 청년 단원들의 무사 귀환을 천지신명께 축원하면서 기나긴 고통의 시간을 감내하며 놈들에게 잡혀가 당하는 육체적인 고문보다도 더 혹독한 심적인 단련을 자처하여 겪고 있는지도 모를 일이었다.

'천지신명이시여! 이 겨레를 구원하시려거든 우선 우리 단원들의 앞길부터 안전하게 열어 주소서! 그리하여 그들로 하여금 하루 빨리 광명한 해방의 시대를 여는 역군과 첨병으로 성장할 수 있도록 인도하여 주시옵소서! 단군 대황조님이시여! 이 간절한 기도를 천지신명께 전하여 주시고, 저희 대원들이 한 사람의 낙오자도 없이 무사히 귀환할 수 있도록 부디 굽어 살펴 주시옵소서!'

천만 번도 넘게 반복하는 기원이지만 그의 기도는 끝이 없고, 두 눈을 지그시 내리 감고 앉아 있는 그의 모습도 열렬한 염원으로 불타 버린 화석처럼 시간의 퇴적 속에 외연히 굳어가고 있었다. 이 식민지 시대보다 더한 어둠이 이 세상 어디에 또 있으랴만, 피를 말리는 마음의 고생을 하면서 하룻밤을 꼬박 지새운 을강 선생에게는 이 시대보다 더한 암담한 어둠의 시공 속에서 온갖 사유(思惟)와 기도로써 양심의 가책과 한밤내 사투를 벌여야 하는 그 혹독한 고역이 오히려 더 큰 위안이 되고 있는지도 모를 일이었다.

밤을 낮 삼아 간절한 기도의 벽돌들을 참회하듯 차곡차곡 쌓다 보면 천리장성, 만리장성을 쌓고도 남아 돌 정도로 길고 지루한 시간이 되었지만, 이튿날 새 아침이 밝아 오면 새카맣게 타 버린 가슴 속에 연기처럼 아릿하게 남는 건 언제나 인고의 시간보다도 더 고통스러운 만공(滿空) 같은 적막감뿐이었다.

조선 천지는 지금 고종 황제의 독살설이 기정사실로 굳어지면서 독립에 대한 열망과 일제에 대한 반감이 최고조에 달해 있었고, 그 격앙된 민족 감정이 한꺼번에 폭발하여 요동치고 있는 격렬한 진원지에 자기 휘하의 단원들이 몰려 가 있는 것이었다.

3.1만세 운동에 놀란 일제가 언론 보도 통제를 강화하면서 고종황제의 독살설을 반박하는 해명성 신문 기사를 관보로 연일 내보내고 있었지만, 그들의 주장을 믿는 사람은 이제 아무도 없었다. 그것보다는 전국 곳곳에 나붙는 지하 신문과 각종 벽보를 비롯하여 입에서 입으로 전해지는 고종황제의 독살에 대한 구체적인 정황 증거들이 속속 드러나면서 더욱 설득력을 얻어 가고 있었다. 건강하던 고종황제가 식혜를 마신 지 30분도 안 되어 심한 경련을 일으키며 죽어갔고, 시신의 팔다리가 하루 이틀 만에 크게 부어올라 염을 할 때 황제의 한복 바지를 벗기기 위해 옷을 찢어야 했으며, 이가 모두 빠져 있었고, 혀는 닳아 없어졌으며, 거의 한 자 정도의 검은 줄이 목에서 복부까지 길게 나 있고, 승

하 직후에 식혜를 올렸던 궁녀 두 명이 차례로 석연치 않은 사인으로 죽고 말았다는 내용이 그것이었다.

이렇게 눈으로 본 듯이 구체적으로 전해지는 독살 당한 황제의 모습과 이왕직(李王職) 장시국장 한창수와 시종관 한상학, 윤덕영을 비롯하여 숙직을 하였던 이완용, 이기용 등, 독살설의 배후가 속속 불거지면서 일제의 해명은 오히려 요원의 불길처럼 번져 가는 성난 민심에 기름을 퍼붓는 격이 되고 있었다.

매캐한 솔가지 연기가 저녁 어스름과 함께 뜰에 깔리기 시작하더니, 어느 새 추녀 끝에도 밤안개처럼 아슴푸레한 기운이 어리고 있었다. 구수한 된장국 냄새가 차가운 외기를 타고 한동안 잊었던 향수처럼 방 안으로 스멀스멀 스며든다. 어인 일인가 했더니 딸애가 들어와 호롱 심지에 불을 댕기고 나가는 모양이다.

불꽃이 일렁거리다가 점점 커지면서 초당 안의 온갖 물상들이 희미한 불빛 아래 기지개를 켜듯이 하나 둘씩 드러난다. 가장인 을강 선생 자신이 노상 밖으로 나다니며 세상 큰일에만 골몰하다 보니 가세는 말이 아니었고, 방 안에는 돈이 될 만한 물건도 거의 눈에 띄지 않는다. 옷을 넣는 낡은 고리짝 하나에 무명 이불 두어 채, 그리고 지필묵연을 올려 둔 조그마한 문갑과 이쪽 들창 가에 놓여 있는 서안과 등잔불이 방 안을 장식하고 있는 가재도구의 전부였다.

그에게 돈이 없는 것은 아니었다. 뜻있는 지인들로부터 독립운동 자금으로 기부 받은 돈이 만만찮게 있었으나 그것은 철저한 관리 원칙에 따라 나라를 되찾는 독립운동 자금으로만 사용할 뿐, 사적인 용도로는 단돈 한 푼도 쓴 적이 없는 그였다.

그래도 을강 선생의 태도는 언제나 가난에 얽매이지 않고 초연하고 늠름하였으며, 군중이나 타인들을 대하는 그의 모습에서는 항상 이인(異人) 같은 서기마저 지펴 보일 정도로 고고함이 흘렀다.

그러나 동지들이 상경한 지 만 사흘째가 되는 오늘, 불세출의 귀인을 기다리는 사람처럼 단정하게 의관을 갖춘 경건한 자세로 서안 앞에 고요히 앉아 있는 을강 선생의 뒷모습이 이날따라 어쩐지 쓸쓸해 보인다. 평소 같으면 의관을 풀고 한가로이 서책을 읽고 있거나, 모처럼 찾아 온 지인들을 만나 현 시국과 독립 투쟁 문제로 시간 가는 줄도 모르고 담소를 나누고 있을 시간이었다.

하지만 단원들을 상경시키고 난 이후로 식음을 전폐하다시피 하고 들창 밖을 향해 앉아 있는 그는 지금 그런 일상적인 생활이 있었다는 사실조차도 먼 남의 일이 되어 버린 것처럼 여겨질 정도로 전혀 다른 해묵은 조형물과도 같은 모습이 되어 있는 것이었다.

"대원 여러 분들은 대한의 아들들이니 대한의 남아로서 한 점 부끄럼이 없도록 최선을 다하여 만세 운동에 임해 주시오! 그리고 우리는 의열의 피가 끓는 〈밀양 청년 독립단〉 단원들이니 우리의 최대 과업을 완수하는 그날을 위해 여러분 모두가 기필코 성한 몸으로 돌아와야 한다는 사실을 특별히 명심해 주시오! 우리는 다치고 싶어도 다칠 수가 없고, 죽고 싶어도 죽을 수가 없는, 조국 광복의 최일선에 서기로 맹세한 역군들이올시다! 그러니 한 사람도 낙오되는 일이 없도록 각별히 조심하여 모두들 건강한 모습으로 귀환하기 바라오!"

사흘 전 밀양역에서 밤차로 서울로 떠나는 청년 단원들에게 일일이 악수를 하면서 당부하였던 그의 말이었다.

그러나, 만세운동이 연 사흘째 진행되고 있는 오늘까지 일경의 총칼 앞에 죽은 이가 수백 명이요, 부상자가 헤아릴 수조차 없을 정도로 늘어나고 있다는 신문 보도와 풍문까지 나돌고 있는 형편이라, 평소에는 이인처럼 강인한 모습을 잃지 않던 을강 선생도 시간이 흐를수록 이렇게 입술이 마르고 가슴이 바싹바싹 타들어 가고 있는 것이었다.

밖에서 기침 소리가 들리는가 싶더니 삼악(三岳)이가 조심스럽게 문을 열고 들어온다. 을강 선생의 세 딸 중의 막내딸이었다. 사별한 부인 밀성 박씨(朴象鎬의 여식)와의 슬하에는 무남 3녀로 일악(一岳), 이악

(二岳), 삼악(三岳)이가 있었으나 위의 두 딸은 이미 출가하고 없었기 때문에 혼기가 찬 삼악이는 을강 선생 집의 안살림을 도맡고 있는 유일한 살림꾼이었다.

서안 앞으로 가만히 다가와 앉은 삼악이의 시선이 한 옆에 물려 둔 밥상으로 가 머물더니, 그 시선이 다시 을강 선생에게로 천천히 옮아간다.

'오늘도 밥 한 술 뜨지 않으시고 그대로 밥상을 물리셨구나. 엊그제 저녁 때부터 이러구 계시니, 대체 이 일을 어찌하면 좋을꼬!'

언제나 나랏일에만 이렇게 골몰하고 계시니 집안일에는 아무 도움이 되지 못하지만, 그래도 나라와 겨레를 위한 큰일을 하고 계시는 부친이기에, 모친 없이 혼자서 부엌살림을 꾸려 가는 자식 된 마음은 그럴수록 더욱 애가 탈 수밖에 없는 것이다.

수심에 찬 삼악이의 애처로운 눈이 오래도록 말없이 자신을 지켜보고 있었지만, 을강 선생은 두 눈을 지그시 내리 감은 채 아무런 내색도 하지 않는다. 행동 대원들이 서울로 떠나간 뒤, 그 자리에 앉은 이후로 절대로 밥상을 들이지 말라고 단단히 일러두었던 을강 선생이었다.

하지만 심청이처럼 지극 정성으로 부친을 봉양해 온 무남 3녀 막내 딸의 마음은 그게 아니었다. 모친이 살아 계셨더라면 또 모를까, 부친께서 그러고 계시니 집에 남아 있는 단 한 점 혈육인 그녀인들 어찌 밥과 물이 입에 넘어갈 수가 있으리!

부친을 따라 식음을 전폐하고 있는 자신의 효성마저도 지극히 불효막심한 행동으로 느껴진 것일까? 눈에 띄게 수척해진 부친의 모습을 지켜보던 삼악이의 눈에는 마침내 눈물이 핑그르르 돌고 만다. 그리고 그것은 그 역시 부친처럼 움푹 패어진 그녀의 두 눈 가득 채우고 넘치더니 그예 두 뺨 위로 뚤렁뚤렁 굴러 떨어지기 시작하는 것이었다.

그런 딸애의 마음을 그대로 읽고 있었던 것이리라. 미동도 하지 않고 있던 을강 선생의 입에서 나직한 말소리가 새어 나왔다.

"악아, 상을 들이지 말라고 몇 번이나 말해야 알아듣겠느냐? 나는 괜찮으니 걱정할 것 없느니라."

흡사 부처의 입에서 흘러나온 것 같은 고요한 음향이었다. 삼악이의 눈이 무엇에 들린 듯이 반짝 빛을 발하며 움직인다.

"아버님, 벌써 사흘째나 아무 것도 드시지 않으셨습니다. 그러시다가…."

그러나 그녀는 더 이상 말을 잇지 못한다. 고행을 자청하고 있는 부친의 모습이 그녀의 다음 말을 가로막고 있는 것이었다.

"서울에 간 청년단원 동지들한테서는 아직도 아무 소식이 없느냐?"

여전히 눈감은 자세로 묻는 을강 선생의 물음이다.

어제와 그제 이맘때도 같은 질문을 하였고, 그때마다 그가 들을 수 있었던 대답은 상경한 단원들의 가족들이 무슨 소식을 들을 수 있을까 하고 찾아왔다가 큰 걱정을 안고 돌아갔다는 대답뿐이었던 것이다.

그러나 날마다 찾아오는 대원들의 가족들에게도, 부친에게도 아무 소식도 못 전해 준 채 속을 태우던 삼악이도 오늘은 어쩐지 기대에 찬 얼굴이다.

"아버님. 오늘이 태황제 폐하의 인산 날이니 곧 어떤 소식이 오지 않을는지요?"

그러나 이번에는 을강 선생 쪽에서 입을 꾹 다물고 만다. 실은 어떤 소식이 온다고 해도 어떤 소식이 될지 사실 그게 더 두려운 것이다. 두 부녀 사이에는 그것으로 대화가 뚝 끊어지고, 두 사람 사이에는 다시금 건널 수 없는 침묵의 강물만이 팽팽한 긴장 속에 흐르고 있을 뿐이었다.

을강 선생의 모습을 하릴없이 지켜보고 앉아 있던 삼악이는 더 이상 어떤 분부를 기다리기를 체념한 듯, 잠자코 밥상을 들고 일어선다.

그래도 을강 선생은 한결같은 자세로 그냥 꼿꼿이 앉아 있었다. 문이 열렸다가 닫히면서 호롱불이 풍전 등화와도 같은 민족의 운명처럼 크게 흔들린다. 그러나 그것이 곧 진정되면서 방 안에는 다시금 억만 겁의 세월 동안 차곡차곡 쌓인 것 같은 깊은 적막감이 한꺼번에 우우 밀려들며 제 자리를 잡는다.

시간은 속절없이 흘러가고, 밖에는 어느 새 먹물 같은 어둠이 내리고 있었다. 심지로 빨려 들어간 석유 기름에 물기라도 섞여 있었던 것이리라. 삼악이가 나간 뒤 크게 흔들렸다가 영혼의 불길처럼 안정을 되찾고 있던 희미한 호롱불이 기로에 선 조선 민족의 운명처럼 파르르 떨린다. 그 낌새를 느꼈는지 지그시 내리 감았던 을강 선생의 눈꺼풀이 화르르 걷히면서 그것을 바라본다.

그의 눈은 죽어 가는 생명처럼 파르르 떨리고 있는 호롱불을 한동안 지켜보고 있었다. 그리고 얼마나 많은 시간이 지났을까. 밤이 깊을 대로 깊었는데, 멀리서 인기척이 나는가 싶더니 이윽고 바깥이 소란해지는 것이었다.

"악아, 누가 왔느냐?"

을강 선생이 밤이 깊도록 사립문 가를 떠나지 못한 채 서성이고 있던 바깥의 삼악이에게 큰 소리로 묻는다.

"예, 아버님! 단원들이 돌아왔습니다!"

"뭐라고? 단원들이…?"

퉁기듯이 자리를 박차고 일어난 을강 선생은 버선발 그대로 뜰 아래로 황급히 달려 내려간다.

"선생님, 저희들 무사히 돌아왔습니다!"

윤치형의 목소리를 필두로, 뒤미처 서울로 갔던 행동 대원들이 한꺼번에 들이닥친다.

"선생님!"

"을강 선생님!"

"저희들 다녀왔습니다!

"오, 그래? 무사히들 왔는가? 다친 사람은 아무도 없고?"

을강 선생은 대원들의 얼굴을 일일이 둘러보면서도 어둠 속이라 얼굴을 미처 알아보지 못한 채 그것부터 먼저 물었다.

"다친 사람은 아무도 없습니다."

그들이 그렇게 떠들고 있는 사이에 상경한 남편들 걱정을 하면서 누구네 집에서 대기하고 있었던지 한 무리의 여자들이 달려왔다. 단장인 김병환의 부인을 위시하여, 설인길, 곽재기, 윤치형, 윤세주의 아내는 물론, 김재수의 아내도 모처럼 그 모습을 드러내었다.

그들은 모두 밀양읍교회의 안살림을 꾸려 가고 있는 〈기독교 부녀회〉의 열성 회원들이기도 하였다.

"아무도 다친 사람이 없다니, 천만다행일세! 모두들 장하네! 정말 수고들 많았어. 자, 안으로 들어가세!"

을강 선생을 따라 방으로 우르르 몰려 들어간 청년 단원들은 그를 빙 둘러싸며 우선 큰절부터 올린다. 을강 선생은 감격한 나머지 무사히 돌아온 대원들을 차례대로 부둥켜안으며 한동안 아무 말도 하지 못했다. 그리고 한참 만에 그들의 공을 일일이 치하한 뒤, 드디어 자세를 고쳐 앉으며 만세 운동 때 있었던 서울의 상황에 대해서 하나하나 묻기 시작하는 것이었다.

"독립 선언서는 태화관에서 만해 선생께서 낭독하셨다면서?"

"네, 선생님! 처음에는 태화관에 모인 민족 대표들께서 조선 총독부 앞의 육조 거리에서 거사를 시작하기로 결정할 거라는 말이 떠돌았는데, 나중에 연락을 취해 보니 태화관에서 그대로 독립선언서를 낭독할 거라고 해서 탑골공원에 모여 있던 우리 민중들은 결국 거기서 우리끼리 만세운동을 시작할 수밖에 없었습니다."

"그렇다면 군중 동원에 다소 무리가 있지는 않았는가?"

"아닙니다, 선생님! 인파가 넘쳐 나서 운종가(雲從街) 일대의 거리가 온통 만세 인파로 미어터질 지경이었습니다!"

"호오, 그래? 그랬었구먼! 그랬다면 천지신명께서 우리를 도우신 게야!"

감격한 목소리로 이렇게 피에 맺힌 소감을 피력한 을강 선생은,

"왜놈들이 눈치를 챈 것 같다더니만 그게 오히려 전화위복이 된 게로구만!"

하고 책상다리를 한 무르팍을 쓸어내리면서 연신 고개를 끄떡인다.

"왜놈들은 우리의 정보를 미리 입수하고 행인의 내왕이 빈번한 요소마다 총칼로 무장한 순사들과 헌병들을 새카맣게 배치시켜 놓고 있었더랬습니다. 하지만 저희들이 허를 찌르는 바람에 고종 태황제 폐하의 인산 날을 대비하여 제 놈들 딴에는 모든 역량을 집중시키고 있다가 보기 좋게 뒤통수를 얻어맞은 꼴이 되고 말았지요!"

1919년 3월 1일, 이날 새벽 서울의 거리에는 각종 격문과 독립운동의 정확한 소식을 알리기 위한 「조선독립신문(朝鮮獨立新聞)」제1호가 독립선언서와 함께 민중들에게 은밀하게 배포되고 있었던 것이다. 「조선독립신문」은 2월 28일부터 천도교의 박인호(朴寅浩), 이종일(李鍾一), 이종린(李鍾麟) 등에 의하여 독립선언서를 인쇄한 보성사(普成社)에서 준비되어 보성전문학교장 윤익선(尹益善)의 명의로 간행된 것이었다.

또 이날 새벽, 동대문과 남대문 등의 큰 거리에는 다음과 같은 벽보가 곳곳에 나붙어 있었다.

「희(噫)라! 아(我) 동포여! 군수(君讐: 임금님의 원수)를 쾌설(快雪: 욕되고 부끄러운 일을 시원스럽게 말끔히 씻어 버림)하고 국권을 회복할 기회가 왔다! 동성상응(同聲相應: 같은 소리끼리는 서로 응하여 울린다는 뜻으로, 같은 무리끼리는 서로 통하여 자연히 모인다는 말)하여 써 대사(大事: 크고 중요한 일)를 공제(共濟: 힘을 합하여 서로 도움)함을 요한다! 」

그리고 정오 무렵이 되자 민족 대표들은 태화관에 모여 간단한 식사

를 마치고 오후 2시가 되기를 기다리고 있었던 것이다. 그러나 약속 시간보다 늦게 오후 3시가 되어서야 길선주, 유여대, 김병조, 정춘수를 제외한 29인이 모인 가운데 독립선언식이 거행되었다. 선언식에서는 한용운 선생이 독립선언서를 낭독하였고, 모두가 기립하여 만세 삼창을 외치는 것으로 끝이 났다. 이때가 예정된 시간보다 두 시간이나 늦은 오후 네 시경이었는데, 이번 만세운동에서 손병희 선생과 함께 천도교 측의 대표로서 주도적인 역할을 한 최린 선생은 태화관의 주인 안순환을 특실인 2층 매실(梅室)로 불러들여서 조선총독부 야마가타 이자부로[山伊三郎]에게 전화를 걸어 이번 독립운동의 민족 대표가 여기에서 독립선언식을 거행한 후 축배를 들고 있다고 통보하게 했다는 것이다.

그리고 한 식경도 못 되어서 안순환의 전화를 받고 달려온 60여 명의 왜놈헌병과 순사들이 벌떼같이 태화관에 들이닥쳐 민족대표 29명을 남산 경무총감부와 중부경찰서로 연행하였고, 민족 대표 중에서 선언식에 미처 참석하지 못한 길선주 등 네 사람도 저녁 무렵에 그들이 연행되어 간 경찰에 자진 출두하였다.

한편, 그날 정오 무렵에 탑골공원에서는 시내 남녀 중학생 이상의 학생이 4,5천 명 정도 모여 있었다. 학생들은 이미 보성전문학교의 강기덕(康基德)과 연희전문학교 김원벽(金元璧)의 연락을 받고 오전 수업을 마친 후 학교 단위로 모여들었고, 경성의전(京城醫專) 학생들은 만약의 사태에 대비하여 당일 아침부터 전원 결석을 하고 그 시각에 모이기로 하였던 것이다.

오후 2시 정각이 되자 탑골공원 팔각정 단상에는 일제에 국권을 강탈당한 지 10년 만에 대형 태극기가 내걸리면서 거기에 모인 군중들의 감격과 흥분은 절정에 달하였다. 그리고 드디어 대한의 독립을 선언하는 역사적인 식전이 개막되었다. 이때 탑골공원에는 서울시민들과 고종황제의 국장을 보려고 상경한 수만 명이나 되는 전국의 지방민들이 벌떼처럼 운집하여 입추의 여지가 없을 지경이었다.

이 식전에 33인의 민족대표가 예정을 바꾸어 나오지 않았기 때문에 경신학교의 졸업생인 정재용(鄭在鎔)이 단상에 올라가 이미 새벽부터 배포되었던 독립선언서를 낭독하기 시작하였다.

낭독이 끝날 무렵 심상치 않게 웅성거리던 군중 속에서 드디어 감격적인 '대한독립만세!' 소리가 터져 나왔고, 그것이 신호탄이 되어 군중들이 저마다 품속에서 태극기를 꺼내 들고 열광적으로 흔들면서 천지가 진동할 듯한 만세소리가 울려 퍼지기 시작하였다.

이 무렵, 경운궁(지금의 덕수궁) 대한문 앞 광장에서 고종황제의 장례식 예행연습에 참석하기 위해 전국에서 올라온 인파들이 가득 차서 용용한 파도처럼 출렁거리고 있었다. 행사가 끝나자마자 대한문 앞에 운집한 군중들도 탑골 공원의 만세운동에 호응하여 바로 시위에 들어갔다. 곧 여기저기서 함성이 울리는 가운데 시위 군중은 광화문 방향으로 이동하여 고종황제 즉위 40주년 기념비전 앞에 진을 쳤다. 서울 도시개조 사업의 일환으로 생긴 탑골 공원에서 기미 독립선언서가 낭독되고 있던 바로 그 시간이었다. 서울에서 만세의 함성이 이렇게 두 곳에서 동시에 터짐으로써 전국 방방곡곡으로 요원의 불길처럼 퍼져 나가 장장 4개월에 걸친 만세 시위운동의 서막을 장식하게 된 것이었다

이같은 당시의 독립운동 상황은 천도교에서 비밀리에 간행한 「독립신문(獨立新聞)」에서는 '탑동공원(塔洞公園)에 회재(會在: 모여 있음)하였던 수만의 학생이 조선 독립만세를 제창하면서 수무족도(手舞足蹈: 손과 발이 서로 응하며 발로 뛰고 손춤을 춤, 몹시 좋아서 날뜀) 풍탕조용(風蕩潮湧: 바람이 휘몰아치고 바닷물이 용솟음치는 모습)의 세(勢)로 장안을 관중(貫中: 화살이 과녁의 한가운데에 맞음)하니 고목사회(枯木死灰: 말라 죽은 나무와 세력이 없는 사람)가 아닌 우리 민족, 금어롱조(金魚籠鳥: 불화를 그리는 승려와 새장 속의 새)가 아닌 우리 민족으로 수(誰: 누구)가 감읍(感泣: 감격하여 눈물을 흘림)치 않으리요.'라고 보도하고 있을 정도였다. 탑골공원에서 독립 선언식을 마친 학생과 군중들은 공원 문을 나와 시가지를 따

라 시위행진을 시작하였다. 이 시위행진 대열에는 학생·신사·상인·농민 등 남녀노소를 막론하고 한국 사람이면 누구나 다 가담하였으며, 그들은 한 덩어리가 되어 성난 파도처럼 서울 시가지를 누비면서 목이 터져라고 독립만세를 외쳤다. 그 바람에 집에 있던 시민들까지 거리로 몰려나오고 국장을 보려고 전국 각지에서 상경한 수십만의 민중들 거의 대부분이 거리로 뛰쳐나오는 바람에 시위 군중은 시간이 지날수록 그 수효가 점점 더 늘어나고 있었다.

이렇게 탑골공원에서 시작된 시위행렬은 날이 저물도록 서울 장안의 온 시가지를 누비고 다니면서 태극기를 마음껏 흔들며 목이 터지도록 대한 독립만세를 외쳐가며 만세운동을 계속하였다. 이날의 운동 상황에 대한 경성부윤과 경무국의 보고에 의하면, 종로통에서 쏟아져 나온 시위 군중은 중심체인 학생 시위대의 분열에 따라 여러 개의 집단으로 나뉘어져 일파는 2열 종대로 종로에서 광교, 부청 앞, 남대문 등을 거쳐 남대문 정거장(지금의 서울역)을 돌아 의주통(義州通)으로 꺾이어 프랑스 공사관 쪽으로 행진한 것으로 되어 있었다.

다른 일파는 종로에서 덕수궁과 대한문 앞에서 만세를 불렀다. 그 일부는 제지하는 일본 군경들을 물리치고 대한문 안에 들어가 고종황제의 영전에 조례(弔禮)를 행하고 나왔으며. 그 후 대한문 앞 광장에서 독립 연설회를 가진 다음 구리개(지금의 을지로) 방면으로 행진하였다. 여기에서 다시 갈린 일파는 미국 영사관 앞으로 행진하고, 일파는 종로에서 지금의 광화문을 지나 경복궁 앞에 집합하여 만세 시위를 벌인 것으로 나타났다.

또한, 다른 일파는 창덕궁 앞으로 행진하였으며, 다른 일파는 일제의 조선보병사령부(朝鮮步兵司令部) 앞으로 행진하여 영내까지 들어가려 하였다. 그 밖에도 일파는 소공동을 거쳐 총독부 쪽으로 향하려고 진고개(지금의 충무로)로 행진하였는데, 좁은 골목에는 일제의 기록으로도 6천 이상의 인파가 몰려들어 제지하는 일군경의 저지선을 두 번이나 뚫었다고 한다. 이 만세 군중들의 시위행진 중에 미국 영사관 앞에서는 한 학생이 '조선독립(朝鮮獨立)'이라고 쓴 혈서를 들고 시위하다가 미국 영사의 격려를 받기도 했으며, 그로 말미암아 혈서를 쓰는 자가 속출했다는 것이다.

또, 서울에서 가장 넓은 광화문 밖의 육조 앞 거리도 만세 시위 군중으로 메워졌는데, 이때 군중 속으로 인력거를 타고 퇴근하던 일본인 경기도지사(京畿道知事)가 시위 군중들에게 붙잡혀서 그들이 시키는 대로 '대한독립만세'를 부르는 웃지 못할 장면도 여러 차례 반복되었다는 것이다. 만세 시위행진은 해질 무렵부터는 시가지에서 교외로 번져나가 오후 8시경에는 마포 전차종점 부근에서 다수의 군중이 시위를 하였고, 연희전문학교(延禧專門學校) 부근에서는 학생들이 밤 11시 경까지 해산하지 않고 모여 독립만세를 외쳤다고 한다.

이처럼 이날 서울에서의 독립만세 시위는 해가 저물도록 계속되었다. 그러나 독립선언의 공약삼장(公約三章)에서 밝힌 바에 따라 질서를 유지하였기 때문에 수십 만 명의 군중이 활동하였는데도 단 1건의 폭력 사건도 발생하지 않았다는 것이다. 그것은 우리 민족이 가장 평화적이고 비폭력적인 방법으로 독립의지를 표시하려는 것이 3·1운동의 정신이었기 때문이다.

한편으로, 일제는 군국주의(軍國主義)의 본성을 드러내어 만세 군중들을 무력으로 진압하기 위해 경찰과 헌병 이외에도 용산에 있는 보병 3개 중대와 기병 1개 소대를 동원해서 시위 군중을 강제로 해산시키려 하였다. 그러나 맨주먹이지만 결사적으로 행진하는 시위 행렬을 막지는 못하였다. 형편이 그렇게 되자 일제는 진고개를 비롯하여 여러 곳에서 시위행진을 막기보다는 주동자로 보이는 학생들을 선별하여 체포하기 시작하였고, 그리하여 그날 하루 동안에 태화관에서의 민족대표 29명을 포함하여 약 130여명이 그들에게 체포되었다는 것이다.

이날의 시위운동은 서울에서 일어난 것만은 아니었다. 평안남도의 평양, 진남포, 안주와 평안북도의 의주, 선천, 함경남도의 원산 등지에서는 3월 1일 서울과 비슷한 시각에 독립선언식을 전개하였다. 이날 있었던 서울과 이북 6개 도시의 독립선언과 만세 시위운동은 거족적인 3·1운동의 전체적인 맥락에서 볼 때 그 첫 봉화에 지나지 않았다.

상경한 단원들로부터 서울에서 벌어진 만세운동의 상황을 거의 다 파악한 전홍표 선생은 가슴 가득히 벅차오르는 감격 때문에 몸 둘 바를 모르면서 연신 고개를 끄떡이는 것이었다.

"연사흘 동안이나 만세운동의 열기가 식지 않고 그렇게 계속되고 있었다면 이것은 여간 고무적인 일이 아닐세!"

이러한 총평으로 말을 맺은 을강 선생은 비장의 무기처럼 가슴에 품어 두고 있던 말을 그제서야 비로소 끄집어내는 것이었다.

"서울에서 그 정도로 성공을 거두었다면, 우리 밀양에서도 당연히 성공을 거두도록 만반의 준비를 해 두어야 하지 않겠는가! 아니 그러한가들?"

스스로 들떠 있던 청년 단원들은 그제서야 자신들의 또 다른 과업이 아직도 남아 있음을 깨달으며 일제히 잡념을 떨쳐 버리고 을강 선생을 주시한다.

"선생님! 저희들이 그것을 잠시인들 잊었을 리가 있겠습니까? 그래서 저마다 이렇게 독립 선언서를 잔뜩 구해 가지고 돌아왔지 뭡니까!"

그러면서 단원들은 저마다 품속에 숨겨 가지고 온 독립 선언서 뭉치들을 속속 을강 선생 앞에 꺼내놓는다. 속옷 속이며 바짓말 속에 차곡차곡 접어서 숨겨 가지고 온 것들을 한데 모아 보니 그것만 해도 수백 장은 좋이 될 성싶었다.

"모두들 장하이! 나는 편안히 방에 앉아서 용만 썼는데, 자네들이 다들 알아서 이렇게 많이 챙겨 와 주니 더 이상 치하할 말이 없네 그려! 역시 뜨겁게 끓는 의열의 피는 일일이 말을 하지 않아도 이렇게 이심전심으로 모두들 저절로 통하게 되기 마련인 모양일세!"

소중한 보물이라도 되는 것처럼 독립 선언서 더미를 몇 번이나 어루만져 본 을강 선생은 다시금 단원들의 다음 임무를 거론하고 나서는 것이었다.

"하지만 이것만으로는 어림도 없는 일! 앞으로 더 많은 전단지를 만들어야 할 걸세! 군중 동원에 성공하자면 적어도 우리 밀양부의 전 부민(府民)들에게 한 장씩은 다 돌아가도록 준비해야 하지 않겠는가?"

단원들을 바라보는 을강 선생의 눈에서 갑자기 전날 백철 사교의 눈에서 뿜어져 나오던 것과 똑같은, 용암의 불길 같은 안광이 형형이 빛나고 있었다.

"선생님, 그 점에 대해서는 저희들도 잘 알고 있으니 아무 염려하지 마십시오! 밀양 만세 운동의 준비에 대해서는 저희들이 서울의 여관방에서 이미 역할 분담까지 미리 해 두었습니다. 그러니 그 일은 모두 저희들에게 맡겨 두시고 선생님께서는 뒤에서 잠자코 지켜봐 주시기만 해도 될 것 같습니다!"

"오, 그래? 백문이불여일견(百聞而不如一見)이라고 하더니만, 역시 큰일을 몸소 체험하고 나니 요령도 터득하게 되고, 또 자신감에다가 기백과 용기마저 충천들 하는 모양일세 그려!"

을강 선생은 자신이 의도한 대로 단원들이 스스로들 알아서 긴밀하게 움직여 주자, 청년 단원들만 서울로 올려 보낸 자신의 의도와 시도가 결코 헛되지 않았다는 듯이 감격한 마음을 굳이 숨기려 하지 않는다.

"사상자가 속출했다고 들었는데, 이렇게 모두 무사히 돌아왔으니 얼마나 다행한 일인가? 아마도 먼저 가신 우리 고을의 선열들께서 하늘에서 굽어 살피고 도우신 모양일세! 그런데 그 날 백산 선생은 동래로 바로 내려갔지만, 약산 스님은 다른 불자들을 데리고 자네들이 탄 기차로 상경한다고 했는데, 그 뒤로 어찌 되었는지 아는가?"

"서울로 올라가서 첫날은 저희들과 행동을 같이 하였으나 그 다음부터는 별도로 볼일을 보고 따로 내려오겠다고 하면서 불자들을 데리고 진관사 쪽으로 갔습니다.”

“백산 선생께서 홍길동이처럼 신출귀몰하는 사람이라고 하더니만 역시 활동 반경이 넓기는 넓은 사람인 모양일세그려!”

“아마도 천지신명으로부터 이런 일을 하라는 명령을 받고 태어난 사람 같았습니다! 시간이 날 때 얘기를 들어 보니 만주에 가서도 우리 독립투사들이 있는 곳이면 어디든지 안 가본 데 없이 다 둘러볼 요량으로 애를 썼던 모양이었습니다!”

약산 스님과 처음 만나는 순간부터 죽이 맞았던 윤세주의 말이었다.

“어쨌든 우리도 더욱 분발해야 할 것이네! 자, 그런 얘기는 이따가 차근차근 다시 나누기로 하고, 모두들 시장할 텐데 우선 식사부터 하기로 하세!”

단 한 명의 인적 손실도 없이 첫 번째 과업을 완수한 을강 선생은 그것을 기념하기 위하여 저녁 식사를 겸한 조촐한 자축연을 곧바로 베풀기로 하고 삼악이를 방으로 불러들인다.

“악아. 모두들 속이 출출할 테니 서둘러 밥을 다시 짓고, 우선 주안상부터 봐 오도록 해야겠다!”

“네, 아버님! 밖에서 이미 준비하고 있습니다. 잠깐만 더 기다려 주셔요!”

교회의 부녀회원들과 함께 밖에서 저녁 식사 준비를 하다가 방으로 왔던 삼악이는 복사꽃처럼 활짝 피어난 얼굴로 치맛귀를 감싸 쥐며 밖으로 달려 나간다. 그러나 넉넉지 못한 살림살이에 스무 명도 넘는 장골들의 밥상을 차리자면 넉넉지 못한 을강 선생 댁의 기둥뿌리가 송두리째 뽑히고도 남을 판이었다.

그 형편을 너무도 잘 아는 까닭에, 방에 있던 청년 단원들도 밖으로 우르르 몰려 나가 부엌일을 찾아서 돕는 등 분주하게 움직이기 시작하였다. 인근에 사는 청년들이 제각기 자기네 집으로 달려가서 음식을 장

만할 안식구들을 데려오고, 술과 안주거리며, 가게에서 팔던 굴비 꾸러미, 돼지고기며, 심지어 자기네 집에서 키우던 씨암탉을 양쪽 손에 한마리씩 들고 오는 단원도 있었다. 그리하여 한동안 인적이 끊어진 채절간처럼 고요하기만 하던 을강 선생의 초당 안팎에서는 아닌 밤중에신바람 나는 잔치 준비로 한바탕 요리 경연 대회가 벌어지게 될 판이었다.

뒤늦게 소식을 듣고 고삼종 목사 부부도 달려오고, 고인덕의 부인이자 교회 부녀회장이기도 한 이복수도 부녀회원 몇 사람을 데리고 달려왔다. 그 바람에 을강 선생도 밖으로 나와서 그들을 맞이하였다.

"저는 을강 선생님을 뵐 면목이 없습니다. 그이가 지난해 동짓달에중국으로 망명만 하지 않았어도 이 자리에서 기쁨을 함께 나눌 수 있었을 텐데 말입니더!"

이복수 권사는 얼굴까지 붉혀 가며 진정으로 미안해한다. 〈밀양 청년 독립단〉 창단에도 일조를 하면서 단장까지 맡았던 고인덕이 중국간도로 홀쩍 떠나간 것은 지난 해 가을 윤세주가 장가를 간 지 석 달쯤되던 때였다.

"이 회장님, 그런 말씀 마십시오! 여기에 부친이 되시는 고 목사님도계시지만, 고인덕 군이 간도로 망명하겠다는 뜻을 처음 밝혔을 때 나도그것 참 좋은 생각이라며 바람을 넣은 장본인이니까 죄가 있다면 내 죄가 훨씬 더 크겠지요. 하지만 두고 보십시오! 고 군이 만주로 가서 마음에 맞는 독립군 부대를 찾아 보겠다고 했으니 아마도 머잖은 장래에 우리보다 몇 갑절이나 빛나는 공훈을 세우게 될 겝니다!"

고인덕이 식민지 치하의 세상 일이 잘못 되어 가고 있는 것을 더 이상 앉아서 보고 있을 수만은 없다며 중국으로의 망명 의사를 처음 밝혔을 때, 그의 가슴에 결정적으로 의열(義烈)의 불을 지른 것은 사실 을강선생 자신이었던 것이다.

"을강 선생님께서 그렇게 말씀해 주시니 저도 조금은 마음이 해깝아

지네예. 고맙습니더."

"고맙다니, 당치도 않소이다. …그런데 우리가 너무 이렇게 부산을 떨면 왜놈들이 이상한 낌새를 눈치채지 않을지 모르겠소이다 그려!"

잔치 준비에 모두들 열성적으로 호응해 주는 게 고마워서 을강 선생이 농담 삼아서 한 마디 했더니, 부녀 회원들은 한 술 더 떠서 자기네가 마땅히 해야 할 일을 한다며 오히려 더 큰 열의를 보이는 것이었다.

"왜놈들은 서울 만세운동 소식을 듣고 자기네 이주촌하고 관공서 지키기에도 손이 모자라서 쩔쩔매고 있다 합디더!"

그동안 알아 본 바로는 밀양 읍성 부내면 경찰서에 배치돼 있는 왜놈 순사의 수는 줄잡아 열여섯 명 정도밖에 되지 않는다고 했다. 그 밖에 읍성 헌병 파견부대에 헌병들이 다수 있었으나 그들은 많은 시국 사범들이 갇혀 있는 헌병 감옥소 지키기에 급급하고 있다는 것이었다.

"맞습니더! 서울에서 만세 운동이 터졌다는 소식을 듣고는 간이 콩알만 해져서 숨어 버렸는지 왜놈들 코빼기도 구경할 수 없습디더. 그라고 설령 그놈들이 안다 해도 우리 교인들끼리 모여서 단합 대회를 연다 카모 뭐라 하겠습니꺼?"

처음으로 민족적인 큰일을 하고 온 남편들의 무사한 귀환에 고무된 여자 교인들은 기고만장하여 목소리를 높였지만, 을강 선생은 잠자코 고개를 흔들었다.

"과유불급(過猶不及)에다 호사다마(好事多魔)라고 했으니, 그래도 돌다리를 두드리며 걷는 심정으로 만사에 조심을 하는 게 좋을 겝니다! 우리가 거사를 시작하게 되면 타지의 병력들을 급거 불러들일 기이 뻔할 테니까 말이외다!"

을강 선생의 마음을 무겁게 하는 것은 삼랑진 역두에 조성돼 있는 자국 이주민 촌의 주민들을 보호하기 위하여 최근에 주둔시켜 놓은 왜놈 헌병 분견대 병력의 성내 지원 가능성인 것이다. 그리고 부산이 가까우니 여차하면 그쪽의 병력을 불러들이게 될 공산이 큰 것이다.

모두들 합심 단결하여 일사불란하게 움직인 끝에 오래지 않아 갖가지 음식들이 속속 만들어졌다. 초당 안에는 잔칫상 같이 커다란 음식상이 차려지고, 남정네들은 거기에 둘러앉아 늦은 저녁 식사를 하면서 권커니 마시거니 술잔들을 나누기 시작하였다.

한편, 음식을 장만하랴, 상을 차리랴, 한동안 정신없이 바빴던 부녀자들은 또 부녀자들대로 저쪽 삼악이 방에 따로 둘러앉아 음식을 나누어 먹으면서 한바탕 얘기꽃을 피우는지 함박꽃 같은 웃음소리가 이따금씩 들려오곤 하였다.

◇ 협객俠客

그로부터 며칠 뒤, 밤이 깊을 대로 깊은 이슥한 한밤중이었다. 읍성 서쪽 십 리 밖에 있는 부북면 면사무소의 후미진 담장 밑으로 소리도 없이 달려드는 검은 그림자 둘이 있었다. 칠흑 같은 어둠 속에서도 당당한 체구에다 민첩한 몸놀림으로 보아 두 사람 모두 젊은 사내들인 것은 분명하나 시커먼 복면을 하고 있었기 때문에 인상착의는 분간할 길이 없었다.

하지만 어둠 속에서도 확연히 짐작할 수 있는 것은 그들의 행동이 그곳 지형지물에 아주 익숙해 있다는 것과 추호의 망설임도 없이 아주 일사불란하게 움직인다는 점이었다. 아마도 평소부터 이 일대의 지리를 꿰뚫고 있거나 사전 답사를 철저하게 해 둔 게 분명하였다.

면사무소는 감내천 지류가 저만큼 바라다 보이는 한길 가에 자리 잡고 있었다. 오른쪽으로는 인가를 끼고 있었으나 왼쪽과 뒤쪽은 그대로 전망이 탁 트인 들판을 끼고 있어서 칠흑 같은 어둠 속에서도 건물들의 윤곽만은 아주 뚜렷해 보였다. 세 개의 단층 목조 건물로 이루어진 면사무소는 전망이 탁 트인 들판을 끼고 있어서 그런지 마치 금단의 땅에 서 있는 유령의 집처럼 으스스하다 못해 섬뜩한 분위기마저 자아내고 있었다.

신작로 쪽에서 나타난 두 그림자는 면사무소 주변의 섬뜩한 분위기 따위에는 전혀 아랑곳하지 않고 인가가 보이지 않는 오른쪽 담장을 따라 비호같이 움직여 가더니 감나무들이 줄지어 서 있는 으슥한 뒤란 담장 밑에 가서야 일단 걸음을 멈추고 주위를 유심히 살펴보는 것이었다. 거기는 담장 바깥의 지형이 오래된 왕릉의 봉분처럼 볼록하게 솟아오른 곳이어서 다른 곳에 비하여 담장의 높이가 한결 낮아 보이는 곳이었다.

이쪽의 인기척을 느낀 것일까. 멀리 마을 쪽에서 갑자기 개 짖는 소리가 들려온다. 귀를 쫑긋 세우고 그쪽을 둘러보던 그림자 둘은 약속이나 한 듯이 고개를 숙이며 땅바닥에 납작 엎드린다. 그러나 그 뿐으로 개 짖는 소리는 더 이상 들려오지 않았다.

담장 안쪽에 늘어선 감나무 가지가 바깥으로 뻗어 나와 드리워진 것을 올려다보면서 그들 중의 한 사람이 귀엣말로,

"세주야, 늬가 먼저 올라갈래? 가슴이 후들거려서 나는 아무래도 앞장서지는 몬 할 거 같다!"

하고 가위눌린 목소리로 속삭인다.

"허허, 아무 걱정 말라니까 자꾸 그러네! 이번 일은 내가 책임지고 하기로 했잖아. 그러니 장수 너는 안으로 일단 따라 들어갔다가 밖에서 그냥 망이나 봐 달라니까! …알겠냐?"

"그, 그래. 알았어!"

이장수가 더듬거리며 토담 밑에 무릎을 꿇고 엎드리자, 윤세주는 담 밑에 쌓여 있는 마른 감나무 잎사귀를 한 움큼 집어다가 이장수의 잔등에 수북이 뿌려 놓고는 자기가 올라가야 할 담장 위를 올려다본다. 토

담은 어른의 키보다 훨씬 높았다. 그 위에는 삭아 버린 볏짚 이엉이 외줄로 덮여 있어서 자칫 잘못 디뎠다가는 그대로 중심을 잃고 아래로 굴러 떨어지기 십상이었다.

그러나 자기가 올라갈 위치를 확인한 윤세주는 추호의 망설임도 없이 흙덩이가 엉겨 붙은 묵직한 발로 그대로 감나무 잎사귀가 깔린 이장수의 잔등을 밟고 올라선다. 그러더니 순식간에 비호처럼 몸을 날려 토담 위로 훌쩍 뛰어 오르는 것과 거의 동시에 마치 말안장에 올라타듯이 아주 쉽게 중심을 잡고 다 삭아 버린 이엉 위에 걸터앉는 것이었다. 그리고는 숙달된 병사처럼 두 팔을 뻗어내려 아래쪽의 이장수의 손목을 붙잡는가 싶더니 자기보다 훨씬 무거운 그를 어렵지 않게 담장 위로 훌쩍 끌어올리는 것이었다.

"자, 지금 바로 담장 안으로 뛰어 내리는 거야! 하나, 둘, 셋!"

윤세주는 이장수가 담장 위로 올라서기가 무섭게 그의 몸이 중심을 잃지 않도록 부축해 주면서 단숨에 담장 안쪽의 면사무소 뒷마당으로 사뿐히 뛰어내린다.

그들이 뛰어내린 토담 밑은 무 배추를 심었던 채마밭이었고, 그 채마밭 가의 담장을 따라 몇 그루의 감나무가 일정한 간격으로 죽 늘어서 있었다.

건장한 두 청년이 어른 키보다 훨씬 높은 담장 위에서 거의 동시에 뛰어 내렸건만 그 소리는 거의 들리지 않았다. 아니, 그들이 뛰어내리는 발자국 소리가 나기는 분명히 났다. 그러나 그것은 사람의 발자국 소리가 아니라 겨울철 폭설이 쏟아질 때 소나무 가지에 쌓여 있던 눈더미가 아래로 쏟아져 내릴 때 나는 소리 같기도 하고, 무슨 보퉁이가 떨어지는 소리 같기도 한 아주 둔탁하고 낮은 음향이었다.

세상이 고이 잠든 한밤중에, 그것도 건장한 청년 둘이 동시에 높은 담장 위에서 뛰어 내렸음에도 불구하고 그렇게 발자국 소리가 거의 나지 않게 줄일 수 있었던 것은 그만한 이유가 있었다.

그들이 뛰어 내린 곳은 흙이 무른 채마밭이었고, 그 위에 다시 지난 가을에 거두고 남은 무 배추 잎과 감나무 낙엽이 제법 두껍게 깔려 있는 탓도 물론 있었다. 그러나 그보다도 더 큰 근본적인 이유는 바로 두 사람 모두 발자국 소리를 죽이면서 동시에 밟고 간 흔적을 남기지 않도록 하기 위하여 가마니 조각을 잘라서 만든 발싸개를 단단히 감아 묶고 왔기 때문이었다.

　담장 밑에 납작하게 엎드린 그들은 온 몸의 촉수를 곤두세우고 사방을 둘러보지만, 감지되는 것이라고는 먹물 같은 어둠과 일체만유의 움직임이 정지된 듯한 교교한 정적뿐이었다. 서울에서 일어났던 만세 운동이 전국 각지로 요원의 불길처럼 한창 번지고 있을 때라, 왜놈들의 신경도 날카로워질 대로 날카로워져 있을 게 분명하니 어떠한 경우에도 방심은 금물이다.

　매서운 눈초리로 사방을 둘러보는 윤세주의 머릿속에서는 잠시도 그런 생각이 떠나지 않고 있었다. 주변의 사물에 눈이 익숙해지기를 기다리며 잠시 지체하는 사이에 드디어 검은 베일에 가려져 있던 면사무소 뒤꼍의 물상들이 서서히 형체를 드러내기 시작하였다. 집의 윤곽이 먼저 눈에 들어오고, 그리 넓지 않은 뒤꼍과 토담의 모습도 그런대로 분간이 되지만, 사방은 여전히 짙은 어둠과 함께 무거운 정적에 휩싸여 있었다.

　담장 안의 어디를 둘러봐도 불빛 하나 보이지 않고, 움직이는 물체 하나 보이지 않는다. 그래도 혹시나 하고 시간을 두고 둘러보지만 인기척은 물론, 이상한 낌새 하나 찾아 볼 수 없었다.

　윤세주는 그제서야 겨우 안도의 한숨을 내쉬며 자기가 밖에서 미리 파악해 둔 면사무소 후미에 속하는 담장 안쪽의 구조부터 세밀하게 확인해 나가기 시작하였다.

　그들이 엎드리고 있는 채전밭 앞에는 창고를 겸한 헛간이 하나 자리 잡고 있었고, 그 헛간 저쪽 옆으로 야트막한 토담을 사이에 두고 왜놈 직원들이 모여 사는 면사무소 관사가 자리 잡고 있었다. 그리고 이쪽 앞은 그리 넓지 않은 뒷마당이 자리 잡고 있었으며, 그들이 들어가야 할 면사무소 본관 건물은 그 뒷마당의 왼켠 모퉁이를 돌아나가야 직접 정면으로 바라볼 수 있는 위치에 자리 잡고 있었다. 그러니 자기들은 지금 무인지경의 면사무소 뒤쪽 언저리에 와 있는 셈이었다.

"저 헛간을 돌아 나가면 뒷마당 건너편에 본관 건물이 앞을 막아 서 있고, 그 본관 건물의 정면 중앙 현관 오른편이 바로 우리가 찾는 목표물이 들어 있는 사무실이야. 야간 근무자가 있는 숙직실은 그 왼켠 코앞에 있으니까, 이제부터 진짜로 조심을 해야 해! 자, 날 따라와!"

자신들이 염려할만한 그 어떤 이상 징후도 없음을 확인한 윤세주는 이장수의 귀에 대고 그렇게 또박또박 일러 준 뒤, 허리를 잔뜩 구부린 자세로 헛간 처마 밑으로 잽싸게 뛰어 들어간다. 그리고는 잠시 호흡을 고르면서 본관 건물 후미와 잇닿은 뒷마당 쪽의 동정을 살피더니 신발을 감아 묶은 발싸개의 새끼줄부터 다시 단단히 졸라매는 것이었다.

달구지를 끄는 황소의 발굽에 덧신을 신기듯이 두툼하게 싸매고 온 발싸개였다. 거기에 진흙 덩이까지 엉겨 붙은 상태라 날렵하게 움직이는 데는 여간 부담스러운 게 아니었다. 하지만, 그렇다고 하여 여기서 그것을 미리 풀어 버릴 수도 없는 노릇이었다.

자정이 지난 밤하늘에는 보석을 뿌려놓은 듯이 무수한 별들이 초롱초롱 빛나는데, 공격 목표인 본관 건물은 넘지 못할 금단의 요새인 양 바로 지척에 음흉스레 서 있었다. 왜놈들이 자기네 취향에 맞게 새로 지은, 들창이 많은 왜색 풍의 단층 목조 건물이었다.

감발을 매만진 윤세주는 등 뒤에 바싹 달라붙는 이장수를 돌아보며 고개를 끄떡여 보이고는 비호같이 몸을 날려 순식간에 본관 건물 쪽으로 달려가서 콜타르를 칠한, 판자로 된 본관 건물의 좌측 벽면에 납작하게 달라붙는다. 그리고는 심호흡을 하면서 목을 기웃이 뽑고는 다시금 본관 건물 앞쪽의 동정을 살피는 것이었다.

하지만 염려했던 것과는 달리, 면사무소 안은 금방이라도 귀신 소리가 들려올 정도로 괴괴한 정적에 휩싸여 있을 뿐, 자신들의 침입을 눈치 챈 그 어떤 이상한 조짐도 보이지 않았다.

3·1 만세 운동이 일어난 게 불과 며칠 전인데, 아무리 한적한 시골이라지만 관공서의 경계 태세가 이 정도라니…! 최근에 새로 부임해 온 면장이 아직 업무 파악도 하지 못한 신출내기 일본 사람이라서 이러는 것일까.

숙직하던 근무자도 오래 전에 잠이 들었는지, 사무실 옆의 숙직실도 불빛 한 점 없이 한결같은 어둠 속에 파묻혀 있고, 인기척 하나 들려오지 않고 있었다.

윤세주는 허술하기 짝이 없는 그런 무방비 상태가 오히려 더 마음에 걸렸다. 그래서 의심이 가는 곳을 찾아 이곳저곳을 더욱 면밀히 살펴보지 않으면 안 되었다. 고약한 콜타르 냄새를 맡으면서 사무실 바깥 벽면에 찰싹 달라붙은 자세로 한참 동안 그렇게 숙직실 쪽의 동정을 살피고 있던 윤세주는 자신들의 목적을 달성하는 데 크게 부담스러워해야 할 상태가 아니라는 확신이 분명하게 선 연후에야 비로소 이장수에게 손짓을 해 보이고는 제 자리에 살며시 주저앉는다. 그리고는 그대로 도둑고양이처럼 기는 걸음을 치면서 숙직실과 가장 멀리 떨어져 있는 이쪽 사무실 창문 아래로 살금살금 다가가는 것이었다.

사무실 안으로 진입할 곳에 이르러 잠시 동안 숙직실 쪽의 동정을 살피던 그가 아무 이상이 없다는 뜻으로 손을 흔들어 보이자, 벌벌 떨면서 뒤에 남아 있던 이장수도 똑같은 방법으로 사무실 들창 아래로 두꺼비처럼 엉금엉금 기어간다.

면사무소의 본관 건물은 왜색 풍으로 새로 지은 단층 목조건물로 화단 쪽으로 난 들창문이 유난히 많았고, 그 창문들은 어른들 가슴팍에도 안 닿을 정도로 야트막하였다. 성공의 관건은 어떻게 소리 나지 않게 그 들창문을 여느냐에 달려 있었다.

그러나 윤세주는 그 문제로 별로 고민을 하는 것 같지가 않았다. 그뿐만 아니라, 이 창문 저 창문을 건드려 보며 안으로 들어갈 곳을 탐색하지도 않았고, 그렇다고 창문을 뜯고 들어갈 연장을 따로 준비해 가지고 온 것도 아니었다.

호흡을 고르면서 사무실 안쪽의 동정을 살펴보고 있던 윤세주는 이장수가 어깨를 잔뜩 움츠리고 사방을 살피고 있는 사이에 살며시 몸을 일으키더니 사무실 맨 이쪽 가장자리의 창문 앞으로 바싹 다가서는 것이었다. 그리고는 마치 누가 안에서 잠금 장치를 풀어 놓기라도 한 것처럼 아무 망설임도 없이 대뜸 눈앞의 그 맨 오른쪽 창문을, 그러나 소리도 없이 스르르 열어젖히는 것이었다.

동료인 이장수조차 적잖이 놀라 어리둥절할 지경이었다. 내부의 동조자가 있어서 사전에 그렇게 하기로 미리 작전을 짜 두었던 것일까. 아니, 어쩌면 그것은 막연한 추측이 아니라 거의 틀림없는 사실일 수도 있을 것 같았다. 왜냐 하면, 이장수가 그런 생각을 하고 있을 때, 어느 새 아무 거리낌도 없이 창턱을 뛰어넘어 사무실 안으로 들어간 윤세주가 자기네들이 필요로 하는 물건을 극히 짧은 시간에 확보하여, 그것도 마치 제 것인 양 가슴에 안고 나와 야트막한 창턱 위에 보란 듯이 턱 올려놓았기 때문이다.

윤세주가 마치 자기의 물건이나 되는 것처럼 품에 안고 나와 야트막한 창턱 위에 점잖게 올려놓은 것은 시커먼 고리짝처럼 생긴, 제법 묵직해 보이는 네모난 등사기 상자였다. 밖에서 그가 나타나기를 초조하게 기다리며 망을 보고 있던 이장수는 그것을 잽싸게 들어다가 화단 바닥에 내려놓고 미리 준비해 가지고 온 검은 보자기를 펼쳐 놓기가 무섭게 허둥지둥 싸서 묶기 시작한다.

그러는 사이에 창밖으로 소리 없이 뛰어 내린 윤세주는 한 옆에 세워 두었던 조금 전의 그 유리창 문짝을 다시 조심스럽게 집어 드는 것이었다.

그런데, 무슨 까닭인지 윤세주는 그것을 본래대로 곧장 창틀에 끼워 넣는 것이 아니라, 마른 잔디가 깔린 푹신한 화단 바닥에 평면이 되게 조심조심 뉘어 놓는 것이었다. 그리고는 이장수가 왜 그러느냐고 물어 보기도 전에 그대로 두 발로 밟고 올라서서 멀쩡한 유리 한 장을 보기 좋게 박살을 내 버리고 마는 것이었다.

유리 한 장이 그렇게 여지없이 깨어져 버렸어도 유리창 깨어지는 소리는 뜻 밖에도 그리 크게 나지 않았다. 아마도 면이 고른 화단 바닥이라 유리창과 맞닿은 푹신한 잔디의 유연성이 그 충격을 흡수해 버린 탓이리라.

그러나, 겁이 많은 이장수의 귀에는 그 소리가 아닌 밤중의 천둥소리보다도 더 크게 들렸던 모양이다. 훔친 물건을 싸기 위하여 보자기를 펼쳐놓고 있던 그는 갑작스런 유리창 깨지는 소리에 소스라치게 놀라면서 화들짝 몸을 솟구쳤고, 그 바람에 오히려 놀란 윤세주도 갑자기 몸놀림이 빨라지면서 그 자리에 후딱 주저앉고 만다.

그는 유리 한 장이 완전히 깨어져 나간 그 문짝을 원래대로 창틀에 끼워 넣기가 무섭게 깨어진 땅바닥의 유리 조각들을, 마치 바람에 흔들리다가 아래로 떨어지면서 깨어진 것처럼 보이게 하기 위하여 적당하게, 그러나 재빠른 동작으로 자연스럽게 흩트려 놓는다. 그리고는 이장수가 덜덜 떨면서 검은 보자기로 싸놓은 등사기를 품에 안기가 무섭게 뒷걸음질을 치면서 그 자리를 빠져 나와 뒤란의 헛간을 향해 전광석화와도 같이 냅다 줄달음을 치는 것이었다.

그러나 한 발 앞서서 뒤란으로 달려간 사람은 그가 아니라 바로 등 뒤에서 보자기를 싸고 있었던 이장수였다. 윤세주가 유리창을 발로 밟아서 깨뜨리는 바람에 화들짝 놀란 이장수는 윤세주가 창문을 미처 끼워 넣기도 전에 다리야 날 살려라 하고 뒤란을 향하여 냅다 뛰었던 것이다.

'짜아식, 굼벵이도 구르는 재주는 있다고 하더니, 이럴 땐 도둑고양

이처럼 잽싸기 짝이 없구나!'

등사기를 가슴에 안은 윤세주는 그런 경황 속에서도 절로 터져 나오는 웃음을 참아가며 저만큼 똥줄 나게 달려가는 이장수의 뒤를 따라 바쁘게 달려간다.

눈앞이 노래져서 저 혼자 줄행랑을 놓았던 이장수는 얼마나 기를 쓰고 달렸던지 멀리 가지도 못하고 아까 들어올 때 잠시 망을 보면서 쉬었던 헛간 뒷벽에 가 기대고 앉아 두 다리를 길게 뻗친 채 죽어 가는 사람처럼 가쁜 숨을 몰아쉬고 있었다.

윤세주는 일부러 모르는 척하고 그대로 그 앞을 지나쳐서 채마밭 저쪽의 토담 밑으로 달려간다. 그러자 이장수는 자기를 남겨 두고 윤세주 혼자서 줄행랑을 치는 줄로 알았는지 두 팔을 휘저으며 미친 듯이 그를 따라간다. 한 발 앞서 달려간 윤세주는 저쪽 토담 밑에 가 납작 엎드리고 있었다. 허겁지겁 달려간 이장수는 윤세주의 코앞에 이르러서야 픽하고 그 자리에 주저앉는 것이었다.

"야, 늬 혼자 달라빼면 나는 우찌하란 말이냐?"

이장수가 숨을 헐떡이면서 막 화를 내었으나 윤세주는 오히려 그의 어깨를 두드려 주면서 엄지손가락을 크게 세워 보인다.

"장수야, 우린 해냈어! 성공이야, 성공!"

하지만 숨이 턱에 닿은 이장수는 그의 말에도 아랑곳하지 않고 숙직실이 있는 본관 건물 쪽을 연신 두리번거리다가 어느 새 도망갈 궁리를 하며 자기네가 넘어가야 할 등 뒤의 높다란 토담 위를 올려다보는 것이었다. 아까 바깥에서 월장할 때는 지반이 높아서 담장을 타고 오르기가 쉬웠지만, 지금은 정반대의 상황이라 그것이 용이치 않는 것이다.

"세주야! 나갈 때는 내, 내가 먼저 넘어가도 되겠지?"

체면도 잊은 채 이장수가 물었다. 그러는 동안에도 그의 두 눈은 그저 이리 뛰고 저리 뛰면서 방금 지나온 본관 건물 쪽을 연신 뒤돌아보고 있었다.

"물론 되고말고!"

짤막하게 대꾸한 윤세주는 아무래도 그 말만으로는 미진하다고 느꼈던지 다시 한 마디 덧붙이는 것이었다.

"야, 진정해! 모든 일이 다 잘 되었으니까 제발 안심하라구!"

이장수를 다독거린 그는 품에 안고 있던 묵직한 등사기부터 우선 땅에 내려놓는다.

"장수 네가 먼저 담 위로 올라가서 이 등사기부터 받아 줘. 제발 허둥거리지 말고 침착하게 말이야!"

말과 함께 윤세주는 무릎을 꿇고 땅에 엎드렸고, 아직도 오금이 저린 이장수는 엉망이 되어 버린 진흙발인 것도 잊어버린 채 그대로 그의 잔등을 덥석 밟고 올라선다. 그리고는 두 팔을 뻗어 토담 위에 매달린 채 두 다리를 버둥거리면서 방금이라도 떨어질 듯이 몸부림을 치는 것이었다.

그냥 내버려 두었더라면 그는 그대로 토담 아래로 굴러 떨어지고 말았을지도 모른다. 그러나 잽싸게 일어난 윤세주가 얼른 두 팔을 뻗어 그의 육중한 엉덩이를 힘껏 떠받쳐 주었고, 그런 다음에야 그는 겨우 토담 위로 기어 올라갈 수가 있었다.

윤세주의 도움으로 겨우 담장 위로 올라간 이장수는, 그러나 윤세주를 끌어 올려 주기는커녕 제 몸도 건사하지 못한 채 벌벌 떨고 있을 뿐이었다. 둔중한 몸이라 다 삭아 버린 볏짚 이엉 위에서 균형을 유지하는 것만도 쉽지 않은데다가, 윤세주가 올려 준 등사기를 부둥켜안고 있느라고 그를 담장 위로 끌어 올려 줄 여력이 없는 것이다.

하기야 윤세주도 그의 힘을 빌리려는 생각은 아예 하지도 않았던 모양이었다. 그는 묵직한 보따리를 토담 위의 이장수에게 올려 주기가 무섭게 옆에 서 있는 감나무 밑으로 대뜸 다가서는 것이었다. 손바닥에 침을 바른 그는 발을 구르는 것과 동시에 몸을 훌쩍 솟구치더니 그대로 머리 위에 뻗어 있는 높다란 감나무 가지를 붙잡고 매달렸다. 그리고는 그네를 타듯이 두어 번 반동을 하는가 싶더니 줄 타는 광대처럼 몸을 날려 보기 좋게 토담 위로 사뿐히 날아오르는 것이었다.

신출귀몰하는 협객처럼 단숨에 토담 위로 뛰어 오른 그는 거기서 머뭇거리는 것이 아니라 그대로 통기듯이 몸을 날려서 저쪽 담장 밖으로 순식간에 훌쩍 뛰어내리는 것이었다.

"장수야, 그것 이리 줘!"

이장수로부터 등사기 보따리를 받아 든 윤세주는 그것을 품에 안고 토담 밑에 납작하게 엎드린 자세로 두 눈을 부릅뜬 채 사방을 경계하면서 담장 위의 이장수가 내려오기를 기다렸다.

이쪽의 인기척을 감지한 것일까. 아니면 자정이 지나도록 끗발을 세우다가 뒤늦게 귀가하는 노름꾼이라도 있는 것일까. 멀리 마을 쪽 어디에선가 또다시 개 짖는 소리가 들려온다.

아마도 그 개가 자기 때문에 짖는 것으로 여겼던 것이리라. 토담 위에서 뒤늦게 뛰어 내린 이장수는 윤세주 곁에 찰싹 달라붙기가 무섭게 사시나무 떨듯이 벌벌 떠는 것이었다.

"야, 이장수! 너 정말 왜 이래? 저 개소리는 우리하고 아무 상관이 없으니까 제발 진정하라구!"

윤세주가 어깨를 두드려 주며 속삭였으나 그래도 이장수는 불안감을 감추지 못한 채 연신 사방을 두리번거리는 것이었다.

"야, 겁난다! 빨리 가자!"

무조건 달아나고 보자는 식으로 불쑥 앞으로 내닫는 이장수를 붙들어 세운 윤세주는 자기가 먼저 앞장을 서면서 방향을 잡는다.

"저쪽 반대편의 논둑길로 가자! 저 아랫마을 쪽으로 간 것처럼 해 놓고 올라가야 놈들의 추적을 따돌릴 수가 있을 거야."

훔친 등사기를 전리품인 양 의기 양양하게 품에 안은 윤세주는 이럴 때일수록 더욱 신중해야 한다고 스스로에게 다짐하면서 널찍한 신작로 길을 버리고 왼켠 길가의 논둑길로 접어든다. 무성하게 자라난 마른 잔디와 잡초들이 온통 뒤덮고 있는 논둑길이었다. 그런데도 그는 이장수에게 발자국이 생기지 않도록 조심해서 걸으라고 당부하면서 자신도 좁다란 논둑길을 따라 마른 풀이 무성한 곳만 골라 조심조심 발길을 옮기는 것이다.

그들이 면사무소 안으로 숨어 들어가서 자기네가 목표로 한 등사기를 찾아 들고 밖으로 나오기까지 걸린 시간은 줄잡아 십 분도 채 안 되는 짧은 시간이었다. 그런데도 윤세주에게는 꽤 오랜 시간이 흘러간 간 것처럼 아득하게만 느껴진다. 백산 선생과 약산 스님이 왔던 지난 밀양 장날 비상 소집으로 집을 나온 뒤로 여태까지 한 번도 집에 가 보지 못한 윤세주였다.

"아따 그놈의 발싸개 되기 무겁네! 남보고 욕할 때 거지발싸개라 캐쌓더마는, 진짜로 이거 힘센 황소라면 모를까, 무거봐서 인간으로서는 도무지 몬 당할 짓이로구마!"

어느 덧 제 정신이 들었는지, 이장수는 저만큼 어둠 속으로 멀어져 가는 면사무소를 뒤돌아보면서 제법 걸쭉하게 농담까지 하는 여유를 부리고 있었다.

"장수야, 목소리 좀 낮춰라! 낮말은 새가 듣고 밤말은 쥐가 듣는다고 안 하더냐?"

그렇게 속삭이면서도 윤세주 역시 절로 안도의 한숨을 내쉰다. 아무 일 없이 이만큼 도망쳐 왔으니 설마하니 왜놈들한테 붙잡히기야 하겠느냐 싶은 것이다. 혹시 내일 아침에 면사무소가 발칵 뒤집히는 일이 생긴다 하더라도 멀리 우회로를 타고 이만큼 발자국을 남기지 않고 무사히 왔으니 자기네의 도주로를 찾아 따라잡는 일이 수월치만은 않을 것이다. 그리고 설령 흔적이 남은 데가 있다고 하더라도 육안으로는 쉽게 알아볼 수 없는 발싸개 자국뿐일 것이니, 그것을 단서 삼아 자기들을 추적해 오기란 아마도 거의 불가능할 것이었다.

그들은 쓰고 있던 검은 복면부터 우선 벗었다. 갑자기 시야가 환하게 넓어지는 것 같았다. 아득한 들판 저쪽으로 논배미를 따라 돌아나간 논둑길이 겨우 형체를 알아볼 수 있는 어둠 속에서 먹구렁이처럼 이리 구불 저리 구불 끝도 없이 이어지고 있었다.

흙바닥을 밟지 않으려고 애를 쓰면서 걸음을 옮겼으나 어느 새 그들의 발바닥엔 진흙 덩이가 다시 달라붙었고, 그럴 때마다 그것을 논두렁의 마른 풀섶에 일일이 문질러서 떼어내지 않으면 안 되었다. 그 바람에 갈수록 힘이 들고, 또 힘이 드는 만큼 발걸음이 자꾸 느려졌지만 여기서 족쇄 같은 발싸개를 선불리 벗어 던질 수는 없었다.

그래도 그들은 아무 불평도 하지 않고 발바닥의 흙을 연신 발로 툭툭 차서 떼어 내면서 좁다란 논두렁길을 따라 쉬지 않고 걸어간다. 아무 탈 없이 임무를 완수해 내었다는 생각과 어서 가서 동료들을 만나야 한다는 조급증이 그들의 몸과 마음을 더욱 다잡고 있었다.

겨울이 지나갔다고는 하여도 한밤중의 한데 공기는 아직도 차갑기만 한데, 그들이 걸어가야 할 읍성까지의 어두운 밤길은 아직도 아득하기만 하였다. 입춘에 이어 개구리도 동면에서 깨어난다는 경칩이 내일 모레라고 하니 머잖은 장래에 주권 없는 이 땅에도 온갖 봄꽃이 만발하는 호시절이 찾아올 것이다. 그리고 거미줄처럼 나 있는 이 들판의 농로며, 봇도랑이며, 끝없이 뻗어 있는 논두렁마다 민들레, 자운영, 제비꽃들로 온통 찬란하게 뒤덮이게 될 것이다.

그리고, 대바구니를 옆에 낀 아이들이 꽃구름 속에서 지저귀는 종달새 소리를 들으면서 달래와 냉이며 새싹이 뾰족뾰족 돋아나는 쑥을 찾아 온 들판을 누비고 다니게 될 것이고, 새 새끼처럼 재재거리는 그들의 자잘한 노래 소리가 남쪽에서 불어오는 웅천강 강바람을 타고 꽃향기보다도 더욱 알싸하게 보리밭 이랑을 따라 아련하게 퍼져 나가게 될 것이다.

겨울의 추위가 혹독하면 할수록 그 뒤에 찾아오는 봄도 그만큼 더 따뜻하고 아름답다고 했으니, 이 혹독한 식민지 시대를 이겨내고 나면 마디마디 에이고 미어져서 이미 만신창이가 될 대로 되어 버린 삭막한 우리네의 가슴에도 정녕코 꽃피는 새 봄이 찾아올 것이리니, 정녕코 찾아올 것이리니…!

윤세주는 무엇에 홀린 기분으로 제 감정에 취해 있었다.

'아! 찬란한 나의 조국—. 코흘리개 동무들과 달래며 냉이를 캐러 다니던 어린 시절이 못 견디게 그립구나!'

꿈같은 생각이 꼬리에 꼬리를 물고 이어지면서 윤세주의 가슴 속에서는 어느 새 훈훈한 남풍이 불고 있었다. 눈앞에서는 현기증이 일도록 아롱거리는 아지랑이 속에서 갓 피어난 밀 이삭 보리 이삭들이 눈이 아리도록 끝도 없이 넘실거리고, 코끝에서는 논두렁 밭두렁을 따라 어디 없이 점점이 만발해 있는 들꽃들의 향기와 함께, 우리네 이웃의 고두밥 찌는 냄새처럼 구수하게 익어 가는 밀 냄새 보리 냄새가 현기증이 일도록 절로 물씬물씬 풍겨 오고 있었다.

'만장하신 하객 여러 분! 여기 있는 이 한 쌍의 신혼부부야말로 우리의 봄을 장식할 진정한 나라의 꽃이요, 민족의 새봄을 화려하게 장식할 청춘의 꽃이 아니오이까?'

지난 가을 혼인 잔칫날, 축사를 하면서 을강 선생이 하던 말이 불현듯 귀에 쟁쟁 울려온다.

'참, 그러고 보니 내게도 하늘처럼 나를 믿고 기다리는 꽃 같은 아내가 있었구나!'

유구한 우리 민족의 역사처럼 아슬아슬하게 이어지는 좁은 논둑길을 따라 걸으면서 윤세주는 자기도 모르게 착하디착한 아내의 모습을 문득 떠올려 보고 있었다. 서울에서 내려오던 날 밤에 을강 선생 댁에서 잠깐 만난 이후로 만세 운동에 매달리고 있는 자신을 위해 향청껄 시집으로 다시 들어가 시집살이를 자청하며 내조를 하겠다고 나서는 것을 일언지하에 거절하고 이곳 신접 살림집으로 쫓다시피 돌려보냈던 윤세주였다.

부창부수(夫唱婦隨)의 의무감 때문이었을까. 천생연분이었기에 그리하였던 것일까. 한번쯤 한숨이라도 내쉴 법도 하련만, 부디 몸조심이나 하라며 군소리 없이 순종하며 표현히 발길을 돌리던 풀꽃처럼 순박하고 어여쁜 아내였다.

이 논둑길을 따라 곧장 가다가 저쪽 끝에 있는 농로에서 왼쪽으로 꺾어져서 한참을 내려가면 지난 가을 추수가 끝난 뒤에 생가에서 분가해 나와 새로이 신접살림을 차린, 원앙의 둥지와도 같은 자신들의 보금자리가 있는 하감 마을이 자리 잡고 있는 것이다.

그곳에서 신혼의 단꿈에 젖어 있어야 할 아내는 지금쯤 무엇을 하면서 독수공방의 기나긴 밤을 보내고 있을까.

윤세주는 부지불식간에 가슴이 먹먹해 옴을 느낀다. 사남 일녀의 막내 며느리이면서도 시부모님 봉양하는 것을 낙으로 삼겠다며 독립투사의 아내가 된 것을 무엇보다도 자랑스럽게 여기던 아내가 아니었던가! 그런데 자기는 독립운동을 보다 자유롭게 수행해야 한다는 명분 하나만으로 아내의 그 소박한 꿈도 무참하게 저버린 채 부모님이 계시는 생가에서 십여 리나 떨어진 이곳 부북면 쪽으로 신접살림을 훌쩍 나오고만 것이었다.

오랜 불면의 밤을 지새운 끝에 꿀보다 달콤한 단잠에 까무룩 빠져들었던 것처럼 한참 동안 그렇게 아내의 생각에 잠겨 있을 때였다. 꿈결처럼 몽롱한 그의 의식 속에서 누군가의 목소리가 들려온다.

"세주야, 아까 면사무소 안에서 멀쩡한 유리창은 머 할라꼬 발로 밟아서 와장창 깨 삐렸더노?"

윤세주는 소리 난 곳을 찾아 사방을 두리번거리다가 등 뒤에 따라오고 있는 이장수의 존재를 확인하고 나서야 퍼뜩 정신이 드는 심사였다.

"응? …방금 뭐라고 했냐?"

"아까 면사무소 안에서 말이다. 왜놈들이 들으면 우찌할라꼬 거기서 유리창을 왕창 밟아 깨 삐렸느냐니까!"

"난 또 뭐라고…!"

윤세주는 겨우 그 말이었느냐는 듯이 웃으면서,

"그거야 유리창이 바람에 덜컹거리다가 저절로 밖으로 떨어진 것처럼 보이게 하려고 일부러 그랬던 것이 아니냐?"

하고 대수롭지 않다는 듯이 일러 준다.

"그래도 사람의 발로 깬 것하고 바람에 떨어져서 저절로 깨어진 것하고는 뭐가 달라도 다르게 보일 거 앙이가? 그럴 바에야 차라리 그냥 놔두는 기이 훨씬 낫지 않았겠나?"

"다르게 보이더라도 걱정할 거 없어. 어차피 등사기가 없어진 것을 보면 사람이 침입한 사실은 알게 될 테니까 말이다. 장수야, 그래도 면사무소에 내통하는 자가 있어서 미리 안에서 유리창의 잠금 장치를 풀어 놓은 것을 눈치 채게 하는 것보다야 우리가 밖에서 유리창을 깨고 들어간 것처럼 보이게 하는 것이 훨씬 낫지 않겠냐?"

"그라모 잠긴 유리창을 안에서 누가 미리 풀어 놨다는 말이가?"

"물론이지! 위험을 무릅쓰고 우리를 도와 주었으니 우리도 뒤탈이 없도록 해 줘야 할 거 아니냐?"

"늬 말을 듣고 보니 정말로 그 말이 맞겠구나! 그런데 나는 그것도 모르고…!"

무거운 짐을 진 황소처럼, 그러나 빈손으로 묵묵히 따라 오던 이장수는 여태까지 줄곧 그 생각만 하고 있었던지 이제야 안도의 한 숨을 푹 내쉬는 것이었다.

"그래도 나한테 먼저 귀띔이나 해 주고 그랬더라면 그렇게 놀라지는 않았을 기인데…. 그런데 창문을 미리 열어 놓은 사람은 도대체 누고?"

"누구긴 누구야, 여기서 소사(小使) 일을 하고 있는 경봉이의 친구지!"

"만주에 있는 김원봉이 동생 경봉이 말이냐?"

"그렇다니까! 요즘 이곳 감내리 외가에 와 있거든!"

칠흑 같은 어둠 속이었으나 오래도록 어둠에 익숙해진 눈이라, 이제는 길을 찾아 걷기에는 아무 어려움이 없었다. 그보다 더 힘이 드는 것은 역시 발싸개를 한 묵직한 진흙발로 걸음을 옮기는 일이었다. 끊임없이 떼어내어도 자꾸만 달라붙는 발바닥의 진흙덩이만은 더 이상 어찌해 볼 재간이 없는 것이다.

"인자는 마 발이 천근만근이나 되는 기이 태산을 달고 가는 것처럼 무겁고 힘들구마!"

논두렁에 박힌 돌부리에 발싸개의 흙을 툭툭 털어 내면서 이장수는 혀를 휘휘 내두른다.

"장수야, 우리 조선 천지의 땅덩어리를 늬 양다리에 달고 가는 것처럼 무겁지?"

적잖이 무거운 등사기를 저 혼자 계속 들고 가면서도 윤세주는 오히려 맨몸으로 따라오는 이장수를 걱정한다.

"힘이 드는 기이 앙이라, 인자는 마 참말로 죽을 지경이구마는!"

"그래, 그럴 거야! 우리는 지금 우리 조선의 운명을 우리의 두 다리에 달고 가는 거나 마찬가지니까 말이다! 이보다 무겁고 막중한 과업이 우리 조선 천지에 어디 또 있겠냐? 그러니 우리는 앞으로 이보다 더한 그 어떤 난관을 만나더라도 묵묵히 참고 앞으로 앞으로 나아가야만 하는 거야! 왜냐하면 우리는 온 겨레의 운명을 짊어진 독립투사들이니까 말이다!"

이렇게 결의를 보인 윤세주는 다시 인간적인 따뜻한 목소리로 덧붙이는 것이다.

"그렇지만 조금만 더 걸어가면 성내로 가는 길과 통하는 큰 농로가 나올 거야. 거기서 잠깐 쉬었다 가기로 하자!"

쉬었다 가자는 윤세주의 말에 귀가 번쩍하면서도 이장수는 어쩐지 말이 없다. 윤세주는 자기의 말을 가슴에 새겨 보느라고 그러려니 했다. 그런데 한참 만에 그가 묻는 질문이라는 것이 그것과는 아무 상관이 없는 전혀 엉뚱한 것이었다.

"세주야. 저쪽 농로에서 내가 쉬고 있을 동안에 늬는 너그 집에 잠시 다녀오지 않을래?

"…………?"

갑작스런 일이라, 윤세주는 영문을 모른 채 뒤를 힐끗 돌아본다.

"하늘 겉은 서방님을 읍내로 보내놓고 눈이 빠지게 기다리고 있을 꽃 같은 너그 각시 생각을 한번 해 봐라! 지금 이 시간에도 잠도 안 자고 늬 걱정을 하면서 눈이 빠지게 기다리고 있을 거 앙이가? 그러니, 남편 된 도리로 여기까지 온 김에 너그 각시한테 잠시 다녀와야 안 되겠냐?"

꿈에도 그런 생각을 하지 않았던 윤세주에게는 참으로 뚱딴지같은 말이 아닐 수 없었다. 정색을 하고 건네는 말투가 인사 삼아 일부러 해 보는 소리는 아닌 성싶었다.

그러나 윤세주는 정색을 하면서 본능적으로 목소리에 날을 세운다.

"야, 이장수! 난데없이 갑자기 그게 무슨 소리냐?"

그러자 늘 온순하고 마음이 넉넉하던 이장수도 이때만은 지지 않고 언성을 높인다.

"무신 소리라니! 이 길로 계속 따라가다 보면 소꿉놀이하는 것처럼 신접살림을 차려놓고 사는 너그 집이 나올 거 앙이가? 그러니 집에 가서 각시하고 잠시 상봉하고 오는 기이 남편으로서 늬가 해야 할 도리가 앙이겠나 그 말이다!"

"야, 임마! 막중한 독립운동을 하면서 그것도 말이라고 하냐? 지금이 어느 땐데 그 따위 소릴 함부로 하냐구!"

윤세주는 그 무슨 큰 모욕이라도 당한 것처럼 목에 핏대까지 올려가면서 열을 낸다. 그러나 이장수는 조금도 밀리지 않고 오히려 한 술 더 뜨는 것이었다.

"그 따위 소리라니! 그라모 늬는 지금 내가 비싼 밥 묵고 헛소리를 하고 있는 줄 아나? 내 말은 여기까지 온 김에 늬가 색시한테 잠시 다녀오면 내 마음도 편하고 늬도 좋겠다 그 말인 기이라! 그러니 잔말 말고 집에 퍼뜩 갔다가 오너라. 여기까지 왔다가 각시도 안 보고 그냥 간다 카모 말이 안 되는 기이라, 말이…! 원앙처럼 살아야 하는 기이 부부 금실이라 하는데…"

윤세주는 어이가 없어서 벌린 입을 다물지 못한다. 아까는 겁을 먹고 갈피를 못 잡고 허둥거리던 이장수가 지금은 어느 새 제 위치로 되돌아 와서는 자기를 인간적으로 압도하면서 아주 당당하게 훈계까지 하고 있는 것이다.

"아니, 이장수! 너 정말 계속 이럴 거야? 정말 이럴 거냐구?"

"야, 임마 윤세주! 나도 늬 마음 모르는 바 앙이다! 애국에 미치고 독립 운동에 죽겠다는 늬 심정을 내가 우찌 모르겠노? 애국도 좋고 독립 운동도 다 좋지! 그렇지만, 그보다 더 근본적으로 소중한 거는 사람이 사람의 노릇을 하고 사는 거 앙이겠나? 늬가 사모관대를 하고 너그 각시랑 마주보고 서서 검은 머리가 파뿌리가 되도록 백년해로 하며 살겠다고 만인이 지켜보는 앞에서 합환주를 나눠 마시면서 맹세를 한 이상 증인의 자격으로 그 자리에 있었던 나로서도 호락호락 물러설 수는 없는 기이라!"

윤세주가 아무리 정색을 하면서 윽박질러도 이 문제에 있어서만은 이장수도 결코 순순히 물러날 태세가 아니었다. 그의 말이 사리에 어긋난 것도 아니요, 그렇다고 불손한 마음에서 우러나온 것은 더욱 아닌 것이다.

그러니 완강하게 나왔던 윤세주도 일단 한 발 뒤로 물러나서 여유를 가지고 대응하지 않을 수 없었다.

"어이, 이장수! 네가 물에 젖은 핫바지인 줄로만 알았더니, 이제 보니까 너도 예사로 볼 놈은 아니었구나! 쇠똥에 불이 한번 붙으면 끄질 줄을 모르고, 유순하던 염소란 놈도 일단 외나무다리에서 원수를 만나기만 하면 물러설 줄을 모르고 죽기 살기로 싸운다고 하더니만, 쑥떡 같은 너도 본색을 드러내니까 제법이로구나! 하지만, 나를 생각해 주는 것도 정도가 있지, 여기서 네가 이렇게 자꾸 고집을 피우면 정말 안 되는 거라구!"

말을 그렇게 하면서도 윤세주는 이장수와 연결된 우정의 물줄기를 타고 뜨거운 무엇이 화끈하게 전해지면서 가슴 속이 절로 찌르르해지는 듯 함을 느낀다. 그리고 이래도 흥, 저래도 흥, 맺힌 데 없이 사람 좋다는 말만 무성한 이장수에게도 이런 면이 다 있었던가 하는 놀라움과 함께 오늘 비로소 그의 진면목을 보는 듯한 기분이 드는 것이었다.

만약에, 다른 친구들이 이런 경우에 이장수와 똑같은 말을 하고 나왔다면 그것은 우정 어린 권유로 받아들이기 이전에 자기를 비하시키거나 욕되게 하는 말로 받아들여질 수도 있었을 것이다. 그러나 오뉴월 장맛비에 물러터진 개떡처럼 마음이 유순하기 짝이 없는 이장수가 남의 속도 모르고 끝까지 제 뜻을 우기고 있으니, 독한 마음을 먹고 있던 윤세주로서도 여간 곤혹스럽지가 않은 것이다.

"어이, 이장수! 처성자옥(妻城子獄)이라는 말을 너는 모르냐?"

"그기이 뭔데?"

"처는 성(城)이고 자식은 감옥이라는 뜻이 아니냐? 아내와 자식이 있는 사람은 그들에게 얽매여 큰일을 자유롭게 할 수 없다는 뜻이란 말이다!"

"처성자옥인지 저승차사인지, 나는 무식해서 그런 거는 잘 모른다! 그렇지만 인간적으로 남편의 도리가 뭔지는 잘 알고 있단 말이다. 그러니 그런 유식한 헛소리 그만하고 너그 각시한테 가서 손이라도 한 번 잡아 주고 오너라!"

"장수야, 우정 어린 너의 마음을 내 모르는 바 아니지만 자꾸 이러면 정말 곤란해. 그러니…."

"세주야, 너는 지금 피 끓는 애국 독립투사한테 내가 해서는 안 될 말을 하고 있다고 생각하나?"

윤세주가 농담처럼 가볍게 능치며 말머리를 돌리려고 하였으나, 이장수는 이러한 윤세주의 마음까지도 모두 훤히 들여다보고 있는 것처럼 기세를 올린다. 면사무소가 아득하게 멀어져 가니 더욱 기세를 올리게 되는지도 모르겠다.

"장수야! 왜 그런 식으로 말을 하나? 네가 나한테 해서는 안 될 말을 해서가 아니라, 내 각오가 너의 권유를 받아들일 만큼 여유를 가지고 있지 못해서 그런다니까!"

"나는 머리가 나빠서 너의 말을 도무지 알아들을 수가 없구마. 그러니 좀더 쉽게 말해 봐라!"

"장수 너가 한 말은 다 옳아! 내가 미처 생각하지 못했던 약점을 지적해 주는 것도 그렇고, 내 처지를 이해하고 진정으로 생각해 주는 것도 그렇고…. 평소에는 볼 수 없었던 장수 너의 참모습을 내게만 보여 주는 것 같아서 더없이 고맙기도 하고…. 어쨌든 기분이 나쁘지는 않아. 이건 내 진심이야!"

"그래애? 그렇다면 됐네 뭐!"

"하지만 너가 한 말은 내가 받아들일 수가 없어! 그게 틀려서가 아니라 지금은 나라와 겨레의 운명과 생사가 걸린 막중한 임무를 수행하고 있는 중이라서 그래!"

"틀리지 않았으면 됐네! 그런데 뭔 말을 그렇게 어렵게 하나? 긴 말 할 것 없이 저쪽 농로에 가서 나 혼자 기다리고 있을 테니까, 세주 늬는 너그 집으로 휘딱 달려가서 각시부터 만나보고 한번 안아 주고 오너라! 너그 각시는 이제나 저제나 하고 피를 말리면서 기다리고 있을 기인데, 여기까지 왔다가 그냥 간대서야 우찌 부부지간이라 하겠노? 신랑의 탈을 쓰고 그럴 수는 없는 기이라!"

이장수는 돌이킬 수 없는 막다른 길로 접어든 사람처럼 같은 말을 거듭 되풀이하면서 제 뜻을 결코 접으려 하지 않는다.

"야, 이장수! 절대로 그럴 수 없다니까 왜 자꾸 그러냐? 그러다가 누가 보기라도 하는 날이면 엉뚱한 곳에서 동티가 날 수도 있는 거라구! 그리고 말이다. 우리 집 사람은 나보다도 강한 사람이니까 그러지 않아도 잘 참고 견뎌내고 있을 거야! 네 말마따나 그 사람은 애국 독립투사의 아내란 말이다, 애국 독립투사!"

"그래도 마음 속으로는 안 그럴 기이다! 여자의 마음은 다 같을 기인데…."

남편보다도 강한 애국 독립투사의 아내라는 바람에 말은 그렇게 하고 있었지만 이장수의 기세는 한결 누그러지고 있었다.

"장수야! 너의 진심을 내 모르는 바 아니지만, 사적인 그런 이야기는 이제 정말로 그만 하기로 하자! 우리는 지금 목숨을 걸고 독립 운동을 하고 거야! 그러니 나를 생각하거든 제발 내 마음 산란하게 만들지 말아 줘! 응?"

윤세주는 잠시도 잊어 본 적이 없는 처성자옥이라는 곱씹으면서 언성을 높이다가 이장수가 상심할까봐 슬쩍 말머리를 돌린다.

"장수야, 너는 나보고 집에 갔다 오라고 하지만, 사실 그 사람은 지금 우리 부모님 곁에 가 있을지도 몰라. 나 없는 사이에도 시부모님 봉양하겠다고 우겼으니 충분히 그럴 사람이거든! 그리고 또 치형이 형하고는 벌써 임무를 완수해 놓고서 우리를 눈이 빠지게 기다리고 있을지도 모르는데, 우리가 여기서 이렇게 자꾸 꾸물거릴 수는 없지 않겠냐 그 말이야, 내 말은!"

없는 말을 꾸며댄 윤세주는 일부러 걸음을 서두른다. 그러자 끝까지 고집을 부릴 줄 알았던 이장수도 의외로 순순히 뜻을 굽히는 것이었다.

"그래? 그러고 보니 내 말에 코방귀도 뀌지 않던 니놈도 그런 생각을 다하고 있었던 기이로구나! 세주 늬 각시가 시댁에 가 있다 카모 나도 더 이상 할 말이 없는 기이라! 알았다. 그렇지만 사적인 감정으로 공적인 일을 그르칠 수 없다 하는 거는 늬 곁은 사람들이나 할 수 있는 막말 앙이가? 나도 맹색이 독립 운동을 해 보겠다꼬 손바닥에 침 뱉고 나선 몸인데, 늬가 그렇게 나온다면 더 이상 무신 말을 하겠노? 나로서도 할 말이 딱 없어져 삐리는 기이라!"

말을 그렇게 하면서도 이장수는 그래도 미련이 남는지, 통탄하듯 하늘에다 대고 혼잣말로 다시 뇌이는 것이었다.

"야…참, 대단하구나! 역시 독립 운동은 아무나 하는 기이 앙인 모양이구마! 그런데 나는 천생 집에서 농사나 짓고 살아야 할 핫바지인가 보다. 마음을 독하게 묵는다 카면서도 언제나 이렇게 인정에 물러 터져 삐리고 마니, 이 주제에 무신 독립 운동을 하겠노!"

"야, 그런 소리 하지 마라! 인간 이장수의 매력이라 하면 바로 그런 점이 아니겠냐?"

윤세주는 일단 그렇게 칭찬해 주고 나서 느려진 발걸음을 다잡는다.

"자, 이 정도로 해 두고 그만 저기 농로로 올라가자. 저기서 잠시 쉬었다가 곧장 성내로 돌아가도 시간이 너무 늦을 것 같다. 그렇게 되면 일이 잘못 된 줄로 알고 크게 난리가 날지도 모르는데…."

심기일전하여 내뱉는 윤세주의 말에 이제는 이장수도 군소리 없이 미련을 접는다.

"그래, 알았다! …산에 약초를 캐러 가도 흔해빠진 삽초만 캐는 놈이 있고, 값비싼 산삼 캐는 놈이 따로 있다 카더마는, 늬 뜻이 정말 그렇다 모 하는 수 없지 머! 인제사 하는 말이지만, 세주 늬가 이렇게 산삼만 캐고 댕길 놈이라는 거는 어릴 때 왜놈들 국기를 학교 똥통 속에 처박아 삐릴 때 내 알아봤다 앙이가!"

윤세주와 이장수가 읍성 외곽의 내이리에 있는 미나리꽝 근처로 들어섰을 때였다. 어둠 속에서 서성거리고 있던 한 무리의 검은 그림자들이 우르르 달려 나와 그들을 에워쌌다. 을강 선생 댁에서 기다리고 있던 청년 단원들이었다. 돌아올 시간이 지났는데도 그들이 돌아오지 않자 가만히 앉아 있을 수가 없어서 모두들 밖으로 나와서 발을 동동 구르면서 기다리고 있었던 모양이었다.

그들은 남의 이목이 무서워서 환성을 지르는 대신 임무를 성공적으로 완수하고 돌아온 윤세주와 이장수를 저마다 뜨겁게 포옹해 주고는 그들이 들고 온 검은 보따리를 받아 들고 앞서거니 뒤서거니 하면서 집 안으로 한꺼번에 몰려 들어간다.

방 안의 상황도 바깥과 별반 다를 게 없었다. 읍성 안 밀양면 사무소로 갔던 대원들이 임무를 무사히 수행하고 돌아와 있었으나 윤세주와 이장수가 예상보다 늦어지는 바람에 분위기가 무겁게 가라앉아 있었던 모양이었다.

을강 선생은 청년 단원들을 위험한 곳으로 내보냈을 때는 으레껏 그랬던 것처럼, 서안 앞에 좌정하고 앉아 두 눈을 지그시 감은 자세로 기도를 하고 있었고, 다른 동료들도 모두들 얘기를 삼간 채 부처님의 시봉을 드는 열두 제자들처럼 숙연한 모습으로 그를 지켜보고 있었다.

그러나 윤세주와 이장수가 마중 나왔던 동료들을 앞세우고 안으로 들어가자 방 안의 사람들은 일제히 환호성을 올리면서 서로 부둥켜안고 어쩔 줄을 몰라 한다.

"선생님, 늦게 와서 죄송합니다. 많이 걱정하셨지요?"

윤세주가 앞에 와 앉으며 송구스러워하였으나, 을강 선생은 그의 두 손을 덥석 잡으며 놓을 줄을 모르는 것이었다.

"장하네! 이렇게 무사히 돌아와 줘서. 장수 자네도 수고했네!"

이렇게 치하를 한 을강 선생은 그들이 들고 온 등사기에 대해서는 아무 말 않고, 그들이 겪었을 고충에 대해서 먼저 묻는 것이었다.

"그래, 경비는 삼엄하지 않던가?"

"잔뜩 긴장을 하고 담을 넘어갔었는데, 그렇지는 않았습니다."

윤세주의 얼굴에는 재미삼아 닭서리를 하고 돌아온 사람처럼 담담한 미소가 흐른다.

"왜놈들이 양쪽 모두 그렇게 두 손을 놓고 있다니 이상하군! …어쨌든 자네들이 무사히 돌아왔으니 다행일세!"

"성 안에도 놈들의 경비가 대단하지 않았던 모양이지요?"

윤세주는 그렇게 물으면서 시선을 을강 선생 옆에 앉아 있는 윤치형에게로 옮겨 간다.

"경찰서 앞은 경계가 강화된 것 같았는데, 밀양면 사무소 쪽은 평소와 다름 없었어."

같은 임무를 띠고 한봉인과 정동준을 데리고 밀양면 사무소로 갔던 윤치형 역시 별 어려움 없이 임무를 수행하고 돌아온 모양이었다.

"형, 그쪽 등사기는 쓸 만했어요?"

윤세주의 물음에 윤치형은 고개를 가로 저으며 씁쓸하게 웃는다.

"물건은 쓸 만하겠는데, 중요한 걸 빠뜨리고 왔어!"

"중요한 것이라니요⋯?"

"대포는 가지고 왔는데, 포탄은 찾지 못했거든!"

등사기는 가지고 왔는데, 골판지에 쓸 철필은 못찾았다는 말이었다.

그러면서도 윤치형의 얼굴은 어찌 된 일인지 그리 애석해하는 눈치가 아니었다.

"포탄을 찾지 못했다고요?"

되물으면서 윤세주는 그게 무엇을 지칭하는지를 금방 알아차리고 빙긋이 웃는다.

"그렇다니까! 자네들은 물론 그것도 모두 잘 챙겨 가지고 왔겠지?"

"물론입니다. 미리 다 챙겨 놓도록 신신 당부를 해 두었거든요!"

윤세주는 자신의 완벽한 임무 수행에 대해 내심 만족스러워하며 웃는다.

"신신 당부를 해 두다니? 누구한테?"

그러면서 윤치형은 을강 선생을 슬쩍 쳐다본다. 그러나 을강 선생 역시 의아한 표정으로 윤세주를 쳐다보는 것이었다.

"누군 누구야. 마당쇠한테지요!"

윤세주는 아무 것도 아니라는 듯이 농담처럼 내뱉는다.

"마당쇠라니, 그게 무슨 말인가?"

이번에는 을강 선생이 물었다.

"면사무소 근처에 사는 원봉이의 동생 친구 말입니다."

"중국에 가 있는 김원봉의 동생 경봉이 말인가?"

"예, 선생님! 걔 친구가 부북면 사무소에서 소사로 일하고 있다기에 일이 잘 되도록 미리 다 손을 써 두었더랬습니다."

"서울서 갓 내려왔는데, 언제 손을 써 두었단 말인가?"

"우리가 서울서 내려오던 날 여기에 왔던 제 처를 감내리 집으로 보낼 때 미리 단단히 부탁을 해 두었거든요!"

"물론 믿을 만한 사람이겠지? 김원봉 군의 동생 친구라는 그 소사 말일세!"

역시 모든 일을 완벽하게 주관하는 을강 선생다운 물음이었다.

"물론 여부가 있겠습니까, 선생님! 그 형에 그 아우의 친구인데요 뭐!"

"그런 줄도 모르고 내가 공연한 걱정을 하고 있었구만! 하기야 자네가 한 일이니….'"

을강 선생은 그제야 안심이 되는 듯 고개를 크게 끄떡였고, 윤치형은,

"그쪽 물건도 물론 쓸 만하겠지?"

하면서 궁금해 못 견디겠다는 듯이 을강 선생 앞에 놓여 있는 검은 보따리를 앞으로 끌어 당겨다 놓고 서둘러 풀기 시작했다. 방 안이 갑자기 조용해지면서 모든 시선들이 윤치형의 손끝으로 집중되었다.

"보나마나 쓸 만할 겁니다! 내가 미리 그렇게 해 놓도록 부탁을 해 놓았고, 들고 나올 때도 다시 한 번 확인해 보았거든요!"

윤세주가 설명을 하는 동안, 윤치형은 보자기를 끌러서 을강 선생 앞으로 등사기를 밀어 놓는다.

"선생님께서 먼저 확인해 보십시오!"

숭고한 전리품을 대하듯 윤치형의 얼굴에 비장감마저 어린다.

커다란 보자기 속에서 신기하게 모습을 드러낸 것은 검은 색의 네모 난 나무 상자였다.

을강 선생은 무슨 고성능 폭탄이라도 다루는 듯이 조심스럽게 나무 상자의 뚜껑을 열어젖힌다. 그러자 그 속에서 모습을 드러낸 것은 우선 보기에도 신제품이 분명한 〈후지이 양행(藤井洋行)〉이라는 상표가 선 명하게 붙어 있는 최신식 일본제 등사기였다.

"야, 이건 진짜로 새것이로구나!"

윤치형이 탄성을 지르자 방 안에 있던 다른 단원들도 저마다 감격하 여 손뼉을 친다. 상자 안에는 등사기는 물론이요, 등사 잉크가 묻은 고 무 롤러를 비롯하여 등사 원지(原紙)를 작성할 때 쓰는 〈갈이방〉이라 고 하는 줄판과 철필(鐵筆)이며, 심지어 포장도 뜯지 않은 등사 원지 봉 투까지 여러 개 들어 있었다. 독립 선언서 문제는 이제 등사하는 일만 남아 있게 되는 셈이었다.

을강 선생은 뒤에 있는 단원에게 문갑 옆에 밀쳐놓았던, 성내의 밀 양면 사무소에서 훔쳐 온 등사기를 가져오게 한 뒤에 조용히 입을 열었 다.

"이만하면 〈독립 선언서〉는 우리가 쓰고도 남을 만큼 얼마든지 등사 해 낼 수가 있게 되었네! 문제는 태극기를 만드는 일인데, 적어도 수천 개는 만들어야 되지 않겠나?"

"태극기 문제는 아까 안방에서 논의가 다 되었더랬습니다. 깃대만 만들어 주면 교회 부녀 회원들이 맡아서 전부 다 제작해 놓겠다고요!"

윤세주와 윤치형이 등사기를 훔쳐 오기 위하여 부북면 사무소와 밀 양면 사무소로 각각 떠나간 뒤에 안방과 이곳 초당 사이를 뻔질나게 드 나들면서 의견을 조율하였던 김병환의 말이었다. 그의 아내가 이복수 가 회장으로 있는 밀양 장로교회의 부녀회 회원으로 있었으므로 일찌감치 그 문제를 맡아서 해결하기로 이미 서로 얘기가 되어 있었던 모양이었다.

"다시 한 번 말하지만, 우리의 거사 날짜는 3월 13일—다음 다음 번의 밀양 장날일세! 시간적으로 여유가 있는 것 같지만, 생각보다 준비 시간이 더 걸릴 수도 있을 테니까 모두들 합심하여 일을 서둘러야 할 것일세!"

"독립 선언서 등사 문제하고 각 지역에 사람을 놓아서 거사 날짜를 은밀히 홍보하고 인원을 동원하는 문제는 우리 남자들이 맡아서 하기로 모두 의논을 해 두었습니다. 각 분야별로 인원 배당도 이미 다 해 놓았고요!"

청년 단장인 김병환을 대신하여 피 끓는 청년 단원들로 구성된 행동대를 이끌고 서울 만세 운동에 가담하고 돌아온 윤치형의 설명이었다. 그들은 서울 탑골공원에서의 만세 운동에 참여하면서, 그리고 그곳 여관에서 숙식을 하면서 〈밀양 만세 운동〉에 대한 청사진과 역할 분담을 비롯한 활동 계획표를 이미 치밀하게 짜 놓았던 것이다.

거사 당일까지는 앞으로 열흘도 채 남아 있지 않았다. 하지만 세부적인 계획을 단계별로 미리 짜 두었던 만큼, 거사 준비는 약간의 시행착오도 없이 일사불란하게 착착 진행되어 나갔다.

바로 그 다음날로부터 〈밀양 청년 독립단〉 단원들은 미리 짜 두었던 계획표대로 저마다 몇 사람씩 조를 이루어서 바쁘게 움직이기 시작하였다. 거사 준비의 활동 거점은 현장과 가까우면서도 왜놈들의 눈을 따돌리기 쉬운 해천껄 바깥의 내이동에 있는 김병환의 생가로 일찌감치 정해져 있었다.

거사를 준비하는 여러 작업 중에서도 보안이 가장 많이 요구되는 것이 독립 선언서를 제작하는 일이었다. 그래서 등사할 때 잉크를 묻힌 고무 로러로 밀게 될 등사 원지를 작성하고, 그것을 가지고 잉크 냄새를 풍기면서 독립 선언서를 등사해 내는 작업만은 보다 은밀한 곳에서 진행하지 않으면 안 되었다.

그들은 윤세주의 본가를 가까이 두고서도 일부러 사람들의 내왕이 아주 적은, 멀리 부북면 감내 마을에 있는 윤세주의 신혼 단칸방에 은밀히 틀어박혀 서울에서 가지고 온 독립 선언서를 등사 원지에 그대로 골판지에 대고 옮겨 쓰는 작업에 들어갔다. 국한문 혼용체로 되어 있는 서울의 독립선언서를 그대로 옮겨 쓰는 작업이라 하여도 수만 장의 선언서를 등사판으로 일일이 한 장씩 고무 롤러로 밀어서 만들기 위해서는 수십 장의 등사 원지부터 먼저 작성하지 않으면 안 되었다. 게다가 태극기를 만들 등사 원지도 같은 방법으로 그만큼 만들어야 했으므로, 태극기와 선언서 작성에만 사흘 밤낮을 꼬박 뜬눈으로 씨름하지 않으면 안 될 정도로 고난의 연속이었다.

요철로 된 무쇠 줄판 위에다가 기름 먹인 원지를 올려놓고 철필을 이용하여 한 땀 한 땀 수를 놓듯이 또박또박 써 나가는 원지 작성 작업도 생각보다 쉽지는 않았다. 거사 당일에 동원할 만세 군중들에게 독립 선언서를 골고루 나누어 주고, 또 쉽게 읽을 수 있도록 글씨가 선명하게 만들기 위해서는 등사 원지부터 넉넉하게 작성해야 했고, 글씨도 그만큼 정성을 들여서 또박또박 정자로 잘 쓰지 않으면 안 되었기 때문이다.

하지만 등사 원지 작성이란 의욕만 앞세운다고 해서 진척이 빨라지는 성질의 작업이 아니었다. 철필로 원지를 쓸 때 너무 꼭꼭 눌러 쓰게 되면 원지에 구멍이 나거나 찢어지기 십상이었고, 힘을 들이지 않고 가볍게 눌러 쓰게 되면 나중에 등사할 때 글씨가 너무 희미해질 염려가 있기 때문이었다. 그래서 매 글자마다 적당한 힘을 가하여 철필을 놀려야 함은 물론이요, 한 획 한 획마다 나중에 고무 롤러가 굴러갈 때 미칠 힘을 고려하면서 강약을 조절하지 않으면 안 되었다.

그 바람에 작업 진척은 그만큼 느려질 수밖에 없었고, 그럴수록 그들 두 사람도 더욱 초조해져 갈 수밖에 없었다.

"야, 이거 보통 중노동이 아니로구나! 요철 판이 한 개만 더 있었어도 다른 친구들의 도움을 받을 수 있는 건데…!"

철필을 들고 원지와 씨름하던 윤치형이 팔운동과 목운동을 번갈아 하면서 혀를 내두르자, 윤세주도 철필을 내려놓고 방바닥에 엎드려서 팔굽혀펴기를 한다.

하지만 이번에 확보한 요철판 역시 등사기처럼 두 개밖에 되지 않았기 때문에 누구의 도움을 따로 받을 수도 없는 노릇이었다. 그러니 죽으나 사나 둘이서 책임을 지고 그 일을 모두 다 해낼 수밖에 없는 것이다.

그들이 이렇게 공을 들이면서 며칠째 밤을 새워 가며 힘겹게 독립선언서와 태극기의 원지 작성에 열중하고 있던 어느 날, 평안도 일대의 광산 지대를 떠돌아다닌다는 소문이 한동안 들리다가 그것마저 오래도록 끊어졌던 최수봉이 아무 예고도 없이 그들 앞에 불쑥 나타났다. 식민지 백성의 울분을 달래면서 언제가 있을 그날을 꿈꾸며 객지를 떠돌다가 3·1 만세 운동의 소식을 듣고서야 자신이 고향에서 해야 할 일이 있을 것을 짐작하고 급거 귀향한 모양이었다.

중국에 가 있는 김원봉과 고향에 남아 있는 윤세주의 밀양 공립 보통학교의 선배로서, 그리고 보통학교에 다닐 때 항일 의거 사건으로 퇴학을 당하였던 항일 운동의 선배이자 을강 선생이 세운 사설 동화학교의 선배로서 조국 독립을 향한 열정이 그 누구보다도 드센 열혈 애국 청년인 그가 돌아옴으로써 윤세주를 비롯한 청년 단원들의 사기는 단연코 하늘을 찌를 듯이 충천해질 수밖에 없었다.

최수봉은 돌아오기가 무섭게 〈밀양 청년 독립단〉에 정식으로 가입한 뒤, 동지들이 짜놓은 계획표에 따라 그 누구보다 열심히, 그리고 앞장서서 뛰어다니기 시작했다. 아직도 이번 거사에 대한 홍보가 미흡하다는 사실을 알게 된 그는, 자전거가 있는 청년 단원들을 중심으로 각기 짝을 이루어서 면마다 부락마다 찾아다니면서 조선 독립에 뜻을 둔 인사들을 규합하고 거사 일정을 홍보해 나가는 데 앞장을 서서 돌아다 니기를 마다하지 않았다.

또, 그러는 한 편으로 나머지 단원들을 독려하여 나무꾼으로 가장하 여 산 속으로 은밀히 들어가서 깃대를 만들 때 쓸 산죽과 젓가락 같은 싸리나무들 잘라다 나르는 일에 매달리도록 독려하는가 하면, 시간이 날 때마다 윤세주네 신방에 들러서 전체적인 만세 준비 상황을 점검하 고 보살피며 협력하는 것도 또한 잊지 않았다.

윤세주가 결혼한 사실을 뒤늦게 안 최수봉이 결혼 선물로 예쁜 거울 하나를 사 들고 부북면 감내리에 있는 윤세주의 신혼 방에 들른 것은 비가 추적추적 내리는 어느 날 오후였다 그것은 아마도 최수봉이 밀양 으로 돌아오던 바로 그 다음 날 저녁 무렵의 일이었을 것이다.

그날, 최수봉의 귀향을 환영하고, 동시에 윤세주의 결혼을 축하하는 축하주를 겸하여 조촐하게 차린 술상을 앞에 놓고 윤치형과 셋이서 밤 이 이슥하도록 술잔을 나누다가 윤세주가 최수봉에게 궁금하여 물어 본 것이 있었다.

"수봉이 형. 혹시 평양 숭실학교(崇實學校)를 그만두게 된 것도 형 이 왜놈들의 뒷덜미를 치는 일을 또 하나 저질렀기 때문은 아니었습니 까?"

"놈들의 덜미를 치는 일?"

최수봉은 이렇게 되물으면서 앞에 놓인 술잔부터 입으로 가져가는 것이었다. 단숨에 막걸리 잔을 비우고 묵은 김장김치 한 조각을 집어먹 은 그는 잠자코 고개를 흔들 뿐 아무 말이 없었다.

"그것도 아니라면 민족의식을 고취시키는 교육 방식 때문에 왜놈들 이 폐교 조치를 내렸기 때문이었습니까?"

윤세주가 속이 타는 듯이 다시 물었다. 갑작스러운 질문이어서 그렇 던 것일까. 최수봉은 스스로 자기의 잔에 술을 철철 넘치도록 따르더니 고달팠던 방랑 생활을 돌이켜 보듯이 그 술잔을 묵묵히 비워 내고 나서 이렇게 반문을 하는 것이었다.

"학교가 폐교된 것은 아니었어. 그렇지만 세주 너도 두 번씩이나 겪어 보지 않았었냐? 한 번은 밀양 공립 보통학교에서, 또 한 번은 거기서 퇴학당하고 새로이 들어간 을강 선생님의 사설 동화학교에서…! 우리가 무얼 좀 배워 보겠다고 다녔던 학교마다 민족 교육을 시킨다는 이유로 왜놈들이 해당 선생들을 모두 강제로 내쫓거나, 아예 폐교 조처를 내리지 않았었냐? 숭실학교도 예외는 아니었어! 왜놈들의 등쌀에 민족 교육에 앞장섰던 선생님들은 모두 감옥소로 가고, 거기에 맞서는 학생들은 가차 없이 퇴학 처분을 당하거나 왜놈 순사들한테 끌려가고, 민족 교육은 당연히 차질을 빚게 되고…. 그래서 낙담을 하고 주저앉았던 내가 거기서 깨달은 게 뭔 줄 알아?"

"그게 뭡니까?"

"지지부진하고 나약한 민족 교육만으로는 안 되겠다는 거였지!"

두 주먹을 그러쥔 최수봉의 두 눈에서 분노의 불길이 이글거리던 것을 윤세주는 울렁거리는 가슴으로 보고 있었다.

"그래서 학교를 그만두고 오랜 방랑 생활을 시작했던 겁니까?"

"두말 하면 뭐 하냐! 남강 이승훈, 고당 조만식…. 너도 한 번 생각해 봐라. 내가 존경하는 인물, 내가 다닌 학교마다 언필칭 저들이 말하는 불령선인(不逞鮮人)과 문제 학교로 줄줄이 걸려들거나 낙인이 찍혀 버리고 마니, 하루인들 마음 편할 날이 있었겠나?"

"나는 그런 줄도 모르고 형이 거기서 또 큰일을 저지르고 쫓겨난 줄로 알았지 뭡니까! 그런데 방랑도 좋지만 그토록 먼 평안도 창성군(昌城郡)에는 뭐 하러 갔었습니까?"

"그야 광산에 일자리를 찾아서 간 것이 아니겠냐?"

"일자리를 찾아서요?"

"그렇다니까!"

"그런데 나는 지금도 형님의 속을 알다가도 모르겠단 말입니다. 내가 듣기로는 갱도에서 일하는 광부들만큼 고생하는 사람도 없다고 하던데, 하고많은 일들을 다 놔두고서 왜 하필이면 그토록 멀고 힘든 광산으로 갔냐 이겁니다!"

"어이, 윤세주! 너 같이 의열에 불타는 대한의 남아가 그것도 말이라고 하냐?"

이렇게 반문한 최수봉은 윤치형이 따라 주는 술을 단숨에 들이키고는 그 잔을 윤세주에게 힘 있게 건네는 것이었다.

그러나 윤세주는 그때까지만 해도 그 말이 무슨 말인지 미처 깨닫지 못하고 이렇게 반문했던 것이다.

"형이 학교를 그만두고서 처음엔 우편집배원 노릇을 하고, 그 다음에는 사금 광산(砂金鑛山)에서 광부 노릇을 했다고 하니까 이러는 거 아닙니까?"

"내 머리에 들어 있는 것이라곤 철천지원수인 왜놈들을 쳐 죽이는 일밖에 없는데, 그런 일 말고는 내가 어디 가서 무슨 일을 할 수가 있었겠느냐 이 말이다!"

"우편집배원과 사금 광산의 광부라…."

이렇게 말끝을 흐리면서 골똘히 생각에 잠겨 있던 윤세주는 한참만에야 그 까닭을 찾아내었던 것이다.

"형님의 각오가 정말로 그 정도에 이르렀다면 저도 알만합니다! 우편집배원 노릇을 한 것은 왜놈들이나 왜놈 앞잡이들의 신분과 통신망이나 동태를 살피기 위함일 것이고, 광산에서는…글쎄 광산에서는 뭘까?"

"광산에서는…?"

윤세주와 시선이 마주치자 옆에 있던 윤치형까지 궁금해서 고개를 쳐들었고, 그러자 최수봉은 오히려 아무 것도 아니라는 듯이 씨익 웃으면서 이렇게 말했던 것이다.

"식민지 조선 천지에서 합법적으로 폭약을 만지고 폭탄 제조법을 배울 수 있는 곳이라곤 그런 광산밖에 더 있겠냐?"

보통학교 시절에 조선의 국조이신 단군 왕검이 자기네 왕조의 곁다리 후손이라고 조선의 역사를 왜곡하는 일제의 교육에 13세의 어린 몸으로 당당하게 반기를 들었던 소년 항일 투사 최수봉! 조선의 역사를 왜곡하는 일제의 교육에 어린 몸으로 당당하게 반기를 들었던 소년 항일 투사 최수봉! 그가 수년 동안 천리 밖의 험한 광산 지대를 떠돌아 다녔던 목적도 오로지 항일 무력 독립 투쟁을 위한 준비에 그 생활의 초점이 맞춰져 있었던 것이다.

골수 열혈 행동 대원 최수봉의 합세로 더욱 힘을 얻게 된 윤세주, 윤치형을 비롯한 청년 단원들은 거사 준비에 박차를 가하기 시작하였다.

윤세주와 윤치형이 밀실에서 그렇게 등사 원지 제작에 매달려 있는 사이에 또, 부녀 회원들은 부녀 회원들대로 일찌감치 은밀한, 고인덕을 만주로 떠나보내고 독수공방으로 혼자 지내는 이복수 회장의 집 골방을 아지트 삼아 자리를 잡았다고 하더니 거기서 태극기 제작에 불철주야로 매달려 있는지 성내에 나가도 얼굴 대하기가 어려울 지경이었다.

그러는 사이에도 물 흐르는 듯이 흘러가는 시간은 폭파 시점을 향해 째깍째깍 돌아가는 시한폭탄의 초침처럼 거사 당일을 향해 하루하루 촉박하게 다가가고 있었다.

〈제4권에서 계속〉

● 발문跋文

한국 독립운동사의 총체적인
밑그림을 그려낸 작품

내가 아는 정대재 작가는 왕성하게 작품 활동에 전념해 온 전업 작가는 아니다. 그는 교육 일선에서 후학들을 가르치는 틈틈이 석간수의 물방울들이 하나 둘씩 모여 옹달샘을 채우듯이, 자신의 문학적 열정과 감성이 웬만큼 모여져서 작품의 얼개를 어느 정도 갖추게 되었을 때에야 비소로 작품을 써서 세상에 내놓을 정도로 아주 조심스럽고 신중한 과작의 생태를 유지해 왔기 때문이다.

이러한 그의 문학적 생태는 그가 1976년에 「한국문학」 신인상으로 문단에 등단한 초창기부터 주로 장편소설에만 집착하여 그 당시 모 일간지의 창사 기념 장편소설 현상 공모전에 의욕적으로 응모했다가 최종심에서 탈락하는 뼈아픈 경험을 연이어 두 번씩이나 겪고 난 후유증 때문이 아닌가 싶다.

1980년대에 그가 펴낸 두 개의 장편소설 〈집시의 달〉과 〈달빛 서곡(序曲)〉도 사실은 앞에서 언급한 모 일간지의 창사 기념 장편소설 현상 공모전에서 당선작과 최종심에서 자웅을 겨루다가 탈락한, 그에게 뼈아픈 상처와 아쉬움을 안겨 주었던 바로 그 문제의 작품들로서 제목만 바꾸어서 출간한 것이었다.

그 후 그는 명문 사학으로 근무지를 옮겼었고, 그의 문학 활동이 소강 국면에 접어들며 과작의 상태에 빠져들게 된 것도 바로 그 무렵부터의 일이었다. 그것은 직무상 밤늦게까지 학생들의 입시교육에 매달려

400 떠오르는 지평선 3

야 하는 직장인으로서의 여건 탓도 물론 있었겠지만, 장편소설 현상 공모전에서 연이어 두 번씩이나 쓰라린 고배를 마시면서 왕성하던 패기가 송두리째 겪여 버린 일과도 결코 무관치 않아 보이는 것이다.

그러던 그가 아주 오랜만에 〈떠오르는 지평선〉이라는 묵직한 대하장편소설을 이번에 내놓는 것을 보니, 그동안 단편과 중편 몇 편만 내놓고 침묵하였던 것도 사실은 새로운 도전에 나서기 위하여 각종 자료를 수집하며 자기 나름대로 와신상담으로 새로운 의지를 벼리는 기간으로 삼고 있었음이 분명한 것이다.

이번에 내놓는 〈떠오르는 지평선〉은 2부작 8권을 목표로 하는 묵직한 대작이다. 이 작품은 각종 드라마와 영화를 통하여 많이 소개됨으로써 선비의 고장 밀양을 한국 독립운동사의 성지로 부상하게 만든 이곳 출신의 기라성 같은 독립 운동가들의 활약상과, 황실의 척족 집안인 그곳 상남면 동산리 여흥 민씨가의 왕조복고를 위한 복벽주의 독립운동을 그려낸 작품이다. 유사이래로 국가가 누란의 위기를 맞이할 때마다 멸사봉공의 충의 정신이 불같이 일어나서 힘차게 꿈틀거렸던 유서 깊은 밀양의 독립 운동사를 다루는 만큼, 그리고 효제충신의 선비 정신을 특징으로 하는 지역 향민들의 우국 정서를 비롯하여, 그러한 생태적인 특이 환경 속에서 배출된 기라성 같은 독립 운동가들의 활약상을 그려내기 위해서는 그에 따른 자료 준비도 결코 만만치 않았을 것이다.

이 작품은 한국의 독립 운동사를 논하기 위해서는 반드시 짚고 넘어가야 하는 〈의열단〉과 그들을 길러낸 이 지역 출신의 우국지사와 선배 독립 운동가들의 눈부신 활약상을 비롯하여, 그들을 배출한 유향(儒鄕) 밀양의 역사·문화적인 배경을 총체적으로 그려내고 있는 역작이다. 이 작품 곳곳에는 선비의 고장인 밀양을 한국 독립운동의 성지로 부상하게 만든 기라성 같은 인물들의 뜨거운 숨결과 밀양 향민들의 나라 사랑하는 마음이며 생활상이 역동적으로 꿈틀거리고 있다.

따라서 이 〈떠오르는 지평선〉은 한마디로 말해서 한국 독립운동사

의 총체적인 밑그림을 그려낸 역작인 동시에, 우리 민족이 앞으로 열어
가야 할 새로운 지평을 제시하는 교본이라 할 만하다.

　30여년 만에 한국 독립운동사에 길이 남을 대단한 역작을 빚어낸 정
대재 작가에게 큰 박수를 보내며, 독자들의 일독을 진정으로 권해 마지
않는다.

　　　　　　　　　　　　　　　　　한국소설가협회 이사장 김지연

정대재 대하장편소설 (제1부)

떠오르는 지평선 3

초판 1쇄 인쇄 2017년 5월 08일
초판 1쇄 발행 2017년 5월 17일

지은이 | 정대재
발행인 | 노용제

펴낸곳 | 정은출판
주 소 | (우) 04558 서울시 중구 창경궁로 1길 29
전 화 | 02-2272-8807, 9280
팩 스 | 02-2277-1350
등 록 | 2004년 10월 27일 제2-4053호
이메일 | rossjw@hanmail.net

ISBN 978-89-5824-328-1 04810
ISBN 978-89-5824-325-0 (세트)